中译经典文库·世界文学名著

СБОРНИК РАЗКАЗОВ М. ГОРЬКОГО

高尔基短篇小说集

【苏联】高尔基◎著　　徐新民◎译

中国出版集团

中译出版社

图书在版编目（CIP）数据

高尔基短篇小说集 / （苏）高尔基著 ； 徐新民译
. -- 北京 ： 中译出版社，2020.12
ISBN 978-7-5001-6121-9

Ⅰ. ①高… Ⅱ. ①高… ②徐… Ⅲ. ①短篇小说—小
说集—苏联 Ⅳ. ①I512.45

中国版本图书馆CIP数据核字(2020)第251036号

出版发行： 中译出版社
地　　址： 北京市西城区车公庄大街甲4号物华大厦6层
电　　话： （010）68359376；68359827（发行部）；68357328（编辑部）
传　　真： （010）68357870
邮　　编： 100044
电子邮箱： book@ctph.com.cn
网　　址： http://www.ctph.com.cn

策划编辑： 于建军
责任编辑： 于建军
装帧设计： 北京杰瑞腾达科技发展有限公司

排　　版： 北京杰瑞腾达科技发展有限公司
印　　刷： 北京久佳印刷有限责任公司
经　　销： 新华书店

规　　格： 880mm×1230mm　1/32
印　　张： 15.5
字　　数： 446千字
版　　次： 2021年1月第1版
印　　次： 2021年1月第1次

ISBN 978-7-5001-6121-9　　　　定价：39.00元

《高尔基短篇小说集》内容简介

本书选译了高尔基于 1892—1931 年期间创作和最初发表的短篇小说 36 篇，就其内容和风格而言，既有现实主义的，也有浪漫主义的。这些作品的主人公主要是贫苦农民、工人、妇女、军人、手工业者、流浪者、乞丐、小偷、妓女、小市民和知识分子。这些作品揭露了旧社会的黑暗和腐朽，批判了统治者、压迫者和剥削者的虚伪、贪婪和残忍，喊出了劳动人民、无业游民、妇女和其他社会底层人群痛苦的心声，呼唤着光明、自由、平等、正义和善良，最终触摸到了新社会的脉动和歌颂了苏维埃政权的诞生。

本书适合广大读者阅读。

前　言

阿列克谢伊·马克西莫维奇·高尔基（Алексей Максимович Горький，1868—1936），诞生在一个工人的家庭，4 岁丧父，即随母亲寄居在外祖父家里；10 岁又丧母，当年就开始学徒，先后在皮匠店、绘画所、圣像店做过小徒弟，随后又做过小剧场的杂役、码头上的零工、渔场的工人、面包店的小伙计、饭馆的跑堂，还做过园丁、更夫、清道夫等。

高尔基从小就生活在苦难中，劳动在恶劣环境下。命运迫使他只上过两年学，但他喜欢读书，刻苦自学成才，并通过在社会底层的耳闻目睹和亲身经历，积累了丰富的文学创作素材，社会的黑暗和人间的疾苦激发了他文学创作的巨大冲动，促使他拿起笔来为争取光明、自由、平等、公正、善良和幸福而呐喊，从而使他由学徒成长为俄国和苏联的伟大作家、社会主义现实主义文学的奠基人和世界文坛的文学巨匠。

记得 1951 年早春 2 月我去湖南衡阳投考大学，试卷有一道暗藏玄机的题"高尔基姓什么？"那时我还以为高尔基姓"高"呢！入学后我分到了俄语系，开始学习俄罗斯语言文学，并接触高尔基的作品和了解高尔基其人，那时就产生了学好俄语后将要翻译高尔基作品的兴趣。大学毕业后我被分配在中央机关工作，无暇从事文学翻译。退休后翻译了高尔基的部分诗歌童话编入《文艺译文集》一书中由湖南大学出版社出版。2010 年过完 80 岁生日之后，我又梦想着能在有生之年完成几本高尔基作品的翻译和编辑工作，这本《高尔基短篇小说集》就是其中之一。

《高尔基短篇小说集》选译自原苏联国家文艺出版社 1949—1956 年于莫斯科出版的 30 卷《高尔基文集》（М．Горький，Собрание сочнений в тридцати томах，Государственное издательство художественной литертуры，Москва，1949—1956），共选译了 36 篇作品，其中 34 篇写作和最初发表于 1892—1917年，2 篇写作和发表于 1917 年十月革命后的 1929 年和 1930—1931 年。本书目录篇名后用括号加注了写作或最初发表的年份，以便读者了解这些作品的时代背景。

19世纪末到20世纪初是高尔基创作短篇小说的高峰时期。这些作品就其内容和风格而言，既有现实主义的，如《奥尔洛夫夫妇》《马丽华》《女人》等；也有浪漫主义的，如《马卡尔·楚德拉》等。它们揭露了旧社会的黑暗和腐朽，批判了统治者、压迫者和剥削者的虚伪、贪婪和残忍，喊出了劳动人民和社会底层人群痛苦的心声，呼唤着世界的光明、自由、平等、公正、善良和幸福。

贫民和无业游民，是高尔基众多作品的主人公。奥尔洛夫夫妇本来相亲相爱，但因生活艰难、居住环境恶劣而苦闷、酗酒、吵架、猜忌乃至分离。一个男人的身影"在朦胧的夜色中，在风雨飘摇下"移动，"孤单一人，在潮湿的、灰暗的原野上……"——这是脸色苍白的妻子奥尔洛娃望着丈夫奥尔洛夫和她分手独自离走的凄凉景象。(《奥尔洛夫夫妇》)。

马丽华是个一身带刺、气质辛辣、活泼靓丽的年轻女人，不愿嫁夫做奴隶，想要像海鸥那样自由飞翔，于是她浪迹天涯，流落渔场做了农民工华西里的情妇。她在别人调唆下挑逗华西里和他的儿子雅科夫为她争宠而取笑。但是，那是一种苦涩的笑，她的内心其实是空虚和痛苦的，并产生了厌世的情绪。她想乘船驶向大海的远处，以便不再见到任何人。"忽儿我怜惜所有的人，而比所有人更多的是自我怜惜；忽而又想痛打所有的人，然后狠揍自己……以致可怕地死亡……"——这就是马丽华的自白。(《马丽华》)。

《女人》这篇小说描写了挣扎在饥饿线上的流浪者颠沛流离、寻找工作的遭遇，他们"想要看到一生美妙和自豪，想要一生安然度过，但它却总是艰难曲折、崎岖坎坷、卑微渺小、压抑无聊"，"想要把自己光亮的微弱的火花投入别人心灵的黑暗之中，火花却在沉寂的空虚之中湮灭得无影无踪"。塔齐雅娜是这些无业游民中苦难的女人之一，她说："夜晚……当你想起看到过的一切事情和所有的人，——会感到恶心……我想向着整个大地呐喊……可是——那又怎么样呢？"无奈！无助！可悲！可恨！

"老爷！亲爱的，给点施舍吧！……修修好吧……"——这是一个面貌清秀但衣衫褴褛的六七岁的小女孩沿街乞讨的哀求声。(《行乞的小女孩》)。

穷人家的妇女，是被压在社会最底层的、受苦受难的和被污辱的人群，高尔基为她们挥洒了同情的笔墨。一个蓝眼睛的女人，年纪轻轻就守寡，独自抚养年幼的儿子和女儿，没有收入，走投无路，不得不趁交易会期间出卖肉体挣点钱以备艰难度日之所需。(《蓝眼睛女人》)。

阿丽娜相貌不佳，年届40仍是独身处女。她远走他乡，做了某车站的厨娘，认识了扳道工戈莫卓夫，后者也是孤单一人，因丧妻丧子乃背井离乡到了该车站做工。一对孤独男女开始相约，车站主任和其他职工因寂寞无聊而寻机取闹，一天晚上把他俩锁在房中，白天又聚众嘲弄和取笑他们。阿丽娜因蒙羞而自缢身亡！一场闹剧酿成了悲剧！(《因为寂寞无聊》)。

锈金作坊才16岁的女服务员丹妮娅楚楚动人，每天清晨到面包作坊向26位男工请求偷偷地给点小甜面包，受到了男工们的宠爱，成了他们枯燥生活中唯一的精神寄托，被他们视为共同的神圣不可侵犯的爱神。有一次她被引诱和新来做工的阔绰的退伍士兵约会，从而触犯了他们的自尊心，激发了他们的忌妒，引起了他们当众谩骂她，侮辱她，使她深受委屈。(《二十六个和一个》)。

一个不满15岁的天真活泼的少女丹妮娅在旅馆做工，被骗子叫到房间用酒灌醉后遭到了强暴，后又被迫做了强暴者法官的姘妇。被污辱的她每逢夜晚都偷声饮泣，流下醉后的辛酸泪。(《浅灰色和淡蓝色》)。

爱情，是高尔基短篇小说的主题之一。他在其发表的第一篇作品《马卡尔·楚德拉》中，用浪漫主义的笔触描写了吉卜赛青年洛伊科·卓巴尔和少女娜达的爱情悲剧。卓巴尔剽悍、勇敢，善歌唱和拉小提琴，爱骑马自由驰骋，只为娜达魂牵梦萦；娜达美丽、高傲，鄙视豪绅巨富的金钱诱惑，只爱卓巴尔的勇敢有为。他俩相爱，但又各不相让，卓巴尔要自由，要尊严，要娜达不要违拗他的意志；娜达则要求卓巴尔屈从于她的意志，要他当众向她下跪求婚。既然不能互谅，最终导致由爱而生恨，卓巴尔刺杀了娜达，娜达的父亲达尼洛随即刺杀了卓巴尔。两个相恋的年轻人双双倒在血泊中！"雨下得更大了，海向高傲的一对吉卜赛美人——洛伊科·卓巴尔和老兵达尼洛的女儿娜达——高唱凄凉而庄严的歌曲。"

在高尔基的笔下，爱情有时是一见钟情而擦出的火花，有时是男女之间的婚外情，有时是偶遇而萌发的单相思，有时还是人间的博爱。《有一次在秋天》描写了一对饥饿的男女为寻找食物而在绵绵细雨的秋夜邂逅，相拥在一条破船的小窝里度过了一个凄风苦雨之夜。

在星月交相辉映的夜晚，在花园密林绿荫深处，有夫之妇妮娜和一个男人度过了春宵一刻。（《春宵一刻》）。

一位年方二十的大学生工艺师在工地实习，遇见了一位貌若天仙的美女，后者误认为这位脏兮兮的年轻人是乞丐而给了他十戈比银币。这激起了他深深的爱意，以致在他一生中每当想起这枚银币时，眼前就浮现令他心醉的爱情。（《十戈比银币》）。

11岁的印刷厂学徒工雅什卡因工伤而住院。一个善良的女人常来医院探视其重病住院的兄弟，但每次都顺便到邻近病床看望可怜的雅什卡，安慰、关爱和亲吻他。雅什卡父母早逝，不曾有过童年的天真活泼，从未体验过任何亲情，现在却对这个女人萌发了深深的爱情，并认为这是他生活中唯一的美好时刻，从而在他心灵里牢牢地铭刻下了她那靓丽善良的形象、温柔乌黑的眼睛、热情柔软的嘴唇和纤细诱人的体态。他在出院后仍踏遍全城久久地、苦苦地寻找"她"。（《爱情》）。

中国有句古话："人之初，性本善。"善良，也是高尔基歌颂的美德。柯留沙，一个淳朴善良的少年，目睹父亲卧病在床和母亲为养家糊口四处奔波而不得温饱的困境，痛哭之余，走出家门扑向一辆马车，只盼因负伤能得到几卢布抚恤金以补家用，但谁知因伤势过重而牺牲了自己可贵的生命！不幸！不该！但他的善良和勇气令人感动！（《柯留沙》）。

阿尔希普爷爷穷困潦倒，为生活所迫带着孙子廖尼卡乞讨，不只图眼下不被饿死，还在日思夜想：自己死后孙子将何处安身和怎样为生？故总想存点钱留给孙子日后之需。"要是积攒一百卢布该多好！那时我死了也甘心……"当孙子不满意爷爷顺手盗窃时，爷爷对孙子语重心长地说："难道我需要什么吗？……这一切都是为了你……"读者是鄙视爷爷阿尔希普的乞讨和盗窃，还是赞许他纯真的亲情和善良的心呢？！（《阿尔希普爷爷和廖尼卡》）。

老大娘阿库丽娜是一位慈善的女人。她以乞讨为生，病了也无钱医治，但总有五个到十个非亲非故的"儿孙"栖身在她身旁。这些人因各种原因而被剥夺了从事自己职业的可能性。她想方设法给他们吃喝，甚至在临死时还把储存给自己买棺材的钱拿出来给他们，她对他们说："我会死的……你们听着，在我的床头的小盒子里有值三卢布的纸币……这是我留给自己买棺材的钱……你们拿出来……在我死的时候……"（《老大娘阿库丽娜》）。

统治者、压迫者、剥削者，是高尔基挞伐的对象。他在其作品中揭露了他们的荒淫、虚伪、残忍和阶级偏见。年轻的普拉东在一位教授家里做工，但他喜欢读书和写诗，并爱上了主人教授的女儿丽吉娅。主人讥讽他，养尊处优的小姐本人后来也侮辱他，认为他的爱是对她的自尊心的伤害，因为在她看来，爱情在贵族和农民之间应有一道不可逾越的藩篱。普拉东因受阶级的偏见所愚弄而举枪结束了自己年轻的生命！（《菲里甫·华西里耶维奇的故事》）。

一对青年男女斯捷帕和帕拉格娅倾心相爱，男青年是个穷光蛋，女青年是地主家庭的千金小姐。因为家境并非门当户对，小姐因此被父母打得痛哭流涕。这对恩爱的青年只得饮痛含恨分手！（《幽会》）。

在昌古河畔一座磨坊里住着自由农民老太婆和她的孙女。孙女是个年近30岁的姑娘，会写诗，曾有一个心爱的未婚夫。有一个残酷无情的暴徒也想娶她，于是雇凶杀了她的未婚夫，并强暴了她，还打折了她的脊椎骨，使她成了失去意识的精神病人！她忽儿歌唱，忽而呻吟，令人心碎和同情！（《在昌古河上》）。

1905年1月，俄国工人阶级发动了史无前例的大规模游行，列宁称之为俄国工人阶级推翻俄国沙皇制度的事业的开始。高尔基文学创作思想是与时俱进的。此前，高尔基的短篇小说也写过工人，但尚未当作以先进思想武装起来的有觉悟有组织的整个工人阶级来写。此后，在高尔基的作品中，如在《浪漫主义者》《莫尔多瓦女郎》中，出现了工人阶级、资产阶级、阶级矛盾、阶级意识、工人运动、劳苦大众、有觉悟的人、追求组织、乌托邦、剥削、斗争等词语，足见高尔基已触摸到了新时代无产阶级革命的脉搏，并拿起笔杆子参加到革命运动中来。

1917 年十月革命以后，高尔基写了短篇小说《英雄的故事》，歌颂了为保卫苏维埃政权同外国干涉者和国内反革命分子作战而负伤甚至牺牲性命的战斗英雄；描写了革命前后妇女地位的变化，她们在革命前受尽磨难，革命后为保卫苏维埃政权而同白匪、富农分子做斗争，为捍卫妇女权益而奔走呼号；刻画了共青团员和青年人为创造新生活和建立新秩序而破旧立新的形象。

在《农场的故事》这篇作品中，高尔基歌颂了在苏维埃政权下工人阶级下乡创建"巨人"国营谷物农场并利用联合收割机垦荒种粮的新鲜事物。高尔基在参观该农场时指出：工人阶级是真正的"巨人"，是历史为解决前所未有的任务而推出来的"巨人"，他们不但能管理工厂，而且也能经营农场，工人阶级专政日益激发出群众的创造能量。

高尔基笔下所刻画的形形色色的人物，无论是善良的还是凶残的；所描写的现象，无论是真善美的还是假恶丑的，在当今的世界上依然存在，依然浮现在我们眼前。因此，高尔基的作品不但是历史的镜子，而且至今仍具有现实意义。

希望这本《高尔基短篇小说集》能得到读者的喜爱。

本书的翻译和编辑如有欠妥之处，敬请读者批评指正。

徐新民

2013 年 10 月 9 日初稿，

2016 年 2 月 22 日元宵节修改

于北京

2020 年 1 月春节终稿

阿列克塞·马克西莫维奇·高尔基

　　高尔基（1868—1936）系俄罗斯和苏联著名小说家、戏剧家、童话作家、诗人和社会活动家，苏联社会主义文学奠基人，列宁称他为"无产阶级艺术的最杰出的代表"。

　　高尔基诞生在一个木工家庭，四岁丧父，十岁丧母，之后开始学徒。他从小生活在苦难中，通过在社会底层的耳闻目睹和亲身经历，积累了丰富的创作素材。社会的黑暗和人间的疾苦激发了他文学创作的冲动，促使他拿起笔来为争取光明、自由、平等、公正和幸福而呐喊。他的作品揭露了旧社会的黑暗和腐朽，批判了统治者、压迫者和剥削者的虚伪、贪婪和残忍，喊出了劳动人民和社会底层人群痛苦的心声，歌颂了十月革命以后苏联各族人民为保卫和建设苏维埃政权的伟大斗争和成就。

　　他的主要代表作有：短篇小说《马卡尔·楚德拉》《莫尔多瓦女郎》；中篇小说《母亲》《奥库罗夫镇》；长篇小说《克里姆·萨姆金》，自传体三部曲《童年》《在人间》和《我的大学》；戏剧《小市民》《敌人》；童话《意大利童话》《俄罗斯童话》；诗歌《少女和死神》《海燕之歌》等。

译者简介

徐新民，1930 年正月二十五日生，湖南省安仁县人。青少年时代，曾就读于安仁县立中学、国立祖安中学和湖南省立第二中学，1954 年 1 月毕业于东北人民大学（今吉林大学）。从 1954 年 2 月起，先后任职于中央人民政府重工业部、中华人民共和国冶金工业部、对外贸易部、国家科学技术委员会、科学技术部，从事翻译工作和科技外事工作，被评为助理研究员和副译审，曾系中国翻译工作者协会会员和北京科普创作协会会员。先后合译出版了《原子时代的先驱者——世界著名物理学家传记》《宇宙工业》《海洋——1001 个问答》《未来的食物》等近 20 种约 220 万字的科普读物，还参加过马克思主义著作、词典和百科全书等的翻译工作。半个多世纪以来，为国家科技外事的光荣事业，为中外科技合作与交流的崇高使命，恪尽职守，殚精竭虑，真诚奉献了自己的美好年华。近十多年来，又潜心编辑出版了《国际科技合作征程》丛书共六辑约 250 万字；出版了《我的外事人生》《文艺译文集》《高尔基短篇小说精选》和《科技外事风云录》等著作。

目 录

马卡尔·楚德拉

从海上吹来又湿又冷的风。奔向岸的波浪的哗哗声和近岸灌木林的簌簌声交汇成深沉的交响曲。海风把这沉思曲传遍草原。有时阵风卷起残败的黄叶散落到篝火中燃起火焰。秋夜的烟雾在我们周围缭绕、颤动、胆怯地飘散，瞬间展现出：左边——广袤无际的草原，右边——辽阔无垠的海，我对面——老吉卜赛人马卡尔·楚德拉的身影。他守看吉卜赛人群的马，他们的宿营地和我们相距约五十步远。

冷飕飕的风浪掀开他那腰间有褶的上衣，露出并无情地袭击他那汗毛茸茸的胸膛，他对此满不在乎，摆出优美刚毅的姿势半倚半卧着，脸对着我，用大烟斗慢条斯理地吸着烟，从嘴和鼻子中喷出团团浓烟，目不转睛地从我头顶上望着草原死寂黑夜中的某处。他和我交谈，滔滔不绝，一动不动，对风的猛烈袭击无动于衷。

——你这样游荡？这好啊！你，矫健的雄鹰，给自己选择了光荣的命运。就应该这样：游荡和观赏，看够了，躺下和死亡——万事大吉！

——生命？另一类人？——他在听了我对他的"就应该这样"的异议之后继续说。——嘿嘿！这个怎么对你说呢？难道你自己不是生命？其他人没有你而生存，没有你而度过一生。难道你以为某某人需要你？你不是面包，不是手杖，任何人都不需要你。

——你说，学习和教学吗？那么你能学会使人们变成幸福的人吗？不，你不能。你先白了头，还在说要教学。教什么？任何人都知道他所需要的东西。智者得到一切，愚者一无所取。任何人都在自学……

他们，你那些人们，滑稽可笑，扎成堆，相互挤压，而地球上的地方你看有多少，——他伸长手左右指画一下草原。——老是工作。为什么？为谁？谁都不知道。瞧，人耕作，你想：他把自己力量放在土地上，汗水一滴一滴地流入土地，然后躺入土地中，在土地中腐烂。照他的意思任何东西都将不会留下，他从自己的地里看不到任何东西，就像出生那样，他又像傻瓜似的死去。

——好吧，——他生来就是为了挖掘土地，乃至死亡，甚至来不及给自己掘好坟墓，是否这样啊？他知道自由吗？他了解广袤的草原吗？海浪的絮语声能使他心旷神怡吗？他是奴隶——一生下来就终身为奴，事情就是这样！他能随心所欲地做什么？如果稍为聪明一点的话，就只有上吊而死。

——而我，你瞧，五十八年中见了如此多的地方，以致如果把这一切都写在纸上，那么用你这样的袋子一千袋也装不完。喂，你说说看，什么地方我没有待过？你说不清楚。你也不知道我待过的这些地方。就该这样生活：走呀走——这就得啦。不要久留在一个地方——为什么要久留呢？就像白天和黑夜环绕地球相互追逐着奔跑那样，你也不要考虑生活而去奔跑吧，以便不再不爱生活。你想呀——不再爱生活，这是常有的事情。我也有过这样的情况。咳咳！有过，雄鹰。

——我蹲过监狱，在加利钦。"为什么活在这世界上？"——寂寞无聊时我想了想这个问题，——在狱中寂寞无聊，雄鹰，唉，好寂寞无聊啊！——当我从窗户看一看田野时，忧愁就笼罩在我心田，就像钳子钳住挤压我的心脏一样。谁能说明白他为什么活着？没有人能说清楚，雄鹰啊！对此倒也不必扪心自问。活着，就是这样。悠闲自得地走走，看看自己周围的景物，忧愁就永远不会袭扰你。我那时几乎没有用腰带自缢，情况就是如此！

——我曾和一个人谈话，那是一个严谨的人，是你们俄罗斯人。他说，不应当像你自己所想的那样生活，而应当像上帝的话中所说的那样生活。俯首听命于上帝，他就会给你向他索要的一切。而他自己却是全身窟窿，褴褛不堪。我就叫他为自己向上帝要一件新衣服。他勃然动怒，赶我走，破口大骂。而此前还说应当宽恕人和热爱人。那么，如果我的话触犯了他的仁爱心时，他也该原谅我吧。也是——教师！他们教人少吃些，可是他们自己一个昼夜吃十餐。

他向篝火中啐了一口唾沫，开始沉默下来，重新装填烟斗。风儿如诉如怨低声地悲号，马儿在黑夜中嘶鸣，从吉卜赛人的宿营地里飘出温柔的激情的抒情歌声。这是美女龙卡，马卡尔的女儿，在歌唱。我知道她那音色浑厚深沉的嗓音，其声音总是有点儿奇异、不满和充满渴求——不论她是唱歌还是说"你好"。在她那黑黑的淡雅的脸上荡漾着皇后般的傲气，深棕色的神采飞扬的眼睛闪烁着意识到她美丽的迷人之光，显露出对除她本人之外的一切人的蔑视。

马卡尔递给我烟斗。

——吸吧！少女唱得好吗？是的！想让这样的美女爱上你吗？不想？好吧！也应该这样——不相信少女，远离她们。少女的吻比我吸烟斗更好些和更愉快些。只要你吻吻她，你心中的意志就消失了。她以某种无形的东西勾引你，想扯断都不可能，你就会把整个灵魂交给她。对吧！提防少女！她们总是撒谎！嘴上说我爱你胜过世上的一切，可是，如果用大头针扎她一下，那她就会撕裂你的心肝。我知道！哎嗨，我知道得可多啦！嗯，雄鹰，你想要我给你讲段往事吗？你可要记住它哟，只要你记住它，你将永远是只自由鸟。

"世间曾有一个名叫卓巴尔的年轻的吉卜赛人，全名洛伊科·卓巴尔。整个匈牙利、捷克、斯拉沃尼亚和沿海的所有地方都知道他，——一个剽悍的小伙子！那些地区没有这样的村庄，即其中某些居民不会向上帝发誓要杀了洛伊科，但是他活得自由自在。如果他喜欢哪匹马，那么即使派一个团的士兵去守卫那匹马，卓巴尔依然能骑上它去矫健地驰骋！咳咳！难道他怕谁吗？就是魔鬼带着自己全部随从来到他身边，他假若不是向魔鬼捅刀子，那也许会破口大骂，并朝每个魔鬼的嘴脸踢上一脚——那会是恰如其分的！

"所有流浪的吉卜赛人群都知道他或听说过他。他只爱马，别无所爱，而且骑的时间不久就又卖掉。钱，谁想要谁就拿去。他没有珍珠宝贝，但如果你需要他的心，他会自己剖胸掏心给你，只要你因此而舒心。瞧，他是怎样的人，雄鹰！

"我们这个吉卜赛人群当时迁徙在布科维纳①一带，——这是约十年以前的事。有一次——一个春天的夜晚——我们坐在一起，有：我、和科苏特②一起战斗过的士兵达尼洛、达尼洛的女儿娜达和其他所有人。

"你知道我的龙卡吗？简直是少女皇后！嗯，不能拿娜达和她相提并论——龙卡不胜荣幸之至！关于这位娜达，无话可说。也许，能用小提琴赢得她的美，而且还要是能像了解自己内心那样领悟小提琴的人才有可能赢得她的美。

"她使许多青年好汉心灰意冷，哎呀，许多！在摩拉瓦有一位年老的头发浓密的豪绅巨富，他一见到她就呆若木鸡。他骑着马看呀，像发高烧似的战栗。他像节日盛装般美丽，短上衣镶金，腰间挂着马刀，马儿一顿足，马刀就像闪电般地闪亮，整个马刀都镶嵌着宝石，帽子上缝着天蓝色的丝绒，仿佛头顶着一片蓝天，——俨然是一位有权势的大公！看呀看，于是对娜达说：'喂！亲个吻吧，我把钱袋给你。'娜达扭向一边，仅此而已！'既然我使你感到委屈，那就请原谅，哪怕温柔一点地看我一眼也好啊'，——这位老豪绅巨富很快抑制高傲，把钱袋扔到了她的脚边——好大的钱袋，老兄！而她似乎无意中用脚把钱袋踢到了垃圾里，事情就是这样。

"——哎嗨，少女！——他叹了一口气，扬鞭驱马，只见灰尘像乌云般飞扬。

"另一天，他又出现了。'她父亲是谁？'——他的吼声如雷鸣般响遍宿营地。达尼洛走出来。'把你女儿卖给我，你想要什么都行！'可是达尼洛对他说：'这个嘛，只有贵族才出卖一切，从自己的猪到自己的良心，而我随科苏特战斗过，不出售任何东西！'他怒吼，手握马刀。我们有人把点燃的火绒塞入马的耳朵，

① 布科维纳：古地名，相当于现今乌克兰切尔诺夫策和罗马尼亚苏恰瓦地区。——译者
② 科苏特（Kossuth Lajos，1802—1894）：19世纪中期匈牙利人民争取独立斗争的主要组织者，1849年发表推翻哈布斯堡王朝的独立宣言。——译者

马儿驮着这坏家伙扬蹄离去。于是我们就拔营迁移。我们走了一两天，一看——他追上来了！'你们好，他说，在上帝和你们面前，我的心地是善良纯洁的，把少女嫁给我为妻吧，我和你们分享一切，我十分富有！'他容光焕发，像风吹羽毛那样在马鞍上摇晃。我们沉思。'——喂，女儿，你说呢！'——达尼洛翘起小胡子自言自语地说。

"——假若雌鹰自愿进入乌鸦巢中，那么她会成为什么？——娜达问我们。

"达尼洛笑了，我们大家也跟着他笑了起来。

"——说得好，女儿！听见了吗，先生？事情办不成！你去找母鸽吧，她们会顺从些。——于是我们继续往前走。

"而那位先生抓起帽子往地上一扔，疾驰而去，大地在马蹄下颤动。瞧，她，娜达，是怎样的少女，雄鹰！

"是的！有一次夜晚我们就这样坐着，听到音乐在草原上飞扬。优美动听的音乐！它使人热血沸腾，令人神往。我们感到，大家想从这音乐中得到某种快感，此后，生活也就无所谓啦，或者假如活着，那就活得像整个大地之王，雄鹰！

"突然，从黑暗中清晰地现出一匹马的轮廓，一个人骑在马上来到我们跟前，演奏小提琴。他在篝火旁停下来，停止演奏，微笑着，看着我们。

"——嘿嘿，卓巴尔，这果然是你啊！——达尼洛高兴地向他喊道。这就是他，洛伊科·卓巴尔！

"胡须披散到肩上和鬈发掺和在一起，眼睛像两颗明亮的星星炯炯发光，微笑像阳光普照，真的！他和马儿一起仿佛是用一块铁锻造而成的。他笑容可掬，笔挺挺地站立，牙齿像天生的那样也在篝火火光中闪亮。我真该死，既然在他对我说话之前，或者在他明确指出我也生活在人间之前，我就已经像对自己似的不爱他了！

"瞧，雄鹰，都是些怎样的人啊！他直视着你，迷惑住你的心，这对你丝毫不是羞愧，而且还是自豪。和这样的人在一起，你自己也变得优秀一些了。朋友，这样的人少啊！嗯，既然少，那就算了吧。如果世上好的多，那么他就不会被认为是好的啦。正是这样！噢，请继续听下去。

"娜达说：'你，洛伊科，琴拉得好呀！这是谁给你做的如此嘹亮悦耳的小提琴？'洛伊科笑着说：'我自己做的！而且不是用木料而是用我热恋的年轻姑娘的胸脯做的，琴弦则是我用她的心捻成的。小提琴还有一点儿走调，嗯，可是我能用手操控住琴的弓子！'

"众所周知，我们这种人力求马上迷糊少女的眼睛，以便这双眼睛不至撩动他的心弦，而它们本身为你蒙上一层忧伤，洛伊科也就是这样。但是，她可不是好愚弄的。娜达转向一边，打了一个哈欠，说道：'人们还说，卓巴尔聪明又机灵，——看来人们在撒谎！'——她说完就走开了。

"——哎哟，美人儿，你真是伶牙俐齿！——洛伊科目光炯炯，从马背上跳下来。——你们好，兄弟们！瞧，我到你们这里来了！

"——欢迎客人！——达尼洛回应他说。他们接吻，说了说话，然后躺下睡觉……熟睡。翌晨，我们一看，卓巴尔的头上捆着一块破布。这是怎么啦？啊，这是马儿用蹄子踢伤了睡眠中的人吧。

"唉，唉，唉！我们懂得这马儿是谁，我们窃笑，达尼洛也笑了起来。怎么，难道洛伊科配不上娜达？嗨，可真不是！少女尽管美，但她的心眼狭小，即使你把一普特黄金挂在她脖子上，反正都一样，要说她是怎样的，不如说她不是怎样的。啊，得了吧！

"我们生活着，而且生活在那时我们的事业兴旺发达的地方，卓巴尔也和我们在一起。这是朋友！他睿智老练、博学多才、通晓俄文和匈牙利文。有时谈话——哪怕永久不睡觉也听他谈！演奏——假如世上还有任何人能演奏得如此美妙，那就叫雷把我劈死！当他用弓子拨动琴弦——你的心就会为之震颤，再来一次——你听着，心脏似乎屏息得要停止跳动，而他在演奏，在微笑。你听他演奏，会同时既想哭又想笑。现在好像有谁在向你痛苦地呻吟，求助，像用刀子在切割你的心胸。你听，草原在向天空讲述童话，悲伤的童话。姑娘在送别棒小伙子而哭泣！棒小伙子在呼唤少女去草原。突然——嗨！自由活泼的歌曲如雷声殷殷，太阳则听之而在天空伴着歌声起舞！怎么样，雄鹰！

"那支歌曲使你身上的每条血管都热血沸腾，你则全身心地变成了它的奴隶。假若那时洛伊科喊一声：'朋友们，上刀山！'那么我们全都会上刀山。他对人能做一切，大家也都爱他，热烈地爱他，只有娜达一人不理睬这个小伙子，若是仅仅如此也就罢了，可是她还嘲笑他。她伤透了卓巴尔的心，真是伤透了他的心啊！洛伊科扯着自己的胡须，牙齿咬得咯吱响，瞪着比深渊还要昏暗的眼睛，有时眼中直冒可怕的怒火。洛伊科夜晚远去草原，他的小提琴呜咽到清晨，呜咽，湮没卓巴尔的意志。我们则躺着，听着，想着：怎么办？我们知道，倘若两块石头相向滚动，那是不可能在它们之间停止下来的——那会招致毁灭的。事情就是这样。

"有一次我们吉卜赛人群的所有人坐在一起谈事。感到无聊。达尼洛请求洛伊科：'卓巴尔，唱支歌吧，活跃一下心情！'他瞧了一眼离他不远仰卧着的娜达，遥望天空，拨动琴弦。琴声响起，仿佛确是少女的心在诉说！洛伊科开始唱：

> 嘿—嘿！胸中燃起火光，
> 草原辽阔无垠！
> 我的马如风驰电掣，
> 我的手刚而劲！

"娜达欠了欠身子，转过头来，面向歌手嫣然一笑。他像霞光般容光焕发。

> 嘿，嘎—嘿！我的朋友啊！
> 怎么样，往前奔！
> 草原浓雾弥漫，黎明
> 在那等待我们！

> 嘿—嘿！我们迎接白天，
> 腾飞直达天庭！
> 只是不要让那马鬃
> 扎着月亮美人！

"唱得多好！现在已无人可比！娜达轻慢地说：

"——你就别飞那么高嘛，洛伊科，弄不好就会摔下来，摔个大马趴，瞧，会弄脏自己的胡须。——洛伊科恶狠狠地看了她一眼，什么也没有说——他忍气吞声，自言自语地唱道：

> 嘿—嘎！骤然白天降临，
> 我们却在梦境。
> 唉，嘿！那时我们将在
> 羞愧之火中自焚！

"——这就是歌！——达尼洛说。——从未听过这样的歌；假若我撒谎，那就让恶魔拿我去给他做烟斗！

"老努尔又捋胡须又耸肩膀，卓巴尔的歌是合我们大家心意的快活的歌！只有娜达不喜欢。

"——真是的，有一次蚊子嗡嗡叫，模仿着鹰鸣，——她说，仿佛向我们泼了一瓢冷水。

"——你，娜达，想要鞭子抽打吗？——达尼洛向她探过身子说。而卓巴尔把帽子往地上一扔，粗声粗气地说：

"别说了，达尼洛！烈马要配钢嚼环！把女儿给我做妻子吧！

"——就是这个话！——达尼洛笑着说。——如果你能的话就娶走吧！

"——好！——洛伊科答道，又对娜达说：——喂，姑娘，你听我几句话，不要自傲！你们这样的女孩子我见得多啦，嗨，很多！可是，任何一个都没有像你这样触动我的心。哎呀，娜达，你迷惑住了我的心！嗯，那怎样呢？免不了的事情必然会发生，没有马儿会独自疾驰而去！……我要在上帝、自己的荣誉、你的父亲和这里所有人的面前娶你为妻。但是，你要知道，不要违拗我的意志——我是自由的人，我将随心所欲地生活！——他咬紧牙齿走近她，眼睛炯炯发光。我们看着他向她伸出一只手，心想：娜达给草原之马戴上笼头！突然我们看到：他挥舞双手，咕咚一声向后摔倒在地！……

"这是什么怪事？仿佛是子弹击中了小伙子的心脏。却原来是娜达把皮鞭套在他双脚上并死劲儿一拉，就这样洛伊科摔倒了。

"少女重又一动不动地躺着，窃窃微笑。我们静观事态的发展。洛伊科坐在地上，双手压住头，似乎担心他的头会破裂。然后他悄悄地站起来，谁也不看就向草原走去。努尔对我低声说：'照看他吧！'于是我在黑夜的草原上跟着卓巴尔慢步而行。就这样，雄鹰！"

马卡尔磕掉烟斗的烟灰，又重新装满烟斗。我用大衣更紧地裹住身子，躺着端详他那张因风吹日晒而黝黑的苍老的脸。他严肃地摇头晃脑，喃喃自语。斑白的胡须微微颤动，头发随风飘拂。他宛如一棵雷电灼伤的老橡树，但依然苍劲坚挺。海仍旧在和海岸絮语，风儿还是那样把海的絮语传遍草原。龙卡已停止歌唱。天空聚集的乌云笼罩得秋夜更加昏暗。

"洛伊科蹒跚而行，垂头丧气，双手乏力，来到了干涸的河床，坐在石头上唉声叹气。他如此呻吟，以至我心中洋溢着怜悯之情，但我还是没有走近他。语言难以慰藉悲痛——对吧？！是的！他坐了一个小时，两个小时，第三个小时还是一动不动地坐着。

"我就在不远处躺着。明朗的夜，皓月当空，银光洒遍整个草原，远处亦可明察秋毫。

"宛然我看见：娜达从宿营地急匆匆地走来。

"我陡生快意！'嗨，真好！——我想，——这不是勇气勃发的少女娜达吗！'——瞧，她走到他身边，而他没有发现。她把一只手搭在他肩上。洛伊科颤抖了一下，松开双手，抬起头，握着钢刀跳起身来！哎哟，他要刺杀少女，我看着，向宿营地喊了一声，很想向他们跑过去，猛然我听见：

"——罢了！砸烂你的头！——瞧：娜达一手拿着枪瞄准卓巴尔的前额。好一个魔鬼少女！嗯，我想，他俩现在势均力敌，进一步将发生什么事呢？

"——听着！——娜达把手枪掖在腰里对卓巴尔说：——我不是来杀你的，而是来讲和的，扔掉刀子！——卓巴尔把刀子丢下，皱起眉头直视着她。这是好奇怪的事儿，老兄！两个人站着，像野兽般相互看着。两个多么优秀的勇敢的人呀！明亮的月亮看着他们，我也看着他们——万事大吉！

"——嗨，洛伊科，你听我说：我爱你！——娜达说。洛伊科只是耸了耸肩，似乎被捆住了手脚。

"——我见过不少青年好汉，你比他们更勇敢，心灵更美丽，容貌更端庄。他们中的每个人都会剃须理容，但我不会正眼相觑。他们全都会随我所欲跪倒在我脚下，但这有什么意思？他们如此胆怯，而我会使他们变成无能之辈。洛伊科，世上勇敢有为的吉卜赛人不多，不多呀。我任何时候任何人都不曾爱过，洛伊科，我爱你。我还爱意志！洛伊科，我爱意志胜过你本人。我生活不能没有你，就像你生活不能没有我一样。因此我希望你是我的灵魂和肉体，听见了吗？——洛伊科微微一笑。

"——听见了！你的话使我心花怒放！嗯，继续说吧！

"——洛伊科，还有就是：无论你怎样要滑，反正都一样，我会征服你，你将是我的。这样，你就不要白白浪费时间——我的吻和爱将等待着你……我将热烈地吻你，洛伊科！有了我的吻，你将忘记自己胆大妄为的生活……你那些动听的招吉卜赛青年人喜欢的歌曲也不再在草原上唱响——你将给我娜达唱温柔的爱情歌曲……这样，你别徒然浪费时间，——我说这些话，意味着你明天要像对老英雄那样屈服于我。你要在整个吉卜赛人群面前向我行跪拜礼，吻我的右手——那时我将成为你的妻子。

"瞧，鬼少女想要什么！这是闻所未闻的，听老年人说，只有古时候黑山人才如此，而吉卜赛人从未这样！嗯，雄鹰，有什么比这更可笑呢？你成年累月冥思苦想也想不出个所以然来！

"洛伊科闪到一旁，像心灵受到创伤的人向着整个草原吼叫一声。娜达为之一颤，但未动声色。

"——嗯，那就明天见，明天我吩咐你做什么你就做什么。听见了吗，洛伊科！

"——听见了！我做，——卓巴尔呻吟起来，并向她伸出双手。她连瞧都没有瞧他一眼，他就像被大风吹折的树那样晃动着，倒在地上，痛哭，傻笑。

"瞧，可怕的娜达使这位青年人筋疲力尽。我勉强地引导他清醒过来。

"唉！什么样的魔鬼需要使人们深感悲痛？谁爱听人心悲恸欲绝地呻吟？你就去想吧！……

"我回到宿营地，对老年人讲述了一切。我们想了想，决定等一等，看看将发生什么。事情原来是下面这个样子。当我们大家晚上聚集在篝火周围时，洛伊科来了。他惶恐不安，一夜之间可怕地消瘦了，眼睛陷下去了，低头垂目对我们说：

"——朋友们，事情就是这样：我彻夜扪心，心中没有我昔日自由生活的地位而只有娜达——别无办法！瞧她，美女娜达，像皇后般微笑！她爱自己的意志胜过于我，而我爱她胜过于自己的意志。我决定向娜达跪拜，她吩咐让大家看到，她的美是怎样征服了剽悍的洛伊科·卓巴尔的，而这个卓巴尔在她之前玩弄少女就如同隼玩弄鸭子一样。然后，她将成为我的妻子，抚爱和亲吻我，以致我不愿为你们唱歌，我不怜惜自己的意志！是这样吗，娜达？——他抬起眼睛忧郁地看了看她。她默不作声，严厉地点了点头，一只手指了指自己的脚下。我们看着，摸不着头脑。甚至想躲到什么地方去，以免看到洛伊科·卓巴尔向少女下跪——即使这个少女是娜达。不知为什么，羞愧、怜惜、忧心。

"——好啦！——娜达向卓巴尔喊了一声。

"——唉嗨，别着急，来得及，还厌烦……——他笑。仿佛钢铁发出清脆的声音，——他大笑起来。

"——这就是事情的全貌，朋友们！——还剩下什么？啊，还有就是试试我的娜达是否具有她向我展示的那样坚强的心。我就试，——请原谅我，弟兄们！

"我们还没有来得及猜想,卓巴尔想做什么,而娜达已经躺在地上,她的胸间插了卓巴尔的弯刀,深达刀柄,我们惊呆了。

"娜达拔出刀子扔到一旁,用自己的一绺黑发压住伤口,微笑着,高声而清晰地说:

"——再见,洛伊科!我知道,你会这样做的!……她说完就死了……

"你懂得这个少女了吗,雄鹰?这是多么惊人的少女啊!我若说的是假话,就让我永久挨雷劈。

"——哎呀!我这就向你跪拜,高傲的女王!——洛伊科向整个草原大喊了一声,扑倒在地,双唇紧贴死亡的娜达的双脚,呆若木鸡。我们脱帽站着默哀。

"对这样的事你能说什么,雄鹰?真是的!努尔说:'应当把他绑起来!……'可是人们没有动手捆绑洛伊科·卓巴尔,努尔知道,谁也没有动手。他挥了一下手走开了。但是,达尼洛捡起了娜达扔在一旁的刀子,久久地看着它,斑白的胡须在微微颤动,刀上娜达的血还未凝固,它是那样的弯曲和锋利。然后,达尼洛走近卓巴尔,把刀子正好对准心脏插入他的后背。老兵达尼洛毕竟是娜达的父亲啊!

"——原来如此!——洛伊科转向达尼洛清晰地说,随即去追赶娜达了。

"我们张望。娜达躺着,手握一绺头发压在胸脯上,她的眼睛张开着;而在她的脚旁四肢伸开地躺着剽悍的洛伊科·卓巴尔,鬈发散开在他脸上,人们看不清他的脸了。

"我们站着,思考着。老达尼洛的胡须在颤动,他的浓眉紧锁,他默默地望着天空;而白发苍苍的努尔俯卧在地上哭泣,哭得他那年老的双肩都颤动起来了。

"这是哭什么呀,雄鹰!

"……你走,嗯,走自己的路,别走斜道。直接走,或许,不要徒劳地转弯抹角。就是这样,雄鹰!"

马卡尔沉默下来了,把烟斗藏在小口袋里,把腰间有褶的上衣掩上胸脯。稀疏的雨点开始滴落,疾风开始劲吹,海发出沉闷而愤怒的隆隆声。马儿一匹接一匹地走近渐渐熄灭的篝火，瞪着智慧的大眼睛看着我们，一动不动地停下来，围成一个密实的圈环绕着我们。

——嘎，嘎，唉咳！——马卡尔向它们喊了一声，用手掌拍了拍自己心爱的乌黑色的马儿的脖子，把脸转向我说：——是睡觉的时候了！——然后，他把头蒙在腰间有褶的上衣里，挺直身子躺在地上，沉入了梦乡。

我没有睡意。我望着夜色深沉的草原，在我眼前浮现了威严靓丽高傲的娜达的身影。她把捏着一绺黑发的手压在胸脯的伤口上，鲜血透过她黑黑的纤细的手指慢慢滴落，像火红色的星星陨落到地上。

紧跟在她后面浮现的是剽悍的汉子洛伊科·卓巴尔。浓密的黑色的鬈发遮掩着他的脸，无情的汪汪泪水从鬈发底下滴落……

雨下得更大了，海向高傲的一对吉卜赛美人——洛伊科·卓巴尔和老兵达尼洛的女儿娜达高唱凄凉而庄严的歌曲。

他们俩在黑暗的夜里从容不迫地和默不作声地转圈子，美人洛伊科无论如何也不能赶上高傲的娜达。

行乞的小女孩

　　——我现在去散散步！——帕威尔·安德列耶维奇放声说。他搁下笔，打了个呵欠，伸直身子躺在安乐椅上，烦闷地吹起了口哨。

　　他工作得很好，自我感觉朝气蓬勃和心满意足。他明天将在法院作两次简短的发言，然后还有两次讲话，开庭期随即就结束了。将有一个小假期，可以到克里米亚去欣赏温柔的海和炎热南方的天……他已享有天才演说家和优秀法学家的声誉，他有权即将被任命为检察长，他感觉生活既不厌倦，也不窘迫。如果过分挑剔地看待生活，那么生活是枯燥无味的，但是究竟为什么偏要如此看待生活呢？除了无数的折磨外，未必有什么会使人如此对待生活，如此对待反复试图看透而未必能看透、并且大概任何时候都看不透的生活……

　　"我们的整个生活完全是命中注定的！"——帕威尔·安德列耶维奇不自觉地误入了兰伯杜奇奥哲学，他用不协调的悲伤的声调打口哨吹了一段小歌剧的曲调之后，露出一丝微笑，重又打了一个呵欠，从安乐椅中站起来，喊了一声：

　　——叶菲姆！

　　然后，他自信和自负地环顾了一下四周。

　　他的办公室摆满了舒适的家具，陈设得整齐协调、美观大方。现在，四月下旬，一轮红日光辉灿烂，房间洒满了阳光。他看着那四周的墙壁，装得如此温馨明亮，这更增添了他内心对生活的暖洋洋和甜丝丝的快感。

　　——叶菲姆！——他再次呼唤了一声。

　　——到！

　　一个白发蓬松的头从厚实的、褐色的、带华丽皱褶的门帘后面探了出来，一对善良的、老年人的、陷入银白色卷曲胡须和眉毛之间的眼睛把目光富有表情地停留在帕威尔·安德列耶夫身上。

——我去散步，兄弟，七点钟以前准备好茶炊。别的就没什么事啦。

——如果将有人问您呢？

——我很快就会回来。但无人问我的。

——也许，将有客人来呢？

——嗯，会有什么客人来看我们呢？叶菲姆！

——是的，不会有客人来的！

——那么，你还问什么呢？

——为了遵守规矩。在大户人家，如果老爷们离开家，仆人总是要这样问老爷的。

——噢，原来如此！——帕威尔·安德列耶维奇笑着说，显出和善而怀疑的样子，接着穿上大衣出门到街上去了。

不久前雪融化了，街道还是湿漉漉的，显得洁净而冷清，但保持着庄重的美。一座座白色大厦雕梁画栋，飞檐和窗间壁点缀些泥塑装饰，在旭日春光辉映下被渲染成细腻的浅粉红色调，傲慢地审视着世间。高楼大厦鳞次栉比，融化的雪洗刷了它们的灰尘，使它们显得格外明净和亮丽，天也在它们上空辉耀，那样灿烂、明亮和爽朗。

帕威尔·安德列耶维奇款款而行，感到自己处于和周围环境完全和谐的氛围中。他想，如果不对生活过于奢求，那么生活得该是多么美好，而那些有钱却又要求生活给予自己更多钱的人是多么自以为是和愚不可及。荒诞之徒呀！生活教训他们，且如此残酷地教训他们，但他们依然继续我行我素，不善于给自己找到适当的支点，不善于使自己的能力和自己的愿望协调起来……

他机械地、平静地思来想去，不知不觉来到了沿岸街。

岸下展现在他面前的是汪洋大海似的河流，河水在太阳照射下寒光闪闪。在地平线的远处，太阳徐徐坠入河中。河流，像它反映的天空一样，壮丽而平静。在波平如镜和寒气逼人的河面上既无惊涛骇浪，又无层层涟漪。河流一泻千里，疲倦的河已安然入睡。一抹紫红—金黄色的温柔的落日余晖懒洋洋地消失在河面上。远处可见一条狭小的水天相隔的地带笼罩在灰蓝的暮色轻雾之中，河流好像被无云的僻静的天空所覆盖……若能像自由的鸟儿在水天之间飞翔，振翼划破清新的蓝天该多好啊！……

——亲爱的，老爷！修修好吧，请给一点面色钱吧！没有工作，一整天未吃东西了……已经精疲力竭……尊贵的先生，看在上帝的面上，发发慈悲吧！……

帕威尔·安德列耶维奇一惊，转过身来。

喋喋不休的声音——一个发颤的男高音和一个嘶哑绝望的男中音——不间断地在空中回绕，刺激帕威尔·安德列耶维奇的耳朵。

在他面前站着两个人——一位年近二十的小伙子，一手持一把斧子，另一手拿一顶破帽子，身穿一件女式敞胸短上衣，衣上满是窟窿，露出肮脏的棉絮；另一位年约五十的男人，穿着短皮大衣和树皮编织的鞋，腰间别着褐色的肮脏的遮檐帽。小伙子灰头土脸，干瘪清瘦，面带饥饿的愁容，露出悲哀渴求的神色。他装出卑躬屈节和等待施舍的样子。中年男人的整个脸被耷拉到前额的粗硬的头发和凌乱成辫状的胡须所遮掩，他死劲儿地看着地上，绝望地喃喃絮语，仿佛是懒洋洋地从自己胸中挤出来声音。小伙子用快节奏的宣叙诉说自己的乞求，似乎害怕人们没有听到他的话，害怕他自己来不及充分地表达迫使他行乞的所有原因。

——等着！——帕威尔·安德列耶维奇高声而不满地说，很快把一只手插入口袋。

但是，此时却发生了一件怪事，使他大吃一惊，差点儿没让他失去意识。

——老爷，可爱的人！不要给他们！……不要给！……他们已经得到了三十五戈比……瞧，贪婪的人！……老爷，给我吧！！亲爱的，给小女孩一点面包钱吧，修修好吧！……

帕威尔·安德列耶维奇感到有人紧紧地抓住他伸入口袋的手，抓住，拽着不放，用儿童最高音悲戚地喊出既可怜又可怕的乞求的话。

这是一个什么脏兮兮活生生的小家伙，她的头深深地扎入帕威尔·安德列耶维奇制服大衣的皱褶里，她像泥鳅一样在一个地方转动蜷曲，以致不能从正面仔细地看清这是什么人……三个声音争先恐后地诉苦，弄得他震耳欲聋，引起他极度的气愤。

——住嘴！滚开！——他叫喊了一声。

但是，他威风凛凛的叫喊收效甚微。

——唉，老爷！——男中音深深叹息地说，仿佛是从内心深处发出来的声音。

——你是我们的养育者！——男高音耍着花腔高声地接着说。

——他们撒谎，老爷，别相信！他们已经得到了三十五戈比！……在彻夜祈祷前他们就去吃喝，再去教堂前的台阶上，在那里还能得到那么多……该死的贪婪的人！……

——我说，滚开！……——帕威尔·安德列耶维奇再次高声地叫喊了一声，狠狠地骂了一句，但顷刻不好意思地回头看了一下。

但是，沿岸街空荡荡的，没有人能看见他的激动。于是，他用有力的动作摆脱扎入大衣下紧紧抓住他的小家伙，一只手把她举到自己面前……但是，惊讶不已的他马上就把手放下来，在他手中挣扎的小家伙即滚到了人行道上，并且依然不断地用紧张的尖细的儿童最高音乞讨。

帕威尔·安德列耶维奇瞬息闭目深叹，把一点零钱塞入向他双双伸出的一只手中，并挥手回应有点奇怪地忧郁和费力的道谢声，随即俯看那像橡皮球从地面撞回来的满身褴褛的人，那人身上的破衣烂衫快速颤动，使他活像一只丑陋的夜间的大飞蛾。

——亲爱的，老爷，也给我一戈比吧！……行行好吧……——小小的女孩再次像陀螺那样在他脚边转动。

——等一等，等一等！……——帕威尔·安德列耶维奇聚精会神地端详着她，有点儿张皇失措地嘟哝着。

这是一个六七岁的面貌清秀的小女孩。她像水银一样灵动，却穿得非常破烂。她用破红布当腰带系住遮掩她全身的破衣烂衫，只有从其中露出的小脑袋才让人们有可能把她看成人类。正是这颗小脑袋让美的鉴赏家和一切美的爱慕者帕威尔·安德列耶维奇惊讶不已。小小年纪的她尽管掩身的红布脏兮兮的，但也许正是这块颜色凸显的红布和小脸蛋儿的秀美使她显得格外靓丽。细而柔的一圈一圈的鬈发从头巾中露出来，耷拉在前额和脸颊上拂动，透露出活泼动人的绯红的脸色。仿佛刀刻的小鼻子和激动得神经质地鼓起来的玫瑰色晶莹的鼻孔，神经质地颤动的殷红的细嫩的嘴唇，点缀着柔和可爱的酒窝的浑圆的下巴颏儿，温柔的蓝色的大眼睛——所有这一切和她的破衣烂衫，使她稀奇古怪地好似一小堆垃圾中央绽放着一朵令人心醉的和想入非非的美丽的鲜花。然而，她不断地用尖细的儿童最高音叫喊，喊出一些阿谀奉承的词语，致使人们的幻想化为泡影。

——等一等啊，等一等！……——帕威尔·安德列耶维奇激动地说。

他想让她安静下来，不要那样瞎嚷嚷了，好使他能仔细地看看她。他款步徘徊在人行道上，视线没有离开她，想着怎样才能使她沉默下来……给她一点施舍吗？她将表示感谢。带她回家吗？可这有点荒唐！……当他这样想的时候，内心反复地赞叹："她多么美啊！天使般的，简直是天使般的美丽！"

——老爷！亲爱的，给点施舍吧！……家里有个生病的母亲，还有一个吃奶的小弟弟，修修好吧……

——别忙，等一等。我给你，知道吗？给你！给你很多。别说话。等着。你先告诉我：你从哪儿来？你是谁家的孩子？你的父母是谁？你这很久……就乞讨了吗？

她抬起头，蓝眼睛流露出儿童般信赖的目光仰视他的脸，不知何故，不由得激起了帕威尔·安德列耶维奇某种模糊的、陌生的感觉，引起他采取了异乎寻常的行动。他环顾了一下四周……街道空荡荡的，渐渐笼罩在轻柔的夜色之中。于是，他拉住小女孩的手同行，竭力使自己的步伐和她急匆匆不平稳的步调一致。但他不太成功，自己却在某种程度上是跳动，忽而超过她，忽而落在后面；而她用细碎的脚步走在他旁边，抓住他的手，一路高声地诉说：

——我就是本地人。我们住在那下面的村庄。我父亲死了，这是因为喝酒。母亲也死了，由于父亲老是打她。我现在和伯母妮莎住在一起。她对我说："既然你是小淘气鬼，乞讨也少，我就揪住头发揍你。"伯母妮莎说……她也是爱发脾气的。好老爷……

——你就等一等吧，我说了——给你！可是，你说过，你家里有生病的母亲和弟弟……

——这是伯母妮莎叫我说的，好显得更加可怜。要是不可怜，人们就不会施舍的，她这样说。"你，她说，小魔鬼，别给我少要。你要，她说，尽量撒谎……好让你显得更加可怜……要不，人们是不会施舍的……"

小女孩尖细的、紧张的儿童最高音愈来愈强烈地激起了他内心的稀奇古怪的、异乎寻常的念头。他慢慢地走着，陷入沉思之中，用制服大衣紧紧地围住身体，倾听着她那音乐般的话儿。在这个清新的春天的夜晚，他想起了她该感到很冷，于是不由自己地望了望她的双脚，感到一阵刺心的痛。她脚穿脏兮兮的破旧的小鞋，带着响声快步走在马路上，每当她抬高脚的时候，鞋就张开大口子，露出小小的、赤裸的、湿润的、冻得发红的脚趾。她穿得好破烂好脏啊！……他抬头顺着街道张望。

两排冷冰冰的大楼的窗户瞪着昏暗的眼睛，冷淡地看着它和它的小同伴。在它们的目光中有着某种讽刺的和严格确定的含义。看来，它们不满意他——帕威尔·安德列耶维奇，因为他允许这个小女乞丐如此高声地嚷嚷。

帕威尔·安德列耶维奇被她的话引入了一种忧郁的催眠状态，感到自己筋疲力尽，不知何故突然想起：如果有位熟人看到他和这个小女孩在一起，那么……会是很荒谬的。仅仅是由于他不希望见到亲近的熟人，他就这样会被不公道地认为是厌世者，其实他不希望见到他们完全不是出于仇视人类。简而言之，之所以不该使自己和人们处于所谓的友好亲近的关系中，是因为这种关系招致无端地要去听取他们的许多闲言碎语，什么庸俗行为，什么私情，什么他们妻子的健康和性格，还有其他一些生活琐事，直听到包括胃功能失调。这些低级趣味的空谈闲扯有什么用？这一切都不重要和不需要。安宁，静观，好奇，即没有激情没有忘我的好奇，——这就是正常的生活。现代人的内心世界是如此复杂和各不相同，以致在研究它的时候就可以完全地和充分地满足知识渊博的聪明人的徒务虚名的渴望。而外在世界却过于神经紧张，能很快地使希望过简朴和宁静生活的人感到疲倦。人离他人越远就越幸福，因为幸福——这就是安静，别无其他。他，帕威尔·安德列耶维奇，检察长的同事，对生活已有固定看法的人，究竟为什么需要这个天使般美丽的、衣衫褴褛的小女孩？她——是他不愿看到的忧郁无聊戏剧的序幕。

这些普通的戏剧他已习以为常，甚至令他生厌。她可怜，但往后怎么办？他怎样才能帮助她呢？当然，已经不是给钱的问题，给的钱也会被伯母妮莎收走的。其他的办法他还没有看到……到底为什么她要在他耳边嚷嚷，像蚊子似的嗡嗡悲鸣？为什么这一切都必须如此？唉，这一切是多么异乎寻常和匪夷所思！……

帕威尔·安德列耶维奇放下小女孩的手，掏出小钱包，思考着给她多少呢？一卢布可以暂时减轻她的状况，但它可能增大伯母妮莎的胃口，三天以后反而会使这种状况更糟。

——那两个人心太贪……已经有三十五戈比，他们还总是要。要是我得到了三十五戈比，我就会回家啦！——小女孩带着责备的腔调认真地说。

帕威尔·安德列耶维奇发现，她的眼睛发亮，不像儿童那般干涩。她瘦小的体态冷得抽缩，显得更小了，而一身褴褛蓬乱得有点儿古怪。她显得像一只受了伤害的、羽毛零乱的鸮雏。他想象她孤单一人夜晚在大楼耸立的寒冷死寂的街道上行走的情景。这是很令人担忧的景象……他和她到底怎么办？乐于行善的人是会灵活地从这种困局中找到出路的，只不过此人还没有发现它罢了。他惘然若失。

他满怀怨恨，但此时他发现已经站到了自己住宅的门廊附近，于是他想最好是把她留下来在叶菲姆的房间过夜，翌晨也许会想出什么好办法来。

——你到我家去吧！——他对冷得紧靠着门的小女孩说，同时拉了一下门铃把手。

她没有感到惊讶，什么也没有说，甚至在他前面跟着叶菲姆一下子蹿入了宅门。

帕威尔·安德列耶维奇瞧着自己仆人的疑惑神态微笑了一下，脱下大衣，吩咐自己的客人："脱下衣服！"又吩咐叶菲姆："给她洗干净！"接着，死劲儿地搓着有点发冷的手，走进了自己的房间，坐到又深又软的安乐椅上。

茶炊在他面前发出咕噜咕噜和扑哧扑哧的声音，一股蒸汽带着轻微的啸声从盖子上的孔中喷出。帕威尔·安德列耶维奇在这啸声中听到了嘲笑，而在水的闷气咕噜声中听到了不满。

他双手支撑在桌子上，闭上眼睛，——这是他喜爱的习惯。他随之想象自己的客人穿上洁净的连衣裙，梳洗得漂漂亮亮……这是极其美好的。

——您吩咐把她安置到什么地方？——叶菲姆把头探进门内问道。

帕威尔·安德列耶维奇转向他说：

——你怎么想，叶菲姆，怎么安置她？

——是啊，还能怎么样？……给她喝点儿茶，然后送她回家。我送去，——叶菲姆拿定主意说。

——嗯！——帕威尔·安德列耶维奇再次犹豫了一下。——好的，就这样吧。

他开始给自己斟茶。他喜欢喝晚茶。在茶炊的忧郁的歌声中，在这溢满玫瑰色灯光的房间里，如此惬意地沉思和呼吸。一切都显得那样温馨、柔和、亲切……还是那样宁静，甜美的宁静……但是今天却在他的住宅里传出新的声音——这是客人在叶菲姆房间的尖细的嗓音。她在那里不知疲倦地老是讲述着什么，偶尔有叶菲姆的暗哑的男低音短暂地打断她的话。明天等待这个小女孩的将是什么？十年以后等待她的将是什么？……

"然而，我陷入在道德上感到纳闷的情绪之中！说实在的，能在这里想什么呀？想帮助她吗？真乃目光短浅和智力愚钝。像他们这样流落街头的孩子成千上万，谁一个人的力量能改善他们的处境？这是社会的责任，如果它乐意的话。再者，在她的内心深处也许已有了无意识的趋向，这种趋向是教育难以改变的，而且随着时间的推移还可能发展下去。上帝保佑她，保佑这个小女孩吧！……在最好的情况下她将是个妓女，当然，如果她聪明的话……"

但是，帕威尔·安德列耶维奇感到，无论他怎么想，——他今天不知为什么没有想出个名堂来，总是陈腐的那一套老生常谈，毫无一点自己的本意……怎么会这样？无论他怎么想，他也没有想清楚关于小女孩的这个问题，离开字面的定义，总还遗留点什么，某种如此模糊的、令人不快的东西……莫非产生了对她这个毕竟是人的责任意识？未必，未必……未必就存在这样的责任。社会生活和道义的法律，总之各种各样的法律，——这多半是很好证明其作为良好感知和意向的人为的逻辑理论，别无其他。

——叶菲姆！——嗨，她怎么样？

——她睡着了，帕威尔·安德列耶维奇！——叶菲姆深受感动地说。

——睡着了？嗯！……现在该怎么办？

——到早晨再说吧。清晨我将安排好她。她能怎样？正在睡，不碍事。老是嘟嘟囔囔。三十五戈比，她说……看来，三十五戈比对她来说简直是一百卢布。好可怜的小女孩！你看，好像有谁得到了三十五戈比。

——是的，是的，这我知道。嗯，让她在那儿睡吧！——帕威尔·安德列耶维奇漫不经心地指出。

——好的，好的！让上帝保佑她！而我，帕威尔·安德列耶维奇，也该走啦，对不起！——叶菲姆说。

——嗯，小女孩怎么样？

——她能怎样呢？睡觉。我不过短暂离开。

——噢，你可以走啦，走吧。只是快点去，否则，她醒来时我将不知道该做什么。

——还要做什么呢？什么也不需要做了。我对厨娘说，如果……——叶菲姆有点儿惊奇地说，说完就离去了。

帕威尔·安德列耶维奇开始吸烟卷，躺在沙发上。茶炊消停了下来。现在整个房间只有座钟钟摆响动的声音。

"应该换掉这个座钟，它的摆响得太厉害了……"但是，帕威尔·安德列耶维奇此时发觉自己有一种很古怪的感觉。这就是害怕去思考，这是某种全新的感觉。他的内心深处产生了模糊的、陌生的、渴求定论的感觉。

"这不算什么！全是小事！"——他想象地挥了挥手。但是，他躺了片刻就感到，他必须起来去看看她，这个小女孩，在那里睡得怎么样。

他起来走去，经过一面镜子，发现自己脸上露出的是局促不安的和六神无主的微笑。他开始因此而感到难过。

"我今天多么糊涂！"——他试图开导自己，但未达目的。

他现在站到叶菲姆的床前，床上挂着印花布帐子。隔着帐子听到均匀的、深沉的呼吸。帕威尔·安德列耶维奇从墙上取下灯，拉开帐子，看着她。

客人舒展恬静地伸开四肢仰卧着。那一圈一圈的鬈发散落在小脸上，半合半张的嘴唇含着微笑，露出雪白的小牙齿。幼小的胸脯起伏匀和。她容貌秀丽，体态纤细，如此孤单可怜……

帕威尔·安德列耶维奇皱了一下眉头，很快就离去了。当他躺在沙发上时，则感到他的情绪长时间地遭到了破坏，看来，这还不是全部……"也许，这将导致我悔悟利己主义，导致理想主义者的主宰者和其他多愁善感的爱好者心花怒放吗？"他冷淡地和苛刻地反躬自问。"我悔悟和安静地开始为他人及其命运而道德高尚地心潮澎湃吗？"他感到，思来想去，留下的是令人烦恼的不祥之感。尽管竭力控制自己，但还是不能忘记，在他的住宅里，除了他安宁舒适的生活外，还有另一种生活——处在萌芽时期的至今仍是卑微的生活，未来它将是一部龌龊的、沉重的、也许还是漫长的历史……好吧，既然是呆板的、草木般的生活，但如果将会觉醒呢？……将是一场无止境的、折磨人的斗争，它将以堕落而告终。"也许，我那时已经是检察长了，这是二二得四那样清清楚楚的事，我将向陪审员先生们证明必须把这个女孩子关进监牢。好大的讥讽呀！"

他闭上眼睛，减小灯的亮度，挺直身子躺在沙发上。

他浮想联翩，百感交集。当他努力瞬间摆脱这万千思绪时，他显得无力和难看，觉得好像有点顺从，有点惭愧。他这一团杂乱无章的感觉是如此朦胧和模糊。"为什么我把这个小女孩带来？"——他忧心忡忡地问自己。"要知道，十个人施舍了，并从她身边走过去了，大概，这是一些比我少些主见和多些敏感的人吧，啊，大概！为什么偏偏是我应该心疼她？"但是，他此时开始觉得自己可笑……"问来问去——为什么一块檐板正落在这个人的头上？这个小女孩——也是命运偶然开的一个玩笑……"

他的前额沁出了冷汗，仿佛有什么压在胸口上，妨碍呼吸。他脱掉上衣和背心，解开衬衫的领扣，重新闭目养神。

当他脱衣服的时候，他发现门帘奇怪地飘动，但他对此没有在意。他沉浸在自己的思绪和房间令人忧郁的昏暗之中。他闭上眼睛躺着，一时感到时间过得难耐地慢，尽管座钟发出匆匆的嘀嗒声……

突然他感到有点响声……他稍微睁开眼睛，不禁战栗了一下。他看到解开了扣的、本来完全掩盖好门的帘子在轻轻地摆动，一只儿童的小手把它拉向一边。帕威尔·安德列耶维奇一动不动，屏住气息，竭力不出声以免表明自己在房间。他微微张开眼睛观察。在门帘昏暗的背景下出现了他客人的金发小头。她小心地转头看着房间。她张大儿童的蓝色小眼睛，目光沉郁、非儿童般地坚定。浅粉红色的灯光的亮度足以让人看清楚脸部的每一个线条。聚精会神的表情使这张脸少些美丽，多些离奇和紧张。几绺鬈发奇妙地竖立在前额上，把自己装扮成精雕细刻的小牛。尽管浅粉红色的灯光照耀洗得干干净净的小脸，但它还是显得苍白，倒是那双眼睛使帕威尔·安德列耶维奇觉得比以前漂亮得多。

瞧，她小心翼翼地抬起光溜溜的、脏兮兮的、然而纤柔美丽的右腿，向放台灯和许多小摆设的桌子走了一步，接着又走了一步，然后把头转向帕威尔·安德列耶维奇……她战栗了一下，快步走向门口，挥动双手伸向前方，仿佛准备逃走。帕威尔·安德列耶维奇竭力保持呼吸均匀和鼾声，好让她听见他的呼吸。

她一动不动地站着，半合半张着嘴唇，天使般的小脸露出儿童惊吓的表情，看着他的方向侧耳细听。

她的脏连衣裙又瘦又短，膝盖以下的腿部露出在连衣裙之外，双手也远远地伸出在袖子之外，连衣裙只有腰部的一个纽扣是扣上的，雪白的细脖子和局部胸脯是敞露的。

帕威尔·安德列耶维奇看到了这幕情景之后想悄悄地离开。

但是，她，显然，确信他处于熟睡之中，于是像小猫那样又敏捷又灵活地两三步就走到了桌子旁边。她把胳膊肘搁在桌子边上，手掌支住头，露出了开怀的和爽朗的微笑，不知何故把左腿高高地盘在连衣裙下。然后，她脸上露出了惊讶和高兴的表情，左右摇晃着脑袋。她小心地把画有母熊和两只小熊的镇纸拿在手里，移到自己身边，低头向着它，仿佛无意再用手去触动它，而是脸带赞赏的表情看着它摇了摇头，微笑着，鲜红的小嘴唇轻轻地嘟哝着什么，她的鬈发颤悠悠地散落在桌子上。然后她恭敬地和小心地推开镇纸，拿着烟灰缸，同样仔细地看了一遍之后也推开了，如此把桌子上所有物件逐一看了看，叹了一口气，重新把胳膊肘搁在桌子上，开始观察……然后，突然想起了什么，急忙闪离桌子，转向帕威尔·安德列耶维奇，用悄然无声的轻盈的猫步向着他走过去。

帕威尔·安德列耶维奇大吃一惊，有点儿愣住了。但是，当她走近他放衣服的椅子，开始在衣服中翻来翻去，最终放下衣服，坐到几乎是帕威尔·安德列耶维奇脚旁的地板上时，他的惊讶差点儿没使他叫出声来。

他疑惑不解。他现在不能看到她究竟在做什么，他好不容易控制住自己不想转身采取能让他观察她的姿态。他不知何故心中燃起了好奇心。

从哪儿跌落到地毯上的钱币发出了响声。

帕威尔·安德列耶维奇一惊，明白了……

他首先想到的是站起来阻止她，但一转念却使自己没有这样做。他躺着，听着钱币在她手中相互摩擦的声音。

"偷窃！……小偷！！"——帕威尔·安德列耶维奇暗自思忖，

感到这两个词不适合于金色鬈发的小女孩，这个街头行乞的小美人。他听着，思绪万千，如针刺般头痛……

他听到了悄悄细语。

——这是十戈比……这也是十戈比。这是……这也是，只有这个是大的。这里已经有三十五戈比了，甚至还多一些！啊——啊——啊！……现在可好啦！……也许，你还嫌少？！你是一个老贪心的人！……

帕威尔·安德列耶维奇感到不堪忍受地沉重，这一幕应当结束了。但是，怎样，怎样结束呢？他醒来吗？这会使她极其恐慌的……

突然在叶菲姆房间传出了沙沙声和脚步声。帕威尔·安德列耶维奇舒坦轻松地叹了一口气。

——喂，小家伙！——听到了叶菲姆的惊讶的喊声。

小女孩既未听到脚步声，也未听到沙沙声，但她听到了惊叫声。

她跳了起来，奔向门口，银币和铜币在她身后滚动，发出滴溜溜的响声。脸色惊惶的叶菲姆站在门口。她直接撞入了他迎着她伸出的双手中。

——叔叔！……——她央求地忧郁地喊了一声。

——你呀，小坏蛋！……——叶菲姆低沉地说。——你是小偷！……啊？！你等着！……

帕威尔·安德列耶维奇决定，是他出场的时候了。

——叶菲姆！……——他喊了一声，从沙发上站起来，走近门口，严厉地问：——这是在吵闹什么？

——啊……偷窃，帕威尔·安德列耶维奇……——叶菲姆张皇失措地嘟哝着，双手紧紧抓住小女孩，有点儿奇怪和纳闷地把目光从她身上转向帕威尔·安德列耶维奇。——偷窃……啊……

小女孩惊吓和激动得全身发抖，紧紧依靠着他，竭力不看老爷。

——可以说，我们爱护地收留了她，而她……你瞧怎么办吧！……——叶菲姆说。——她想盗窃！好一个小小的女孩！

啊？！……儿童，也想想看吧！……可是一个完完全全的人呀。哎哟，你……你……一个坏女孩子！嘿，你……你……你！……哎哟，哎哟！……难道这么小的年纪可以偷窃吗？！……

帕威尔·安德列耶维奇急切地想使这一幕快些结束……他的音调十分冷静，心情奇怪地急促，这种心情比音调更使叶菲姆吃惊。他说：

——好吧，拿一个卢布，雇一辆马车送她回家。快一点！……听见了吗？赶快收拾，马上就走！送去交给她家里！在她家里什么也不说。或者相反，一切都说。对，最好把实际情况原原本本地都说出来！嗯，就走，走吧！

叶菲姆不再作声，有点儿特别留心地看了看老爷，穿上自己的毛皮大衣，匆匆忙忙给沉默的、胆怯地紧靠着他的小女孩包裹上她的破衣烂衫。

——好啦，我们走吧！——他给她穿好衣服之后说道，接着很快走出房间，悄悄地推着小女孩走在自己前面。

帕威尔·安德列耶维奇依然站在门口。

——马车！……——他听到了从街上传来的呼唤声。一辆四轮双座敞篷轻便马车隆隆地驶过来停在门廊附近。然后，马车再次发出隆隆声驶去，听似低沉的抗议声……

帕威尔·安德列耶维奇走进房间，加大灯的亮度，坐到五分钟前小女孩翻看他东西的那张桌子旁边。帕威尔·安德列耶维奇觉得，这些东西对他来说具有某种新的、陌生的特征。他坐下看，聚精会神地、阴郁地看着这些东西。

——这一幕将久久不会忘记，真见鬼！——他小声地说。——是的，将很久很久不会忘记！

他从安乐椅上站起来，激动地走近窗户。

夜，昏暗宁静。窗户对面的房屋笼罩在黑暗之中，显得阴沉冷漠。

——这是多么奇异！……这是多么可恶！——帕威尔·安德列耶维奇愁眉苦脸地低声私语，他把前额贴近冰冷潮湿的窗玻璃。他感到自己崩溃了……他早就回避了生活，他觉得好像自己达到了这种境界，生活永远不能伤及他，不能破坏他对生活的漠然态度，他保证不会陷入昔日曾袭扰过他而已留在遥远过去的那些沉重的思绪和激情之中……然而，那些思绪和激情却重新复活……已经闯入了他的心灵！……

难道不能自由自在吗？不感到自己有责任去做什么，为什么而激动——不行吗？好的。但如果是这样，那就是奴隶！他用手擦了擦湿润的前额，在房间里走来走去。也许，我这是神经质？只是神经质？那么……很快就会过去的吧？……

座钟发出嘀嗒嘀嗒快速而强烈的响声——嘀嗒，嘀嗒！房间里显得空荡、冷清，还有点儿特别安静。这个房间还从来没有这样安静过。

阿尔希普爷爷和廖尼卡

　　他俩躺在陡岸的背阴处等待渡船，长时间默默地望着其脚下库班河汹涌混浊的波浪。廖尼卡打起盹来，而阿尔希普爷爷感到胸中使人难受地隐隐作痛而不能入睡。在深棕色地面的衬托下，他们那褴褛弯曲的身躯几乎凸显出是两个难看的土团，一个大一点，另一个小一点。这两个疲惫的、晒黑的和灰溜溜的人活像是褐色的烂布。

　　阿尔希普爷爷骨瘦如柴的、颀长的身躯横向狭窄的沙带躺着，像一条黄色的带子顺着河岸抻拉在悬崖与河流之间。微微入睡的廖尼卡缩成一团躺在爷爷侧面。廖尼卡瘦小、柔弱、一身褴褛，好像弯弯曲曲的树枝——从爷爷这棵枯萎的老树上折下来的树枝，这棵树是随河水漂流而来的，是被波浪抛到这沙滩上的。

　　爷爷用胳膊肘支起头，望着洒满阳光的河对岸，那里贫乏地长着稀疏的柳丛，从灌木丛中露出昏暗的船舷。那里寂寞和空旷。一条幽暗的路从河边伸展到草原深处，在某种程度上它很直和干燥，令人苦闷。

　　他老眼昏花，不安地眨巴无神的和发炎的眼睛，眼睑发红发肿，布满皱纹的脸沉浸在深深的忧伤之中。他不断地强忍住咳嗽，不时看看孙子，用手捂着嘴。他的咳嗽声嘶哑，咳得喘不过气，迫使他从地上欠起身来，两眼挂满大粒泪珠。

　　除了他的咳嗽声和波浪拍击沙滩发出轻轻的沙沙声之外，草原上别无其他声音……草原伸展在河流两边，辽阔无垠，一片棕色，骄阳似火。只是在那昏花老眼勉强能看见的地平线上的远处，麦浪翻滚，恰似金光闪闪的海洋，耀眼的艳阳天直接落在地平线上。在地平线上显现出三棵笔挺的白杨，看来，它们忽低忽高，而天空和天空笼罩着的小麦在摇晃，忽高忽低。忽然一切都隐藏在闪闪泛银光的草原热气罩布之后……

这块热气罩布是缭绕的、明亮的和虚幻的，它有时从远处几乎流到河的最岸边，于是它本身就像是突然自天倾泻而下的河流，这条河流有如天那么纯洁和平静。

于是，不熟悉这种现象的爷爷阿尔希普擦拭自己的眼睛，忧伤地暗自思忖：这炎热和草原正在夺去他的视力，就像已经夺去了两只脚剩余的力量一样。

今天他感到比近来常有的情况更坏。他觉得会很快死的，尽管他对此十分坦然，没有思想包袱，就像对待不可推托的义务一样。但他想死在远处，不是这里，而是故乡，还有对孙子的思念使他忐忑不安……廖尼卡将去哪里找到安身的处所啊？……

他每天数次给自己提出这个问题，同时心中总有某种东西使他感到憋闷，使他打寒战，使他如此痛苦，以至他现在就想回家，返回俄罗斯……

但是，去俄罗斯路途遥远……反正走不到家就会死在路上的什么地方。这里，库班河一带，施舍慷慨，百姓还都富裕，尽管他们好嘲笑人和对人严厉。他们不喜欢乞丐，因为富有……

爷爷把泪水汪汪的视线停留在孙子身上，用一只粗糙的手小心翼翼地抚摸着他的头。

孙子微微活动了一下，举目望着爷爷。他的眼睛是蔚蓝的、很大的、深邃的、不是孩子般沉思的，且看来更加沉思。他的小脸消瘦，因天花留下麻子斑斑。他的嘴唇薄而无血色，鼻子尖尖的。

——船来了？——他问，把一只手当成挡板放在眼睛上边，遮掩着阳光，看了看河流。

——还没有，没有来。停在那边。它干吗来这里？任何人都没有呼叫，嗨，它就停着……——阿尔希普慢悠悠地说，同时继续抚摸孙子的头。——你打瞌睡了吗？

廖尼卡不确定地摇摇头，挺直身子躺在了沙滩上。他俩沉默了一会儿。

——假若我会游泳的话，去洗个澡才好呢。——廖尼卡聚精会神地望着河流宣称。——河水流速好快呀！我们没有这样的河流。什么动静？奔跑，仿佛怕迟到……

廖尼卡不满意地转过脸去，不再看河水。

——对呀，是这样！——爷爷想了想之后说道。——让我们解下腰带，把两根腰带连接起来，我捆住你一只脚，你爬过去洗澡……

——嗯—嗯！——廖尼卡明智地拉长声说。——你想出的什么办法！难道你以为，我的脚不会把你拖下水去吗？两个人都会淹死的。

——这也是啊！会拖下去的。唉，多么……大概，春天将河水泛滥，咳，你呀！还待在这里——真糟糕！没有尽头！

廖尼卡不想说话，他丢下爷爷的话而没有回答，双手抓起一团干土，用手指把它揉成灰尘，脸上露出严肃的和凝思的表情。

爷爷看着他，眯起眼睛若有所思。

——瞧……——廖尼卡用单调的低嗓音说，同时抖掉手中的灰尘。——现在这团土……我把它抓在手里，揉碎，变成了灰尘……只是肉眼勉强看得见的极小的微粒……

——嗯，这又怎么样？——阿尔希普问道，他开始咳嗽，透过汪汪眼泪看了看孙子干巴明亮的大眼睛。——你这是要说明什么？——他把痰咳出来以后补充问道。

——这样……——廖尼卡摇了摇头。——这说明，就说是，整个土地就是这个样子！……——他向河那边挥了挥手。——总共在土地上逐渐建成了许多房子……我和你走过了多少城市！非常多！到处人何其多呀！

廖尼卡不会表达自己的意思，再次默默地沉思，环视自己的周围。

爷爷也沉默了一会儿，然后紧挨着孙子，温柔地说：

——我的乖孙子！你说得对，都是灰尘……城市、人们、我和你——全都只不过是灰尘。唉，你啊，廖尼卡，廖尼卡！……让你识字该多好呀！……你能远行才好呢！你将会怎么样？……

爷爷把孙子的头搂在自己怀里，亲吻它。

——等一等……——廖尼卡从爷爷颤抖的大骨节的手指中摆

脱出来自己亚麻色的头发，稍微活跃地喊叫起来。——你怎么说？灰尘？城市和一切？

——上帝就是这样安排的，亲爱的！一切都是土地，而土地本身是灰尘。一切都在土地上衰亡……情况就是这样！因此人应当生活在劳动中和温顺中。我也会很快死的……——爷爷突然转换话题，忧伤地补充说：没有我时你将去哪里啊？

廖尼卡常常听到爷爷的这个问题，他已厌烦谈论死亡，于是默默地转向一旁，拔了一根草塞入嘴中慢慢嚼了起来。

但这是爷爷的痛处。

——你干吗不说话？我说，没有我你将怎么办？——他俯身轻轻地问孙子，重又咳嗽起来。

——我已说过了……廖尼卡漫不经心地和不满意地说，斜眼望着爷爷。

他之所以不喜欢这些谈话，还因为这些谈话常常是以争论而结束。爷爷长时间地说自己濒临死亡。廖尼卡开始聚精会神地听着，畏惧呈现在他面前的新状况，哭泣，但渐渐地感到厌倦了，于是不再听爷爷的了，沉湎于自己的思想，而爷爷发现了这种情况，生气了，抱怨廖尼卡不爱爷爷，不重视他的关怀，最终指责廖尼卡希望他爷爷的死期快些来临。

——你说什么？你还不懂事，不可能理解自己的生活。你出生才几岁？只不过十一个年头。你虚弱，不适合工作。你到底向哪里去？你想，善良的人们将会帮助你吗？如果你有钱的话，那么他们倒会帮你把钱花掉，情况就是这样。接受施舍，对我这个老头儿来说，也不是称心如意的事。给每个人鞠躬，向每个人乞求。人们骂你，有时殴打，驱赶……难道你以为他们把乞丐当人看吗？没有一个人！我当了十年乞丐，我知道。他们把一块面包看得值一千卢布。给点施舍就想，他现在是打开天堂之门！你想，为什么多一点施舍？那是为了告慰自己的良心，这就是为什么，朋友，而不是为了怜悯！给你一块面包，嗯，他自己吃面包就不感到羞愧。饱食终日的人是野兽。他任何时候也不怜惜饥饿的人。饱汉和饿汉相互视为敌人，他们永世将是相互眼中的刺。所以他们不可能相互怜惜和理解……

爷爷因愤恨和忧伤而精神振奋起来。因此他的嘴唇直哆嗦，昏花无神的眼珠子在红色的眼眶中迅速乱转，昏暗的脸上的皱纹更加显眼了。

廖尼卡不喜欢他是这个样子，并有点儿害怕什么。

——因此，我要问你：你将如何应付这个世界？你是个虚弱的小孩，而世界是头野兽。它很快就会吞食你。而我不想这样……要知道，我爱你，小孙子！你是我的唯一，而我是你的唯一……我怎么会死呢？我不可能死，好让你留下来……靠谁？……天啦！你为什么不喜欢你的奴仆？！我活着不堪忍受，我死又不能死，所以，小孩子，应当保护。我照管了七年……用我……这双老手……天啦，帮帮我吧！……

爷爷坐下，哭了起来，把头藏入颤抖的双腿的膝盖之间。

河流汹涌澎湃地匆匆远去，波浪哗啦哗啦地拍岸，仿佛想用这拍岸的哗啦声淹没老头儿的痛哭声。无云的天空发出灿烂的微笑，放射出炽热的暑气，静听着混浊波浪不安定的喧闹声。

——得啦，别哭，爷爷，——廖尼卡望着一边，用严肃的腔调说道，接着把脸转向爷爷补充说，——我们已谈了一切。我不会完蛋的。我将去无论什么地方的小饭馆干活……

——会打死你的……——爷爷含着眼泪呻吟着说。

——也许，不会被打死的。瞧，就这样也不会被打死！——廖尼卡有点儿激动地喊叫起来，——到时怎么样？我不会忍让每个人的！……

但是，廖尼卡不知为什么突然中断了自己的话。他沉默了一会儿之后轻轻地说：

——要不我就去修道院……

——但愿去修道院！——爷爷叹了一口气，活跃了起来，由于又喘又咳的发作，又重新开始抽搐。

在他们的头顶上方传来了吆喝声和车轮的吱吱声……

——渡一船！……渡一驾！——是谁高亢的嗓门震动了空气。

他们跳了起来，拾起背包和棍子。

一辆大车发出剧烈的吱吱声驶入沙滩。大车上站着一位哥萨克，他戴着毛茸茸的帽子，帽子遮住一边耳朵。他把头往后一仰，准备好吃喝，张开嘴吸气，由此他那宽阔的向前挺起的胸部显得更加突出了。他蓄着黑油油的络腮胡须，眼睛布满血丝，雪白的牙齿在丝绸般的胡须掩映下闪亮。从敞开的衬衫和随便披在肩上的短袖立领外衣下，露出满是寒毛的、太阳晒得黝黑的肉体。从他壮实魁梧的身体来看、从膘肥的花斑马来看、从又高又厚的车轮来看，引人注目的是丰衣足食、身体健壮和浑身是劲儿。

——驾！……驾！……

爷爷和孙子从头上摘下帽子，低低地点头。

——你们好！——赶车的来人用洪亮的声音简短而粗暴地回答。他看了看对岸，对岸一艘昏暗的渡船从灌木丛中缓慢地和迟钝地划出来。他目不转睛地望着两个乞丐。——来自俄罗斯？

——来自俄罗斯，恩人！——阿尔希普点头回答。

——你们那里有饥荒，啊？

他从大车上跳到地上，开始拉紧马具。

——连蟑螂都饿死了。

——哈，哈！连蟑螂都饿死了？就是说，面包渣都没有剩下，全吃光了？吃得真干净。那就工作吧，大概，令人嫌恶。因为当你开始很好工作时，就不会挨饿了。

——主要是因为土地，供养者！不长庄稼。我们把地力耗尽了。

——土地？——哥萨克把头一摆。——土地总该长庄稼，它给人就是为了长庄稼的。你该说：不是土地，而是手。手不勤快。有了一双勤奋的手，石头都挡不住长出庄稼。

两位健壮的、脸色红润的哥萨克用粗壮的腿蹬住渡船地板，吆喝着把渡船撑到岸边，摇晃了一下，抛出手中的缆绳，相互看了一眼，开始呼哧呼哧地喘起来。

——热吗？——赶车的来人龇牙咧嘴，把自己的马拉上渡船，一只手碰着帽子。

——嗨哟！——摆渡人之一双手深深插入灯笼裤口袋里，走近大车，看了它一眼，抽动了一下鼻子，深深地吸进一口气。

另一位摆渡人坐在地板上，发出呼哧声，开始脱靴子。

爷爷和廖尼卡进到渡船上，靠着船舷，看着哥萨克。

——嗨，开船！——大车主人发出口令。

——你没有带任何喝的？——看着大车的那个人问他。他的同伴脱掉靴子，微微眯缝起眼睛，看着皮靴筒。

——没有带任何喝的。怎么啦？难道库班河缺水？

——水！……我说的不是水。

——那么说的是伏特加酒？我没有带伏特加酒。

——你怎么就没有带伏特加酒呢？——问话人想，把视线停留在渡船地板上。

——嗨——嗨，开船！

一位哥萨克往手上啐了几口唾沫，抓住了缆绳。渡船的人开始帮助他。

——而你，爷爷，怎么不帮忙呀？——张罗靴子的摆渡人转向阿尔希普。

——我怎么帮呢，亲爱的！——阿尔希普用抱怨的口吻摇头说。

——并不需要帮助他们。他们单独能应付过去！

仿佛希望使爷爷确信自己的话有道理，他笨重地跪下来，躺在渡船甲板上。

他的同伴慢吞吞地骂了他一顿，未得到回应，于是大声地跺起脚来，蹬在甲板上。

水流拍击船的一侧，发出低沉的水溅声，渡船颠簸摇晃，慢腾腾地向前移动。

廖尼卡望着河水，感觉脑袋甜丝丝地发晕，急浪奔流令人眼花缭乱，使眼睛困乏得睁不开了。爷爷低沉的絮语、缆绳吱吱的响声和波浪清脆的哗啦声，使他昏昏欲睡。他想懒洋洋地躺到甲板上去，但突然有什么推了他一下，让他倒了下去。

他张大眼睛，环顾周围。哥萨克在笑他，同时把渡船系在岸上烧坏的树桩上。

——怎么，睡着了？虚弱的你呀！坐到大车上去，把你们送到集镇。还有你，爷爷，坐下吧！

爷爷用明显带鼻音的嗓子感谢哥萨克，哼哼着爬上大车。廖尼卡也跳上了大车。他们驶在滚滚微尘之中，微尘迫使爷爷咳嗽得喘不上气来。

哥萨克唱起歌来。他用古怪的声音歌唱，在半中间突然中断音调，并用口哨接着唱完。看来，他根据缕缕尘土的情况而发挥声音，当他迎着尘团时，他就猝然中止声音。

车轮如怨如诉地发出吱吱的声音，灰尘飞旋。爷爷摇晃着脑袋，没有停止咳嗽；而廖尼卡想着：他们现在就要来到哥萨克的集镇，就要在窗户底下用带难听的鼻音的嗓子唱"上帝啊！看在耶稣的面上"……集镇的孩子们将欺侮他，而村妇们关于俄罗斯的问长问短则令人厌烦。在这个时候看着爷爷也不好受，他频繁地咳嗽，低低地弯腰，因此他自己也感到难堪和伤心。他用如此诉苦的声调说话，即往往是哽咽，并诉说任何地方和任何时候都不曾有过的事情……他说：在俄罗斯尸横遍野，横七竖八，收尸无人，因为所有人都饿傻了……他和爷爷在任何地方都没有见到过任何这样的情况。这一切都是要让人家多施舍一点。但是在这里施舍物往哪里放呢？在家乡每普特总能卖到四十戈比，甚至半个卢布，而在这里任何人都不买。然后，这一块块的面包，有时还是美味的，不得不从背包中扔到草原上去。

——去乞讨吗？——哥萨克瞧着两个缩成一团的背影问道。

——啊，当然，受人尊敬的人！——爷爷阿尔希普叹息着回答他。

——起来，爷爷，我告诉你我住的地方，你们可以去我那里过夜。

爷爷试图站起来，但跌倒了，因为腰部撞到了大车的边缘，于是低沉地呻吟。

——唉，你啊，老年人！——哥萨克深表同情地嘟哝了一句话。——嗨，反正一样，别看了，快到去过夜的时候了，你可以打听：切尔内，安得烈·切尔内，这就是我。你现在爬下来吧。

再见!

爷爷和孙子不知不觉地走到了一排白杨树和黑杨树前。从树干后面现出屋顶和围墙,前后左右这些树高耸入云天。绿色的叶丛沾满了灰尘,而又粗又直的树干热得裂开了。

在这两位乞丐面前,在两排篱笆之间,展现一条小巷,他们以许多步行人摇摇摆摆的步伐朝这条小巷的方向走去。

——嗨,廖尼卡,我们怎么走,一起走还是分开走?——爷爷问,没等到回答,就又补充说:——还是一起走好些,施舍给你的太少,你不会乞讨……

——要多了有什么用?反正也吃不完……——廖尼卡环顾四周,皱着眉头回答。

——有什么用?你这个小怪人!……突然出现一个人要买呢?这就是用处!会给钱的。钱是件大事。有了钱。显然,当我死了的时候,你就不会没有活路。

爷爷亲切地笑,同时用一只手抚摸孙子的头。

——你知道吗,我这一路积攒了多少?啊?

——多少?——廖尼卡冷静地问。

——十一卢布五十戈比!瞧见了吗?!

但是,这个数目和爷爷兴高采烈的声调没有给廖尼卡留下印象。

——唉,你呀,小孩子,小孩子!——爷爷叹了一口气。——那就分开走,怎么样,我们走吧?

——分开走……

——嗯……你就去教堂吧!

——行!

爷爷向左拐进小巷子里去,而廖尼卡继续往前走。他走了十来步远,听到了刺耳的颤抖的声音:"行善的人和供养人!……"这种喊声,仿佛是一只手掌从低音到高音抚摸音调不正的古斯里琴的声音。廖尼卡颤抖了一下,加快了脚步。当他听到爷爷乞讨的声音时,他总是变得不愉快和有点儿忧伤,而当爷爷被拒绝的时候,他甚至感到羞怯,并等待着爷爷马上大哭起来。

传到他耳边的还有爷爷颤抖的和悲惨的声音，这种声音在集镇沉寂的和酷热的上空回荡。四周仿佛是夜晚，万籁俱寂。廖尼卡走近篱笆，坐到从他头顶伸展到街上的樱桃树枝的阴凉处。一只蜜蜂在某处发出嗡嗡的声音……

廖尼卡卸下肩上的背包，头躺在背包上，透过他面前上空的枝叶眺望了一会儿天空，利用稠密的野蒿和篱笆筛状阴影避开行人的视线酣睡了……

他被在空气中振荡的古怪的声音惊醒了，夜晚临近，空气已变得凉爽。谁在离他不远处哭泣。像小孩般地哭泣——激昂、吵闹。痛哭声消失在尖细的和悲伤的声调里，突然又以新的力气爆发出哭声，离他越来越近。他抬起头，透过野蒿看了看道路。

一个约七岁的小女孩在道路上走着，她衣着干净，常常用白色裙子的下摆擦拭因哭泣而红肿的脸。她步履蹒跚，赤脚蹭着地面走出沙沙的声音，扬起浓密的灰尘。显然，她不知道往何处去，也不知道为什么走在街道上。她有一双乌黑的大眼睛，而现在却充满委屈、忧伤和泪水。她那深棕色的头发蓬乱，耷拉在前额、脸颊和双肩上，从一绺绺头发中放纵似的露出纤细的粉红色的耳朵。

廖尼卡觉得似乎她很滑稽，尽管她眼泪汪汪，但显得滑稽和快乐……大概是个淘气的女孩！……

——你干吗哭？——当她走到他旁边时，他站起来问。

她颤抖了一下，停了下来，很快不哭了，但仍然轻轻地啜泣。然后，当她看了他几秒钟之后，她又嘴唇打战，脸儿皱了起来，胸部翻腾，重新号啕痛哭，并继续往前走。

廖尼卡感到有什么东西压在他心里，突然也跟着她走。

——你别哭啦。已经长大了，害羞！——他还没有赶上和她走齐时就说，然后，当他赶上她时，他又再次问道：——嗨，你干吗大哭啊？

——是——啊！——她拉长声音说。——要是你……——她突然躺到了路上的灰尘中，双手掩面，绝望地呻吟起来。

——嗨！——廖尼卡轻视地挥了一下手。——娘儿们！简直是娘儿们，呸，你呀！……

但这既无助于她，也无助于他。廖尼卡看着眼泪成串地从她纤细的粉红色的手指中间滴落出来，他也开始感到悲伤，也想哭泣。他向她俯过身去，小心地举起一只手，差点儿接触到她的头发，但瞬即对自己的勇敢感到吃惊，又急忙把手缩了回去。她依然哭泣，什么话也不说。

——听我说！……——廖尼卡沉默了一会儿，开始感到真正需要帮助她。——你这是怎么啦？挨打了，是不是？……这本来会过去的！……否则，也许有别的什么事？你说啊！小女孩，啊？

小女孩没有把双手从脸上放下来，悲伤地摇头，最终，耸动着肩膀，一边痛哭一边回答他：

——头巾……丢了！……爹爹从集市上带来的……天蓝色的，带小花，我戴了，又丢了。——她又哭了起来，哭得更厉害、更大声，哽咽着和呻吟着喊出奇怪的声音：喔—喔—喔！

廖尼卡感到自己无能为力帮助她，于是羞怯地离开她，沉思地和忧郁地望着变得暗淡的天空。他感到沉重，非常怜惜这个小女孩。

——别哭！也许能找到……——他低声地说，但是，他发现她没有听见他的安慰。他离开她更远一点了，想着她也许为头巾的丢失而会受到父亲的处罚。顷刻之间，他想象着父亲是个又壮又黑的哥萨克，殴打她，而她含着眼泪，因恐惧和疼痛而全身哆嗦，蜷缩在父亲脚旁。

他站住，却又走开，但是，挪动了四五步，又重新急转身，依靠着篱笆停在她对面，竭力想起某种温柔的和善良的东西……

——你别迷路才好呢，小女该！别再哭啦！回家去，诉说发生过的一切。就说是丢失了……心里难过……

他开始用轻微的和深表同情的声音说，以激愤的感叹声结束，在看到她从地上站起来时，他高兴了。

——这就好啊！……——他微笑着兴奋地继续说。——走吧！你希望我和你一起去说这一切吗？我将为你辩护，别怕！

廖尼卡自豪地耸了耸肩，环顾了一下周围。

——不需要……——她喃喃地说，慢慢地掸掉连衣裙上的灰尘，依然啜泣。

——要不，我去吧？——廖尼卡做了最充分的准备高声地宣称，他把便帽推到一边耳朵上。

现在他叉开两腿站在她面前，因此，他身上穿的破衣烂衫不知何故熠熠生辉。他坚定地用棍子敲击地面，目不转睛地看着她，他那忧伤的大眼睛闪烁着自豪的和勇敢的神情。

小女孩斜视着他，擦掉自己小脸上的泪水，又叹了一口气，说道：

——不需要，别去……妈妈不喜欢乞丐。

她离他而去，两次回顾。

廖尼卡变得寂寞了。他不知不觉地、步履蹒跚地改变了自己果敢的和挑衅性的姿态，重新弯腰驼背、安静下来了。他把自己的背包扔到背上，此前它是挂在手上的。当小女孩悄悄走到小巷转弯处时，他在她背后喊道：

——再见！

她走着，回头看了他一眼，消失了。

夜晚临近了，空气中弥漫着那样一种特殊的、难以忍受的闷热，这预示雷雨之将至。太阳已低垂，白杨树梢染上一层淡淡的红色。但是，在笼罩着白杨树枝的夜色中，高高的、静止的树枝变得更加茂密和高挺……天空也变得昏暗了，呈现出天鹅绒般的颜色，仿佛低垂到地面。远处的什么地方有人在说话，另一方向更远的什么地方则有人在歌唱。这些声音轻微，但是低沉，看来，也沉浸在闷热之中。

廖尼卡开始感到更加寂寞，甚至害怕某种东西。他想去找爷爷，看了看自己的周围，沿着小巷快步往前走。他不想乞讨了。他走着，感到胸中心脏跳得那么频密，频密，以致他有点儿特别懒得走路和想事……但是，小女孩没有走出他的记忆，想着："她现在怎么样了？倘若她出生于富人家庭，那么她将挨打，因为所有富人都是吝啬鬼；倘若她是穷人，那么也许将不会挨打……在穷人家庭小孩更多地受到宠爱，因为等待着他们工作。"一个接一个的念头绵绵闪现在他的脑海里，令人痛苦的和怅惘的感情，好像伴随他的念头的阴影一样，每分钟都变得更加沉重，压抑他更加厉害。

夜色变得更沉闷，更浓。哥萨克迎面碰上了廖尼卡，从旁边走过去了，并未注意他，他们已看惯了从俄罗斯纷至沓来的饥民。廖尼卡也懒洋洋地用昏暗的目光在他们饱食肥胖的身影上滑过去，并匆匆地走向教堂。教堂的十字架在他前方的树林后面闪烁着光芒。

廖尼卡迎面传来返回的一大群人的喧哗声。瞧，这就是低矮宽敞的教堂，它有五个刷上天蓝色的圆顶。教堂周围种上白杨树，树梢高于教堂的十字架，沐浴在晚霞之中，透过绿荫闪烁着粉红色的金光。

瞧，爷爷正走向教堂门前的台阶，在背包的重压下弯腰曲背，一只手掌贴在前额上，向四周顾盼。

一个哥萨克人迈着沉重的、摇摇摆摆的步伐走在爷爷后面，他的帽子低低地戴在前额上，手里拿着棍子。

——怎么，你的背包是空的？爷爷走近停在教堂围墙旁等他的孙子，问道。——而我，你瞧，多少啊！……——他哼哼着把自己的装得鼓鼓的粗麻布口袋从肩上卸下来放到地上。——哈！这里人们施舍得不错！哎哟！不错！……嗨，你怎么这样气呼呼的？

——头痛……——廖尼卡说，同时和爷爷并排坐在地上。

——嗯？累了……太累了！……现在我们就去夜宿。那个哥萨克怎么称呼来着，啊？

——安得烈·切尔内。

——这样，我们去求他吧！这个安得烈·切尔内说，他住在什么地方？瞧，一个人正朝着我们走来……是的……好人，饱汉！他们总是吃小麦面包。您好，善良的人！

哥萨克走到他们的紧跟前，慢吞吞地回答爷爷的问候说：

——你们也好啊！

然后，大大地劈开两腿，默默地搔一搔痒，把毫无表情的大眼睛的视线停留在乞丐身上。

廖尼卡用探询的目光看着他，爷爷疑惑地眨巴昏花的老眼，哥萨克一直沉默，最终伸出一半舌头舔自己胡子的尖端，在完成这个动作之后，把胡子卷入嘴中咀嚼，又重新用舌头把胡子吐出来，最终打破已令人难受的沉默，说道：

——喂，我们去联队吧！

——为什么？——爷爷抖动一下身子。

廖尼卡内心震颤了一下。

——需要……吩咐。嗨！

他转过身去，背向他们走去，回过头看见他俩原地未动，再次气呼呼地叫喊：

——还要等什么！

于是，爷爷和廖尼卡快步走在他后面。

廖尼卡目不转睛地看着爷爷，发现爷爷的嘴唇在哆嗦，头在晃悠，胆怯地四周顾盼，快速在自己怀里搜索。他感到爷爷再次做了什么不体面的事，就像当时在塔曼那样。当他想象塔曼的经历时，他开始害怕。爷爷在那里从院子里偷了一件内衣，他连同他一起被抓了，他们被嘲笑、被谩骂，甚至被殴打，最终夜晚被赶出了集镇。他和爷爷夜宿在海峡岸边的沙滩上，大海整夜令人恐惧地咕噜咕噜地喧响……滔滔海浪扑击沙滩，沙滩发出吱吱的响声……爷爷通宵达旦地呻吟和嘟哝着祈祷上帝，称自己是小偷，并请求宽恕。

——廖尼卡……

廖尼卡因腰部被推而颤抖了一下，他看了爷爷一眼。爷爷的脸变瘦了，发干，发青，全身哆嗦。

哥萨克走在约五步远的前面，吸着烟斗，用棍子打落刺实植物的茎头，也不回头看他们。

——给你，拿着！……扔掉……扔到杂草中去……但要记住，扔在了什么地方！……以便以后捡回来……——爷爷用勉强令人能听得见的声音私语，匆忙靠紧孙子，把卷成一团的什么样的破衣烂衫塞到他的手中。

廖尼卡因恐惧而震颤了一下，这种恐惧立刻使他全身感到冷飕飕的。他随即避开视线，走近周围杂草丛生的栅栏。他紧张地望着哥萨克——押解人员——宽阔的背影，一只手伸向一边，看了一下，把烂布扔到了杂草中……

烂布摔下去就散开了，映入廖尼卡眼帘的是带花的天蓝色头巾，瞬即显现出哭泣的小女孩的形象。她仿佛挡住哥萨克、爷爷和周围的一切，活生生地站在他面前……在廖尼卡的耳朵里重又清晰地响起了她痛哭的声音，他感觉好像是她面对着他把晶莹的泪滴落在地上。

在这几乎不能自持的状态下，他跟随爷爷来到了联队，听到了不能也不想弄清楚的低沉的声音，仿佛透过迷雾看见了从爷爷背包中往一张大桌子上倒出一块块的东西，敲击着桌子发出低沉和温柔的响声……然后，许多戴着高帽子的人俯身过去，显得愁闷和阴郁，透过笼罩着他们的迷雾摇摇晃晃，用某种可怕的东西进行威胁……后来，爷爷忽然嘶哑地喃喃私语，像陀螺在两个强壮的小伙子手中疾速地旋转……

——冤枉，同胞们！……无辜的，天晓得！……——爷爷刺耳地尖叫了一声。

廖尼卡哭了起来，躺到了地板上。

于是，人们也走到了他身边，把他扶起来，让他坐到长凳上，搜遍了覆盖在他小小的身体上的所有破烂。

——达尼洛芙娜瞎扯，妖婆！——有人大喊一声，仿佛低沉的和恼怒的嗓音刺激廖尼卡的耳朵。

——也许，他们把东西藏到了什么地方？——回答的叫喊声更响亮。

廖尼卡感到，所有这些声音就像刺激他的脑袋，突然好像跌入了张开无底大嘴的某种黑暗的深渊。他开始如此害怕，以致他失去了知觉。

当他恢复知觉的时候，他一头躺在爷爷的膝盖上，和爷爷面面相觑。爷爷的脸显得比往常更加悲惨，皱纹更多。从爷爷惊惶地眨巴的眼睛中，串串小颗混浊的眼泪滴落在廖尼卡的前额上，令人痒酥酥的，再沿着脸颊流到脖子上……

——清醒过来了吗，亲爱的？！我们离开这里，离开！他们放了我们，该死的！

廖尼卡站起来，感到有某种重荷压在脑袋里，而脑袋马上就要从肩膀上掉下去……他双手抓住脑袋，左右摇晃，轻轻地呻吟。

——脑袋痛吗？我最最亲爱的！……他们折磨了我们俩……野兽！匕首丢失了，你瞧，小女孩丢失了头巾，嗨，他们也给我们施加了压力！……唉，天啦！……为什么惩罚？！

爷爷尖溜溜的嗓音刺痛了廖尼卡，后者感到有一种强烈的火花在他胸中燃烧，迫使他挪开离爷爷远一点。他挪开了一点，环顾了一下四周……

他们坐在集镇出口处旁边弯曲多节的黑杨树枝浓密的阴影底下。夜晚降临，玉兔东升，乳白色—银白色的月光洒遍辽阔宁静的草原，使草原显得比白天更加荒凉和更加令人感到愁闷。在草原和天空相接的远处乌云在聚集，并悄悄地飘浮在草原上空，遮掩着月亮，把浓密的阴影洒向大地。阴影紧紧贴在地面上，缓慢地、沉思地在地面爬行，忽然消失了，仿佛通过灼热的阳光烤裂的缝隙钻入了地下……从集镇中传出来声音，在集镇的某处燃起了火光，火光和金光闪闪的星星彼此暗送秋波。

——我们走，亲爱的！……应当走啦。——爷爷说。

——再坐一会儿吧！……——廖尼卡轻轻地说。

他喜欢草原。白天，在草原上游荡，他爱眺望前方，在那里，苍穹支撑在草原宽阔的胸膛上……在那里，他想象神奇般的大城市，城里居住着他未曾见过的善良的人们，他们不需要你乞求就主动施舍……而当草原愈来愈宽广地展现在他眼前时，突然出现了他已熟悉的集镇，这个集镇的建筑物和人们依然像他从前见过的样子，他为这次的欺骗感到忧郁和难过。

现在他若有所思地望着远处，从那里缓慢地浮出乌云。他觉得乌云像是他渴望见到的那个城市成千上万座烟囱的烟雾……爷爷的干咳打断了他的想象。

爷爷贪婪地吸着空气，廖尼卡聚精会神地望着爷爷老泪纵横的脸。

月亮照耀着爷爷的脸，脸上愁云密布，嘴在痉挛性地颤动，睁得圆溜溜的大眼睛闪烁着某种隐藏在心里的欣喜。爷爷的这张脸显得可怕、可怜，激起廖尼卡内心新的感情，迫使他挪动离爷爷远一点……

——嗯，再坐一会儿，再坐一会儿！……——他喃喃私语，傻里傻气地冷笑，在怀里摸索。

廖尼卡转过身，重新开始远眺。

——廖尼卡！你瞧瞧！……——爷爷忽然非常兴奋地呜咽了一声，咳得喘不过气来，因而全身抽搐，他递给孙子某种长而闪亮的东西。银光闪闪！这就是银子！……值五十个卢布！……

他的手和嘴唇因贪婪和痛苦而哆嗦，整个脸都在颤动。

廖尼卡颤抖了一下，推开了他的手。

——快点藏起来！……哎呀，爷爷，藏起来！……——他恳求地低声说，匆匆环视了一下周围。

——嗨，你怎么啦，小傻瓜？你害怕，亲爱的？……我向窗户里看了一眼，它挂着呢……我抓住它，放到地下……然后藏到灌木丛中。从集镇出来，我仿佛掉落了帽子，一弯腰就捡到了它……他们是些傻瓜！……头巾就这样到手了……原来它在这里！……

他用颤抖的双手从自己的破衣烂衫中取出头巾，把它在廖尼卡面前一晃。

在廖尼卡眼前，雾幕消散了，浮现了这样的景象：他和爷爷尽可能快地走在集镇的街道上，避开迎面而来的人们的目光，胆怯地走着。廖尼卡感到好像每个人都有权随心所欲地揍他俩，向他们吐唾沫，咒骂……周围的一切——栅栏、房屋、树木——都好像被风吹得在什么奇异的雾中摇晃……谁的严厉的、生气的嗓音在缭绕……这条艰难的路漫长得没有尽头，在密密麻麻的摇摆的房屋后面看不到从集镇通向野外的出口，这些房屋忽而移向他们，仿佛希望压住他们，忽而离开他们到什么地方去，敞开昏暗的窗户嘲笑他们……忽然，从一扇窗户喊出"小偷！小偷！小偷，小小偷！"廖尼卡偷偷地看了一下旁边，看见了窗户里的一位小女孩，那是他不久以前看到的眼泪汪汪的小女孩，是他想保护的小女孩……她捕捉到了他的视线，向他吐舌头，她那蓝色的眼睛闪烁着凶恶的和锋利的光，像针一样刺痛着廖尼卡。

这种景象重新浮现在小孩的记忆里，瞬刻之间又消失了，留给自己的是他投向爷爷的苦笑。

爷爷喋喋不休地说着什么，夹杂着咳嗽声。他挥舞着双手，摇晃着脑袋，擦掉脸上皱纹中渗出的大粒汗珠。

阴沉的、破碎的、散乱的乌云遮住了月亮，廖尼卡几乎看不见爷爷的脸了……但他看到了在自己面前哭泣的小女孩的形象，她站在他身旁，他心里想着如果打量他们俩。一个是孱弱的、气喘的、贪婪的和褴褛的爷爷，另一个是受他委屈的、哭泣的、但是健康的、纯真的和美丽的小女孩，爷爷和小女孩并排站在一起，他觉得爷爷是多余的、几乎是像童话中凶狠的瘦老头儿那样凶恶的和坏透了的人。怎么可以是这样？干吗他委屈她！他不是她的亲人……

而爷爷气呼呼地说：

——要是积攒一百卢布该多好！那时我死了也甘心……

——嗯！……——廖尼卡心中突然冒起无名火。——你就闭嘴吧！死啦，死啦……可是没有死……而是在偷！……——廖尼卡忽然尖叫了一声，全身发抖，跳了起来。——你是个惯偷！……呜—呜！——他攥紧干瘪的小拳头，在骤然住声的爷爷鼻子前挥舞了一下，重又笨重地坐到了地上，继续透过牙缝说：——偷小孩的东西……唉，好呀！……惯偷，也来这一套……为此在那个世界你也得不到宽恕！

整个草原忽然动荡起来，蓝光闪闪，草原显得更加辽阔……笼罩着草原的雾气在飘浮，瞬息间又消散了……雷声隆隆，在草原上空滚动，既震撼着草原，又震撼着天空。现在，淹没月亮的浓密的黑云在天空中快速飘飞。

草原变得一片昏暗。远处的什么地方，电光默默地然而却是威严地一闪，刹那之间雷声又重新低沉地轰鸣……然后，一片寂静，这寂静看来将不会有尽头。

廖尼卡在自己身上画十字。爷爷一动不动默默地坐着，仿佛是和背靠于其上的那棵树干结合在一起了。

——爷爷！……——廖尼卡低声呼唤，胆战心惊地等待新的雷声。——我们去集镇吧！

天空重新闪了一下蓝色的光焰，接着又重新震颤了下，把强大的金属般的轰隆声撒到大地上。仿佛是成千上万的铁片相互撞击着撒落在地上……

——爷爷！……——廖尼卡叫喊了一声。

他的叫喊声淹没在雷的回声之中，好像撞击破裂的小钟的声音。

——你怎么啦……害怕……——爷爷没有颤动地说。

瓢泼大雨开始倾泻，沙沙的雨声如此神秘，仿佛预示着要发生什么事情……远处雨声已发展成为连绵不断的哗哗的声音，好像巨大的刷子在干燥地面上的摩擦声。而这里，在爷爷和孙子旁边，雨滴落到地面时发出短促的、断断续续的响声，最终消失得没有回声。雷声愈来愈近，天空闪电愈来愈频繁。

——我不去集镇！让我这条老狗和这个小偷……在这里被雨淹死……被雷劈死得啦！……我不去！……你一个人去吧……瞧，集镇就在那里……你去吧！……我不希望你坐在这里……走！……去，去吧！……去吧！……

爷爷已是用低沉沙哑的声音喊道。

——爷爷！……对不起！……——廖尼卡挪近到爷爷身边央求道。

——我不去……我不宽恕……我照看了你七年！……一切都是为了你……活着……为了你。难道我需要什么吗？……我本来会死的……会死的……你说：小偷……为什么偷？为了你……这一切都是为了你……这就给你……给你……拿着吧……为你的生活……为你的一切……积攒的……嗯，也是偷来的……上帝明察一切……他知道……我偷了……知道……他将惩罚我。他已经惩罚我了……上帝啊！你惩罚了我！……啊？惩罚？你用小孩子的手杀了我！……是的，上帝啊！……正确！……你是公正的，上帝啊！……派使者来勾我的魂吧……哎呀！……

爷爷的嗓音提高到尖叫的程度，使廖尼卡感到恐惧。

雷声隆隆，震撼着草原和天空，其响声如此之洪亮和急促，一声接一声地滚动，几乎无休止地咆哮，仿佛想向大地诉说其切身的什么事情。闪电撕裂天空，天空颤抖，草原也颤抖。整个草原忽而闪烁着蓝色的光焰，忽而沉浸在冷飕飕的、深沉的、紧缩的和笼罩着草原的昏暗之中。有时闪电照耀着远方，远方似乎在急匆匆地逃离喧嚣和咆哮……

雨下起来了，雨滴在闪电的辉映下金光闪闪，掩盖着集镇祥和地摇曳不定的火光。

廖尼卡因恐惧、寒冷和某种产生于爷爷叫喊声的罪过的忧郁感而发呆。他睁大眼睛盯住自己前面，甚至当水滴从他那雨淋淋的头上流入眼睛中的时候也怕眨巴眼睛。他倾听着爷爷的嗓音，这嗓音沉浸在海洋波涛汹涌澎湃般的声浪之中。

爷爷一动不动地坐着，但廖尼卡觉得好像他应该是消失了，是去了某个地方，而把他一个人留在了这里。他不知不觉地稍稍挪近爷爷，而当手指触摸到爷爷时，他颤抖了一下，面临的却是可怕的事情……

闪电撕裂天空，照耀着这两个并排坐着的、缩成一团的、被从树枝上落下的水流浇成落汤鸡似的瘦小的人儿……

爷爷一只手在空中挥舞，不断地唠叨着什么，已是疲惫不堪、气喘吁吁。

廖尼卡看了一眼爷爷的脸，不禁恐惧得叫喊了一声……在闪电蓝光辉映下，这张脸显得毫无生气，而转动的迟钝的眼睛现出精神失常的眼神。

——爷爷！……我们走吧！……——他尖叫了一声，把自己的头塞入爷爷的两条膝盖之间。

爷爷向他俯下身去，用瘦骨嶙峋的双手抱住他，让他紧紧偎依在自己身上，在抱紧他的时候，却突然像被夹子逮住的狼一般尖声号叫起来。

　　这号叫声几乎令人发狂，廖尼卡从爷爷手中挣脱出来，跳起来像箭一般向前方的不定什么地方奔去。他睁大眼睛，闪电令人目眩，跌倒了，爬起来，跑入愈来愈深沉的黑暗之中。这黑暗忽儿在闪电蓝光的辉映下消散，忽而重新紧紧地包围着这个恐惧得发狂的小孩。

　　而雨如此冷淡、单调、忧郁地飘洒和喧闹。看来，除了雨的喧哗、闪电的蓝光和雷的激动的轰隆声之外，草原上任何时候都别无其他任何东西。

　　第二天清晨，集镇的小孩子们跑到村外去，立刻就转回来了，说是在黑杨树底下看见了昨天的乞丐，他大概是被刺死的，因为在他身旁扔着一把匕首，这引起了集镇里一片惊慌。

　　但是，当年长的哥萨克来看个究竟时，却发现情况并非如此。老头儿还活着。当走近他时，他试图从地上站起来，但却站不起来。他的舌头不听使唤了，用泪汪汪的眼睛示意问大家什么事情，并总在人群中搜寻，但什么都没有找到，也没有得到任何回答。

　　傍晚他死了。人们把他埋在发现他所在的黑杨树底下，认为不应当把他埋在乡村墓地，因为第一，他是外乡人；第二，他是小偷；第三，他死而无忏悔。在他旁边的泥泞里发现了一把匕首和一条头巾。

　　过了两三天，发现了廖尼卡。

　　在离集镇不远的一条草原的沟壑上空几群乌鸦在盘旋，当前去那里观察时，人们发现一个小孩张开双手俯卧在雨后留在沟壑底部的泥泞中。

　　最初决定把他埋在乡村墓地，因为他还是个孩子，后来想好了还是把他埋在那棵黑杨树底下他爷爷的身旁。坟墓堆成了一个土丘，上面竖立着一个粗糙的石头十字架。

未冻僵的男孩和女孩

（圣诞节的故事）

在圣诞节的故事里，自古以来每年照例要冻死几个贫穷的男孩和女孩。颇好的圣诞节的故事的男孩或女孩通常站在什么样的大厦的窗前，透过玻璃观赏豪华房间里的圣诞枞树，然后在感受了许多不快和痛苦之后冻僵了

我理解圣诞节的故事的作者们的美好心意，尽管他们对于自己的主人公未免有些残酷。我知道，那些作者描写贫穷的孩子们被冻死的目的，是使富裕的孩子们想起贫穷的孩子们的存在，但我个人不打算让任何一个贫穷的男孩或女孩冻僵，即使是为了这种十分令人敬重的目的……

我自己从未被冻僵过，也从未亲眼看见贫穷的男孩或女孩被冻僵，我怕在描写冻僵的感觉时闹笑话……此外，让一个活生生的小孩失去生命，只是为了提醒另一个活生生的小孩想起贫穷小孩的存在，我感到有点儿不舒服……

因此，我想最好是讲述没有冻僵的男孩和女孩。

圣诞节傍晚六点钟左右。刮着风，四处扬起晶莹的雪云。这些冷冰冰的、外形捉摸不定的雪云美丽和轻盈，好像一块块揉皱的薄纱，到处飘飞，洒在行人的脸上，形成冰碴儿刺痛人们的脸颊，落入马的鼻孔，马摇晃着头，打着响鼻，从鼻孔中喷出一团团热气……电线上挂着霜，看似用白色长毛绒捻成的绳索……天空晴朗，繁星闪耀，闪耀得如此明亮，仿佛在这个傍晚来临之前是谁勤奋地用刷子和白粉清洁过，当然，这是不可能的。

街头喧哗和热闹。人走马驰骋；行人来来往往，一些人匆匆奔走，另一些人款款而行，显然，这种区别取决于前者有某些事情和牵挂，或者没有温暖的大衣，而后者没有任何事情和牵挂，

或者不仅有温暖的大衣，甚至是皮大衣。

人群中有位没有牵挂但穿着带华丽衣领的皮大衣的人，他迈着悠闲和傲慢的步伐。两团褴褛似的小孩直滚到这位先生的脚下，在他跟前转动，响起了两种凄凉悲戚的声音：

——老爷……——这是女孩拖长的清脆的嗓音。

——大人先生……——这是男孩给女孩帮腔的嘶哑的嗓音。

——给可怜的孩子一点儿施舍吧……

——给一点儿面包钱吧！为了圣诞节！……他俩一起乞求。

这是我的主人公——贫穷的孩子：男孩米什卡·克雷舍和女孩卡吉卡·里亚芭娅……[①]

这位先生走着，两个孩子在他脚边来回转动，并时时挡住他的道路。卡吉卡在期待的激动中气喘吁吁，小声地重复说："给点儿施舍吧！！……"而米什卡竭力妨碍先生走路。

当这位先生颇为厌烦他们时，他就敞开皮大衣，掏出小钱包，把小钱包送到鼻子前，发出呼哧声。然后，他取出一枚硬币塞到女孩向他伸出的一只十分肮脏的小手中。

两团褴褛似的小孩瞬即从穿皮大衣的先生的路上消失了，并很快出现在大门的壁槽中，在那里相互紧靠着，默默地向街上东张西望了一会儿。

——没看到，真见鬼！……——贫穷的男孩米什卡用扬扬得意的腔调说。

——他去房角那边找马车夫了……——女友回答他说。——老爷先生给了多少钱？

——十戈比银币！——米什卡冷淡地说。

——有多少了？

——七十戈比银币和两戈比铜币。

——啊哈，已有这么多啦！……快回家了吗？冷……

——你来得及！——米什卡怀疑地说。——你别那么快地东奔西跑，否则将被抓去揪前额的头发……瞧，驳船正在划过来！

[①] 不想触犯文雅的读者，我建议把我的主人公改名为米歇里和卡特琳。——作者

干吧！

驳船上出现一位披着斗篷的太太，明显地看出来：米什卡是个十分凶狠的、没有教养的、对长者不恭敬的男孩。

——亲爱的，太太……——米什卡发出悦耳的声音。

——给点施舍吧，看在基督的面上！……——卡吉卡拖长声音说。

——她慷慨地给了三戈比！唉！……鬼玩的东西！……——米什卡骂了一声，重新一下子钻进了大门的壁槽中。

街上依然飘浮着轻盈的雪云，寒风更加凛冽。电线杆低沉地呼啸，雪在雪橇的滑木下发出嘎吱嘎吱的尖叫声，街上的远处传出女人的阵阵悦耳嘹亮的笑声……

——那位大娘安菲莎今天也将是醉醺醺的吗？——卡吉卡问，同时更紧地偎依着同伴。

——怎么样！她怎能不喝酒啊！将会喝醉的……——米什卡庄重地回答。

风儿扫落屋顶的雪，同时轻轻地吹奏起某种圣诞节的小咏叹调，某处的门咯吱咯吱地响起来，接着响起了玻璃门打碎的哗啦啦的声音，一个响亮的嗓音叫喊：

——马车夫！

——我们回家吧！——卡吉卡提议。

——噢！你哀怨地哭泣起来了！……——威严的米什卡责怪她，——干吗回家？

——暖和……——她简单地解释。

——暖和！——同伴模仿她的声调说。——大家怎么聚到一起，他们将强迫跳舞，好吗？否则将用伏特加酒灌醉你，再次呕吐……也是回家！……

他摆出知道自己价值的人样蜷缩起来，他坚信自己看待事物的观点的正确性。卡吉卡痉挛性地打哈欠，蹲在大门的角落里。

——你别说话……冷，忍着……没关系！……我们，兄弟，内心感到温暖……我知道！兄弟，我想……

他停了下来，为了迫使自己的女同伴对他所想的表现出兴趣。

但她蜷缩得愈来愈紧，未表现出任何兴趣。于是米什卡有点儿忧虑地警告她：

——你瞧，别睡着了……你会冻坏的！卡吉卡！

——不，我没关系……——她回答，牙齿直打战。

假若不是米什卡和她在一起，她也许会冻僵了。但这个有经验的淘气鬼坚定地决心采取一切办法妨碍她重蹈圣诞节这个通常的覆辙。

——你站起来！否则，这样蜷缩更坏。站起来你显得大些，寒冷更难袭击你。寒冷战胜不了大人……你看马，它们任何时候都不会冻死。人比马小……人能冻死……你站起来吧！瞧，我们快要到一个卢布了，开步走！

卡吉卡站了起来，全身颤抖。

——太……冷啦……——她用非常轻微的声音说。

的确，天气变得愈来愈冷。雪云渐渐转变成稠密的雪团。雪团满街旋飞，在这里呈现出白柱的形状，在那里呈现出镶满钻石的长条柔软织物的形状……当这些长条织物蜿蜒在路灯上空时，或者飞舞在商店灯光闪闪的窗户旁边时，观之真是赏心悦目。此时，雪团突然闪烁着五颜六色的、冷淡的、其光芒刺眼的火花。

但是，尽管这一切多么美丽，却一点儿也不使我这一对主人公感兴趣。

——唉——唉！……——米什卡说，从自己狭小阴暗的壁槽中探出头来。——雪团在飘洒！累积成堆！……卡吉卡，别错过机会！

——慈善的先——先生们！……——小姑娘滚爬到街上，用颤抖的和语不成声的嗓音呻吟着。

——给点施舍吧！跑……卡吉卡，跑啊！！——米什卡尖叫一声。

——啊哈，你们！我逮住你—你—你们！……——高个子警察突然出现在人行道上，恶狠狠地叫喊。

但是他们已逃之夭夭了。他们像两个褴褛的大球滚着离开了他，并消失得无影无踪了。

——跑了，小鬼头！——警察喃喃地说，他顺着街道看了一眼，和善地笑了笑。

小鬼头跑了，哈哈大笑。卡吉卡被自己的破衣烂衫的下摆绊住腿，不断地跌倒，惊呼道：

——天哪！再一次……——她站起来，恐惧地笑着回顾。

——他会追上吗？……

米什卡扯开嗓子捧腹大笑，一刻不停地穿梭在人群的缝隙中，碰撞着过路的人们。

——得了……见他的鬼吧！……她怎——怎么摔跟头！……唉，你这个傻女孩！扑通一声！……天哪！又扑通一声！嗨，好——好可笑！……

卡吉卡的摔跤倒使他和善起来了。

——现在他追不上了，慢慢走吧！他……没关系……是个好人……那一次，他鸣起笛来……我跑，一头撞在门卫的肚子上……这样，前额重重地碰到了木槌……

——我记得！一个大包……鼓了起来……——卡吉卡再次咯咯地哈哈大笑。

——嗨，得了！——米什卡严肃地说。——好吧，办正经事……

他们用严肃忧心的人那种老成持重的步态肩并肩地走着。

——我先前对你说了许多谎话……那位老爷先生塞给我二十戈比银币……以前也撒过谎……为了你不要说"是回家的时候了"。今天是个非常成功的日子！你知道，已得到了多少？一卢布五戈比！很多！……

——是——是的！——卡吉卡喃喃地说。——用这么多钱，也许，能买一双矮勒皮鞋……如果是在旧货市场的话……

——嗯，矮勒皮鞋！我将偷一双矮勒皮鞋给你……你等一等……我早就瞄准了一双……你等一等，我将把它偷来……你就……现在我们去小饭馆……知道吗？

——大娘又会知道的，并会揍我们的……像往常一样！……——卡吉卡沉思地拖长声音说，但在她的声调中仍然充满着预感到温暖临近的快乐。

——会揍？不会揍的！兄弟，我们将选择这样的小饭馆，即在那里任何一个人都不认识我们。

——这样啊！……卡吉卡满怀希望地小声说。

——瞧……首先，买半磅香肠八戈比，一磅白面包五戈比，这就是十三戈比！然后，一人一个三戈比的酥皮点心，两个酥皮点心是六戈比。这已是十九戈比了！还有茶，两份，六戈比……总计二十五戈比！嗨，还剩下……

米什卡沉默了下来，不说话了。卡吉卡疑惑地和严肃地直视着他。

——如此太多了……——她胆怯地重复说。

——别说了……等一等……一点儿也不多……还少呢！还有坐车要八戈比……三十三戈比！拼命吃吧！现在是圣诞节节期……如果给剩下二十五戈比，那还有八十戈比可以花呢……花三十三戈比算什么……这还剩下八十多戈比！你瞧，多少啊！她还需要个鬼呀，妖婆？……去吧！……快走！……

他们手牵手连蹦带跳地跑在人行道上。雪迎面向他们飘飞，刺得眼睛发花。有时他们连头都笼罩在雪云中，雪云把这两个小小的形体包裹在晶莹的雪云的密幕里，他们渴望温暖和食物，迅速地突破雪云的密幕……

——听我说，——卡吉卡开始说，快步走得气喘吁吁，——你怎么想……如果她知道了……我就说，这一切都是你……出的主意……你怎么想！你就跑，一切就都过去了……而我差劲……她总能抓住我……挨打比你更狠……她不喜欢我……我就说，你看呢！……

——快走！你说吧！——米什卡点了点头。——打坏了，会愈合的……没关系……你说吧……

他满身逞强的劲头，走着，把头向后一仰，不时轻轻地吹起了口哨。他的脸干瘦，眼睛有点儿滑头的神情，鼻子尖尖的，近似鹰钩鼻。

——瞧，那就是小饭馆……两个！去哪个好呢？

——去那个矮小的。首先去小铺子……是的！

在小铺里买了他们预定的一切之后，走进了矮小的小饭馆。

小饭馆蒸汽腾腾，烟雾缭绕，弥漫着令人昏晕的酸味。在浓烈的雾气中，在一张张桌子旁边坐着马车夫、无业游民和士兵，极度肮脏的跑堂小伙计往来穿梭在桌子与桌子之间，饭馆里喊声、歌声、骂声混杂在一起……

米什卡敏锐地发现了角落里一张空着的小桌子，他敏捷地曲曲折折地走向这张桌子，很快脱掉衣服，向小卖部走过去。卡吉卡也开始脱衣服，胆怯地向周围张望。

——大叔！——米什卡对小卖部的服务员说。——请给我两份茶！——他一拳轻轻地在餐柜上捶了一下。

——给你茶？好吧！——请自己拿……并去取开水……你可要注意别打碎了什么东西。否则我要你……

但是，米什卡已跑去取开水了。

过了一两分钟，他拿着自己的东西不卑不亢地坐到桌子后边，往后仰靠在椅背上，露出很好工作了一段时间的拉货马车夫似的傲慢神色，聚精会神地用黄花烟草给自己卷烟卷。卡吉卡怀着对他保持自己社会地位的能力的敬意看着他。她无论如何还不习惯小餐馆强烈的、震耳欲聋的喧闹，并暗地里总在担心着会把他俩从这里"狠揍一顿轰出去"，或者还可能出现某种更糟糕的事情。但是，她不想在米什卡面前显露出自己内心的担忧，而用两只小手捋平亚麻似的头发，并怡然自得地看着自己的周围。这些做作时时使她脏兮兮的脸颊上泛起红晕，使她蔚蓝色的眼睛惶恐不安地眯缝起来。而米什卡庄重地教导她：要力求在风度和语言上模仿客栈老板西格内伊，他是个老成持重的人，尽管他是个酒鬼，并且不久前还因为盗窃而蹲了三个月的监狱。

——你，比方说，苦苦哀求……你干吗苦苦哀求？老实说，毫不中用。"给点施舍吧，给点施舍吧！……"难道问题就这样解决了？你要钻到行人的脚下……力求让他害怕从你身上跌倒下去……

——我就将这么办……——卡吉卡恭顺地表示同意。

——嗯，就这样！……——她的同伴傲慢地把头一摆。——就应该这样。然后，还有：比方说，大娘安菲莎……安菲莎算什么？……首先，是个女醉鬼！其次……

米什卡直爽地宣称，大娘安菲莎其次算什么。

卡吉卡肯定地点头，完全同意米什卡的评价。

——你就别听她的……这需要这样做。你告诉她，就说：我，大娘，没什么……我，将听你的……就是说，堵住她的嘴。然后，你就做你想做的……就这样……

米什卡沉默了下来，庄重地搔一阵自己的肚子，就像西格内伊在结束演说之后常做的那样。此后他没有出现任何别的话题。于是，他把头一甩，说道：

——嗨，让我们吃吧……

——吃吧！——卡吉卡同意，她早已用贪婪的目光盯住了面包和香肠。

于是，在小饭馆潮湿的、散发出强烈气味的烟雾中，在熏黑了的灯放射出微弱灯光的昏暗中，在下流的骂街话和歌唱的喧哗声中，他俩开始享用自己的晚餐。她俩像名副其实的美食家，有感触地、慢条斯理地吃着。如果卡吉卡无节制地、贪婪地咬下一大块面包，以致她的脸颊涨红，眼睛可笑地瞪圆起来，老成持重的米什卡就嘲笑地嘟哝着：

——唉，你呀，我的妈！你吃得过猛了！……

这使她难为情，她差点儿没有噎住，尽力快些把美食嚼碎咽下。

嗯，这就是一切。我现在可以平静地让他们度过自己的圣诞之夜。他们，请相信我，未被冻僵！他们在自己的地方……我为什么要让他们冻死呢？……

按照我的意见，让完全有可能将更简单和更自然地死亡的孩子们去冻死，那是极其荒谬的。

有一次在秋天

　　……有一次在秋天，我陷入非常不愉快的窘境：在我刚刚来到的这个城市里，没有任何一位熟人，——我囊空如洗，身无分文，又无住所。

　　在最初的日子里，我卖掉了服装中那些无关紧要的东西之后，从城市去到了一个名叫"河口"的地方，这里有轮船码头，在船舶运营期间，劳动生活热气腾腾，人声鼎沸，而现在却是一片荒凉僻静，——问题在于这是十月的最后几天。

　　我走在潮湿的沙地上，脚下发出沙沙的响声。我全神贯注地盯着沙地，希望能从其中发现某些残存的营养物质。我孤独地游荡在荒凉的房屋和商亭之间，想着做个饱汉该多好呀……

　　在这种精神状态下，心灵的饥饿比肉体的饥饿能更快地得到满足。你在街上游荡，周围是房屋，外观漂亮，而且，可以有把握地说，内部布置得也不错；这就能激发你关于建筑艺术、卫生设施以及其他许多聪明和高尚东西的愉快思维；你遇到的是衣着舒适温暖的人们，他们彬彬有礼，总是礼让于你，客客气气地不希望发现你存在着忧伤的事实。当着上帝说吧，饿汉心灵总比饱汉心灵需要更好、更健康地吸收营养，——这就是能借以做出有利于饱汉的极敏锐的结论！……

　　……到了傍晚，下了雨，从北方吹来一阵阵晚风。风儿在空洞洞的商亭中和小铺中呼啸，敲击客店用木板钉紧的窗户。风儿激起河里层层波浪泛起泡沫，哗啦啦地飞溅到河岸的沙地上，高高地扬起自己白色的脊背，一个接一个地奔向模糊不清的远处，疾速地一个跳过一个……看来，河流感到了冬天的临近，在惊恐万状中逃往他处，以便摆脱今夜就可能被北风抛向它的冰的桎梏。天空沉闷昏暗，从天空不断地洒落几乎看不见的毛毛细雨；两棵被折断的、东倒西歪的柳树在我周围的大自然中着意哼出凄切的悲歌，一条被掀翻得底朝天的小船躺卧在柳树的根旁。

被掀翻的破底小船和被寒风折磨的树木显得破败不堪，令人怜悯……周围的一切都在崩溃，没有活力，死气沉沉，而天空在流淌着绵绵不断的眼泪。四周一片荒凉昏暗——仿佛一切都在死亡，很快生物界将只剩下我一个人，而且无情的死亡也在等待着我。

那时我才十七岁——美好的年华呀！

我在寒冷潮湿的沙地上走呀走，由于饥寒交迫，上下牙齿磕碰出颤抖的声音。为了徒劳地寻觅食物，我走到了一个商亭后面，蓦地看到商亭后面一个在地上打战的、穿着连衣裙的身影。连衣裙被雨浇得湿淋淋的，紧贴在下垂的双肩上。我停下来注视着她，看她在做什么。原来她在用双手在沙中挖坑，同时刨着钻到一个商亭底下去。

——你这是干什么？——我蹲在她身旁问道。

她轻轻地叫了一声，很快跃起身来。现在，当她站了起来，瞪着饱含恐惧的灰色的眼睛惊讶地望着我的时候，我看见她是一位和我年龄相仿的少女。她有一张清秀的小脸，遗憾的是，脸上有三大块青紫斑。这有损她的面容，尽管这些青紫斑分布得很匀称，两块尺寸相等的分别位于双目之下，一块稍大的巧妙地位于前额鼻梁之上。在这样的对称中，显示出脸部化妆极精细的演员的杰作。

少女看着我，眼睛中恐惧的神色逐渐消散了……她抖掉手上的沙子，整理了一下印花布头巾，踌躇片刻说道：

——你，也想喝茶吗？喂，你来挖吧，我的手累了。那里，——她用头指向这个商亭，——也许有面包……这个商亭还在营业……

我开始挖。她稍稍等了一会儿，看了我一阵之后，坐到了我旁边，开始帮助我……

我们默默地工作着。我现在不能说，我此刻是否记得刑法典、道德、财产权以及其他在有知识的人看来一生中所有时刻都应该记住的事情。更贴切地说，我应该承认，——我似乎如此沉浸到进入商亭底下坑道的挖掘，以致完全忘记了一切，除了能进入这个商亭的渴望以外……

夜幕低乘。一片漆黑——潮湿、沉闷、寒冷——我们周围的一切愈来愈凝重。波浪喧哗得仿佛比先前更低沉了一些，而雨点敲打着商亭的木板，声音愈来愈响亮，愈来愈频密……某处已响起了守夜人响板的声音……

——这商店是否有地板？——我的助手低声地问。我不理解她在说什么，沉默无语。

——我说——这商亭有地板吗？假如有，我们会徒劳无益地折腾。我们挖出坑道，——那里却可能还有厚实的地板……怎样掀开它？最好是砸锁……这锁并不很结实……

好的想法不常光顾女人的头脑；但是，你瞧，好的想法仍然光顾女人的头脑……我总是珍惜好的想法，并总是尽可能地力求利用好的想法。

我找到锁，死劲儿一拔，把它连同环一起拔了下来……我的女共犯瞬间弯下腰，像蛇一样钻入商亭敞开的四角形孔洞中。从那里传出了她赞许的声音：

——好样的！

女人的一声简短的夸奖，对我来说，比来自男人的完整的赞颂酒神之歌还要珍贵，即使这位男人是像所有古代演说家那样善于辞令也罢。但是，我当时的情绪不如现在那么激昂，没有注意少女的恭维话，而是简单地、惊慌地问她：

——有什么东西吗？

她开始单调地给我列数自己的发现。

——一只装瓶的筐子……几条空空的麻袋……一把雨伞……一个铁桶……

这都是不能吃的。我感到自己的希望就要成为泡影……然而，她突然高兴地喊道：

——啊哈！就是它……

——谁？

——面包……大圆面包……只不过是湿的……拿着！

一个大圆面包被扔到了我的脚边，接着我那英勇的共犯也钻了出来。我已掰了一小块面包塞入口中咀嚼……

——喂，给我……应当离开这里了。我们该往哪里去呢？——她探询似的向着黑暗中环顾四周……周围漆黑、潮湿、喧嚣……——那里不是有条小船被掀翻了吗……到那里去吧？

——走吧！——于是我们一边走着，一边在途中分享着我们的猎物，狼吞虎咽地吃着……雨更大了，河流怒号，从什么地方传来连续不断的、嘲弄似的哨声，——俨如一位高大的、不畏惧任何人的勇者在对所有尘世间的秩序发出嘘声，既对这可恶的秋夜，又对我们这两位秋夜的英雄……这哨声令心脏病态似的疼痛；然而，我贪婪地吃着，在这点上，走在我左边的少女也不逊色于我。

——怎么称呼你？——不知为什么我这样问她。

——娜塔莎！——她答道，嘴里发出吧嗒的响声。

我看了她一眼，我的心痛苦地抽搐。我向前面的黑暗中看了看，觉得好像我命运的这张赋有讽刺意味的脸在自我莫名其妙地和冷淡地发笑……

雨无休止地敲打小船的木板，调和的雨声引发忧郁的思绪。风在呼啸，吹入穿孔的船底缝隙中，缝中的什么木片之类的东西颤动着，颤动着，发出不安的和悲戚的声音。河里的波浪哗啦哗啦地拍岸，其声如此单调和绝望，仿佛在诉说极其无聊的、沉重的、厌烦透顶的某种现象，诉说它们想要逃脱的某种东西，诉说仍需谈论的某种事情。雨的喧闹声和波浪的拍溅声交织在一起，大地的悠长而深沉的叹息声在被折翻的小船上空飘荡。光灿灿的和暖融融的夏天总是被冷丝丝的、雾蒙蒙的和湿漉漉的秋天所替换，这使得大地感到委屈和感受疲惫。风儿在荒凉的河岸和泛起泡沫的河流上方疾驰，疾驰，唱着凄凉的歌……

小船下面的小窝谈不上舒适：窝内狭窄，潮湿，细小的、冰凉的雨滴从穿孔的船底往下滴落，一阵阵凉风钻入其中……我们默默地坐着，冷得发抖。我想睡。娜塔莎背靠船舷，冷得缩成一小团。她双手抱膝，下巴颏儿垂在膝盖上，睁大双眼，目不转睛地看着河流。在她白皙的脸上，在眼下青紫斑的衬托下，眼睛显得很大。她默然不动。我感到，这种呆若木鸡和沉默无语的样子，使我面对自己的这位邻居逐渐产生着恐惧……我想和她说说话，但我不知从何说起。

她开始自言自语。

——多么该死的生活！……——她语音清晰、一字一顿、深信不疑、感叹地说。

然而，这不是控诉。在这些词语中充满着对控诉的冷漠。只不过是一个人在尽可能地想呀，想得出众所周知的结论。对这种结论，我也会放声地说出来，不能自我矛盾地去加以反对。所以，我没有作声。而她，似乎没有注意我，继续坐着不动。

——哪怕死了也好，还是怎样……——娜塔莎又说话了，但这次话说得平静、深沉。在她的话语中，依然没有一点点控诉的腔调。显然，一个人在审视了一番生活之后，看了看自己，并冷静地确信，为了保护自己免受生活的愚弄，除了正是"死亡"之外，他无能为力做其他任何事情。

我为思维如此清晰的表露而开始感到无法形容地难过。我觉得，如果我还将沉默，那么我也许会哭起来的……而这在一个女人面前会是一种羞耻，况且她自己都没有哭泣。我决定同她交谈交谈。

——这是谁伤害了你？——我问，并未考虑问得更聪明一些。
——这都是帕什卡啊……——她平静地大声地回答。
——他是谁？
——情夫……一个做面包的人……
——他经常打你吗？
——当他喝醉的时候，他就打……

她突然转过身来面对着我，开始讲述自己、帕什卡和他们之间的关系。她是"那些……浪荡人中的少女"，而他是个做面包的，蓄着红黄色胡须，擅长拉手风琴。在"作坊"里他来找她，她很喜欢他，因为他是一个乐观的人，穿着整洁；他有价值十五

卢布的腰部带褶的男外衣和靴筒上带"褶"的皮靴……由于这些
原因她爱上了他，而他成了她的"信贷人"。可是，当他成了她的
"信贷人"时，他就开始从她那里夺取其他客人给她的糖果钱，用
这些钱喝得酩酊大醉，并动手打她，——这还不算，——而且在
她的眼皮底下同其他女孩子"鬼混"……

　　——这难道不使我难堪吗？我不逊色于其他人呀……这意味
着他在侮辱我，下流的东西。第三天我得到女主人准假去闲逛，
来到了他那里，他那里却坐着醉醺醺的杜尼卡，他自己也喝醉了。
我对他说："你浑蛋，下流的东西！你是个骗子！"他打得我遍
体鳞伤，又是拳打脚踢，又是撕扯头发，——无所不用其极……
这还不算什么！瞧，还撕破了我的一切，现在怎么办？我怎么去
见女主人？一切都被撕破了：又是连衣裙，又是短上衣——这
还是崭新的呀……还扯下了我的头巾……上帝啊！我现在怎么
办？——她突然用忧伤的、痛苦的声音叫喊起来。

　　晚风哀号，愈来愈猛烈，愈来愈寒冷……我的牙齿又开始像
跳舞似的颤动。她也冷得瑟缩，向着我靠拢过来，靠得那么近，
以至透过黑暗我已经看见了她眼睛的光焰……

　　——所有你们这些男人都是什么样的坏蛋！要踩踏你们
所有人，让你们所有人成为残废才好呢。让你们中的那个人去
死吧……我会向他的嘴脸啐唾沫的，不会怜悯的！丑恶的嘴
脸！……哀求吧，哀求吧，像下流的狗那样去摇尾乞怜吧，让傻
瓜向你屈服吧。全都结束了！现在你让她也跪在自己面前吧……
从头坏到脚的二流子……

　　她用各种各样的话漫骂，但在她的骂语中没有力度：我既未
听到其中的激愤，又未听到对"从头坏到脚的二流子"的仇恨。
总之，她的语气平和，同内容不协调，声音悲切而无声调。

　　但是，这一切比我或早或晚乃至今天常听到和读到的、最娓
娓动听的和有说服力的书籍和演说都更强烈地刺激着我。这是因
为，你是否看见，垂死的人的最后挣扎总是比对死亡的最准确的
艺术描写要自然得多和强烈得多。

　　我感觉很不好，——也许，更大程度上是由于寒冷，比起我

同窝的女邻居的一席话来说。我轻轻地哼哼起来，牙齿发出轧轧的响声。

　　几乎在此瞬间，我感到有两只冰凉的小手触摸到我身上，——一只搂到了我的脖子，另一只贴到了我的脸上，同时听到了一声惊慌的、轻柔的问话：

　　——你怎么样？

　　我该想，这是另外的什么人在问我，而不是刚刚还说所有男人都是恶棍，并希望所有男人都去死的娜塔莎。可是，她已开始急促地说……

　　——你怎么样？啊？难道不冷吗？你会冻僵吧？哎呀，你怎么啦！坐着，不说话……像个与世隔绝的人！你可是早就对我说过冷，她说……喂……躺到地上吧……伸开腿……我也躺下……就这样！现在你用双手抱住我……更紧些……嗯，就这样，现在你该感到暖和啦……尔后，我们背靠背躺着……随随便便地消磨这个夜晚……你怎么啦，难道喝酒了吗？挪动了地方？……没什么！……

　　她安慰了我……她称赞了我……

　　我敢肯定！——在这件事上对我是莫大的讽刺！你想呀！——那时我本来很担心人类的命运，幻想社会制度的改造，幻想政治的变革，阅读各种异常英明的书籍，其思维的深度也许甚至是其作者也望尘莫及的，——我在那时千方百计力求使自己积蓄"巨大的积极的力量"。然而，我倒是由一个怀春的女人用自己的肉体使我暖和起来，这是一个不幸的、被蹂躏的、怯懦的生灵，生活中没有其地位和价值，我没有想到在她帮助我之前去帮助她，可是即使想到了，我也未必能用什么帮助她呀。

　　嗨，我开始想，我这一切都发生在梦中，在荒诞的梦中，在沉痛的梦中……

　　但是，唉！我不能这样想，因为冰凉的雨滴洒落在我身上，女人的胸脯紧紧贴着我的胸脯，她的温暖的气息散发在我的脸上，甚至带有轻微的伏特加的酒香气……但是，——这是如此令人兴奋的……风在呼啸、呻吟，雨在敲打小船，波浪在哗哗地喧响，我们俩相互紧紧地拥抱着，但依然冷得发抖。这一切都是十分真切的，我确信，谁都没有做过像这样现实的、沉痛的和糟糕的梦。

娜塔莎依然在说着什么，说得只有女人才可能说的那么温柔和体贴入微。在她那天真的和温柔的细语中，我全身稍稍地燃起了某种火光，由此我内心的某种东西渐渐消失了。

那时，泪水像雨点般从我眼眶中滴落，冲刷我内心在这个夜晚之前满腔的许多愤恨、忧伤、愚蠢和污秽。而娜塔莎却劝我说：

——好啦，何苦啊，亲爱的，别哭！何苦啊！苍天保佑，缓缓气，再保持原态……如此等等……

她不断地吻我。频繁地吻，数不胜数，热烈……

这是生活献给我的女人的初吻，这是甜蜜纯洁的吻，因为以后所有的吻都是极其昂贵的，而且几乎什么也没有给予我。

——好啦，别哭啊，怪人！明天我安排你，假如你无处可去的话……——我像是透过梦幻听到了轻柔的、恳切的耳语……

……直到黎明之前，我们躺卧在相互的怀抱里……

当东方破晓的时候，我们从小船底下爬出来，向城里走去……然后，我们就友好地告别了，从此我们再也没有相遇过，尽管约莫半年我走遍所有偏僻的地方寻找着可爱的娜塔莎，有一次在秋天我和她度过了我所描述的一个夜晚……

如果她已经死亡——这对她来说倒是件好事！——那就让她安息吧！而如果她还活着——那就祝福她心情舒畅！还希望在她心灵上不要出现颓废的意识，因为这对生活会是极度的和徒然的痛苦……

春宵一刻 ①

1

花园一片寂静，沉浸在朦胧的春眠之中，叶丛上、花坛上、曲径上——全都映现出树荫的花纹和月光的幻影。满园春色，荡漾着清新的春天的气息，飘溢着丁香、木樨和新叶的芳香。

绿茵披上树荫，像丝绒般柔软。月亮辉映下的银白杨叶在暗色中闪光。一座用白桦树皮构建的小亭子掩映在密林绿荫深处，透过暗暗的树叶，桦树皮闪烁着白绸缎般的光泽。鸦雀无声，一切都似乎在等候着某种无法抗拒的，但并非可怕的事情，万籁俱寂的景况使一切都忧心忡忡。

穿过花园的叶丛仰望天空，月光和星光交相辉映，然而在月亮的照耀下，星星总是暗淡微弱的。

——现在会怎么样？——小亭子中响起了女人惊慌的和疑惑的叹息声。

随着叹息声传出了亲吻的啧啧声，紧接着又是女人焦躁的和胆怯的声音：

——不，放开……放开我！这是……丑恶的！我说过，这会毁灭我。当我还只是喜欢您的时候，我感觉自己在丈夫面前是无辜的……而现在……我是您的情人！天知道，——我害怕这个样子！我难过……也自觉羞愧，好沉重……沉重……啊！

她开始哭泣。短暂的哭声几乎未打破这周围的寂静，而终于淹没在这寂静之中。

一阵轻柔温和的风吹来，整个花园微微骚动了一下，树荫奇异地晃动起来，仿佛准备飞往他处。

---

① 原文标题 "Несколько испорченных минут" 照字面可直译为 "无谓浪费的几分钟"，中译文权且改名为 "春宵一刻"。——译者

随风飘溢的花香越发浓烈了。

亭中响起了强大的男中音……

——妮娜！如果你爱我，那就别哭了！我……见到你这个样子不愉快……得了吧，妮娜！

——您不愉快？！啊？瞧您已经开始要求……为了对您的爱……——女人叹息着含泪说道。

——我求你，妮娜！我将求你，直到你没有停止哭泣之前。好啦……——接着再次响起了甜润的接吻声。

——放开我吧！我要走啦！——女人焦急地叫喊。

——去哪儿？别闹，我可爱的尼卡①！这都是为什么？在如此美妙的田园诗中，谁还需要悲剧？请相信，我不需要。我希望，你也不需要。说真的，你哭什么？哭什么？

——可是，您不明白呀？！是吗？——她满怀愤恨地说。——你想，一个已出嫁的女人这么轻易地成了别人的情妇……你想，我有勇气、我有可能现在去坦然直视丈夫的眼睛吗？还有孩子呢？我可爱的孩子们！你们的妈妈是个……脏女人……啊！……啊！

——啊！啊！——幽暗的花园的远处响起了回声。

——妮娜！让我们认真地谈谈吧！嗯，你是聪明人……可是你与健全的理性背道而行。你的眼泪只是感受过激动的结果……只是！相信我，你不要去任意做别的解释。你不要向我表明：眼泪是由愤懑的良心或者那……罪过的意识……惩罚的恐惧所引起的……这一切都是不应该也不可能存在的……

他开始用温柔的、安慰的语气说话，但在冗长的话的结尾却改用了坚定有力的，甚至是有点枯燥无味的、冷嘲热讽的、局势主宰者的口吻。

——您怎么啦？不相信我？已经不相信了？您已经不理解和漠视我的痛苦了？好快呀！啊！……您说了那么多话——难道说的不是讨爱人欢心，寻求爱人奥秘和秘密的必要性……以及两个

---

① 尼卡：是妮娜的爱称。——译者

人解决一个人不理解的事情的可能性吗？……看来，我已经在受惩罚了。我的天啊！

——妮娜，妮娜！你怎么就不害羞呢？！已是责备，已是！难道我说了什么与先前说过的自相矛盾的话吗？

——你在说什么呀？——女人厉声简单地提问。——你怎样面对未来？

——唉咳，你瞧！你本该从这里开始……我说什么？我说，你的眼泪不是由良心上的痛苦引起的，而是由这个夜晚的激动引起的。我说，不要给自己描绘幻想的恐惧、不存在的罪过乃至不可能的惩罚。一切都如此简单！你掂量一下吧：你不爱你丈夫，但你想要爱，而且成了被爱的人。你爱上了我。假如不是我——也会出现另一个人。难道不是这样吗。

——不！——女人斩钉截铁地回答。

他笑了起来。

——对！相信我——对！要知道，爱情——这毕竟不是像死亡那样致命的东西。不要躲避爱情。爱情——这是生活的希望。谁会说，他有力量并想去反抗生活的希望？没有这样的人。在如此重要的事情上，如今人们已不发表谬论。事情的意义是一目了然的。不，妮娜，无须熄灭自己的希望，——恰恰相反，——必须保持这些希望，珍惜这些希望，——它们现在变得如此珍稀。你想爱，瞧，你正在爱。是的，就是这样！——他压低了嗓音，变成了絮絮耳语——软绵绵的、婉转取悦的、但又是扬扬得意的耳语。

女人久久地沉默无语，最后轻轻地叹了一口气，回答说：

——这样……

于是，随着她的话音刚落，寂静中传出了长时间的吻声。一个接一个的亲吻急速地燃烧起来，其声轻柔而奇异，宛如肥皂泡在爆裂。

花园沉静，万籁俱寂，但在每一片树叶上和每一根草茎上都蕴藏着无限的潜能。

周围的一切都在生长和发育，都笼罩在温暖的阴影之中。

　　大自然默不作声的创造没有任何一秒钟静止，谁也不能说：大自然永恒创造的潜力到何处歇息……

2

　　——但是，我将怎么对丈夫说这一切？——女人低声地说。

　　——难道你想，不能对他隐瞒此事吗？——男人忐忑不安地问道。

　　——隐瞒？你听着……怎么隐瞒？况且我已经……

　　再次焦急不安的她话没说完就打住了。

　　沉默几秒钟过后他用坚定的和满怀信心的口气回答她：

　　——让我们来想想看，怎样才能走出这种困境。首先让我们回忆一下，我们现在处于什么样的境况。你们满意地接受了我，我的老朋友费多尔相信我的正派，完全不会疑神疑鬼的。我们的一切如此美满、温暖、亲密……

　　——你这样想？——女人惊异地低声说。

　　——等会儿！让我们再想想，当你把这一切向他和盘托出时，情况会怎么样。首先——这是一种打击。应有的还是不应有的——反正是一种打击。应该怜悯人呀……然后，你离开他，到我身边来——对吗？嗯，就这样！这么一来，结果会如何？你将因孩子没有在身边而感到孤单寂寞，而他又不会把孩子给你。假如他把孩子给了你，留给他的还会有什么？你牵挂孩子，而我担心你……孩子——他们在这类境况中总是起着左右为难的作用……我们不应当容忍这种状况……

　　——听着！你在说什么呀？要知道，这是卑鄙龌龊的。下流的！丑陋，可恶的欺骗……而你……——女人用祈求的口吻小声说。

　　——啊！你的看法是这样的呀！亲爱的！生活早已把这种论调遗弃在很久的过去了……应该关心尽可能减少生活中的痛苦，而不是使生活变得高尚，正如我所看到的，除了你以外，谁都不需要这种高尚。它是昂贵的，但……对生活是微不足道的。假如它够有力量，而我们也需要它的话，请相信，——那它本该早已奏起胜利的凯歌了。这种情况没有出现。我们需要从生活中取得生活现在给予我们的东西。况且你知道——生活不是经常使我们能荣幸地享有某种令人惬意的和津津有味的东西的。为了生活，不可能不使任何人受委屈的。这并非我们定的规矩，而我们，显然，无能为力去代之以别的……更好的规矩……如果我们有力量，——我们会去尽力而为的……

——然而！你多么……厚颜无耻。我不——不知道……

——是吗？你觉得这是厚颜无耻？我认为，这是健全的理性，是生活中的现实。

他们沉默无语。

又一阵风吹来，花园在晚风吹拂下深沉地喘气。白杨树叶在颤动，俨如一群白蝴蝶准备飞往他处。

——不过，你是自由的，当然，你按你的愿望行事。是的……但请你考虑一下我——你在费多尔面前把我摆在什么位置……你考虑吧……

她默不作声，显然，她在想这个问题。

——我孑然一身……要从这里远走高飞……就在明天！

——你想走？就在明——明天？那我呢？

——我怎么办？我不能破坏同老朋友的关系，不想陷入某种戏剧冲突之中。我已经体验过这种冲突……为什么要人为地使极其复杂的生活更加复杂呢？

于是，女人在亭子里发出苦涩的和讥讽的笑声，神经质地打破了花园忧郁的寂静。由于这种笑声，或者由于风在花园中掀起温暖的和轻微的波浪，树叶颤抖了起来。

——这是多么的不幸——爱！女人含笑说了一声，又开始沉默。这沉默的一分钟过得很慢。

——噢，那怎样呢？——女人犹豫不决地问道。

——怎样？——男伴生硬地重复这个问题问她。

——你倒是想怎样摆正这一切？——她冷笑了一声。

他开始用不容反对的口吻、胜利者的口吻向她陈述自己的条件。

——关系不改变，就是这样。我去找你，费多尔什么也不知道。对……后来他……当然……随着时间的推移会猜到的……到那时……打击临近的渐进过程会减轻打击的力度……那是缓慢的过程，你知道……他将逐渐地易于容忍事实，如果这个事实不是像石头那样抛给他，使他晕头转向的话……

随着他的话音刚落就出现了令人难熬的长时间的沉默。

树似乎在织造阴影的帷幔，同时又在撕裂帷幔，披上这帷幔的树显得更加翠绿，更加鲜艳……这是因为月光已渐渐暗淡起来，空气中散发出浓烈的春天清晨的气息。花香四溢，越来越浓，晨露不知不觉自天而降，形成银色的露珠，洒落在花园丝绒般的绿茵上。

——……噢……我似乎知道你的意思……那么……他将相信我们，而我们将沉醉在秘密的爱情之中……对……好呀！这里充满着浪漫情调……但是，我未想过，当我去找你的时候，我会领悟到浪漫……——女人嘲讽地说。

他继续默不作声。

——啊，返回去……现在？……这有意思吗？——她沉静地补充说。——对……看来，没有……我也不能……我爱你，现在，当你突然成了坏人的时候，我比昨天更加爱你，昨天我还曾尊重你……但你们男人怎么样，下流！而且是狡猾的……你原谅我吧！反正我向你让步了。你知道……一切都是混乱的，良莠难分，好坏不辨……你究竟在哪里读到了这样的……论调？其实，现在……如此容易。

他依然沉默不语……

——你生气啦……别这样！一切都已经……过去了！唉咳，我多么可笑！你知道，我原本相信纯洁的——请注意！——十分纯洁的、正正当当的爱情是可能的！但是，这对一个人来说竟然是过分的。然而，需要爱。无爱的生活……是乏味的和沉痛的！啊……再吻吻我吧……我已在捞本了……下贱……是吧？

——真的的，你瞧，小傻瓜！——他关切地和庄重地说。——

你倒是为什么要给自己和我浪费这愉快的时刻？为的是向我表明更机灵……正派和纯洁吗？不值得！

重新响起了亲吻声……多次情意绵绵的亲吻……

3

半小时过后，从亭子里走出一个男人，穿着轻便浅色的衣服，高高的个子，身强力壮，苍白冷淡的脸，蓄着浅褐色的小胡子……

他走向了花园深处，走进了深绿色的灌木密林之中，头疲惫地低垂到胸前，似乎有点儿不那么心满意足，从牙缝中吹着口哨……

然后，从环抱亭子的丁香和茉莉灌木林中走出来一位身着白色长连衣裙的女人，上了花园的小路。

她朝着和她男伴消失的相反方向走去，步履蹒跚，犹豫不安，这是疲顿不堪或深沉思考的人的步态。沿路树叶挂满了露珠，露珠从树叶上轻微地洒落在她的头上和肩上。她满头是浓密的黑发，肩上搭着带花边的披肩，披肩的一头耷拉到地上。

她周围的一切都笼罩在阴影之中，阴影仿佛变得更加昏暗，穿透她的灵魂，使她陷入忧愁—甜蜜交融的迷雾之中。

天已破晓，晨曦吐露，第一缕阳光绯红的光点洒落在树梢上，露滴宛如宝石在光点中闪耀。春夜轻柔晶莹的阴影从花园的地上和树上渐渐悄然消散了。

身穿白色连衣裙的女人静悄悄地消失在茂密的叶丛中。夜晚的湿气和清晨的露水使花园显得格外清新，它在不动声色地等待着白天的复活。

柯 留 沙

（素描）

在墓地的最简陋的一角，在被雨水冲毁塌陷和被风吹得零落散乱的坟丘之间，在两棵凋萎的白桦的网状花边似的树荫下，一位已过中年的妇女坐在一座坟丘上，她身穿旧印花布连衣裙，头戴黑头巾。

一绺斑白的头发散落在她干瘪的、有皱纹的左脸颊上，薄嘴唇紧闭，嘴角下垂，嘴两边现出悲哀的皱痕，眼皮也下垂，就像许多忧伤之夜痛哭不眠的人常有的现象一样。

在我从远处注视她的时候，她一直坐着不动，当我走近她的时候，她也是一动不动。她只是向我抬了一下她那呆滞的大眼睛，旋即又冷淡地把眼睛垂下去，那双眼睛既未表现出疑问，也未表现出不安，没有任何表情能让我揣摩到她是怎样对待我在她面前出现的。

我向她问好，并问她这是谁长眠在这里？

她温顺地和平静地回答：

——儿子……

——成年人吗？

——十三岁……

——去世很久了吗？

——五年前过去啦……

她叹了一口气，把头发从脸颊上整理到头巾下面。天气闷热。太阳毫不留情地燎烤着亡灵的安息地，坟墓上稀疏的草在日晒尘染下变成了褐色，孤零的树木也蒙上了灰层，耸立在十字架之间的某处，一动也不动，仿佛也已经死亡……

——他因为什么去世的？——我向她儿子的坟点点头问道。

——马踩死的……——她简短地回答，伸出一只满是皱纹的手抚摸坟地。

——这是怎么发生的啊？

我感到自己太生硬，但这位母亲的冷静既引起我的好奇心，又使我深感激动。由于隐秘的任性，我想见到她目中的眼泪。她的这种冷静是不自然的，同时我看到她一点儿也不能克制自己。

我的问题迫使她再次举目望着我。她默默地、仔细地打量着我，从头看到脚，然后轻轻地叹了一口气，开始沉思地、平和地叙述……

——您要知道，事情是这样发生的。他父亲因挪用公款蹲了一年半监狱，在此期间我们吃光了所有的钱财。那钱财吧，并不多。在他父亲出监狱之前，我已经用辣根草生炉子。某园主赠送一车无用的辣根草，我把它晾干，并掺一半干粪块燃烧。有煤气味。汤粥中也散发出气味。柯留沙那时在上学。他活泼伶俐……关心家务。有时走出学校，发现什么地方有木片和劈柴，就把它夹在腋下带回家。是的……春天到了，已经化冻，而他穿的还是毡靴。时常湿透了……他脱下毡靴，那双小脚都冻红了。就在这个时候，他父亲被从监狱放出来了，并用马车把他送回了家。在监狱他得了麻痹症。他躺着，微笑，笑得那么酸楚，我则站在他身旁，心里想道："我将拿什么去养活他，我这个祸害者？我把他扔到街上的水洼中去才好呢。"而柯留沙看着，哭着。他望着父亲，脸色发白，泪流满面——大颗大颗的泪珠夺眶而出。"妈妈，他说，他怎么啦？"——"落到如此地步"，我说……是的。从这天起接二连三地出事。接二连三地出事。我发疯似的四处奔波，即使在幸运的一天里，我也不能挣到多于二十戈比的钱……真要我的命……简直想自杀。而柯留沙看着……显得如此郁郁寡欢……我有点儿不能忍受了……"可恶的生活，我说。死了才好呢……哪怕你们死了也好，那个……"我这是在咒骂他们，咒骂他父亲和柯留沙……

父亲点头，他说，我很快会死的，你别骂人，忍耐一会儿。而柯留沙……看了我一眼就从家里走出去了。后来，我醒悟过来了……唉，已经晚了。晚了，真的。因为，先生啊，在他，柯留沙，出去之后不到一个小时，——警察就坐着马车来了。"您是希舍妮娜夫人吗？"我已立刻感觉到不幸……"请吧，他说，去医院，您儿子，他说，被商人阿诺亨的马碰伤了……"我这就去医院。我坐在四轮轻便马车上，有如坐在烧红的钉子上。我暗自思忖："你这可恶的女人，该死的！"到医院了。他，柯留沙，躺着，全身包扎。他面露笑容……但眼泪夺眶而出，簌簌地流……他那样低声地对我说："妈妈，对不起，钱在警察分局长那里。"——什么钱啊，我说，柯留沙，上帝保佑你吧！"——"就是那些钱，他说，大众捐助的和阿诺亨给的……"——"为什么？"——"瞧，他说，就为这个……"——他呻吟起来……那样轻轻地。他的眼睛很大……我说："柯留沙，我的老天爷，你怎么就不留神呢？"而他，先生啊，那样清楚地对我说："我看见了它……那辆四轮马车……是的……我不想死去。我想——假如他们压坏我，——将会给钱的。真的，给了……"瞧……他这样说……我了解了、懂得了他，我的天使，但是迟了。清晨，他就去世了……他留在我的记忆里。他说过："妈妈，给爸爸买这买那，您也给自己买……"钱，他说，很多。真的，钱——四十七卢布。我曾去找阿诺亨，但他给的是五卢布的钞票……还骂道："那孩子，他说，——大家都看见了——是自己扑到马脚下去的，而你还来纠缠？"我就再也不去了。事情的原委就是这样，先生。

她沉默了下来，还像讲自己的故事之前那样冷静和冷淡。

墓地寂静和荒凉，十字架、十字架之间凋萎的树、地上的小丘、神态悲伤地坐在一座小丘上的冷静的女人，——这一切使人感到人的悲哀和死亡。

万里无云的晴空喷洒出干燥的暑气。

我从口袋里掏出一些钱塞给这位因不幸而依然陷入死气沉沉

的生活中的女人……

她点了点头，慢吞吞地对我说：

——请别担心，先生，我今天够用了……我反正所需不多，我一个人……现在已是……孤单一人留在世间……

她深深地叹了一口气，重又紧闭着饱含悲痛的薄嘴唇。

蓝眼睛女人

1

警察段长助理卓西姆·基利洛维奇·波德希勃洛，身材肥胖、性情忧郁的乌克兰人，坐在自己的办公室里，捻着胡须，睁大眼睛看着朝警察区庭院敞开的窗户。办公室内昏暗、闷热、安静，只有大挂钟的钟摆发出嘀嗒嘀嗒的声音，这单调的钟声计算出时间的分秒。而庭院里却是那样诱人、阳光明媚……三棵白桦树洒下稠密的阴影，不久前接班的军士库哈林躺在刚运到树荫下来的喂消防马的干草堆上。卓西姆·基利洛维奇看着他，生起气来。部下睡觉，而他这位不幸的首长却要待在这偏僻的地方，呼吸石墙蒸发的湿气。你看，要是他自己能在这树荫下芳香的干草上舒展地休息一下该多么惬意，如果时间和职位允许他这样做的话。卓西姆·基利洛维奇伸了伸懒腰，打了个哈欠，更加生起气来。他感到抑制不住地希望叫醒库哈林。

——喂，你！……喂，畜生！库哈林！——他扯开嗓子高声地叫喊。门敞开了，有人进到了办公室。波德希勃洛望着窗户，没有转过身去，丝毫不在意是谁进来站在他身后的门旁，把地板踩得轧轧响。库哈林没有因为波德希勃洛吆喝而翻身。他双手搁在脑后，胡子翘向天空，睡觉了。卓西姆·基利洛维奇似乎听到了这位部下的鼾声大作。这嘲弄的、甜美的鼾声燃起了他对休息的更强烈的欲望，激起了他对不可能给予他休息的状况的愤恨。波德希勃洛想走下去，朝着这部下挺起的肚子狠狠地踢上一脚，然后揪着他胡须把他从树荫中拖到炎炎烈日洒得滚热的地方去。

——嘿，你……在那里贪睡呀！听见吗？

——大人，——我——值日生，到！——在他身后传来了甜润的声音。

波德希勃洛转过身去，用凶狠的目光看着值日生。值日生睁大迟钝的双眼望着波德希勃洛，准备立刻奔向命令所指的去处。

——我呼唤过你吗？

——没有！

——我询问过你吗？——波德希勃洛坐在椅子上转动，提高嗓门问道。

——没有！

——那你就去见鬼吧，趁我还没有给你脑袋塞入什么东西的时候！——他开始用左手在桌子上摸索着找什么东西，右手紧紧地抓住椅子背，而值日生却一溜烟地蹿出房门消失得无影无踪了。警察段长助理觉得如此溜走是不够恭敬的。他对这闷热和职务，对贪睡的库哈林，对交易会忙碌期的临近，对除他的愿望之外的许多不知怎么使他今天想起的不愉快和沉重的事情，都产生了越来越强烈地燃烧起来的憎恨，他无论如何都想要挣脱这种憎恨。

——喂！到这里来……——他冲着房门叫喊。

值日生进来了，直立在门旁，显出惊恐的和期待的面孔。

——嘴——嘴脸！——波德希勃洛阴森地面向他。——到院子去，叫醒库哈林，告诉他，让他这笨蛋别在院子里贪睡。不成体统……嗯……去吧……

——是！那里有位夫人找您……

——什么？

——夫人……

——什么样的？

——高高的！

——蠢货！她要什么？

——找您……

——去问问……

——我问过……不对我说……说要见长官本人……

——噢，真见鬼！请吧……年轻吗？

——是的……

——好吧，请……快点去！——波德希勃洛命令着，语气已经缓和下去，阴沉的面孔显出官气十足的神态，收拾整理了一番，弄得桌子上的文件沙沙地响。

从他后面传来了连衣裙的簌簌声。

——您有什么事？——波德希勃洛用审视的目光看了一下女来访者之后，半侧着身子问道。女来访者默默地点了点头，缓步向桌子挪动，皱着眉头用郑重的蓝眼睛望着警官。她衣着简朴、寒酸、小市民气，戴着一条细小的头巾，披着一件灰色的、破旧不堪的披肩，两只漂亮小手的细长泛黑的手指揉搓着披肩的两端。她高挑的个儿，丰盈的体态，发育完善的胸脯。她有点儿特别，不像女儿那般严肃和庄重。看样子她的年龄二十七八岁。她挪步如此沉思、缓慢、仿佛在考虑——她是不是该转身退回去。

"咦，什么鬼事……身材高大的女人，——波德希勃洛在提问之后曾想。——啰唆事就要开场……"

——我能向您了解……她犹豫不决地瞪着蓝眼睛凝视警官胡子拉碴的脸，开始用浑厚的女低音说，却又打住了。

——请坐……说实在的，您想了解什么？——波德希勃洛打着官腔问道，继续暗自思忖："多么健壮的女人！嘿！"

——关于证件的事……女人说。

——房证？

——不，不是这样的……

——那是什么样的？

——就是那种……女人借以放荡的……——来访的女人吞吞吐吐，欲言又止，蓦地羞红了脸。

——那么，这是怎么啦？——什么样的女人放荡？……——卓西姆·基利洛维奇扬起眉毛，戏谑地笑着问道。

——形形色色的女人……她们放荡，夜晚女郎……

——那些——那些——那些！妓女？——卓西姆·基利洛维奇开怀咧嘴大笑。

——是的！就是她们。——夫人深深地叹了一口气，也露出了微微的笑容，仿佛她在听到了这句话时开始感到轻松了一些。

——啊哈！这么说？是吗？那怎样呢？——卓西姆·基利洛维奇开始问道，同时感到往后有某种十分有趣的和诱惑人的事情。

——您瞧，我就是为这类证件来的，——女人说道，她的头似乎受了打击而有点儿奇怪地晃动一下，唉声叹气地坐到了椅子上。

——这么说……您要开店？如此……

——不，我为了自己……——女人低垂着头。

——噢……那您的旧证在哪？——卓西姆·基利洛维奇问道，他把自己的椅子移近女来访者，一只手伸向她的腰部，眼睛看了看房门。

——什么旧本？我不曾有……——女来访者把目光投向他，但丝毫没有挪动身子，她无意躲避他伸过来的手……

——就是说，您是暗中从业？没有登记过？有这种事！您想算计一下？这好……更安全些。——卓西姆·基利洛维奇鼓励她，同时更大胆地表露自己的意图。

——可我还是初次……夫人扫视了一下，腼腆地低垂着目光……

——那是怎么个初次？我不懂。——波德希勃洛耸了耸肩……

——我还只是在想……第一次。我来到了交易会。——夫人低声细语地解释道，依然低垂着目光。

——啊，原来如此！——卓西姆·基利洛维奇放下搂在她腰间的手，挪开了自己的椅子，有点儿不好意思地仰靠在椅背上。

一阵沉默……

——啊，原来这样……对……那您……怎样呢？这可不好。艰难……也就是说，当然……但毕竟……奇怪呀！老实说，我不明白……您这是怎么下的决心。如果，真的，是事实的话……

作为有经验的警察，他意识到了，真的——是事实，那对这种职业的妇女来说，她曾是相当鲜嫩的和端正的。她不曾有卖身的特征。哪怕是在短暂的放纵之后，这些特征也会在女人的面容和姿态上留下痕迹的。

——当着上帝说，是事实！——她陡然信誓旦旦地向他表示。去做这种肮脏的事——我不再撒谎。究竟为什么？只是必须去做。您瞧，我是个寡妇。我守寡，丈夫是领港员，四月淹死在浮冰中。我有两个小孩，儿子九岁，女儿七岁。没有收入。也没有双亲。我是个孤儿，而他——死者的父母相距遥远，况且他们不喜欢我……他们富足，而我在他们面前就像个乞丐。真是走投无路。当然，要有工作就好。可是，我需要很多的钱，挣不到那么多钱呀。儿子在上学。当然，若能设法求得免费才好，可我，我一个妇道人家，到哪里去想办法啊？您可知道，儿子是个聪明的孩子，要是辍学，那是很不幸的……女儿也是……无论如何也应当抚养她。如果说到正当的工作，那么这种工作多吗？而且有多少人能得到这种工作？问题仍然是干什么？如果做厨娘，那么，当然……每个月有五卢布……不够花呀！无论如何不够花！但是在这个行业中——如果谁有运气——一下子就可以得到够一年的用度。上一次交易会，我们有一个女人挣了四百多（卢布——译者）！现在她带着金钱嫁给了一个护林员，自己成了太太。活着……假如是耻辱……当然，是不体面的……但只是……不然的话……您去评判吧……命运，就是说……总是命运。于是我想起了这种事——这样，就是说，应当——这是命运给我的指令……成功了——很好……不成功，我只有承受痛苦和羞辱……也是命运。是的……

波德希勃洛听他说，也理解了她所有的话，因为她的脸表明了一切。在她这张脸上，起初现出过某种惊慌，之后它变得平和、坦然和坚定。

卓西姆·基利洛维奇现出不舒服的样子，不知道为什么还感到可怕。

"哪个笨蛋要是落到这种妖精的手里，她会扒光他的皮，剔尽他全身的肉。"——他这样思忖自己的恐怖，而当她说完话以后，他干巴巴地说：

——我这里什么也不能办。你去找警察局长。这是警察局长的职权和医疗检察机关的事务。我无能为力……

他希望她尽快离去。她立刻从椅子上站起来，低着头，缓步走向房门。卓西姆·基利洛维奇紧闭双唇，眯缝双眼，随即看着她，还想从她背后啐口唾沫……

——您说，我应该去找警察局长？——她走到门口又转过身来问道……她的蓝眼睛坚定地、镇静地看着他。她的前额横刻着一条粗粗的、深深的皱纹。

——对，对！——波德希勃洛急促地回答。

——告辞啦！谢谢您！——她就这样走了。

卓西姆·基利洛维奇把胳膊肘支在桌子上，坐了约 10 分钟，暗自吹着口哨。

——好一个畜生，啊？——他大声地说，没有抬起头。——还有……孩子们！那是什么样的孩子？嘿——哈！这样的败类！

他再一次久久地沉默……

——但是，这也是生活……如果这一切是事实的话。任意摆布人，可以说……嗯——对……——他气冲冲地转动起来。

他再沉默了一阵之后，用深沉的叹息、断然的蔑视和无限的感慨对自己的思维活动概括地说：

——啊，真糟糕！

——您有什么提示？——值日官回到门内问道。

——啊？

——有什么指示，大人？……

——滚——滚出去！

——是，先生。

——笨蛋！——波德希勃洛嘟哝着，凝视着窗户……

库哈林依然睡在干草上……显然，值日生忘记了叫醒他……

但是，卓西姆·基利洛维奇的愤懑已烟消云散，这位自由散漫的士兵的模样一点儿也不使他气愤。他感到自己因某种情况而心神不定。在他面前的空间，一位女人的镇静的蓝眼睛在闪烁，在坚定地直视着他的脸。这倔强的目光使他感到千斤重担压心头，感到有些难看……

他看了一下挂钟，整了整武装带，走出了办公室，闷声闷气地说：

——大概，我们还会见面的……会的。

2

真的，他们相遇了。

有一次，晚上，波德希勃洛在总部大楼旁值勤，在离他五六步远的地方，他发现了她。她迈着轻盈的碎步朝街心公园的方向走去，一双蓝眼睛注视着前方的某处。她那高高的身材和匀称的体态，她那起伏的胸脯和扭动的胯股，她那严肃而温顺的目光，伴随着某种与她格格不入的东西；前额上那条过分顺从的、无可奈何的皱纹，现在比初次相遇时更加刺眼，有损她那俄罗斯人的圆润的脸庞，使之生涩失神。

卓西姆·基利洛维奇捻了捻胡须，让顷刻之间在他头脑中萌发的有点模糊不清的思想自由飞扬，并决定不要和这个女人失掉联系。

"咳，你呀，狠心的女人！等一等……"——他跟随她心里暗自发出意味深长的感叹。

过了五六分钟之后，他已同她并肩坐到了街心公园的一条板凳上。

——不认识了？——他微笑着问道。

她举目望着他，平静地打量他。

——不，我记得。您好！——她用抑郁的声音轻轻地说，但并未把手伸给他。

——那么，怎么样啊？您给自己弄到了证件吗？

——瞧！——她开始在连衣裙的口袋里摸索，神色依然是那样柔顺。

这使这位警察颇感困窘。

——啊，不，我不需要，别拿，我相信。况且，我也无权……就是说，您最好是讲一讲是怎样取得成功的？——他问道，立刻又想："难道我很需要了解这一点吗？真是的！为什么……装腔作势？喂，卓西姆，直接去吧。"

然而，尽管他这种想法使自己一振，但还是没有下决心直接去。在他的思维中，有某种意识不允许他马上亲近她发生众所周

知的关系。

——成功吗？还好，谢天谢地……——她言犹未尽，欲言又止，满脸飞红。

——噢，这就好。恭喜……由于不习惯而感到困难吧？啊？

她突然全身扑向他，脸色苍白，面容难看，张圆着嘴，仿佛想叫喊，可是又蓦地放开了他，退回去，恢复原来的姿态……

——没关系……我会习惯的，——她平静地和清晰地说，接着掏出手帕，大声地擤着鼻涕。

这一切——她的动作，她的接近，她那宁静的蓝眼睛和目不转睛的神态，使卓西姆·基利洛维奇心胸顿感一阵疼痛。

他为某种事情而暗自生气。他站起来伸给她一只手，一言未发，面带愠色……

——再见！——她温柔地说……

他向她点了点头，迅速走开了，恶狠狠地责骂自己是个浑蛋，是个白痴……

"等着吧，臭婆娘！我会收拾你的！我会向你显示自己的。你在我这里别再装模作样"，——他不知道为什么这样威胁她。但是，他仍然感到：她在他面前并没有任何过错。

而这更加使他发怒……

3

一个半星期过后，卓西姆·基利洛维奇离开客栈走向西伯利亚码头。他停止了脚步，因为他听到了女人的尖叫声、骂街声和其他从一个小饭馆的窗户飞扬到街道的粗野的嘈杂声。

——警察！卫兵！——那是女人气喘吁吁呼救的嗓音。传来了可怕的什么东西的撞击声，家具在噼里啪啦地响动，有谁在用盖过所有喧嚣的低沉的声音兴高采烈地叫喊：

——就这样，揍她！来……再来一次！直接揍她的嘴脸。哎——嘿！

卓西姆·基利洛维奇快步流星地沿着楼梯往上跑，推开聚集在小饭馆餐厅门口的人群，映入他眼帘的是这样一幅情景：他认识的那位蓝眼睛女人隔着桌子全身扑过去，左手揪住另一个女人的头发，把她拉扯到自己身边，右手无情地、频密地打击那位女人的惊恐万状的脸，这张脸已被打得肿起来了。

蓝眼睛现在显得干涩，微微眯缝着，嘴唇紧闭着，从嘴角到下巴现出刺眼的皱纹。她的脸早先是那样镇定自若，而现在是那样残忍——野兽般地狠毒，——这是一张准备无休止地、得意扬扬地虐待自己同类的人的脸。

挨打的那个女人已经只能哼哼着拼命地挣脱，双手在空中战战兢兢地挥动着。

卓西姆·基利洛维奇感到一股愤怒之情涌向心头，即疯狂地想为了某事报复一下某人。他扑向前，从后面抓住施暴女人的腰身，把她拽向自己。

桌子翻倒了，被打碎的餐具发出哗啦哗啦的响声，人群疯狂地叫喊，哈哈大笑起来。

卓西姆·基利洛维奇得意忘形地看到：各种各样的、粗野的、绯红的面孔在空中闪亮。他抱住横行霸道的女人，附着她的耳朵恶狠狠地低声说：

——啊，你！犯浑耍横？丢人现眼？……啊，你！

被打的女人躺倒在地板上的餐具碎片中打滚，歇斯底里地尖叫，号啕痛哭……

——长官，事情是这样，她，也就是那位，开口骂这位："你啊，娼妓，干下流勾当的败类！"于是这位好像要打她……那位则抓起一只茶杯，砸向这位，而这位就抓住了她的辫发，揪呀，揪呀！噢，就这样，我给您说，真揍了她，从旁观的角度来看，这是可以起哄的！好大的力气呀，大人！——一位身穿厚呢长外衣的机灵鬼向卓西姆·基利洛维奇讲述这场闹剧的原委……

——啊哈！原来如此！——卓西姆·基利洛维奇怒吼，更加死劲儿地抱住这个女人。他感到自己也想打架……

——马车夫！快来，马车夫！——一位脖子通红、脊背宽阔的人弯腰曲背，扯开嗓门从窗户向街道叫喊。

——喂，走……去警卫室！走吧！……两个都去！你！起来……你是什么地方的？你来干什么？丑——丑八怪！送去警卫室。快点！两个都送……就这样！

威风凛凛的警官一会儿推推这个女人的背，一会儿推推另一个女人的背，把她们推出了餐厅。

——给我一点……白兰地酒和碳酸矿泉水吧，快点！——卓西姆·基利洛维奇转向跑堂的伙计说，笨重地坐到窗户旁的椅子上，感到自己疲惫不堪，对所有人和事都切齿痛恨。

* * *

清晨，她站到了他的面前，还是那么坚定和镇静，就像第一次相遇时那样，——她的两只蓝眼睛直视他的双目，等待着看他什么时候开始同她说话。

卓西姆·基利洛维奇把文件扔在桌子上，愤怒不已，睡眼惺忪，尽管如此，还是不知和她从何说起。在这种情况下，一般的公式化的询问和咒骂仿佛不能脱口而出，而想找到更加凶狠的和更加厉害的话撒在她脸上。

——你们是怎么开始的？……啊，快点说！

——她骂了我……——蓝眼睛女人沉重地说。

——没有什么了不起的……说吧！——波德希勃洛用讥讽的口吻说。

——她不是开玩笑……我与她不相同。

——哎呀，老天爷！你究竟是什么人？

——我由于需要……如果……而她……

——是吗？！而她出于取乐，还是怎样啊？……

——她？

——嗯，她，怎么样？

——她怎么样？她没有孩子……

——你听着……你闭嘴，混账的东西！你别拿你的孩子来糊弄我……你走吧，但你要记住，假如我再次遇到你，——在二十四小时以内滚蛋！滚出交易会！懂了吗？嗯！我了解你！我给你……奖赏！胡闹？我会让你丢人现眼一阵子的……骚货！

他那一句比一句更带侮辱性的话面对着她冲口而出。她的脸色变得煞白，眼睛像昨天在小饭馆那样眯缝起来了。

——滚！——波德希勃洛厉声吼叫，拳头咕咚一声砸在桌子上。

——让老天爷给您当裁判吧……——她干巴巴地、威胁似的说，快步走出了办公室。

——等我给你个厉害瞧瞧——裁判员！——卓西姆·基利洛维奇粗声粗气地叫喊。他对侮辱她感到得意。她这张平静的脸和这对蓝眼睛直视的眼神使他失去了自制力。为什么她要假装和硬充成妖媚多姿、花枝招展的女人？孩子？！胡说八道。厚颜无耻。这和孩子有什么关系？淫荡的娘儿们为了某种目的来到交易会出卖自己，败坏自己的名声……多灾多难的女人，因为需要……孩子。她想以此来骗谁？无力面对公开的罪孽，她就用需要一词来掩饰罪孽。呸！你去说吧！……

4

然而，她毕竟是有两个孩子——男孩，皮肤白嫩，表情羞怯，穿一件破旧的中学制服，用黑围巾系着护耳；女孩，身穿一件方格子夏季长外衣，尺寸大得不怎么合身。他俩坐在卡申码头旁边的木板上，飒飒秋风吹得他们直打哆嗦，他们在相互低声细语。母亲站在他们身后，背靠在装什么货物的行李上，爱抚的蓝眼睛从上到下看着两个孩子。

男孩像妈妈，也是一双蓝眼睛。他头戴有点儿破裂的遮檐便帽，老是转过头看着妈妈，微笑着向她说点什么。女孩满脸雀斑，尖鼻子，灰色的大眼睛闪烁着活泼机灵的目光。在他们周围，在木板上放置着一些包袱和包裹。

时值九月末，清晨下了一场雨，堤岸淤积着浊水污泥，风萧萧，又寒冷又潮湿。

混浊的波浪沿伏尔加河涌来，哗啦哗啦地拍击着河岸。到处是闷气的、深沉的、强烈的喧闹声……

形形色色的人穿梭来往，在张罗，在奔向某处……河岸街充满生机，热闹非凡。在这熙熙攘攘的人群中，两个孩子和他们的母亲在静静地等待着什么，特别惹人注目。

卓西姆·基利洛维奇·波德希勃洛早就发现了他们，尽管置身一旁，同她保持距离，但一直聚精会神地注视着她，他观察她们三人的每一个动作，他不知为何内心深感愧疚……

卡申的轮船从西伯利亚码头驶来，半小时后将沿伏尔加河溯流而上……

人群开始挤向浮动码头。

蓝眼睛女人俯身拉起孩子，再伸直腰，全身挂满包裹和包袱，跟随孩子走下扶梯，两个孩子手牵手走着，也扛着些什么东西……

卓西姆·基利洛维奇也要走向浮动码头。他本不想去，但必须去，少顷他站到了离售票处不远的地方。

他熟悉的女人买了一张票，双手捏着鼓鼓的黄色皮夹子，眼睛盯着钱包。

——我想，——她说，——您瞧见了吗，——需要这样……这就是他们，两个小孩，进二等舱，我们去科斯特罗马，我在三等舱。他俩可以买一张票吗？……不行？要不就请迁就一下好吗？十分感谢！请上帝保佑您……

她脸带满意的神色走开了。孩子们在她身边转来转去，抓住她的连衣裙，请求她什么事情……她听着他俩的央求，露出了微微的笑容……

——哎呀，我的老天爷，我这就去买，她说！……我难道吝惜不成？每人两个？得啦……你们在这里站一会儿。

随后她走向小码头，那里买卖各种服饰用品和水果。

不一会儿她又重新站到了孩子们身边对他们说：

——这是给你的，华丽娅，肥皂……很香的！拿着，闻一闻。给你的，彼佳，是一把刀子……原来是这样呀，我记得，你不害怕。啊，还有橙子，整整十个。吃吧……只是不要一下吃光……

轮船靠近了码头。一声碰撞，大家摇晃了起来。蓝眼睛女人惊慌地扫视了一下周围，双手抓住了两个孩子的肩膀，让他们紧靠住自己。大家平静了下来，她也安然地微笑着。孩子们也随着她笑了起来，舷梯搭好了，人群拥上了轮船。

——站住，你往哪里撞！笨蛋！——卓西姆·基利洛维奇在发号施令，一边放行人群，一边冲着一位木匠叫喊。这位木匠满身负荷：韧皮筐、锯、斧和其他工具。——真见鬼！让这位太太和孩子们过去……老弟，你真是个怪人！——他补充说，语气已经缓和下来。那位太太，他那熟悉的蓝眼睛女人，从他身旁通过的时候，向他微笑着点了一下头，随后上了轮船……

……第三声汽笛。

——起锚！——从指挥桥楼上传出了号令。轮船震动了一下，缓缓驶离了河岸……

卓西姆·基利洛维奇扫视一下甲板上的人群，找到自己熟悉的女人，恭敬地摘下礼帽向她鞠躬致意。

她以俄罗斯人的方式点头回应他，并恭恭敬敬地画着十字。

就这样，她携带自己的孩子去了科斯特罗马。

卓西姆·基利洛维奇又看了一会儿她离去的背影，深深地叹了一口气，离开浮动码头走回自己的岗位。他愁眉苦脸，垂头丧气。

孤独老人

——老爷，您哪里也不去吗？

老爷坐在宽大书桌前的深皮沙发椅上，桌上几乎摆满了各种各样的小饰物，这都是昔日的遗物，其中的每一件都维系着某种回忆，在桌子的上方挂着一幅已过中年的美丽女人的水彩画像，她面容端庄，闪烁着深邃的智慧，——这是最珍贵的回忆。

在这间小小的舒适的房子里，在老爷的四周，没有什么东西不会撩动往日的影子。老爷已逾古稀之年，他的头晃动，四肢早已难受衰退的大脑的支配。

他的厨娘，是他的女管家和他在世上唯一亲近的人。她站在房门口，竭力掩饰打呵欠，懒洋洋地和平静地问：

——老爷，您哪里也不去吗？

在七十岁的年龄没有什么地方可去，除了我们每个人必须去的地方。

但是，老爷仍然询问：

——什么时候啦？……

——九点一刻啦……

他知道，他这位老太婆多说了约半个小时，但他对此并不在意。也许，他甚至感到高兴，因为仿佛从他孤苦度日和风烛残年的总小时中减少了半小时。他简短地说：

我哪里也不去……

门悄然关上了，他重又形影相吊地待着。在他面前摆着一本翻开的圣经，圣经上放着一副眼镜，但他没有读，而是用长杆烟斗吸烟，吸着，端详着他熟知的桌上的东西和随着时间的推移而发黄的相片。

一串串灰蓝色的烟雾在空气中缭绕，形成浅蓝色神奇的花纹，一会儿凝结成轻柔的、肉眼几乎察觉不到的织物而随即消散。昏花老眼的眼皮没精打采地下垂，——但这是由于衰弱，而不是由于想睡。没有睡意，就像没有力气、没有血的热度和没有头脑的清醒一样。

昔日早已经历的和随着岁月的流逝而混乱不清的各种形象慢慢地——慢慢地在脑海中浮现，衰退的记忆兴奋起来，力图找到它们中间年代的和内在的联系。

有时，一个像是篝火灰堆中的火花一样的思绪，在衰老的、深思的头脑中闪烁，但未及点燃另一个思绪就瞬间熄灭了。

各种形象重又浮现出来，而从烟斗中冒出的烟团愈来愈浓，在脸上布满深深皱纹、头上披着松软斑白头发的老年人颤动的头顶上形成轻柔的、微带雪青色的烟云。

时间过得很慢，大挂钟的钟摆精确地数着分分秒秒。

钟摆嘀嗒声间隔时间悠长。一个女人黝黑的眼睛从墙上画像中聚精会神地和威严地直视着老头儿，仿佛对这个孤独老人有所期待。

可是，别人对他也好，他自己对自己也好，除了死亡之外已无可期待的了。

窗外雨声喧哗，秋风悲鸣。

* * *

……每天晚上重现这幕情景。

门打开了，老太婆——女仆平静地问：

——老爷，您哪里也不去吗？

她说话的声调与其说是提问，不如说是提醒。

"您哪里也已不再去啦！"——老太婆宣称，仿佛是在向自己的老爷提示时间的规律，甚至当生命美满的时候和需要生命的时候，时间也是不爱惜生命的。

老头儿颤动的脑袋好像以自己的动作确认这个规律：

"是的，我再也没有什么地方可去……"

有时在他的头脑中形成悲伤的思绪。

"生活七十年！能想许多事情，能了解许多事情，能感觉和做许多事情，而在这一切之后，不能随自己心愿留下任何生活痕迹，不能留下鲜明的、有教益的、他人难忘的亮点……诞生，走过自己的路，忍受苦难，衰老，孤独地留在世界上，留在地上的小房间并在其中等待迁居到地下的小洞穴里去……"

老人集中记忆力，回忆自己一生的经历。

他像多数默默无闻和寂寞无聊的人们一样生活，他们通常被宽厚地称为"正派人"。

他具有道德规范的观念，任何时候也没有必要按自己的意志去违背它们，他希望保持人们称之为良好心态的内心平衡，没有必要不遵守它。

他逐渐地把习惯的形式主义带入了自己的最初充满激情和创造性的工作中。那怎样呢？就是维苏威火山也会随着岁月的流逝而熄灭的。

他在接近最终形成所谓世界观的内在气质时，开始疏远对时代精神的理解，随后完全不理解它了，沉寂在早已远去的那些观念的框框里，成了对时代精神的保守分子。

他工作，有时把自我的成分带入工作之中，如果允许这样做的话。

后来他结婚了，他在能爱的时候爱妻子，之后对她相敬如宾，但若她想方设法反对他的愿望和行动，想方设法限制他的"自我"，那他就会让她有所感觉，并在争吵中从不怜惜她的自尊心。

他有儿子，有的已经死亡，其他的离他如此之远，未探视父亲已如此之久，以致如果召唤他们只是为了以他们的存在来掩饰孤苦伶仃，那么他们未必会来，未必将有助于真诚地惋惜他行将就木。

再说如何召唤他们？他还活着，大概也还健康，他们现在来了之后心里会想：

"瞧，好一个不安静的老头儿！本来还未到寿终正寝的时候，干吗要打搅人，迫使我们远道而来，好向我们表现一下自己……"

也许，他们不会这样想父亲，这是"正派人"，父亲值得多方关怀，但他们这些人仍然……还有时间，时间！——这就是应当永远记住的。时间包治百病，因为所谓同情和爱情的东西也能扼杀一切。

朋友们……在多数情况下这就是法官、教师或监护人——老年人不需要他们。作为少有的例外，能遇到这样的朋友，他们过于精确地以自己作为一面镜子来照别人，最初是有趣的和珍贵的，但很快变为一般熟人，成为无聊者而消失了。好朋友是那些不爱夸夸其谈而沉默寡言的人。但是这样的人如此之少。

孤独老人没有保持下来的朋友。

* * *

他的眼皮愈来愈沉重，他愈来愈难以把眼皮抬起来。

他更深地陷入沉思之中，因此他感到很不好，仿佛沉入了冰凉的水中，使他衰老的身体更加软弱无力。

他心跳微弱，骨节酸痛。这是由于他长时间没有改变姿势。他改变着姿势，重新思考怎样排遣生命的最后时日。去哪里可以活跃一下生活，哪怕是五分钟忘记、消除萦绕心头的风烛残年的感觉也好。

熟人？他能给人们带来什么东西好让他有权利去关心他们呢？

他能以什么激起对自己的兴趣呢？

用关于过去的故事吗？——全部讲过了……

陈述自己对现今的观点吗？他对现今一知半解，另一半他不想知道。他之所以不想知道，是因为他仍然坚信如今人们开始嘲笑的东西。老年人不谈未来，因为老年人没有未来。

他散发出死亡的气息。他知道这一点……

他也有自己的自豪感——看到命中注定的东西的人的自豪感，命中注定的东西在等待着他，它已近在咫尺，人们徒劳无益地抱怨管理他们，但不是他们制定的法规。

他不相信人们能真诚地相互怜惜，他生活了太多的岁月以保持这种信念至今，至没有尽头的漫长的今天，至骨酸痛、胃难受、头昏沉的今天，至监视机体破坏全过程的今天。

老年人的两滴混浊的眼泪从闭合的眼皮中夺眶而出，慢慢地流在耷拉下来的、布满皱纹的脸颊上。

* * *

蓝色的烟团缭绕到天花板上而消散了，因为烟斗已熄灭，烟袋杆从老头儿的手中跌落到了地板上。

他满脸皱纹，满头银发，向后仰靠在沙发椅背上的银白色的头总在颤动，顺着躯干伸出的黄色的、干瘪的双手一动不动，钩形的手指放在膝盖上。

房间里一片寂静，只有钟在数着永远消逝得无影无踪的分分秒秒，钟声缓慢，疑似嘲弄。

褪了色的相片、小雕像和各种小饰物从桌子上看着坐在沙发椅上的老头儿，一个女人的画像从墙上看着他。

老头儿已不动弹。

但他还没有死，没有。

眼泪一滴一滴地从他闭合的眼皮中滚落下来，小小的泪珠滴湿了他那松弛的双颊。

老头儿脸上深深的皱纹下延到痉挛地颤动的唇角，眼泪沿着深深的皱纹流入胡须中，再从胡须中滴落到胸脯上。

窗外雨声喧哗，秋风悲鸣。

烦 恼

（速写）

米里亚耶夫是公认的诗人之一，有一个外号叫"渺小但讨人喜欢的才子"，快三十岁的男子汉，一头松软丰厚的秀发，一双深棕色的眼睛。他来到熟人家做客，赶上只有女房主的妹妹正好在家，她是七年级的中学女生，名叫薇罗奇卡。

他无处可去，故决定和女孩一起坐一会儿，况且她对他声称：

——姐姐很快就会回来。

他发现，她忧郁的灰色眼睛中流露出挽留他的愿望，于是，他脱下了大衣，随她来到了凉台，欣赏她那腼腆而爽朗的脸蛋儿。

他们面对面地坐在凉台的桌子两旁。他开始等着看女孩将怎样扮演房子女主人的角色，故意不说任何话，以便她继续表现出忸怩的神情，这使他感到快意。

他在女人中间享有"使人倾倒的"声誉。他了解这一点，并总是不放弃再一次确信这种情况。当然，薇罗奇卡还只有十七岁，但为什么不同小猫也玩一会儿呢？有时这是有趣的。

这是八月的一个夜晚，约九点钟。夜色深沉。花园笼罩在夜幕之中，树木静静地矗立，周围的一切都仿佛预感着秋之将至。空气中洋溢着微微的花香，天空晶莹的卷层云密布，描绘出美丽的图画，而凉台是一片寂静，若再持续两三分钟，则可能成为尴尬的局面。

米里亚耶夫看着薇罗奇卡白嫩的小脸，她神经质地用手指翻弄着披在肩上的轻柔的头巾的两端。他看着，思考着：

"同她开始说什么好呢？真是不方便结交这样的小姐，她们还不善于聊天，对什么都不感兴趣，对什么都不懂。"

作为一个追逐女人的情场老手，他自己也开始感到在这个小女孩面前有些窘迫。她坐在他对面，偷偷地注视着他，眼睛里不知是饱含着某种严肃的问题，还只是充满着想如何终止这尴尬沉默的希望。

他已经用机灵的鉴识家的目光仔仔细细地打量了她一番，发现她，这个小女孩，总而言之，绝对不错。奇怪的是他此前对此并未察觉。

——彼得·尼科拉耶维奇！——她突然犹豫忐忑地开始说话，同时裹紧头巾。

他嘴上露出表示同意的微笑，等待她的下文，端详她羞涩红润的脸蛋儿。

——您有许多诗作吗？家里……尚未发表的？

——是的……有……怎么啦？

——这样……但愿我能读到您所有的诗作。

——我荣幸地听到您这样说。您已经读了我的小诗集吗？

——啊，是的！若干次。其中的许多篇背熟了。有些诗篇我喜欢得不得了，非常喜欢！当我读这些诗篇时，我全身都在颤抖。

——啊！你看，情况竟然如此。这是哪些诗——可以告诉我吗？

——许多！我特别喜欢您描写自己和倾诉……自己忧伤的那些诗篇……它们是那样优美、忧郁……仿佛傍晚，即犹如行将熄灭之前的最后一缕阳光，——我不知道该怎样去形容！

——是的，您是女诗人！也许，您自己写诗？啊？嗬，您说呢？或者不写，那就请告诉我有哪些诗是您尤为喜欢的。请吧！

——嗨，我不知道……我喜爱的如此之多！——她再一次腼腆得脸红了。

——您说说记得的第一首诗吧！我将极其高兴听您朗诵。您就像小鸟一样歌唱。嗨，我请求您，薇罗奇卡！

她靠在沙发椅背上，闭上眼睛，有节奏地摇晃着头，显然，是合着她默诵的诗的韵律，一分钟后，腼腆地微笑着，犹豫地开始说：

——请听……

花园微睡……天空迷茫……

高空中的小星星，
闻着睡蔷薇的芬芳，
也正恬睡在天堂……
阴影慢悠悠地飘荡，
悄悄飘浮到他乡，
召唤我病患的心儿，
随之飘然去远方。
槭树昏昏沉沉欲睡，
枝叶窗前沙沙响。
紫罗兰偎依它根旁，
沉入甜蜜的梦乡。
风若有所思地叹息，
在花园上空荡漾，
带着爱意给我送来
那紫罗兰的微香。
但为何？这爱意不能
安慰、温暖我心房。
若是心中没有生活，
鲜花、星星又怎样！

——我之所以喜欢这首诗，是因为它如此纯朴。纯朴，还很忧伤。再有就是诗行押韵，还如此抑扬顿挫，——可见，这简直是内心的表白，好像是某种碎片洒落在纸面上。

——您理解得很好和细致，——米里亚耶夫说，他因她而感到荣幸，为她而感动。——您知道吧，您再说点什么。我求您，您是如此可爱和聪明的读者！

——还有这些诗句我很喜欢，——她说，且因受到赞扬而振奋起来，腼腆的神情也一扫而光，眼睛里闪烁着热情和光芒。——就是这些诗句，我没有透彻理解它们，但它们也是如此忧伤。

您是在请求谁：

> 再等待一会儿时光！
> 抚慰抚慰我心房。
> 阳光未射入窗户前，
> 使我意乱而神伤！
> 阳光照射——表明这里
> 曾是你和夜茫茫……

他很快止住了她，担心自己陷入窘境……诗不俗，显然，她不理解它的真谛。

——哎呀，是这首啊？但您说说……

——我喜欢它什么呢？——她打断了他的话。

——不，就是说，看来，是的。

——您要知道，您往下说阳光又使您回归现实，使您关于非凡幸福的幻想和梦想遭受破灭，您说忧郁的歌又在您心中唱响。您不爱现实，白天您觉得一切都是粗鲁的和愚蠢的……同时您说您总是高兴地看到第一缕阳光使您回归现实，并以其光亮扼杀夜晚的幻想和感情……我不明白——这是为什么？为什么您"愉快地见到阳光使夜晚的幻想破灭"。

"你说吧！——米里亚耶夫心里想。——瞧，她执着地利用自己的解释作为诗作的主题而揭示了什么"。

他想着，做出一副忧郁的面孔——他说到自己时总是做出抱怨重生活和对生活失望的人的忧郁和沮丧的面孔。这并不新鲜，但总是使女人们产生这种印象。

——为什么，您说？您要明白，我不知道您是否理解我……我努力争取成为人所理解的人。对我这一类人来说，现在和将来都永远是：

> ……战斗中作乐寻欢，
> 如临黑洞洞的深渊……

我不能相信，真的，我对生活没什么期望。我孤单一人。人们不理解我。同时，我热望和知道许多东西，而我将什么都找不到，什么都找不到！但是，按照人固有的对美好事物的追求，我迷恋，我想象，我有几分钟生活在想象的海市蜃楼之中，可我自己又破坏了它。自己，——早于生活这样做。我在超越生活的时候感到苦涩的自我满足。这就是我怎样度日的全部情况。

他停顿了下来，心里想：

"有点儿笨拙，但反正一样！女孩什么都不懂，当然，不会揭穿我自相矛盾，或者对我进行道德上的教训"。

女孩低垂首头，默默地听他说，他的停顿则使她战栗了一下，她很快叫喊起来，嗓音中流露出悲伤和痛苦：

——这样！我也是这样想象您的。但是，这……可怕呀！您是怎样的人……——她猝然中断了自己的话，面色苍白，神态惘然。

——我是怎样的人？——他向她俯身过去，轻柔地问道。

——不幸的人……——她又忧伤地低下了头，轻轻地说。过了一会儿，她更小声地补充说：——但是好人！……

他微微一笑，端详着她柔弱的身躯和粉红色的耳尖，丝线一般的浅褐色头发如此美丽地散落在耳尖上。

——是的……生活不轻松……说真的，出于好奇心而生活。

——那又怎样？——她睁大眼睛，惊慌地和忐忑地重问。

——生活，只是为了冷淡地希望知道：明天将有什么微不足道的东西有别于今天？可是生活的真正的和热烈的希望……甚至恋爱什么的希望——是没有的。心灵被生活蹂躏。冷漠无情和枯燥无味。薇罗奇卡！请您原谅……我使您难过了吗？

是的，她哭了。她把他所有的话认以为真并且哭了。他忘了自己面对的还是一个小女孩，他有点儿说得太过分了。这已够烦恼的了，但由于她满脸泪痕，不再光彩照人，像小孩般愁眉不展，失却了诱人之美，因而更增添了烦恼，她的双肩已在颤动，可以预料她会号啕痛哭。他不知道怎样应对她。假若这是一个妇女，他会走近她，激动地开始感谢她这些神圣的、无私的眼泪，感谢她同情他这个孤单的受苦人——诗人，再吻吻她的手——并怀着深深的敬意吻她的脖子——进而恭敬地、极热烈地亲吻她的嘴唇，这总是如此开始和结束的。

然而，这是一个女孩！他怎样应对她呢？

"真是愚蠢的局面！——他暗自骂了一声，感到自己能够为了这种情景而揪着她的耳朵加以责罚。——莫不是鬼使神差地让我同她交谈。瞧，这就是习惯的作用。我的心肝儿，请利用这胜利的果实吧！哎呀！"

——假如……我……能够的话……——她含泪轻声地说……

——请平静，薇罗奇卡！——他恳求，同时在她椅子旁边转来转去，预料即将传来这个爱哭的女孩的姐姐回家的铃声——这将是怎样的情景！

——但愿我整个……自己……给你……生命……

"歇斯底里的发狂开始了！"——他暗自悲痛地感叹了一声。

——薇罗奇卡！我要走啦！您就平静吧！我恳求您。

但是，她难以平静下来。她如此激动，如此怜惜这个谁都不理解的诗人，他的诗如此悦耳动听——多愁善感，如此亲切和为她所熟悉……

——告别了！再见！

她没有回答。他走了……去哪里？她想象这个满怀忧伤且不与人分忧的人正步履蹒跚地独自走在昏暗的街上，只有地面的人影随之而行。他望着自己唯一亲近的影子而如此忧愁、痛心和害怕。

薇罗奇卡擦好脸央求地说：

——别走！我不再哭了。留下来和我在一起。

她很想扑到他的怀中，久久地、多多地、紧紧地吻他。

但是，当她抬起头的时候，他已经没有在凉台上了。从远处传来了房间地板上急促的脚步声。

——彼得·尼科拉耶维奇！——她祈求似的喊了一声。

然后，等了一会儿回应，又坐到了沙发椅中哭了起来。

* * *

他匆匆走在街头，感到自己头晕脑涨。

"我为什么和她说这番话？引起了眼泪。我需要这些眼泪吗？盗窃、勒索对艺术的爱好。这是扮演傻瓜的角色！然而她毕竟是非常可爱的小机灵鬼！假如她姐姐比她更机灵的话，那么……嗯，这可视为胡闹！可是，会因为什么呢？胡闹。妇女——简单些。然而，我怎么跑呀！"

他悄悄地离去。

"啊，她依然使我激动。深感荣幸，真见鬼！将必须献给她小小的诗篇，表达对她处女纯贞的懊悔和崇敬。不，最好不必多此一举。否则，她真会爱得不得了。然而，这一切多么无聊！去哪儿好呢？"

月亮升起来了。

夜是那样温暖、明朗和星光灿烂。

但是，尚未到夜阑人静的时候，城市上空飞扬着生活的噪声，生活中那么多无用的东西和那么少必需的东西。

老大娘阿库丽娜

（素描）

在结薄冰的秋天，老大娘阿库丽娜乞讨回家时滑倒了，狠狠地摔伤了。当她在人行道上挣扎着试图站起来的时候，一位熟悉的警察看见了她，他走近她，心想她照例是"喝醉了"，于是开始骂人。

——瞧，老妖婆，——他说，——又喝醉了！你只等着快死吗？我为了你找了各种麻烦！唉，你啊……

他严厉地看着她，他说话的声调尖酸刻薄，但这一切并未使老大娘阿库丽娜不安。她知道，他是个善良的士兵，不会无缘无故地委屈她，不会把她送去区警察分局，他岂止是第一次不得不在街上扶起她！

他任何时候都没有送她去"牢房"，而总是把她送回家。如果他骂人，这也没有关系，确实，哪能不骂添麻烦的人呢？

她力求赎回自己的罪过，集中全部力气希望站起来，但却哼哼起来，皱起眉头，重新挺直身子躺倒在人行道上，唉声叹气，发出呼哧声。

——旧墩布！——警察骂了一声，随即把她扶起来。

——尼基沃内奇，亲爱的，别碰！看来，我摔伤了。

——嗨！站起来！你会摔死的……当然啰……

——我亲——亲爱的，尼基沃内奇，脚痛……右脚……别碰，等一等！我会死的。

——你怎么啦，的确，是个老太婆！这样我怎能不碰你？你躺在显眼的地方喊叫，嗨，哪怕你爬到一个角落里去也好，既然你真的出了什么事。

——尼基沃内奇，我的死期到了！你把我送回家吧！

——张罗你们，头发蓬松的魔鬼！马车！

几分钟后，他俩已乘坐在马车上。老大娘阿库丽娜坐在四轮轻便马车上呻吟，而尼基沃内奇阴沉地皱起眉头，托住她的头，劝说老太婆：

——唉，老泼妇！行啦……别喊叫！

——痛，亲爱的。

——谁的罪过？

——哎哟！钱撒落了，包括旧毛皮的一切都丢失了。

——这是些什么东西？

——施舍物……七戈比！

——好大的数目呀！吹了！——尼基沃内奇透过自己棕红色的胡子生气地说。

——可真是的，亲——亲爱的！我要养活一帮人……任何一点点东西都要得到利用。哎哟！你叫马车驶得平稳些吧！

——你啊！——尼基沃内奇忽然发起脾气来了，看来，没有任何理由。——鬼村庄！难道你不知道拉的是女病人吗？平坦些呀！

他用严厉的目光打量了一下马车夫的背部，继续对老太婆说，但已比先前温和多了：

——养活一帮人。你是个很愚蠢的老太婆。你干吗老惦记这帮人？一帮人！各种废物、骗子，还有少女。老太婆，你是个傻瓜，就是这么一回事，是个有害的傻瓜，因为你害人……瞧，没有你，他们本会工作，而你却让他们吃得饱饱的……他们高兴，因为有老大娘阿库丽娜，老大娘阿库丽娜！他们骑在阿库丽娜脖子上游玩。鬼东西！鞭挞他们才好呢！你和他们平等相处，别娇生惯养这帮人！是的！唉！你……架着双拐的圣人！你睡熟了？啊？……

但是，老大娘阿库丽娜把头仰靠在警察膝盖上，一动不动地躺着，也不回答任何一句话。她的脸发青，没有牙齿的嘴半张半合，眼睛深陷，从头上戴歪的披巾底下露出来绺绺花白的、依然是浓密的和波纹的头发。

"她应该是真的跌伤了……"——尼基沃内奇凝视了她一眼之

后猜想。——也许她这是死了？——她转向马车夫大声地说。

马车夫从肩上扫视了女乞丐一下，简短地回答说：

——天知道！似乎还没有死。

——对，因为还有体温。也许仍然要送她去医院。

——嗨！——马车夫说，——离家近些。想必这就到家了！

尼基沃内奇什么也没有说。马车夫驱赶着马儿加快速度：

——驾！

他们把老大娘阿库丽娜送到了家。

* * *

在地下室一间潮湿昏暗的小房子里，不算仰卧在木板床上的老大娘，还有八个人：阿德沃卡特——须发斑白和衣着破烂的男人，近五十岁，有一张因酗酒而发肿的脸，坐在桌子上；和他并排坐着的是玛丽卡·普罗舍雷嘉，是他的妻子，一个胖女人，有着一对呆滞的眼睛，半白痴，所有人为了开玩笑谁都可以随心所欲地拍打她，她任何时候都不感到委屈，但总是表现出惊讶，张开圆溜溜的眼睛注视着刚刚揉了她脖子或摸了她肋骨的开玩笑者。地板上坐着四个人：十七岁的雅尔雷克，已三次因盗窃被判罪；他的师傅马莫奇卡，瘦高的流浪者，长着又圆又绿的鸮眼，穿着破烂的长衫；彼得·伊萨伊奇·布赫，因盗用自己主人的钱而被监禁，近一周前刚服满三个月监禁刑期的人；有代表性的青年人，蓄着胡须，一张苍白神经质的脸；还有纳斯坚卡。

他们玩"不动钱"的纸牌。纳斯坚卡做庄家，她把自己十分招人喜爱的、但又是众人习以为常的脸忽而转向这个对手，忽而转向那个对手，她的脸布满擦伤和淤血，她用嘶哑的嗓音宣称：

——我发牌！多少？一千卢布？出牌！百分之一？拐子！我把你们大家，讨人喜爱的人们，通吃了！

其他人蜷缩在黑暗中的墙边，而在临时用木板搭的台子上，在老大娘阿库丽娜脚边，坐着某见习修道士奥节茨·吉亚孔，一个恬静的和魁梧的男人，他有一对乌黑的大眼睛和蓬乱竖立的头发，绺绺粗硬的黑发撒满了他的大脑袋，头发上沾满干草、靭皮、羽毛和其他类似的垃圾。

若是现在能得到土豆泥和面包并送到她身旁该多好！——从墙那边传出的声音。

黏土和醋，如果将其塞入她的长袜子中并敷在碰伤处，那也是很有效的！——马莫奇卡从地板上宣称，并大声地擤出鼻涕。

——伏特加酒，这才是包治人类疾病的首选良药！——奥节茨·吉亚孔高声宣称。

——亲爱的！……——老大娘阿库丽娜如此短促地和悲戚地呻吟，以致地下室很快就静了下来。——亲人们……儿孙们……你们是我的可怜人……看基督的情面，你们为我做点事吧！……杀了我……刺死我……我一点力气都没有了！……全身火烧般地疼痛……唉——唉！……

在玩牌者之间发生了某种慌乱，大家向什么地方移动，而纳斯坚卡连续两次把牌扔向左边……

奥节茨·吉亚孔开始愁眉苦脸地梳理自己蓬乱的头，阿德沃卡特开始咳嗽，为了什么用胳膊肘捅了自己女邻居的腰，而她照例对此没有注意。

但是，大家很快整理衣服……

——瞧，你干什么啊！……——雅尔内克对纳斯坚卡严厉地说。——从头分牌……

纳斯坚卡叹息着把牌收起来，并开始洗牌。阿德沃卡特抬起眼睛，打口哨吹出某种凄凉的曲调。

——没关系，老大娘，忍耐一下，——奥节茨·吉亚孔说，并咳出来一口浓痰，仿佛准备歌唱。

——我受不了……亲爱的孩子们……——老太婆诉苦。

——会过去的，不要担心……老大娘，你是我们这里坚强的人……马莫奇卡鼓舞她。

——我全身酸痛。

——没办法，你大声哼哼，这样往往轻松些，用叫喊欺骗疼痛，——吉亚孔建议说。

——上帝啊！基督耶稣啊！唉——哎呀！我会怎么样……死了也好……

——拐子！——纳斯坚卡高兴地大声说。——如果是玩钱的，我该赢多少啊！

* * *

老大娘阿库丽娜突然停止呻吟，近半小时沉默无言，一动不动地直躺在自己床上。

——老太婆熟睡了！——吉亚孔说，同时走近玩牌的人，在他们旁边蹲下来，低声哼起某种歌来。

阿德沃卡特皱起眉头，从桌子上爬下来，占着吉亚孔的床位。他凝视着老大娘的脸，用嘶哑的声音确认：

——对……睡了！……

但是，他错了。

老大娘张开无牙的嘴，遗憾地吧咂几下嘴唇，悲戚地诉说：

——尼基沃内奇，朋友！去收集那些施舍物吧，看在基督面上……人们正等着它们呢……找到那七戈比，它们在那里，在那里，在围墙附近去寻找，……两枚二戈比铜币……一枚旧的，另一枚新一些……贵族老爷！给可怜的老太婆施舍一戈比面包钱吧！我有一个家。孩子们！那就是它，那个筐子……吃吧，今天有许多东西……面包。可是没有喝的！咳！拿钱买不到……难道是彻夜祈祷过后了。

> 我亲爱的拉利昂！
> 和我出去散步吧，
> 我是年轻的少女，
> 在严寒中等你呀……

老太婆的声音突然中断了，她蹬动着一条健康的腿，从一边到另一边辗转反侧起来，合着节拍说道：

——咳！咳！咳！

——她说梦话……——阿德沃卡特说，他不时地搔一搔鼻梁。

玩牌的人全都从地板上站起来，聚集在病人身边，露出好奇的微笑留神地看着她。

——你瞧，她跳舞呢！——雅尔雷克说，哈哈大笑起来。

——你舞蹈吗，——阿德沃卡特郁闷地拉长声音慢慢地说。——我们，兄弟们，应该为她做点什么，看来，她真的是病了。

——给她一点伏特加酒才好呢。这么美美的一小杯，——吉亚孔垂涎欲滴，叹息着说。

——送医院，——马莫奇卡干巴巴地丢下一句话，离开了病床。

——这样会接收她的，把口袋张大一点……——是谁怀疑地一笑。

——这是真的，没有文件……再说，怎么送？需要马车……诸如此类的事，那么钱呢？——阿德沃卡特说。

——如果像上次费吉亚什卡那样，把她送到医院门口，放到那里……显然，这样会接收的！——纳斯坚卡建议说。

——你送呀，你要是匹良马才好呢，遗憾的是没有四轮轻便马车，——雅尔雷克尖刻地讽刺说。

——我的孩子们，吃吧！那里有白菜馅大烤饼，完整的一块，罪孽的女人……从街头货摊偷的，他看得出神，而我……尼基沃内奇，你不要揍我这个老酒鬼……

——唉，你呀，老太婆！——阿德沃卡特叹息了一声。

——有吃的吗？我们有吗？——从小屋的角落传来的声音。

——真的，有吃的才好呢！——马莫奇卡表示支持。

——老太婆的袋子在哪里？——雅尔雷克问纳斯坚卡。

他们开始寻找袋子，但没有找到。

这种情况引起了大家不愉快的感受。

——唉，真见鬼！——是谁骂了一声。

大家面面相觑，开始沉默，深思，显然，想的同一件事情。

——既然老太婆情况不妙，我的兄弟们，我们现在将怎么为生？——吉亚孔用诉苦的腔调问。沉默被打破了。

——是——是吗？

——真的吗？

——要知道，坦白地说，我们曾是靠老太婆得来的施舍物为生的！——嗯，现在将要自己关心自己了。大家使老太婆筋疲力尽了。

——阿德沃卡特严肃地说。

大家蜷缩着，黯然失色。

——吃吧，孩子们，在我活着的时候……我养着你们……——老大娘阿库丽娜说梦话。

她的可敬的儿孙们面对展现在他们面前的事件的真实含义感到自己极其难为情。

* * *

老大娘阿库丽娜是后莫克尔街的一位慈善的女人。她乞讨施舍物，有时在类似意义上方便时也偷一点。总有五到十个"儿孙"栖身在她身旁，她也总能巧妙地做到给他们所有人吃喝。这些"儿孙"是最绝望的酒鬼、无业游民、小偷和妓女，他们一时由于各种原因而被剥夺了从事自己职业的可能性。

老大娘阿库丽娜不会把这些人分成为值得她关注的和不值得她关注的，而是一视同仁热情周到地对待命运使之进入她窑洞的任何人。

整条街道都知道她，她的声誉远超街道范围。但是，在无业游民和筋疲力尽的人们的语言里，"陷入儿孙们之中"仍然意味着走到了最悲惨的境地，因此老大娘阿库丽娜本身仿佛标志着生活极端困窘的程度，在享有自己慈善活动的盛名的同时，却不享有来自她照顾的人们的爱。

在她身边居留还有极大的不便，她是警察局熟知的人，每当警察局寻找任何它感兴趣的人时，它几乎总是从老大娘阿库丽娜的窑洞开始搜寻的。那些还能勉强度日的无业游民就会避开老大娘，只有出现最绝望的情况和饿死在即时才又驱使这些人来找她。

此外，老大娘阿库丽娜有着极其讨厌的外表。身材矮小，几乎总是半醒半醉，穿着极度肮脏的破衣烂衫，脸上因她的"儿孙们"带给她的各种创伤而留下的皱皱巴巴的、难看的伤疤，隆起一个肿胀的、深红的鼻子，还有一对泪汪汪的红眼睛。公正地说，她名副其实地享有"基辅妖妇"这个外号，她这个外号早已是街上妇孺皆知的了。当她走在街上时，显出岁月使她弯曲成弧形的体态，她的拐杖在人行道上敲击出砰砰的响声，她那粗糙的没有牙齿的嘴永远露出微微的笑容，并自言自语地唠叨着什么，她乃是一团气味难闻的活垃圾。是的，她无论如何已不能寄希望于激起别人对自己的同情，在这一切的情况下，老太婆也许未感到自己的不幸，她不能身边无人地生活，如果有时命运不驱使"儿孙们"到她这里来，老大娘阿库丽娜就力求纠正这种命运的失察，自己尽可能把人拉到自己这里来。

在"社会渣滓"的世界里，在这个悲惨凄凉的社会里，有被抛弃的人们，老大娘阿库丽娜就属于其最后的等级。

* * *

——真没想到如此糟糕！——雅尔雷克打破紧张的沉默，叹息一声说道。

——我们的事业是烟草！——吉亚孔说。

阿德沃卡特阴郁地确认：

——我们丧失了最后的栖身之地！

——嗨，栖身之地将留给我们，——马莫奇卡镇静地拖长声音说。——我们今天将如何生活，将靠什么为生，瞧，这才是个问题。

——是——的，今天我们就没有食物，——吉亚孔忧郁地说。

——哇哇叫，哇哇叫，空着肚子睡不着！——雅尔雷克说俏皮话。

——孩子们……给点水吧！——病人睁开眼睛喃喃地说……

纳斯坚卡给了她水。老太婆喝了水，一只颤抖的手画着十字，环视着大家。然后她深沉地叹了一口气，头在她躺着的一堆破布上奇怪地转动。

——上帝啊！你们有多少人！——她用自己尖溜溜的、因虚弱而颤抖的并因此而令人不快的嗓音开始说话。——该是多少，我不知道……你是谁？

——我，是布赫……

——嗯，布赫，那就是布赫，上帝保佑你……反正是人。我们大家都是一样的人。而我就要死亡，兄弟们……我，老太婆，行将死亡，上帝保佑你们！我有过生活，违背过教规，酗过酒，做过小偷……我就将死去，任何这样的事情我将不做了……

——你这说得对，死人大概任何时候都不想喝酒，——吉亚孔开玩笑地确信。

——随着老大娘意识的恢复，他也恢复了今天有可能吃点什么东西的希望。

——什么也别想要，是呀！你们原谅我……上帝也宽恕你们大家。你们没有爱过我这个老太婆，嗯，这是你们的事情。我爱过你们，真的！告别了，愿圣母拯救你们！

老太婆再次画十字。

——嗯，这是你，老大娘，别这样！——阿德沃卡特皱起眉头说道。——你正在振奋起来，好好躺着，你会病愈的……

——不，我已好不了啦。全身好像散了架，显然，五脏六腑都被摔坏了。悲哀竟是这样……告别了！

——老大娘！——马莫奇卡打断了她的话，——你丢掉这些话吧，最好这样说：你今天收获了什么？

——我吗？丧失了记忆力，不记得了。好像收获了……如，茶，没有得到吗？本来总是收到过的……

——东西哪里去了？——吉亚孔询问。

——不知道……谁扶我起来的？尼基沃内奇？在他那里，

大概……

——跑去，纳斯坚卡，了解一下。

——我带着这副破嘴脸跑到街上去啊！

——我扔你，这样你就飞去，而不是走去！

——魔鬼！

——别骂人了，孩子们……不必要……让我听听别的什么话……我可是会死的，请相信，我会死的……你们听着，在我床头的小盒子里有值三卢布的纸币……这是我留给自己买棺材的钱……我储备的……你们拿出来……在我死的时候……

她喘不上气来，她额头上直冒汗。

大家沉默了下来，全神贯注地和目不转睛地看着她，这种沉默持续了一两分钟。

——老大娘阿库丽娜……——吉亚孔用低沉的声音开始打破沉默。

——啊？

——原来如此，你别生我的气。我只是说……原来如此，对死人来说，反正一样……他什么都不想要，而我们是活人。你会出什么事呢？你在棺材里或没有棺材……反正一样；况且棺材将总是由警察局提供。你把那三卢布纸币给我们吧，我们吃点东西才好呢！

——不需要……你怎么啦？——阿德沃卡特非常低声地说。

吉亚孔看了看其他人。

——我们也会死的，不是吗？——吉亚孔低声地回答说，并向老太婆俯身过去，问：怎么样，我们拿吧？

老大娘阿库丽娜张开嘴，吧嗒嘴唇，用勉强能听见的声音说：

——你们拿吧，拿吧！我是个老傻瓜……咦，我在面临死亡时忘记了你们……你们拿吧……就在这里……当然，棺材由警察局提供……傻瓜！

她不再说话了。

——雅尔雷克！快！快！——吉亚孔兴高采烈地低声说，同时从床头拉出放着三卢布纸币的白色药盒。

雅尔雷克做了一个鬼脸，随即消失了。

——我们离开她，兄弟们，应该让她安静。——机灵的吉亚孔向大家提议。

大家匆匆离开了老大娘阿库丽娜。她孤单一人留在了一堆破布上。在这堆破布的衬托下凸显出她那张灰色的脸。她一动不动地躺着，只是有时发出微弱的哼哼声。

谁也没有发现，她到底是什么时候死的。

* * *

第二天她被安葬了。棺材放在四轮大车上，马车夫免冠走在大车旁边，尼基沃内奇手持送文簿走在老大娘阿库丽娜灵车的另一边，马车夫面向尼基沃内奇抗议似的说：

——我说实话。难道这是制度？抓到一个人，命令他去拉车！得啦，我来拉！但谁来补给我一个卢布？啊？我在粮食市场能挣一个半卢布，而这里随便塞给我半卢布。但愿以后别找我了。我和你磨蹭了多少时间？给我这半卢布不够喂马的，情况就是这样，朋友。

但是，尼基沃内奇没有注意马车夫的牢骚话。和他这个一生阅历丰富的老兵并排走着的是阿德沃卡特，后者身子向下弯得很低，没有戴帽，用脏布捆着耳朵，双手深深插入什么样的破烂女短棉袄的袖子里。尼基沃内奇威严地对他说：

——老太婆对你们这些魔鬼来说是母亲。她好喝酒，但这没有关系。她偷，而且是为了你们。知道吗？瞧，我送她，还有你。即使没有派我，我也会请求允许我去送老太婆。明白吗？兄弟，我把人看透了。是的，瞧，你也会死，而且很快会死，兄弟。你别骗我，不，我凭你的脸发现，你死到临头了！但是，我不会去送你，如果将不派我的话。决不！因为你究竟是什么东西？霉菌。

阿德沃卡特抬起暗淡的眼睛瞥了尼基沃内奇一眼，讪笑。

——我不需要，你别去……

——我不会去。你就孤零零一个人进入坟墓吧！

　　——嗯，这又怎样？我就这样吧！

　　——你将这样去，因为你算什么？而老太婆是你们的母亲……她有善心。明白吗？

　　这是冰消雪融的天气，下着雪。

　　漫天大雪像絮状物落在老大娘阿库丽娜的棺材上，整个简朴的未油漆的松木棺材被融雪湿透了。

　　就这样埋葬了女小偷、女乞丐、后莫克尔街慈善的女人老大娘阿库丽娜。

初次登台

她渴望登上戏台，朴实地、清晰地、摒弃戏台演员装腔作势的表演而自然地问观众说出一个角色的话，观众则一面听她说一面暗自思忖："这说得多么正确啊！这才是真正的艺术！原来本该这样描述人的生活，以便大家明白人是怎样生活的。"

她，初次登台的女演员，还不太了解观众的小姑娘，觉得只需真诚就能触动观众的心灵，——只需真诚！

她想，她的角色不言而喻以其朴实无华和天真烂漫呈现出来，真诚的美就是朴实，必须朴实和忠于真理，以便触动观众的心。

她相信她能触动观众的心，内心的感受告诉她，她在进行一项伟大的和重要的事业，因为朴实地、清晰地向观众说出他们的心灵，他们的内心和他们赖以生活的一切，对相信真善美的人来说，这就是伟大的和重要的事业，这就是令人心痛的和诚实的事业。

她，初次登台的女演员之所以相信，是因为她年轻。

* * *

瞧，她登上了戏台，只是幕布把她和观众隔离开了。

幕布拉开了，初次登台的女演员开始面对着观众，一股寒气凉透了她的全身，舌头僵化了，心儿突突地跳。

千百双眼睛看着她，大厅里笼罩着期待的寂静，——仿佛是守候某种奇迹的寂静，所有人都好像满怀一个希望，希望听到但愿能让他们激动的声音。他们营造这种寂静，好像全都受这种寂静的控制，窒息在这寂静之中。

初次登台的女演员没有注视观众，感到这千百双眼睛仿佛在审视她，在考察，在品味，——它们的聚焦冷淡，激起内心的恐惧。

当她张望大厅时，她看到大家怀着好奇心望着她，只不过这是渴望消遣的人们的冷漠的好奇心，此外在观众的目光中没有更多的任何表情，没有观众和向观众宣告内心生活真理的人之间本该有的那种精神上的沟通。

这是可怕的。

观众的目光总是不断地审视她这位初次登台的女演员，她不期待观众的目光具有响尾蛇这样的目力。

时光不可思议地漫长，每一秒钟的消逝都带走初次登台的女演员的一份对自己事业的信心。

观众在等待。观众总是那样冷漠，总是那样贪求，像摩洛①那样吞食自己的奴仆，再用啪啪的掌声偿付那样一些人所献出的精力和心血，而这些人是自愿使自己注定要遭受以语言为观众服务的痛苦的。

观众这个长着一百个头的庞然怪兽默默地、以怀疑的目光打量着初次登台的女演员苗条的身材，并以这种沉默似乎在说：

"喂，你用什么和怎样使我们疲劳的神经兴奋起来啊？"

观众总是以自己美食家的目光希望初次登台的女演员奉献出新鲜的美味佳肴。

在探索新奇中感到厌烦和失望的观众以某种怪物的威严的目光看待其提出的新奇，这是一个强壮的、吞食一切的、永远饥饿的怪物，这个怪物意识到自己凌驾于演员之上的可怕的权力，而这个演员在观众眼睛中只不过是作为维系观众对生活兴趣暗淡的火光的链条才有价值。

演员，无论他是谁，如果他不是天才的话，那就是观众的奴隶。

对一个演员来说，没有比为观众服务更艰难和更痛苦的奴役。

观众一滴一滴地吸取演员的心血，冷漠地注视着演员是怎样耗尽才能的新意和自己的心力的，——观众吞没这一切，吞没一切，于是——哪里还有什么？

---

① 摩洛：圣经神话中的火神，人们为了求他降恩，须烧死儿童作为献祭。——译者

观众贪吃了许多，还在贪得无厌，将会贪求更多，却生活依然如故，——冷酷、粗鲁、一时激昂、瞬息消沉，生活得冷淡无情、苍白无力、单调乏味，看似强壮有力，其实无精打采，看似体态魁梧，其实智力低下……

观众依然是可怜的，可怜的，这就是为什么演员们以自己做观众的牺牲品，试图提高观众的精神境界，但是却变成了观众的玩物，——既有趣又新鲜和复杂的玩物。

窘迫的、憋闷的、被观众严厉目光压抑的初次登台的女演员失掉了自己生活的角色，草草收场，苦闷地、冷淡地离开了观众厅。

* * *

她坐在自己的更衣室里，号啕痛哭，心痛得全身颤动，感到自己好像是被污辱的、被刚才触动她的章鱼触须般的千百道目光玷污的女人。

她哭泣，感到自己深受委屈和侮辱，而剧场已空无观众，——大家都走了，但任何人都不知道，在离开剧场时给小小心灵留下了巨大的伤痛。

她久久地哭泣。

哎呀，只有深信自己能力并深信能以自己能力征服观众的人才应该出现在观众面前。如果不是这样，那么观众会使人受到重伤甚至灭顶之灾。

邮 递 员

……一座三个窗户的小屋优美地掩映在庭前小花园的后面，当走近这座小屋时，他便放慢了脚步，整理一下自己的邮袋和头上的制帽，亲手递交信件；而当走到中间窗户旁边时，他就告示似的咳嗽一声，并停了下来……

顷刻之间，在窗前红花绿叶中和庭前小花园丁香花枝间露出了一位年轻女人的脸，她用充满焦急和希望的声音问道：

——有信吗?

——今天还是没有您的信，——邮递员遗憾地告诉她，并有礼貌地把手举到制帽檐边。

女人的脸消失了。邮递员挥了挥手，紧紧地皱了皱眉头，踮起脚望了望窗户，叹了叹气，接着往前走。他走了十步左右，忽然啐了一口唾沫，满意地高声说：

——唉咳，窝囊废! 这样的女人……——他感到难为情，话没说完，看了一眼周围，抓了一下自己的胡子，加快脚步继续走。

这是六月的明朗的一天。碧空如洗，酷热难当。街道空荡荡的，花园围墙旁边树木成行，其枝叶静止得仿佛在暑气中枯萎了。

* * *

晚上九点钟左右，邮递员再次走在这条街道上，经过这座三个窗户的小屋，但已经没有带邮袋，而像外出散步的人那样悠闲自得，从容不迫。他身穿白制服，发亮的缝表明这制服是刚洗好的和烫好的。年轻的蓄着小胡子的脸露出担心的神色，灰色大眼睛上方的浓眉深锁。当他走到庭前小花园后面灰色小屋窗户旁时，他已经不咳嗽了，而只是望着小屋，不改变步态，走过去。

他从初春开始常给这栋房子送信，几乎每天都送，后来信件少了，最终开始一个星期一次，而现在已是第十天没有信件了……

人们总是焦急地等待信件，他们接收，兴奋，立即拆开，喜形于色地凭窗阅读。

这一切使邮递员感到很高兴。他带着微笑递交信件，人们也友好地报之以微笑。有时他在递交信件时能听到如此友善、真诚的笑声，甚至有一两次还向他问好。

有一次问：

——您，大概，很累吧？

另一次问：

——今天好热，不是吗？

两次他都带着愉快的笑声表示赞同，表示他感到累，表示他感到热。

可是，现在人们再也不向他微笑了，如果发问，也只是问是否有信件，而且总是用如此干巴巴的和气冲冲的嗓音，似乎再没有信件是他的罪过。

这使他感到很委屈和不愉快，因此，当他在邮局分拣自己这部分邮件时，他极想见到男人刚劲的笔迹书写下述地址的信件：

"H市，克拉依街，薇娜·达尼洛芙娜·索西娜"。

但是，这样的信件还是没有。

* * *

邮递员走出街道，来到郊区，向着位于市郊不远的小树林走去，这是一片深绿色的林带。需要越过稠密灌木丛生的沟壑。他沿着陡峭的羊肠小道走入沟壑，途中揪下一根树枝，在沟底走着。他把帽子推到后脑勺，用枝条不时轻轻地抽打自己的皮靴筒。

他时而瞬息闭上眼睛，于是在他面前出现一个女人的椭圆形的淡白的脸，她有着细细的眉毛和浅灰色的鬈发，鬈发耷拉在前额和绯红的脸颊上。淡蓝色的、明媚的和愉快的眼睛绽放出微笑，笑得那样温柔和美丽，——仿佛在抚慰自己的心灵。他唉声叹气，也笑了起来，因想起了这个女人的脸而心满意足地摇晃着头。

忽然，他听到了在离自己不远处的灌木林中传出来什么声音，好像是叹息声。他停了下来，凝神贯注，侧耳倾听。再次传出了响声。

从他的左边，透过绿荫，他看见了片段玫瑰色衣裳，某种好奇心促使他走得更近一些……

——薇娜·达尼洛芙娜！起来吧，劳您的大驾！——他用激动的低嗓音说，站在躺在地上号啕痛哭得发抖的女人身旁。——嗨，难道这可以吗——您自己想一想吧！请允许我扶您起来好吗？

她依然痛哭，没有回答他。他开始荒谬地两手来回摆动，不知道该做什么……

——哎呀，上帝啊！嗨，对您来说，这里是什么地方？您要了解，薇娜·达尼洛芙娜！啊？是的……难道可以这样伤害自己吗？况且地是湿的……您会伤风感冒的……

——走开！——她在痛哭中瞥他一眼说道。

——难道我现在能走！——他惊讶地耸了耸肩，坐在她身旁的地上。——"走开！"这怎么可以？而您在这里……我每天……总想关于您的情况：怎么样和干什么……您是这样的女人，可以说，美丽和善良……我夜夜……就这么说吧，——全副精神都在关怀着您……看耶稣的情面，让我们离开这里吧！

——别管我……

——薇娜·达尼洛芙娜！是的……这不可能！我是全心全意，而您独自一人要在这种凄凉的境遇中留在这里。是的……见鬼去吧，该死的！值得因为任何骗子而悲恸万分！让他去吧……我们这位兄弟很少给您写信吗？你这样漂亮的美女！是的，您只用手指就能把任何男人……招呼过来……而您让他，我们这位写信的人知道，他是谁？我要打碎他所有的肋骨……让他血流满面！

——混账！——她突然跳起来冲着他叫喊了一声。她那肿胀的泪眼闪烁着愤怒的光焰，苍白的嘴唇在发颤。——无赖汉！

他就这样跪倒在地上，张口瞠目。

玫瑰色连衣裙伴随着灌木轻微的籁籁声在他身旁一闪就消失

了。天色黑暗起来。夜色潜入沟壑，笼罩着灌木林；潮气袭人，某处传出了一只鸟儿的啁啾声。星星在丝绒般柔软的和鲜蓝色的天空闪烁。

——上帝啊！——邮递员坐在地上，双手抱膝，喁喁私语。

然后，他悲伤地摇晃着头，再次低声说：

——哎哟，上帝啊！

此后，一动不动地坐了很久。

当他从地上站起来环顾四周时，天色已经完全黑暗下来。沟壑中一片死寂。

——嗨，她狡猾地愚弄了我！——邮递员说。他开始走出沟壑，走上山去。

* * *

黎明时分，他走在城市的一条街道上，酒气熏天，步履蹒跚，摇摇晃晃，大声地嘟哝着：

——是的，您如此这般对待我？啊哈，我懂啦！太感谢啦！我，就是说，向您敞开心扉，而您却脸朝一边，而且有失体面地骂人？太好——好啦！那么，您让我知道，为了什么过错？啊？不，——等着吧，太太！为什么，太太？我——怎么啦？您痛哭——难道我不是省人事的畜生？我敞开心扉走路和说话……让他去见鬼吧，如果他不能理解您……如——如此可——可爱的女人……也就是说，他是恶棍！坏蛋！我扇他的嘴脸——我有这个权——权利。

——先生，别骂街，否则，要去警察区，——巡夜人出现在邮递员鼻子底下说。

——这是什么东西？也是人吗？妙……再见；你，大概，也是畜生；我走啦……我将不再关注……畜生……我自己是畜生，但我有情感。懂吗？你说，我想什么？

——你想喝酒，是的，你喝了，而现在回家去吧，——巡夜人温情地劝告他。

——我去，一定……但我将不怜悯你——别妄想！你去死吧，——我啐口唾沫就从旁边过去了。我不想更多地……是的……因为我可以怜悯你，但你为此却侮辱我。啊哈，你，好一副嘴——嘴脸！我不想怜悯你，——你是猪！

传出了尖厉的、震耳的哨声，不远处响起了另一回应的哨声。

——瞧，我们现在要抓人了，——巡夜人说，并拽住邮递员的胳膊，把他挤到了围墙上。

可是，邮递员从巡夜人的手中挣脱出来，用哭泣的嗓音说。

——为什么？为什么？啊？

十戈比银币

（一个浪漫主义者的生活插曲）

……我想谈谈我生活中最可悲的一件事儿，谈谈命运对我的第一次戏弄，谈谈最初使我认识苦恼、使我的心因事件无情的讥讽而战战兢兢地颤抖的经历，——这是现实如此频繁地和如此残酷地抛向幻想家的讥讽。

这是春天。树木刚开始吐露新绿，披上嫩绿的新装而矗立，其浓香如此甜润，宛如和云天百灵鸟的歌声交织一起自天空飘逸而下。

我周围的一切都是清新的，甚至我躺着的林边大地也呈现出万象更新，仿佛许诺献给人们许多闻所未闻的东西。

这是一天的中午。

一队进行铁路支线技术勘测的工人在工地休息，而我，当时是年方二十岁的"实习生"、大学生—工艺师，离开工人们到约二百俄丈的一旁躺在森林边缘上，用胳膊肘把身体支撑在老树墩上，仰望着天空。

对我周围万物散发出清新气息的快感，还有喜欢孤独和热爱自然的每个人都熟悉的春天的愉悦和幻想，——这一切使我沉浸在半微睡的状态之中，沉浸在由缕缕思绪和感觉编织而成的某种梦幻之中，这些思绪和感觉甜美地压抑着现实存在感，同时似乎扩大意识的境界。

风儿偶尔轻拂着森林，枝叶软绵绵的簌簌声更加使我昏昏欲睡，这声音飘向那无边无际的天空，压低百灵鸟灵巧的啼啭，消失在柔和色调令人赏心悦目的蔚蓝色的荒漠之中。

我感觉很好，像这种时刻常有的情形一样，我不意识到时间之流逝。天知道，直到我未听到来自森林的歌声时为止，时间究竟在幻想中过了多少分钟或者多少个小时。在我周围响起的各种各样的声音中，这歌声为我所吸引，我没有去分辨歌词，也懒于睁眼去看看是谁在歌唱。

但是，我意识到这是一个女人在歌唱，——她歌唱，离我越来越近。浑厚的女低音恰似行云流水，委婉悠扬，叶丛的轻微的沙沙声有如她的和声。

"大概是，美女……"——我心想，同时睁开了眼睛。

我没有想错。她此刻恰好从森林中走出来，战栗了一下，停在森林的边缘。她一只手抓着树枝，另一只手敏捷地贴在胸前……

她身材修长，体态端庄，肩披白色绒毛短披肩，身穿厚实淡紫色连衣裙，上衣紧箍着她的胸部，下摆带松软皱褶，从胯股下延到双脚，——她亭亭玉立，乌黑的大眼睛凝视着我，细长的双眉之间现出一条明显的褶痕。

她对我感到惊惧，眼睛中闪烁着惊慌失措的神色，脸颊凸显绯红……

她满脸通红，准备自卫。她简直是天姿国色！恐惧掩盖不住她一身傲气，在她的目光中依然放射出对我的些许蔑视。

而我，被她的美迷住了，聚精会神地、目不转睛地看着她。若不是她的头发是乌黑的，也许，我会认为她是仙女……

一秒钟，大概不多于一秒钟，她在我面前停留下来，站着不动，此刻我心潮澎湃，感触良多。我们生活中遇到的美事总是以秒计算的。

张开未被鄙俗心愿的迷雾所模糊的眼睛看着美丽的女人，是极大的喜悦。

我正是以这样的目光看这位女人的，而且我也不可能用异样的目光，因为不确信，真的这是不是一个女人——一个血肉之躯的尤物，或者这只是她出现在我面前之前我感觉的虚无缥缈的幻想的化身？

然而，她嫣然一笑，只是唇角露出的一点儿微笑，接着便走开了。当她从我身边走过时，她的连衣裙边险些儿碰到了我的脑袋，一股轻微的气息向我扑面而来。

我能看她一眼，感到有说不出的幸福。说真的，她非常美！特别深深印入我脑海中的是她的前额，——像大理石一样又白又光滑的高高的前额，前额上有两道清秀的弯弯的眉毛，双眉之间有一条清晰的、自豪的、威严的褶痕。这赋予她因凡人敢于不向她的美叩拜而感到委屈的女神的神态。

她缓缓地、从容不迫地、静悄悄地离去；我感到草茎没有在她脚下被折弯。随着她的离去，我渐渐感到忧伤。啊，她正在离去，我已看不清她那令人惊讶的、自豪的、美丽的脸了！

随着她离去的每一个脚步，我的忧伤越来越强烈，我的心脏仿佛追随在她身后跳动得越来越剧烈……我已准备大喊一声，让她转回来——哪怕再一次，再仅仅一次——看我一眼。

突然，她真的回头一看，于是，在某种内在的推力下，我因幸福而感到振奋，马上从地上站起来，向她伸出了一只手……

她温柔地和爽朗地微笑着向我走过来。我怀着虔诚的战战兢兢的心情等待她，我两眼发黑，眼前的一切都在奇怪地旋转。我此前不曾有过的兴奋在我心中激荡，我哆嗦着，或者说，我甚至因幸福而哭泣……

啊，她走近我，我闻到了一阵清香，一种冷丝丝的东西落入我的手中，我急忙把手捏得紧紧的。

然后，我久久地目送这位美女，——久久地，直到她消失在远处道路旁边的灌木丛后。我痛苦地温情地目送她，我感到她没有离我而去——对她，美丽的、慷慨的、灵敏的和高傲的她，作为生活中一切美的象征的回忆，连同她动人的面容，永远留在我心里……

我松开手，感觉有什么东西留在手中……

面对这种情况我变成瞎子才好呢！

在我手中是十戈比，小小的十戈比银币，但它却是如此惊人地沉甸甸的！其分量非语言所能形容！

她最好是打我一下，这个美女啊！

为什么，为什么她如此善良？

我感到，我的心灵受到了无法医治的伤害……

我理解了：我这脏兮兮的短衫和全身工人的服装使她误认我是流浪汉，我的手势被她解释为乞讨⋯⋯

她为什么如此富有怜悯心？

⋯⋯我一生中不止一次地不禁回想起这枚庸俗的、细小的、微薄的和闪亮的十戈比银币。

我有过勇气去寻觅高尚纯洁的精神愉悦的爱情，从爱情中等待精神、新生活的重现。当令我心醉的爱情在我面前出现时，我就痛苦地想起了这枚十戈比银币，这枚轻微的、庸俗地闪着光亮的钱币。

我寻觅了许多，等待了多次⋯⋯但找到的很少，并总是回想起这枚庸俗的十戈比银币。

可是，现在，当我的生命已经衰弱的时候，它开始变得空虚和寂寞了，——因为我再没有心愿，已没有心愿了！——啊，现在，当我回顾昔日我生活的霞光曾一度闪耀的过去时，回顾曾留下希望和心愿的远方时，我就扪心自问：

——这个女人莫非是命运之神。她莫非是生命之神，当接近我们时总是许诺多多，但把我们当作乞丐打量一番之后，就施舍一点残羹剩饭和几戈比钱币，随即就消失得无影无踪了，——使我们依然是像我们出生的第一天那样的一无所有的贫民？

诗　人

（素描）

当舒娜从中学回来，脱下外衣，走进餐厅的时候，她发现妈妈已经坐在铺好的餐桌旁，向着她微笑，笑得有点儿特别。这个场面顷刻触动了舒娜的好奇心，但她已经长大成人，认为老提问有损自己的尊严。她默默地吻了一下妈妈的前额，匆忙地照了一下镜子，坐到了自己的位置上。面前另一个特点映入了她的眼帘——餐桌布置得"特别讲究"，又摆放了五个人的餐具。这意味着，邀请了什么人来共进午餐，事情只能是这样。舒娜扫兴地叹了一口气。她熟知爸爸妈妈和婶母季娜的所有熟人，其中完全没有任何一个令人有兴趣的人。上帝啊！他们全都是多么无聊的，总之，世间是多么无聊……

——这是谁？——舒娜向一副餐具点了点头，平静地问。

在回答她之前，妈妈看了看自己的表，又看了看挂钟，然后低头向着窗户的方向侧耳倾听，接着微笑着说：

——你猜吧……

——没有兴趣……——舒娜说，同时感到好奇心重又在她胸中燃起。她想起了女仆柳芭给她开门时也有点儿特别地说了一声：

——请——请吧！

柳芭一般很少说"请吧"，还从未那样拖长着声音说过。舒娜很好地记得这一点，因为在寂寞的、在狭窄框框中形成的家庭生活中，一个新的细节都会激起家庭生活平静的表面泛起十分明显的涟漪，并深印在舒娜的头脑中。

——也许，有点意思……试试看，猜一猜，——妈妈重新提出建议。

想起柳芭说话的音调，舒娜相信，有意思，很有意思，但她直接问却颇感不好意思。

——谁来了……——她好像是平静地说。

——毫无疑问，——妈妈点点头说道……那么是谁呢？

——叔叔热尼亚，——舒娜推测说，同时感到两颊泛起红云。

——不，来的不是亲属……然而来的是你喜欢的人……

舒娜瞪着圆溜溜的眼睛……然后突然离开座位，跑过去抱着妈妈的脖子：

——妈妈！难道？

——等一等，等一等，——妈妈笑着推开她，——不要发疯！嗯……我将会把这一切告诉他的！

——妈妈！克雷姆斯基？啊？他来了？爸爸在迎接他？对吗？还有婶母季娜？他们现在，现在就到……妈妈，我去穿上灰色连衣裙！唉咳，来啦！来啦！

她满脸绯红，激动不已。她在母亲椅子旁跳跃，然后奔向镜子，跑去更换衣服。但是，她当听到下面门锁咔嚓一响，就重新转回到镜子旁边，整理了一下发式，抑制住内心的激动，慢慢地坐回到自己的位置上，闭目养神。当她睁开眼睛的时候，在这个房间里，离她那么近，仅仅隔着一把椅子，将坐着克雷姆斯基……那位诗人，他的诗令她读得入迷，在中学，他被认为是所有现代诗人中最优秀的诗人。他的诗是那样温情脉脉，那样铿锵有力……忧思绵绵……上帝啊！这就是他，朝气蓬勃的他，离她近在咫尺，他将谈论、朗诵自己的新作，在中学她的女朋友们还不可能知道的新作！唉咳，克雷姆斯基写了多好的作品！——她明天将这样向她们说；她们将问她是什么样的作品，她就会朗诵给她们听；当她们问及这首诗刊登在什么地方时，她就会谦虚地、一定谦虚地说："唉咳，这首诗还没有登载出来。这是他昨天在我们家吃午饭时读给我听的！……"

多么令人惊讶，多么令人羡慕！这个心肠狠毒的人吉吉娜——她将怎么样？她将会知道：最好有一位女歌手姐妹或熟悉的诗人吧？至于其他所有人嘛！……他们将请求："舒娜，介绍给我们认识他吧！……"那么……他会突然爱上她吗？啊！这是可能的……因为他是诗人……诗人的爱总是来之匆匆……上帝啊！

他有着怎样的胡须？眼睛……大而忧伤，黑眼圈……鹰钩鼻……黑胡须。"舒娜！——他将搓着手向她哀求说，——舒娜！我见到了您，'我眼前露出了新生活的曙光，我内心激荡着美妙的希望……这是您！我发誓——我倾心爱恋着您……'唉咳，他已经写了这样的诗！也就是说……"

——闷热、灰尘、异常刺鼻的气味……我整夜不能入睡……

传来的声音把舒娜从诗和幻想的世界拉回到现实的世界中来，尽管这声音里夹杂着娇生惯养者嘶哑的和抱怨的音调，但它是温和的和吸引人的。舒娜睁开眼睛，从椅子上站了起来，迎接着向她走来的瘦高个男人，他身穿黑丝绒短上衣和宽松的灰色裤子。

——您好，小姐……您忘记了我，是吗？嗯，当然……

——我……——舒娜感到不好意思，——我总在读您的诗……您来过我们这里，当时我还小……

——但是……您现在长大了，——诗人扫视了她一眼微笑着说，他还想说点什么，但只是像老头儿们那样嗫嚅地动了动嘴唇就坐到了椅子上，并对舒娜的爸爸说：

——看来，你这里很舒适，米哈伊尔……

舒娜低头看着自己的碟子，光滑的碟面上倒映出诗人的影像。她不喜欢他灰色的裤子、剪短发的头和稀疏的火红色胡须——啊，一切都极为平庸无奇。

还有，这嚼动嘴唇的样子，刮得光光的有点发青的双颊和下巴……很明亮也许是浅色的眼睛，眼下浮肿，宽大的、布满皱纹的前额……他从头到脚活像一个邮政官员，从外表看，他身上毫无诗意……他那双手怎么样呢？舒娜侧视了它们一下……那是一双厚实的手，手指又短又粗。一个手指上戴着镶嵌宝石和玛瑙的戒指。舒娜叹了一口气，她感到忧伤。

——那么，您读我的诗？

这是他问她的一句话……她红着脸点了点头。

——嗯，怎么样……我能问一问——您喜欢我的诗吗？

——噢，是的，他们那是读您的诗而欣喜欲狂，——妈妈回答说。

——啊，这使我深感荣幸……

——完全不是这样，这是假话，——舒娜对妈妈的话迅速表示反对，但她的反对意见已是在诗人说话之后才提出来的……

少女感到窘迫——这是犯傻……而爸爸、妈妈、婶母和他都发笑了……他甚至不知为何扬起了眉头，他的脸也变成了滑稽的脸……他为什么扬起了眉头？又为什么和大家一起发笑？他——是诗人，应该灵敏和委婉……难道她窘迫的脸红在他看来就像别人看来一样是可笑的吗？难道他竟然是像其他所有的人一样的人吗？他大概是装模作样，以便不要给爸爸和妈妈表现出不友善的样子……然后他将无意识地……

——那么，您，舒娜，读几年级了？

——六年级……

他为什么问这个？他为什么称呼她舒娜？

——您崇拜哪一位老师？当然是图画老师吧？

——语文老师……

——唉咳，是的，语文老师……——他发出了震耳欲聋的哈哈大笑……

舒娜觉得好像疲于应对，有如芒刺在背。她想从椅子上跳起来，跑到什么地方去。她感到冷，她怕忍不住流泪……她这是怎么脱口而出？……她满腔愤恨，浑身打战，用燃起凶狠和激动火光的眼睛瞥了诗人一眼。她担心自己没有足够的力量说出想说的一切，在桌子底下折着手指开始说：

——您觉得这可笑吗？但这并不可笑……他是所有老师中最优秀的老师，我们大家都很爱他……他趣味横生地说……给我们读……各种各样的书……指出文学中的新鲜事，总而言之，他是一个很好的人……随便您去问谁，我们年级的和七年级的都行。究竟为何嘲笑？当然，我……

——舒尔卡！你这是怎么哪？——爸爸提高声音说。

——我们委屈了小姐——克雷姆斯基温情地说。——请原谅……

舒娜厌烦听他的道歉，——她觉得这道歉是虚伪的，他完全没有兴趣知道她将怎样看待他的话……总之，她感到自己对他们所有人来说是外人和多余的人……她开始怜惜自己，在午餐结束之前，她仿佛腾云驾雾似的坐着，听着引起忧伤的绵绵愁思在心中激荡。

"啊，他不过如此，诗人！并非超凡脱俗之人"，——她午餐后坐在自己房间的窗户旁边这样想，同时聚精会神地、好像发现什么新鲜事物似的看着她窗户下花园里自己心爱的丁香灌木林。

"像大家一样……但是……那爸爸究竟为什么没有写诗呢？难道他不如这位吗？"——她想起了诗人抚慰人心的、沉思的诗歌、押韵的诗句，其中洋溢着那么多忧郁的温情。在吃饭的时候他一句话也没有提到它们。大概，他习惯于写诗，就像索妮娅·萨季科娃习惯于用烟卷纸叠出奇美的花一样。大家羡慕她，而她却发笑和惊讶——是啊，这是如此简单！……

花园里传来人声，这是爸爸和克雷姆斯基在交谈。如果他们坐到丁香后面的板凳上，那她就能听到他们交谈的每一句话。于是，舒娜抻长脖子，怀着热烈的好奇心看他们往哪里走。

——你最近的诗集人们买得怎么样？——爸爸问。

——还好，正在销售。我在考虑出第二版。但是人们购买多数出于好奇心，而不是出于对诗歌的实际需要。这……在诗集出版时，我们庸俗的批评家们就叫喊，说这是颓废派[1]！读者有兴趣了解究竟什么是颓废派，那么多人谈论颓废派，但任何人也未能提出任何清晰的说法。嗯，于是我赢了……人们在购买，出于好奇很想了解颓废派……

克雷姆斯基的话音中流露出忧郁—讥讽的意味，他的话饱含委屈，这个腔调在倚窗偷听的少女的小小心灵中得到了亲切的反响。

——是——是的，——爸爸说，——批评家们严酷地对待你们这样的人。

---

[1] 颓废派：19世纪末到20世纪资产阶级文化发生危机的现象——绝望、厌世的统称。颓废派否认公民的责任感，崇尚唯美，作品往往亵渎伦理道德。——译者

——大家都要求公民复仇和悲痛的呼声……他们坐在自己的老巢里以为生活中需要复仇和悲痛……完完全全无济于事……生活中没有任何公民，有的是糊涂的和自负的人、精疲力竭的和对什么都不满意的人……此外什么都没有……批评家先生们对这种可悲的状况一无所知……他们关心的是书本，而不是生活，是老传统，而不是新潮流……青年人？"青年人，我的朋友，如今可是青出于蓝"，——有人不容置辩地这样说过……青年人很少涉及诗歌，很少涉及本可净化心灵的一切东西。嗨，我们还是抛开这个枯燥无味的话题吧……你有一个多好的女儿呀……

——啊，诗人！你已经发现了吗？

——可爱的人！——不好意思的、高兴激动得满脸通红的舒娜小声说。从他的话中她得出结论：他不被理解，对此颇有怨言。在她的心目中，他重新成了诗人。后来，这一出乎意料的对她的赞扬……

——顺便，请原谅提一个不礼貌的问题……

——关于妻子吗？嗯，兄弟，我不知道她在哪里……一两年前我听说她在高加索的什么地方当女教师……哎哟！回想起她我不能不害怕……有这样的女人，她们道德高尚和头脑幼稚，幼稚得只引起恐怖，使我感到真实的恐惧，真可悲。我的夫人恰恰属于这一类女人……当我摸透了她的心的时候，我从未如此强烈地怜惜自己……那是一个无论如何都想受苦受难的女基督教徒的心，——一个无聊的人……怎么样，快给我们上茶了吗？

——快了……但你说得离题了——我是想问你，你现在是怎样生活的……有家眷还是独居……

——从五月开始独居。冬天和一个安琪儿同居……有趣的经历，朋友！我的才华的崇拜者，一位热情的少女，不是没受过教育，但是这并未妨碍她成为傻女人……我和她相遇完全是偶然的……至少从我来说没有任何预谋。我喝了一点儿，事情发生在郊外野餐的时候……鬼知道她是怎么出现在我的住处的……只是早晨我醒来一看：有妻子的男人！我祝贺自己，穿好衣服，等待将发生的事情……

爸爸哈哈大笑，女儿觉得他的笑声击碎了她内心的某种东西。她对此很痛心。

——唉咳，真见鬼……啊？

——嗯，她醒来了。眼泪涟涟……无数次地亲吻，数不清的誓言。约一个星期我们疯狂到了极点，我和她陷入了疲惫不堪之中……

——那么父母亲呢？

——一无所知。后来生活渐渐地开始表现出自己的力量，于是……鬼知道怎么回事！首先，她开始向我证明说，我的温情的、奇特的、迷人心扉的诗和我花六十五卢布买的长衫完全不协调……我表示反对，她就哭泣。大闹一场！最后表明，按照她的观念，诗人是非凡的人，其住处甚至不应当有这样的房间，即按照生理规律诗人有时也要进入的房间。啊，这种使女人的头脑如此糊涂的愚蠢的教育见鬼去吧！开始了争吵、哭泣、歇斯底里地叫喊，谈妊娠的问题，要求在所有问题上让步。我跑掉了，给她写道：诗人首先需要自由。

——嗯，那又怎样呢？——爸爸不慌不忙地问。

——我每月支付给她二十五卢布……

舒娜感到心寒，全身神经质地颤抖，睁大眼睛继续看着花园……

——怪不得近来你流露出那么强烈的悲观情绪……

——你读了《黑暗纷至沓来的形形色色的回忆在我眼前盘旋》吗？

——怎么啦？

——是的，在那里叙述了整个印象……这次愚蠢的经历的全部不快之感。

——叙述得很好……——爸爸感叹地说。总之，兄弟，你是清晰描写"激动心情的暗淡印记"的大师。

——哎呀，然而，你真的不时读我的作品吗？

——是的，甚至很爱读。并非奉承地说，你的诗很美好……

——谢谢！这并非能够经常听到的，尽管老实说我知道我理应得到这样的评语……

——毫无疑问，兄弟！我们去喝茶吧……

——你瞧，如今是谁在写诗和是怎样写诗的？是屠夫，而不是诗人，他们强奸语言，玩弄文字……我高估了这种宝贝，我尽力……

舒娜看着他们并排漫步在花园，爸爸搂着诗人的腰……啊，他们的声音听不清了，最终听不见了。

舒娜在椅子上缓缓地挺直身子，仿佛肩上压着千斤重担，深感难以动弹……

——舒娜，去喝茶吧！——她听到了妈妈的声音。

她站起身来，在走过镜子的时候发现自己的脸好像受了惊吓似的显得苍白消瘦。她的眼睛雾蒙蒙的，当她走进餐厅时，那几张熟悉的脸在她面前成了模糊不清的白点儿。

——我希望，小姐已不再生我的气了吧？——她听到了诗人的声音。

她没有作声，望着他修剪得又平又光的头，竭力回想起当她读他的诗而不了解他的时候她想象中的这个人是怎样的人？

——舒尔卡，你怎么不说话？多没有礼貌呀！——爸爸提高嗓门说。

——唉咳！——她叫喊起来，从椅子上跳起身来，——你们需要什么？别再纠缠我啦……骗子……

她痛苦地跑出了餐厅，歇斯底里地叫喊：

——骗子！……

……瞬间四个人默默地坐在桌子旁边，惊讶地面面相觑。后来妈妈和婶母出去了。

——真的……她是否听见了我们的谈话？——爸爸问诗人。

——真见鬼！——诗人在椅子上坐立不安，难为情地感叹说。

妈妈进来了，回应向她投来的疑惑的目光，莫名其妙地耸了耸肩说道：

——她在哭……

爱　情

1

　　这个故事的主人公是雅什卡，当他在自己幼小的心间萌生甜蜜爱情的苦闷时，他才十一岁。他是"印刷厂的学徒"，一个很脏的孩子，身上总是浓浓地散发出印刷油墨、松节油和其他职业性的气味。他像所有其他印刷厂的学徒一样，弄得脏兮兮的，衣服破破烂烂的，脸好像戴着黑色油垢的假面具。雅什卡和他们不同的是，有着一双大大的、总是睁得圆溜溜的、明亮的眼睛，举止比较谦虚，讲究清洁卫生。午饭时他总要洗洗脸，即把不均匀地散落在他脸上的铅粉和机器污垢抹得匀匀净净，从他对自己的外表如此关心来看，他不是弄脏的，而生来就是这样的黑孩子。他脸上的污垢的匀称的色调使他在其同龄人中有权得到一个绰号——洁癖①。

　　翘鼻子、厚嘴唇、大眼睛、球形头、头发溜光、耳朵突起，——他在排字工人中更流行的外号是"悬壶洗手器"②。他在印刷厂的状况一点不比其他同龄人的状况更坏。他怎么也不能抱怨少分给他工作或少挨了耳光，总的来说，他对自己生活的境况是满意的。在挨打以后，他通常哭泣，并激烈地辱骂打了他的人，但只是悄悄地骂，以便除了他自己以外其他任何人都听不到他的谩骂。在类似的情况下，他的同龄人也完全持这样的态度。总之，雅什卡·奇斯齐亚克，或者说卢科莫伊尼克，几乎和他们无任何区别。他每月得到薪金两卢布，全数交给自己的婶母，她是一个极肥胖的、总是半醉的、在旧货市场买卖旧东西的老太婆。雅什卡在没有父母之后住在她那里的阴暗的、一扇窗户朝向地坑

---

　　① 洁癖：原文为 Чистяк，意译为洁癖，音译为奇斯齐亚克。——译者。
　　② 悬壶洗手器：原文为 Рукомойник，意译为悬壶洗手器，音译为卢科莫伊尼克。——译者

的陋室里。这个陋室是三层大楼的地下室的一部分，是美妙的居室，——冬天室内闷热，几乎没有空气，夏天因室内潮湿而像地窖一样凉爽。雅什卡的姶母不是特别地亲近他，还常常向上帝抱怨那些行将死亡却把自己的后代留给其亲属照管的人们，而这些亲属对人们有恶习生小孩但在无外人帮助的情况下无能力抚养其成长的事情完全是无辜的，而且对此事是毫无兴趣的。雅什卡的姶母频繁地敲打侄子，并往往以此来认真地证实自己意见的正确性。她经常是在醉醺醺的状态下这样做。可是，必须说，她只是在酒后醒来时处于醉醺醺的状态之下，而且此时她完全沉浸在喝点解醒酒的希望之中，——她很快就能实现这个希望。

由于上述情况，雅什卡感到自己在街上比在家里好，于是在十一岁的时候就已经是城市和城市生活的非常灵敏的行家。街上的生活比在家里的生活更美好，生活中有更多的平等。在欺负人的人同雅什卡势均力敌的情况下，雅什卡在街上受的委屈很快就能通过机警地扔石头、辱骂或者甚至打架的方式而以平等得到补偿。在家里是不可能得到补偿的，因为雅什卡本来不可能胜过姶母，并且如此地相信这一点，以致甚至一次也不曾试图去同她进行公开的争斗。有时他只是让自己做点儿什么事作为小小的报复，比方说，当喝醉的姶母入睡时，他在她身子下面倒上冷水，在她烟壶内撒上辣椒，在她鞋里放上干芥末。后一种恶作剧是最独出心裁的，雅什卡自身就体验过它的作用。同事们曾给他的鞋内撒过芥末，当芥末在汗水的作用下溶化时，两只鞋里化成了出色的芥末膏。雅什卡在想到脱鞋之后久久地跳动，最终甚至跌倒了，两脚朝天在空中摇晃，绝望地吼叫。鞋底灼热，仿佛在铁板上烧烤，脚趾之间起了泡，然后泡破裂而形成伤口，好长时间迫使雅什卡光着脚走路，而且只能用脚后跟行走。姶母两次经受了这可爱的玩笑的美妙，这种玩笑在雅什卡印刷厂其他人的娱乐中是非常普遍的。但是，有一次芥末看来不是特别强烈，未给姶母带来特别的感觉，只是有一点儿轻微的不安。然后，另一次雅什卡满意了——姶母感到了疼痛，痛得直哼哼，情况比他自己在挨打以后的情况更糟糕。她仍然没有想到这是怎么回事，而雅什卡不止一次地还希望未来继续用芥末膏来治她。我不知道，他的希望是否顺利实现了。

2

有一次，雅什卡擦完印刷机，和一位同事嬉戏打闹，本来很开心的，但突然机床轮子不知何故转动了起来……

——嘘，鬼推磨，——雅什卡鄙视地高声叫喊，但此时什么东西抓住了他一条腿，把他往下轻轻地拽向一边，使他扑通一声仰面摔倒在地板上。雅什卡两次睁开又闭上自己的大眼睛，眼睛里饱含着痛苦和惊异，接着昏厥了过去。

他在黄色墙壁的四方形房间里神志清醒过来了。夜晚，亮着灯，窗户挂着深色的窗帘。有三盏灯，此外，还有六张床，分两排每排三张彼此相对地摆放着，铺的床单也是黄色的。在和雅什卡自己躺的床相对的所有三张床上都躺着人，和他并排的那张床上躺的是一位个子高高的、蓄着黑胡须的人，他张开两只极大的眼睛直瞪着雅什卡……

他的另一边有一张床是空的，雅什卡感到害怕黑胡须的邻居，开始看着那张床，想着是否搬到那张床上去？黄颜色使他想起牢狱，牢狱外表全涂上黄色，还使他想起中学。雅什卡仔细听——什么地方是否有镣铐发出叮当的声音？但周围宁静，只有远处的什么地方有人在呻吟……并发出恶劣的气味……也就是说，这是医院，而不是牢狱，也不是中学……雅什卡感到很可怕，很想哭泣，但他忍住了，因为他想到高个子邻居可能出于他流泪而打骂他。于是，雅什卡闭上眼睛，机警地侧耳细听……首先，他听到了自己的肚子咕噜咕噜地响，感到了想吃东西……同时，他很快恍惚记起了自己来到这里之前发生了什么事情，并且他在意识到自己的头和背疼痛以及一条腿似乎完全没有了之后感到惊慌失措……然而，这是不必要的恐慌，因为当他试着移动腿而剧痛难忍时表明腿依然在他身上。

雅什卡紧闭眼睛，声嘶力竭地叫喊……然后，闭目静听……

某处传来了轻盈的和急促的脚步声，在雅什卡身边响起了不算十分亲热的女人的声音：

——喂，你叫喊什么？小孩！难道你处于昏迷之中吗？

显然，这个医院陷入昏迷的人们没有丧失语言的能力，当他们处于无意识的时候，助理护士也习惯于和他们交谈。雅什卡似乎为了勉励她的这种习惯就想对她说点什么才好，于是他睁开眼睛，尽管声音微弱，但仍充满信心地宣称：

——我想吃东西！

——那么你干吗扯着嗓门嚷嚷？瞧，好一个淘气鬼！……

她走了，便鞋在地板上啪嗒啪嗒地响。后来，她重新出现了，雅什卡适时地问她：

——阿姨，这不是医院吗？

她用教训的口吻回答他说：

——你以为这是客店吗？

之后雅什卡吃了饭就睡着了。夜间醒来时他睁开眼睛环顾四周。一片沉寂，药味四溢。有人在轻轻地呻吟。声音是那样古怪，在黄色的房间里如此平稳地传播开来，在这气味扑鼻的寂静中和雅什卡不习惯的甜美的纯洁中，这似乎是唯一的生命。仿佛是这黄色的墙在呼吸……雅什卡病床的邻居挺直身子躺着，双手放在胸脯上，光线照在他脸上，嘴唇微张着，露出白色的寒齿。这令人感到恐惧。雅什卡心里一阵发紧，他扯着被子盖上自己的头，开始悄悄地哭泣，感到自己是孤苦伶仃的、被人遗忘的和无限愁闷的人。

日子一天一天地慢慢过去。雅什卡健康恢复得不好，瘦得很厉害了。脸的消瘦使雅什卡的眼睛显得更大了，眼睛里凝聚着忧郁期待的表情。人们给他洗了脸，现在才看清楚，他的脸是白色的，是已经冥思苦想的小孩的小脸。他在医院里感到寂寞、烦闷和孤单。

有一次，雅什卡午间醒来，张开眼睛，哆嗦了一下。有人看着他，并向着他微笑，笑得那样动人，以至雅什卡感到自己是一个完全健康的人，做了一个动作想在病床上坐起来。但一条腿的疼痛迫使他皱了一下眉头，哎呀了一声，重新闭上了眼睛。

——你什么地方疼痛，小孩？——有人问他。任何人任何时候也没有如此亲热地问过他任何事情。

雅什卡张目凝望——有一张雪白的、温柔的、近乎晶莹的脸俯向着他，有一双乌黑的、温存地微微眯缝起来的眼睛直视着他的眼睛，凝视着，嫣然微笑着，仿佛在温柔地、亲热地抚摩雅什卡小小的全身。雅什卡似乎觉得他早已在等待这一切，等待着有一天有人就这样看着他……但不曾知道何年何月。雅什卡微微一笑……

——你怎么不说话？

雅什卡重又微笑了一下，眯缝起眼睛狡猾地点了点头。

——多可爱的小家伙！

雅什卡开始想哭。抱住这个女人白净的、细嫩的脖子痛哭一阵才好呢。

——嗨，回答我！你在这里很久了吗？你有什么病？你是谁的孩子？

小孩喉咙哽咽，他语不成声地问道：

——你不走吧……如果我将回答你的话，您将不走吗？

——亲爱的！你为什么这样想啊？

——不管谁问什么，我都将对您说……那时您走了……我又将是一个人待着。——此时雅什卡哭了起来，流着委屈和高兴的眼泪。

——可怜的人……我不会很快离去的……你看，他还在睡觉呢……

——谁？——雅什卡含着眼泪很快问道。

——兄弟。——她向他病床的邻居点了点头。

——这么说，您这不是来看我的？——雅什卡失望地问。

——要知道，我并不认识你……现在我将会来看你的……

——那么，这位高个子的人是兄弟啰？——他干吗躺在这里？也是机器伤着他了吗？——雅什卡疑惑地和好奇地问。

——他……病了，病得很厉害……不是机器伤了他，而……

他就这样……有病……

——那么，您究竟是谁呢？您将会常来吗？每天吗？您在哪里工作？也许，您是校对员，或者是裁缝，抑或只是小姐？瞧，您的眼睛太美了……好大呀！……当您的兄弟生病住在这里的时候，您将会常来这里的吧？瞧……嗯，要是他久病住院呢！

——我可怜的小孩，亲爱的！

他再次哭了起来，这个雅什卡·奇斯齐亚克！她的话已经说得很好啦！他哭，用手指擤鼻涕，而她用手帕替他擦鼻子，手帕散发出鲜花和春天的气息。雅什卡感到，闻着手帕的芳香，他的痛随着眼泪一起从手帕中消失了，他在吸收手帕香味的同时，也吸收了勇气和力量……随后，她吻了他的眼睛、他的嘴唇、他的脸颊和他的前额。这一切是雅什卡未曾体验过的，这一切在他面前打开了整个新的感情世界。

她走了，——他像留在了梦中，像在梦中生活了九天。她来了九次，在这整个期间，雅什卡经受了无限多的未曾体验过的、甜滋滋激动他心灵的感觉。她通常来到，走近他的病床，用亲吻向他问候，然后才去探视兄弟，坐到兄弟病床靠脚的一头，以便能看到雅什卡。雅什卡皱起眉头注视她，听她和兄弟的谈话，而当她望着他的时候，雅什卡就用眼睛招呼她到自己身边来。雅什卡每次只要一想起这个高高的忧郁的人的存在就充满对他的强烈的醋意。雅什卡希望他，这个高个子兄弟，快点死去，那时她就只来看他雅什卡一个人了。每次这位兄弟呻吟着抓胸脯的时候，雅什卡都打哆嗦——他行将死去，还是怎么啦？但是，他依然未死，这对雅什卡来说是痛苦的。这样的好事第一次落到他身上，却要和什么"虚弱的细高个的人"平均分享，这是雅什卡心里对自己邻居的称呼。她几乎总是坐在病床上他的身旁，只是偶尔短时间地到雅什卡身边来。他抓住她一只手，用贪婪的和祈求的目光看着她，把她拽向自己，默默地、紧紧地……她悄悄地把自己的手从他的手指中解脱出来，重新走向自己的兄弟，后者从未对雅什卡说过任何一句话，是的，同她说话也很少。每次当她走时，雅什卡就想咒骂她的兄弟，他内心觉得刺痛，酸楚的泪水蒙住了眼睛。在自己生命中的这九天里，他经受了许多痛苦和许多幸福。

瞧，有一天清晨，雅什卡醒来时看见人们把"虚弱的细高个的人"从病床上转移到担架上……

——要把他挪到什么地方去？——雅什卡匆匆地问助理护士。

——你怎么着？你还没有去那里……也许，很快就会把你赶回家的……你在这里娇惯坏了。

——死了？还是怎么啦？——雅什卡目含恳求神情再问。

——嗯，当然……大概，抬去的不是活人。

"死了！"雅什卡看到这堆一动不动的、像是被屠宰的、枯萎的白肉不免有几分吃惊。就在这个夜晚雅什卡还听见他呻吟、咳嗽和翻动……但是，暗自高兴很快就代替了吃惊——"她"将只来探视他雅什卡一个人了。于是，他闭上眼睛，开始等待她，他已能从病床上站立起来拄着拐杖行走，但还躺着……她将来到，像往常一样吻他，但已不会坐到兄弟那里去了。兄弟已经没有了！这么一想，雅什卡满怀激动人心的喜悦，然后，她以温柔甜蜜的形象定格在他的心中。现在，她将总是和他雅什卡坐在一起，除了他以外，她这里已别无他人……但是，她没有来……

——办丧事……——雅什卡暗自解释这个令人忧愁的事实。——办完丧事之后就会来的……大概，会带来橙子和书……还将交谈……长——长时间的！

她第二天还没有来，第三天也没有来，在她兄弟死后他在医院度过的两周内，雅什卡已再也没有见过她一次……

3

他在出院以后踏遍全城久久地、诚心地寻找"她"。他带着孤僻、沉思和必须找到"她"的意识从医院出来。每逢星期日和在休息日他就在城市人群密集的地方四处游荡，寻找，但未能找到。类似的人很多，她们全都引起他深深地回忆"她"和他悲惨生活昙花一现的梦幻，并以此刺痛他的心，她们全都促使在他幼小的心灵里更加牢牢地铭刻下她美好善良的形象、她温柔乌黑的眼睛、她热情柔软的嘴唇、她穿着黑色华丽连衣裙的纤细的形体和戴饰白翎黑帽的小巧的脑袋。除了他的心以外，任何地方都没有"她"。他凝神思索，愁眉苦脸，大眼睛饱含忧伤，重又满身肮脏和沾染印刷油墨，这个印刷厂小孩显得有几分古怪。他不曾有过童年的天真活泼，不曾有过他生活早春的无忧无虑和愉悦的心情——这九天的梦幻焚尽吞没了他的整个童年时代。

但是，在对人残酷无情的作弄中命运总是如此之巧妙，即他的命运，乐意让他再一次看见了她。有一次，他和同事们在森林中散步归来，走在驿路上，他看见了她。两年过去了，但她还是在医院那个时候的样子。她坐在轿式邮政马车上，三套马车载着她奔驰，扬起股股灰尘。还有一个什么人坐在她身旁……军人，因为在雅什卡的眼睛里闪亮着金属扣子。这是她，是她，他没有看错。他瞬间好像是站在地上一动不动，但猛然高兴地叫喊着跟在三套马车后面奔跑。

他胳膊肘靠在腰间奔跑着，叫喊着，尘土塞满了他的嘴巴，四轮马车在坎坷不平的驿路上发出隆隆的响声，雅什卡头脑发沉，心脏剧烈地跳动，他叫喊，叫喊……四轮马车压抑了他的声音，并消失在扬尘中了……树林从雅什卡·奇斯齐亚克身旁疾速地移向他处……

当追赶得精疲力竭的他趴着跌倒在道路的尘土中时，他就痛哭起来，哭出了伤心委屈的眼泪，哭出了恼怒绝望的眼泪。

后来，他试图找到她。两三天过后，他出发去远方，沿着驿路行走，每一站都打听询问：

——三天前小姐和军官往哪里去了？

人们冲他哈哈大笑。在他到达的县城里，最终，他因为没有身份证件而被捕了，并被押送到省城。于是，他重新进了印刷厂，仿佛丢失了宝贝似的总是愁眉苦脸、沉默寡言、生气发怒，在生活的外表上很快就失去了和同事们的任何区别，像他们那样喝伏特加酒，和他们一起光顾娱乐场所，做猜硬币正反面的游戏，玩扑克，为了这一切而工作，工作，工作……

现在雅什卡·奇斯齐亚克已是三十岁的忧郁的酒鬼了，他

7777666555

在酒馆柜台旁边度过自己生活的时间比在活字分格盘旁边的时间要多得多。他在老板和工人中间享有醉鬼、小偷和半疯子的坏名声……从外表看可以说他有约五十岁了，他一身褴褛肮脏，总是萎靡不振和半醉不醒的样子……他的眼睛大而无神、浮肿……

但是，有一次，当他在酒馆里对我讲述这段故事的时候，我发现，他的眼睛却闪耀着如此明亮亲热的光。他在讲完了自己的故事之后沉默了片刻又补充说：

——这是我生活中唯一的美好时刻……少啊，老兄，是的……瞧，成了酒徒。而想起她……顿感愉快。我喜欢这美好时刻。任何美好时刻都一样，也许，即使不是她……还好，我活着……而且还要说——管它呢！嘿，见鬼去吧……别看活着——终将死去。也就是说，反正都一样。而她怎么样——有什么回忆的……

奥尔洛夫夫妇

　　……几乎每个彻夜祈祷前的礼拜六，从商人彼图尼科夫又旧又脏的房屋地下室的两扇窗户中，向堆满杂物的院子传出女人的激烈的叫喊声。这个院子是用木料盖起来的附属建筑，因年久失修而破烂不堪。

　　——站住！站住，酒鬼，恶魔！——女人用女低音喊道。

　　——放开我！——回应她的是男高音。

　　——我不放开你，恶棍！

　　——你撒谎！你会放开我的！

　　——你打死我吧，我不会放开你！

　　——你？撒谎，邪教徒！

　　——我的爷啊！他打人啦，——我的爷——爷啊！

　　——放——放开我！

　　油漆匠苏奇科夫的学徒谢尼卡·奇日克在院子的一个棚子里整日整日地涂刷油漆，他在听到最初的叫喊声时就拼命地从棚子里跑出来，像老鼠一般的小黑眼睛炯炯发光，放开嗓门大嚷大叫：

　　——皮鞋匠奥尔洛夫夫妇打起来啦！唉，你呀！

　　奇日克是一切可能发生的事件的热心爱好者，他跑到奥尔洛夫夫妇住宅的窗户前，肚子贴着地面，垂下蓬乱淘气的头，露出沾染赭色和普鲁士红色颜料的活泼的小脸，张开贪婪的双眼往下看那昏暗潮湿的地下室，从那里散发出霉味、制鞋用擦线蜡和皮革腐烂的气味。在地下室的地板上两个人扭在一起，他们暴怒、声嘶力竭地叫喊、打骂。

　　——你会打死人的，——女人气喘吁吁地发出警告。

　　——没——没有关系！——男人坚定地和满腔愤恨地回答她。

　　传出了沉重的、沉闷的、落在什么软体上的打击声、叹息声、尖叫声、搬动重荷的人的紧张的呼哧声。

——咦——唉咳，你呀！他怎么用鞋楦狠揍她啊！——奇日克绘声绘色地叙述地下室事件的过程，而聚焦在他周围的听众——裁缝们、法院送信员列甫琴柯、风琴手基斯里亚科夫和其他免费娱乐的爱好者——急不可待地扯着谢尼卡的双脚和浸满油漆的短裤不断地向他发问：

——真的吗？

——他跨在她身上，她的脸贴在地板上——谢尼卡报告说，同时他由于感受到的印象而放荡地瑟缩起来……

听众也俯身到奥尔洛夫夫妇窗户前，热切地渴望亲自看看这场战斗的全部细节，尽管他们早已知道格利什卡·奥尔洛夫在和妻子的战争中所使用的手段，但是仍然感到惊讶：

——唉咳，魔鬼！打伤了吗？

——满鼻子的血——鼻血直流！——谢尼卡气喘吁吁地说。

——唉，你呀，天哪，我的上帝啊！——妇女们感叹说。——唉咳，折磨人的恶魔！

男人们更客观地加以评论。

——他必定要把她往死里打，——他们说。

而风琴手用有先见之明的人的腔调宣称：

——请记住我的话吧——他将用刀开膛剖腹！他将不耐烦就这样胡闹，于是将很快结束这套把戏！

——结束了！——谢尼卡从地上跳起来低声地说，他瞬息间飞身离开窗户跑到一旁的角落里，在那里占一个新的观察点，知道现在奥尔洛夫该走到院子里来了。

众人很快散开了，不希望碰到盛怒的皮鞋匠。现在，一场战斗结束之后，他在她心目中已失去任何兴趣，与此同时，他不是没有危险。

当奥尔洛夫从自己的地下室走出来的时候，院子里通常除了谢尼卡以外已无他人。他呼吸困难，衬衣被撕破了，头发蓬乱，脸上抓痕累累。大汗淋漓、荡漾着激愤的神情。他张开充血的双眼颦起眉头环视院子，双手放在背后，慢慢走向柴棚墙边滑木朝上的旧雪橇。此时他豪放地吹着口哨，向四周张望，仿佛有意向彼图尼科夫房屋的所有居民挑战。然后，他坐在雪橇的滑木上，用衬衣袖子擦掉脸上的汗和血，样子疲倦地呆然不动，用迟钝的眼神望着房屋肮脏的墙壁，墙上的抹灰已剥落，涂上了一条条颜色各异的油漆，——这是苏奇科夫的油漆匠们下班回来时习惯性地给墙壁抹灰剥落处刷上的油漆。

奥尔洛夫年近三十。神经质的脸上点缀着细线一般的深色小胡子，凸显出丰满的红润的嘴唇。大软骨的鼻子上方几乎连生着一双浓密的眉毛，眉毛下亮出总是不安地闪烁的黑色的眼睛。中等身材，因工作关系而有点儿驼背，肌肉发达，性格急躁。他久久地坐在滑木上发呆，望着涂刷各种颜色油漆的墙，健壮的淡褐色的胸膛深沉地呼吸。

太阳已经西沉，但院子里依然闷热，散发出油漆、焦油、酸白菜和霉烂的气味。歌声和骂街声从两层楼房所有窗户中飘飞到院子里，有时有一张枯瘦的脸从窗框中探出来望着奥尔洛夫，但不一会儿就笑着消失了。

油漆匠们下班了。他们从奥尔洛夫身旁走过，斜视着他，彼此使眼色，院子里荡漾着科斯特罗马人热闹的说话声，有人准备去澡堂，有人准备去酒馆。没有完全穿好衣服的、病态的、弯腿的裁缝们从上面二楼慢慢走到院子里，开始取笑科斯特罗马油漆匠们爆豆似的乡音。整个院子弥漫着欢声笑语和嬉戏喧闹。奥尔洛夫默默地坐在自己的角落里，不去看任何人。任何人也不走近他，任何人也不准备去取笑他，因为他们知道现在他是一头凶猛的野兽。

他满怀深沉的愤恨坐着，愤恨压抑他的心胸，造成他呼吸困难。他的鼻孔猛烈地颤动，而嘴唇撇歪起来，露出两排坚实的大黄牙。在他心中滋生着某种无形的和模糊的东西，红色混浊的点点影子在他眼前浮动，忧愁和对伏特加酒的渴望搅动他的五脏六腑。他知道，当他痛饮时他将感到轻快些，但天还亮，他这副衣衫褴褛、头发蓬乱的样子不好意思沿着大街去酒馆，街上所有人都认识他格利戈利·奥尔洛夫。

他不想出去成为大家取笑的对象，但回家去换衣洗脸也不行，在家里的地板上还躺着挨了毒打的妻子，他现在觉得她十分讨厌。

她在那里唉声叹气，感觉自己是命苦的女人，在他面前是无辜的，——他对此心里明白。他还知道，她实际上是正确的，过错在他身上，——这更加增强了他对她的憎恨，因为与这种意识紧密相连的是在他心中沸腾着凶恶而抑郁的感情，这种感情此意识更加强烈。他内心纷乱，心情沉重，他没有意志力地顺从内心感觉的沉重压力，不能排除内心的这些感受，只知道唯有半瓶伏特加酒能使他感到轻松。

瞧，风琴手基斯里亚科夫正在走来。他身穿棉绒背心、红色丝绸衬衫和塞入靴筒里的肥大的灯笼裤。他腋下夹着套上绿袋的手风琴，捻着黑色的小胡子，便帽很神气地歪戴在一边，整个脸上闪烁着豪气和愉悦。奥尔洛夫喜欢他的豪气，喜欢他的演奏，喜欢他乐观的性格，羡慕他轻松愉快的、无忧无虑的生活。

> 祝贺你的胜——胜利，格利夏，
> 再祝你抓——抓伤的脸颊!

奥尔洛夫没有因这个玩笑而生他的气，尽管他听到这个玩笑已不下五十次，况且风琴手开这个玩笑并非出于恶意，只不过是他喜欢开玩笑。

——怎么，兄弟! 普列芙娜又来啦? ——基斯里亚科夫在皮鞋匠面前停留片刻问道。——唉咳，你呀，格利戈利，香瓜成熟了! 你到我们大家的旅途所向的地方去吧……我们会有希望成功的。

——我很快就去，——奥尔洛夫没有抬头说道。

——我等你和想念你……

很快奥尔洛夫也离去了。

那时，矮胖的女人正扶着墙壁走出来。她头上紧紧地捆着头巾，脸上只露出一只眼睛、一部分脸颊和前额。她摇摇晃晃地通过院子，坐到了她丈夫坐过的地方。她的出现不使任何人感到惊讶——大家都习以为常，并且知道她将在那里一直坐到醉醺醺的、显出忏悔样子的格利什卡从酒馆回来为止。她之所以走到院子里来，是因为地下室闷热，也为了扶着喝醉了的格利什卡下楼梯。楼梯既陡，又处于半腐烂状态。有一次格利什卡从楼梯上摔下来，使自己的一只手脱臼了，这样大约有两个星期没有工作，在这段时间，他们为了养家糊口典当了几乎所有的家什。

从那时起玛特莲娜就守护着他。

有时有人从院子里坐到她身边，最常来的是列甫琴柯，他是蓄着小胡子的退伍军士，审慎的和庄重的乌克兰人，他头发修剪得光滑，鼻子红里透青。他坐下来，不时地打呵欠，问道：

——又打架了？

——你怎么着？——玛特莲娜不友好地和激昂地说。

——没什么！乌克兰人解释说，接着他们俩沉默了许久。

玛特莲娜呼吸困难，胸中发出呼哧声。

——你们干吗老吵架？你们有什么可争吵的呢？——乌克兰人开始劝解。

——我们的事儿……——玛特莲娜·奥尔洛娃简短地说。

——你们的事儿，没错，——列甫琴柯点头表示同意。

——那么你干吗总来纠缠我？——奥尔洛娃不无道理地宣称。

——唉，你呀，怎么这样！听不进别人的话！我将怎样看你们——你和格利什卡真是一对！应该每天用棍子痛打你们才好呢——早上一次晚上一次——就这样！那时你们俩就不会是这样的刺猬了……

生气的他离开了她，她对此感到满意。院子里早已散布流言蜚语，说乌克兰人不无目的地对她表示亲热。她恨他，恨他，恨干涉别人事务的所有人。乌克兰人迈着士兵的正步走到院子的一角，显得精神饱满和强壮有力，尽管他已年届四十。

瞧，奇日克从什么地方转身来到他脚旁。

——叔叔，她也是个泼妇，那个奥尔里哈！他向玛特莲娜坐的方向使眼色低声地对列甫琴柯说。

——瞧，必要时我给你收拾这样的泼妇！——乌克兰人翘起胡子笑着威胁说。他喜欢活泼的奇日克，知道奇日克熟悉院子里的所有秘密，故留神地听他说话。

——不要靠近她去占便宜，——奇日克没有注意乌克兰人的威胁解释说。——那个油漆匠马克西姆卡试了试，她就揍了他一通！我亲自听见了——好厉害啊！像打鼓似的直接打在嘴脸上！

他是半个孩子，半个成人，尽管是十二岁，但他机灵敏感，像海绵吸收水分一样，贪婪地吸收他周围生活的污秽。他的前额有一条细微的皱纹，这是谢尼卡·奇日克思考问题的迹象。

……院子里一片昏暗。院子上空一方蓝天在辉耀，星光灿烂。院子高墙环绕，抬头仰望，就像是一个深坑。在这个深坑的一角坐着一个矮小的女人，斗殴后休息，等待着醉归的丈夫……

奥尔洛夫夫妇结婚第四年了。他们曾有一个婴儿，但只活了一岁半左右就夭折了。他俩为他悲痛了一阵子，平静下来后希望另外生一个。

他们居住的地下室是一间阴暗的大房间，长方形，拱形天花板。靠近门是一个俄国式大炉子，炉门对着窗户。在炉子和墙之间是一条狭窄的方形通道，靠着朝院子的两扇窗户采光。斜射的、混浊的光带从窗户中落入地下室，房内潮湿、不透气、死一般沉寂。只要楼上有什么动静，飘来的就只有沉闷的不一定是什么样的声音，连同絮状物一样的灰尘落入奥尔洛夫夫妇深坑般的地下室。炉子对面沿墙是一张双人木床，用带玫瑰花的黄色印花布隔开。靠近另一边墙是一张桌子，是他们喝茶吃饭的地方。夫妻俩就在床和墙之间的两束光带中工作。

蟑螂沿墙壁懒洋洋地爬行，吸食着用以把杂志图片粘贴在抹灰层上的面包瓢。凄凉的苍蝇飞来飞去，发出无聊的嗡嗡声，它们拉屎弄脏的图片在沾满灰尘的墙壁的衬托下显出黑色污点斑斑。

奥尔洛夫夫妇的一天是这样开始的：清晨六点玛特莲娜醒来，洗漱，生好茶炊，这个茶炊不止一次在激烈的斗殴中被摔坏了，整个补焊上了锡层。在茶炊沸腾时，她收拾房间，去小铺，然后叫醒丈夫。他起床，洗漱，茶炊已置于桌子上，发出咝咝和呼噜呼噜的声音。他俩坐下来喝茶，吃一俄磅的白面包。

格利戈利工作优秀，他总是有工作的，在喝茶时就把工作安排好了。他做要求熟练手艺的精细的工作，妻子捻麻线、粘贴靴子衬里、钉鞋后掌，做诸如此类的零活。喝茶时就盘算好了午餐。冬天要吃得多一些，这是一个相当有趣的问题。夏天为了节约只逢节日时才生炉子，而且也不是总会生的，主要是吃克瓦斯杂拌汤，添加葱、咸鱼，有时还添加在院子里别人家煮的肉。喝完茶以后，他们坐下来工作，格利戈利坐在包着皮革侧面有裂痕的发面桶上，妻子坐在他旁边的矮板凳上。

最初他们默默地工作——他们有什么可说的呢？有时交谈几句有关工作的话，接着沉默半个小时和更长的时间。锤子发出敲击声，麻线绳穿过皮革发出咝咝声。格利戈利有时打呵欠，接着必定是拖长的吼声或号叫声。玛特莲娜唉声叹气。奥尔洛夫有时哼哼歌曲。他的嗓音刺耳，音色清脆响亮，但他能唱。歌词或者形成如怨如诉的和快速的宣叙调，仿佛害怕说不完想说的话，故从格利什卡的胸中倾泻而出；或者突然拖长成忧伤的叹息——带着喊叫声"唉咳！"，——这忧愁的和响亮的叹息声从窗户中飘到了院子里。玛特莲娜用柔和的女低音随着丈夫唱。他俩的脸变成了沉思和悲伤的样子，格利什卡深色的眼睛闪动着泪水。他的妻子沉浸在歌声中，有点儿发呆，似乎处于半睡半醒状态，轻轻地左右摇晃着身子；她有时又似乎接不上气，中断音调，再重新随声附和丈夫继续唱。他俩在歌唱时相互之间没有感到对方的参与，倾心利用别人的歌词发泄出自己黑暗生活的空虚和苦闷，或许，想利用这些歌词来表达他们心中萌生的半自觉的思想和感觉。

有时格利什卡即兴作诗：

唉——哟，你，生——生活……唉咳，你呀，我该死的生活……
你呀，寂——寂寞啊！唉咳，你，我可恶的寂寞，
该诅咒的寂——寂——寂寞！……

玛特莲娜不喜欢这些即兴诗歌，在这类情况下她通常问他：
——你干吗像走狗对着死人那样哀号？

他不知为什么瞬即对她发脾气：

——嘴巴宽大的母猪！你能理解什么？沼地的女怪！

——哀号，哀号，又开始狂吠了……

——闭上你的嘴！我是谁——难道是你的帮工不成，以至于你硬要对我说一番训诫的话，啊？

玛特莲娜见他脖子上暴出了青筋，眼睛里冒出了愤怒的火光，于是沉默，久久地沉默，示威似的不回答丈夫的问题。丈夫的怒火燃起得快，熄灭得也快。

她避开他寻求同她和解、等待她微笑的目光，心里充满忐忑不安的感觉，害怕他为此再对她生气。但是，在生他气和见他向她求和的同时，她又感到高兴，——毕竟这就是生活、思想、激动……

他们两人年轻，健康，相亲相爱，相互引以为豪。格利什卡那样强壮、热情、漂亮；而玛特莲娜白净、丰满、灰色的眼睛饱含热情，院子里的人说她是"健壮的婆娘"。他俩相爱，但生活得寂寞无聊，他们没有能让自己各自休息，满足人的天然需求——激动、思想，总之生活的印象和兴味。如果奥尔洛夫夫妇有生活目的，——哪怕是积蓄一点一滴的钱财，——那么他们就会生活得轻松些。

但是，他们这个也没有。

他俩彼此心相印，彼此习惯了，彼此熟悉每一句话和每一个姿势。日子一天一天过去，但几乎没有给他们的生活带来能使他们开心的任何东西。每逢节日，他们有时到和自己一样精神贫乏的人那里去做客，有时有客人到他们这里来，喝酒，唱歌，偶尔也争吵。然后，平淡的日子重又一日复一日地拖延下去，就像无形的环环相扣的链条束缚着和加重着这些人的生活：工作、寂寞无聊、无意义的相互愤恨。

有时格利什卡说：

——这算什么生活，老妖婆！为什么恰恰就给了我这样的生活？繁重的工作和寂寞无聊，寂寞无聊和繁重的工作……——他沉默了一会儿，抬眼望着天花板，闪过一丝笑容，继续说：——

母亲按上帝的旨意生了我，——面对这种情况无任何话可说！我学会了一门手艺……这又是为什么？难道除了我皮鞋匠还少吗？嗨，得啦，皮鞋匠，往后又将如何？其中对我来说有何乐趣？……坐在这深坑里缝呀缝……然后死去。瞧，人们说，有霍乱……嗯，那又怎么样？格利戈利·奥尔洛夫生活过，缝过皮鞋——最后得霍乱死亡。力量究竟在哪里？为什么要这样让我活着、缝制和死亡，啊？

玛特莲娜默不作声，感到在丈夫的话里隐含着某种可怕的东西；有时她请求他不要说这些话，因为这些话是违背上帝的，而上帝已知道该怎样为每个人安排生活。不过，当心情不好时，她有时怀疑地向丈夫宣称：

——你若是不喝那伏特加酒，你本可生活得愉快些，头脑里也不会钻进这些思想。别人生活着，不抱怨，而积攒一点儿钱，用以开办工场，然后就像老爷一般生活。

——你就为你这些呆板的话去奔走吧——鬼玩的东西！你用头脑去思考吧，既然我的快乐寓于酒中，难道我能不喝酒吗？别人！你知道许多这样幸运的别人吗？我难道结婚前是这个样子吗？若凭良心说，这是你把我慢慢折磨成这个样子的，是你束缚着我的生活……哼，癞蛤蟆！

玛特莲娜感到委屈，但又觉得她丈夫是对的。在醉态中他既愉快而又温柔，——别人只不过是她幻想中的人物，——结婚前他是个乐天派，勤奋，善良……

"为什么这样？难道真是我加重了他的负担？"——她想。

她的心由于痛苦的想法而发紧，她开始怜惜自己和他。她走近他，温情地、抚爱地直视着他，紧紧地偎依在他胸前。

——嗯，这就要亲嘴舔身了，这头母牛……——格利什卡阴沉地说，并做样子想推开她；但她已知道他不会这样做，于是她更亲近地、更紧紧地贴在他身上。

在这种情况下，他的眼睛燃起火光，把工作扔到地板上，把妻子搂在自己膝盖上，不断地和久久地亲吻她，深深地呼吸，仿佛害怕有人偷听他似的低声说：

——唉——唉咳，莫特丽娅！我们生活得唉——哎哟多么糟糕，像野兽似的咬架……为什么啊？我这样的命运，人生来的命，就是他的命运！

但是，这样的解释不能使他感到满意，他把妻子搂在胸前，陷入沉思之中。

他们久久地这样坐在自己地下室昏暗的光线和沉闷的空气里。她默不作声，叹息，但在这美好的时刻她有时回忆起他带给她的不公正的侮辱和殴打，于是面对他暗自含泪抱怨他。

此时，他面对她温存的责难而感到不好意思。他更加热烈地抚爱她，而她却越发滔滔不绝地诉怨。最终，这就重新激怒了他。

——诉苦吧！也许，我要厉害得多地揍你。知道吗？嘿，闭嘴。放纵你们妇女们，你们就要扼住喉咙。别闲谈啦。假如一个人对生活非常厌恶，你还能对这个人说什么啊？

在别的时候，他面对她潸然泪下和激情诉怨而软下心来，沮丧地和沉思地解释说：

——我对我的性格有什么办法呢？我委屈你，——这是真的。我知道你是我一个知心人……嗯，我并不是总记得这一点。你知道，莫特丽娅，有时我都不愿意看你！我仿佛被你吃穷了。那时这种憎恨涌向心头，恨不得把你撕碎了同时也撕碎自己才好呢。你在我面前越表现得无辜，我就越想揍你……

她未必理解他，但忏悔的和爱抚的语调使她得到安慰。

——老天爷有眼，不管怎么样让我们时来运转吧，让我们相互习惯吧，——她说，但未意识到他们早已习惯了，早已相互熟悉了。

——瞧，若是我们生个小孩——那我们就会好些，——她叹息着宣称。——那我们既可开心，又能关照。

——那你还等什么？生啊……

——是的……要知道，在你如此殴打的情况下，我不可能生小孩。你那么死劲儿地殴打我的肚子和腰……没有用脚踢才好呢……

——嗯，——格利戈利忧郁地和局促地表白，——难道这一次可以考虑应该用什么东西去揍什么身位吗？是的，我并非什么打人狂……我打人不是为了愉快，而是因为苦闷……

——你心中为何产生这种苦闷？——玛特莲娜郁闷地问。

——命该如此，莫特丽娅！——格利什卡空谈哲理。——命运和个性……你瞧，——我不如人，比方说，不如那个乌克兰人吗？然而，乌克兰人生活得无忧无虑。他独来独往，没有妻子，没有任何人……我却没有你就会活不成……而他就无所谓！他吸烟斗，笑嘻嘻地，——真见鬼，吸烟斗也心满意足。我可不能这样……我生来就心存烦扰。我的性格有如弹簧……压它一下，这就颤动……我出去，比方说，上街，见到五颜六色的东西，而我却一无所有。这使我感到难堪。那个乌克兰人什么都不需要，他，蓄小胡子的魔鬼，什么都不想要，这也使我气恼，而我……甚至不知道想要什么……好啦！嗯——是的……我就坐在这个深坑里，工作，而我一无所有。再说你吧……你是我的妻子，而你心中有什么快事？妇女，就是妇女，有妇女的一套东西……我知道你的一切，连你明天怎样打喷嚏我都知道，因为你已经在我面前可能打了一千次喷嚏了……因此，我到底可能有什么样的生活和什么样的兴趣？没有兴趣。嗯，我也去小饭馆，因为在那里感到愉快。

——那你为什么结婚呢？——玛特莲娜问。

——为什么？——格利什卡微笑。——鬼才知道我为什么……如果凭良心说，本不该结婚……去做流浪汉才好呢……流浪即使饿，但自由，去你想去的地方！漫步整个大地！……

——那你就去啊，并把我放走，——玛特莲娜宣称，准备大哭一场。

——放你去哪里？——格利什卡威严地问。

——这是我的事。

——去——去哪里？——他的眼睛燃起了凶险的光焰。

——你不要喊叫，我不怕……

——难道你给自己找好了人？说吧！

——放我走吧！

——放你去哪里？——格利什卡吼叫。

他已经抓住了她的头发，扯掉了她头上的头巾。殴打激起了她的愤恨，而愤恨却给她带来了极大的快感，使她全身心兴奋起来。她不去用三言两语熄灭他的醋意，而是对着他露出意味深长的微笑，更加煽动他的情绪。他狂怒，揍她，狠狠地揍。

夜晚，当失常的和疲倦的她呻吟着紧靠他躺在床上时，他斜看着她，深沉地叹息。他感觉不舒服，良心折磨他，他知道他的醋意没有根据，他没有理由揍她。

——嗯，得啦，——他局促不安地说。难道我错了吗？你也是好样的……你不安慰我，反而挑逗我。你干吗要这样？

她默不作声，但她知道干吗，知道他的抚爱现正等待挨了打和受了侮辱的她，他那热烈温柔的和解抚爱正在等待着她。为此她准备每天付出打伤的腰部的疼痛。她哭了，但仅仅是由于在丈夫就要触摸她之前等待的欢乐而哭泣。

——嗯，何苦，莫特丽娅！嗯，亲爱的，啊？何苦，对不起！——他抚摸她的头发，吻她，由于他整个身心充满酸楚而切齿作声。

他们的窗户是敞开的，但邻近楼房的主墙遮掩着天空，故他们房间里像往常一样昏暗、闷热和憋气。

——唉咳，生活啊！你是多么美好的苦役般的生活！——格利什卡有气无力地低声说出痛苦的感受的话。——这是由于这个深坑，莫特丽娅。我们怎么啦？仿佛在临死前已经埋入了地里……

——我们换一所住宅吧，——玛特莲娜一字不差地理解他的话，含着甜蜜的泪水提出建议。

——唉——唉咳！问题不在那，我的老大娘！即使你搬到顶间去，你将依然在深坑里……并非住宅是深坑……实为生活是深坑啊！

玛特莲娜沉思着，再次说：

——老天爷有眼，也许，我们会好起来的……

——是的，我们会好起来的……你常说这句话。可是我们的情况，莫特丽娅，并未往好的方向发展……荒唐事依然频发，——

知道吗？

这说得没错。他们争吵的间隔时间愈来愈缩短了，最终，格利什卡每个星期六从清晨就已准备敌对自己的妻子。

——今天晚上一下班就去小饭馆找勒塞……畅饮……——他宣称。

玛特莲娜奇怪地眯缝着眼睛，默不作声。

——不说话？随后也这样不作声就将更好，——他警告说。

在一天当中，随着夜晚的临近他狂暴的情绪越来越高涨，好几次提醒她要喝酒的意愿。他感到她难过地听他说，见她竭力保持沉默，眼睛里放射出强烈的光芒，准备着争斗，他就在房间转动，更加狂暴起来。

晚上，他们的不幸的报信者谢尼卡·奇日克宣告了"守卫"的消息。

格利什卡打完妻子之后有时夜不归宿，有时星期日也不回家。她，遍体青伤，严肃，沉默，但隐藏着对他的怜惜迎接他。他，衣服被撕破，也常被打伤，满身污泥，眼睛充血。

她知道她需要喝点解醒酒，而她已准备下半瓶伏特加酒。他对此也心里明白。

——来一小杯，——他嘶哑着嗓音请求，喝了两三杯，接着坐下来工作……

他一天都感到良心有愧，常常不能忍受这强烈的感受，于是丢下工作，骂出可怕的粗言恶语，在房间里快步走动，或者躺在床上。莫特丽娅给他时间平静下来，到时他们也就和好如初了。

以前这种和好含有许多浓烈的甜蜜的味道，但是随着时间的推移这种味道逐渐消失了。和好几乎只是因为直到星期六之前的五天中不方便都沉默不语。

——你将变成酒鬼，——莫特丽娅感叹地说。

——我将变成酒鬼，——格利什卡确认，他向一旁啐唾沫，做出成不成酒鬼全然无所谓的样子。——你将急着离我而去，——他补充说，用疑惑的眼光直视着她，描绘着未来的情景。

她若干时间以来低垂着眼睛，从前可不是这样，而格利什卡见到这种情形，凶险地皱起眉头，轻轻地切齿作声。但是，她等一会儿才悄悄地去找女算命者和女巫医，从她们那里带来咒语和咒符。而当这一切无济于事时，她就向神圣的救苦救难的圣徒伏尼法济亚做祈祷，她总是跪着祈祷，热泪盈眶，无声地颤动着嘴唇。

她愈来愈频繁地感到对丈夫产生了强烈的凄凉的憎恨，这种憎恨激起她内心的阴暗的念头。她愈来愈少地怜惜这个人，而正是这个人在三年前曾以其欢乐的笑声、抚爱和亲热的话语使她的生活丰富多彩。

这两位其实是不错的人一天一天地生活着，等待着有一天能最终彻底地打碎这折磨人的荒谬的生活……

有一次，星期一，清晨，当奥尔洛夫夫妇喝茶的时候，在他们令人不快的住宅的门口出现了一位身材魁梧的警察。奥尔洛夫跳起身来，试图用醉醺醺的脑袋回忆起近几天的事件，混浊的眼睛充满最坏的期待，目不转睛地默默望着客人。他的妻子露出胆怯的和责备的目光。

——来这里，来这里，——警察邀请一个什么人。

——昏暗，像在深渊，该死的商人彼图尼科夫，——传来年轻人的愉快的声音，一位大学生走进了地下室，他身穿白制服，手里拿着大檐帽，头发修剪得溜光，晒黑的高前额，活泼的褐色眼睛在眼镜底下笑眯眯地炯炯发光。

——你们好！——他用男低音问候一声。——我荣幸地自我介绍——卫生员！我来了解一下看你们生活得怎样……闻闻你们的空气，你们的空气很难闻！

奥尔洛夫自由地叹了一口气，亲热地微笑着。他很快就喜欢上了这位大学生：他的双颊和下巴长满汗毛的脸显得那样健康、红润和善良。他满脸堆笑，笑得那么特别，那么开朗，笑得奥尔洛夫夫妇的地下室仿佛也开始明亮和愉快了一些。

——嗯，主人先生们！——大学生不停顿地说，——污水池要勤快一些倒掉和清洗，否则从污水池中会冒出这种难闻的气味。

我向您，大娘，建议更加经常地清洗污水池才好。而您，大叔，为什么是这种寂寞无聊的样子？——他转向奥尔洛夫，并抓住他的手开始诊脉。

大学生的活泼机敏有点儿使奥尔洛夫夫妇难为情。玛特莲娜默默地望着他，不知所措地微笑，格利戈利疑惑地微笑。

——您的胃近况如何？——大学生问。——说说看，不要不好意思，——平常的事，而如果有点儿什么毛病，我们将供给您酸性药物，毛病就会顿时消失的。

——我们没有什么⋯⋯健康良好，——格里戈利微笑着告知。而如果我有点儿那个⋯⋯这也只是表面现象⋯⋯因为，——如果说实话，——我酒醉后有点儿不舒服。

——难怪我闻得出，您，主人，似乎昨天稍稍喝了一点儿，——最小量，您知道吧⋯⋯

他说得多么滑稽，同时扮了一下鬼脸，以致奥尔洛夫憋不住扑哧一笑。玛特莲娜也用围裙掩嘴笑了起来。大学生本人比大家笑得更愉快和更响亮，他也比大家更快地停止了笑声。当因笑而在他肥厚的嘴边和眼角形成的皱纹又舒展开了的时候，他那朴实而又开朗的脸不知何故变得更加朴实了。

——做工的人，若是定量，倒是应该喝点酒，但是——按现代的说法，最好是完全戒酒。你们听说了没有，现在有什么疾病在人们中间传播？

他已开始严肃地用通俗的语言向奥尔洛夫夫妇讲述关于霍乱这种病以及防治霍乱的措施。他一边讲，一边在房间里走来走去，忽而用手摸摸墙，忽而看看门后和房角，那里悬挂着悬壶洗手器和放置着盛有污水的木盆。他甚至俯身到炉下空处，闻闻从其中散发出什么气味。他不断地突然改变声调，从低音到高音。他那朴实的话不知何故无须听者费力就句句深印在他们的记忆里。他明亮的眼睛放射出光芒，他整个身心充满着青年对事业的激情。

格利戈利露出好奇的微笑注视着他。玛特莲娜鼻子时时发出呼哧呼哧的声音。警察走开了。

——那么关于清洁的问题，你们今天就关心一下，主人们。

这里在你们附近是个建筑工地，你们花五戈比硬币砖瓦工就会给你想要数量的石灰。应该戒酒，主人……嗯，暂时告别……我还会来看你们的……

他很快就走了，就像出现那样快，在自己欢笑的心目的记忆中留下了奥尔洛夫夫妇脸上满意的微笑，——他们因理智的力量突然进入他们阴暗的生活而心神不安。

——哎呀！——格利戈利摇晃着脑袋拖长声音说。——好一个——化学家！而关于化学家，人们说他们毒害人民！难道这种面孔的人将干这种事情？……不，他来得明白，走得也快——瞧，他是他，我还是我！石灰——这难道有害吗？柠檬酸——有什么特别的？只不过是酸，其他什么也不是！主要的是——空气中、地板上、木盆里，到处都要清洁……唉咳，真见鬼！放毒的人，人们说……这样的直爽人，啊？他说，做工的人总是应该定量喝酒……莫特丽娅，听见吗？喂，给我斟一杯来，——有，是不是？

她很情愿给他倒了半碗伏特加酒，这瓶酒不知道她是从哪里弄来的。

——这个人是真正的好人……令人有好感的人，——她回忆起大学生微笑着说。——其他人——谁知道他们？也许，他们真是被雇用的……

——那么雇用做什么，又究竟是谁雇用的？——格利戈利提高嗓门问。

——杀人……据说穷人太多，发出了命令——毒杀多余的人，——玛特莲娜通报说。

——这是谁说的？

——大家都说。油漆匠们的厨娘说，还有其他许多人也说……

——一群傻瓜！难道这有益处吗？你想一想：医治！这怎么理解？埋葬！这难道不是损失吗？也需要棺材、坟墓和其他的一切……这全都要由国库支付费用……胡——胡说！如果想要来一次人口净化和减少人员，那就把他们抓起来送到西伯利亚去——那里有足够的地方容纳所有的人！或者送到无人岛上去……并命令他们在那里劳动。这就是净化，甚至很有益处……因为无人岛如果不住上人就不会提供任何收入。对国库来说，首要的是收入，也就是说，运用国库的经费去毒杀和埋葬人是不合适的……懂了吗？再说大学生……说他是个顽皮的孩子，这对，但他更打算造反，而为了要毒杀人……不——不，为这事情用所有的铜币都不能收买他！难道不是一眼就能看出来他不能做这种事情吗？他没有那样一副面孔……

他们一整天都在谈论大学生和他通告他们的一切。回忆他的笑容、他的脸，发现他的制服上缺一粒扣子，"是在胸前的哪一边呢？"为了这个问题，他们险些打了起来。玛特莲娜十分肯定地说是在右边，她丈夫说是在左边，并已有两次痛骂了她。但是，当他想起妻子往碗里倒酒并未把酒瓶底朝天时，他向她让步了。然后，他们决定从明天起在自己家里搞搞卫生。一股清风吹来，他们重新继续谈论大学生。

——不，好一个滑头！——格利戈利赞叹说。——他来了——好像十年的老熟人……闻遍一切，指出问题……别的什么也没做！尽管他也是长官，但既未叫喊，也没有喧嚷……唉咳，该死的！你知道吗，玛特莲娜，这是兄弟，有对我们的关怀。瞬间显而易见，人们希望我们保持完好，而并非……这都是胡说八道，关于流行病，——这是妇女的童话！胃，他说，怎样起作用？关于钻入肠胃的这些……怎样叫它们来着？鬼东西，他解释得多灵活，啊？

——有点像谣言，——玛特莲娜笑着说。也许，这只是为了恐吓，好让老百姓搞好卫生。

——嗯，谁知道他们，可能是真的……要知道，潮湿滋生蠕虫。唉咳，你呀，真见鬼！怎样称呼它们，这些小甲虫？谣言？不……话在嘴边转，而又说不出来……

他们躺下睡觉时依然还怀着幼稚的激动谈论这件事情，这是小孩之间谈论第一次经历的、使他们惊讶不已的感想时所有的那种幼稚的激动。就这样，他们在谈话中睡着了。

清晨，一大早就把他们叫醒了。在他们床边站着油漆匠们的又高又胖的厨娘，她那总是红润的、丰满的脸破例地显出阴沉和拉长的样子。

——你们磨蹭什么啊？——她急匆匆地说，厚嘴唇不知何故特别地发出吧嗒吧嗒的响声。——我们院子里出现霍乱了……大祸临头啦！——她突然哭了起来。

——唉咳，你——撒谎吧？——格利戈利提高嗓门说。

——我从晚上就没有把木盆带出去，——玛特莲娜抱歉地说。

——你们，我亲爱的，我想辞工。我去……去……去农村，——厨娘说。

——是谁得了病？——格利戈利从床上起来问。

——风琴手！夜晚得上病的……乖乖，肠胃有病，似乎是砒中毒……

——风琴手？——格利戈利喃喃地说。他不相信。这个欢乐、勇敢的小伙子，他昨天还像往常一样孔雀般地活跃在院子里啊。——我去看看，——奥尔洛夫疑惑地笑着说。

两位女人惊慌失措地大声叫喊：

——格利戈利，要知道，那是传染病！

——得了吧，我的爷，你去哪里？

格利戈利狠狠地骂了一句，穿上破旧的鞋，头发蓬乱，衬衣领子敞开着，向门口走去。妻子从后面抓住他的肩膀，他感到她的手在颤抖，不知道因为什么他突然发脾气了。

——我打你嘴巴！滚开！——他抓着妻子的胸脯推开她，大吼一声就走出去了。

院子里静悄悄和空荡荡。格利戈利走到风琴手门口，恐惧得打冷战，同时有一种强烈的快感，因为在这栋房屋的所有居民中唯独他一人勇于来看病人。当他发现裁缝从二楼的窗户看着他的时候，他这种快感就更加强烈了。他甚至豪放地摇头吹口哨。但是，在风琴手小屋门口等待他的是对谢尼卡·奇日克的样子的小小的失望。

他稍稍打开一点儿门，把自己的尖鼻子伸入门缝中，按自己的习惯观察，他是那样全神贯注，只是当奥尔洛夫揪住他一只耳朵时他才转过身来。

——瞧，他那样缩成一团，格利戈利大叔，——他低声说，把自己肮脏的脸朝向奥尔洛夫，这张脸因经历的感受而显得更加消瘦了。——他好像是干瘪了，——像只瘦小的水桶，——真的！

奥尔洛夫受恶臭的空气所侵袭，站着默默地听奇日克说，竭力用一只眼睛往未掩上的门缝中看。

——格利戈利大叔，给他水喝吧？——奇日克建议。

奥尔洛夫望着这个小孩紧张得几乎到了神经质似的颤抖的脸，而自己也感到紧张得要爆炸了。

——拿水来！——他命令奇日克，自己大胆地敞开门，停在门槛上，身子有点往后倾斜。

格利戈利张开雾蒙蒙的眼睛看到基斯里亚科夫，这位风琴手身穿礼服，胸脯趴在桌子上，双手紧紧地抓住桌上，穿着漆皮靴的双脚无力地在湿地板上踹动。

——这是谁啊？——他嘶哑地、无精打采地问，仿佛他的嗓音发生了变化。

格利戈利恢复常态，镇静下来，小心地在地板上迈步，向着他走去，尽量乐观地、甚至开玩笑地说：

——我，兄弟他来了，米特利·巴甫洛夫……你这是怎么回事，昨天喝多了，这是怎么啦？——他怀着恐惧和好奇心注视着基斯里亚科夫，并认不出。

风琴手的脸变得尖瘦了，颧骨凸起像两个尖角，眼睛深陷，周围是微绿色的斑点，眼神奇怪地呆板、茫然不安。脸颊的皮肤呈现出炎炎夏日死人才有的颜色。只有上下颌缓慢的活动证实，他那张没有生气的、可怕的脸还是活人的脸。基斯里亚科夫的没有表情的眼睛久久地直视着格利戈利，这种目光使他产生恐惧。奥尔洛夫不知为什么双手摸着自己的腰，站在离病人两三步远的地方，感到像有谁用又湿又冷的手掐住了他的喉咙，掐住，使他慢慢地窒息。他想马上离开这间小房子，它先前是那样明亮、舒适，而现在却弥漫着令人喘不过气的霉味和奇怪的寒气。

——嗯……——他开始说，并准备退避。然而，风琴手灰色的脸奇怪地动了起来，薄薄一层黑色的嘴唇张开了，他用失声的嗓子说：

——这……我……死……

他这难以理解的冷漠的三个词，像三下低沉的撞击声，在奥尔洛夫的头脑中和胸中回响。他把没有表情的脸转向房门，奇日克迎着他飞身跑进来，手里提着桶，上气不接下气，全身汗水淋漓。

——水——从斯皮利多诺夫家的水井中打来的，——他们还不给，真见鬼……

他把桶放在地板上，跑到了一个什么角落去了，旋即返了回来，递给奥尔洛夫一个杯子，继续炒爆豆子般地说：

——他们说，你们发生霍乱了……我说，嗯，那又怎样？你们这里也将发生，——现在霍乱也像郊区一样已在迅速传播……就这样——他用力地打了我的脑袋一下……

奥尔洛夫拿起杯子从桶里打点水一饮而尽。在他耳边响起了凄凉的话：

"这……我……死"

奇日克像泥鳅一样在他旁边转来转去，感到自己在所及的范围不能做更多的事了。

——给点水喝，——风琴手说，和桌子一起在地板上移动。

奇日克跳到他身旁，把水杯送到他发黑的唇边。格利戈利紧靠在门旁的墙上，仿佛在梦里听着病人大声地吸水，然后听到了奇日克给基斯里亚科夫脱衣服并让他躺在床上的建议，随后传来了油漆匠们的厨娘的声音。她宽大的脸露出恐惧和悲伤的表情，从院子往窗户里看，用哭泣般的声调说：

——给他喝点儿荷兰烟黑兑罗姆酒吧：两茶匙烟黑，掺罗姆酒，兑成满满的一茶杯。

还有什么人建议用低级橄榄油掺腌过黄瓜的盐汤和王水。

奥尔洛夫突然感到，某种回忆照亮了他内心深沉的黑暗。他使劲地搓自己的脑门，仿佛想要加强这光线的亮度。他忽然快速跑出去，穿过院子，消失在街上。

——老天爷啊！皮鞋匠得病了！他跑到医院去了，——厨娘用尖锐刺耳的像哭似的嗓音解释他的逃脱。

站在他旁边的玛特莲娜睁开圆溜溜的眼睛张望，脸色发白，全身颤抖起来。

——你撒谎，——她勉强掀动发白的嘴唇嘶哑地说，——格利戈利不会得这种可恶的病的，——不会受感染的！

但是厨娘已经悲号着消失得无影无踪了。五分钟后，在商人彼图尼科夫房屋附近的街上一堆邻居和路人在低声地絮叨。在所有人的脸上都显露出同样的感受：激动交错着无望的沮丧，恶意变成了装模作样的勇敢。奇日克光着脚不断地从院子跑向人群又返回去，报告风琴手房间事件的进程。

人群紧紧地挤成了一堆，灰尘飞扬和气味扑鼻的街道的空气中，弥漫着沉闷的嘈杂的人声，有时人声中传出激烈的、恶毒的和无意义的谩骂声。

——瞧——奥尔洛夫！

奥尔洛夫坐在粗麻布篷车前座上向大门驶去，驾驶篷车的是一位愁眉苦脸的全身穿白衣服的人。他用沉闷的男低音大喊一声：

——让开！

接着直接向人群驶去。

这辆篷车的来势和驾车人的叫喊仿佛压制了围观人高涨的情绪——大家很快就安静了下来，许多人则迅速离去了。

在篷车的后面，出现了奥尔洛夫的熟人大学生。他的制帽滑到了后脑勺上，前额直冒汗，身穿某种洁白的长袍，长袍前面的下摆上有一个黄边大圆洞引人注目，显然，这是刚才被什么烧穿的。

——喂，病人在哪里？——他斜眼看了看聚焦在门角的人群大声问道，——人们用不友好的目光迎接他。

有人大声说：

——瞧，怎样的厨师！

另一个人轻声地和不怀好意地预言：

——等着吧，他会请客的！

在人群中总能找到爱说笑话的人。

——他将给你提供叫你气破肚子的汤!

传出了充满畏惧的疑惑,令人不快的笑声。

——要知道,他们自己就不害怕接触传染,——这怎么理解?——一位脸色紧张、目光充满强烈愤恨的人意味深长地问。

人们的脸阴沉了下来,谈话的声音也不那么响亮了。

——抬出来了!

——奥尔洛夫!唉咳,这条狗!

——他不害怕吗?

——他是什么?醉鬼……

——小心,小心,奥尔洛夫!腿抬高一点……就这样!好啦!走吧,彼得!——大学生命令着。——我很快到。啊,奥尔洛夫先生,我请求您帮助我消灭这里的传染病……顺便说说,以防万一,您要学会这怎样做……您同意吗?

——我能,——奥尔洛夫说,他环顾四周,觉得自豪感涌向心头。

——我也能,——奇日克宣称。

他把凄凉的篷车送出大门,回来恰好及时赶上表达自己愿意效劳的建议。大学生透过眼镜看了看他。

——你究竟是什么人,啊?

——我来自油漆匠,——学徒……——奇日克解释说。

——你害怕霍乱吗?

——我?——谢尼卡感到吃惊。——这算什么!我——什么都不怕!

——啊?机灵!事情是这样,兄弟们,——大学生坐在地上的大桶上摇晃着身子,开始说奥尔洛夫和奇日克必须好好地洗个澡。

玛特莲娜露出胆怯的微笑走到他们跟前。跟在她后面的是用油污的围裙擦着湿润眼睛的厨娘。不一会儿,又有几个人像猫捕麻雀似的小心翼翼地走近这组人。约有十人紧紧围绕在大学生周围,这使他深受鼓舞。他站在人们的中央,手势频频,脸上有时露出微笑，有时显出集中的注意力，有时表现出强烈的不信任和怀疑的嘲笑，开始仿佛做什么样的演讲。

——在所有的疾病中，最主要的是保持物体和你们呼吸的空气的清洁，——他使自己的听众相信。

——噢，上帝啊！——油漆匠们的厨娘大声地叹气。——因为意外的死亡应当祷告苦难圣徒华尔华娜……

——人们既在物体中也在空气中生活，但也死亡，——听众之一宣称。

奥尔洛夫站在自己妻子身旁，直视大学生，思考着什么。有人拽了一下他的衬衣。

——格利戈利大叔！——谢尼卡·奇日克低声说，眼睛放射出炽热的光芒，——瞧，现在米特利·巴甫洛夫即将死亡，他也没有亲人……手风琴将到底留给谁呀？

——别胡闹，小鬼！——奥尔洛夫挥挥手。

谢尼卡退到了一边去了，盯着风琴手小屋的窗户，用贪婪的目光寻觅着室内的什么东西。

——石灰浆、焦油，——大学生高声地列举着。

这个惊慌不安的一天的夜晚，当奥尔洛夫夫妇坐下来喝茶的时候，玛特莲娜怀着好奇心问丈夫：

——你前几天和那个大学生去了哪里？

格利戈利用昏暗的、异样的目光看了看她，没有回答。

大约在中午，风琴手的房间清洗结束之后，格利戈利和卫生员去了一个地方，在三点钟左右转了回来，若有所思，沉默寡言，仰卧在床上，直到喝茶，整个时间一句话也没有说，尽管妻子多次试图引起他说话。他甚至没有骂她，——这是奇怪的、她认为反常的，这使她感到紧张。

作为一个女人，她把整个生命都凝聚在丈夫身上。凭一个女人的敏感，她怀疑他出了什么新问题。她感到害怕，尤其热切地想知道，——他怎么的了？

——你，也许，有点不舒服，格利戈利？

　　格利戈利把茶碟中最后一口茶倒入口中，用手抹抹胡须，不慌不忙地把空茶杯挪向妻子，皱起眉头，开始说：

　　——我和大学生去了隔离病房……

　　——去了霍乱隔离病房吗？——玛特莲娜高声地说，然后压低声音惊慌地问：——那里病人多吗？

　　——五十三位，包括我们这位……有的正在恢复……会走……又黄又瘦……

　　——霍乱病人吗？想必——不是吧？……其他的不论什么人都送到那里去医治，瞧，据说，正在治好他们！

　　——你是个傻瓜！——格利戈利坚定地说，目光里流露出恶意。——你们大家都是笨蛋！无知和愚蠢——别无所有！你们这样无知会苦闷死的……你们什么都不明白。——他毫不客气地把重新斟满的茶杯挪到自己身边，并开始沉默了下来。

　　——你这是在哪里学习得如此聪明了？——玛特莲娜挖苦地问道，并叹了一口气。

　　他默不作声，若有所思，傲慢的严肃。熄灭的茶炊拉长声音哼着尖声的曲调，这曲调充满着令人激愤的苦闷。从院子向窗户内散发出油漆、石碳酸和令人恶心的污水坑的气味。半昏暗的景象、茶炊的吱吱声和各种气味交织在一起，黑乎乎的炉口是那样看着这一对夫妇，仿佛感到自己负有使命在方便的情况下吞食他们。夫妇俩啃着糖，茶具敲得咚咚响，喝着茶。玛特莲娜叹息，格利戈利用手指在桌子上敲得砰砰响。

　　——前所未有的清洁！——他突然兴奋地开始说。所有职员到最后都穿白大褂。病人不断地洗澡……给他们酒喝，——一瓶两个半卢布！饭菜……一闻香味就饱了……对所有人的态度都是母亲般的……你看：在你平常的生活中，甚至任何鬼都不想理你，要不然就来问问——什么，怎样，总之——生活如何？生活合心意还是来勾人魂的？而在那里，当你行将死亡时，人们不只是不让你死，而且甚至使自己陷入险境。隔离病房……酒……两个半卢布一瓶！难道人们没有悟性？要知道，隔离病房和酒值很多很多的钱。莫非这些钱不能用于每年改善一点儿生活吗？

妻子没有力求去理解他的话，她只要感到他的话新鲜和她能从这里切切实实地走出去就够了。在格利戈利的心中产生了某种对她不利的想法。她很想知道，——这怎样关系到她？在这个愿望中，既有恐惧，也有希望，还有某种对丈夫的敌意。

——那里，也许，人们已经知道得比你更多了，——当他话音一落、把嘴唇一撇的时候，她说。

格利戈利耸了耸肩，斜视了她一眼，沉默了一会儿，开始用更高的声调说：

——他们知道还是不知道——这是他们的事儿。但是，如果我没有体验任何生活而只得去死的话，对此我能做出判断。我要对你说的就是：我不再想要这样的方式，坐等霍乱来使我变成佝偻，——不同意。不能！彼得·伊万诺维奇说：迎面来吧！命运对抗你，而你也对抗命运，——谁取胜？战争啊！别的什么也没有……那么，——现在怎么办？我去隔离病房当服务员——就是这样！明白吗？我直接往野兽嘴里钻——吞咽吧，我将蹬动着两条腿！……月薪二十卢布，还能给予奖赏……可以死吗？……就是这样，但在这里会死得更快一些。

奥尔洛夫一拳头敲在桌子上，整个餐具往上跳动了一下。

玛特莲娜在谈话开始时露出不安和好奇的表情看着丈夫，而在谈话结束时已怀有敌意地微微眯缝上了眼睛。

——这是大学生给你出的主意吗？——她压低声音问。

——我有自己的头脑，——能做出判断，——格利戈利回避直接回答。

——嗯，他劝告你怎样安排我吗？——玛特莲娜继续问。

——关于你吗？——格利戈利有点儿发窘——他还来不及考虑妻子的问题。当然，可以把女人留在住宅里，一般也是这样做的，但是把玛特莲娜留下——危险。她需要时时刻刻照顾。基于这个想法，他皱起眉头继续说：——怎么办？你将住在这里……而我将领取薪金……嗯——是的……

——是这样，——她平静地说，并露出了女人意味深长的笑容，这种笑容能很快引起男人刺心的醋意。

神经过敏的和敏锐的奥尔洛夫感觉到了这一点，但出于自尊，不愿表露自己，冲着妻子说：

——呱呱叫声和哼哼声——这就是你全部的语言！……——他凝神注目，等待着，——她还将说什么？

她再次露出这种刺激性的微笑，避不作声。

——嗯，究竟为什么？——格利戈利提高声调问。

——什么？——玛特莲娜一边平静地擦拭碗具一边回答。

——阴险的东西！别耍滑头——看我打死你！——奥尔洛夫激怒起来了。——我，也许，正在走向死亡。

——我不放你，别走……

——你会高兴放我的，我知道！——奥尔洛夫讽刺地感叹了一声。

她不作声。这把他气坏了，但奥尔洛夫克制了习惯的感情的表露，是在他看似极阴险的、闪现在他头脑中的思想的影响下克制的。他含着幸灾乐祸的微笑说：

——我知道，你想让我哪怕是进地狱。嗯，让我们再看一看，谁将取胜……是的！哎哟，像你对我一样，我也能铺这样一条路！

他从桌子旁边跳起身来，从窗户上取下便帽走了，用她不满意的手段把妻子丢了下来，这种手段充满威胁，令人不安，令人产生愈来愈强烈的对未来的恐惧感。她低声地说：

啊，上帝！圣母！最神圣的圣母！

她久久地坐在桌子旁边，试图推测格利戈利在做什么？在她面前摆着洗好的餐具。落日把淡红色的光点洒在房间窗户对面邻近房屋的主墙上，白墙反射的光点透入房间，摆在玛特莲那面前的玻璃糖罐的边缘闪闪发光。她蹙额看着这微弱的反光，走到眼睛疲倦了为止。于是，她收拾了餐具，躺在了床上。

当天完全黑下来的时候，格利戈利来了。根据他在楼梯上的脚步声，她就猜到了丈夫的心情很好。他骂了一声房间的黑暗，走到床边，坐到了床上。

——你知道怎么样？——奥尔洛夫笑着问。

——怎么样啊？

——你也去就位！

——去哪儿？——她用颤抖的声音问。

——和我去同一个隔离病房！——奥尔洛夫庄重地宣布。

她抱住他的脖子，用双手紧紧地搂着，亲吻他。他未期待如此，并推开了她。

"她装模作样……——他想，——她，骗子，根本不想和他在一起。她装模作样，阴险的东西，认为丈夫是傻瓜……"

——你高兴什么？——他粗鲁地和多疑地问，感觉想把她抛到地板上。

——是这样的啊！——她敏捷地回答。

——耍滑头！我知道你！

——你是我勇敢的叶鲁斯兰！

——住嘴……否则当心！

——你是我的格利夏尼亚！

——那你真的是什么？

当她的抚爱使他有点儿顺从的时候，他关切地问她：

——那你不害怕吗？

——也许，我们将在一起，——她简短地回答。

他很高兴听到这样的回答。他对她说：

——好样的！

他捏了她一下，使她尖叫了一声。

奥尔洛夫夫妇值班的第一天，就碰上了病人不断地涌来，这两位习惯了慢节奏生活的新手在支配他们的沸腾的活动中感到可怕和紧张。他俩动作笨拙，不懂医嘱，受惊心动魄的感受所压抑，感到惊慌失措，尽管试图工作，但只是妨碍别人。格利戈利好几次感到，由于自己的不熟练而应受到严厉的呵斥或训诫，但使他惊讶不已的是，没有人对他叫喊。

有一位高个子、黑胡须的医生，长着鹰钩鼻，右眉上方有个大疣。当这位医生吩咐格利戈利帮助一位病人坐到浴盆里的时候，格利戈利如此尽心竭力地抓住病人的腋窝，病人甚至发出了咯咯的叫声和紧皱起了眉头。

——喂，你，亲爱的，别折断了病人，他要完整地进入浴盆……——医生严肃地说。

奥尔洛夫感到不好意思，而消瘦的大高个子病人却露出勉强的笑容，嘶哑着声音说：

——新手……不习惯。

另一位医生是蓄着尖形白胡须、长着发亮的大眼睛的老头儿。当奥尔洛夫夫妇来到隔离病房时，他给他们讲了医规，怎样对待病人，在这种和那种情况下做什么，怎样扶持和搬动病人，最后问他们昨天是否洗了澡，并给了他们围裙。这位医生说话很快，声音温和。夫妇俩很喜欢他。穿白大褂的人们在他们周围晃来晃去，对忙忙碌碌的服务员们发出指示，病人们嘶哑地说话。唉声叹气、呻吟、水流哗啦哗啦地响，——所有这些声音都在空气中飞扬，而空气中还弥漫着强烈的、难闻刺鼻的气味，看来，医生的每一句话、病人的每一次呼吸也散发出刺鼻的气味……

最初奥尔洛夫发现，这里是一片放纵的混乱，在这片混乱中他怎么也找不到自己的位置，他会窒息，他会生病……但是，几小时过后，他在到处洋溢着活力的氛围中警醒过来，满怀适应工作的愿望，感到如果他和所有人一起忙碌起来的话，他将会舒心和轻快一些。

——氯化汞！——医生叫喊。

——热水！——瘦小的、眼皮红肿的大学生命令。

——您——怎么称呼您？奥尔洛夫……给他擦擦脚！……就这样……懂了吗？……这——这样，这——这样……轻一点，会擦破皮的！——另一位留长头发和有麻子的大学生给格利戈利示范。

——又送来了一位病人！——传来了通报声。

——奥尔洛夫，您把他接过来。

格利戈利尽心竭力地干，弄得大汗淋漓、神志不清、眼睛昏花、脑袋发沉。有时在他经受的观感的压力下，他内心对个人存在的感觉烟消云散了。土色脸上混浊眼睛下方绿色的斑点、仿佛是病魔啃光的骨骼、黏糊糊散发异味的皮肤，未必是活体可怕的痉挛，——这一切使得忧愁压抑着身心和引起恶心。

有几次在隔离病房的走廊里，他匆匆地见了妻子。她瘦了，脸色苍白，神色慌张。他用哑嗓音问她：

——嗨，怎么样？

她微微一笑，作为对他的回答，随即默默地消失了。

他想：看来他徒劳无益地把自己的女人塞到这里来参加如此肮脏不堪的工作！她会得病的……这个异乎寻常的想法刺痛着格利戈利。于是，在再一次遇到她的时候，他厉声地喊道：

——当心，勤洗手，——保重！

——否则，将会怎么样？——她露出雪白的细牙寻衅似的问。

这激怒了他。瞧，她倒找到了地方瞎闹，蠢货！她们多么醒髓，这些女人！但他对她什么也来不及说。玛特莲娜看到了他生气的目光，很快就去了妇女部。

片刻，他已经把熟悉的警察送到了停尸房。警察在担架上轻轻地摇晃，无神的眼睛从弯曲的眼皮下凝视着晴朗的和炎热的天空。格利戈利看着他，心中产生隐约的恐惧。三天前他还看到了这位警察在岗位上，从身旁走过时甚至还骂了他一声，——他们之间彼此有点小恩怨。而现在就是这样一位身体健壮、心地凶狠的人死了，变成了畸形，痉挛得缩成一团。

奥尔洛夫感觉这很糟糕，——既然这种可恶的病能在一天之内就致人死亡，那么又为什么要诞生在世界上？他从上往下看着警察，替他惋惜。

然而，尸体弯曲的左手慢慢地动了起来并伸直了，而原先半张开的弯曲嘴巴的左边闭合了。

——且慢！普罗宁……——奥尔洛夫把担架放到地上嘶哑着声音说。——活着！——他对和他一起抬尸体的服务员低声地宣称。

那位服务员转过身来，凝视了一下死者，诚心地对奥尔洛夫说：

——你胡说什么？——难道你不懂他这是回光返照吗？走吧，

抬起来!

——要知道,他还在活动呢,——奥尔洛夫提出异议,害怕得直打哆嗦。

——抬起来,别管他,怪人!你怎么不懂话呢?我说:复活,——嗯,就是说,还在活动。你的这种无知可能把你引导到违背教规的地步……活着!难道对死尸可以说这种话吗?这,兄弟,是反叛……知道吗?闭嘴,不要对任何人说任何关于他们还在活动的话,——他们全都是这样。否则,就是死活不分,搅乱整个城市,嗯,这也是反叛——埋葬活人!那就有人来这里,并把我们完全解散。你还将挨揍。懂了吗?向左放下。

这位服务员平静的声调和从容不迫的步态对格利戈利起了清醒的作用。

——你,兄弟,只是不要垂头丧气——你会习惯的。这里不错。伙食、待人和其他一切——全都很好。我们大家,兄弟,都将是死人,这是最普通的事。而目前,——活着,什么也不管他,只是不要胆怯——这是主要的理由!你喝酒吗?

——我喝,——奥尔洛夫说。

——那好。在我坑洼的小屋里有一瓶应急需的酒,走吧,喝几口去。

他们来到了隔离病房拐角处的小坑房,喝完了酒,普罗宁在砂糖上倒上薄荷水递给奥尔洛夫说:

——吃吧,否则,你将散发出酒气。这里严禁喝酒,因为喝酒有害!

——那么你在这里习惯了吗?——格利戈利问他。

——我——一开始就习惯了。这里在我面前人们相继死亡——直截了当地说,成百上千人。这里生活令人不安,但若说实话,那么生活是不错的。上帝的事业。仿佛在战争中……你听说过卫生员的女护士吗?在土耳其战争中我多次见过她们。我到过阿尔达干附近,到过卡尔斯附近。嗯,兄弟,这是比我们士兵干净的人。我们作战,我们有枪、子弹和刺刀,而在枪林弹雨下她们什么也没有,好像在绿色的花园里散步。我们的卫生员拉着一个土耳其人去包扎室。而在她们周围是咝咝！啾啾！嗖嗖的子弹声！有时向卫生员的后脑勺——咔嚓！——也就完啦！……

在这次谈话和美美地喝了几口酒之后，奥尔洛夫有几分振奋起来了。

"既答应干了，就别说不行"，——他一面给病人按摩双脚一面自感内疚。在他背后有人用悲哀呻吟的声音请求说：

——喝——喝！噢咦，亲——亲——亲——爱的！

又有谁咯咯地说：

——哎呀—呀！再热一点！……医生先——先生，帮一下！基督在上，——我感到！请再倒上点开水吧！

——给点葡萄酒！——医生华申科嚷道。

奥尔洛夫工作着，看到其实这一切完全不像他不久前感到的那么糟糕和可怕，这里并非一片混乱，而是有一种巨大的、理智的力量在正确地发挥作用。但是，当他回忆起那位警察时，他仍然打哆嗦，并斜视了一下隔离病房朝院子里的窗户。他相信警察死了，但在这信念中有着某种不坚定的意念。他会突然跳起来叫喊吗？他想起了有人说过：有时霍乱病死者从棺材里跳起来跑了。

他想起了妻子：她怎么样呢？有时这种想念掺杂着瞬间即逝的希望，希望找点儿时间去看看玛特莲娜。但此后奥尔洛夫仿佛为自己的希望感到害羞并暗自感叹：

"你就这样转来转去吧，胖女人！别害怕，变瘦一点……丢掉自己的意图……"

他老是怀疑他妻子内心有着使他作为一个丈夫感到受侮辱的意图，并把自己的怀疑同某种客观主义联系起来，甚至认定妻子的意图是有根据的。她过着苦闷的生活，这种生活能导致头脑中产生任何丑陋的念头。这所谓的客观主义通常能使他怀疑暂时变为确信。然后，他问自己：为什么他要从自己的地下室钻到这沸腾的火炉中来？他感到莫名其妙。但是，所有这些想法都萦绕在他心灵深处的什么地方，不过似乎并未直接影响他的工作，而是把紧张的注意力放在医务人员的活动上。他任何时候也未发现在什么劳动中人们像这里的人那样拼命地干活，他望着医生们和大学生们疲惫的脸而不止一次地想，所有这些人的的确确并非白白地拿钱！

疲倦的奥尔洛夫值完班走到隔离病房的院子里，躺在病房墙边药房窗户底下。他头昏脑涨，心口疼痛，腿脚酸麻。他什么也不想，什么也不盼，把身子伸直在草地上，遥望着晚霞点缀成五颜六色的彩云密布的天空，酣睡得像死人一样。

他做了一个梦，仿佛他和妻子在医生家里做客，那是一个大房间，沿墙摆放着维也纳式椅子，隔离病房所有病人坐在椅子上。医生和玛特莲娜在厅中间跳"俄罗斯舞"，而他自己在拉手风琴，并发出哈哈的笑声，因为医生的长腿完全不打弯，于是自大的和自满的医生在厅里跟在玛特莲娜后面走动——好像沼泽地里的一只鹭鸶。所有的病人在椅子上晃动着身子，也哈哈大笑起来。

忽然在门口出现了警察。

——啊哈！——他阴森地和严厉地喊道。——你，格利什卡，以为我死了吗？你拉手风琴，而把我拖入了停尸房！唉咳，我们一起走！起来吧！

奥尔洛夫浑身打战，大汗淋漓，赶快抬起身来，坐在地上。医生华申科蹲在他对面，责备地对他说：

——你，朋友，好一个卫生员，竟然在地上睡觉，而且还是肚子贴在地上趴着，啊？你这样会使自己的肚子着凉的，——要知道，那时你将会卧病在床上，而且恐怕还会死去的……朋友，这不妥，——隔离病房有你睡觉的地方。没有对你说过这种情况吗？瞧你一身大汗，你将会发冷的。嗯，走吧，我给你一点东西。

——我因为太累，——奥尔洛夫低声含糊地说。

——这更不好。应该爱惜自己，——危险的时期，你是有用的人。

奥尔洛夫默默地跟在医生的后面走过了隔离病房的走廊，默默地从一个杯子中喝了某种药，又喝了另一个杯子里的东西，皱了皱眉头，啐了一口唾沫。

——嗯，现在去睡觉吧！——医生开始艰难地在走廊的地板上移动着细长的双腿。

奥尔洛夫目送着他离去，突然开怀一笑，跟随他跑过去。

——十分感谢，医生！

——为什么？——医生停了下来。

——为了您的关怀。从现在起我将为您竭尽全力！因为您的提醒使我感到高兴……还有……您说我是有用的人……总之，我极——极诚恳地表示谢意！

医生惊异地凝视这位隔离病房服务员高兴得激动不已的脸，也露出了微微的笑容。

——你这个怪人！其实，没关系，——你这一切都很好，真诚！干吧，竭尽全力，这将不是为了我，而是为了病人。我们必须战胜病魔，抢救病人，把病人从病魔爪中拯救出来——知道吗？嗯，你就努力干吧，竭尽全力去战胜病魔。回头见，去睡觉吧！

奥尔洛夫很快就躺到了床铺上，怀着肚子温热的快感入睡了。他高兴，并对和医生的这次简单的谈话感到自豪。

他睡着了，遗憾的是妻子没有听到这次谈话。明天说给她听……她不会相信的，老泼妇。

——去喝茶，格利戈利，——清晨妻子叫醒了他。

他稍微抬起头，看了她一眼。她向他微笑。她把头发梳理得光光的，穿着肥大的白长袍，显得是如此素净和纯真。

他高兴见到她这个样子，同时他想，隔离病房其他男人见到她也是这个样子。

——这喝的是什么茶？我有自己的茶，——我该去哪里？——他皱着眉头说。

——你就和我一起去喝茶吧，——她用抚爱的目光望着他建议说。

格利戈利把目光转向一边说，他就来。

她走了，而他重新躺到床上，陷入沉思之中。

"咦，你是怎样的女人！温柔可亲，叫我去喝茶……她瘦了，可是就一天呀"。他开始怜惜她，并想为妻子做点愉快的事。买点什么就茶的甜点心，还是怎样啊？但是，他在洗漱时就已经抛弃了这个想法，——干吗要娇纵女人？生活就这样！

茶是在一个明亮的小屋里喝的，小屋有两扇朝向原野的窗户，朝阳金色的光辉洒在原野上。朝露还在窗户底下的草地上闪亮，远处，在地平线上，驿骆的树木矗立在浓密的浅粉红色的晨雾中。天空明净，鲜草和泥土的芳香从原野飘入窗户。

靠两扇窗户之间的墙壁摆放着一张桌子，桌子旁边坐着三个人：格利戈利、玛特莲娜和女同伴——已过中年的又高又瘦的妇女，她有着一张麻脸和一对善良的灰色的眼睛。她名叫费里查塔·叶戈罗芙娜，是处女、八级文官的女儿。她不能喝医院蒸馏器水沏的茶，而总是烧开自己私人的茶炊。她用沮丧的声调向奥尔洛夫解释了这一切，并殷勤地建议他坐在窗户底下尽情地呼吸"真正纯洁的空气"，然后她就到一个什么地方去了。

——怎么样，昨天累了吗？——奥尔洛夫问妻子。

——简直太可怕啦！——玛特莲娜活跃地回答说。——筋疲力尽，头晕脑涨，话听不懂，还有你瞧，我一动不动直挺挺地躺着，勉勉强强地拖到了换班……我一直祈祷，——心想，保佑吧，上帝啊！

——你害怕吗？

——害怕死人。你知道，——她俯身向着丈夫，恐惧地低声对他说：——他们死后还动弹——真的！

——这个我见——见到过！——格利戈利怀疑地冷笑着说。——昨天警察局的纳扎罗夫在死后还差点没打我一个耳光。我送他去停尸房，而他好——好像要挥动左手……我差一点没躲开……瞧，好险啊！——他有些添枝加叶地说，但这是很自然的，不管他的愿望如何。

他已经很喜欢在这个明亮洁净的、窗户朝向无边无际的绿地蓝天的房间里喝茶。此外，还有什么使他喜欢——不知是妻子，还是他自己。归根结底，他想从最好的一面来表现自己，希望成为来临的一天的英雄。

——我要开始在这里工作——即使是困难重重，事情就是这样！我这是有原因的。首先，我给你说，这里的人简直不是在地球上生活的人!

他讲述了自己和医生的谈话,由于他再一次不自觉地有些添枝加叶,所以这种情况更加强了他的兴致。

——第二,——就是工作本身!这是伟大的事业,比方说,有如战争一样。霍乱和人——谁战胜谁?为了一切都妥当,这里需要智慧。霍乱是怎么回事?这应该理解,并刻不容缓地压倒它!医生华申科对我说:"你,他说,奥尔洛夫,在这项事业中是有用的人!别胆怯,他说,赶走病魔,在那里,我将制服它。病终结了,人活了下来并应该一辈子感谢我们,是谁拯救了他?我们!"奥尔洛夫自豪地挺直胸膛,用激动的目光看着妻子。

她若有所思地冲着他微笑,他美丽,现在活像很久以前的什么时候,即还在结婚以前她所见到的那个格利戈利。

——在我们妇女部大家也是这样勤快的和善良的。女医生胖——胖乎乎的,戴副眼镜。好人,同你说话平易近人,在他们那里你懂得一切。

——那么你,也就是说,还好,满意吧?——格利戈利由激动稍微平静下来后问。

——我吗?上帝,你想一想:我拿十二卢布,你二十——一个月三十二卢布!还供给膳宿!如果人们染病直到冬天,那我们将积蓄多少钱啊?……而在那里,我们将有机会从那个地下室搬出来……

——是的,这也是一次重要的机会……——奥尔洛夫沉默片刻后若有所思地说,他怀着希望的激情感叹了一声,拍了一下妻子的肩膀:——唉咳,玛特莲娜,难道我们不喜欢阳光吗?别胆怯,好好干!

她激情满怀。

——只是你要忍受才好……

——这个嘛——住嘴!在什么山上唱什么歌……另一种生活,我将有另一种行为方式。

——上帝,但愿这已出现!——女人深深地叹了一口气。

——嗯,嘘!

——格利戈利！

他们分开各自走了，彼此怀着某种新的感觉，被希望所鼓舞，准备干到精疲力竭，他们精神饱满，心情愉快。

三四天过后，奥尔洛夫赢得了一些赞誉，被称赞为机灵的小伙子，与此同时，他发现普罗宁和隔离病房其他服务员开始怀着嫉妒心对待他，希望给他添点麻烦。他警觉起来，在他心中也产生了对大脸盘的普罗宁的愤恨，但他不反对和他沟通友谊和"谈心"。同时，面对工作的同事们显然希望给他带来某种伤害的情况，他不免变得有点儿悲伤。

"唉咳，不怀好意的人们！"——他暗自嗟叹，轻轻切齿作声，尽力不错过适当的机会给敌人施加"以眼还眼，以牙还牙"。他这个想法不由自主地告诉了妻子——一切都可以对她说，她将不会嫉妒他的成就，不会像普罗宁那样用石碳酸烧坏他的皮靴。

所有工作日都像第一天那样热烈紧张，但格利戈利已不那么疲倦，因为他耗费自己的精力逐日更自觉了。他学会了识别药物的气味，从其中分辨出醚的气味，慢慢地，一有机会他就欣喜地闻闻它，发现吸入醚的气味所起的作用就像美美的一杯伏特加酒那么令人兴奋。医务人员提半句话他就理解他们的指令，他总是表现出友善、健谈、善于使病人开心，他越来越受到医生和大学生们的喜欢，于是，在新生活方式所有感受的影响下，他的情绪奇怪地高涨了起来。他感到自己是特殊气质的人。他内心充满一种希望，希望做点什么事情以引起大家对他的注意和使大家感到惊讶才好。这是这样一种人特有的虚荣心，他突然意识到自己是个人，但又还不确信这个对他来说是新的事实，从而想以某种方式为自己和他人证实这个事实。这种虚荣心逐渐变成为对无私的功勋的渴望。

奥尔洛夫出于这种动机做了各种危险事儿，如：不等同事们的帮助而拼命独自把矮壮的病人从病床上搬到浴盆，照料最脏的病人，怀着某种豪气对待可能的传染，而对待死人则抱着有时变为玩世不恭的愚蠢的态度。但是，这一切还不能使他感到满足，他还想做某种更大的事情，这个愿望总在他心中燃烧，并最终引起了忧愁。于是他向妻子吐露了心声，——因为别无他人能听他倾诉。

有一次，傍晚，交完了班，夫妇俩喝完茶以后来到了野外。隔离病房远在城市后边。在这宽阔的绿色平原上，一边是黑压压的林带，另一边是一溜城市房屋。在北方，原野伸展到远处，在那里，绿色的原野同模模糊糊的浅蓝色的地平线相接。在南方，原野止于陡峭的河岸，沿陡岸是一条驿路，茂密的树彼此等距离地排列在驿路上，太阳落山了，城市教堂的十字架耸立在花园暗绿树丛的上空，在天空中辉耀，反射出一束束金色的光芒，在城市边缘房屋的窗玻璃上也反射出晚霞的红色光焰。什么地方奏起了音乐。从云杉丛生的沟壑中散发出树脂的气味，森林把自己复合的芳香弥漫在空气中，轻微的芬芳的热的风浪徐徐飘向城市，在荒凉的辽阔的原野上是那样可爱、寂静和甜美—凄凉。

奥尔洛夫默默地在草地上踱步，心满意足地呼吸着新鲜的空气，不用闻那隔离病房的气味。

——这是什么地方在演奏音乐，是在城里还是在营地？——玛特莲娜轻轻地问沉思中的丈夫。

她不喜欢看到他那沉思的样子——在这种时刻他像是对她陌生和远离她的人。近来他们能在一起的机会又是那样少，因而她更是珍惜这分分秒秒。

——音乐？——格利戈利仿佛从昏迷状态中解脱出来反问道。——去它的，让这个什么音乐见鬼去吧！你最好是听听我心中的音乐……就是这样！

——怎么啦？——她警惕地瞥了他一眼问道。

——我，不知道怎么回事……激情在心中燃烧……心想放手一搏……以便我能施展全部力量……唉！我感到自己的力量是抑制不住的！比方说，如果这霍乱侵袭到人，侵袭到勇士……甚至侵袭到伊里亚·穆罗梅茨[1]本人，——我就会同它抗争！去进行殊死的搏斗！你是一种力量，我奥尔洛夫也是一种力量，哼，看谁战胜谁？我会把它憋死，自己也会倒下……十字架竖立在我墓地

---

① 伊里亚·穆罗梅茨：勇士，俄罗斯12—16世纪壮士歌中的主人公之一。——译者

上，墓志铭上写着："格利戈利·安得烈耶夫·奥尔洛夫……拯救俄罗斯免遭霍乱之害"。别的什么也不需要……

他说着，脸发烧，眼睛炯炯发光。

——你是我的大力士！——玛特莲娜侧靠着他温柔地小声说。

——你可知道……我愿上刀山下火海……但是为了得到好处，为了因此而使生活轻松一些！所以——我看到人们：医生华申科、大学生霍赫里亚科夫——他们工作，真是怪事！他们早该累死啦……你以为是为了钱吗？为了钱不能如此工作！医生——谢天谢地！——有一些事情，还有一点儿……上一次一个老头儿病了，华申科为他一口气干了四个昼夜，甚至整个时间连家也没有回一次……这事与钱无关；怜悯心才是原因所在。他怜惜人们——人们却不怜惜自己……请问，为了谁？为了任何人……为了米什卡·乌索夫……米什卡在服苦役，因为——每个人都知道，米什卡是小偷，也许更坏……他们给米什卡治病……当他从病床上起来的时候，他们高兴，欢笑……而我就想体会这种欢乐……为了让欢乐多之又多——哪怕我在欢乐中死去也无所谓！因为看着他们由衷地欢笑，——我就感到如芒在背。我会全身酸痛，面红耳赤。唉，你呀……真见鬼！

奥尔洛夫陷入深思之中。

玛特莲娜默不作声，但她的心在剧烈地跳动——丈夫的激动吓坏了她，她在他的话里明显地感到了他强烈的热望，这种热望是她所不理解的，所以她也不试图去理解它。她珍惜的和需要的是丈夫，而不是英雄。

他们走向沟壑的边缘，彼此紧靠着坐了下来。枝繁叶茂的幼桦树梢从下面看着他们，沟底蒙上淡蓝色的雾气，从那里散发出湿气、阔叶树和针叶树腐烂枝叶的气味。有轻风吹来，桦树枝徐徐摆动，幼小的云杉也徐徐摆动，——整个沟壑充满着战栗的、胆怯的飒飒声，似乎有个什么温柔可爱的、树林护卫着的人在沟壑的树荫下睡着了，为了害怕惊醒他，故它们只是略微地发出一点低声细语。城里亮起了灯光，在花园昏暗的背景下，像一朵朵绽放的鲜花。奥尔洛夫夫妇默默地坐着，——他若有所思地用手指敲打着膝盖；她望着他，轻轻地叹息。

她突然双手抱住他的脖子，头贴在他的胸前，低声地说：

——你是我的小鸽子，格利夏！你是我亲爱的人！你再次开始对我这样好，我勇敢的人啊！本来好像那时……结婚以后……我们一起生活……你不对我说任何一句令人不快的话，你和我无所不谈，你向我吐露衷情……你不对我大声吆喝一下。

——那么你怀念这一切吗？——如果你愿意，我将再狠狠揍你，——格利戈利温和地开起了玩笑，对妻子的温情和怜惜涌上心头。

他开始用一只手轻轻地抚摸她的头，他喜欢这种抚爱，——慈父般的抚爱——对小孩的抚爱。玛特莲娜还真像个小孩，她爬到他的双膝上，偎依在他的胸前，蜷缩成小小的、柔软的和温暖的一团。

——我亲爱的！——她低声说。

他深深地感叹了一声，对他和他妻子来说都是新鲜的话儿自然而然地脱口而出。

——唉咳，你呀，我的小猫咪！你瞧，不管怎样，没有比丈夫更亲近的朋友。可是你老是想躲到一边去……要知道，我如果有时委屈你——这是因为苦闷！生活在那地坑里……见不到光明，不了解人们。走出了地坑，豁然开朗，——而此前像瞎子一般。我现在懂得，不管怎样，妻子是生活中的第一个朋友。因为如果实话实说的话，那么人们——是毒蛇……他们总想把祸害加给别人……例如：普罗宁、华修科夫……唉，他们……别去说，莫特丽娅！我们会好起来的，别害怕……我们将熬出头，将生活得有滋味……啊？我的傻女人，你需要什么？

她哭了，流出了甜蜜的幸福的眼泪，用亲吻来回答他的提问。

——你是我唯一的亲人！——他轻声地说，也亲吻了她。

他们俩用亲吻相互抹掉了泪水，感觉稍微有点儿咸味。奥尔洛夫又长时间地说了他那新鲜的话儿。

天已完全黑下来了。天空群星闪烁，怀着深深的忧愁望着大地，原野像天空一样静悄悄的。

他们一起喝茶已成为习惯。野外谈话后的第二天早晨，奥尔洛夫出现在妻子的房间，显得局促不安和闷闷不乐。费里查塔病了，房间里只有玛特莲娜一个人，她满面红光地迎接着丈夫，但瞬息脸色阴沉了下来，惊慌地问他：

——你怎么这个样子？不舒服吗？

——不，没什么，——他坐到椅子上干巴巴地回答。

——究竟怎么回事？——玛特莲娜追问了一声。

——没有睡好。老在想。我们昨天无谓地吵吵，软弱无力……我现在自觉羞愧……这一切都没有用。你们妇女们在这类情况下总想把人严加管束起来……是的……只是你别想这样——不会成功的……你不要绕过我，我不会屈服于你的。要注意！

他十分威严地说了这一切，但未看着妻子。玛特莲娜一直盯着他的脸，她的嘴唇古怪地撇歪了起来。

——怎么啦，你后悔昨天做了对我那样亲近的人吗？——她轻轻地问道。——后悔吻了和爱抚了我吗？是这样，还是怎样啊？我听到此话感到委屈……很痛苦，你用这样的话伤了我的心。你需要什么？你感到和我在一起枯燥无味，——我不是你的爱人，还是怎样啊？

她多疑地看着他，她的声调中流露出痛苦和对丈夫的挑战。

——不——不，——格利戈利窘迫地说，——总的说来……我和你生活，你自己知道，这算什么生活！想起来令人恶心。好啦，我们现在走出来了……还害怕什么？一切都变化得如此快……我自己感到是另外一个人，你似乎也是另外一个人。这是怎么一回事？此后又将怎么样？

——上帝会开恩的，格利夏！——玛特莲娜严肃地说。——你只是不要对昨天的美好感到后悔。

——得啦，别说了……——格利戈利仍然那样窘迫地阻止了她。——你要知道，我想我们将依然不会有什么结果。我们先前的生活不是那么丰富多彩，而现在的生活也并不合我的心意，哪怕我不喝酒，不和你打架，不骂人……

玛特莲娜猛然笑了起来。

——你现在没有时间去做这一切。

——喝酒总能找到时间的，——奥尔洛夫微笑着说。——不想喝，——真是怪事！总之，后来我感到有点儿……不知是害羞，还是害怕……——他摇了摇头，陷入了沉思。

——天知道，你出什么事了，——玛特莲娜深沉地叹了一口气说道。——生活好，尽管工作繁多；医生喜欢你，你自己的行为举止也规规矩矩，——我已不知道怎么回事？你是那样惴惴不安。

——这是真的，惴惴不安……我夜晚就想："彼得·伊万诺维奇说：人人平等，难道我不是像所有人一样的人吗？然而，医生华申科比我好，彼得·伊万诺维奇也比我好，还有其他许多人……也就是说，他们和我是不相等的人，我比不上他们，这我有所感觉。他们治好了米什卡·乌索夫而感到高兴……而我对此就不明白。一般地说，既然人已痊愈，那为什么而高兴呢？假如说实话，他的生活比霍乱痉挛更坏。他们明白这种情况，而——还高兴……我也想像他们一样高兴，但我不能……因为——究竟为什么而高兴呢？"

——他们怜惜人，——玛特莲娜反驳说。——我们那里也是……病人开始复原，这样，上帝，会发生什么事呢！那可怜的病人去办理出院，人们会给他赠言，会给他钱，会给他药……这甚至使我感动得落泪……善良的人们啊！

——瞧，你说——眼泪……而我感到惊讶……别的什么也没有。——奥尔洛夫莫名其妙地看了一眼妻子，耸了耸肩，搓了搓头。

她的辞令不知从何而来，她尽心竭力地开始向丈夫证明，人们值得怜惜。她俯身靠着他，用抚爱的目光望着他，长时间地对他说关于人们和生活艰难的话，而他看着她，心想：

"瞧她说的！她的话都是从哪里来的？"

——要知道，你自己也是富有怜悯心的人——你说，假如有力量的话，能消灭霍乱才好呢！那么——为了什么？对你来说，霍乱的出现，甚至因此生活开始过得更好些了。

奥尔洛夫突然哈哈大笑起来。

——本来是真的！确实是更好了！唉咳，你呀，该死的！人们大批死亡，而我却因此生活得更好，啊？生活竟会这样！呸！

他站起来，笑着，前去值班。当他走在走廊上时，他忽然感到遗憾的是：除了他以外，任何人都没有听到玛特莲娜的话。"她说得真妙！女人，女人，竟也明白某些事理"。他满怀愉快的感觉走进了自己的科室，迎着病人的嘶哑声和呻吟声。

玛特莲娜从自己方面千方百计地努力扩大自己在丈夫生活中日益增强的意义。活跃的劳动生活大大提高了她的自我评价。她没有思考，没有谈论，但当她回忆起自己先前在地下室、在关照丈夫和家务的狭小圈子里的生活时，她就不由自主地拿过去同现在比，那地下室生活的阴暗的情景就离她愈来愈远了。隔离病房的领导喜欢她的机灵和工作能力，大家温情地对待她，在她身上看到了一个真正的人，这对她来说是件新鲜事儿，使她深受鼓舞……

有一次，在值夜班的时候，胖女医生开始打听她的生活，玛特莲娜乐意地、坦率地向她讲述了自己的生活，但突然沉默了下来，微笑着。

——你笑什么？——女医生问。

——真是这样……我曾生活得非常不好……要知道，您信不信，我可爱的太太，——我不理解这一点，就是直到现在我也不理解怎么那样不好。

在这次回顾过去以后，在奥尔洛娃的心中产生了一种对丈夫的奇异的感觉，——她依然像以前那样爱他，——女性的盲目的爱，但她开始感到，似乎格利戈利是她的债主。她有时同他说话，因为他常常以其惊慌不安的言辞激起她内心的怜悯，故她采用保护者的腔调。但是，她有时仍然满心怀疑是否能同丈夫过平静安宁的生活，尽管她相信格利戈利将变得稳重，相信忧愁将在他心中熄灭。

他们命中注定应该彼此好起来，两个人还年轻，有劳动能力，健壮，开始过上平淡的半饱的贫苦生活才好呢，过上埋头挣钱的富农生活才好呢，但是，格利什卡"内心不安"和不能过平凡单调生活的思想使他们未经受这种结局。

阴沉的九月的一天早晨，一辆大车驶入隔离病房院内，普罗宁从车上搬下来一个沾满油漆、骨瘦如柴、脸色发黄、濒于死亡的小孩子。

——又是一位来自莫克内依街彼图尼科夫大楼的病人。——马车夫回答病人来自何处的问题时说道。

——奇日克！——奥尔洛夫痛心地叫喊起来，——唉咳，你呀，上帝啊！谢尼卡！奇日卡，你认识我吗？

——认——认识，——奇日克费力地说，他躺在担架上，慢慢地张开眼睛，以便看到俯身在他身旁的奥尔洛夫。

——唉咳，你呀，——快乐的小鸟[①]！你怎么这样胡闹？——奥尔洛夫问道。这个小男孩被疾病折磨得疲惫不堪的样子使奥尔洛夫奇怪地惊惶不安。——这个顽皮的孩子为什么啊？——他伤心地摇了摇头，把自己的感觉形成了一个问号。

奇日克瑟缩着沉默不语。

——冷！——当把他放到病床上并开始从他身上脱下沾满各种油漆的破衣烂衫时，他说。

——我们现在就把你放到热水中去，——奥尔洛夫说。——我们会把你治好的。

奇日克摇摇小脑袋，开始低声地说：

——治不好……格利戈利大叔……侧过……耳朵来吧。我偷走了那个手风琴……它——藏在柴棚里……偷走后的第三天我第一次抚摸它。嗬，多好的手风琴啊！我把它藏了起来，肚子就发病了……瞧……就是说，这是由于罪过……它挂在楼梯底下的墙上……我用劈柴掩盖了它……瞧……你，格利戈利大叔，把它交出去吧……风琴手有个姐妹……她打听过……交——交给她

---

① 奇日克的名字系俄文词 **Чижик** 的音译，该词的本意为黄雀，故这里昵称他为小鸟。——译者

吧！……——他开始呻吟，浑身抽搐。

对他尽了一切可能，但极度虚弱的、干瘦的身体未能维持它自己的生命力，晚上奥尔洛夫用担架把他送到了停尸房，感到仿佛人们委屈了他。

在停尸房里，奥尔洛夫试图抻直奇日克的身体，但未能如愿。奥尔洛夫闷闷不乐、愁眉苦脸地离开，带着被可怕的疾病摧残的快乐小男孩的形象。

他笼罩在面对死亡而无能为力的意识的阴影之中。他在奇日克身边忙来忙去，医生们为他尽心尽力，小孩还是死去了！令人遗憾……总有一天他奥尔洛夫也会得病，当然，也会抽搐。他开始感到可怕，心里充满孤独感。同聪明的人谈谈这一切才好吧！他不止一次地试图同某一位大学生谈谈，但谁也没有时间去发议论。他只好去找妻子谈。他去了，显得郁闷和忧伤。

她在房间的一角洗脸，但茶炊已经放在桌子上，空气中弥漫着蒸汽和充满着咝咝声。

格利戈利默默地坐下来，望着妻子裸露的、圆润的双肩。茶炊沸腾了，水哗啦哗啦地响，玛特莲娜鼻子发出呼哧呼哧的声音，服务员们在走廊上来回奔跑。奥尔洛夫竭力想根据步态判断是谁在走。

他突然觉得玛特莲娜的双肩也那样发冷，也满是发黏的汗水，就像奇日克躺在病床上浑身抽搐时的情况一样。他战栗了一下，闷声地说：

——那个谢尼卡死了……

——死了？！但愿新死去的少年谢苗升天！——玛特莲娜祈祷地说，接着她开始拼命地吐唾沫，因为肥皂进入了嘴中。

——我怜惜他，——格利戈利叹息了一声说。

——十分淘气的孩子。

——死了，也就完了！他是怎样的人，现在已不是你的事情……咳，怎么就死了——真可惜。活泼的孩子。手风琴……嗯！机敏的孩子……我有时看着他，想着像学徒那样收留他……孤儿……总想我们有个儿子才好……你身体健壮，可是不生小孩……你生过一次，也就结束了。唉咳，你呀！我们若是有这样爱尖声叫喊的孩子，你瞧，我们就不会生活得那样枯燥无味了……否则，就这样生活、工作……为了什么啊？为了你我养家糊口……那么，我们何必……我们养家糊口有什么用？要工作……无用的车轮停止转动……而如果有小孩的话，那就另当别论。是——是的……

他低垂着头，用忧郁和不满的声调诉说。玛特连娜站在他面前听着，脸色渐渐变得苍白起来。

——我健康，你也健康，就是没有孩子……为什么？想呀，就这样想呀，于是……开始酗酒。

——你撒谎！——玛特连娜坚定地大声说。——你撒谎！不许你对我说这种可恶的话……听见吗？不许！你喝酒——就这么样，由于放荡，因为你不能克制自己，而这里与我无子女没有关系，你撒谎！

格利戈利大为吃惊。他往后仰靠在椅背上，看一看妻子，几乎不认识她了。以前他从未见过她如此怒气冲冲，她也从未以如此残酷凶狠的目光看过他，从未如此激情地说过话。

——嗯，真的吗？！——格利戈利双手抓住坐椅挑衅性地说。——喂，再说！

——我就说！我本不想说，但我不能忍受你这样的责备！我未给你生小孩，将来也不生！我已不能生……不生！……在她的叫喊声中传出了哭声。

——你别哭叫，——丈夫警告她。

——我为什么不生小孩，啊？喂，你想一想，你打了我多少次？你多少次踹了我的腰部？……算一算吧！你是怎样虐待、残酷折磨我的？你知道吗，在你的折磨之后我流了多少血？鲜血完全染红了衬衫！这就是我为什么未生小孩，可爱的丈夫！你究竟怎么能为此而责备我呢，啊？你究竟怎么有脸问心无愧地看着我？要知道，你是个凶手！你知道吗——凶手！你打人，自己打死了自己的孩子！而现在却为了我不生育来责备我……我忍受了你一切，我原谅了你一切，——但永远不原谅你这些话！至死不忘！难道你不知道是自己有过错、是你折磨了我吗？难道我不像所有的妇女——不想孩子啊！多少个不眠之夜我祈祷上帝保护我肚子里的孩子免遭你的摧残……每当我看到别人的孩子，我就因羡慕和怜悯自己而痛苦万分……圣母啊！……这个谢姆卡……我悄悄地抚爱过……我算什么？上帝啊！不生育的女人……

她开始气喘吁吁，说话已语无伦次。

她的脸上泪痕点点，她颤抖并抓伤了自己的脖子，她喉咙里呼噜呼噜地响，夹杂着哭声。格利戈利脸色苍白，神情沮丧，紧紧扶着椅子坐在她对面，张开圆溜溜的眼睛看着这个他已感陌生的女人。他害怕她，害怕她会掐住他的喉咙而使他窒息。正是她那双可怕的、燃烧着愤恨的眼睛警示着他。她现在比他强一倍，他感觉到这一点并胆怯了，所以不能站起来揍她，如果他不明白她从何处吸取了巨大的力量而变成了另外一个人的话，他本会揍她的。

——你刺痛了我的心……在我面前你的罪过很大！我忍耐、沉默……因为我爱你，但我不能忍受这种责备！……已经精疲力竭……你是我的天之骄子！你真该为了自己的话去死……

——住嘴！——格利什卡龇牙大声呵斥。

——你们，爱闹事的人！忘记了你们这是在什么地方吗？

格利戈利眼睛模糊不清。他没有看见是谁站在门口，骂了一句脏话，把那人推到一边，跑到室外去了。而玛特莲娜在房间站了一会儿，像盲人似的摇摇晃晃双手伸向前方，走到了一张床旁边，呻吟着躺在床上。

夜幕降临，天空飘浮着片片灰蓝色乌云，一轮金色的月亮从天空透过乌云好奇地眺望着房间的窗户。但很快绵密的小雨沙沙地洒落在隔离病房的窗玻璃上和墙上——这是引发忧思的绵绵秋雨的预兆。

钟摆均匀地嘀嗒嘀嗒地摆动，雨滴不停地敲打着窗玻璃。时间一小时一小时地过去，雨依然在下着，玛特莲娜一动不动地躺在床上，发炎的双眼望着天花板，她的牙齿紧咬，颧骨显得凸出。雨依然洒落在墙上和玻璃上，发出沙沙的声音，看来，它在固执地低声诉说某种令人厌倦的单调的东西，想令什么人确信什么事情，但没有足够的热情去又快又好地做到这一点，故希望用折磨人的、无休止的、平淡无奇的、没有信仰真情的说教来达到自己的目的。

天将破晓，雨还在下，黎明前的晦暗预示这是一个阴雨的日子。玛特莲娜不能熟睡。在单调的雨声中她听到了一句令人忧伤和使她恐慌的问话：

"现在该怎么办？"

以喝醉了的丈夫式的回答在她耳边响起。她难以舍弃过宁静的爱情生活的理想，她怀着这个理想生活，驱散了令人恐惧的预感。同时，有一种意识在她心中闪现，那就是如果格利戈利将继续酗酒，那她就将不能和他一起生活了。她看他像另外一个人，她自己也成了另外一个人，先前的生活激起了她内心的恐惧和憎恶——这是她以前不曾有过的新的感觉。但她是个女人，也开始为和丈夫怄气而自责。

——这一切到底怎么结束？……啊，上帝啊！……我仿佛失去了自制力……

天亮了。浓雾在原野缭绕，灰蒙蒙的雾气弥漫着天空。

——奥尔洛娃！值班……

听到传到她房内的呼唤，她从床上起来，匆匆地洗了脸，走进了隔离病房，感到自己衰弱无力和病态缠身。她那萎靡不振的神态、闷闷不乐的脸色和黯然失色的眼睛在隔离病房引起了普遍的疑惑。

——您不舒服吗？——女医生问她。

——还好……

——有事您就直说，不要客气！要知道，可以找人代替您……

玛特莲娜感到很不好意思，她不想在这个好人但对她来说依然是外人面前流露出痛苦和恐惧的样子。她从受折磨的内心深处汲取剩余的勇气笑着对女医生说：

——还好！同丈夫吵了几句嘴……这会过去的……并不是头

一次了……

——您真可怜！——知道了她生活的女医生叹了一口气说。

玛特莲娜想一头扎到她的膝盖上号啕痛哭起来……但她只是紧紧地咬住牙齿，一只手抚摸喉咙，把准备脱口而出的痛哭声咽回到胸中。

交接完值班工作，她走出了自己的房间，向着窗户眺望。一辆大车在原野上向着隔离病房驶来——大概是送病人来了。细雨飘洒……其他什么也没有。玛特莲娜转过身离开窗户，深沉地叹了一口气，坐到了桌子旁边，心头萦绕着问句：

"现在该怎么办？"

她长时间地坐着，处于严重的半昏迷状态，每次走廊里的脚步声都使她战栗，并从椅子上欠起身来望着房门……

但是，当这扇门最终被打开并走进来格利戈利的时候，她倒不战栗了，也没有站起身来，因为她感到自己仿佛被秋天的乌云突然从天空飘落而重重地压在了她身上。

格利戈利停留在门槛旁边，把湿便帽扔到地板上，双脚跺得砰砰地响，然后向妻子走过去。水从他身上滴落。他的脸发红，眼睛混浊，嘴唇咧起来露出傻呵呵的微笑。他走路时，玛特莲娜听到水在他靴子里扑哧扑哧地响。他显得可怜，玛特莲娜不期待他这个样子。

——好样的！——她说。

格利戈利呆傻地摇了摇头问：

——想要吗，我磕个头？

她没有作声。

——不想要吗？这是你的事……而我总在想：我在你面前是不是有过错？结论是——我错了。所以我说：想要吗，我磕个头？

她没有作声，闻着从他身上散发出的伏特加酒的气味，悲痛折磨她的心灵。

——原来这样——你硬不同意！受用吧，趁我还是温和的时候，——格利戈利提高嗓音说。——喂，原谅吗？

——你喝醉了，——玛特莲娜叹息着说。——去睡觉吧……

——你撒谎，我没有喝醉，而是——我累了。我一股劲地走啊，想啊……我，老弟，想了很多……啊！你等着瞧吧！……

他佯笑着伸出一个指头威胁她。

——为什么不说话？

——我不能和你说话。

——不能？为什么？

他突然激动起来了，他的嗓音也开始强硬一些了。

——你昨天对我大声叱责，破口大骂……嗯，我现在可是在请求你原谅。你要明白！

他说此话含有不祥之兆，他的嘴唇在颤动，鼻孔鼓胀起来了。玛特莲娜知道，这意味着，在她面前要重现先前的景象：地下室，星期六吵架，他们生活的忧愁和憋闷。

——我明白！——她尖刻地说。——我看见，——你现在又要野性暴发……唉，你呀！

——我要野性暴发吗？这与事情无关……我说：你原谅吗？你怎么想？我需要你的原谅吗？没有你的原谅我也过得去，但我还是想让你原谅我……知道吗？

——走吧，格利戈利！——女人忧郁地感叹了一声，扭身离开了他。

——走？——格利什卡狞笑。——走，好让你自由自在？——嗯，不——不！你看到了这个吗？

他抓住了她的肩膀，把她揪到自己身边，向她的脸亮出了刀子——又短又厚又锋利的锈铁片。

——唉咳，但愿你杀了我，——玛特莲娜深深地叹了口气说，她从他手中挣脱出来，再次扭身离开了他。于是他也急忙闪开，令他感到惊讶的不是她的话，而是她说话的声调。他从她的嘴巴中听过这些话，不止一次地听过，但用这种声调——她从未说过。他瞬间后退本想便于搂她，但他现在不能也不想这样做。她的冷漠几乎使他惊慌失措，他把刀子扔到桌子上，低沉地恶狠狠地问：

——魔鬼！你需要什么？

——我什么也不需要！——玛特莲娜喘吁吁地叫喊。——你干什么？来杀人吗？嗯，杀吧！

奥尔洛夫望着她，沉默不语，不知道他该做什么。他怀着制服妻子的明确意图来的。昨天，在冲突的时候，她比他更厉害，他感觉到这一点，而这降低他在自己心目中的地位。必须让她再次屈服于他，他熟知——必须！本性是热情的，这些昼夜他经受了和思考了许多，可是，当妻子对他进行正当的责备而激起他的感情杂乱无章时，这糊涂人却不能把这些纷乱的感情理出个头绪来。他清楚，这是对他的反抗，所以他携带着刀子，以便吓唬玛特莲娜。假如她是那样强烈地违抗他制服她的意愿的话，他本会杀了她。但是，无力自卫的、闷闷不乐的她就在她面前，却仍然比他更强大。他气恼地看着这种情况，这气恼对他起了清醒作用。

——你听着！——他说，——你不要自以为是！你知道，我真想狠狠地击打你的腰——也就完了！于是，将给整个历史画上句号！……很简单……

奥尔洛夫感到自己说的不是应该说的，他开始沉默了。玛特莲娜没有走动，不再理睬他。她内心跳动着这个讨厌的问题：

"现在该怎么办？"

——莫特丽娅！——格利戈利开始轻轻地说，一只手支撑在桌子上，俯身向着妻子。——难道我错了，以致……一切都没有条理吗？……

他摇摇头，叹息了一声。

——真恶心！要知道，难道这是生活？嗯，比方说，霍乱病患者，——他们算什么？难道他们对我是支柱？一些人将死去，另一些人将痊愈……而我将应该再生活下去。怎么样？不是生活——而是痉挛……难道这不令人难过？我可是全都明白，只是我难以说我不能这样生活……你瞧，给他们治疗，给他们一切关怀……而我是健康人，但如果我的内心有病呢，难道我比他们轻微一些？你想——我竟不如霍乱病患者……我的心在痉挛！而你还对我叫喊！……你想，我是野兽？酒鬼——就是这样吗？唉咳，你啊……好一个妇道人家！

他说得小声而明白，但她没有很好地听见他的话，她沉浸在对过去的严厉的审视之中。

——你就不说话吧，——格利什卡说，感到某种新的和强烈的东西在他心中扑腾。——你为什么不作声？你想要什么？

——我不想要你任何东西！——玛特莲娜感叹地说。——你干吗折磨人？你需要什么？

——什么！需要那个……以便，因此……

但是，此时奥尔洛夫感到他不能对她说究竟他需要什么，——那样说得让他和她很快就明白一切。他知道在他们两人之间形成了某种任何语言都已消除不了的隔阂……

于是，在他心中突然燃起了强烈的愤恨。他抡起胳膊用拳头使劲地击打妻子的后脑勺，野兽般地咆哮起来：

——你干什么，妖婆，啊？你玩弄什么？我打死你！

她被打得脸朝下地倒在桌子上，但顷刻之间跳了起来，用仇恨的目光瞪着丈夫，坚定地、高声地说：

——打吧！

——噢！

——打吧，啊？

——唤咳，你啊，魔鬼！

——已经没有了，格利戈利，够啦！我再也不想这个了……

——噢！

——我决不让你愚弄我……

他牙齿咬得咯咯地响，离她退后一步——也许是为了更方便揍她。

但是，此刻门开了，医生华申科出现在门槛上。

——这——这是怎么啦？您在哪儿，啊？您在这里玩什么花样？

他的脸表情严肃和惊讶。奥尔洛夫见到他一点儿也不难为情，甚至向他点点头说：

——是这样……夫妻之间消毒……

他冲着医生冷冷一笑……

——你为什么没有去值班？——被冷笑激怒的医生尖叫了一声。

格利什卡耸耸肩，平静地宣称：

——忙……自己的事情……

——昨天在这里吵闹——是谁？

——我们……

——你们？很好……你们按照家庭的方式行事……擅自闲逛……

——因为不是农奴……

——住嘴！你们把这里当成酒馆……畜生！我会让你们知道，你们在哪里……

一股推翻一切、摆脱烦心的混乱的狂勇和热望的涌流像热浪似的控制着格利什卡。他觉得好像他现在就要做某种异常的事情，将很快解除自己忧郁心灵的联系她的绳索。他战栗了一下，心里感到一丝愉快的凉意，扮作猫似的鬼脸转向医生，对他说：

——您不要喊破嗓子，不要叫喊……我知道我在什么地方，——在折磨人的地方！

——什——什么？你怎么说的？——激动的医生弯着腰问他。

格利什卡知道自己说了粗话，但他未因此而冷静下来，反而更加激怒起来。

——没有关系，过得去！您忍气吞声吧……玛特莲娜！准备走。

——不，亲爱的，等一等！你回答我……——医生以不祥的平静的腔调说。——为此，坏蛋，我要揍你……

格利什卡眼睁睁地看着他说起话来，并且感到自己在跳往什么地方，每跳一步，他呼吸得更轻松……

——您不要叫喊……不要谩骂……您想，假若是霍乱，那么您也能任意摆布我。虚幻的梦想……您治疗什么，如此甚至任何人都不需要……而我说了什么——折磨人的地方，当然，这是我戏弄人……但是，您仍然不要大嚷大叫……

——不，你撒谎！——医生平静地说。——我要教训你一顿……唉，到这里来！

人们已经在走廊里聚集……格利什卡微微眯缝上眼睛，咬紧牙齿……

——我不撒谎，也不害怕……既然您需要教训我，那么为了您的方便我还要说……

——是——是吗？说吧……

——我到城里去吆喝："同伴们！你们知道是怎样治疗霍乱的吗？"

——怎——怎么样？——医生把眼睛睁得又圆又大。

——那样，我们这里就要进行这样的消毒……

——你说什么，真见鬼！——医生闷声地叫喊起来。面对这个小伙子他内心的惊讶比气愤更强烈，他知道这个小伙子是热爱劳动和相当聪明的工作人员，而现在不知何故糊涂地和荒谬地陷入了困境……

——傻瓜，你胡说什么？

"傻瓜！"——在格利什卡整个身心上回响。他明白这个称呼是正确的，于是他更加抱屈。

——我说什么！我知道……我反正都一样……——他说，眼睛炯炯发光。——我现在是这样理解的，即对我们的兄弟永远反正都一样……我们克制自己的情感完全是徒劳无益的……玛特莲娜，准备走！

——我不走！——玛特莲娜坚定地宣称。

医生瞪着圆溜溜的眼睛看着他们，揉揉自己的前额，一头雾水。

——你……醉汉还是疯人！你知道你在做什么吗？

格利什卡没有退缩，也不能退缩。于是他讥讽地回答医生说：

——那么您是怎样理解的？您在做什么？消毒，哈，哈！您医治病人……而健康人却因生活憋闷而死亡……玛特莲娜！我要打破你的脑袋！走……

——我不和你走！

她脸色苍白，不自然地镇定，眼睛坚定地和冷淡地直视着丈夫。格利什卡尽管一身豪气，但离开她还是垂头丧气，默默无言。

——呸！——医生啐了一口唾沫。——连鬼也不知道这是怎么一回事……你！滚蛋！走开，感谢我没有申斥你……本该控告你……蠢货！滚！

格利戈利默默地望了望医生，再次低下头去，假如是揍他或者即使是送警察局，他也会感到好受一些……

——我最后一次问你——你走不走？——格利什卡嘶哑地问妻子。

——不，不走，——她回答，稍稍弯下身子，仿佛等待着挨揍。

格利什卡挥了挥手。

——咳……见你们的鬼吧！……是的，你们干吗需要我啊？

——你，粗野的木头人，——医生开始劝导地说。

——别骂人！——格利什卡叫喊。——哼，该死的淫妇，——我走啦，也许，我们不会见面了……也许，我们会见面的……这就看我将怎样想吧！但是，假若我们将会见面的话，那你将会感到不好的，这你要知道！

奥尔洛夫向门口走去。

——再见，——悲剧人物！——当格利什卡走过医生身边的时候，医生尖刻地嘲笑地说。

格利什卡停下了脚步，抬眼望了一下医生，两眼闪着忧郁的光芒，用冷淡的和轻微的声调宣称：

——您别碰我……不要再拉弹簧……它已松开，不会伤及任何人……嗯，得啦！

他从地板上拾起便帽戴在头上，踌躇了一下走了，没有看妻子一眼。

医生露出好奇的目光看着她。她站在他面前，脸色发白。医生望着格利戈利的背影点了点头问道：

——他怎么回事？

——不知道……

——哼……他现在去哪里？

——去酗酒！——奥尔洛娃坚定地说。

医生把眉毛一动就走了。

玛特莲娜望着窗户。在朦胧的夜色中，在风雨飘摇下，一个男人的身影快速地从隔离病房向城里移动。孤单一人，在潮湿的、灰暗的原野上……

……玛特莲娜·奥尔洛娃的脸色变得更加苍白了。她转向一角，跪下并开始祈祷，虔诚地磕头作揖，喘吁吁地激情地低声细语读祷文，用激动得打哆嗦的双手按摩胸脯和喉咙。

有一次，我参观 N 市的技工学校。我的向导是一位熟人，学校的创始人之一。他带领我参观标准化地建立起来的学校并介绍说：

——正如您所见到的，我们可以自夸……我们的学生成长发育得好极了。选聘的教学人员非常出色。比方说，在皮鞋皮靴部有一位女教师，她是普通的女鞋匠，简直是个泼辣的少妇，那样有趣的机灵鬼，但品行端正，无可指责。可是，这真见鬼……是的。那么，这个妇女，我说，是个普通的女鞋匠，但是，她工作得多好啊！……她善于教授自己的手艺，关爱孩子们——非常了不起！宝贵的女工作人员……她挣二十卢布，住学校的宿舍……她还用自己微薄的财力养活两个孤儿！我对您说，这是个特别有趣的人。

他如此热情地夸耀女鞋匠，引起了我认识她的愿望。

这很快就做了安排，有一次玛特莲娜·伊凡诺芙娜·奥尔洛娃对我讲述了她悲惨的生活。在她和丈夫分手后的最初的日子里，他没有让她安宁：醉醺醺地来找她，挑起事端，到处窥伺她，无情地殴打。她忍受了。

当隔离病房关闭的时候，女医生建议玛特莲娜·伊凡诺芙娜去学校工作和避开丈夫。两者都顺利实现了，奥尔洛娃开始过着平静的、劳动的生活，在熟悉的医生们的指导下学会了识字，承担了抚养两个孤儿院的孤儿——一个女孩和一个男孩。当她怀着忧伤和恐惧的心情回忆自己的过去时，她现在工作，自己感到心满意足。她疼爱自己抚养的孩子，非常懂得自己领养的意义，并自觉地对待它，在学校的当权派中赢得了对自己普遍的尊敬。但是，她可疑地干咳，凹陷的脸颊泛起不祥的红晕，灰色的眼睛饱含着忧伤。

我也有机会认识了奥尔洛夫。我在一个城市贫民窟中找到了他，两三次见面我们就成了朋友。他重复了他妻子对我讲述的经历之后沉思了片刻，然后接着说：

——就这样，就是说，马克西姆·萨瓦节伊奇，让我稍微抬起身来，又扑通一声倒下。我没有建立任何英雄业绩，而我至今还想在什么事情上表现突出……能把整个地球砸成粉尘或者聚集一帮同伙才好！或者一般地说能有这样的什么机会站得比所有人都高并从高处向他们啐唾沫才好……那时就对他们说："哎呀，你们，坏蛋！你们为什么活着？你们生活得怎么样？你们是伪善的骗子，此外什么也不是！"然后，从高处头朝下地跳下，于是，摔得粉碎！是——是的！唉，生活多么乏味和艰难！……我摆脱玛特列什卡之后就想："嗯，格利尼亚，已经起锚，自由地畅游吧！"可是，事与愿违——航道狭窄！打住！我处在极端困难的境况中……但我没有发蔫，别怕！我要表现自己！怎么样？——只有鬼才知道……妻子？嗯，见她的鬼去吧！难道像我这样的人需要妻子吗？有什么用……当我想四处游荡的时候……我生来就内心不安……我的命运就是做流浪汉！我东南西北地流浪……没有任何欢乐……我喝酒吗？当然啰，那还用说吗？依然是伏特加酒，它能消愁……它能燃起内心巨大的火光……一切都令人厌恶——城市、农村、形形色色的人……呸！难道丝毫不能想出比这更好的事情来吗？大家互相倾轧……恨不能使所有人窒息而死才好呢！唉咳，你呀，生活，你是聪明得要命啊！

我和奥尔洛夫所待的小酒馆厚重的门不断地开启，同时不知何故欢快地发出尖尖的响声。小酒馆的内部引起对某种野兽血盆大嘴的想象，这张大嘴缓慢地、但不可避免地、一个接一个地吞食贫苦的、惴惴不安的和其他的俄罗斯人……

马 丽 华

海——在笑。

在热风轻轻吹拂下，海在激荡，微微的涟漪泛起，在阳光的反射下光耀夺目，向着蔚蓝色的天空发出千万缕银光闪闪的微笑。在海和天之间的淡蓝色空间，响起了欢快的哗啦哗啦的浪击声，波浪后浪推前浪地涌向长形沙滩的缓慢倾斜的岸上。海浪声和海面鳞波成千倍地反射的阳光，汇成连续不断的、生气勃勃的运动。太阳因飘洒阳光而感到幸福，海庆幸自己能反射欢腾的阳光。

风儿温柔地抚摸绸缎般的海面，太阳放射出炽热的光线温暖海面，海在这温存的抚爱下昏昏欲睡地喘息，使酷热的空气饱含蒸发的咸津津的味道。

浅绿色的波浪涌向黄沙，把白沫洒在黄沙上，白沫发出轻微的声音，湿润着热沙，消融在热沙中。

狭长的沙滩像从岸上坍塌到海中的巨塔。锋利的塔尖扎入阳光照耀的无垠的水域，塔基丢失在大地弥漫浓雾的远处。从那里随风袭来一种莫名其妙的浓烈的气味，在这里，在纯洁的海中，在蔚蓝色的晴朗的天幕下，这种气味是不协调的，是凌虐人的。

长形沙滩上满是鱼鳞。沙中埋着木桩，大渔网挂在木桩上，投下蛛网般的阴影。几条大船和一条小船排列在沙滩上，波浪爬上岸，仿佛在招引它们。钓竿、桨、篮子和桶凌乱地放在沙滩上，在它们中间，用柳条、树皮和蒲席盖起了一个窝棚。在窝棚入口前的多节木棍上挂着一双底朝天的毡靴。在这杂乱处的上空立着一根长长的杆子，顶端飘着一条红布随风招展。

在一条船的阴凉处，躺着长形沙滩格列宾希科夫渔场前沿哨所守卫人华西里·列戈斯节夫。他俯卧着，用手支撑着头，聚精会神地眺望着离几乎看不见的海的远处。在那远处的水面上闪动着一个小小的黑点，华西里高兴地看到，这个黑点愈来愈大，离他愈来愈近。阳光照射在海浪上，因此他眯缝起眼睛，满意地微笑着：这是马丽华正在驶来。她将到，并会哈哈大笑起来，乳房迷人地耸动，用温柔的双手拥抱他。热烈地吻他，开始讲述岸那边的新闻，响亮的声音惊起海鸥。他和她将煮美味的鱼汤，喝伏特加酒，醉倒在沙滩上，交谈，纵情嬉戏，然后，当夜幕降临，烧开茶壶，喝茶，吃美味的小面包圈，躺下睡觉……在一个星期内的每个礼拜天、每个节假日都是这样度过的。晨曦初露，他带她到尚处于黎明前清爽朦胧中的、依然睡眼惺忪的海岸。她昏昏欲睡，将坐在船尾，而他则划桨和看着她。她那时会显得滑稽可笑，像饱食后的母猫那样滑稽和可爱。也许，她会从凳子上转到船底，在那儿蜷缩成一团熟睡。她常常是这样做的……

这一天甚至海鸥都热得疲惫不堪。它们张开嘴，低垂着翅膀，成排成排地蹲在沙滩上；或者懒洋洋地晃荡在波浪上，没有啼叫声，没有往常生龙活虎般的气势。

华西里觉得好像船上不是马丽华一个人。莫非谢廖什卡再次缠上了她？华西里在沙上死劲儿地翻了翻身，坐了起来，用手掌遮掩眼睛，开始心慌意乱地看着那里驶来的还有谁？马丽华坐在船尾驾驶。荡桨人不是谢廖什卡，他不会荡桨。马丽华和谢廖什卡在一起是不会驾船的。

——哎呀！——华西里不耐烦地叫喊了一声。

海鸥在沙滩上颤动起来，警觉起来。

——哎呀呀……——从船上传来马丽华响亮的声音。

——你和谁？

回答的是笑声。

——妖妇！——华西里轻轻地骂了一句，啐了一口唾沫。

他很想知道这同行的是谁。他一边卷着纸烟，一边死死瞪着荡桨人的后脑勺和脊背。船桨激起清脆的水声在空气中哗哗地响，守卫人赤脚踩踏着沙子发出嘎吱嘎吱的声音。

——这是谁和你同行？——他在看清马丽华美丽的脸上露出他熟悉的笑容时喊叫起来。

——啊，等一会儿，你会认识的！——她笑着回答。

荡桨人把脸转向岸，也含笑注视着华西里。

守卫人紧皱眉头，想着这位他似乎熟悉的小伙子是谁？

——用力划！——马丽华指挥着。

船几乎一半随波加力冲向了沙滩，波浪滚滚而退，船儿在海中歪斜着晃荡。荡桨人跳上岸喊道：

——你好，父亲！

——雅科夫！——华西里抑低声音感叹地喊道，惊讶胜过兴奋。

他们拥抱，亲嘴和吻脸颊各三次。华西里脸上露出惊异、高兴和腼腆交会的表情。

——真是的，我瞧瞧……这是怎么回事，——心里发痒……嗨，你，——这怎么是你？好啊！我还觉得是谢廖什卡呢？不，我见到的不是谢廖什卡！可是，这是你！

华西里一只手捋着胡须，另一只手在空中挥动。他想看看马丽华，但儿子笑眯眯的双眼正目不转睛地凝视着他，他不好意思避开儿子的目光。他为自己有这样一个健康的、漂亮的儿子而感到满意，他又因情妇在场而感到难为情，在他内心里交织着这两种感情。他倒换脚站在雅科夫面前，向儿子抛出一个接一个的问题，并不等待着回答。在他头脑中一切都有些混乱。当他听到马丽华含有讥笑意味的话时，他感到特别不舒服，马丽华说：

——你倒是别啰唆呀……就由于高兴！带他去窝棚，好好招待……

他转身面对马丽华。她的双唇荡漾着他陌生的讪笑。她完全像往常一样丰满、温柔和容光焕发，但同时却有点儿像陌生的新人。她把自己淡绿色的眼睛从父亲身上转向儿子，雪白的细牙磕着西瓜子。雅科夫也含笑看着他们，三人沉默了几秒钟，这是华西里感到不愉快的几秒钟。

——我就去！——华西里突然慌手慌脚地动身去窝棚。——你们去避避太阳，我去取水，我去……你们将煮鱼汤！我给你，雅科夫，喝这——这样的鱼汤！你们就那个……待一下，我马上就得……

他从窝棚旁的地上拿起一个小锅，朝大渔网的方向快步走去，隐没在灰色的层层叠叠的大渔网中。

马丽华和他的儿子也向窝棚走去。

——你看，好小伙子，我把你送到了父亲身边，——马丽华一边说，一边斜视着身材不高但结实的雅科夫。

雅科夫蓄着褐色胡须，眼睛闪闪发亮。他面向马丽华说：

——是的，我们来了……这里好，多美的海啊！

——辽阔的海……嗯，还好，——父亲老多了吧？

——不，还不错。我曾想，他已头发斑白，但他白发还很少……而且强壮。

——你说，你们有多长时间未见面了？

——大概四五年了……当他离开农村的时候，我那时十七岁……

他们走进了窝棚，这里闷热，蒲席上散发着咸鱼的气味。他们坐下来，雅科夫坐在一根厚厚的木块上，马丽华坐在一堆大袋子上。他们中间放着半截大桶，其底当桌子用。他们落座后，默默无语，相互凝视。

——那么，你想在这里工作吗？——马丽华问道。

——是啊……我不知道……如果能找到什么工作的话，我将在这里工作。

——我们这里能找到！——马丽华许诺说，同时神秘地微微眯缝起自己绿色的眼睛扫视着雅科夫。

雅科夫没有看她，用衬衣袖子擦汗淋淋的脸。

她蓦地笑了起来。

——你那位母亲，大概，叫你给父亲捎来了训示和问候吧？

雅科夫瞥了她一眼，皱起眉头简短地回答：

——当然……怎么啦？

——没什么。

雅科夫不喜欢她的笑声，这种笑仿佛是在挑逗他。他转过身去，避开这个女人，想起母亲的训示。

马丽华送他到村边之后，倚靠在篱笆上，频繁地眨巴着没精打采的眼睛，快速地说：

——你告诉他，雅夏……看在耶稣的面上，你告诉他——父亲，就说……母亲孤单一人，就说，在那里……五年过去了，而她依然孤单一人！人在衰老，就说……你告诉他，雅科弗什卡，看在耶稣的面上。母亲将快成老太婆了……却依然孤单一人，孤单一人！终日操劳。看在耶稣的面上，你告诉他……

说到这里，她用围裙掩面，深情地哭起来了。

雅科夫不曾怜惜她，而现在开始怜惜……他看了马丽华一眼，严肃地扬起了眉头。

——瞧，我来了！——华西里走进窝棚高嗓门儿喊道，他一手提着鱼，另一手拿着刀。

他已经控制了自己的腼腆，把它深深地埋在自己的心里，现在平静地看着他们，只是他的动作还显出并非他所特有的慌乱。

——现在我就去点燃篝火……再来找你们……说说话！咳，雅科夫，好吗？

于是，他又从窝棚出去了。

马丽华继续嗑着瓜子，尽情端详雅科夫，而雅科夫竭力不看她，尽管他很想看。

然后，由于沉默使他感到拘束，故大声说：

——我把背包丢在船上了，我去取！

他不慌不忙地起身出去了。华西里替换他走进了窝棚，向马丽华俯身过去，匆匆地、气冲冲地说：

——嘿，你为什么带他来？关于你，我对他说什么？你是我什么人？

——来了，就这样！——马丽华简短地回答。

——唉，你……不谙事理的女人，我该怎么办？这样怎能心里无愧地面对他，而且那个……马上？我家里有妻子啊？他的母亲……你应该想到这种情况！

——我十分应该想到！我怕他，还是怎样啊？或者怕你？——她藐视地眯缝起绿色的眼睛问道。——刚才不久你在他面前是怎么忙碌的啊！我真是觉得可笑！

——你觉得可笑！那我将怎么办？

——你倒是本该早些想到这个问题！

——我怎么知道会让他就这样突然从海上到这里来了？

沙子在雅科夫的脚下发出沙沙的响声，于是他们中断了谈话。雅科夫带来了轻轻的背包，把它扔到了一个角落，用不怀好意的目光斜视了一下这个女人。

她尽情地嗑着瓜子，而华西里坐在一段木块上，双手搓着膝盖，微笑着说：

——那么，你就这样来了……你这是怎么拿定的主意？

——是这样的……我们给你写过信……

——什么时候？我从未收到过任何一封信！

——是吗？可是我们写了……

——那信想必是丢了，——华西里郁闷地说。——你看，见他的鬼……啊？当需要的时候，它却丢了……

——这么说，你不了解我们的情况？——雅科夫疑惑不解地看着父亲问道。

——是呀，从哪儿了解？我没收到过信啊！

于是，雅科夫对他讲：他们的马死了，所有的粮食还在二月初就吃光了，又没有工资。饲料也不够，母牛几乎差点饿死。好不容易勉强对付着过到四月，后来就这样决定：雅科夫春耕后去父亲那儿工作两三个月。这些情况，他们给父亲写信说了，然后卖掉三只羊，买了粮食和饲料，就这样，雅科夫来了。

——瞧，原来如此！——华西里感叹地说。——这——这样……哎呀……你们当然啰……我给你们寄过钱啊……

——钱多吗？修理了小木屋……玛丽娅出嫁了……我买了犁……要知道，五年……时间过去了！

——是——是的！也就是说，不够？好吧……啊，我的鱼汤就要溢出来了！——他起身跑了出去。

华西里蹲坐在篝火前思索。篝火上悬挂着沸腾的小锅，泡沫喷出来洒在火焰上。儿子对他说的一切，并未特别强烈地触动他，但却在他心中激起了对妻子和雅科夫的不愉快的感觉。五年间他给他们寄了多少钱，而他们依然没有照料好家务。若不是马丽华在场，有些事他本想对雅科夫说的。没有父亲的许可，擅自离开农村——这样做够智慧，——可是照料家务却不行！华西里迄今过着轻松愉快的生活，很少想起家务。现在家务使他想起，它像一个五年往里面扔钱的无底深坑，像他生活中多余的、他不需要的某种东西。他叹了一口气，用勺子搅拌鱼汤。

在阳光照耀下，微弱的、淡黄色的篝火火焰显得那么惨淡和苍凉。一缕缕浅蓝色的、清澈的烟从篝火缭绕到海迎接着飞溅的波浪。华西里注视着它们，想着今后他将生活得差些，不那么自由。也许，雅科夫已经猜到了马丽华是谁……

马丽华坐在窝棚，激情的、挑逗性的目光荡漾着嫣然的微笑，这使小伙子发窘。

——大概，你把未婚妻丢在农村了吧？——她直视着雅科夫突然说道。

——也许，是丢了，——小伙子不高兴地回答。

——漂不漂亮？——她漫不经心地问道。

雅科夫沉默无语。

——怎么不作声？……是否比我美？

他不情愿地正视她。她有着黑黑的丰满的脸颊和甜润的嘴唇，半张开的、微微颤动的嘴唇露出热情的微笑。玫瑰色的印花布短上衣特别贴身，衬托出浑圆的肩膀和高高的富有弹性的乳房。但是，他不喜欢她那双调皮地眯缝起来的、绿色的、含笑的眼睛。

——你为什么这样说？——他叹了一口气，用恳求的声音说，尽管想对她说得严厉些。

——那么应该怎么说？——她笑了起来。

——你还笑……什么？

——笑你……

——啊！我怎么你啦？——他抱怨地问，在她的目光下重新低下了眼睛。

她没有回答。

雅科夫猜到了她是父亲的什么人，但这不妨碍他和她自由交谈。猜想不使他感到惊讶，因为他听说，在短工渔场人们十分放荡，并理解像他父亲这样健壮的男人没有女人会很难生活那么长时间的。但是，他在她面前和在父亲面前仍然感到尴尬。后来，他想起了自己的母亲——在那农村不倦地劳动、疲惫不堪、爱唠叨的女人……

——鱼汤煮好了！——华西里走进窝棚宣布说。——拿勺子吧，马丽华！

雅科夫看了看父亲，心想：

"显然，她常在父亲这里，既然知道勺子放在哪里！"

她拿到勺子后说，应当去洗一洗，在船尾她有伏特加酒。

父亲和儿子双双留下，沉默着，望着她出去。

——你怎么遇到了她？——华西里问道。

——我在办事处打听你的情况，她也在那里……她说："与其沿沙地步行，不如让我们一起乘船，我也去他那里。"就这样，我们来了。

——是——是的……我曾想："雅科夫现在怎么样呢？"

儿子向着父亲温和地笑了一下，这一笑给华西里增添了勇气。

——啊……这个小媳妇还不错吧？

——还好，——雅科夫眨了眨眼睛含含糊糊地说道。

——任何妖魔鬼怪都没有办法，你是我的亲人啊！——华西里挥动着双手感叹地说。——我起初忍耐——不行！习惯……我是结了婚的人。此外，她还修补衣服，等等……而且根本……嘿！离开女人无处可去，就像不能摆脱死亡一样！——他真诚地结束了自己的解释。

——这对我有什么关系？——雅科夫说。——这是你的事情，我不是你的裁判员。

可是，他暗自思忖：

"这个女人给你缝补裤子……"

——此外，我只有四十五岁……在她身上的花销不多，她不是我的妻子……——华西里说。

——当然，——雅科夫表示同意，但心想："大概，口袋还是在打哆嗦！"

马丽华来了，手里拿着一瓶伏特加酒和一串花形小甜面包。他们坐下来吃鱼汤。默默地吃，高声啜吸着鱼骨，把鱼骨从口中吐向门口的沙地上。雅科夫贪婪地吃了许多，这想必使马丽华感到喜欢，因为她在温柔地微笑，看着他晒黑的腮帮子鼓了起来，湿润的大嘴巴在狼吞虎咽。华西里吃得不香，但竭力表现出自己在死劲儿地吃，他需要这样做，以便让儿子和马丽华看不出来他在无干扰地思索自己同他们的关系。

海鸥的凶猛的啼叫打断了波浪的柔和的乐声。酷热开始消退，不时有一股清凉的、浸透着海洋气味的气流袭入窝棚。

吃完美味的鱼汤和喝完伏特加酒之后，雅科夫的眼睛困倦无神。他开始傻笑，打嗝儿，打呵欠，用那样的眼神看马丽华，以至华西里觉得需要对他说：

——直到喝茶以前，雅舒特卡，你在这里躺一会儿……到时我们叫醒你。

——这可——可以……——雅科夫表示同意，醉倒在大袋子上。——啊……你们去哪里？哈——哈！

华西里被他的笑弄得很尴尬，匆匆走出去了，而马丽华把嘴唇一撇，皱了皱眉头，回答雅科夫说：

——我们去哪里，这不是你的事！你算老几？你还是去祷告我们的上帝吧！你就是这个样，小伙子！……

——我？好吧！——雅科夫望着她的背影叹了一口气。——等——等——着……我给你个厉害看看！瞧你算个啥……

他又嘟哝了一会儿就睡着了，脸红耳赤，露出酒足饭饱的微笑。

华西里把三根钓竿插入沙中，把它们的顶端连接起来，把蒲席搭在上面，这样营造了一个阴凉的地方，他躺在其中，双手垫在脑后，望着天空。当马丽华和他并排坐在沙地上时，他转过脸去看着她，马丽华发现他满脸委屈和不满。

——怎么，不太喜欢你那个儿子？——她笑着问道。

——就是他……在讥笑我……为了你！——华西里闷闷不乐

地说。

——真的？为了我？——她惊讶地问，露出调皮的神情。

——可不是吗？

——唉，你呀，可怜样！现在该怎么办？不再来找你，还是怎样？啊？是的，我不再来！……

——瞧你，什么样的妖妇！——华西里责怪她。——嘿，你们，两个人！他嘲笑，你也嘲笑，而你们是我最亲近的人啊！你们究竟为什么嘲笑？真见鬼！——他转过身去，背对着她沉默起来。

马丽华双手抱膝，轻微晃动着身躯，张开绿色的眼睛望着金光闪闪的、欢腾的海，露出一种胜利的微笑，这是一个懂得自己美的力量的女人如此常有的微笑。

帆船像一只展开灰色翅膀的笨拙的大鸟在水上滑行。它远远地离开海岸，驶向更遥远的地方，在那里，海天相接融成蓝色的海角天涯。

——你为什么不说话？——华西里问道。

——我在想，——马丽华说。

——想什么？

——是的，——她动了动眉毛，沉默片刻之后补充说：——你的儿子是个好小伙子……

——与你有什么关系？——华西里高声地说。

——没有什么关系……

——你，当心点！——他用饱含醋意的严肃的目光扫视她一眼。——你别胡闹！我虽然是温和的，但你不要戏弄我，——是的！

他咬紧牙齿，攥紧拳头，继续说：

——你今天刚一来到就马上开始玩什么花样……我还不了解这个……可是，你等着，我会知道的，你不要出格！你露出那样的微笑……诸如此类的……我也能和你的姐妹交往……

——你，华西里，不要恐吓我……——她没有看他，平静地央求他。

——正是！可别瞎闹……

——你不已经在恐吓……

——只要你开始胡闹，我就会收拾你……——华西里怒气冲冲地威胁说。

——你准备打人？——她转向他，用奇异的目光看着他那激动的脸。

——你倒是什么样的伯爵夫人？我照样揍……

——那么，我是你的什么人——妻子，还是怎样啊？——马丽华一针见血地、平静地问道，没有等他回答，继续说：——你习惯了平白无故，不管三七二十一地打妻子，也想这样对待我吗？嗯，不行。我自己当家做主人，不害怕任何人。而你，去你的——怕儿子：前几天在儿子面前那样献殷勤——耻辱！你却来威胁我！

她蔑视地摇头晃脑，开始沉默下来。她冷淡轻慢的话压制了华西里的怒气。他还从未见到她如此美丽。

——你发脾气，骂人……——他说，既恼怒她，又欣赏她。

——我还想对你说，你听着。你向谢廖什卡自我吹嘘，说什么我没有你就如同没有面包，我就不能活！你这是枉费唇舌……也许，我不爱你，也不是来找你，我只是爱这个地方……——她用手在自己周围画了个弧圈形。——也许，我就是喜欢这里空旷——只有海和天，没有任何卑鄙下流的小人。至于你在这里，这对我来说无所谓……这就像付给这个地方的报酬……假若曾是谢廖什卡在，我就去找他了，你儿子将来在，我将就去找他……假如你们任何人都不在，那就更好……你们使我感到厌烦！……如果我想彰显自己的美貌，那我随时可以挑选到我称心如意的丈夫……

——原来如——如此？——华西里开始恶狠狠地说，并突然掐住她的喉咙。——那么怎——怎样？

她颤动起来，但没有躲闪，尽管她的脸已涨红，眼睛已充血。她只是把自己的双手搭在他那掐她喉咙的手上，并倔强地看着他的脸。

——瞧你到底是什么人？——华西里的声音嘶哑，依然狂暴。——啊，不吭声，婊子……啊，拥抱……啊，给我抚爱……我就要揍你！

他把她压在地上，用握紧的拳头痛快地击打她的脖子，一下，两下。当他挥起拳头落在她弹性的脖子上时，他感到很惬意。

——去吧，怎么样，毒蛇？……——他扬扬得意地问她，并把她扔到一边。

她，没有哼哼，默不作声，神色镇定，仰面倒下去，披头散发，面红耳赤，但依然楚楚动人。她那绿色的眼睛露出冷淡的憎恨的目光，从睫毛下看着他，而他，激动得气喘吁吁，在发泄了愤恨之后而心满意足，没有瞧她的目光，而当他扬扬得意地瞧她一眼时，她微笑着，丰润的嘴唇颤动着，眼睛闪着光亮，脸颊显出酒窝。华西里惊讶地看着她。

——你怎么样，真见鬼！——他粗野地拉了一下她的手，叫喊了一声。

——华西卡！这是你打我吗？——她用稍低的声音问道。

——嗯，能是谁？——他莫名其妙地看着她，不知道该怎么办。莫非再揍她一次？但他内心已没有憎恨，手也没有向她挥动。

——那么，你爱我？——她再次问道，而他因为她的喁喁私语而感到热乎乎的。

——好吧，——他抑郁地说。——难道不应该这样爱你啊！

——我本想，你已经不爱我了……心想："瞧，现在儿子到他这里来了……他将赶走我……"

她发出了奇异的、朗朗的笑声。

——傻女人！——华西里说，也不由自主地笑了。——儿子，——他是对我指手画脚的什么人吗？

他开始在她面前感到羞愧，心痛她，但想起她的那番话之后，却又严厉地说：

——这事与儿子无关……我为什么打你，那是你自己的过错，你干吗要刺激我？

——我本是有意这样做的，试探你……——说完之余，她用肩贴近他。

——试探！试探什么？瞧，这就是试探出来的结果。

——没关系！——马丽华眯缝着眼睛坚定地说，——我不生气，你不是因为爱而打人吗？而我为此要给你付出代价……——她压低声音，从近处凝视他，重复着：——哎哟，我怎样付出代价啊！

华西里在这些话中听到了他感到愉快的允诺，这允诺甜丝丝地激动着他，他微笑着问：

——啊！怎样？……喂，来吧？！

——瞧着点，——马丽华平静地说，但她的嘴唇在颤动。

——唉，你啊，我的小宝贝！——华西里双手紧紧搂住恋人高声说。——你可知道，即使我打了你，但你对我更亲近了！真的！更亲啦……难道不是吗？

海鸥在他们上空飞来飞去。温和的风从海上带来的浪花几乎飞溅到他们脚下，而海的无休止的笑声在不断地飞扬……

——唉，我们的事儿啊！——华西里舒缓地叹了一口气，若有所思地抚摩着紧贴在身上的女人。——世间的事总是这样安排的：什么有罪过什么就甜蜜。你却什么都不知道……而我有时想起生活，甚至觉得可怕！特别是在夜晚……当睡不着的时候……瞧：在你前面是海，在你上面是天，周围是一片黑暗，阴森恐怖……而此时此地却是孤单一人！于是，你自己变得如此渺——渺小，渺小……大地在你脚下摇晃，除你以外空无他人。即使那时有你在……但仍然只有两个人……

马丽华闭着眼睛默默地躺在华西里的膝盖上。华西里的脸贴近她，这是一张有点粗糙但是善良的脸，是一张因日晒风吹而变成了褐色的脸。他那褪了色的大胡须胳肢着马丽华的脖子。马丽华一动不动，只是她的乳房匀称地高高隆起。华西里的眼睛忽而瞟向海面，忽而瞪着贴近他的这对乳房，他开始和她亲嘴，不慌不忙，像喝油腻的热稀饭那样响起了亲吻声。

他们这样度过了两三个小时。当太阳开始西坠入海时，华西里用苦闷的声音说：

——咳，我去烧茶……客人快醒来了！

马丽华像一只娇柔的母猫懒洋洋地待到一旁，华西里不情愿地起身向窝棚走去。马丽华微微扬起睫毛，望着他的背影深深地喘了一口气，就像卸下了令人疲惫不堪的重担的人们那样喘息。

然后，他们三人围坐在篝火旁喝茶。

夕阳晚霞交辉，绚丽的色彩倒映在海面上。淡绿色的海浪闪耀着紫玉和珍珠般的光芒。

华西里用陶瓷杯子小口小口地喝着茶，问儿子一些关于农村的情况，同时自己回忆着农村。马丽华不干扰他们，听着他们慢条斯理的谈话。

——那么，乡里人日子还过得去吗？

——还过得去，马马虎虎……——雅科夫回答说。

——一个人的花费需要很多吗？小木屋，还有充足的粮食，还有节日的一杯伏特加酒……但是，这也没有……然而，我来到了这里，在家里可以有饭吃吗？在农村我是自己的主人，在家都是平等的人，而在这里却是仆人……

——可是，在这里吃得饱些，工作轻松些……

——嗯，这你也别说啦！情况是：骨头总是酸痛。再说，这里是给别人干活，而在那里是给自己干活。

——但挣得多些，——雅科夫提出不同的看法。

华西里内心里同意儿子的结论：农村比这里的生活更艰难，劳动更繁重。但他为何不想让雅科夫知道这个情况？于是，他严肃地说：

——你计算过这里的工资吗？在农村，你……

——就像在坑中：阴暗、憋气，——马丽华笑着说。——特别是村妇的生活——只是眼泪连绵。

——妇女的生活到处都一样……到处是一个人世间，一个太阳！……——华西里看了她一眼，皱了皱眉头。

——咳，你这是撒谎！——她活跃起来，提高嗓门说道。——我要是在农村，不管你愿意不愿意，都应该出嫁。而出嫁的女人就是终身的奴隶：收割、纺织、喂牲口，还有生孩子……究竟留给她自己的是什么？只有丈夫的打骂……

——不总是殴打，——华西里打断了她。

——可是，在这里我不是任何人的，——她不听他的话，接着说。——像海鸥，想去哪里，就往哪里飞！任何人不能给我挡道……任何人不能触犯我！……

——什么样的触犯？——华西里用提示的口吻笑着问道。

——得啦，我已付出代价！——她轻轻地说，眼中的光焰熄灭了。

华西里温情地笑了起来，

——唉，你呀，活泼又软弱！尽说些妇道人家的话。在农村妇女是生活必要的人……而在这里的妇女……生活只是为了娇生惯养……——沉默了一下之后，他补充说：——为了罪过。

当他们的谈话中断时，雅科夫若有所思地感叹说：

——这海似乎没有边际……

他们三人默默地眺望展现在他们面前的这片辽阔的海。

——倘若这是一片土地该多好呀！——雅科夫大动作地挥舞一只手臂感叹地说。——而且，要是黑土地该多好！要能开垦该多好！

——是这个样子啊！——华西里由衷地笑了，用赞赏的目光瞧着儿子的脸，这张脸由于他用力表述自己的愿望甚至变得通红了。他高兴听到在儿子的话中流露出对土地的热爱。他想，这种爱也许会很快坚定地召唤雅科夫摆脱渔场自由生活的诱惑而返回农村去。而他和马丽华留在这里——一切都将依旧……

——这个，雅科夫，你说得好！农民就应该如此。农民和土地紧密相连，到哪里他也在土地上生活，离开土地——徒劳无益！无地的农民，就如同无根的树：它适合做东西，而不能存活长久，会腐烂的！于是，它没有了森林之美——光秃秃的，不忍目睹！……这个，雅科夫，你的话说得很好。

海张开深邃的胸怀拥抱太阳，海浪奏起亲切的乐曲欢迎太阳，而太阳以临别的光辉把海浪点缀成妙不可言的、斑斓的色调。太阳，是创造生命的神妙的光源，它以自己绚丽的调和色彩和海告别，以便到离注视海的那三个人很远的地方去，并在那里以日出的赏心悦目的晨曦唤醒沉睡的大地。

——当我看到日落西山的时候，我就感到心情舒畅，真的，当着上帝说！——华西里对马丽华说。

马丽华默不作声。雅科夫浅蓝色的眼睛露出微笑，眺望着海的远处。他们三人久久地、若有所思地望着白天的最后几分钟消逝的地方。在他们面前，篝火的木炭燃起微微火苗。后面夜幕在天空中展开，洒下一片阴影。黄沙变暗了，海鸥无影无踪了，——万籁俱寂，梦幻般宁静柔和……甚至无休止的海浪涌向沙滩的声响也不像白天那样欢快喧闹。

——我干吗坐着？——马丽华说。——该走啦。

华西里瑟缩了一阵，看了儿子一眼。

——忙着去哪儿？——他不满意地低声含糊地说。——等一等，瞧，月亮将升起来……

——那又怎样，月亮？没有月亮我也不怕，我又不是第一次夜晚从这里离去！

雅科夫看了看父亲，微微眯缝起眼睛，隐含着冷笑，然后望了一下马丽华，马丽华也望着他，使他感到尴尬。

——嗯，也好！走吧！——华西里允许她走了，但显得有些愁闷。

她站起来告别，沿着长形沙滩的岸边慢慢地走去。海浪滚到她脚下，仿佛在跟她嬉戏。星星像金色的花朵在天空绽放。马丽华鲜艳的短上衣在黄昏中黯然失色。她离开目送她的华西里和他的儿子，开始用高亢刺耳的声音唱起来：

> 我的爱人……快点来！
>
> 唉——咳！来紧——紧贴我胸怀！

华西里似乎觉得她停止了脚步，正在等待。他恶狠狠地啐了一口唾沫，心想："她是故意这样做，逗弄我，魔鬼！"

——真有你的！唱歌呢！——雅科夫冷笑着说。

在黄昏中，她在他们眼中只是一个灰色的斑点。

> 别——别怜——怜惜我的乳房，
> 像两只白—白天鹅一样！

——她的歌声飞扬在海的上空。

——瞧！——雅科夫感叹着，整个身子向飞来诱惑性歌词的方向探过去。

——那么，你在那里没有搞好家务？——响起了华西里严肃的声音。

雅科夫感到莫名其妙，看了父亲一眼，保持原来的姿态。

在海浪的喧闹声中，他们听到传来片段的激情的歌词：

> ……唉……难入睡
> ……孤单……今夜！

——好热啊！——华西里在沙滩上焦躁不安，忧郁地高声说。——本已入夜……但还是热！多么可恶的地方……

——这是沙滩……晒了一天了……——雅科夫把脸转向一旁，仿佛是嗫嗫嚅嚅地说。

——你怎么啦？……好像在笑？——父亲严肃地问他。

——我？——雅科夫天真地问道。——这有什么好笑的？

——真是的，他说，根本没什么可笑的……

他们沉默了下来。

从海浪的喧哗声中他们听到传来了不知是叹息声，还是轻轻的、温柔的呼唤声。

两周过去了，又一个礼拜天来到了，华西里·列戈斯节夫再次躺在自己窝棚旁的沙滩上，望着海，等待着马丽华。浩瀚的海在笑，闪耀着反射的阳光，层层海浪泛起，涌向沙滩，把自己的浪花洒在沙滩上，重又滚回海里，消融在海中，就像十四天以前那样，一切如常。只是华西里从前等待自己的情人时神态自若，信心满怀，而今天等她时却心烦意乱。上星期日她没有来，而今天她应该会来的！他不怀疑，她会来的，但他想快些见到她。雅科夫今天不会干扰，因为他和其他工人一起去张罗大渔网已是第三天了，他说礼拜天一早就去城里给自己买衬衫。他受雇于渔业合作社，每月十五卢布，他去捕鱼已有好几次了，现在看起来显得活泼愉快。从他身上，像从所有工人身上一样，散发出咸鱼的气味，像所有工人一样蓬头垢面，脏兮兮的。华西里在想到儿子时叹了一口气。

"好像他在这里完满无缺……那么，也许，他已不想回农村去了……倒是我自己必须回去……"

除了海鸥以外，海面什么都没有。细长的沙岸带把海和天分离，在那里，有时出现小小的黑点在移动又消失了。可是仍然没有船儿驶来，尽管已是红日当空、阳光行将直射入海的时分。以往马丽华此时早已在这里了。

两只海鸥在空中搏斗，它们猛然扑上去撕咬，以致羽毛散落。激烈的叫声撕裂海浪之歌，这支歌是如此连绵缭绕，同明亮天空的肃静如此和谐交融，好像是阳光在浩瀚海面上欢乐嬉戏之声。海鸥跌入水中，相互扑打，因疼痛和愤恨而发出猛烈的叫声，又重新直冲海空，相互追击……而它们的女伴——整整一大群——对这种争斗仿佛没有看见，却在浅绿色的、清澈的、激荡的水中翻筋斗，扎猛子，贪婪地捕食鱼类。

海——僻静。在那岸边的远处没有出现熟悉的黑点……

——不会来了？——华西里放声说。——也不需要！而你是怎么想的？……

他朝那岸边的方向鄙视地啐了一口唾沫。

海在嘲笑。

华西里起身去窝棚，打算给自己做午饭，但他感到不想吃，于是转身回到老地方，重又躺在那里。

"哪怕是谢廖什卡来了也好！"——华西里心里暗自感叹，并强令自己思量谢廖什卡。——这——是个毒小子。嘲笑所有人，对所有人都拳头相向。健康、识字、老练……但是个酒鬼。同他在一起感到愉快……女人非常喜爱他，尽管他不久前才来到，但大家还是追求他。只有马丽华离他远点儿……可她就是不来。多么可恶的老娘儿们！也许，因为他揍了她，故她生他气了？难道这对他来说是新鲜事吗？要知道别人怎样殴打！……他现在也给她个厉害瞧瞧……

就这样，忽而想儿子，忽而想谢廖什卡，更多的是想马丽华，华西里心慌意乱地待在沙滩上久久地等待。不安的情绪不知不觉地在他心中转变成了抑郁多疑的念头，但他并不想坚持这个念头。于是，他隐藏自己的疑心，虚度时光到晚上，时而起身在沙滩上徘徊，时而又躺下。海已蒙上夜色，而他依然望着海的远方，等待着那条船儿。

马丽华这天没有来。

华西里躺下睡觉，沮丧地辱骂服务人员不允许他离开去岸边，而当刚要入睡时，又常常跃起身来，在昏沉欲睡中他似乎听到了远远的什么地方有划桨的水拍声。于是，他用手像帽檐似的遮掩眼睛上方眺望着昏暗的海。在岸上，在渔场，燃起了两堆篝火，而海面上没有任何一个人。

——算了吧，妖妇！——他威胁说，往后即进入了梦乡。

这天渔场发生的事情原来是这样。

雅科夫在阳光熹微、海风送爽的清晨就起床了。他走出营棚去海边洗漱，当走近岸边时看见了马丽华。她坐在停泊在岸边的大划船的船尾，赤脚悬放在船舷外，梳理着湿漉漉的头发。

雅科夫停下来，开始用好奇的目光看着她。

她那胸前没有扣上的印花布短上衣从一边肩上耷拉下来，露出白净细嫩的肩膀。

海浪拍打船尾，马丽华一会儿高高站在海空中，一会儿低低坐在船上，赤脚几乎接触了水面。

——洗澡了，还是怎样？——雅科夫叫喊了一声。

她转过脸来面对着他，匆匆地看了他一眼，重又梳理头发，回答说：

——洗澡了……怎么一清早就起床了？

——你更早……

——我怎能给你做榜样？

雅科夫默不作声。

——你若按我的方式生活，将难以超凡脱俗！——她说。

——啊？真有你的！多么可怕！——雅科夫开颜一笑，蹲下来，开始洗漱。

他捧着水泼洒在自己脸上，哗啦哗啦的水声和呼哧呼哧的哼哼声交织在一起，顿觉凉爽，沁人心脾。然后，一边用衬衫的下摆擦脸，一边问马丽华：

——你干吗老是恐吓我？

——而你干吗瞪着眼睛看我？

雅科夫忘记了自己看她的时候比看渔场其他女人更多，但现在突然对她说：

——是啊，既然你……是如此丰盈甜美！

——瞧，要是你父亲知道你这样的派头，那他会拧断你的脖子。

她狡诈地、挑衅地直视着他。

雅科夫笑着爬上了大划船。他仍然不知道，她说他是什么派头，但既然她说了，那么，可见，他总是不时地聚精会神地看她。他开始感到心情舒畅。

——父亲怎么样？——他沿着船舷走向她说道。——你是什么人，是他邀宠的人吗？

他在她旁边坐下，目不转睛地看着她光溜溜的肩膀，半裸露出的胸脯和清新的、健壮的、散发出海味的整个身躯。

——你可真是——好一条大白鳣鱼！——他端详了她一番之后赞叹地说。

——不是给你的！——她简短地宣称，没有看他，也没有整理自己敞开的衣服。

雅科夫叹了一口气。

清晨的阳光照射着海，海无边无际地展现在他们面前。清风吹皱微波，微波轻拍船舷。在海的远处，隐约可见长形沙滩像是绸缎般海面上的一块伤痕。在沙滩上，在温柔的蓝天的背景下，竖立着一根细线一般的竿子，其上可见一条破布在迎风摆动。

——是的，小伙子！——马丽华开始说道，并且看着雅科夫。——我，甜美，但不是给你的……而且不向任何人邀宠，也不受你父亲支配。我自己为自己活着……但是，你不要纠缠我，因为我不想夹在你和华西里中间……不想吵架和引起各种各样的纠纷……懂了吗？

——我怎么啦？——雅科夫惊讶地说。——我可是连动都没有动你……

——你没有胆子动我！——马丽华说。

她如此说，对雅科夫如此藐视，以致在他心中无论是作为男子汉还是作为一般人都会感到委屈。

他心中填满了激愤、近乎凶狠的感情，眼睛燃起了火光。

——哦？我没有胆子？——他走近她高声说。

——你没有胆子！

——嗬！我要动你会怎么样？

——你动动看！

——那将会怎么样？

——那我就揍你后脑勺，让你栽到水中去。

——噢，揍吧！

——噢，动吧！

他用炽热的目光扫视她一下，猛然用有力的爪子从侧面紧紧搂住了她，压住她的胸脯和肩膀。他因接触到她热乎乎的、结实的身体而全身燃烧起来了，喉咙因有点儿呼吸困难而发紧。

——就这样！啊……揍吧！啊……如何？

——放开，雅科夫！——她平静地说，试图从他颤抖的手中挣脱出来。

——那么，还想揍后脑勺吗？

——放开！瞧，会把事情弄糟的！

——啊……你别吓唬我！唉，你呀……太美啦！

他紧贴着她，用厚嘴唇深情地吻她绯红的脸颊。

她兴奋地哈哈大笑起来，双手紧紧地抱住雅科夫，以全身剧烈的动作向前冲去。他俩相拥成团跌入水中，淹没在泡沫和浪花中。然后，在海浪激荡的水中冒了雅科夫湿淋淋的头，他脸带惊慌失措的神色，旁边浮出了马丽华。雅科夫拼命地挥动着双手，在自己周围的水面上扑腾，惨叫，怒吼；而马丽华却环绕着他游动，爽朗地哈哈大笑，打起咸水溅到他脸上，扎入水中，躲开他挥来挥去的爪子。

——真见鬼！——雅科夫呼哧呼哧地叫喊。——我会淹死的！够啦！……当着上帝说……会淹死！水……好苦……咳，你呀……我会淹——淹死！

但是，她已丢下他，像男人一样双手划水，游到了岸边，敏捷地重又爬上了船。她站在船尾，笑着，看着匆匆向她游过来的雅科夫。湿淋淋的衣服紧贴在她身上，勾勒出从膝盖到肩膀的身段。雅科夫游到船边，一只手抓住船帮，贪婪的目光死盯着这个近乎裸体的、开心地嘲笑他的女人。

——喂，爬上来，海豹！——她笑呵呵地喊道，并已跪下来向他伸出一只手，另一只手撑在船舷上。

雅科夫抓住她的手，欢欣鼓舞地大声说：

——咳……现在拽住啊！我给你——洗——洗澡！……

他站在齐肩深的水中把她往自己身边拉，波浪飞越他的头顶，撞击着船，溅到马丽华脸上。她眯缝起眼睛，哈哈大笑，突然尖叫一声，跳到水中，身体的重力使雅科夫歪倒下去。

于是，他俩像两条大鱼一样又重新开始在浅绿色的水中嬉戏，相互溅水，尖叫，扑哧地笑，扎猛子。

太阳含笑看着他们，渔场建筑物窗户玻璃也含笑反射着阳光。他们强劲的手激起的水在喧哗，他们的头淹没在从海的远方袭来的波涛之中，被他们的闹腾惊起的海鸥发出刺耳的尖叫声，在他们的头顶上飞来飞去……

最终，他们折腾得疲劳了，喝足了海水，于是爬上岸，坐在太阳下休息。

——呸！——雅科夫皱眉头，吐唾沫。——咳，水也糟糕！这糟糕的水还真是那么多！

——世上只有许多糟糕的小伙子，比方说，——多少爷们儿！——马丽华一边笑着说，一边挤掉自己头发上的水……

他的头发是深色的，尽管不长，但浓密而卷曲。

——难怪你就给自己选中了一个老头子，——雅科夫用胳膊肘捅了一下她的腰，挖苦地笑着说。

——有的老头子比年轻人好。

——既然父亲好，那么，儿子就更好……

——真有你的！你在什么地方学会了吹牛皮？

——农村少女常说我完全不是一个坏小伙子。

——莫非少女懂什么？你问问我吧……

——那你是什么人？难道不是少女吗？

她凝视着他，他厚颜地笑着。于是，她突然变得严肃起来，气冲冲地对他说：

——曾经是，对——有一次是过！

——好，但又不好，——雅科夫说，并哈哈大笑。

——蠢货！——马丽华严厉地瞟他一眼，不再理睬他。

雅科夫把嘴唇一撇，胆怯了，不说话了。

他俩沉默了约半小时，翻身向太阳，以便太阳快些晒干他们的湿衣裳。

在营棚——长长的、脏兮兮的、顶盖一面斜坡的棚子里——工人们醒来了。从远处看，他们所有人全都一个样——破衣烂衫、蓬头垢面、赤脚……他们嘶哑的声音传到了岸边，有人在敲打空桶的底，飞来了沉闷的打击声，仿佛是大鼓发出的低沉的咚咚声。两个妇女在尖声叫骂，一只狗在汪汪叫。

——人们正在醒来，——雅科夫说。——我今天本来想早点到城里去……可是却在和你瞎闹……

——和我在一起将不会有什么好处，——她不知道是开玩笑还是严肃认真地说。

——你为什么老是吓唬我？——雅科夫吃惊地笑着说，

——你就瞧着吧，看你父亲怎么收拾你……

提起父亲，这突然使他很生气。

——父亲怎么样？啊？——他粗鲁地高声说。——父亲！我自己不是小孩……多么了不起……这里不是那些规矩……我不是瞎子，我看得见……他自己就不是循规蹈矩的人……他在这里不约束自己……嗯，也就别管我。

她含讥笑意味地不时直视着他，并好奇地问道：

——不要管你？那么，你打算干什么？

——我？——他鼓起腮帮子，挺起胸膛，似乎举起了重物。——我吗？我能做许多事情！那清纯的空气足够沐浴我全身，而农村的灰尘已从我身上吹落。

——快点儿！——马丽华嘲笑似的高声说。

——为什么？我这就动手把你从父亲那儿夺过来。

——啊？真的吗？

——以为我不敢？

——是啊？

——你听着，——雅科夫心情激动和精神亢奋地说，——你不要刺激我！我……你瞧！

——怎么样？——她平静地问。

——没什么！

他转过脸去，不理她，不作声，表现出勇敢自信的小伙子的样子。

——哈，你好斗！是的，掌柜有条黑色的小狗，见过吗？它和你一个样。从远处汪汪叫，像要咬人的样子，而当你走近时，它就夹起尾巴跑开了！

——嗯，好吧！——雅科夫凶狠地提高嗓门说，——你等着！你会看到我是怎样的，会看到！

马丽华含笑直视着他。

有一位个子高高的、青筋嶙嶙的、皮肤青铜色的、一头火红色浓发蓬乱的人，步履蹒跚、身躯晃悠悠地向他们走来。他的无腰带的红布衬衣从背部撕裂几乎到达领子，袖子倒还未从手上滑落下来，他把袖子卷到肩部。裤子满是大小不等的窟窿，光着脚丫子。在密密麻麻布满雀斑的脸上粗鲁地闪烁着一对浅蓝色大眼睛，向上翘起来的宽鼻子使他整个人显出满不在乎和无赖的样子。他走过他们停下来，从他衣裳无数窟窿中露出的肉体在阳光下发亮。他用鼻子大声吸气，用疑惑的目光凝视着他们，扮滑稽可笑的鬼脸。

——谢廖什卡昨天喝了点儿酒，而今天谢廖什卡口袋里就像无底的篮筐一样……借给二十戈比钱币吧！不过，我反正不会还的……

雅科夫对他耍滑的话温和地哈哈大笑，而马丽华看着他褴褛不堪的样子冷笑了一下。

——给吧，真见鬼！为了二十戈比钱币，我给你们举行婚礼——好不好？

——咳，你呀，爱打趣的人！难道你是牧师不成？——雅科夫笑道。

——傻瓜！我在乌格利奇市一个牧师那儿的院子管理员中生活过……给二十戈比钱币吧！

——我不想结婚！——雅科夫拒绝了他。

——反正一样——给吧！我将不告诉你父亲你在追逐他的美女，——谢廖什卡坚持地说，干裂的嘴唇垂涎欲滴。

——撒谎，他会就这样相信你……

——既然我撒谎，这样他就会相信！——谢廖什卡肯定地说，于是他将痛打你一顿——唉咳，怎么样！

——我不怕！——雅科夫笑着说。

——噢。那么我自己揍你！——谢廖什卡眨巴着眼平静地宣称。

雅科夫吝惜二十戈比钱币，但人们已警告过他不要和谢廖什卡纠缠，而最好是满足他的贪欲。他索要的不多，而如果不给他，那么工作时他会暗中搞什么龌龊勾当，或者无缘无故使坏。雅科夫想起这些劝导之后，叹了一口气，把手伸到了口袋里。

——这就对啦！——谢廖什卡鼓励他，坐到他旁边的沙地上。——永远听我的，你将是聪明人。而你，——他转向马丽华说，——快嫁给我吧？快些准备，我将不会久等。

——你这破衣烂衫的样子……先把窟窿补好，然后我们再谈谈，——马丽华回答说。

谢廖什卡用批判的目光看了看自己的窟窿，摇了摇头。

——你最好把自己的裙子给我。

——是啊！——马丽华笑着说。

——真的！给吧——有什么旧的吗？

——你还是给自己买条裤子吧，——马丽华劝告他。

——咳，我最好是花钱喝酒……

——更好些！——雅科夫笑了，手里捏着四个五戈比钱币。

——可不是吗？牧师对我说过，人不应关心肉体，而应关心灵魂。我的灵魂需要伏特加酒而不是裤子。给我钱吧！嗯，我现在就去喝酒……关于你的事，我仍然会告诉你父亲的。

——你去说吧！——雅科夫挥了挥手，碰了一下马丽华的肩膀，豪放地向她丢了一个眼色。

谢廖什卡说完这番话之后，吐了一口唾沫，并再次宣称：

——我不会忘记揍你的……只要将有自由时间，我就会痛打你一顿！

——那为什么？——雅科夫惊慌地问。

——我可知道……嗯，你将很快就这样嫁给我吧？——谢廖什卡转问马丽华说道。

——那么，你告诉我，我们将做什么，将怎样生活，到时我将考虑考虑，——她认真地说。

谢廖什卡眯缝起眼睛，舔了舔嘴唇，看了一会儿海，然后解释说：

——我们将什么都不做，将游玩！

——那么，什么地方找吃的？

——咳，——谢廖什卡挥了挥手，——你呀，像我母亲似的，尽发议论。什么和怎样？难道我知道：什么和怎样呢？我去喝酒啦……

他起身离他们而去，送别他的是马丽华的怪模怪样的微笑和小伙子的怀有敌意的目光。

——瞧。什么样的喜欢发号施令的家伙！——当谢廖什卡离开他们走远时，雅科夫说道。——若是在我们农村，人们早就痛痛快快地收拾这样的野汉子了……好好地揍他一顿就得啦……而在这里，人们害怕……

马丽华看了看他，用傲慢的态度从牙缝里说道：

——你呀，小猪！你不知道他的价值！

——我为什么要知道？这种人的价值不过是一袋钱中的几文钱，而这个钱袋中有上百卢布。

——也算是！——马丽华带讥讽意味地高声说。——这也是你的价值……而他……到处都待过，走南闯北，不怕任何人……

——那么，我怕谁啊？——雅科夫勇敢地问道。

她没有回答他，沉思地注视涌向岸摇动沉重大划船的海浪的嬉戏。桅杆从一边晃向另一边，船尾抬起来又落入水中，在水面上发出噼啪噼啪的响声。声音响亮而烦闷，仿佛大划船想离岸去辽阔的、自由的海而对拴住它的缆绳发怒。

——啊，你究竟为什么不走？——马丽华问雅科夫。

——那我去哪儿？——他回答。

——你曾想去城里……

——我不去啦！

——噢，去你父亲那里吧。

——那你呢？

——什么？

——也去吗？

——不……

——咳，我也不去。

——你将整天在我身边待着吗？——马丽华平静地问。

——你对我不是太需要的……——雅科夫委屈地回答，并起身离她而去了。

但是，他错了，说他不需要她。没有她他开始感到寂寞，在

和她谈话之后，他内心产生了奇怪的感觉：模糊地反对父亲，暗
自对父亲不满。昨天不曾有这种感觉，今天在和马丽华相遇之前
也不曾有这种感觉……而现在觉得父亲在妨碍他，尽管他在那海
的远处，在这个勉强看得见的沙带上……此外，他感到马丽华害
怕父亲。而如果她未害怕过——那他和她会完全是另一番景象。

他在渔场闲逛，观察人们。瞧，那不是谢廖什卡吗？他坐在
营棚阴凉处的一只桶上，扮出滑稽可笑的鬼脸，叮咚乱弹三弦琴，
歌唱着：

城——城市——市的先生，
请你待我以谦恭……
把我带去警察区，
免我跌入垃圾中……

在他周围有约二十位同样衣衫褴褛的人，从他们所有人身上，
就像从这里一切东西上一样，散发出咸鱼和硝酸钾的气味。有四
个容貌不佳、一身脏兮兮的村妇坐在沙地上，从一把大洋铁壶中
倒茶喝。尽管还是早晨，就有那么一个工人已经喝醉酒了，在沙
地上闹腾，他试图站立起来，却又重新跌倒下去。某处，有一个
妇女在尖叫、哭泣，传来了破旧手风琴的琴声，到处闪烁着鱼鳞。

中午，雅科夫在一堆空桶中间给自己找了一个阴凉的地方，
躺在那里睡到了傍晚，当他醒来之后，心烦意乱，不知何往，于
是又开始在渔场游荡。

走了两小时左右，在离幼柳丛附近矿坑的远处，他找到了马
丽华。她侧卧着，双手捧着一本破旧的书，笑迎着他。

——还以为你在哪儿！——他坐到她身旁说。

——你可是早就在找我吗？——她确信地问。

——难道我找过你？！——雅科夫高声说，但他突然醒悟到
情况正是这样：他找过她。于是，小伙子疑惑地摇了摇头。

——你识字吗？——她问他。

——识字……但不多，而且已全忘了……

——我也是——不多……你上过学吗？

——上过县级学校。

——而我是自学的……

——啊？

——真的……我曾在阿斯特拉罕的一个律师家里当过厨娘，他的儿子教过我读书识字。

——也就是说，不是自学……——雅科夫解释说。

她看了看他，又问：

——你想看书吗？

——我？不……那为什么？

——而我——喜欢，——瞧，我从掌柜的妻子那里要了一本书，正在读……

——什么内容？

——写的是老实人阿列克谢依。

她给他讲：有一位少年，父母是富裕的重要人物。他离开父母和抛弃幸福而出走了。后来，他回到父母身边，穷困潦倒，破衣烂衫，在父母院子里和狗一起生活，到死也没有告诉他们他是谁。——马丽华讲完之后轻轻地问雅科夫：

——他这是为什么要这样？

——谁知道他？——雅科夫冷漠地回答。

风和浪堆集起来的沙丘环绕着他们。远处传来了沉闷忧郁的喧嚷声，——这是人们在渔场上喧嚷。太阳落山了，沙滩上映照着淡绯红色的余晖。海风轻拂，如诉如怨的白柳灌木林微微摆动自己可怜的叶丛。马丽华倾听着什么，沉默不语。

——你今天究竟为什么不去那里……长形沙滩？

——那你想说什么？

雅科夫露出贪婪的目光斜视着这个女人，思索着怎样对她说应该说的话。

——我，真的，当孤单一人在静悄悄的时候……总想哭……或者——唱。只是我不知道唱优美的歌，而哭——令人羞愧……

他听见了她轻轻的温柔的声音，但她说的话没有触动他心中的任何东西，而只是给他的愿望赋予了更强烈的形式。

——那你怎么啦，——他走近她，但没有看她，闷声闷气地说，——你听着，我对你说……我是年纪轻轻的小伙子……

——还是愚蠢的，愚——愚愚蠢的！——马丽华摇着头坚定地拖长声音说。

——噢，即使是愚蠢的，——雅科夫懊丧地说。难道这里需要智慧吗？愚蠢的——也罢！你听着，我说——你希望和我……

——不希望！……

——为什么？

——不为什么！

——你可别犯糊涂……——他小心地抓住她的肩膀。——你要想明白……

——滚开，雅科夫！——她摆脱他的手，严肃地说。——走开！

他站起身来环顾四周。

——咳，既然你如此——我也不在乎！你这样的这里很多……你以为——你比别人好些吗？

——你这小狗崽子，——马丽华站起身来，掸掉衣服上的沙土，镇静地说。

他们彼此并排地走向渔场。他们缓步而行，因为脚易陷入沙中。

雅科夫粗鲁地劝说她屈从他的心愿，而她则神色镇定地窃笑，用尖酸刻薄的话回答他。

当他们已走近渔场营棚时，他突然停下来，抓住她的肩膀。

——你这不是故意煽惑我吧？！你为什么要这样？我给你——看着点！

——你放手，我说！——她从他手中挣脱出来，飘然而去。谢廖什卡从营棚的一个角落向她迎面走来，他摇了一下自己蓬乱的火红色的脑袋，不怀好意地说：

——游逛了？好啊！

——你们全都见鬼去吧！——马丽华恶狠狠地喊了一声。

雅科夫站在谢廖什卡对面，忧郁地看着他。他俩之间有十来步距离。

谢廖什卡目不转睛地盯着雅科夫。他们就这样像两只准备相互顶撞的公羊站了约莫一分钟，然后默默地分头向不同的方向离去。

晚霞染红了平静的海。渔场上空荡漾着沉闷的嘈杂声，其中明显突出的是喝醉的女人的声音，它歇斯底里地唱出怪诞的歌词：

> ……塔——阿嘎尔嘎，马塔嘎尔嘎，
> 我——我的马塔尼契卡！
> 醉呀醉醺醺，挨了一顿打，
> 破衣烂衫，披头散发——啊！

这些歌词，像海蛆一样龌龊，在浸透硝酸钾和腐烂鱼类气味的渔场飘荡，——飘荡，玷辱波浪奏出的音乐。

海的远处沉浸在朝霞的光辉中静静地微睡，反映着珠母般的云彩。睡眼惺忪的渔人在长形沙滩上操劳，把缆索搬到划船上。

灰色的大渔网沿沙滩被缓慢地拖上大划船，堆放在船底。

谢廖什卡，像往常一样，不戴帽，半裸体，站在船尾用醉后嘶哑的嗓音催促着渔人们。风儿吹拂他衬衫的破烂布片和红黄色蓬乱的头发。

华西里！绿色的桨在哪儿？——有人在叫喊。华西里，像这十月的一天那样愁眉苦脸，在大划船中堆放大渔网，而谢廖什卡望着他的驼背，馋涎欲滴，——这是他想喝点酒以解宿醉的象征。

——你有伏特加酒吗？——他问。

——有，——华西里闷声闷气地说。

——好啊，那我就不去了……留在干燥的侧屋旁。

——准备好了！——从长形沙滩发出了喊叫声。

——开船吧！……——谢廖什卡发出指令，同时从船上走下来。——走吧……我留在这里。瞧——撒宽些，别搞乱了！……这要放平些，别打结！……

大划船被推入了水中，渔人们从船舷爬上大划船，各自拿起桨举向空间，准备好划水。

——一！

桨一齐落入波浪中，大划船向前一冲，驶入辽阔的明亮的水域。

——二！——舵手喊口令，船桨像巨型海龟的爪子向着船舷张开……一！……二……

岸上干燥大渔网侧屋旁留下五个人：谢廖什卡、华西里和另外三个人，其中一人躺在沙地上说：

——再睡一会儿……

那两人接着学他的样，于是三个衣服褴褛肮脏的身躯躺在沙地上冷得缩成团。

——你怎么星期日不在？——华西里问谢廖什卡，并和他向着窝棚走去。

——不能来……

——喝醉了？

——不，观察了你的儿子和他的后娘，——谢廖什卡平静地说。

——他找到了关怀！——华西里似笑非笑地说。他们是小孩子还是怎么啦？

——更坏……一个是傻瓜。另一个是装疯卖傻。

——这是马丽华装疯卖傻？——华西里问，他的眼睛冒出凶狠的目光。——她早就变成这个样子了吗？

——她，老兄，魂不附体……

——她的灵魂是龌龊的。

谢廖什卡瞟了他两眼，不屑地扑哧一笑。

——龌龊的！唉，你呀……钝嘴圆脸的土包子！你不能了解任何妖魔鬼怪……你只要女人的乳房丰满就好，而她的性格你不需要……可是人的全部精华就在性格之中……性格不好的女人就等于无盐的面包。你能从这样无丝竹之音的三弦琴得到快感吗？公狗！……

——瞧你昨天喝醉得都说了什么！……华西里讽刺地说。

他很想问，谢廖什卡昨天在何处和是怎样见到雅科夫和马丽华的，但他羞于启齿。

走进窝棚，他给谢廖什卡倒了一茶杯伏特加酒，希望谢廖什卡在狂饮之后能借着酒兴自行向他讲述关于他俩的事情。

但是，谢廖什卡喝了解宿醉的酒，打了一个嗝，整个人清醒过来，坐在窝棚的门口，伸懒腰，打呵欠。

——喝点酒，仿佛吞了一团火！……——他说。

——嗯，你就喝吧！——华西里感叹地说，对谢廖什卡如此狂饮的速度感到惊讶。

——我能……——无赖汉点了点火红色的头，用手掌抹干湿润的胡须，开始用教训的口吻说：——我能，老兄！我做一切事都快而直截了当。不要拐弯抹角——直滚就行了！至于跌到什么地方——这全都一样！从地上落不到哪里去，除非入地……

——你想去高加索吗？——华西里问，悄悄地引向自己的目标……

——当我想去的时候我就去。我何时想去，——我干脆说——我一次又一次地……做好了准备！——或者事情的发生如我所愿，或者额头上打出一个疤来……简单！

——什么简单！好像你生活得没有头脑……

谢廖什卡含讥笑意味地瞟了华西里两眼。

——而你——聪明！你在乡里挨过多少次鞭笞？

华西里看了看他，默不作声。

——这倒好，你的长官事前用树条从背后追打有头脑的人……唉，你呀！哼，你能用自己的头脑做什么？你能带着自己的头脑走到哪里去？你能想出什么玩意儿来？问题就在这里！而我没头脑地往前直闯，不必多说！也许，我将比你闯得更远一些，——无赖汉夸口说道。

——这个——也许吧！……——华西里冷笑一下。——你倒是走到西伯利亚去啊……

谢廖什卡真挚地哈哈大笑。

他没有醉，这违背华西里的期待而使他生气。他舍不得再斟一杯，而在清醒状态下从谢廖什卡那里什么也得不到……但是，无赖汉自己却接上了他的话茬儿。

——你为什么不问问马丽华的情况？

——我为什么要问？——华西里拖长声音慢慢地说，同时由于某种预感而战栗。

——她可是星期日没有到这里来……你该问问，她这些天生活得怎么样……大概，你吃醋了吧，老鬼！

——她们这样的很多！——华西里蔑视地挥了挥手。

——她们这样的很多！——谢廖什卡滑稽地模仿着说。——唉，你们，野蛮地主的村庄是树皮围着的！给你们蜜糖也罢，给你们焦油也罢，——反正你们将只有一点黑麦糊……

——你为什么总是夸奖她？你是来提亲还是怎样啊？那么我自己早就向她求婚了，——华西里嘲弄地说。

谢廖什卡看着华西里，沉默了片刻，用一只手搭在他肩上，开始沉重地对他说：

——我知道，她和你同居。在这件事上我不妨碍你——也没有必要……但是，现在这个雅科夫，你的儿子，在她身边转来转去。因此，你要打得他遍体通红！听见了吗？否则，我自己揍他……你是个好男人……一个呆头呆脑的傻瓜……我未曾妨碍你，这点你要记住……

——原来如此！你也在追求她吗？——华西里闷声闷气地问。

——也在！假若我知道：也在，我本会把你们所有人从我的道路上清除掉，那就万事大吉了……否则——我和她往哪里去呢？

——那么，你怎样迷路了？——华西里疑心重重地问。

这个简单的问题大概使谢廖什卡大吃一惊。

——我为什么迷路？真的，鬼才知道为什么……是的，——她……是这样的女人……一身带刺，辛辣的气质……我喜欢她……也许，我怜惜她，还是怎样啊……

华西里用怀疑的目光看着谢廖什卡，但他感到谢廖什卡说的是真诚的、发自内心的话。

——假如她是纯贞的处女，那还可以怜惜。而这样——有什么神奇的！

谢廖什卡没吭声，望着大划船在海的远处画了一个大弧形而掉头驶向海岸。他望着，目光是坦诚的，脸色是善良的和憨厚的。

华西里看着他，心软下来了。

——是的，你这说得对，她是靓丽可爱的女人，只是有点浮躁！雅科夫？哼，我将收拾他！瞧这狗崽子！……

——他对我不十分诚恳……——谢廖什卡宣称。

——那么，他对她表示亲热吗？——华西里捋着胡须从牙缝中不怎么高兴地问。

——他，——你就等着瞧吧，——将是你们之间的一个楔子，——谢廖什卡确信地说。

东方的阳光呈粉红色扇面形在海的远处弥散开来。透过海浪的喧哗声，从大划船上飞来了微弱的呼叫声：

——引航——航！……

——起立，伙伴们！嗨！去收大渔网！——谢廖什卡发出口令。

他们五个人全都很快各自拉起了大渔网的边。像弦索一样的、有弹性的长绳从水中拉伸到岸上，渔人们把背纤带系在绳子上，拉牵着绳子，发出咯吱咯吱的响声。

大划船在波浪上滑动，把大渔网的另一边拉向海岸。

灿烂明朗的太阳高照在海空上。

——你看到雅科夫时就告诉他，让他明天到我这里来，——华西里请求谢廖什卡。

——好吧。

大划船靠岸了，渔人们从船上跳到沙地上分头拉牵大渔网。两组人相互逐渐靠近，大渔网的漂子在水上跳动，形成了规整的半圆。

这天很晚时分，当渔场的工人们吃完了晚饭，疲惫的和若有所思的马丽华坐在一只底朝天的破船上，眺望着披上夜幕的海。

在那远处，闪烁着火光。马丽华知道，这是孤独的、恰似在海的昏暗的远处迷失了方向的华西里点燃的篝火，火光仿佛精疲力竭，忽明忽暗。马丽华忧郁地看着这个红点，它在波涛的无休止的隐约的隆隆声中颤动，在荒原中消失。

——你干吗在这里坐着? ——在她背后传来了谢廖什卡的声音。

——你怎么啦? ——她问，连瞧都没有瞧他一眼。

——好奇。

他沉默了一会儿，仔细地看着她，卷了一根纸烟，开始吸烟，跨坐在船上，然后友善地说:

——你是一个奇异的女人: 忽儿离开所有人跑去，忽儿依恋着几乎是所有的人。

——这么说，我依恋你还是怎么样啊? ——她冷淡地发问。

——不是我，而是雅科夫。

——你忌妒吗?

——嗯……让我们直截了当、推心置腹地谈吧? ——谢廖什卡拍了一下她的肩膀后提议说。她侧身向他坐着，他不能正面看她的脸，而她给他简单地扔了三个字:

——你谈吧。

——你怎么啦，把华西里甩了，还是怎么样啊?

——不知道，——她沉默了片刻回答说。——而你为什么提这个问题?

——是的——这样……

——我现在生他的气呢。

——为什么?

——他打了我……

——是吗? ……他是这样的呀? 而你——向他屈服了吗? 哎哟——哟!

——谢廖什卡感到惊讶。他从侧面看着她的脸，带讽刺意味地吧嗒着嘴唇。

——假如我愿意——是不会向他屈服的，——她怒冲冲地反驳说。

——那么你怎样呢？

——不愿意。

——也就是说，你坚定地爱着那只公猫？——谢廖什卡嘲笑地说，吐出烟卷的烟雾缭绕着她。——嗯，事情如此！我本曾想：你不是这样的人……

——我不爱你们任何人。——她再次冷淡地说，并挥手驱散烟雾。

——撒谎，真的吗？

——我为什么要撒谎？——她问。按照她的话音，谢廖什卡知道了她真的没有必要撒谎。

——可是，你既然不爱他，那你怎么允许他打你？——他严肃地问。

——难道我知道吗？你为什么要刨根问底？

——妙啊！——谢廖什卡摇了摇头说。

接着他们俩久久地陷入沉默之中。

夜降临了。在空中缓慢浮动的云彩的阴影笼罩在海面上。波浪在喧响。

长形沙滩上华西里的火光已熄灭，但马丽华依然看着那里，而谢廖什卡却看着她。

——听着！——他说。——你知道你想什么吗？

——假若我知道就好啦？——马丽华深深地叹了一口气，非常小声地回答。

——那么，你不知道？这可不好！——谢廖什卡确信地宣称。——而我总是知道！——他又用悲伤的口吻补充说：——只是我很少想什么。

——我总在想点什么，——马丽华若有所思地说。——但究竟是什么？……不知道。有时想坐船驶向大海才好呢！远——远的！好让永远不再见到人。有时却想迷惑住每一个人，让他们像陀螺一样在我周围转动，而我就看着他们发笑。忽而我怜惜所有的人，而比所有人更多的还是自我怜惜；忽而又想痛打所有的人，然后狠揍自己……以致可怕地死亡……我时而苦恼，时而愉快……咳，人们总是有点儿笨拙。

——人们是腐朽的，——谢廖什卡表示同意。——真的，我看你总觉得：你非猫，非鱼，也非鸟儿……然而在你身上又有所有这些东西的影子……你不像村妇。

——谢天谢地！——马丽华微笑着说。

从一排沙丘的后面，从他们的左方，吐露出一轮明月，银色的光辉洒在海面上。圆圆的、温柔的月亮沿着蔚蓝色的苍穹慢悠悠地向上浮动，明亮的星光在平和的、沉入幻想的月光中显得淡白和微弱。

马丽华笑了一笑。

——啊……你知道吗？……我有时似乎觉得，假如营棚夜晚着火，那会是一片混乱！

——好一片混乱！——谢廖什卡突然推了一下她的肩膀高声赞叹地说。你知道吗……我教会你一个有趣的玩法！想不想？

——真的吗？——马丽华有趣地问。

——你能激起这个雅科夫的好斗心吗？

——煽风点火，——她冷笑着说。

——使他和父亲打起来！当着上帝说！那将是令人开心的……他们将像狗熊那样扭打……你也给那个老头鼓鼓劲，让他也……然后，我们就让他们相互争斗……怎么样？

马丽华转向他，凝视他那张棕黄色的、笑嘻嘻的脸。在月光照耀下，这张脸比在白天阳光下显得少了一点花里胡哨的样子。在这张脸上，除了温和的、有些调皮的微笑之外，既没有明显地显出任何恶意，也没有其他任何表情。

——你为什么不喜欢他们？——马丽华怀着疑心地问。

——我？……华西里——还行，是个好男人。而雅科夫——是个坏东西。你瞧，我不喜欢所有的男人……恶棍！他们假装成孤儿，于是又给他们面包，又给他们一切！……他们那里有地方自治会，地方自治会为他们操办一切……他们有家业、土地、牲口……我曾在一个地方自治会委派的医师家里当过马车夫，看厌了他们……后来我就到处流浪。有时你来到农村，要点面包，他们就抓你！你是谁，你是干什么的，出示证件……多少次挨打……忽而把你当作盗马贼，忽而干脆……把你关入看守所……他们诉苦，装穷，但他们能生活，因为他们有根基——土地。而我拿什么去反抗他们？

——难道你不是男人？——马丽华仔细听着他的话，并打断他问道。

——我是小市民！——谢廖什卡有几分自豪地说。——乌格利奇市的小市民。

——而我——来自巴甫利什，——马丽华沉思地说。

——没有任何人庇护我！而男人们……他们，真见鬼，可以生活。他们有地方自治会，等等。

——那么地方自治会——这是什么东西？——马丽华问。

——什么东西？鬼才知道它是什么东西！它是为男人们设置的，是他们的管理机关……应该唾弃它……你说打官司——和他们作对吧，好吗？要知道，这将不会有任何结果，——他们只会打人！……华西里不是打了你吗？好吧，就让他儿子为你的挨揍偿还给他。

——为什么？——马丽华微笑着说。——这倒是好……

——你想啊……看着人们为了你而相互打断肋骨难道不令人愉快吗？不只是由于你的几句话吗……你动一两次嘴舌就行啦！

谢廖什卡久久地、兴致勃勃地对她讲：她的角色多么美妙。他同时半开玩笑半认真地说。

——哎嗨，我若是美丽的女人才好呢！那我就会在这个世界上制造这样的混乱！——他最后感叹了一声，双手抓住并死劲儿地挤压着头，眯缝起眼睛，沉默下来。

当他们分开离去时，月亮已高悬在天空。没有了他们，夜色更加迷人了。现在只留下了辽阔无垠和宏伟壮丽的海以及布满星星的蓝天。在月亮的照耀下，海泛起了银光。还有沙丘和其中的白柳灌木丛。沙滩上还有两座脏兮兮的长形房子，就像草草堆起来的大坟墓。但是，这一切在大海面前显得可怜和渺小，而看着这一切的星星则冷飕飕地闪烁。

父亲和儿子面对面地坐在窝棚里喝伏特加酒。儿子带来了酒，为了在父亲这里不寂寞，为了讨好父亲。谢廖什卡对雅科夫说了，父亲为马丽华而生他的气，还威胁马丽华要把她打得半死；而马丽华知道了这种威胁，故不顺从他——雅科夫。谢廖什卡嘲笑了他。

——他会为你的调情而收拾你！他将揪你耳朵，耳朵将达一俄尺长！你最好不要让他碰上！

这个红黄头发的令人讨厌的人的嘲弄，激起了雅科夫心中对父亲的强烈的愤恨。而这里还有马丽华时而兴奋时而忧伤地看着他，表现犹豫不决的样子，更加强了他拥有她的愿望，以致深感痛苦……

于是，雅科夫来到父亲这里，把父亲看得像自己道路中间的一块顽石，一块不可能逾越和无法绕开的顽石。但是，他感到一点也不害怕父亲。雅科夫看着他忧郁的、凶狠的眼睛，仿佛对他说：

"喂，你动一动试试看？！"

他们已经再次干杯，但除了说几句关于渔场生活的无关紧要的话之外，相互之间还没有说其他任何的话。他们在各自的心中积聚了相互对立的愤恨。他俩知道，这种愤恨很快就会燃烧起来，激发他们的冲突。

窝棚的蒲席被风吹得沙沙响，夹板不时发出相互碰撞的声音，杆子顶端的红布在嘟哝着什么。所有这些响声都是忐忑不安和犹豫不决的，好像是遥远的絮语在不连贯地、踌躇地请求某种事情。

——怎么，谢廖什卡总是喝酒？——华西里闷闷不乐地问。

——喝，每天晚上都醉醺醺的，——儿子回答，同时又斟了一杯酒。

——他会完蛋的……这就是所谓的自由生活……没有恐惧的生活！……你也将是如此……

雅科夫简单地回答：

——我将不会如此！

——不会？！——华西里皱起眉头说。——我知道自己在说什么……你在这里生活了多少时间？第三个月过去了，将很快要回家去，能否带许多钱回去？——他从杯中吱吱地啜了一口酒，一只手抓住胡须，猛然一拉，以致他的头摆动了一下。

——在这里时间这么短，也不可能挣很多的钱，——雅科夫合乎情理地回答。

——既然如此，那你就不必在这里不务正业了——回农村去吧！

雅科夫默默地微笑。

——你扮什么鬼脸啊？——华西里怨恨儿子的镇静，用威胁的语气高声说。——父亲在说，而你在笑！瞧，你是否早就开始放肆了？不是要我给你戴上嚼环吧……

雅科夫斟了杯酒，一饮而尽。粗鲁的吹毛求疵使他感到委屈，但他忍下来了，不愿说内心所想和随心所欲的话，以免激怒父亲。他在父亲冷酷和严厉的目光下有点儿胆怯。

华西里见到儿子自斟一杯而不给他斟酒，于是更加狂暴起来。

——父亲对你说——回家去，而你对父亲扮笑脸吗？星期六辞工，回农村去！听见了吗？

——不回去！——雅科夫坚定地说，固执地摇了摇头。

——怎么会这样？——华西里开始吼叫，双手支撑在大桶上，从座位上站了起来。——我对你说还是不说？你是什么东西，是狗对着父亲狂吠吗？你忘了我能对你怎样吗？你忘了吗？

他嘴唇颤动，脸部痉挛，太阳穴上的两条血管凸显出来。

——我什么都没有忘记，——雅科夫没有看着父亲低声地说。——可是，你记得所有的事情吗？

——用不着你来教训我！我要把你砸成粉碎……

雅科夫躲开父亲举在他头顶上的手，咬紧牙关，宣称：

——你不要动我……这里不是农村。

——住嘴！到哪儿我都是你父亲！……

——这里有乡政府，你不能打人，就是没有乡政府，——雅科夫直视着他微笑，也慢慢地站立起来。

华西里眼睛布满血丝，脖子往前伸，捏紧拳头，冲着儿子的脸呼出掺酒味的热气；而雅科夫把身子往后一仰，露出抑郁的目光，机警地注视着父亲的每一个动作，准备抵挡打击，虽然外表看似镇定，但是全身已热汗淋漓。在他们之间隔着一只权当桌子的大桶。

——不打人？——华西里用嘶哑的嗓音问道，弯起背，像准备跳跃的公猫。

——在这里——大家平等……你是工人，我也是。

——是这——这个样子啊？

——嗯，不是吗？你为什么责骂我？你想，我不知道吗？你自己首先……

华西里咆哮起来，如此快速地挥动一只手，以致雅科夫来不及躲闪。一拳打在他的头上，他前仰后合一下，张口露齿，面对已重新举起手来的父亲的凶猛的脸。

——你看！——他握紧拳头警告他。

——我揍你——我看！

——不要打啦！——他说。

——啊哈……你！你——打父亲？……打父亲？……打父亲？……

他们的空间狭窄，乱作一团，他们的脚下杂乱地堆着大盐袋、翻倒的大桶、破碎的杂物。

雅科夫脸色苍白，大汗淋漓，咬紧牙关，闪烁着狼一般的目光，紧握拳头抵挡住打击，在父亲面前慢慢地退让；而父亲向他步步紧逼，怒不可遏地挥动拳头，凶相毕露，有点古怪地凸显蓬头散发，活像一头鬃毛竖立的凶猛的野猪。

——住手——够啦——不要打啦！——雅科夫凶猛而镇定地说，走出窝棚门到了室外。

父亲吼叫，一个劲地追着他打，但他的打击迎来的只是儿子的拳头。

——瞧，看怎么打你……瞧……——雅科夫意识到自己更加灵巧，模仿着父亲的神情说。

——你等着看吧……站——站住……

但是，雅科夫侧身一跳，一溜烟跑向大海。

华西里低头伸手向他追打，但一脚绊到了什么东西而俯身摔倒在沙地上。他很快跪立起来，双手撑着沙地坐下去。这么一折腾，他已精疲力竭。他强烈地感到未得到满足的委屈，痛苦地意识到自己的虚弱，因而号啕痛哭……

——你这该死的！——他伸长脖子用嘶哑的声音冲着雅科夫骂道，从颤动的嘴唇中吐出愤怒的泡沫。

雅科夫靠在船上，警惕地看着他，同时用一只手揉着受了轻伤的头。他衬衫的一只袖子被撕得只剩下一根布条挂着，领子也被撕破了，白白的冒汗的胸脯被阳光照得发亮，仿佛是抹了一层油。他现在感到对父亲的蔑视，认为比他更强壮。他望着头发蓬乱、衣服破烂的父亲坐在沙地上用拳头威胁他，但他露出傲慢的、抱屈的、强者对弱者的微笑。

——你真该死，离开我……永远！

华西里如此大喊大叫地诅咒，以致雅科夫不由自主地朝向渔场眺望海的远处，好像在想，那里人们能听见这虚弱的叫喊。

但是，那里只有波浪和太阳。于是，他向一旁啐了一口唾沫，说道：

——叫喊吧！……你给谁苦恼？只给自己……既然我们闹到如此地步，那我就要说……

——住嘴！……从我眼前滚开……滚开！——华西里吼叫。

——农村我是不回去的……我将在这里过冬……——雅科夫说，并继续注视父亲的动作。——我在这里好些，——这我明白，我不是傻瓜。这里轻松些……在那里你会随心所欲地对我发号施令，而在这里绝不让你摆弄我！

他笑着对父亲做了一个轻蔑的手势，虽然不是高声地笑，但笑得让重新狂怒的华西里跳起来抓起船桨向他冲过去，嘶哑地大声叫喊：

——对父亲？对你父亲呀？我打死你……

但是，当气冲冲茫然不知所措的他跑近船时，雅科夫已离他远去。他奔跑，被撕断的衬衫袖子在他身后随风飘飞。

华西里把船桨投向他，但未达目的。这个再次有气无力的男人栽倒趴在船上，用指甲抓住一根木头，望着儿子，而儿子从远处向他嚷道：

——你该害臊的！头发都已斑白，还——为了一个女人——如此凶暴……唉，你呀！我不会返回农村去的……你自己到那里去吧……你在这里没什么可做的……

——雅科夫！住嘴！——华西里怒吼，压过了儿子的声音。——雅科夫！我要揍死你……滚开！

雅科夫不慌不忙地扬长而去。

父亲用迟钝的、错乱的目光看着他离去。他的身影变得短小，他的双脚似乎陷在沙里……他走进沙中，沙齐腰深……齐肩深……齐头深，吞没了整个身影……然而，一分钟过后，在离他消失的地方稍远处，又开始露出了他的头，他的肩，然后又重现了他的整个身影……他现在显得矮小了……他回过头来往这里看，嘴里喊着什么。

——你真该死！该死，该死！——华西里回应儿子的叫喊发出咒骂声。儿子挥动一只手，继续往前走，重新消失在沙丘后。

华西里依然久久地望着那个方向，直到感觉脊背酸痛为止。他靠着船半倚半卧的不恰当的姿势引起了他的脊背酸痛。他已筋疲力尽，站了起来，由于骨头刺心似的疼痛而打了一个趔趄。他用僵硬的手指解开错了位的腰带，把它扔到沙地上。然后向窝棚走去，在沙坑前停留下来，并想起了他就是在这个地方跌倒了，如果不跌倒的话，那么他本可抓住儿子的。窝棚里凌乱不堪。华西里睁开眼睛搜索酒瓶，在大袋子之间找到了并把它拿了起来。瓶塞紧紧地陷入瓶颈中，酒倒不出来。华西里慢慢地把瓶塞抠了出来，把瓶颈塞入口中，想引颈而饮。但是玻璃碰撞着牙齿，酒从口中流到了胡须上，流到了胸脯上。

华西里头脑混乱，内心沉重，脊背剧痛。

——我到底老啦！……——他大声说，坐到了窝棚入口处的沙地上。

在他面前是海。海浪在嘲笑，像往常一样，喧哗，嬉戏。华西里久久地看着水面，想起了儿子的渴求的话：

"倘若这是一片土地该多好呀！而且，要是黑土地该多好！要能开垦该多好！"

酸楚的感觉充满这个男人的心间。他死劲儿地揉了揉胸口，环顾一下四周，深深地叹了一口气。他的头低垂，脊背仿佛负重似的弯曲，喉咙因气喘发作而感到憋闷。华西里仰望天空，咳嗽，画十字。沉重的思绪萦绕在他心头。

华西里和妻子在诚实的劳动中共同生活了十五年以上的时光，为了一个放荡的女人，他抛弃了妻子，为此，上帝以儿子的反抗来惩罚他。好呀，上帝啊！

儿子污辱了他，刺痛了他的心……他要打儿子，不只是因为儿子如此使自己的父亲痛心！那么还为了什么呢？还为了一个庸俗的、生活不检点的女人！……这个老头儿同她鬼混在一起，忘记了自己的妻子和儿子，这是他的罪过……

于是，上帝出于义愤而提醒他，并通过他的儿子以正义的惩罚撞击他的心灵……好呀，上帝啊！……

华西里弯腰曲背地坐着，画十字，频繁地眨巴着眼睛，掀动睫毛，拂掉迷住他眼睛的泪水。

太阳坠入了大海。天空紫红色的霞光悄悄地熄灭。和风从沉寂的远处吹拂这个男人的泪水浸湿的脸。他沉浸在后悔的思绪中，他坐着，直到平静下来。

在和父亲争吵后，过了一天，雅科夫和一帮工人坐汽船牵引的海帆船出发去离渔场约三十俄里的海上捕捞鲟鱼。五天后，他一人乘帆船返回渔场，——这是派他回来办理伙食。他中午到达，此时工人们已吃完午饭在休息。天气酷热，晒热的沙子烫脚，鱼鳞和鱼骨刺脚。雅科夫小心翼翼地走向营棚，埋怨自己没有穿靴子。他懒得回到大划船上，况且他急着想尽快地吃点东西和见到马丽华。在海上度过的枯燥的日子里，他常常想起她。他现在想

知道，她是否见到了父亲和父亲对她说了什么……也许，他揍了她？揍揍她倒也无妨，——她将更温顺一些！否则，她太张狂和太机灵了……

渔场一片寂静和荒凉。营棚的窗户是敞起的，大木箱子也是敞开的，看来，人们热得极为难受。掌柜的办公室隐蔽在营棚之间，一个小孩在办公室里扯破嗓子地喊叫。从一堆大桶后面传来了那些人轻微的声音。

雅科夫大胆地向他们走去。他觉得好像听到了马丽华在说话。但是，当他走近大桶一看，他就皱起眉头退了回去。

在大桶后面的阴凉处，红黄头发的谢廖什卡双手垫在脑后仰卧着。他的一旁坐着父亲，另一旁坐着马丽华。

对父亲的到来，雅科夫想：

"他为什么在这里？莫非他离开自己安静的职位而转到渔场来了，以便离马丽华更近些而不让儿子接近她？唉，真见鬼！倘若母亲知道他这一切行为！……向他们走过去，还是不应该？"

——这样！……——谢廖什卡说。——那么，要说再见啦？咳，也好！走吧，去翻耕土地……

雅科夫高兴地眨了一下眼。

——我走……——父亲说。

于是，雅科夫勇敢地向前迈了一步，并向他们打招呼：

——大家好！

父亲仓促中看了他一眼，随即转过脸去。马丽华不动声色，而谢廖什卡颤动一只腿用沉厚的声音说：

——瞧，你那钟爱的儿子雅科夫从远方回来了！——随即用平常的腔调补充说：——撕掉他的皮，像羊羔皮那样做鼓皮……

马丽华在轻轻地发笑。

——好热啊！——雅科夫坐下来说。

华西里再次看了他一眼。

——啊，雅科夫，我在等你，——他说。

雅科夫觉得他的声音比往常更加低沉，脸色也仿佛焕然一新。

——我回来办理伙食……——他宣布，并向谢廖什卡索要一点烟丝卷烟卷。

——我没有烟丝给你这个傻瓜，——谢廖什卡一动不动地说。

——我将回老家去，雅科夫，——华西里一只手指挖沙，庄重地说。

——什么——这样啊？——儿子无恶意地看了一下他。

——噢，那么你……留下来吗？

——对，我留下来……我们两人都在家里做什么啊？

——噢……我什么也不说。随你的便……你不是小孩子啦！只是你那个……要记住，我活的时间不长了。我，也许，还将活着，但工作不知道会怎么样……我，大概，对土地生疏了……这样，你要记住，你有一个母亲在那里。

他大概是难以继续说下去，有些话不知何故塞在了他的齿缝里。他捋着胡须，手在颤抖。

马丽华凝视着他。谢廖什卡眯缝一只眼睛，而睁圆另一只眼睛盯着雅科夫。雅科夫满怀喜悦，又怕显露这种喜悦，于是默不作声，眼睛看着自己的两只脚。

——你可不要忘记你母亲……瞧，她只有你一个，——华西里说。

——那里怎么样？——雅科夫踌躇了一下说。——我知道。

——好吧，既然你知道！……——父亲疑惑地看了他一眼说道。——我只说——别忘记。

华西里深深地叹了一口气。他们四人沉默了几分钟。然后，马丽华说：

——快要打上工的铃了……

——嗯，我走啦！……——华西里站起来宣称。其他三人也跟着他站了起来。

——再见，谢尔盖……你也许将有机会去伏尔加河看看？……西姆比尔斯克县，尼科洛—勒科夫斯克乡，马兹洛村……

——好吧，——谢廖什卡说，向他摆了摆手，但没有把长满棕黄色毛和青筋嶙嶙的爪子伸出去，含笑看着他忧郁而严肃的脸。

——勒科沃—尼科尔斯克是一个大乡村，远处的人们也知道它，而我们离它是四俄里，——华西里解释说。

——嗯，嗯……我将顺便去走走，——假如有机会的话……

——再见！

——再见，可爱的人！

——再见，马丽华！——华西里闷声闷气地说，没有看着她。

她不慌不忙地用袖子擦了擦口唇，把两只雪白的手搭在他肩上，三次默默地和庄重地吻他的脸颊和嘴唇。

他感到腼腆，含含糊糊哼哼哈哈地说着什么。雅科夫低着头，掩饰着冷笑。谢廖什卡轻轻地打了一个呵欠，望着天空。

——你走路会热的，——他说。

——没关系……噢，再见，雅科夫！

——再见！

他们站着，面面相觑，不知道做什么。"再见"这个悲情的词，此刻频繁重复地在空中回荡，唤起了雅科夫心中对父亲的温暖的情感，但他不知道该如何表达：像马丽华那样拥抱父亲，或者像谢廖什卡那样和他握手？华西里对儿子表现在姿态中的脸上的犹豫不决感到难过，他还怀着面对雅科夫有某种近乎羞愧的感觉。是长形沙滩那幕情景的回忆和马丽华的亲吻，引起了他内心的这种感觉。

——啊，记着你的母亲！——华西里最后说。

——好吧，会的！——雅科夫露出温柔的微笑大声说。——你自己保重……而我会好的！……

他摇了摇头。

——咳……就这样吧！你们在这里生活，愿上帝保佑你们……我有什么对不起的地方，请原谅吧！……啊，那个小锅，谢廖什卡，我掩埋在绿色小船旁边船尾附近的沙里。

——他要那小锅做什么？——雅科夫赶紧问。

——他确定接我的位置……去那里——长形沙滩！——华西里解释说。

雅科夫看了看谢廖什卡，瞥了一眼马丽华，低着头，掩饰自己眼睛中快乐的光芒。

——再见吧，伙伴们……我走啦！

华西里向他们点了点头就去了。马丽华跟随着他。

——我送你一会儿……

雅科夫也跟着马丽华走，谢廖什卡躺在沙地上，抓住雅科夫的一只脚。

——嘘！去哪里？

——你等着吧！放手……——雅科夫猛力一冲喊道。

但是，谢廖什卡抓住了他另一只脚。

——和我坐一会儿……

——咳——咳！你瞎闹什么？

——我没有瞎闹……你就坐下吧！

雅科夫咬紧牙齿坐下了。

——你要干什么呀？

——你等着吧！你别说话，让我想想，然后告诉你……

他用无赖的目光严厉地扫视了一下这个小伙子，而雅科夫顺从了他……

马丽华和华西里默默地走了一会儿。她从侧面不时地看看他的脸，她的眼神稀奇古怪。而华西里闷闷不乐地紧锁眉头，默不作声，双脚陷在沙里。他们款款而行。

——华西里！

——什么？

他瞥了她一眼，又立刻把脸转过去。

——要知道我这是有意挑唆你和雅科夫吵架……你们本可以不要吵而这样在这里生活下去，——她平静而直率地说。

——你这究竟是为了什么？——华西里沉默了一下之后问道。

——不知道……没什么！

她冷笑着耸了耸肩。

——你干的好事！唉，你呀！——他用愤恨的腔调责备她。

她默不作声。

——你毁坏了我的小伙子，完全毁坏了！唉！你这妖妇，妖妇……不害怕上帝……没有羞耻……干什么啊？

——那么应当干什么呢？——她问他。在她的问话中，不知是忧虑，还是懊丧。

——什么？唉，你呀！……——华西里高声说，心中燃起对她强烈的憎恨。

他激动得想揍她，把她打翻在自己脚下，把她踩入沙中，用靴子踢她的胸脯和脸。他捏紧拳头，朝后看了一眼。

在那里，在大桶旁边，站立着雅科夫和谢廖什卡，他们的脸转向他。

——滚蛋，——走开！我劈了你才好呢……

他直面她用近乎耳语的低声辱骂。他的眼睛充血，胡须晃动，双手不由自主地伸向她从头巾底下露出来的头发。

她张开绿色的眼睛镇静地看着他。

——我打死你才好呢，你这个荒淫的女人！你等着吧……你还捣鬼……你找死！

她冷笑了一下，沉默了一会儿，然后，深深地叹息了一声，对他说：

——嗯，够啦……再见！

说完，她急转身往回走去。

华西里在她身后吼叫，牙齿咬得吱吱响。而马丽华走着，竭力使自己的脚踏入华西里留在沙中的明显的深深的脚印里，踏完一个脚印，她又尽量用自己的脚抹平这个脚印。就这样，她缓慢地一直走到大桶旁，谢廖什卡迎着她问道：

——咳，送走啦？

她向他肯定地点了点头，并坐在了他的旁边。雅科夫看着她，露出温柔的微笑，嘴唇在动，仿佛在絮叨着只有他自己听得见的什么话。

——怎么样，——送走啦，开始怜惜了吗？——谢廖什卡用歌一般的语言再次问她。

——你什么时候去那长形沙滩？——她向海那边点头示意，

以一句问话作为对他的回答。

——晚上。

——那我跟你一起去……

——太好啦！……这我喜欢……

——那我也去！——雅科夫坚定地宣称。

——谁叫你去？——谢廖什卡眯缝着眼睛问道。

传来了微弱的叮当响的钟声——这是上工的钟声。钟声连续在空中急速飞扬，然后消失在波涛的欢乐的哗哗声中。

——就是她叫我去！——雅科夫挑衅似的望着马丽华说道。

——我？你需要我做什么？——她惊讶地说。

——我们将打开天窗说亮话，雅科夫！……——谢尔盖站起来严厉地说。——如果你将纠缠她，我就砸碎你！你要是动一动手指，我就像拍苍蝇那样打死你！掐断你的脑袋，你就将不复存在于人间了！在我这里——这是轻而易举的事！

他的整个脸、整个身材和伸向雅科夫喉咙的骨节粗大的手，很令人信服地说明：这一切对他来说是轻而易举的事。

雅科夫往后退了一步，结结巴巴地说：

——你等着吧！要知道，她本人可是……

——噢——就是这样！你是什么东西？你这只狗，羊羔不是给你吃的，如果给你啃点骨头，你还得说声谢谢……懂吗？……干吗瞪眼看着？

雅科夫望了一眼马丽华。她那绿色的眼睛向他露出盛气凌人的和有损尊严的冷笑，她如此温情脉脉地侧身紧靠着谢廖什卡，以致令雅科夫冒汗。

他们离他比肩而去，走了不远，两人放声大笑。雅科夫右脚紧陷入沙中，呆然不动，神态紧张，呼吸困难。

在远处，在黄色的死寂的沙浪上，一个小小的模糊不清的人影在移动，其右边欢乐的雄壮的海在阳光下闪烁，其左边直到水平线，伸展着一片沙滩——单调的、凄凉的、僻静的沙滩。雅科夫看着这孤零零的人影，眨巴起充满委屈和疑惑的眼睛，用双手使劲地揉搓自己的胸膛……

在渔场，工作紧张地进行。

雅科夫听到了马丽华低沉洪亮的声音，她大声叫喊：

——谁拿了我的刀子？……

波涛的鸣响，太阳在辉耀，海在笑……

因为寂寞无聊

……旅客列车像一条巨大的爬虫，吐出一团一团灰色的浓烟，消失在草原远处像汪洋大海似的黄色的庄稼地里。列车狂暴的喧嚣声伴着浓烟弥漫在酷热的空气里，连续几分钟打破辽阔荒漠平原冷静的沉寂。平原上一座小铁路站因其孤独而引起郁闷感。

当列车沉闷但有活力的喧嚣声在晴朗天穹下消散静下来时，抑郁的寂静又笼罩在车站周围。

草原是金黄色的，天空是鲜蓝色的，两者都是辽阔无垠的；位于草原和天空之间的褐色车站建筑物，令人产生意外涂鸦的印象，它损坏没有想象力的艺术家辛勤创作的凄凉图画的中心。

每天中午十二点和午后四点，列车从草原驶进车站，各停留两分钟。这四分钟——是车站主要的和唯一的消愁解闷的时刻，它们给车站职工带来观感。

每一次列车都载着形形色色的、衣着各式各样的人群。他们瞬间出现，在车厢窗户中闪现他们疲倦的、焦躁的和冷淡的脸，他们随着铃声、哨声和轰隆声飞驰在草原上，奔向远处，奔向纷扰的生活沸腾的城市。

车站职工好奇地看着这些面孔，送走列车之后，相互分享匆忙捕捉到的所闻所见。他们周围是一片沉寂的草原，头顶上是冷静的天空，而在他们心里是一种模糊的对每天从他们身边奔来奔去的人们的羡慕，可是他们却留下来，隔绝在这荒漠之中，生活仿佛在生活之外。

瞧，他们发走了一趟列车，站在月台上，目送着粗黑链条般的列车消失在像汪洋大海似的金色庄稼地里，于是怀着对从他们身边飞驰的生活的印象沉默无语。

他们几乎所有人都在这里：站长——温厚的、肥胖的、淡黄发的男人，蓄着哥萨克式的大胡子；他的助理——淡红黄色头发、尖形胡须的年轻人；车站守卫鲁卡——小个子，机灵，狡猾；扳道工—戈莫卓夫——结实的、宽阔胡须的、沉默寡言的男子。

车站门口的板凳上坐着站长的妻子，一个身材小巧、体态丰盈的女人，她热得十分难受。她的膝盖上躺着一个婴儿，他的脸像母亲的脸一样饱满和红润。

列车正隐没在坡道上，似乎它隐蔽到地里了。

于是站长转向妻子说：

——怎么样，索妮娅，茶炊准备好了吗？

——当然，——她懒洋洋地轻声回答。

——鲁卡！你在这里，那个……打扫一下路基和月台……你看——扔下了多少杂七杂八的东西……

——我知道，马特威·叶戈罗维奇……

——是的，嗯，怎样呢？尼古拉·彼特罗维奇，我们将喝茶吗？

——照常吧，——助理说。

发送了中午的列车之后，马特威·叶戈罗维奇问妻子：

——怎样，索妮娅，午饭准备好了吗？

然后，他向鲁卡发出总是千篇一律的指示，并邀请在他们那里搭伙食的助理说：

——嗯，怎么样？我们吃午饭吧？

助理合理地回答他：

——同平常一样吧……

他们从月台走进房间，室内花多家具少，散发出膳食和包布的气味，人们围绕着桌子谈论掠身而过的所闻所见。

——尼古拉·彼特罗维奇，您发现了二等车厢的那位穿着黄色衣服的黑发女人吗？恶毒的家伙！……

——不坏，但穿得不美观，——助理回答说。

他说话总是简短而坚定，认为自己是了解生活和受过教育的人。他有一个黑色细棉布封面的小笔记本；他在其中记录着从偶然落入他手里的报纸书籍的小品文中摘抄的各种名人格言。站长无可争辩地承认他在不涉及职务的所有方面的权威，并认真地听取他的意见。他特别喜欢尼古拉·彼特罗维奇笔记本中的深奥道理，并总是朴直地赞赏它们。助理关于黑发女人衣服的意见引起了马特威·叶戈罗维奇的疑问：

——难道黄色和黑发女人的脸不协调吗？

——我说的是样式，而不是颜色，——尼古拉·彼特罗维奇解释说，同时仔细地从玻璃高脚盘中取着果酱放到自己的小碟中。

——样式——这是另一回事！……——站长表示同意。

他的妻子加入了谈话，因为这个话题合乎她的兴趣，也为她所了解。由于这些人的智慧不够敏锐，所以谈话拖长时间，但很少引起情感上的激动。

迷醉于沉默的草原和寂静高傲的天空窥视着窗户。

几乎每小时都有货车来往，但押车的工作人员早已熟悉。所有这些乘务员，都是睡眼惺忪、深感在草原上乘行枯燥无味而心情压抑的人们。可是，他们有时讲述线路上发生的事情，例如在某某俄里路段上压死人的事故；或者说说职务上的新闻：那个被罚款了，这个被调走了。这些新闻不用讨论，他们对之熟悉得很，就像美食家吞吃美味珍稀的菜肴一样。

太阳缓慢地从天空爬向草原边缘，当它差不多要接触地面时，则变成紫红色。微红色的光亮洒在草原上，激起忧愁之感，激起离开这空旷草原远走他乡的模糊的向往。随后太阳的边缘接触到地面，懒洋洋地坠入地里或地的后面。太阳西坠之后，天空依然长时间地、静悄悄地荡漾着绚丽的、五颜六色的晚霞，它渐渐变得淡白起来，温暖的、静默的黄昏终于降临。星星在闪烁，在颤抖，仿佛因地球上的寂寞无聊而受了惊吓。

草原在黄昏中变得狭窄了，夜色无声无息地从四面八方向车站袭来，黑乎乎的、阴森森的夜姗姗来临。

车站上点燃了光亮，淡绿色的信号灯光最亮和最高。黑暗和寂静笼罩在信号灯的周围。

有时响起铃声——这是列车预告信号；急促的铃声飞扬到草原上，并很快淹没在草原上。

铃声过后，很快从黑暗的远处射出闪亮的红光，列车驶向被黑暗包围起来的孤零零的车站，草原的寂静在列车沉闷的轰隆声中颤悠。

车站小社会下等阶层较之贵族阶级生活有些不同。守卫员鲁卡总想争取跑到离车站七俄里远的农村去找妻子和兄弟。如他对戈莫卓夫所说，那里有他的家务，当他请这位寡言稳重的扳道工在车站"值一会儿班"的时候，他总是这样说。

谈到"家务"这个词的时候，戈莫卓夫总是长吁短叹地对鲁卡说：

——好啊，去吧。家务需要照管，这是确实的……

而另一名扳道工阿法纳西·雅戈德卡不相信鲁卡，这是一位老兵，红圆脸，苍白头发，凶狠的、好嘲笑人的人。

——家务！——他笑着扬声说。——妻子！……我知道，家务是怎么回事……你的妻子是寡妇还是怎样啊？或者是士兵的遗孀？

——唉咳，你这个禽类的省长！——鲁卡鄙视地回应道。

他之所以把雅戈德卡称为禽类省长，是因为这个老兵酷爱禽类。他的整个岗亭里外都挂满了鸟笼，无论是岗亭里面还是岗亭周围，整天不停息地传出禽类的喧闹声。士兵捕获的鹌鹑不断地叫出单调的"波叽—帕洛齐"①的声音，椋鸟喃喃地哼着长调，各种颜色的小鸟不知疲倦地啼叫和歌唱，使士兵孤独的生活得到快慰。他把所有自由时间打发在禽类身上，温情和关心地对待它们，对同事们都不表露出任何兴趣。他称鲁卡为游蛇，戈莫卓夫为喀查普②，并不客气地当面说他们俩是"娘儿们的走卒"，为此，必须揍他们。

鲁卡对他的话不太在意，但是，如果士兵真的激怒了他，鲁卡就会喋喋不休地和尖酸刻薄地责骂他：

---

① "波叽—帕洛齐"是俄文"подь—полодь"的音译，系拟鹌鹑的叫声。——译者
② "喀查普"是俄文"кацап"的音译，系革命前乌克兰沙文主义者对俄罗斯人的蔑称。——译者

——你这灰头土脸的丘八，老鼠的残羹剩饭！你懂得什么，失去社会地位的人？你整个一生从大炮底下驱赶蛤蟆，还有就是看守军团的白菜……是不是你议论的事儿？你到鹌鹑那里去吧，禽类司令！

雅戈德卡平静地听完守卫员谩骂之后，到站长那儿去告他的状，而站长叫喊起来，让他不要以一些鸡毛蒜皮的琐事去烦扰他，并把他轰走了。于是雅戈德卡找到鲁卡，自己开始咒骂他——不急不躁，心平气和，但咒语难听和不雅，鲁卡啐着唾沫赶快躲开了。

戈莫卓夫以唉声叹气面对士兵的揭短，不好意思地自我表白：

——怎么办呢？对这种人毫无办法……当然……这是胡闹！……但是，顺便说说，不要责难，也将不被责难……

有一次士兵冷笑着回答他说：

——令人厌烦地唠唠叨叨，说来说去老是那一套！不要责难，不要责难……既然不责难，那也就不要对人们谈论什么了……

除了站长妻子外，车站还有一位女人——厨娘。人们称呼她阿丽娜。她快四十岁了，长得很丑：身材矮壮，乳房下垂，一身肮脏，衣衫褴褛。她走起路来跌跌撞撞，摇摇晃晃。她的麻脸上闪着惊慌的、周围布满皱纹的小眼睛。她不匀称的身上有着某种谄媚的、受压抑的东西。她的厚嘴唇经常表现出仿佛她想请求所有人饶恕，想向所有人跪着哀求而又不敢哭的样子。戈莫卓夫在车站生活了八个月，没有特别注意阿丽娜，他和她相遇时向她说一声"你好！"她也这样回答他一声，双方交谈两三句话，然后就分手各奔西东。但是，有一次戈莫卓夫来到站长厨房，提请阿丽娜为他缝制衬衫。她同意了，缝好了衬衫，不知为什么她自己带着衬衫去他那里了。

——真好，谢谢！——戈莫卓夫说。——三件衬衫，每件十戈比，那么，应该给你三十戈比……对吗？

——对，正是这样……——阿丽娜回答说。

戈莫卓夫沉思，许久没说话。

——你是哪个省的？——他终于开口问老是看着他胡须的女人。

——梁赞省的……——她说。

——来自远方！那你究竟是怎样来到这里的呢？

——是这样……我孤单一人……独身……

——因此可以远走他乡……——戈莫卓夫叹了一口气说。

他们再次沉默了许久。

——瞧，我也一样。我是下戈罗德斯克省的塞尔加契斯克县人……——戈莫卓夫说。——瞧，我也是独身一人，一切都在这里。我有过家业，也有过妻子……孩子——两个。妻子死于霍乱，孩子也是如此……我因而……悲恸欲绝。是——是的……后来，我试图重振家业——却不，机器坏了，不工作了。我也就走了……所以，一路来到了这里……在这里奋斗已是第三个年头了……

——没有自己的老窝，日子不好过，——阿丽娜低声地说。

——可不是！……难道你是守寡的不成？

——处女……

——想是不会吧！——戈莫卓夫公开表示怀疑。

——当着上帝说，是处女，——阿丽娜使他相信。

——怎么不出嫁呢？

——谁会要我？我一无所有……对谁有好处……况且面容不美……

——是——是的……——戈莫卓夫若有所思地拉长声音慢慢说，同时抚摸着胡须，开始用寻根问底的眼光看着她。然后问她领取多少薪资。

——两个半卢布……

——这样，嗯……那么，我给你三十戈比呢？是这样，你晚上来取三十戈比……大约十点钟，好吗？我将给你……因为寂寞无聊，我们喝喝茶，聊聊天……我们两个孤单的人……来吧……

——我来，——她简单地说完就离去了。

后来，她准时在晚上十点钟来到了他这里而离开他已经是在黎明时分。

戈莫卓夫不再叫她到自己这里来了，三十戈比也没有给她。她自己出现在他这里，显得呆板和恭顺，她来了，默默地站在他面前。他躺在床铺上，靠墙看着她说：

——坐吧。

当她坐下来时，他向她宣称：

——你要这样，——保守这个秘密，让任何人都不知道，一点儿也不知道。否则，将对我不利……我不是非常年轻的人，你也不是……知道吗？

她肯定地点了点头。

他送走她时把自己的衣服给她缝补，并再一次提醒她：

——让任何一个人都不知道，一点儿也不知道！

他俩就这样开始生活，对所有人隐瞒他俩的关系。

阿丽娜每逢夜晚差点儿不是爬着潜入到他身边。他温情地接待她，显出主宰者的姿态，有时坦率地对她说：

——从面貌来看你也不美！

她默默地向他露出淡白的、有愧色的微笑，离开他时，几乎总是带走他交给她的任何工作。

他们后来不常见了。但有时戈莫卓夫在车站的什么地方遇见她就小声地对她说：

——今天来吧……

她顺从地出现在他面前，麻脸的表情严肃，似乎来是为了完成义务，她开始懂得了这义务的重要性。

而当她回到家里，她脸上已重现通常的、呆板的、罪过和惊恐的神色。

她有时待在什么角落或者树后，久久地望着草原。草原笼罩在夜色之中，夜晚一片死寂，心里渐渐感到可怕。

有一次，送走了夜班列车之后，车站领导在马特威·叶戈罗维奇住宅窗户前的花园里，在浓密的杨树荫中，举行了茶话会。

在炎热的日子里，他们经常这样做，——这依然给他们单调的生活带来一点异彩。

谈完了列车留下的印象之后，他们喝茶和沉默。

——哎呀，今天比昨天更热，——马特威·叶戈罗维奇说，他一只手把空茶杯递给妻子，另一只手擦掉脸上的汗。

妻子接过茶杯宣称：

——这是因为寂寞无聊的感觉更热……

——嗯！也许……真是的……那么，在这种情况下玩牌好呀……但是，我们只有三个人……

尼古拉·彼特罗维奇稍微眯缝上眼睛，动一动肩膀，清晰地说：

——打牌，按照叔本华①的说法，是一切思想的破产。

——妙言！——马特威·叶戈罗维奇深受感动。——这是怎么回事？思想的破产……是——是的！这是谁说的？

——叔本华，德国人，哲学家……

——哲——哲学家？嗯……

——这些哲学家是怎么一回事——在大学服务吗？——索妮娅·伊凡诺芙娜寻根究底。

——这怎么给您说呢？这不是官衔，而是……这么说吧，天赋的才能……任何人都可能成为哲学家……他生来具有思考的习惯，在各方面寻求开始和终结。当然，在大学里有哲学家……但他们也可能那样普通……甚至在铁路上服务。

——他们在大学里的那些人挣钱多吗？

——看才智……

——喔，如果有第四个人，——我们玩一阵牌才惬意呢！——马特威·叶戈罗维奇感叹地说。

谈话到此猝然中断了。

云雀在蓝天歌唱；红胸鸲在杨树枝间跳跃，轻轻地啼啭。婴儿在房间哭泣。

——阿丽娜在那里吗？——马特威·叶戈罗维奇问。

---

① 叔本华（Authu Schopenhauer,1788~1860）：德国哲学家，唯意志论的代表人物，其代表作有《世纪即意志和观念》，其哲学思想在19世纪后半期在欧洲传播甚广。——译者。

——当然……——妻子简短地回答他。

——这阿丽娜是个奇特的娘儿们，您记住，尼古拉·彼特罗维奇……

——奇特——这是老生常谈的第一印象，——尼古拉·彼特罗维奇好像是自言自语地说，显出一副沉思的样子。

——怎么？——站长活跃起来。

尼古拉·彼特罗维奇在清晰地重复这句名言时，愉快地眯缝起眼睛，而索菲娅·伊凡诺芙娜用懒洋洋的小嗓子说：

——您记得读过的东西多么好啊……你看我也阅读，但到第二天，即使打死我也毫无办法，什么也记不住……就在不久前我在《田地》①一书中读到了某种如此有意思的、如此有趣的东西，——怎么一回事啊？一个词都不记得！

——习惯，——尼古拉·彼特罗维奇简单地解释说。

——不，这比这个……叫什么？叔本华更好……——马特威·叶戈罗维奇微笑着说，——可见，一切新事物都将成为旧事物！

——正好相反，因为一位诗人说过："是的，生命的智慧是精练的：一切新事物都是在生命的智慧里从旧事物中诞生的。"

——呸，你呀，真见鬼！你怎么有这……滔滔不绝的妙论！

马特威·叶戈罗维奇满意地发笑，他的妻子亲切地微笑，而尼古拉·彼特罗维奇感到得意，徒然地想掩饰这得意的神态。

——关于老生常谈的话，这是谁说的？

——巴里亚京斯基，诗人。

——那么另一句话呢？

——也是诗人，福法诺夫②。

——机灵鬼！——马特威·叶戈罗维奇赞许诗人们，脸上露

---

① 《田地》：俄国文艺和科普插图刊物，1870—1918 年在彼得堡出版周刊，面向广大读者。1894—1916 年出版《每月文学副刊》，刊登著名作家作品。——译者

② 福法诺夫（Фофанов К.М., 1862—1911）：俄国诗人，他的诗歌具有颓废派的特点，回避黑暗的社会现实，遁入虚无缥缈的世界，但其中也含有反映现实生活的成分，如诗集《阴沉的人》（1889）、《春天的诗》（1892）等。——译者。

出愉快的微笑，拉长声调重复二行诗。

寂寞好像是戏弄他们，——一会儿使他们摆脱亲密的拥抱，又重新拥抱起来。于是，他们再次沉默，热得气喘吁吁，喝茶增加了热度。

草原上——只有阳光。

——是的，我这样说过阿丽娜，——马特威·叶戈罗维奇回忆说。——这个奇特的娘儿们，我看着她，感到惊讶。就像是什么要了她的命，她不笑，不唱，寡言……木头疙瘩似的。但其实她工作很出色，你要知道，她如此照料列丽娅，对小孩如此细心……

他说的声音很轻，不希望让阿丽娜通过窗户听到他的话。他知道，如果不想让她骄傲起来的话，就不应该夸奖女仆。妻子打断他的话，意味深长地皱起眉头说：

——咳，你就打住吧……你并不了解她的一切！

　　　　爱的奴隶，
　　　　我无能力，
　　　　与你斗争，
　　　　啊，我的妖精！

——尼古拉·彼特罗维奇拖长声调低声吟唱，用勺形响板在桌上打着节拍。他微笑着。

——怎么，怎么一回事？她……哟，哟，你们俩这是在闲扯些什么啊！

马特威·叶戈罗维奇放声哈哈大笑。他的脸颊哆嗦，额头上汗如雨注。

——这甚至完全不是可笑的！——妻子止住他。第一，她手里有婴儿；第二，你瞧，怎样的面色？变酸，烤煳……为什么？

——是——是的，这面色确实不怎么样……必须给她以训诫！但是，当着上帝说！这……我没有预料到这个！她简直是个面团！唉咳，你啊，真见鬼！但是，他，他是谁？鲁卡什卡？我嘲笑他，这个老鬼！或者这是雅戈德卡？啊，剃光嘴唇的家伙！

——戈莫卓夫……——尼古拉·彼特罗维奇简短地说。

——真的吗？这样规规矩矩的男人？噢？你不是那个——不是杜撰吧，啊？

马特威·叶戈罗维奇觉得这件滑稽可笑的事很有兴趣。他时而哈哈大笑，笑得眼睛都湿润了；时而严肃地说有必要给相恋者以严厉的训斥，然后他想象在他们之间进行温情的谈话，接着又震耳欲聋地哈哈大笑起来。

最终，他心向神往。于是，尼古拉·彼特罗维奇做了一个严肃的脸，而索菲娅·伊凡诺芙娜陡然打断了丈夫。

——嗨哟，真见鬼！咳，我嘲笑他们！这有趣……——马特威·叶戈罗维奇一再不停地说。

鲁卡出现了，他报告说：

——信号响了……

——走。给四十二次列车发预告信号。

他很快和助理来到车站，鲁卡在车站调整好钟的信号。尼古拉·彼特罗维奇坐到信号机旁，询问邻近车站："我可以发四十二次列车吗？"而站长在办公室踱来踱去，微笑着说：

——我们嘲笑他们这些鬼东西……仍然是因为寂寞无聊，即使笑一笑也好……

——这是可以的！……——尼古拉·彼特罗维奇表示赞同，同时启动信号机的钥匙。

他知道，哲人说话应该言简意赅。

他们很快就有可能笑一阵了。

有一天夜晚，戈莫卓夫来到地窖找阿丽娜，她按照他的命令，并征得站长夫人的许可，在地窖各种家什废物中铺了一张床。这里潮湿凉爽，破椅子、木桶、木板和各种破烂东西堆得乱七八糟，令人生畏。当阿丽娜独自一人身处其中时，她害怕得几乎没有睡，而是睁开眼睛躺在干草捆上不断自言自语地絮叨着她所知道的祈祷文。

戈莫卓夫来了，久久地和默默地揉搓着和紧抱着她，当累了的时候就入睡了。但是，阿丽娜很快就用焦急的低声叫醒了他：

——季莫菲·彼特罗维奇！季莫菲·彼特罗维奇！

——怎么啦？——戈莫卓夫在睡梦中问道。

——把我们锁上了……

——怎么这样？——他跳起来问。

——来人了……上了锁……

——你撒谎！——他推开她，吃惊地和气愤地低声说。

——你自己看吧，——她恭顺地说。

他站起来，想着在路上碰到的一切，走到门旁，推门，沉默了片刻，忧郁地说：

——这是那个士兵……

门后传出了欢腾的哈哈大笑声。

——放我们出去！——戈莫卓夫高声请求着。

——什么？——传来了士兵的声音。

——开门，他说……

——早晨放你们，——士兵说完就走开了。

——我要值班，真见鬼！——戈莫卓夫愤怒地、央求地叫喊。

——我值班……待着吧，什么也别管！……

士兵走了。

——唉咳，狗东西！——扳道工忧心地嘟哝着。——等着吧……你反正不能锁住我……有站长……看你怎么对他说？他会问——戈莫卓夫在哪里啊？那时你就去回答吧……

——也许，是站长本人吩咐他这么干的——阿丽娜绝望地、轻声地说。

——站长？——戈莫卓夫吃惊地重问。——他究竟是为什么？——他沉默了一会儿冲着她喊道：——你撒谎！

她回答以深沉的叹息。

——这将怎样呢？——扳道工坐在门边的木桶上问。——我多么可耻！都是你，丑妖婆，这都是你……呜——呜！

他握紧拳头向她气息传来的方向发出威胁。而她却沉默不语。

他们沉沦在潮湿的黑暗之中，——充满酸白菜味、霉菌味以及某种强烈刺鼻发痒的气味的黑暗。透过门缝射入缕缕月光。门外发出从车站驶出的货车的隆隆声。

——你怎么不说话，女怪？——戈莫卓夫用愤恨和蔑视的腔调说。——我将怎么办？你惹出事却又装哑巴吗？你想想，我们将怎么办？我向哪里去洗刷这耻辱？唉咳，你啊，真见鬼！我干吗要沾上这个女人！……

——我请求原谅，——阿丽娜轻声宣称。

——真的吗？

——也许，他们会原谅的……

——那对我能怎么样？嗯，他们会原谅你，真的吗？要知道，在我心里是否会留下耻辱？他们将嘲笑我吧？

沉默一会儿之后，他再次开始责备和斥骂她。时间过得真慢。最终，女人用颤抖的声音请求他：

——你原谅我吧，季莫菲·彼特罗维奇！

——请求用粗棍敲你的脑袋才好呢！——他吼叫起来。

再次一片沉默，两个被关闭在黑暗中的人内心感到隐痛的、忧郁的、压抑的沉默。

——上帝啊！哪怕快一点天亮也好啊，——阿丽娜苦恼地央求道。

——你住嘴……我这就点亮！——戈莫卓夫吓唬她说，再一次开始狠狠地责备她。之后，在寂静和沉默中经受精神上极大的痛苦。随着黎明的临近，时间变得越来越残忍，仿佛每分钟都延缓消逝而欣赏这两个人可笑的处境。

戈莫卓夫终于打起瞌睡来了，地窖附近传来的公鸡的啼叫把他从微睡中惊醒。

——唉咳，你呀……妖妇！你睡了吗？——他闷声地问。

——没有，——阿丽娜深沉地叹了一口气回答说。

——要不然你就睡一会儿吧！——扳道工带讥讽意味地建议说。——唉咳，你呀……

——季莫菲·彼特罗维奇，——阿丽娜几乎是尖叫一声，感叹地说，——你不要生我的气！你怜悯我吧！恳求看在基督面上——怜悯吧！要知道，我就一人，孤苦伶仃！你对我……你是我的亲人——本来你对我……

——别悲号——别使人张皇失措！——戈莫卓夫严厉止住使他有些心软的女人歇斯底里般的絮叨。——既然你头脑有点儿简单，那就不说话还好些……

他们重新沉默下来，一分钟一分钟地等待。但是时间过去了，却没有给他们带来任何动静。终于在门缝中闪烁着阳光，辉耀的光线划破了地窖的黑暗。很快在地窖附近响起了脚步声。有人走近到门旁，站了一会儿又离开了。

——折——折磨人的人！——戈莫卓夫指出，并啐了一口唾沫。重新等待，沉默地、紧张地等待。

——上帝啊！……饶恕我们吧……——阿丽娜嘟哝着说。

仿佛有人悄悄走近地窖……钥匙哗啦响，传来了站长严厉的声音：

——戈莫卓夫！牵着阿丽娜的手出来——嗯，赶快！……

——你过来吧！——戈莫卓夫小声说。阿丽娜垂头走过来，和他并排站着。

门打开了，站长站在门口。他鞠躬，并说：

——祝贺合法婚姻！请吧！音乐——演奏！

戈莫卓夫跨过门槛站着，荒谬的喧嚣声大起，震得他两耳发聋。门后站着鲁卡、雅戈德卡和尼古拉·彼特罗维奇。

鲁卡用拳头击打水桶；用山羊般的高音大嚷大叫着什么；士兵吹着号角；而尼古拉·彼特罗维奇一只手在空中挥舞，鼓起腮帮子，使嘴唇形成小号的样子：

——噗嗨！噗嗨！噗嗨——噗嗨——噗嗨！

水桶颤动作响，号角长鸣，发出呜呜的声音。马特威·叶戈罗维奇捧腹大笑。他的助手也在戈莫卓夫面前哈哈大笑。戈莫卓夫心慌意乱地站在他们面前，脸色灰白，颤动的嘴唇露出难为情的微笑。阿丽娜呆若木鸡、垂头丧气、纹丝不动地站在他身后。

奥丽娜面对季莫菲

倾吐的话儿甜蜜蜜……

——鲁卡胡说八道地吟诵着顺口溜，向着戈莫卓夫挤眉弄眼扮鬼脸。士兵走近戈莫卓夫，把号角对着他的耳根吹呀，吹。

——嗯，你们走吧……嗯……牵着她的手！……——站长喊道，他笑痛了肚子。他的妻子坐在门廊里，左右摇晃，尖声喊道：

——莫嘉……够啦……哎哟！我会死的！

为瞬间幽会

我受苦遭罪！

——尼古拉·彼特罗维奇就在戈莫卓夫眼前吟唱。

——乌拉，新婚夫妇万岁！——当戈莫卓夫向前迈了一步的时候，马特威·叶戈罗维奇发出号令。接着四人齐声高喊"乌拉"，而士兵用粗声野气的男低音叫喊。

阿丽娜抬起头，张开嘴，两手下垂，走在戈莫卓夫后面。她露出呆板的眼神望着前方，但未必看见了任何什么东西。

——莫嘉，让他们……亲吻吧！……哈，哈，哈！

——新婚夫妇，苦啊[①]！——尼古拉·彼特罗维奇叫喊，而马特威·叶戈罗维奇甚至倚靠在树上，因为他笑得前俯后仰站不住了。木桶咚咚地响，号角呜呜地吹，鲁卡则一边手舞足蹈，一边吟唱：

奥丽娜，你腰缠万贯，

给我们熬成了稀饭！

尼古拉·彼特罗维奇再次鼓起嘴巴：

——噗唔——噗唔——噗唔！特拉——哒——哒！噗唔！噗

_____

① 俄罗斯人举行婚礼时，来宾要求新郎新娘接吻，便喊：горько（苦啊）——译者

嗨！特拉——拉——拉！

戈莫卓夫走到营房门口就消失了。阿丽娜留在院子里，被发狂的人们所包围，他们叫喊，哈哈大笑，向她耳边吹口哨，在她周围跳跃，爆发出阵阵狂喜。她板着脸站在他们面前，又蓬乱又肮脏，又可怜又可笑。

——新郎溜掉了，而……她留了下来，——马特威·叶戈罗维奇指着阿丽娜对妻子喊道，再次因大笑而痉挛。

阿丽娜把头转向他，从营房旁边走向草原。口哨声、叫喊声和哈哈大笑声送她而去。

——够啦！算啦！——索菲娅·伊凡诺芙娜叫喊。——让她神志清醒过来！需要准备午饭。

阿丽娜去了草原，去了铁路线那边，那里是一片庄稼地。她像一个深思的人那样慢慢地走。

——怎么，怎么？——马特威·叶戈罗维奇反复问这次起哄取笑的人们，他们相互讲述新婚夫妇行为的细节，大家哈哈大笑。尼古拉·彼特罗维奇甚至乘机卖弄一下小聪明：

> 对看来可笑的事情，
> 真的，嘲笑并非罪行！

——他对索菲娅·伊凡诺芙娜这样说，但又庄重地补充一句：——但是，过了头的取笑却是有害的！

那天人们在车站笑得痛快，但午饭吃得很坏，因为阿丽娜没有出来做饭，午饭是站长妻子自己做的。但是，糟糕的午餐并未破坏良好的情绪。戈莫卓夫在自己值班时间之前未从营房出来，当他出来时，就把他叫到了站长办公室。在那里，在马特威·叶戈罗维奇和鲁卡的笑声中，尼古拉·彼特罗维奇盘问戈莫卓夫是怎样"迷住了"自己的美女。

——按原意而论——这是天字第一号的犯罪^①，——尼古拉·彼特罗维奇对站长说。

——犯罪，是的，——稳重的扳道工愁眉苦脸地微笑着说。他知道，如果能够说说关于阿丽娜的事，说她几句坏话，那么人们将较少地嘲笑他。于是，他说：

——起初她总是向我使眼色。

——她使眼色？！哈——哈——哈！尼古拉·彼特罗维奇，您只要想象：她，如此丑脸，应当向他使眼色，这是怎么啦？妙啊！

——也就是说，她使眼色，而我看着并心想——不行！所以，后来她说，如果你愿意的话，我给你缝衬衫吧！

——但是"问题不在于缝纫"……——尼古拉·彼特罗维奇指出，并向站长解释说：——您知道吧，这出自涅克拉索夫——出自诗篇《华丽与贫穷》……继续说吧，季莫菲！

于是，季莫菲继续说，开始时他还克制自己，后来就逐渐情绪激动起来，谎话连连，因为他发现谎言对他有利。

他在讲述的那个女人此时躺在草原上。她走进了海洋般辽阔的庄稼地深处，艰难地躺倒在地上，并在地上一动不动地躺了很长时间。当太阳晒背直至她已不能忍受灼热的阳光时，她才翻身仰卧，双手掩面，避免直视天空，避免直视天空深处的异常强烈、极其耀眼的太阳。

在这个蒙受羞辱而心情压抑的女人周围，麦穗无聊地簌簌响，无数蝈蝈无休止地、忧虑地唧唧叫。天气炎热。她试图记起祈祷但又不能，因为嘲笑的面孔在她眼前晃来晃去，鲁卡的男高音在她耳中回响，号角声和哈哈笑声在她耳边缭绕。由于这个原因或者由于炎热，她感到胸口发闷。于是，她解开短上衣，把自己的肉体晾在阳光之下，期待着这样她将呼吸得轻松些。虽然阳光灼痛的是她的皮肤，但她内心有一种像胃灼热一样钻心的感觉。她深深地叹气，间或嘟哝着：

---

① 天字第一号的犯罪：系特指基督教传说的亚当和夏娃在伊甸园偷吃了上帝禁吃的智慧之果而犯下的罪行。——译者

——上帝啊！……宽恕吧……

回答她的是麦穗无聊的簌簌声和蝈蝈的唧唧声。她稍微抬起头，看到的是：翻滚的金色麦浪、耸立在车站远处山沟中的抽水站的黑色烟囱和车站建筑物的屋顶。除此之外，在这蔚蓝色天穹笼罩的广袤的黄色平原，看不到任何其他的东西。阿丽娜感到，她是大地上孤单一人，躺在大地的最中心，任何人和任何时候都不会来分担她孤独的痛苦，——任何人，任何时候……

傍晚，她听到了呼唤：

——阿丽娜！阿丽什卡，真见鬼！……

一个人的声音是鲁卡的，另一个人的声音是士兵的。她想听到第三个人的声音，但他没有呼唤她。于是，她纵情痛哭，串串眼泪夺眶而出，从她的麻脸颊滴落到她的胸脯上。她哭，用裸露的胸膛摩擦着干燥的温暖的土地，以减轻愈来愈折磨她的胃灼热。她哭，不作声，控制着呻吟，仿佛害怕有人听见而禁止她哭泣。

后来，当夜幕降临时，她站起来，向车站慢慢走去。

她走到了车站建筑物，背靠着地窖墙壁，久久地在这里站着，眺望着草原。货车来来往往。她听到士兵怎样向乘务员讲述她的耻辱，乘务员则哈哈大笑。哈哈的笑声在空旷的草原上飞扬，还勉强能听到黄鼠在草原上吱吱叫。

——上帝啊！宽恕吧……——女人紧紧地贴着墙壁长吁短叹。但是，叹息没有减轻压在她心头的痛苦。

黎明以前，她小心地溜进了车站顶间，用曾是她晾干洗好的衣服的绳子做了一个套，自缢身亡。

过了两三天，人们根据尸体的气味找到了阿丽娜。最初大家感到吃惊，后来开始议论谁在这个悲剧中负有罪过？尼古拉·彼特罗维奇不容置辩地证明：负有罪过的是戈莫卓夫。于是，站长打了扳道工一个嘴巴，严厉地吩咐他沉默。

当局来人了，进行了侦查。结论是：阿丽娜患有忧郁症……铁路工人受托把她拉到草原埋了。当这件事办完之后，车站重新恢复了秩序和平静。

　　车站的居民重新开始过着每昼夜四分钟接送客车的生活，由于寂寞和缺人，由于闲散和炎热，他们感到苦恼不堪，他们怀着羡慕的心情注视着从他们身边飞驰而过的列车。

　　……冬天，当暴风雪在草原上呼啸飘洒，小小的车站覆盖着雪层，飞扬着狂风怒吼，——车站的居民生活得更加寂寞无聊啦。

幽 会

（素描）

……少女坐在河岸的柳树下，看着自己映在水中的倒影。在她周围的沙地上撒满了黄叶。黄叶无声无息地从树枝上散落在少女的头顶上，掉在她的双肩上和连衣裙上。她的膝盖上铺着许多黄叶；她一只手拿着一片黄叶在手指间慢慢转动，另一只手捏着一根长而软的枝条。她高高的个儿，丰盈的体态，衣着入时漂亮，一身村姑的打扮。她那圆圆的脸庞带着忧郁的神色，眼睛若有所思地、近乎严肃地望着河水。

一群刚剪完毛的绵羊游荡在河岸，啃吃着落叶。它们一只只都显得难看和可怜。河对岸的树林被染成了秋天的橙黄色；一串串红色的花楸果耸立在河岸上。这是寂静的、晴朗的、暖和的一天，是充满秋天凋萎悲情的一天。

在少女的背后响起了树枝的沙沙声，出现了一位小伙子，他身材高大，黝黑的脸上蓄着淡黄色的胡须，光着脚，衣衫褴褛。

少女半侧身向着他，轻轻地说：

——我在这里等呀，等呀……

他靠着她坐在沙地上，立刻打量着她那节日般的装束——华丽的印花布连衣裙、粉红色的头巾、山羊皮鞋，于是笑着对她说：

——瞧你今天好像一只美丽的孔雀……

可是，他那活泼明亮的眼睛迎来的却是她那蓝色大眼睛的凄凉的目光，于是他胆怯地晃了晃头，感叹地说：

——你怎么啦？难道你说了？

——说了……

——真的？怎么样？骂你啦？

——揍揍啦……

——咳，这个老鬼……那么……他倒是说什么了？

　　——他说，你是个穷光蛋……——少女叹了一口气，重新看着河水。

　　小伙子垂头丧气地说：

　　——是——是的……这是真的……

　　一只绵羊走到他们跟前，用迟钝的温驯的目光凝视着他们，忧郁地反刍。一条鱼在河里溅起水花，水花飞溅处太阳泛起银光。远方的什么地方响起了手风琴，牛哞，狗吠，还传来了响亮的打击声——轰隆隆！轰隆！

　　——我穷……他这说得对……可我靠什么致富呢？除了健康以外，我一无所有……然而，我和你要终生相伴呀……帕拉什卡？

　　他抚摸她的肩膀，疑惑不解地望着她。

　　——他谈到了你："他说，我知道他。要找个富有的男人做女婿，你这样的不合适！——少女突然活跃起来，开始转述。——他说，他是个穷人，他应该请求到我这里来当雇农，而不是做女婿……"

　　——那你怎么想？——小伙子皱着眉头问：

　　——明摆着的……我哭……

　　——嗯……那你对他说了什么？

　　——什么！我说，我说，我就是爱你，我不想嫁给别的什么人……

　　——噢，他呢？

　　——他——捏着我的后脑勺，揪着我的发辫……"他说，我撕掉你的舌头，丝毫不要提到他……"指的就是你。

　　——真有你的！——小伙子阴沉着脸说，向河中啐了一口唾沫。

　　——随后妈妈也开始唠叨……"她说，我们是富豪……找这样一个女婿，对我们来说是不体面的，难道我们就找不到更好的啦？"

　　看她说话的神气，仿佛她自己也同意这些话的意思。她一脸严肃的样子，皱眉蹙额，力求把她母亲和父亲对她说的一切都真切地转达给小伙子，她父母怎么说，她就尽量怎么说：时而愤怒，时而劝导。

小伙子默默地听她说，一双赤脚死劲儿地挖出沙坑。

一群飞禽在河上掠空而过，发出欢乐的叽叽喳喳的叫声；小伙子目随着它们，直到它飞向河对岸落在树丛中，因而从他的视线中消失为止。他心平气和地、语带嘲笑地说：

——看来，我的命运——像是旷野的风……你掌握不了它……

少女温柔地和悲戚地看着他，不觉叹了一口气。他眺望着远处的什么地方。

——既然你父亲已经说了，这样……就是说，事情也将就会是这样。你拗不过他，改变不了他的意愿，——男人是直来直去的……他这个老鬼冥顽不灵，——他仍将坚持自己的意见……我说得对吗？他不会向你让步的吧？

——不会让步的！——少女摇摇头，——即使我哭得泪流满面，精疲力竭，——他也不会屈服……

——所以，到此就给打上了句号！我们的事情没有办成，帕拉格娅！……也就是说，不是这样的命！

——那么，现在该怎么办？——她忐忑不安地、低声细语地问。

——能怎样？我去工厂，将在那里工作……厌烦了，——就接着到别的什么地方去！……对……那就再见吧！

她睁开溜圆的大眼睛瞧着他，默默地把脸贴在他胸前。

他一只手抱着她，看着她的双肩在哆嗦。他开始若有所思地望着平静的河水，水面倒映他俩的身影，仿佛在镜中。

——啊……有时候，倒是有过信念，我多少次给自己描绘过这一切！……那就是我和你成为夫妻，并在一起工作……

他打住了，——或许因为他再一次把自己"描绘"成和这位贴在他胸前的少女结了婚并和她一起工作的丈夫；或许因为他再也不能描绘任何东西了。

——是的……比方说，我割，而你搂……或者我脱粒，而你扬场……唉咳！真见鬼！我们要有孩子才好呢……一切都好好的……一头母牛，或者两头……还有绵羊……你就这样想吧，——甚至会变得愉快起来……

少女号啕痛哭，像村妇哭她们逝去的亲人那样哀号。

——你别哭，——小伙子平静地说，同时把她紧紧搂在怀里，——哭什么？这用不着……

——斯提帕，你是我的……你是我好样的！——她哭着低声地说。

金黄的柳叶在他们的上空忧郁地旋飞，微风吹过，河面泛起涟漪。

——没关系！——小伙子抚慰地说。——这样你只是最初怜惜我，而过后你会习惯的。你们女人会很快习惯的……你别再想——别的就没什么了！就好像没有我一样……

——斯提帕！你别对我说这样的话……我任何时候……我可是任何时候都不会忘记你！我现在没有你会怎么样？我将魂不守舍地生活，活得心灰意冷、枯燥无味！

——你仍然会出嫁的……——小伙子苦笑着说。

——上帝啊！我不会出嫁的……不会嫁给任何人！——少女闷闷不乐地提高嗓门说。

——他们将叫你嫁人——你会出嫁的。他们不叫你嫁给我——你遵从了；他们叫你嫁给别人——你也会照办的。事情往往都是这样……心中的怜悯是不会持久的……

——你倒是为什么，斯提帕，要离去？哪怕你留在这儿，让我能远远地看看你，片刻排解愁闷也好啊……现在我的生活将会怎样？！

小伙子听着她情意缠绵的话，冷笑着看了看她的脸，深深地叹了一口气。

——干吗我要留在这里？你不应该这样说，帕拉格娅。如果我在这里泡蘑菇，那就因为我会是新郎，然后你就……我想，你那父亲会说：没什么，扭扭捏捏地就同意了……而我现在看到的是：不会成功的……伊凡大叔不止一次同他谈起我，可他连听都不想听……你们很富有……嘿，因此值得高傲。可见，我应该从这里出走，隐藏到别的什么地方去……因为我不那个……看着你嫁人也将是苦涩的……那么我为什么要留在这里？

——或许，你也娶妻，——少女轻轻地说。

——这我用不着……如果是娶你，——那当别论。因为——你是健康的少女……善良的和勤奋的少女……你看，我和你怎样挣钱度日！……

他再一次深沉地叹气沉默。

——圣母啊！——少女祈求地说。

——嗯——是——是的……既不是我娶你，又不是你嫁我——我们是不需要的人……是啊，你并不想和我结婚……许多人是这样做的。怀孕了，——于是就赶快让她嫁给使之受孕的人……而你并不愿这样做，所以你的爱情无关紧要……

——斯提帕！少女仰望着他的脸悲戚地说，——没有结婚，这可是罪过……他们会再一次狠狠地揍我，把我打成残废，即使……致残了，他们还是不会把我嫁给你……

——啊，——小伙子冷淡地说，——这是你的事情，你对之做出判断。如果是爱情，爱情都伴随着殴打吗？是这样的呀！

她又一次哭了起来，只是现在已离开了他一点。他用手遮挡着眺望坠向西方的太阳，慢吞吞地说：

——现在即将四点……应该等待……快到晚祷啦。明天我将随着晨曦起身而去。就是这样……

——就不怜惜……我吗？——少女含泪说道。

——怜惜或不怜惜——全都是我的心事！……——小伙子忧郁地说。

他望着河水，看见了少女双手掩面，看见了她的头在晃动、肩膀在颤抖。然后传出了轻轻的、悲戚的嘤嘤啜泣声，仿佛是一个六岁的婴儿在哭泣。小伙子从少女身上转过头去，紧咬双唇，严厉地骂了一声。他久久地、一动不动地坐着，而她一直在哭，流着伤心的和抱怨的眼泪。

——将给你……——他说，可是没有看着她。

她没有听或者不想听他说下去。当他猛然转向她的时候，他用有力的双手抓住她，几乎把她摔倒在自己的双膝上，激动的脸贴近着她，闷声闷气地说：

——得啦……别刺激我的心！……嗯，怎么样？不是这样的命……什么都完了……嗯，要不然我就离去……当着上帝的面说吧！

她挣脱他的拥抱，仍然在哭。

——唉咳，你们呀！——小伙子放声叹道，情绪忧郁而激愤，——你们这是喜欢怎么样，弄得一切更加糟糕！……要知道，这样事态已很严重，而你还要火上浇油！他说，别再号啕痛哭了好吗？！

小伙子推开了她，站了起来；她依然待在沙地上，头搁在膝盖上。小伙子久久地俯视着她，目光严肃，愁眉不展。然后，他对她说：

——好啦……再见吧！

——再见！——少女抬头向着他回应了一声。

——最后吻一吻吧……——小伙子建议。

她站起来，双手搭在他肩上，偎依在他胸前。他恭恭敬敬地吻了吻她的嘴唇和脸颊，从自己肩上挪开她的手说：

——明天我将离去……再见！上帝保佑你幸福……他们大概会把你嫁给萨什卡·尼科诺夫……他是一个温和的小伙子……只是有点傻气，虚弱……有什么病似的……再见！

他离开了她。她把哭得红肿的脸转向他，看着他的背影，仿佛怀着某种希望似的再一次呼唤：

——斯提帕！

——嗯？——他转过身望着她。

——再见！

——再见！……——他大声地回应，随即消失在柳树之间。

她重新坐到沙地上，无声地暗自抽泣。

树上的黄叶依然在飘落，平静的河面反映出晴朗的天空、树林、河岸和这位少女。

绵羊走近她，睁开圆溜溜的、总是温驯的眼睛瞪着她，似乎不理解：这位如此健壮的少女怎么能用枝条那么痛打过它们，——她怎么能哭呢？

二十六个和一个

（叙事诗）

　　我们二十六个人——关闭在潮湿的地下室的二十六部活机器，在这里从早到晚揉面，做小甜面包和小面包圈。我们地下室的窗户前挖了一个坑，用砖砌起来，砖因受潮而变成了绿色，窗框外边围上密密的铁丝网，阳光不能透过蒙上面粉的玻璃照射到我们身上。我们的主人之所以把窗框钉上铁丝网，是为了使我们不能把他的面包块送给乞丐和我们的没有工作而忍饥挨饿的朋友。我们的主人把我们叫作骗子，给我们吃的不是肉，而是腐臭的内脏……

　　地下室像是砖砌的盒子，顶板低沉，满是烟黑和蛛网，我们生活在这里，闷热，拥挤。我们在沾满点点尘污和霉菌的厚厚的墙内感到昏沉和厌烦……我们清晨五点钟起床，睡眠不足，没精打采，冷漠无神，六点钟已坐到桌旁用面团做小甜面包，当我们还在睡觉时其他同伴已为我们和好了面团。在从清晨到晚上十点钟这漫长的一天里，我们一些人坐在桌旁，晃动着身子，用手揉富有弹性的面团，以防面团发硬；另一些人用水搅拌面粉。煮熟面包的锅炉里沸腾的水整天沉思地、忧郁地发出咕噜咕噜的声音，烤面包工人的铲子在烤炉底上恶狠狠地、急匆匆地发出沙沙的响声，把一块块煮熟的光滑的面团铲到热腾腾的砖上。从早到晚在烤炉的一面燃烧着劈柴，反映的红色火焰在作坊墙上颤动，仿佛在默默地嘲笑我们。巨大的烤炉恰似童话中恶魔的怪异的头颅，——它像是从地板底下伸出来，张开大嘴，饱含通亮的火焰，向我们喷射热气，炉门上方的两个黑乎乎的通风孔看着我们无止境地工作。这两个深深的通风孔像恶魔的两只残忍的、无畏的眼睛，仿佛看奴隶看得疲倦了，也总是露出同样昏暗的目光，在不期待他们之中有人做出任何反应时，用冷淡的明智的蔑视态度鄙视他们。

我们天天在面粉尘埃中,在随脚从院子带进来的泥土中,在充满浓烈气味的闷热中搓面团,做沾满我们汗水的小甜面包。我们极端憎恨自己的工作。我们从未吃过亲手做的甜面包,认为黑面包比甜面包好。我们面对面坐在长桌旁,一边九个,在连续不断的长时间里,机械地运动着,双手和手指如此习惯了自己的工作,以至任何时候都已经无须留意自己的动作。我们面面相觑,每个人都熟知同伴脸上所有的皱纹。我们无话可说,对此习以为常,如果不是骂人,那就总是沉默,——因为总会有事要骂人的,特别是骂同伴。但是,我们骂人也是少有的,——人能有什么罪过呢?如果他半死不活,如果他像木偶,如果他的一切感情被劳动的重担所压抑?然而,沉默只有对所有的话已说完再无语可说的人才是可怕的和难受的,而对尚未开始说话的人来说,沉默是简单的和容易的……有时我们唱歌,我们的歌声是这样开始的:在工作中,突然有谁像疲倦的马儿那样深沉地叹息,开始轻轻地哼一支曼声的歌儿,其如诉如怨、温和柔顺的旋律总能减轻歌唱者心中的沉闷。我们之中的一人唱,其他人默默地听着一个人的歌声,歌声在地下室沉重的顶板下渐渐消失,就像秋夜荒原微弱的篝火在大地上空悬挂着铅盖的灰蒙蒙的天空下熄灭一样。然后,另一个人跟着唱,于是两个人的歌声轻轻地忧郁地荡漾在我们闷热的拥挤的坑洼房中。很快更多的歌喉蓦然齐声和唱,歌声像波涛一样沸腾起来,越来越强烈,越来越响亮,仿佛要把我们监牢的潮湿沉重的砖墙推开……

所有二十六个人都唱起来,嘹亮的早已唱过的歌声充满作坊,撞击着砖墙,呻吟,哭泣,隐隐作痛地快慰心灵,触痛心中的旧伤,激发忧愁……歌手们深沉地叹息。有人猝然中止歌唱,久久地听着同伴们的歌声,而后又重新把自己的歌声汇入大家的声浪中。有人忧郁地叫喊一声"唉咳!"之后闭着眼睛唱起来,也许,高亢宽厚的声浪在他看来像是通往阳光普照的远处的道路——一条自己沿着前进的康庄大道……

烤炉中的火焰总在颤动,烤面包工人的铲子总在砖头上沙沙地响，锅炉里的水总在发出咕噜咕噜的声音，墙上火焰的反光依然是那样地颤悠和默默地发笑……我们用别人的歌词唱出自己的隐痛，唱出不见天日的活人的深沉的忧愁，唱出奴隶们的苦闷。我们，二十六个人，就这样生活在大砖房屋的地下室里。我们活得如此艰难，仿佛这座房屋的所有三层楼是直接建在我们的肩膀上……

但是，除了歌曲以外，我们也还有某种好的东西，它是我们所爱的，也许，是为我们代替太阳的东西。在我们这座房屋的二层楼上是一所绣金作坊，在作坊的许多女工中有一位十六岁的女服务员丹妮娅。在从前厅到我们工作间的门上有一个小窗口，每天早晨有一张粉红的小脸贴近小窗口的玻璃，张开淡蓝色愉快的眼睛，发出响亮温柔的声音向我们喊道：

——囚犯们！给点小甜面包吧！

我们全都转向这清脆悦耳的声音，愉快地、温情地看着少女清纯的、向我们嫣然微笑的脸。我们乐滋滋地看到紧贴在玻璃上的鼻子，玫瑰色双唇含着微笑，露出亮丽洁白的细牙。我们互相推挤着扑上去给她开门。瞧，她如此开心，如此可爱，向着我们走进来，摆好围裙，微微地侧身俯首，站在我们面前。她——亭亭玉立，满面春风。栗色的又长又粗的发辫从她的肩上披到胸前。我们——脏兮兮的、黑乎乎的、怪里怪气的人们，把她从下看到上，因为门槛高出地面四个阶台，我们仰视她，向她问候早安，对她说些特别的话，这些话我们只是对她才说。在我们同她的交谈中，声音也柔和些，玩笑也轻松些。我们对她一切都显得特别。烤面包工人从烤炉中取出一铲子烤得最好的红通通的小甜面包，敏捷地扔到丹妮娅的围裙里。

——小心点，别让主人碰见了！——我们提醒她。她露出狡猾的笑容，乐呵呵地向我们喊道：

——再见，囚犯们！——随即像小耗子那样一溜烟地消失了。

只是……在她离去以后，我们长时间愉快地谈论着她——还是昨天和更早以前谈论过的老话，即老生常谈，因为无论是她还是我们，抑或是我们周围的一切，都依然如故，还是昨天和更早以前的那个老样子……这是令人非常沉重的和痛苦的。当一个人还活着，而他的周围什么都没有变化，如果这不是致命地折磨他的心灵，那么他活的时间越久，周围的一成不变就使他越痛苦……我们总是这样谈论女人，即有时是违背我们本意地听到我们粗鲁厚颜的话语，这是可以理解的，因为我们知道的那些女人或许不值得说另外的话。但是，对丹妮娅，我们任何时候都不说坏话，我们之中的任何人在任何时候不仅不允许自己对她动手动脚，而且她在任何时候甚至没有听到我们任意的玩笑。也许，这是因为她和我们待的时间不久，就像一颗从天上陨落的星在我们的眼帘中闪现，瞬息即逝；也许，还因为她娇小靓丽，而一切美丽的东西都能激起即使是粗鲁人的敬意。还有——尽管我们苦役般的劳动使我们变成了迟钝的牛，但我们毕竟还是人，像其他所有人一样，不能活得无论什么都不崇拜。我们没有谁比她更好，除了她以外，没有谁注意生活在地下室的我们，——没有谁，尽管房子里住着几十个人。而且——大概主要的是——我们大家认为她是自己的什么人，是仿佛只多亏我们的小甜面包才生存的那种人；我们责成自己给她热腾腾的小甜面包，对我们来说这成了每天对偶像的供奉，这成了近乎神圣的典礼，并使我们日益依附于她。除了小甜面包之外，我们还给了丹妮娅许多嘱咐——穿暖和些，上下楼梯别快跑，不要扛大捆大捆的木柴。她听着我们的嘱咐，露出微笑，以笑声回答我们的嘱咐，可是从不听我们的劝告，但我们对此并不感到委屈，我们只是想表明：我们关心她。

她常常向我们提出各种各样的请求，比如，请求打开通往地窖的沉重的门，劈木柴，——我们怀着愉快甚至某种骄傲的心情为她做这些事情和其他一切她想要做的事情。

然而，当我们之中的一个人请她为之缝补他唯一的衬衫时，她都鄙视地嗤之以鼻，说：

——还有这样的事啊！我留下来吧，怎么样！……

我们开怀嘲笑了一番这位怪人，此后，我们任何时候也不再请她做什么事了。我们爱她，——这说明了一切。人总想把自己的爱寄托在某个人的身上，尽管他有时为爱情所压抑，有时胡搅蛮缠，以致他会以自己的爱毒害他人的生活，因为他爱着，却不尊重所爱的人。我们应当爱丹妮娅，因为我们再无别人可爱。

有时我们之中有人突然为什么开始这样议论：

——这是怎么啦，我们如此娇纵这个小女孩？她有什么特别的？啊？我们有点太关照她啦！

对下决心说这种话的人，我们会毫不迟疑地粗鲁地予以训斥，因为我们曾要爱任何的什么东西，我们现在为自己找到了并爱上了这个东西，而我们，二十六个人，所爱的东西，都应当视之为我们的瑰宝一样不可离弃，在这一点上逆我们而行的任何人都是我们的敌人。我们所爱的也许不是真正好的东西，但既然我们是二十六个人，所以我们总希望我们宝贵的东西在别人看来是神圣不可侵犯的。

我们的爱不比恨更轻松些……大概正因为如此，某些傲慢的人断言：我们的恨比爱更值得赞扬……假若这是如此，那么他们究竟为什么不离我们扬长而去呢？

除了小甜面包以外，我们的主人还有一间小白面包房，它位于同我们坑洼房仅一墙之隔的同一座房屋中，但四位小白面包师同我们保持距离，认为自己的工作比我们的干净，所以自认为比我们优秀。他们不到我们的作坊里来，当在院子里遇到我们时，就蔑视地嘲笑我们；我们也不到他们那里去，主人禁止我们去，怕我们会偷窃奶油面包。我们不喜欢小白面包师，因为我们忌妒他们：他们的工作比我们的轻松，他们挣钱比我们多，他们吃得比较好，他们有宽敞明亮的工作间，他们一个个都是干干净净的、健健康康的，我们讨厌他们。我们大家却是面黄肌瘦和灰头土脸，我们有三个人患了梅毒，还有几个人长了疥疮，还有一个人因得风湿病而成了弯腰曲背的佝偻。每逢节日和在业余时间，他们着西服，穿落地咔嗒咔嗒响的皮鞋，他们之中的两个人有手风琴，他们全都逛城市花园；而我们穿的是破衣烂衫、破烂不堪的鞋或草鞋，警察不让我们进城市花园，——我们能够喜欢小白面包师吗？

有一次，我们得知他们有一位面包师狂饮，喝得酩酊大醉，于是主人解雇了他，并已经雇用了另一个人，而此人是个士兵。他身穿绸缎坎肩，佩戴金链怀表。我们好奇地望着如此好打扮的人，常常一个接一个地跑到院子里，希望近距离地见到他。

然而，他自己在我们的作坊里出现了。他一脚踹开了门，站在门槛上，笑容可掬地对我们说：

——愿上帝保佑！你们好啊，小伙子们！

寒气卷起浓密的烟云袭入门内，在他脚旁旋舞，而他依然站在门槛上，看着我们，从头看到脚，从他那淡黄色的、巧妙卷起来的小胡子底下露出大黄牙。他身上的坎肩确实有点儿特别——蓝色，绣花，有些闪光，坎肩上的纽扣是用某种红色宝石做成的，而金链是……

他美，这个士兵，有着高高的个子、健康的体魄和绯红的脸颊。他那明亮的大眼睛楚楚动人——含着温柔而开朗的目光。他头戴白色的、浆得硬邦邦的椭圆形帽子，从干净得没有丝毫污点的围裙底下露出时髦的、擦得亮光光的皮靴的尖头。

我们的一位烤面包工人恭敬地请他把门关上，他不慌不忙地关上了门，并开始向我们详细打听主人的情况。我们争先恐后地抢着告诉他：我们的主人是骗子、滑头、恶棍、折磨人的人，总之，可以和应该形容主人的一切咒骂，在这里不便写出来。士兵听着，微微颤动着小胡子，用温和的、明亮的眼光看着我们。

——你们这里倒是有许多小女孩啊……——他突如其来地说。

我们的一些人有礼貌地笑了起来，另一些人做了一下甜蜜的鬼脸，有一个人向士兵说明：这里的小女孩——九个。

——你们享用吗？——士兵眉开眼笑地问。

我们再一次笑了起来，发出低微的、难为情的笑声……我们之中有许多人有意向士兵表明自己是像士兵那样的勇敢好汉，但谁也不会这么干，任何人都不能。有人承认这一点，轻轻地说：

——我们哪行……

——嗯——是的，这对你们来说难啊！——士兵凝视着我们，深信不疑地说。——你们不知为什么……不行……也就是说，你们没有毅力……没有端正的形象……外貌! 而对一个女人来说,她爱人的外貌! 她要结实的躯体……她要一切都整整齐齐! 此外,她注重力量……看这手——啊, 好大!

士兵从口袋里伸出右手, 卷起衬衫袖子, 露出胳膊肘亮在我们面前……这是一只白净的、有力的、长满金色闪亮绒毛的手。

——腿脚、胸脯——一切都要健壮……再者, 人要穿戴入时……像事物的美所要求的那样……而我——女人都爱。我不呼唤她们, 不招引她们, ——她们自己却急于拥抱着我……

他坐到面粉袋上, 长时间地讲述女人是怎样地爱他, 而他是怎样勇敢地对待她们。然后, 他离去, 当门在他身后咯吱一声关闭之后, 我们久久地沉默无语, 想着他和他的故事。往后, 不知何故大家突然都开始说话了, 很快就表明: 他喜欢我们大家。这个普通的老好人来了, 坐了一会儿, 说了说话。谁都未曾来过我们这里, 谁都未曾如此友善地同我们交谈过。我们总是谈论他和他未来在绣金女工们那里取得的成功。这些绣金女工在院子里遇到我们时, 或者难堪地撇着嘴从一侧绕开我们而过, 或者直冲着我们而来, 好像在她们的道路上没有我们似的。而我们永远也只能在院子里或者当她们从我们窗户旁通过时才能欣赏她们。她们冬天戴着某种特别的帽子和穿着毛皮大衣, 夏天戴着带花的女帽,手里拿着五颜六色的伞。可是, 我们彼此间如此这般地谈论这些少女, 以致如果她们听到了我们的谈论, 她们全都会因害羞和委屈而怒不可遏的。

——然而, 怎么着丹妮娅……可别被他糟蹋了! ——一个烤面包工突然关切地说。

这句话使我们全都大吃一惊, 我们沉默了下来。我们怎么忘记了丹妮娅: 仿佛是士兵用自己魁梧美丽的身躯把她遮住了, 不让我们看见她。接着, 开始了喧闹的争论: 一些人说丹妮娅不会允许自己接触这个人, 另外一些人断言她不会坚定地抗拒士兵, 还有一些人提议, 如果士兵开始追求丹妮娅时, 那就打断他的肋骨。最终, 大家决定监视士兵和丹妮娅, 警告女孩提防着士兵……这样停止了争论。

一个月时间过去了。士兵烤小白面包，同绣金女工们游逛，常到我们的作坊来，但不谈对少女们的胜利，仍然只是捻着小胡子，津津有味地舔嘴唇。

丹妮娅每天早晨来我们这里要"小甜面包"，像往常一样，和我们在一起，爽朗、可爱、温柔。我们试着同她谈起士兵，她称他为"眼睛鼓凸的牛犊"，给他取其他可笑的外号。这使我们放下心来。看着绣金女工们依恋士兵，我们为我们的少女感到骄傲，丹妮娅对士兵的态度鼓舞着我们所有的人，而我们仿佛遵循她的态度，自己也开始以貌视的目光对待士兵。我们更加爱她了，每逢清晨更高兴更温存地迎接她。

但是，有一次士兵微醉着来到我们这里，坐下来，开始笑，而当我们问他为何发笑时？——他解释说：

——两个女人为我争风吃醋打起来了……丽吉卡和格鲁什卡……她们怎——怎么要伤害自己，啊？哈——哈！一个抓着另一个的头发，把她摔倒在前厅的地板上，并且骑在她身上……哈——哈——哈！她们俩都抓伤了脸……撕破了衣裳……可笑极啦！女人们为什么不能正当相争呢？她们为什么要诉诸武力？啊？

他坐在板凳上，那么健康、干净、愉快，坐着，不断地哈哈大笑。我们沉默无言。我们为什么这次不喜欢他？

——不——不，在女人身上我怎么运气亨通，啊？极其可笑！一使眼色，就大功告成了！真——真见鬼！

他把绒毛闪亮的白净的双手抬了起来，又重新放到膝盖上，在膝盖上拍打出响亮的啪啪声。他用又喜又惊的目光看着我们，似乎他自己真是困惑莫解，为什么他在和女人的交往中如此庆幸。他那丰润绯红的脸满意地、幸福地发光，他老是津津有味地舔着嘴唇。

我们的一位烤面包工人把铲子在炉口前的小台上狠狠地、气冲冲地敲打出啪啪的声音，猛然嘲笑地说：

——人家轻松倒云杉，你却费力拔松树……

——那么，这是你对我说的吗？——士兵问。

——那你……

——这有什么奇怪的？

——没什么……算了吧！

——不，你等等！怎么回事？什么样的松树？

我们的烤面包工人没有回答，匆忙操作炉中的铲子，把煮熟的小甜面包铲到炉子里，把烤好的发出咝咝声的面包扔到地板上给孩子们，他们把面包穿在韧皮纤维条上。他似乎忘了士兵，忘了和他的交谈。但士兵突然陷入了某种不安。他迈开双腿向炉子走去，冒险地用胸膛撞住在空中闪亮的铲柄。

——不，你说——她是什么人？你侮辱了我……我？任何一个女人都不会躲开我，不——不会！而你却对我说了如此令人难堪的话……

他真的感到不堪其辱，他大概不是为了要尊重自己，而是要维护自己勾引女人的能力，也许除了这种能力以外，他身上没有其他任何活力，只有这种能力让他感到自己是个活人。

竟有这样一些人，对他们来说，生命中最宝贵的和最美好的东西是心灵上或肉体上的任何病态。他们一生中的所有时间都带着这种病态，并只为这种病态活着。他们因病态而痛苦，以病态为生。他们向别人抱怨病态，并以此引起亲近的人们对自己的关注。他们为此博取人们对自己的同情，除此之外，他们什么都没有。如果消除他们这种病态，让他们恢复健康，他们将感到不幸，因为等于剥夺了他们唯一的生存之道，于是变得空虚，感到无聊。有时人的生活如此贫乏，以致他不由自主地不得不器重自己的恶习并赖以生存，也可以说，人们常因寂寞无聊而行为不轨。

士兵感到委屈，扑向我们的烤面包工人嗷嗷叫喊：

——不，你说——谁？

——说？——烤面包工人骤然转向我。

——怎么？

——你知道丹妮娅吗？

——怎么？

——就是她！你试试看……

——我？

——你!

——她?这对我来说——不在话下!

——我们将看着呢!

——你会看到的!哈——哈!

——她叫你……

——一月为期!

——你,好一个吹牛皮的家伙,士兵!

——两个礼拜!我会证明的!她是什么人?丹妮娅!不在话下!……

——好啦,滚吧……你妨碍工作!

——两个礼拜——即可大功告成!唉,你……

——我说,滚!

我们的烤面包工人突然狂暴起来,挥动着铲子。士兵吃惊地退避他,看了看我们,沉默下来,轻轻地、恶狠狠地说:"真好啊!"——说完离我们而去。

在争论的时候,他们引起了我们的兴趣,我们大家都没有说话。可是,当士兵走了之后,在我们之间掀起了热烈的、高声的话语和喧闹。

有人冲着烤面包工人叫嚷:

——你干得真不像话,帕威尔!

——干活吧,你别管!——烤面包工人恶狠狠地回答。

我们感到:士兵会蹂躏生灵,丹妮娅会有危险。同时,我们所有人都充满着强烈的愉快的好奇心——将会发生什么呢?丹妮娅面对士兵能坚持住吗?几乎所有的人都深信不疑地喊道:

——丹妮娅吗?她能坚持住!赤手空拳抓不住她!

我们提心吊胆地想试试我们神圣的小偶像的坚贞。我们紧张地相互证明:我们的爱神是坚贞的,她在这种对抗中将成为胜利者。最终,我们开始觉得,对士兵的挑逗还不够,他将会忘记争论,我们应该好好地刺激他的自尊心。我们从这天起过着特别的、神经紧张的生活,——这是我们尚未经历过的生活。我们整天整天地相互争论,大家有点儿变聪明了,开始话更多了,更好听了。

我们觉得好像是在同魔鬼赌博，我们方面的赌注是——丹妮娅。当我们从小白面包师那里得知士兵已开始"追求我们的丹妮娅"时，我们感到好得不得了，感到如此好奇，以致我们甚至没有发现，主人利用我们的兴奋而给我们每昼夜增加了十四普特面团的工作量。我们甚至似乎不感到劳累。丹妮娅的名字整天挂在我们嘴上。我们每天早晨怀着焦急的心情等待着她。有时我们看她似乎就要进来找我们，——而这将已不是从前的那个丹妮娅，而是另一个什么人了。

然而，关于发生过的争论，我们什么也没有对她说，也没有问她任何情况，依然像往常那样关爱她，善待她。但是，在对丹妮娅的这种关系中，已经潜伏着某种新的、同我们以前感觉不一样的东西，而这种新的感觉十分奇异，就像钢刀那样锋利和寒气逼人……

兄弟们！今天到期了！——一天早晨烤面包工人停下工作说道。

即使没有他的提醒，我们也熟知今天到期了，但还是怦然心动。

——瞧她……现在走来！——烤面包工人叫了一声。

有人惋惜地感叹说：

——你莫非亲眼看到了什么！

在我们之中重新燃起了活跃的喧闹的争论。我们今天终于将得知投入了我们善意的器皿是多么干净和一尘不染。这天早晨我们不知何故第一次很快就感到了：我们的确是在玩一次大赌博，我们爱神的纯洁可以为我们毁灭他。这些天我们所有人都听到了，士兵正在坚忍不拔地、死乞白赖地追求丹妮娅，但不知为何我们谁都没有问过她，她是怎样对待他的？而她继续准时每天早晨出现在我们面前，索取小甜面包，依然像平常一样。

这一天我们很快就听到了她的声音：

——囚犯们！我来啦……

我们急忙让她进来，而当她进来之后，我们却一反常态而用沉默迎接她。我们睁大眼睛望着她，不知道和她说什么和问她什么。我们站在她面前，成了一群黯然失色的和默默无言的人。她对她不曾习惯的这种见面显然感到吃惊，——而我们突然看到她脸色发白，心慌意乱，用结结巴巴的声音问道：

——你们这是怎么啦……什么样子啊？

——你呢？——烤面包工人目不转睛地看着她，忧郁地反问她。

——什么——我？

——没——没什么……

——嗨，快点给我小甜面包……

以前她从未催促过我们……

——来得及！——烤面包工人一动不动地直瞪着她的脸说。

于是，她突然转身消失在门口。

烤面包工人拿起铲子，转向烤炉平静地说：

——那么——成功了！……真不错，士兵！……下游东西！……

我们像盲从的群众，相互推着走到桌旁，默默地坐下来，萎靡不振地开始工作。不一会儿，有人说：

——也许，还……

——咳——咳！犟嘴！——烤面包工人喊道。

我们大家都知道，他是个聪明人，比我们聪明。我们理解他的叫喊，这叫喊就像确信士兵的胜利一样……我们陷入愁眉不展和惴惴不安之中……

在正午12点吃午饭的时候，士兵来了。他像往常一样衣着整洁，穿戴讲究，像经常一样直视着我们，而我们不自在地看着他。

——那么，诚实的先生们，想要我向你们展示一下士兵的胆略吗？——他高傲地笑着说。——那你们就到前厅去，向墙缝中看看……知道吗？

我们走出去，相互拥挤着贴近前厅木板墙的缝隙。我们等待的时间不久，很快丹妮娅迈着匆忙的步伐，露出担心的面容，跳过融化的雪水混杂着尘土的水洼，在院子里走过去了。她隐藏在通地窖的门后。随后，士兵不慌不忙，打几声口哨，向那里走过去。他双手插入口袋，小胡子微微颤动着……

下着雨，我们看到雨滴洒落水洼，激起水洼层层涟漪。这是潮湿灰暗的一天，无聊透顶的一天。屋顶上还积着雪，而地面已是污泥浊水。即使是屋顶上的雪，也盖上了薄薄一层褐色的污垢。雨缓缓飘洒，其声听来悲戚凄凉。我们等得发冷和发愁……

第一个从地窖里走出来的是士兵，他在院子里慢条斯理地走去，颤动着小胡子，双手插入口袋，——还是像经常的那个样子。

然后，丹妮娅出来了。她的眼睛……她的眼睛放射出欢乐幸福的光芒，而嘴唇露出微微的笑意。她走着，仿佛在梦中，晃晃悠悠，步履蹒跚……

我们不能冷静地忍受此情此景。我们全都急切地奔向门口，跑到院子里，吹口哨，冲向她恶狠狠地、疯狂地大喊大叫。

她见到我们吓了一跳，一动不动地站立着，双脚踩在泥泞中。我们围着她，幸灾乐祸地、怒不可遏地用下流猥亵的话辱骂她，对她说些厚颜无耻的事儿。

我们任意而为，不扬声，不慌忙，看着她被我们所包围而无路可走，我们可以随心所欲地侮辱她。但是，我不知道为什么我们没有揍她。她站在我们中间，听着我们的侮辱，来回摆动着头。而我们——越来越多地、越来越狠地把我们的污言秽语向她倾泻而去。

她脸上的红润消失了。她此前幸福的淡蓝色的眼睛睁得又大又圆，胸脯呼吸困难，嘴唇颤抖。

我们围着她，报复好，因为她掠夺了我们。她属于我们，我们在她身上消耗了我们美好的东西，尽管这是穷哥们儿一星半点儿的东西，但我们是二十六个人，而她是一个人，所以她没有因我们而引起的痛苦来作为她的动因！我们想着法儿侮辱她！……她依然沉默，依然用羞怯的目光看着我们，全身哆嗦。

我们嘲笑了，叫喊了，咆哮了……还有一些人从什么地方向我们跑过来……我们之中有人拉了一下丹妮娅的短上衣袖子……

她的眼睛突然炯炯闪亮，她慢慢地举起双手，整理了一下头发，平静地瞪着我们高声喊道：

——哎哟，你们，不幸的囚犯们！……

她直冲着我们走去，走得那么随便，似乎在她面前没有我们，好像我们没有阻断她的去路。那么，我们之中的任何人都真的没有阻挡在她的道路上。

她走出了我们的包围圈，没有回头看我们，还大声地、高傲地、蔑视地喊道：

——哎哟，你们，恶——恶棍……坏——坏蛋……

就这样，她走了，正直的、自豪的美人儿。

我们依然留在院子里，站在污垢中，冒雨待在没有阳光的灰暗的天空底下……

之后，我们默默地返回自己潮湿的坑洼工作间。像往常那样——阳光永远没有穿过窗户照射到我们身上，而丹妮娅却再也没有来临！……

菲里甫·华西里耶维奇的故事

……我坐在城市花园树林底下的板凳上，风儿气冲冲地摇动我头顶上粗大潮湿的树枝，扫落树上的残叶，把它们卷到山脚下，吹向宽阔混浊的河流，而河流则向天空飘散出冷丝丝的湿气。

河对岸，在黄丝绒般的枯草中，一片小湖在辉耀，湖水忧郁地反映出秋天的晦暗的天空；天空隐现一轮惨淡的月亮。太阳早已坠入昏暗的森林深处，灰蓝色云层中透出一抹紫红色的晚霞，看起来像是山谷中的一股火焰般的光流。

——劳驾……——一位衣衫褴褛的高个子青年人小声地说，树的喧嚣压过了他的脚步声，我没听见他何时来到了我跟前。——给我一点儿面包钱吧！

他低下头，退后一步，但未脱帽。我默默地将一只手伸进口袋。

——一点儿！——他赶忙说明，并傲然抬起了头。——您认为——是乞丐吗？不，——只是没有工作……很饿……您相信吗？

——相信。——我说。

他有一张颧骨突出的脸，一双浅灰色的大眼睛深深地陷入高高的前额之下。

——谢谢！——他愁眉苦脸地嘟哝了一声，伸出冷得或饿得发抖的手接住了钱。

我站起来，同他并排走着。他引起了我的好奇心，我问他：

——我能再帮您做点什么吗？

——找份工作！——他很快大声地说。——您能吗？

——试试看……

——我真不好意思求您……我想工作！

——怎么称呼您？

——普拉东·巴格罗夫……我，您瞧见了吗，是个农民，毕业于乡村学校，成绩优良，女教师很喜欢我……她成功地说服了地主老太婆送我去上中学……

他的眼睛底下有大块暗斑。他那软骨大而凸起的鼻子冻得发红。这位青年人把双手插入裤兜里，躬腰驼背，宽阔的肩膀冷得直抽搐。扣到脖子的轻便上衣，破旧的高靿皮鞋，揉皱的旧礼帽，使他像位流浪乐师。他说话平和，没有忧伤，没有抱怨，仿佛他在自言自语，同时心里掂量自己的话。

——我在中学待了四年。当我上二年级的时候，母亲去世了——她在野外迷了路，冻死了；父亲死得更早。当我转入四年级的时候，这位女地主逝世了……她的继承人已不愿为我支付学费，我不得不离开了中学……我就此辍学了……

一位太太走过来，碰撞了他一下，他赶紧抬起头望着她，一只手举到帽檐旁，沙哑地说：

——对不起！

太太没有瞧他一眼就走过去了。他紧闭嘴唇，然后微笑着说：

——人们怎么习惯于互相碰撞，似乎碰撞没有丝毫意义……

我们来到了一家小饭馆，在烟雾腾腾的小房间的角落占了一张小桌子，我给自己要了啤酒，而他一面等着给他送来吃的，一边环顾四周低声地对我讲：

——最初我住在中学的一位门卫那里，后来他安排我进了一家食品杂货小铺当了学徒，但是我的主人是个好斗的公鸡，于是我离开了他……

跑堂的把一盘面包送到桌子上。普拉东立刻抓起一片面包，但他的手奇怪地打着哆嗦，他很快看了我一眼，又把面包送了回去，低着头继续说道：

——当时我只有十四岁，现在——十九岁，过两年我就该入伍当兵了。五年来我见得多啦，在不同的城市里生活过，跟着管道工和花匠工作过，在一家南方报纸的编辑部当过送信员，在亚速海捕过鱼，在里海也待过——经历丰富多彩！观察，思索……——但是，您看，生活过得很糟糕！

跑堂的送来了一大碗黏糊糊、香喷喷的汤菜。普拉东用鼻子深深地、贪婪地闻着香气，双手把碗挪到自己这边，一面继续说话，一面开始把汤倒入盘中。

——我很喜欢读书，我有一个规矩——三分之一的工钱用作读书……当然，读完之后，我又把书卖掉……这总感可惜，但可不必随身搬来搬去……我不喜欢在一个地方住很久……想尽可能多看看世界，想成为有学问的人……

——成为有学问的人——这是一个美好的愿望，但我觉得为此应该长久地待在一个地方。然而——您吃呀！——我说，同时看到他掀动鼻孔闻着食物的味道……他微笑着开始吃，徒然在我面前掩饰饥饿的贪婪。

听到他简单的话语，感觉有点儿奇怪，他的话流露出某种捉摸不定的意味，表现出似乎不是青年时代所固有的一本正经。他有些卖弄自己流利的言辞，显然，他急于让我相信他的文化修养……现在看到他狼吞虎咽地吃东西，我尽量不去看他，以免使他难为情，于是我环顾房间。

在房间的另一角坐着一位电报员，他把帽子推到后脑勺，胸脯紧紧地靠在桌子上，忧郁地看着摆在他面前的半瓶伏特加酒。黑乎乎的大苍蝇在他头顶上飞旋，发出不满的和惊慌的嗡嗡声。它们在窗台上沾满灰尘的花叶中迷失了方向，飞着重重地撞到了玻璃上。房间充满着烟草、酸白菜、天竺葵、伏特加酒的令人憋闷的气味……

进来了一位高个子、脸生粉刺的人，坐到电报员对面的小桌旁，默默地斟了一杯酒，一饮而尽，小心地捋捋红黄色的胡子，用男低音问道：

——你生活得怎样？

电报员仰身靠在椅背上，一巴掌啪嗒一声拍着桌子回答说：

——我的心情是这样——就想击碎玻璃！

——控诉吧！——红黄色胡子的人给他出主意，又斟了一杯伏特加酒。

——见鬼去吧！大家都控诉……可有谁听呢？

普拉东开颜一笑，瞥了我一眼，开始轻轻地说：

——我，不喝酒，但很喜欢在小饭馆里坐坐，——有趣！总能暗中听到特别的言谈……

——这些都是荒诞无稽和不堪入耳之谈，——我指出。——如果你喜欢读书，那就多读点儿书，要知道，你将在书中比在小饭馆得到更宝贵的东西！

——是——是的，当然！——不知道因为什么他没有马上表示赞同，沉默了一阵之后补充说：——不过，您知道吗，有时想，通过荒诞无稽之谈也能领悟在书本中读到的那种思想……于是，会更多地相信书本，人会显得更加优秀……更加聪明……

——您身边有过熟悉的知识分子吗？——我问。

——当我在编辑部服务的时候有过……工作人员待我很好，给我书籍……在罗斯托夫我也有过一位熟人——他是细木工，但是位很有知识的人，他有一个完整的图书馆——普拉东慢悠悠地说。

他因饱食而稍感陶醉，看来，他想入睡了，他的眼睛有点发浑。我站起身来，给了他我的地址，叫他明天就来找我，随即向他挥手告别。他紧握我的手，点点头，简单地说了一声：

——谢谢！

我未发现，他因我这样待他而感动，当然，尽管我并不期待他的感谢，然而，他这种冷淡——或者别的什么表现——并非我很喜欢的。我们大家应当珍惜互助，这在社会生活中是必不可少的……

当我走到街上的时候，夜色已经昏暗。一排路灯在黑夜中延伸闪烁，晚风淅沥，灯光晃动……

"他衣着单薄，该感到寒冷"，——我想起了普拉东·巴格罗夫……

我成功地为普拉东在我熟悉的教授家里找了院子打扫人的位置。这位教授是位可爱的老头儿，几年前他辞掉了在大学讲课的职务，现在深居简出，从事某种小麦寄生虫的研究。

教授的房子狭小而优雅，它位于城市的边缘，夏天四周环绕着老椴树，掩隐在槐树和丁香丛中，看似绿色海洋中怡静好客的小岛。

教授有个女儿——窈窕淑女，蔚蓝色的眼睛，爽朗的笑声，娇生惯养，无忧无虑。她善于弹钢琴、绘画、读书，总是穿着白色的连衣裙，是那样地贴身合体，宛如白桦皮包裹在白桦树干上。她身边总是围绕着许多像她自己一样优雅的女朋友，还常有一些大学生。几乎每次晚会都吵吵嚷嚷，有时快快乐乐；游戏、辩论、吟诗、跳舞，而老教授则坐在一角，不住地捋着银白色的胡须，笑看青年人的嬉戏。

我常去这所住宅，并见到普拉东。现在他的脸丰满了一点，眼袋消失了，穿着厚厚的黑绒衣、肥大的黑灯笼裤和高勒皮鞋。他大概想以这身不太一般的装束来在人们眼前凸显自己。他，高高的个子，消瘦的身材，动作笨拙。他那深色的短发卷曲，眼睛看似深思和宁静，高颧骨的脸有着某种意味深长的神情。

他默默地向我点头致意，——他如此有分寸，从不在主人面前同我交谈，他大概感到这样会使我和他自己陷入尴尬的境地。但是，当在院子里两人单独相遇时，我向他伸出了相握的手，于是我们开始交谈。

——嗨，普拉东，您喜欢这里吗？

——还好！——他温和地回答。——自由时间不多，但我仍然可以阅读……观察，感悟，工作，思索——这就是生活！对吗？

——是的，是的！——我表示赞同，欣赏他的活跃。——主要的是，多读些好书……嗯，您喜欢主人吗？

——看来是很好的人……不亏待仆人。这是很难得的……小姐娇生惯养！她跑来跑去，尖声叫喊，挤眉弄眼，——总是那么单纯，活像一只娇惯的小乳猪！

我不喜欢这样比喻丽吉娅·阿列克谢耶芙娜，——仆人对主人的否定态度是完全可以理解的，但普拉东——是有点知识的人，应该懂得，他对待自己的女主人的这种态度使他降低到怀有洗碗工的心理。关于这一点，我什么也没有对他说，而他微笑着继

续说：

——她——是可爱的！善良，尽管任性，但对人和蔼……有时对女佣叫喊，但不使人难堪，而是孩子般地……

——她比你只小一岁——我指出。

——毫无关系！——他平静地表达无所谓的看法。——岁月迥异，——应当用观感的数量和质量去衡量时间……她看到了什么和知道什么？

他爱夸耀自己的生活经验，这使我心生厌烦。而且我有理由不相信他，我有几次指出：当丽吉娅·阿列克谢耶芙娜从院子打扫人身边走过时，他匆匆地、多心地把一只手举到了帽檐上，在她面前恭顺地俯首，整个人可笑地和笨拙地弯下腰去，仿佛怕以自己修长的个子吓着了少女，——他同自己的女主人比较，简直不相称。我不理解这俯首弯腰的意义，但丽多契卡①指出了这意味着太过恭敬。这很自然：敌人的眼睛总是明察秋毫，男人的滑稽可笑多半是女人的目力可以洞察的……

快乐的少女向他温柔地微笑，有时同他三言两语地说几句无关紧要的话，有一次，当他劈柴的时候，甚至问过他——他是否劳累了？不应该做这样的事。

我警告过她：

——他过分自信……认为自己是个独特的人，他能固执己见，天知道他要坚持什么！

小姐没有注意我的话……

——他是个怪人——小姐若有所思地微笑着说。——如此可笑的高个子……总在厨房发表议论……因此大家都讥笑他……

小姐对我说，家里的仆人认为普拉东愚蠢，因为他不对侍女献殷勤，不坐在门口剥葵花子，而是看书。他的行为在厨娘和侍女们的眼里是同院子打扫人不相称的，他话多而且费解，——这叫厨房的人们很生气。

——应该劝他去应试教师，让他去农村，——我说。

---

① 丽多契卡是丽吉娅的爱称，后面出现的丽达是丽吉娅的小名。——译者

——是的，——丽吉娅·阿列克谢耶芙娜表示赞同，——这对他更好一些……

小姐大概从此时起更加注意普拉东，当然，这不是因为她想揭开他乔装的童话王子的真相，而只是好奇地想知道打扫她家院子的这个人的感觉和想法……

春天来到了。白嘴鸦飞来了。在老椴树中，在屋顶上空，整天不得安静，这些忙忙碌碌的鸟儿高声叽叽喳喳地叫个不停。

我发现，普拉东的眼神有点儿奇怪，他的眼睛在观察眼前有什么，似乎在顽强地寻找他所需要的东西，但没有找到，于是惊奇地睁大起来苦笑着。他开始沉默寡言，动作有些张皇失措……有一次，在四月的一个静悄悄的夜晚，他随我关上门，小声地问道：

——我明天可以去您那儿吗？

——请吧，——我说。——晚五点到六点之间……再见！五点到六点之间……

他准时在这个时间来了，像平常一样穿着绒衣，腼腆地向着我微笑，不自然地坐到桌子旁。

我开始谈他读过的书，但看来他对此不感兴趣，他回答得心不在焉，勉为其难，忧郁的目光从我头上或从我脸旁投向他处。忧郁的神情涌向了他那大颧骨的脸上。

突然他宣告：

——我……开始写诗了！

他不好意思地看了我一眼，小声地问道：

——您觉得这可笑吗？

——不，丝毫不！——我安慰他。——请给我读读您的诗，——可以吗？

他笑了笑，眼睛露出忧郁的光，双臂搁在桌子上，蓬乱的头低垂在双臂上，开始用低沉的声音断断续续地朗诵：

夜降临。我端坐在窗前。
花园沉睡，恬谧而昏暗。

> 我望着静悄悄的夜晚,
> 我心灵不由自主地呼唤:
> 为什么深感沉痛和辛酸?
> 为什么?

他的诗感到有股黄花烟草酸溜溜的味道。他的皮鞋散发出焦油味,绒衣袖子磨破了,领口没有扣子。我看见普拉东的颈动脉在激烈跳动。他望着桌子继续吟咏:

> 心灵没有得到任何答案……
> 周围依然是憋气的黑暗……
> 大地入睡,湿气也悄然……
> 唯有我的心在剧烈跳动:
> 啊,她为什么总露出笑颜?
> 啊,为何?

他开始沉默,抬起头,眉毛带着问意似的扬了起来。
——嗯,怎么样?
我想把他的抒情诗看作笑谈。
——不好!——我笑着说。——应该让要么双双发笑,要么双双哭泣……您还有别的诗吗?
——有,——他小声地说,又低垂着头,开始缓慢地朗读:

> 再见!心头忧愁无限……
> 我又如前,形影孤单,
> 生活重临一片黑暗。
> 再见,我的宝贝心肝!
> 再见!
>
> 再见吧!我扬起风帆,
> 忧郁地握住方向盘。

那机灵海鸥的呼唤，
那白浪涌起的波段，——
大地同我告别的这
一切……再见！

他暗哑的嗓音低沉而单调，好像是朗读圣经中赞美亡者的
《诗篇》。他沉默了一会儿，看了我一眼，叹息了一声，继续朗诵：

面对海远方的灾难，
忐忑忧伤汹涌在心间，
白浪滔滔，哀号长叹……
全部海水也冲不走
你印在我心中的容颜！……
再见！

他沉默下来，一动不动地坐着。我感到不好意思，不知道如
何帮助他。我决定像外科医生那样帮他动动手术，——立刻删掉
不必要的词句。我问：

——您——恋爱了？
——是呀。——他轻轻地说。
——她是谁？侍女费克露霞？
他惊奇地扬起眉毛回答说：
——丽吉娅·阿列克谢耶芙娜……
当然，我知道这事，但不曾料想，他说得那么直率，我不想
听到从他嘴里说出这件事。我有点不高兴，感到很可笑。
——您听着，亲爱的，——我开始尽可能严肃地、温和地
说，——您可知道，这是滑稽可笑的！
——滑稽可笑？——他轻轻地喊叫起来，惊异地睁大了眼睛。
——是呀！——我说。——我简直难以认真地同你说……
——为什么？——他再次压低嗓子问道。
——是的，——您想一想：您十九岁……嗯，您在那里看

见了一些事情，知道了一些事情，但是——您难道配得上她？她——是个受过教育的少女，风姿绰约，品位高雅……她在本质上是和一切粗俗格格不入的，——归根到底，问题还不在于此，而在于像她和您这样的结合是完完全全不可能的……您是个相当聪明的人，自己应该感到这是不可能的……

——可是我——没有感到……他小声而固执地说，并用同样的腔调问：——难道我不是像大家一样的人吗？

我耸耸肩，重新开始对他说，他用灰色的眼睛看着我，我发现，我的话对他不起作用。

——于是，——我离开普拉东走到一边说，——丽吉娅·阿列克谢耶芙娜爱我……

——他缓缓地从椅子上站起来，紧闭嘴唇，躬身拱背，忘记了和我握手就离去了……

我望着他的背影，深感我必须严肃认真地干预这件滑稽可笑的、令人讨厌的事情。

就在第二天，傍晚，我去找丽吉娅·阿列克谢耶芙娜，为了不使她狂笑，我小心翼翼地，但一本正经地对她说，如果她不再关注自己的院子打扫人，也许将会更好一些。

——为什么？——她惊奇地问。——同他说话很有趣……他的故事尽管粗俗，但有时是那样有趣，是那样鲜明地描绘出普通人的生活……到底为什么，你这独断专行者，为什么说我不应该同他交谈？

于是我就直截了当地说，普拉东爱上了她，是初恋，不管是什么爱恋，——它会成为一个男人整个一生的心事……她厌恶地哆嗦了一下，惊异得睁圆了眼睛，脸颊泛光，焦急地在房间走来走去，深感委屈和为难。

——他怎么敢！——她心慌意乱地扬声说道。——他？他一双汗手……赤色的……耳朵也是赤色的……我自己怎么就没有猜到？真是的……可笑！我也觉得他可怜……这也就如此糟糕……您说——他写了诗？

——看来，甚至写得并不坏，——我指出。

——不，我自己怎么就没有发现这种情况呢？真的，这有趣……钟情的民主主义者……浪漫！唉，我的天啊！现在对他该怎么办，菲里甫·华西里耶维奇！需要辞掉他的职位，是吗？

——绝对，但不是现在！——我出主意说。——为什么要侮辱一个人，如果不这样做也行的话。辞退他，当然，是必要的，但要做得小心谨慎……不要突如其来……

——我仍然想看看他的诗，——她沉思着说……

我很快就真诚地和痛苦地感到后悔，后悔忽略了丽多契卡的孩子般的轻佻，后悔给他提出了这样的忠告。

第二天，我离开了城市，两三天之后家里所有的人都知道了院子打扫人爱上了小姐。我后来得知，发生了开心的，老实说，是不幸的事情。

——普拉东！——丽多契卡呼唤。

他出现了。

——您爱我？——她温柔地问道。

——是的！——院子打扫人坚定地说。

——很爱？

——是的，——他重复一遍。

——那么，如果我叫你做什么事，——丽多契卡幻想般地看着他高颧骨的脸，神秘地、悄悄地说，——您会为我做一切的，不是吗，普拉东？

——一切！——院子打扫人信心十足地回答。

——嗯，若是这样，——她兴高采烈地笑着继续说，——若是这样，我亲爱的普拉东……

她的脸色变得忧郁起来，深深地叹息着，最后说：

——生好茶炊吧……

他去了，把茶炊生好了，颧骨显得更加突出，眼睛更深地陷入前额之下。

为了考验普拉东爱的力量，丽多契卡有时强使他擦洗她的脏胶皮套鞋，或者差遣他给女朋友送信，她总是把他的爱放在她叫他做的一切事情之中。

晚上，当客人们聚会时，她叫来普拉东，强令人读诗。他读，低垂着头，不看任何人。人们夸奖他，他鞠躬致谢，而他的脸是呆板的。丽多契卡当着他的面对客人们说：

——看来不坏，不是吗？有时刊登的诗还不如这些诗呀。这些诗——不优雅，但真挚……我知道，诗人是真坠入了爱河，但——没有希望！在他通往幸福的道路上，布满着阶级的偏见，跳动着他歌颂的人的冷酷的心……

我认为她对待这位青年人的态度不慎重，憎恨是不公道的……我觉得，是他的爱侮辱了她的自尊心，她则为此要报复一下这位可怜的青年人……其实，所有其他人对待他也不友善。教授是位很善良的人，他以哲人的爱心去爱所有的昆虫，但他对取笑这位青年人也感到心满意足。

——你听着，诗人！——教授说。——我恳切地请求您不要为种龙须菜往小畦里堆积那么多厩肥！我不止一次地对您说过此事，而您老是没有记住……如果事情是这样糟糕地发展下去的话，那我将落得没有龙须菜……不过，我不生气，我知道您的位置……您向往阿卡迪亚①……怎么样？合乎人情的是：人在童年患麻疹和猩红热，在青年时代恋爱、写诗和幻想功勋……但这仍然比老年的谨言慎行好些！

教授说话总是滔滔不绝，他的辞令有点儿枯燥无味，但他对此都乐滋滋的。

当然，开玩笑的人比仆人更粗鲁。显然，一切玩笑都准确命中了目标，或者是目标足够大的缘故。但丽吉亚比所有人都更有创造性，——我不能掩饰这一点，当然，我并不赞同。

每逢夜晚，玉兔东升，她坐在敞开的窗前，尽显娇艳沉思之态，高声地对女伴们说：爱情——不知藩篱为何物，对它来说——没有贵族和农民之分，只有男人、人和爱人。普拉东听到

---

① 卡迪亚，是希腊地名，在希腊罗马文献中以及后来的田园诗作品中被描写为盛行古老道德风尚的天国，转意为幸福之邦。——译者

了她的话。

　　然后，她叫来普拉东，用冷淡的和严峻的目光看着他的脸，强令他为她做任何事情。

　　她演凄凉的剧，以其温柔的和音深深地触动恋人的心灵；她唱软绵绵的小曲，回响着对爱抚的期待和对情人的忧思。这一切她都安排得让院子打扫人看得见，听得着，感受得到……

　　有一次院子打扫人在花园走到小姐身边说：

　　——您为什么取笑我？——我爱您有什么可笑的？我很快要离开这座城市……我想记住您是温柔的、善良的……请不要折磨我！

　　他轻轻地说，一动不动地站着，但丽多契卡不知为什么感到惊慌失措，一句话都没有说就跑开了。

　　第二天，她不能放弃取乐的快感，要再次折磨一下普拉东，——她把他叫进房间，让他在她两位女朋友面前读诗。诗中说的是幼小的、挺拔的橡树，——其中一棵橡树的树枝碰了一下女王的脸，于是女王就命令把橡树砍了。诗句是笨拙的，小姐们听着就笑开了……

　　这后果就是，有一天早晨我收到了丽多契卡的字条：

　　"马上来，普拉东发生了不幸，丽达"。

　　她迎着我，神态惘然，脸色苍白，身体虚弱。

　　——您知道吗——他举枪自杀了！

　　——真的吗？——我惊呼一声，深感震惊。

　　——是的，是的！您看，怎么这样！——她说着在房间里神经质地转来转去。——这是您的过错，您的过错！

　　——我？

　　——当然！那时本该马上辞退他，而您说——不行！您瞧，现在……不幸的人呀！我怜惜他……

　　她的眼睛闪着泪花，看来，她晚上没有睡好，沉浸在哭泣之中……

　　——如果我知道，他……认真……我就会不允许自己去戏弄，——她说，战战兢兢地把手帕贴在脸上。——听说，他还活

着……您去看看他吧！我不能……我以后……爸爸心灰意乱……大家都怜惜他……他是如此奇特的人呀！

小孩啊！她在这里像谈论被损坏的玩具那样谈论他……

我立即赶往医院，一路上忧心忡忡地想着普拉东。他是那样坚强、坚定——可是，在同生活发生第一次冲突时就翻倒了，就被击败了。这样的变化无常，发生在神经质生活的文化人身上是完全可以理解的，但发生在普拉东身上却是不可理解的……

他仰卧着，脸色发黄，没有血色，脸上布满皱纹；眼睛发黑，变得更大了，满含着悲伤和痛苦。他一只细长的、青筋嶙嶙的手从病床上无力地耷拉下来，手指几乎碰到了地板。他用混浊的目光久久地看着我的脸，没有说话……最后，终于启动双唇发出含混不清的声音，虚弱地喘着气，死劲儿对我说：

——问问他们……我就是为他们工作的……让他们生活得更方便、更干净……他们倒是为了什么要使我受如此重的创伤？

他闭上了眼睛。我把他的手抬起来放到病床上，开始温存地说：

——我的朋友，不必那么严厉地责备人……真的——您会康复的，这一切都会解释清楚的……况且您也知道——他们都是好人……

他没有睁开眼睛，对我说：

——那里有我……留下的书……请把它们寄到罗斯托夫……给细木工叶夫谢伊·斯克里亚宾……请别忘了！

——好，我会寄的！

我掏出笔记本，记上细木工的地址。他依然一动不动地躺着。他的胸中发出嘶哑的声音，眼睛下的大块暗斑使他的脸毫无生气。

我望着他，默默无语，我尴尬地待着，尴尬地离开。

最后，他睁开眼睛低声说：

——走吧！

——再见！——我说。

他向我挥手以示回答。

我心中怀着愁闷酸楚的情感缓慢地离开了病房，当我来到走廊时，听到了普拉东嘶哑的声音：

——助理护士……别让任何人……到我这里来……

他大概想，丽多契卡会来的。

晚上，他死了。

……履行他的委托，我把他遗留下来的书寄往罗斯托夫，——女仆对我说，他已把写有诗的笔记本放在火炉中焚烧了，——但在书籍中我发现了一张撕下来的信纸，上在草草写着这么几行字：

"我从生活的底层缓缓地和久久地来到了您身旁，登上了生活的顶峰，我用进入天国的暗探的贪婪目光观察我道路上的一切……"

我留着这张信纸以资纪念普拉东。不久前，我翻动桌子，找到了这张信纸，回忆起这位青年人……于是——就这样讲述了他的往事。

浪漫主义者

　　曾有这样一位细木工，名叫福玛·华拉克辛，二十五岁，怪诞的模样：颅骨大，从颧骨缩短，向后脑勺拉长，粗厚的后脑勺使剪短发的头往后翘起。福玛耸起宽鼻子，端起架子，走在大路上，远远地看去，他似乎想向谁傲慢地叫喊：

　　"喂，来吧，试试看！"

　　但是，第一眼看他臃肿的脸、大嘴巴和颜色不分明的眼睛，就清楚这走来的是一位温厚的、好像高兴得有点儿不好意思的小伙子。

　　他的同志阿列克谢伊·索莫夫也是细木工，有一次对福玛说：

　　——你好一张苍凉的脸！你给自己贴上眉毛才好啊，要不然在整个板子脸上就只有一个鼻子竖立着，而且是一个雕刻得难看的鼻子！

　　——是的，——福玛表示赞同，用手指摸了摸上嘴唇说，——我的脸有点儿不够美，可是波丽娅说我的眼睛漂亮！

　　——别相信！她这是为了让你多给她一瓶啤酒。

　　阿列克谢伊比福玛年轻两岁，但在监狱里蹲了五个月，博览群书，当不想、不能或懒得了解同志的时候就对他说：

　　——这是资产阶级偏见。乌托邦。必须懂得文化史。你不理解阶级矛盾。

　　他把福玛带进了一个小组，小个子、尖鼻子的马克在这里挥动飞禽爪子一般的双手，用连珠炮似的快语讲述西方的工人运动。福玛很快就喜欢上了这些故事，在听了几次演讲之后，他把一只浸染油漆的手贴在胸前兴致勃勃地说：

　　——这个我理解，阿辽沙①！这是实情！客观存在……

　　瘦削的、油滑的索莫夫眯缝微绿色的眼睛，撇起嘴唇问道：

　　——什么——客观存在？

---

　　①　阿辽沙：是阿列克谢伊的小名，后面的阿辽什是阿列克谢伊的爱称。——译者

——这就是人们对联合的向往——这是事实！拿我来说吧：我反正都一样——宗教游行、火柴、游园——总之，倘若人们在哪里集合，那就必然会把我招引到那里去！人们！这也是教堂——为什么我爱去教堂？因为是灵魂的聚会！

——你会通过的！——阿列克谢伊笑着说。——当你掌握了思想时……

福玛用拳头击打自己的胸膛，高兴地感叹说：

——我掌握它了！它就在这里！我首先是抓住了它。现在它在我看来就像是所有哀悼亲爱的人的圣母……

——走吧！

——不，等一等，让你们所有被压迫的劳苦大众到我这里来——好吗？思想？

——是的，要知道，你这怪人，这是福音！

——毫无关系！我是这样理解的：思想到处是一个样的。样式不同，图画各异，但形象是统一的！思想是爱之母！对吧？

当阿列克谢伊生气时，他的上嘴唇向上噘起，尖鼻子发颤，绿色的瞳孔像鸟儿那样睁得溜圆。阿列克谢伊用干裂作响的高音，喋喋不休的话语详细地、有力地使同志确信：他是乌托邦主义者，他的阶级意识消沉，而且可以设想，他永远不会觉醒，因为福玛是在神父的家里受的教育，他的母亲在神父家做厨娘，他自己在神父家被资产阶级偏见和迷信毒化了灵魂。

——阿辽什！——福玛提高嗓门坚定地说，——当着上帝说，丝毫未被毒化！完全相反！老弟，比方说，我甚至不去教堂。上帝啊——嗨，难道我会对你撒谎吗？当我开始阅读时，说真的——嗨，这后来就已经把我引向了人群！这里不是教堂，你可知道，而是人的友好的联合！思想在这里！议论的是什么？弟兄们——觉得害羞吧，难道可以这样生活吗？难道你们是一群野兽吗？激发爱和良知，阿辽沙，就我的理解，这就是主要的！对吧？

——不，这不对！——阿列克谢伊恼怒得更加激昂，他的颧骨上现出了紫红色斑点，而福玛常常觉得他是用言辞弹他的鼻子，就像玩"敲鼻子"①时用纸牌敲他的鼻子一样。

福玛难为情地沉默着，揉着脑袋，不时用抱歉的口吻尽力让同志平息下来：

——阿辽沙，我理解！当然——这是斗争！不言而喻，——那就当心吧！

但是，他突然跑调，自己开始坚定地表明：

——你要知道，我只是说关于人的问题：一般地说，人是什么？难道我是凿子？比方说，如果人们用你去凿东西，那就会用锤子去击打你，——瞧，我说的是什么呀！人——不是工具，——对吧？再说，当然——这是斗争！那不用说！但是——圣徒，普遍思想……世界和解……让在大地上——人类也充满和平……

有时阿列克谢伊沉默一阵之后蔑视地瞪着圆溜溜的眼睛许久地看着同志，最后非常生硬地说：

——不，你愚蠢！你头脑混乱，——永远如此！

有时冷淡地、庄严地威胁他说：

——瞧，你等着吧，——我们即将讲文化史——你会看到的！

福玛——抑制着自己。费解的话总是有点儿压抑着他，激起对说话的那些人的崇敬，引起奇异的想象。在他看来，乌托邦好像是有许多土墩的沼泽地，它盖满干枯的杂草。一个女人向远处伸出双手在冰冷的土墩上行走。她有着一张圣母的脸，全身衣着白净，照常充满伟大的母亲的忧伤。她默默地走着，眼中含着安详的泪水。他不止一次地听到"宗教崇拜"这个词，在他看来，文化像是隆重的、类似复活节晨祷的祈祷仪式。他渐渐地开始觉得，这英明的科学能解开所有复杂问题的结，能把一切思想整理得有条不紊，能给五光十色的生活情调涂上统一的均匀明快的光泽。他说了许多话，兴高采烈、气喘吁吁地说，而且总是用混浊的、仿佛是醉醺醺的目光直视着交谈着。进入他意识中的每个新的思想都引起福玛滔滔不绝的话，于是他挥动双手，小声高兴地感叹说：

---

① "敲鼻子"：一种纸牌的玩法，谁输了就用纸牌敲谁的鼻子。——译者

——妙不可言！正是这样！非常简单！

最初小组和工场的同志们怀着好奇心仔细地听他说，但很快就猜想到：福玛是个饶舌的人，而阴森的钳工叶戈尔·卡申不止一次地对他提出建议：

——把住你的舌头，适可而止，尽废话！

但是，这并未使华拉克辛冷静下来，他友善地看着大家。无休止地低声细语，宛如春天的溪水潺潺。

当他来听第一讲文化史的时候，他看到来演讲的是一位小巧而丰满的碧眼小姐，她留着一条厚实的发辫，梳妆得光彩照人。他感到失望和疑惑，始终竭力不去看这位小姐。

但是，仍然看到：她腼腆，不成功地强使儿童般的脸露出严肃的表情。她说话急促、不连贯，而当问她什么问题时，她的脸就泛起鲜艳的红晕，眼睛频繁地、张皇地眨巴着。白净的她激起了他内心的恻隐之感。

"显然——这是第一次"，——福玛心想，同时聚精会神地望着她头顶上黑乎乎潮湿的墙。使他感到诧异的是：她说的是闪电、乌云、落日、童话勇士、希腊诸神，——他不能在这一切当中找到任何联系。他和阿列克谢伊回家时对后者抱怨说：

——阿辽沙，这不合适！演讲这样的课题，本该派完全是另外的人，一个上了年纪甚至白发苍苍、嗓音沉厚的人……以便十二部福音书能读得下去！

索莫夫也不满意，气鼓鼓地、发出呼哧呼哧的鼻音嘟囔着：

——指派了……一只什么样的小青蛙啊！我很想知道，兹梅伊·戈勒雷奇究竟是谁……我们很清楚他是谁，——你说说，怎样打倒他呀……

——她最好是干脆快速地讲完这本厚厚的小书！——福玛惋惜地说，但是，他很快忘记了失败，继续用通常良好愿望的腔调说：——好啊，阿辽沙老弟，这样一位小巧的人物来和我们这粗鲁的一伙人结伴，这是多么美妙呀！你看，就是这样，我知道，再听一听吧，好不好！很——很好！如此相互依附，并且……

——胡说八道！——阿列克谢伊严厉地打断他的话。

——究竟为什么——这是胡说八道？——福玛温和地坚持己见。——是的，你说阶级，她是，比方说，什么阶级？只不过是一位善良的小姐。她羞于生活在像我们这样的人们的包围圈中，真是……

——什么时候你身上流出这全部糖浆？——索莫夫激怒起来。——哪里有什么样的善良？需要——这就是给你的善良！让他们有其他去的地方，——哪里更轻松，他们就去哪里，而不是到我们这里来，不要幻想！

福玛顺着街道看了看一串火红色念珠似的路灯，问道：

——如此他们——迫不得已，你想？

——嗯，当然……

——是吗？——华拉克辛头向上抽搐了一下说。——然而，我不相信！

——为什么？

——有什么高贵的人——迫不得已而生活？如果我是细木工匠，并习惯了自己的工作，那么木匠的工作甚至令我觉得可惜，——对吗？他们仿佛在锛木头……

——让他们锛吧……——阿列克谢伊说完之后啐了一口唾沫。

在第二次讲座上，福玛觉得似乎在小姐的话中时时闪现出某些有趣的、触动他内心的思想的光芒。当她结束演讲时，他请求她：

——丽莎同志，把您这本书借给我到下一次讲座，——可以吗？

——好吧，——她说，看来，她因为什么而感到非常高兴。

然后，福玛和她肩并肩地向城里走去，他一路留神着别让胳膊肘碰到她才好。他们上到了山上，城郊矮小房子暗淡的窗户从街道两旁看着他们。在街道的高处亮着一盏路灯，路灯周围模糊黄色的斑点在颤悠，潮湿昏暗的秋夜弥漫着朽木和污水的气味。

福玛不时咳嗽几下，竭力表现出文质彬彬的样子，他问丽莎：

——就是说，我可以相信古代人类说的是同一种语言，——是这样吗？

——是的，阿利安人，——他听到了细声的回答。

——那么，——这已经得到了证明吗？

——得到了确切的证明。

——不可思议！这——妙不可言！因此，现在一切分散的民族在为生活的一致而努力，那么，就是在古时候所有人也有一个共同的思想——是——是的……

但是，他言不由衷，他想的不是古时候，而是在他前面半步稍稍偏左地走向山的小巧的小姐。掩隐在夜色中的她比本来的样子显得更加小巧。福玛发现，她每次走近有灯光的窗户时都低垂着头，竭力快点从光带中悄悄地走过去。

"妙不可言！——他一边想，一边不停顿地唠叨，仿佛是一心二用。——如此小巧的人儿，无畏无惧，在陌生人的圈子中，夜晚，在远离生活的地方……不可思议！"

为了不挥舞手势，他把双手插入口袋中，这对他来说是异乎寻常的，是一种束缚。

——您不怕醉鬼吗？——他问。

她平静地、清晰地回答：

——哎呀，我很害怕！这里醉鬼那么多……

——是的，——福玛叹了一口气之后说道，——人们极其悲哀地喝酒！主要的是——生活需要充实，而又没有什么可充实的！这里说的是精神方面的生活。显然，众所周知，这助长幻想。也不能严厉地斥责：人是不是由于必须用幻想来维持生活？

——我不斥责！——丽莎感叹地说，同时放慢了脚步。——我理解。您说得很正确，惊人地正确！

这使福玛感到高兴，他不记得有谁曾经赞同过他。他从口袋里伸出手来，用手掌拍了拍怀中的书，重又开始满怀信心地说：

——您要知道，如果书更加普及的话，那就是另一回事了！说实在的——害怕人们不遵循，请您相信，他们过着空虚的生活，值得充分理解和同情。问题在于：书很少，正如您所知道的，由此而产生了一切灾难。正如一位诗人在诗中所说的，没有丝毫慰藉，千人一面——以贫困淫逸为可怕特征的空空如也的命运。当然，当像您这样的人众多地从高位上走下来的时候，那么这必定会带来人应有的生活内容……

丽莎更加缓步而行，一只手提着裙子，另一只手抚摩着脸，叹了一口气说：

——是的，是的，这是真话！

——费多尔·格利戈里伊奇，——福玛打断她的话继续说，——是神父的儿子，我母亲在这个神父家生活过。我母亲是个出类拔萃的人！但她已经去世了。——费多尔·格利戈里伊奇现在甚至即将成为教授了，他在辩驳自己的父亲时曾说过：生活就是求知！这很简单！如果我生活，而不知道我是谁，不知道自己生活在什么地方和为什么而生活，——那还有什么生活可言？在来自人的各种黑暗势力的剥削中及其制造的偏见盛行的情况下，野蛮成性是司空见惯的事，——对吗？

——生活就是求知！——丽莎重复说。——正是这样，同志，——您真是见多识广……

福玛不记得他还说了什么，但他有生以来第一次说得如此之多，说得如此之大胆和热烈。他们在正面砌有圆柱的二层楼房的大门旁边告别，丽莎抖动着他的手恳切地请他：

——星期四和星期日——请记住！从晚七点起——我在家，将等到九点，——好吗？

——极其高兴！——福玛一只脚在人行道上踏着拍子提高嗓门说。——非常感谢！不可思议！

他通宵达旦在街上徘徊，挺胸昂头，心里构思热烈的箴言，关于要以言行帮助尚不理解生活和求知概念一致性的人们的箴言。他感觉很好：秋天灰蒙蒙的天空仿佛在他面前迸裂开来，如此荣耀铿锵的言辞自然而然构思成一串串鲜明的关于生活和人的善良友爱的信念，好像星星从深邃的蓝空散落，这些信念以其质朴、正确和力量使福玛本人都感到惊讶。

星期四他坐在丽莎的房间。他什么也没有发现，而只看见那双渴望理解他的话意的蔚蓝色的眼睛放射出凝神贯注的目光。他逼视着那双深邃的蔚蓝色的眼睛说：

——那么，可以形象地说，这种光明战胜黑暗的思想是天生的吗？

——是的，如果您这样想的话，但是——真的——您究竟为什么说是天生的呢？

——结果不知怎么地是最好的？可见——根本的思想是太阳，它赋予万物以生命的力量！这是美妙的和千真万确的：我昨天去城外观雅利洛①，您要知道，——观看日落！完全能轻而易举地想象如所描写的一切：蛇形怪物、利剑、斗争和战胜黑暗，然后——日出，光芒万丈！其实，未见到日出，下了雨，但这没有什么关系。以前我多次看到日出，一定看一看艳阳天。一定！

他环顾了一下四周，喜欢这整洁舒适的房间，房角放着一张白净的床铺，床被软绵绵的帐幕纯洁地掩盖着。在福玛面前的桌子上摆着许多书，书斜放在架子上，墙上挂着他熟悉的长头发、面色阴沉的作家和科学家的照片。福玛揉搓长着茧子、染上油漆的手掌，轻微地笑着说：

——妙不可言，同志，我垂腿坐在陡坡上，一只狗走近来，您要知道，是一只像乞丐一样的狗，满身泥土，带着草籽刺实，嘴上长着灰白色的胡须。饥饿的、衰老的、丑陋的狗。它走近来，坐在旁边，也看着：那里红色的和黄色的光照耀辉煌，形成灰蓝色的图形，其光线忽暗忽明，河流映射出金色的光芒。我们，人和狗，您要知道，张望着。说实在的，同志，真的，不能确切地认识狗是什么东西，比方说，它和太阳有什么关系？也许，它也是，——当然，我不知道，——这是如此，幻想，但是——既然狗感觉到冷暖和能够仰望天空，它怎么就不理解太阳的意义？猪——这，当然，是另一回事！你要知道，我甚至说了几句笑话：你知道，我说，谁是生活的真正的创造者，啊？它斜视了我一眼就离开了……大地上的一切都是疑心重重的和相互谨小慎微的……如果想一想，这是可悲的！当然，或者是愚蠢的，但当我

---

① 原文 Ярило 是古代斯拉夫人的太阳、太阳神、丰产和爱情之神，"雅利洛"系音译。——译者，

读完这两章时，则——突然，您要知道，似乎现在只是第一次了解——太阳！太阳——这简直是令人惊异的！

——您读完了两章吗？——福玛听到了问话。

他觉得问题是严厉的。

——只两章，——他回答说，并不知为什么摸了一阵自己坐的椅子，——我们，您要知道，有许多紧急的工作，商人赫洛贝斯嘉耶夫准备嫁女——招女婿进门——我们帮他，赫洛贝斯嘉耶夫，装修餐厅。他购买高档家具，这是做功极其精细、古老风格的家具，——浸染的柞木，您要知道……

他看到姑娘蔚蓝色的眼睛疲倦地闭上了，这立刻使他封住了嘴，使他感到不好意思。福玛克制自己，腼腆地微笑着继续说：

——或许，我絮絮叨叨地说了许多废话——您这就原谅我吧！

小姐急忙提高嗓门说：

——哎呀，您怎么啦！您说得好有趣。我本来只是刚开始工作，对我来说，了解那些……人们，你们阶级的人们的心里是很重要的。

福玛重又神采奕奕，振作起来，挥舞双手，开始像日出时的鸟儿那样欢唱：

——请允许我说，类似我这样的人们——就像小孩一样胆怯，您要知道！譬如，我们，手工业者，彼此之间很少推心置腹地交谈。可是，每个人仍然想说说关于自己的什么事情，——因为——作为一个人，他很少得到亲切的对待，于是……如果想一想，每个人都有母亲……都有得到抚爱的习俗，那么……结果是很糟糕的！

他连同椅子一起向小巧的女主人挪动了一下，是什么东西发出啪嗒嗒的声音，原来是一本厚厚的书掉在了地板上。

——对不起，——福玛说，——您这里有点儿挤！他压低声音，神秘地继续说：——我想对您说，这是非常正确的：人孤独地生活是不好的！当然，所有工人志趣的一致——我知道，这是很好的，要知道，志趣还不是一切，此外，心里还有多少内涵！人一定想倾诉衷肠，一定想以节日盛装充分地敞开自己的心扉……人——正如您所知道的，是年轻的有生命的东西！不是几年，当然，而是整个一生——我们生活得很久吗？对吧？突然——任何人都不想听任何事情，于是——心灵孤寂、哑然无声、思想消亡！我反对这种情况，人们必须团结——是这样吧？志趣的一致是好的……孤寂和不可忍受的苦闷有时到底从何而来？真是……

——不完全理解您说什么，——丽莎说，她的声音重又严厉起来，并带有训诫的意味。

福玛微笑着看了她一眼。她皱了一下眉头，回敬他以使其激昂的神情冷静下来的凝视的目光。她微微耸了耸肩，把发辫搭在胸前，快速地抖动手指，把黑色的缎带从发辫上解下来又系上去，用不自然的低沉有力的声音说：

——这听起来有点儿叫人纳闷！肯定志趣的一致……

——问题在于，您要知道，——福玛辩驳说，——如果一线光在这里，另一线光在那里，那就形不成热气……必须把所有的光线会合在一起，是这样的吧？

——嗯，是的，但您所说的光线到底是什么？……

——我的心灵和您的心灵，这就是——阳光，形象地说……

当福玛离开时，他觉得好像丽莎以怀疑的目光看着他，并竭力站到一旁，而当他告别握她手的时候，她又死劲儿把手往后缩。

他再次几乎整个夜晚在沉睡中的城市的空荡荡的街道上徘徊，惊醒打瞌睡的门卫，激起警士的注意。

他回想起自己说的话，不满意地皱起了眉头，认为说了一些不是想要说的话，而想要说的话又没有说。

"事情竟是这个样子！——他想。——当我去她那里的时候，本来一切都想得好好的。下次我真的要做好准备……"

他停止了脚步，想起了丽莎没有告诉他什么时候还可以来找她。

"忘记了！我说得太多啦！"

以后，他每晚都送她到家，一路上对她说了许多热情洋溢的话，不知不觉地讲了觉醒的心灵的秘密，没有注意她默默地听他讲，简短地回答他的问题，她已不邀请他进自己温馨的小房间了。

——您原来是——浪漫主义者！——她有一次怀着类似遗憾的感觉感叹地说，直视着他，不以为然地摇了摇头。

使人想起恋爱和爱情的这个词使福玛感到不好意思，他微微地笑了笑，而丽莎继续说：

——这多么奇怪啊！一般地说，我，当然，理解浪漫主义，但是……

她以教训的口吻说了好长时间，而福玛却不理解她的话。

他逐渐地感到不能不见到丽莎——她的眼睛激起他内心的愉悦和陶醉，在提示新的概念时燃起他某种炽烈的特殊的信念。看见她，工人们紧密地环绕在她周围，认真地和沉思地听她细声细语的和令人信服的声音；看见她，白皙的双手像小鸽子般在半明半暗的房间里显露，乌黑的眉毛在蔚蓝色的眼睛上方飞舞，玫瑰色的嘴唇不断地颤动，像花儿绽放；福玛心想：

"美妙呀！一切悲伤的人们都会感到高兴……"

于是，在他眼前浮现出水流清澈的小溪，它潺潺不息地从山上流入干涸的盆地，流入枝叶低垂发蔫和沾满灰尘的树木林立的盆地，而涓涓溪流则渗入到树根之中。

他还想起了关于在树林中迷路的小女孩的优美动人的童话，——瞧，她误入了矮人的洞穴，心怀信任地坐在他们中间，充满对一切生灵都友善的愿望。

有时丽莎为所说的话而激动、焦急、结结巴巴，找不着言辞，眼睛滴溜溜地转动，不安地看着人们的脸，——此时福玛紧张起来，屏住呼吸，他想暗示、提示她必要的词语，——这对他几乎是折磨，他甚至紧张得流汗。

——阿辽沙！——他挥舞着双手对索莫夫说。——当一个纯正的人就这样来到几乎是孩子般的人们中间时，这是多么美妙的事儿，啊？并且说："对不起，这一切都并非如此，大概，向你们隐瞒了主要的东西——那就是隐瞒了世界联合的思想！"不可思议！真是——神话，啊？

阿列克谢伊斜眼看着她，讥笑地和挖苦地说：

——瞧——你正在软化，将是一堆污秽！

——你得了吧，怪人！要知道，你自己也是，要知道，你相信，你感觉到……

索莫夫撇着嘴，仿佛要警示同志，气冲冲地教训他：

——你最好是多听，少废话。还不要向人们解释你不理解的事情。瞧——人们在和气地看着你，因为你在用自己的言谈打搅大家……

——我打搅？——福玛·华拉克辛感到吃惊。

有一次他牙痛。他想方设法止痛，把酒精棉塞入牙洞中，甚至买了被认为是有害的杂酚油，但是牙依然疼痛，因而不能去参加讲座。

深夜，愁眉不展、心怀不满的索莫夫来到工场，把福玛叫到房角严厉地问：

——你第三天和丽莎说了什么？

——我？是的，海阔天空，无所不谈，怎么啦？

阿列克谢伊撇歪着嘴唇，斜眼看了他一下，深深地吸了一口纸烟，再次问道：

——你诉怨孤独，还是怎样啊？

——诉怨，一点也不！这本来只是顺便说说……

——你认为是顺便说说啊！

——你送她了吗？

——嗯，是的！

——她到底说了我什么？——福玛抚摩着肿胀的脸颊问道。

——她说了我也说过的话：你头脑混乱……

——不，真是如此吗？

索莫夫看着冒烟的纸烟头嘲笑地说：

——真的，请你相信！她就是这样说的。

——这没有关系！——福玛感叹地说，他觉得甚至牙痛轻微一些了。——我会向她证明……

——原来如此，——阿列克谢伊冷笑着说，同时用脚拨弄地板上的刨屑，——我给你一点建议，——要不然我就说说我曾发生的一件事。我在监狱里散步时见到了一位女郎——知识分子，也真是一见钟情……

——你怎么啦？——福玛惊讶地扬声说。

但是，阿列克谢伊也皱起眉头，好像他也牙痛，他也不看同志而接着说：

——晚上我和她暗号相约，如此……我也说了关于孤独的话，老兄，结果很糟糕！

——你怎么啦，阿辽沙！——福玛挥动双手低声地说。——你为什么这样，也许我坠入了情海？可是你怎么会这样？

——嘿，别摇尾巴！最好趁早抛弃这一切……

——这是小事一桩，阿辽沙！——福玛说，他双手按着心脏，感觉它在剧烈地跳动，仿佛是害怕什么和感到高兴。——我的天哪，嘿，到什么鬼地方去？妙不可言，真的！我甚至没有想，这是怎么一回事啊？不会有什么结果吧？当然，即使她决定同我们的兄弟走，那又怎样呢？很简单，说实在的！比方说，让像一撮食盐的人在我们的淡水介质中溶化……

索莫夫吸完了纸烟，用手指仔细地揉搓着烟头，环顾四周，吹起了口哨。福玛发现同志不想听他的话，叹了一口气宣称：

——牙，见它的鬼，疼痛，太折磨人……

——不要还生什么疾病才好呢？当心吧！——阿列克谢伊警告说，他把目光掩饰在睫毛之下，突然用福玛感到是新的腔调说：

——原来如此，如果要彻底谈的话……虽然我对此不是行家。人都说你是稀里糊涂的人，我自己也是这样说……说得还真对！——有时你有一种毛病——牙朵酸痛！嗯，但仍然……我，兄弟，总是听见你说……即我在听……

他躬着背坐在木工台上，他的肩膀、胳膊肘和膝盖向不同方向摆成锐角，好像他是用大小不同的木块拼装起来的。他一只手抚摩着直溜溜的黑发，不慌不忙地、小声地继续说：

——我喜欢你这个样子，活像个小孩：求知，有信心……

——阿辽沙——这非常正确！——福玛靠在他身上叫喊起来。——你记得我对你说过那个费多尔·格利戈里伊奇吗？他也这样断言：父亲对他——信任！而他在这信任的影响下说，打好某种知识的基础，没有知识就不可能对生活做出任何解释……

——嗯，你，老兄，别说这个！——索莫夫劝他说。——我不懂这个……

——不，你要懂，很简单！首要的是——知识，然后才是——信心！知识是信心之母，知识孕育信心。你想，无知如何相信？……马克和华西里——他们简直不相信知识的力量，在我看来，因此他们也就压根儿反对信心……

索莫夫用忧伤的和嘲笑的目光看了看他，摇晃着头说道：

——很难说服你！你热衷于一些胡说八道，看来，你任何时候也摆脱不了这些胡话……我就想对你说——我可怜你！懂吗？我劝你：放下丽莎！

福玛·华拉克辛像温存的公猫似的眯缝起眼睛，不乐意地笑了起来。

——不，如果是这样，我就走到底，全速！我要问问她，老弟，这是妙不可言的！主要的——看她说什么，啊？

——你要问什么？——阿列克谢伊冷淡地问道。

——总之，我要问关于圆满的团结的问题！言行——是否一致？

索莫夫用颤悠的手取出一支烟卷塞入嘴中，但塞错了一头。他用牙齿咬断湿了的地方吐掉，又把烟卷扔到地上，问道：

——你爱她吗？你说吧！

福玛不加思索地回答说：

——是的，当然，很爱……就是说，如果你不说，我还不会领悟到，也许，嗯，而现在——明朗了！当我和她说话时，我感到如此美妙和轻快，似乎我真是个小孩，当着上帝说！

——再见！——阿列克谢伊说，握了握他的手，向着门口走去，但又在工场的深处停留下来，显得那么阴郁和瘦小，小声问道：

——你，真见鬼，也许，这是在妄想吧？

——什么？

——就是在妄想你这个爱情吧？

——怪人！——福玛扬声说。——你自己也说过，你是怎样的怪人！我没有妄想，但只不过还不能理解……你究竟……

——我还是个傻瓜！——索莫夫说罢消失了身影。

由于兴奋和令人难耐地忐忑不安地想望同丽莎未来的会见，福玛忘记了牙痛，开始在工场徘徊，刨屑在他脚底下沙沙作响。墙上灯在冒烟，勉强照亮头顶上和墙旁边的黄色的木板、角落里卷曲的刨屑、散印在刨屑上的瘦小的身影、黑乎乎的木工台、弯曲的椅子腿和夹在虎钳中的木头。

"不可思议！"——华拉克辛心想，同时死劲儿地搓着双手。

在他眼前浮现出同小巧、聪明和钟情的妻子共度简朴而甜蜜生活的情景，她理解一切，能够回答所有的问题。在她周围都是自己的人和同志，而她是自己的，一个相亲相爱的人。

——好——好啊！

然后——流放，这大概真有可能发生，流放！在遥远的一个小小的村庄，积雪厚达房顶，淹没在黑压压的树木高耸入云的森林里，他和她两人坐着学习。沿墙的书架上摆放着厚厚的、内容丰富的书籍，其中书写着所有的知识，他们俩心潮激荡，沿着光辉的道路从一个人类信念升华到另一个人类信念。窗外万籁俱寂，银装素裹，北国苍穹低垂，覆盖大地；室内温暖、洁净、舒适，炉火灶出鲜黄色的炽热的火舌，阴影在墙上静静地跳动，靠墙的一张小床上还有一个可爱的人儿，他生来为把世界上所有的人联合成为一个朋友、工作者和创造者的大家庭而斗争。在寒带冬季的天空辉映着红色的晚霞，使人想起久远的时代，那时产生了人们最初的幼稚的信念，那时联合全人类的、无敌的、光明胜利的思想进入了生活之中。

福玛·华拉克辛不喜欢久等，星期日他穿上自己漂亮的上衣，衣服的下摆不知何故一边长另一边短，而领子总是伸到后脑勺，他穿上前胸浆得硬邦邦、翻袖口需要剪掉线头的衬衫，他系上蓝色带红点的领带，他尽可能高地抬起肩膀，就这样前去找丽莎。

晴朗的冬日在银霜和丝绒般白雪的盛装中辉耀，增强着福玛心中的快意，提示他清晰纯正的语言。白色的、毛绒绒的电报线在空中悬挂得如此美妙，直通那位姑娘住的街道，福玛已不止一次地、毫无疑云地在心中称她为自己的未婚妻和妻子。这是美好的一天，这天喜气洋洋，阳光普照，银光辉耀。

——哎呀，——是您啊？——丽莎给他打开自己的房门之后说。

——您是刚回来还是要出去？——福玛紧握她的手微笑着问道。

——要出去，——她说，并皱皱眉头，吹吹手指，又在面前挥动手指。她头戴海狗皮帽，左手戴着手套。

——嗯，我不会耽搁您很长时间！——福玛表白说，同时穿着大衣坐在椅子上，拿着帽子在膝盖上拍打。

——您这怎么如此容光焕发呀？——丽莎问，蓝眼睛在他身上一扫。

他没有立刻回答，而是含情脉脉地、聚精会神地端详着身材小巧、体态丰盈、脸似苹果般红润的她。

"小娃娃！"——在他脑海中闪现这个念头。

她在房间从房门走向窗户，鞋后跟在地板上发出咯噔咯噔的响声。她先向窗户看了看，然后再看了一眼客人。她的眉毛颤动了一下，身子微微地摇晃，轻轻走向房门。他觉得好像她今天脸色显得比往常更加严肃和忧虑。

"也许，她有所感觉吧？"——他心想。

——我现在向您解释，为什么我容光焕发，——福玛大声说，并向她表示：请坐下！

她耸了耸肩，勉强地或者说犹豫地坐在了他对面。

——嗯？

福玛向她俯过身去，伸出指甲染上擦光漆而发黄的手，开始用低嗓音温柔和爱抚地说：

——您知道吧，丽莎同志，我只想对您说一句话！——他欠一欠身子，挥一挥手，指向前方，有力地扬声说：——全速！

——什么呀？——丽莎微笑着问道。

——我来解释一下：轮船在河中静静地航行——慢速，不了解航道，但事情就会弄明白。"中速！"——船长向着轮机喊道，往后，当疑惑已消除，航道已畅通，船长就号令："全速！"

丽莎一头雾水，莫名其妙，睁开双眼，沉默无语，雪白的细牙不时咬着嘴唇。

——不明白？——福玛挪近她问道。

——不——不明白！谁——是船长？

——船长吗？是您呀！也是我——我们俩是自己生活的船长——您和我！命运的号令权属于我们——是这样吧？

——嗯，是的，但是——究竟是怎么一回事？——姑娘笑着扬声说。

福玛向她伸出双手，用脱口而出的声调重复说：

——全速，同志！您了解我们、我和大家，——到我们这里来，和我们完全团结在一起！

丽莎站起来，他感觉好像她脸上的神情不见了，脸颊的红晕消失了，眼睛的光辉熄灭了。

——不懂！——她微微地耸耸肩说。——这是不言而喻的，——当然，我和你们……如果已经……您为什么说这个？怎么一回事？

福玛用粗糙的手掌抓住她的双手，摇晃她的双手，几乎是叫喊起来：

——不言而喻！不可思议，同志！我就知道是这样……当然，您——您会去！

——去哪儿？——她惊慌地问，同时拔出自己的手指。——你不要大喊大叫，我可不是一个人生活……走哪里去？

她的嗓音略带怒意，——福玛听到了这种声音，匆忙解释说：

——嫁给我吧，我未婚！真的到全速的时候了！您知道这将是什么，——我们的生活，同志？将是多好的节日……

他站在她跟前，用手在空中画一横线再画一竖线，开始描绘早想好的共同生活的图画和流放生活的景象。他说话的声音压得越来越低，因为他感觉丽莎仿佛在软化，变得更细更矮，并挪步离开他。

——上帝啊，真是胡闹！——他听到了抑低的、抱怨的呼声。——多么庸俗！

福玛觉得好像有人悄悄跳到他身边，并紧紧地捂住他的嘴，以致心脏顷刻在胸中停止了跳动，开始不能呼吸。

——您好不害羞，福玛！——他听到了愤懑的、低微的声音。——这真可怕，听着！这是胡闹，——难道您不明白？哎哟，多么不好，多么不好呀！

他觉得好像姑娘钻进了墙壁，隐藏在相片中，她的脸变得如此阴沉和无生气，就像她头旁边和头顶上照片中的一样。她一只手扯着自己的发辫，另一只手挥去眼前的空气，抑制住自己，平和而生硬地说：

——难道您只把我看成女人而不感到惭愧吗？

福玛两手一摊，喃喃地说：

——为什么呀？我——不只看成女人，而一般地说……看作人，我和您……

——这到底是什么同志关系？——她问。——我现在到底应该怎样看您？您为什么侮辱我，为什么？

福玛不记得他是怎样走出墙上挂满许多照片的小房间的，也不记得他是怎样同丽莎告别的，她最后的话是什么，——她最终消沉在阴暗的污秽中，在严肃的教师的面孔中，成了和他们类似甚至和他们一样的、令人冷淡而严格地敬重的人。

他在街道上徘徊，除了眼前的团团烟雾之外，什么也没有看见。他把帽子戴在头上，凝神地、固执地、苦闷地思索：

"为什么——胡闹？还有惭愧——为什么？庸俗？女人？女人到底是什么？难道这重要吗？要是一种思想的两个人，那有什么奇怪的，女人怎么样？"

他重新把帽子紧紧地压低戴到耳朵上，因为他的头好像装满了冰似的发冷，他的冷感是如此之强烈，以致心脏因此仿佛狂热之后似的疼痛。

人们在为一个士兵送葬，四个身着制服的勇士迈着整齐的阔步，抬着一副棺材，棺材在冷空中有节奏地摆动。前面走着一位鼓手，他挥动鼓槌灵活地敲打冰冷的鼓皮，急促的、令人肃然起敬的颤音在空中飞扬。后面走着一整排肩荷武器的士兵，他们头上捆扎着黑色的耳套，看来，他们全都负了重伤。

在棺材的旁边跑着一只夹起尾巴的灰色小狗。当鼓手停止敲奏送葬曲时，它就跑近鼓手，而当鼓槌再次敲响时，它又跳到一边，胆怯地和悲哀地尖声叫起来。

福玛·华拉克辛死劲儿地摘下帽子，背靠在栅栏上，望着奇怪的士兵，冷彻心扉的严寒使他直打哆嗦。他想，仿佛是问谁：

"为什么——惭愧？"

莫尔多瓦女郎

每逢星期六，当城市七座钟楼开始响起彻夜祈祷的钟声时，工厂嘶哑的汽笛声阴沉地长号，从山脚下回应嘹亮的钟声。两处迥异的声音交错着在空中飞扬好几分钟，一种是温存地呼唤而另一种是不情愿地驱散人们。

钳工帕维尔·马科夫每逢星期六走出工厂的大门，内心总感到郁闷的人格分裂和惭愧。他不慌不忙地走回家，让同志们超过自己。他款款而行，不时揪着尖形小胡须，用愧悔的目光看着山，山上绿树成荫，掩映着一排优美的花园。从果树深色围墙中，显现出灰色三角形屋顶、天窗和烟囱，椋鸟巢高耸入天空，再往上是闪电烧黑的松树冠，树下就是皮鞋匠华夏根的房屋。妻子、女儿和岳父在那里等待着帕维尔。

——喔——喔……——从上面飘下强有力的声音。

在山下传出怒吼：

——呜——呜——呜——呜……

帕维尔双手插入裤兜，俯身低头，沿着铺满大鹅卵石的坡道慢悠悠地走上山，而同志们走短路，沿着穿过菜园的小道像黑山羊似的跳上去。

铸工米沙·谢尔久科夫从上面的什么地方喊道：

——帕维尔——你来吗？

——不知道，兄弟，也许……——帕维尔回答。他停下来，看着工人们是怎样磕磕绊绊地征服着陡峭的山。响起笑声、哨声，大家都乐得节日休息，肮脏的脸发亮，雪白的牙闪光。

篱笆咯吱咯吱地响，女菜园主伊华尼哈像往常一样用下流的骂街话咒骂工厂的工人。太阳落入河那边远处的公爵森林，把恶狠狠的老太婆的破衣烂衫染成紫红色，把她银白色的头发染成金黄色。

底下散发出灰渣、油脂、沼地潮湿的气味，而山上散发出嫩黄瓜、茴香、黑醋栗的辛香气味。大教堂已欢快地依次敲响着所有的钟声，老太婆的骂声淹没在钟声里。

"是——是的，——马科夫非常沉重地心想。——很惭愧，性格如此脆弱，——这是很惭愧的！……"

他登上山往下张望：那里耸立着五个烟囱，好像是淹没在河那边沼泽地里的恶魔张开的被泥潭玷污的手指。

绕江心群岛流淌的狭窄而弯曲的河染成一片红色，在沼泽地矮小的云杉林中也闪烁着红色的光点，那是夕阳反射在赤褐色水中的土墩上。

可惜了阳光，——阳光未使沼泽地美化，而无影无踪地淹没在泥潭发酸和腐臭的水中。

"应当走啦！"——马科夫命令自己。

但是，他又若有所思地站了一两分钟……

华夏根在房屋大门旁迎接他，这是一位消瘦的、秃头的、独眼的老人。为了掩盖右眼不雅的眼窝，他上街时戴着暗色的护目镜，因此村里人称他为眼睛鼓凸的华列克。他的鹰钩鼻子底下不规则地长着斑白的硬毛，节日里他把它们粘贴修剪成胡须的样子，因此华列克撮起嘴唇成这样的形状，即似乎这位皮鞋匠在不断地吹热菜。

但现在华列克的嘴张开着露出亲切的微笑，他对女婿低声说：

——星期六好！

帕维尔塞给他二十戈比钱币，走到小院里，院中杂草丛生，在院子一角的花楸树下铺着一张晚餐桌，老狗丘尔金在桌子底下咬掉尾巴上的刺实。妻子坐在门廊台阶上，两腿撒得很开。三岁的女儿奥丽娅在踩倒的草上打滚，看见了父亲，伸出脏手，叉开手指，高兴地喊：

——爸爸——爸！爸爸来啦！

——怎么回来晚了？——妻子多疑地瞥了他一眼问道。——所有同志们都早已过去了……

他不动声色地叹息，——总像往常一样。他一边用手指弹女儿的鼻子底下，一边愧悔地斜视着妻子鼓起的肚子。

——快去洗漱！——她说。

他去了，但随后向他洒来雨点般埋怨的话：

——你再次给了父亲酒钱？我千百次请求你不要这样做！嗯，当然，我所有的话对你来说算什么……我不是女同志，不像你的放荡行为那样成群结队彻夜闲逛……

帕维尔洗脸，尽量给自己耳朵里多填一些肥皂泡，以便听不见这些耳熟能详的话，但这些话总在他身边乏味地萦绕，像刨屑似的沙沙喧响。他感觉妻子是在用某种最糟糕的钝刨子刨他的心。

他回忆起同妻子相识的最初的日子：寒冷的月夜漫步城市街头，从山上滑雪，在剧院楼座看剧，还有在电影厅度过的甜蜜的时刻——那样美好地相互紧紧偎依着坐在黑暗之中，眼前展现着无声的影像，时而感动得流泪，时而笑得发狂。

那时曾是艰难的时日：他刚从监狱出来，看到一切都毁了。他们向使他们非常高兴的事热烈鼓掌，死劲儿地打口哨……

鬈发灰眼的奥丽古尼卡在他脚边转来转去，天真活泼地歌唱：

——爸 米纳 路比齐，爸——咕咕 沽比齐 亦 洛沙杜 沽比齐，扎特啦，扎——啊特啦……①

他从手指上把水抖落在女儿的小脸蛋上，小女孩哈哈大笑，离他滚开了，他温存地对妻子说：

——别啰唆，达霞，不要唠叨！

奥丽古尼卡费劲地抬起老狗丘尔金沉重的头，命令它：

——瞧！嘿，瞧啊！

老狗不乐意地摇着头，张望着！它张大嘴，断续地汪汪叫。

当丈夫是所谓的聪明人，他把同志看得比家庭更珍贵时，妻子止不住地心酸。帕维尔站在院中，从敞开的围墙门可以看见无尽的森林远处。他曾和达霞坐在下坡的长凳上望着那远处说：

——哎嗨，我和你开始好好生活吧……

————————

① 这段儿童的歌词语音和语法都不规范，词义不明，语义不详，权且音译在此。——译者

"这是因为她现在是个孕妇",——他抓住女儿的手自我安慰地心想。

马科夫默默坐到桌旁,女儿爬到他身边,用小手指捋直父亲湿润卷曲的胡须,嘟哝着:

——奥丽娅和爸爸、妈妈很远——远!坐马车——嘿——嘿!

——别闹,奥丽卡!我整天讨厌你!——母亲严厉地对她说。

帕维尔想用自己的大勺底啪啪地敲打妻子的前额,好让这噼啪声响遍整个院子,好让在街上能听到这响声。但是,他抑制了自己的愿望,皱起眉头责备地提醒自己:

"有觉悟的人……"

岳父来了,坐到桌子旁边,愉快地露出一张瘦脸,张开薄薄的嘴唇,从兜里掏出半瓶酒。

——开始啦!——达霞像猫似的鼻子发出呼哧呼哧的声音说道。

马科夫低下头掩饰自己的微笑,他熟悉华列克的回答:

——没有开始,没有终结!

一点儿不错。老头儿的一只眼睛可笑地转来转去,看着伏特加酒怎样发出咕嘟咕嘟的声音。他喝完酒,甜润地咂舌。丘尔金死乞白赖地望着他的脸,而皮鞋匠却对狗说:

——不给你。你若喝酒,将招人揍你。

帕维尔对这些话也很熟悉。这里的一切都十分熟悉。

妻子唠叨着:

——你瞎忙啊,你整天里瞎忙,——缝纫、做饭、洗涤,——而她,下贱货,隔着篱笆叫喊——有人偷黄瓜……

她——高大,艳丽,圆脸,可爱的、雪白的和丰满的前额,又细又尖的耳朵微微颤动。

但是,她现在可不是很美:蓬头散发,凌乱的头发时常沾满汗水和灰尘,掩盖着前额和耳朵,鼻子鼓起来发出呼哧的声音,大红嘴唇仿佛不幸地肿胀。有时一绺头发散落口中,达霞就用勺柄把它拨弄开。一件女短上衣又脏又破,腋下撕裂了,勉强扣在胸前。粉红色浑圆的双手到胳膊肘是裸露的，上面粘着一块块深色的污秽。在凸起的下巴上悬着一滴红褐色克瓦斯饮料。

“梳洗很容易”，——帕维尔霎时心想。

她将在明天午饭后梳理，将穿上花条黄绿色女短上衣。裙子在她肚子上翘起，将显露出带扣的短靿靴，甚至一段长袜子——黑色的带黄色亮点的长袜子——这是她心爱的长袜子，她买这双袜子时十分高兴。

傍晚，她挺着肚子和他并排走在城市的主要街道上，她撇着嘴唇，紧锁眉头。这一切使她活像一个小铺女主人。当同志们相遇时，帕维尔将觉得，在他们的眼睛里闪烁着嘲笑的和令人难堪的火光。

他渐渐感觉热，仿佛有个无形的但沉重的什么人迎面拥抱着他，令人憋气的、热烈的拥抱。他想着另一个人——想着并说出声来。

——今天中午考勤员库里戛讲了法国电工技术……

妻子更加匆忙地吃饭，而岳父——慢吞吞地。他的嘴唇颤动，而脸和秃顶令人发笑。

——这——是个组织！——帕维尔沉入幻想地说。

——嗯，德国怎么样？——华列克举目望天，用甜润的嗓音问道。

——那里——好啊；那里党的机关像机器一样地工作……

——谢天谢地！——老头儿说。——而我已开始担心——他说，德国人一切都好吗？

华列克尖着嗓子说，而帕维尔发窘：他已知道老头透过缺损的牙齿现在要说的是什么话。瞧，他鼓起腮帮子，头像乌鸦一样侧向一边，一只眼睛盯着女婿的脸，低声狡诈地说：

——那么——在德国一切都好极了？可是——钱袋里呢？

他在椅子上跳起来哈哈大笑。奥丽古尼卡也高兴，她拍手，勺掉到桌子下。母亲弹她的后脑勺，喊道：

——捡起来，坏丫头！

小女孩轻轻地、抱怨地哭。父亲把她拉到自己身边之后环顾四周：已是黄昏，瞬间，明暗交会，融会成暗雾。某处，单身汉在歌唱，传来了撩人心烦的和声。岳父的话像蝙蝠似的在帕维尔四周飞旋：

——不，您不要谈德国，而要幻想钱袋，我请求您！结婚了——那您就已经该想钱袋了，您想想吧，是——是的！既然孩子诞生了——您就要为他们建设坚固的诞生地，而这是建立在鼓鼓的钱袋上的，是的，是的！

马科夫摇晃着微睡的女儿，回想岳父：四年前他了解的华列克是另一个人，他记得，在砖棚的一次集会上这位皮鞋匠是怎样抹掉眼眶中的泪水大声疾呼：

——小伙子们！你们可怜——嗯，全都一样！勇往直前！打起精神往前走！是的——我们爱惜自己，我们是遵命生活的，——为了你们，我们不再忍受，你们现在受苦受难，为了你们的孩子……

有一次皮鞋匠对帕维尔说：

——兄弟，我看你，我听，我感到遗憾，我的不是儿子，而是女儿！哎嗨，我有这样一个儿子就好啦……

但是，自从城市爱国者打瞎了华列克的右眼以后，这个老头儿一百八十度地往后转了。

"他并非一个人翻转身去"——帕维尔忧伤地心想。

妻子大动作地收拾桌上的脏餐具，碟子哗啦响，勺子掉落地上，她喊道：

——捡起来，你知道，我弯腰俯身困难。

——不——不，你们把政治留给国外的强国，而自己料理料理家务吧！

马科夫带着入睡的女儿进屋，门廊台阶发出吱吱嘎嘎的响声，妻子用同样的声音说：

——要不是这样胡闹……

——对，对，对！——岳父用呆板的声音嘟哝地说。

一轮浅红色的明月从粗大的树林后面升上天空。帕维尔·马科夫和妻子并排坐在门廊的台阶上，他抚摸着她的头发，近乎耳语地对她说：

——如果有一天，我被关进监狱，同志们将会帮助你的……

——当然啰，你等着吧！——达霞呼哧地说。

——我们大家——必须追求组织……

——你追求。那你结婚有啥用？

在他头脑中和胸中闪耀着他珍贵的思想，他没有听见达霞忧郁的异议，他不听他说。

——你别对我胡说八道！你从前有时每月带回约一百卢布，而现在——有什么？

——这不是我的过错，这里一般条件……

——你甭管条件……抛开同志们，去工作……

她希望温和地、恳切地说，但是，她累了一天，想睡觉了。这类谈话延续第四年了，什么也没有改变，——她怜惜丈夫，替他担心，他几乎是像往常那样善良、糊涂和如此固执。她知道，她克服不了这种固执，在她心中愈来愈强烈地凝固着为自己和为女儿的恐惧感。对丈夫的怜惜与日俱增，令人郁郁寡欢，难以言表，难以平息。

他望着院子里的花揪树影爬向他的脚边，无数尖锐的手指张开，渴求地战栗，愈来愈远地伸向未来。他神秘地告知妻子：

——你看：已经在法国……

——别再讨厌啦！——她忧郁地打断他的话，举头仰望天空，几乎用低沉的声音喊道：——要知道活不长久，——要知道孩子……

他沉默，从明亮的高处跳到小院落，进入狭小的房屋空间。

她想哭，愤恨使眼泪干涸，而只在咽喉中激荡。她艰难地站起来说：

——我——睡觉，而你，想必是，到同志们那里去吧？……

——是的，——他未立即回答。

她离开时高声地抱怨说：

——即使快些逮捕你们这些该死的家伙也好呢，——一了百了！也许，你们将变得聪明些……

月亮高悬，影子缩短。犬吠。

敞胸露怀的女人芬卡·路科维察在栅栏的什么地方冲着醉汉们用带哭的声音喊叫：

> 我爱——爱人沿伏尔加河游水……
> 淹——淹死了，可恶的魔鬼……

有时这类交谈以激烈的方式结束：达霞叫喊，愤恨得喘不过气来，挥舞双手，硕大的乳房在脏兮兮的短上衣下晃动；帕维尔此刻则厌恶地看着她，从内心掏出难堪的、粗鲁的语言，困惑莫解地想道：

"这是怎么啦，我竟然没有发现她是这样的人？"

瞧，有一次吵嘴之后，他发生了一件事情，这件事使他的心发生了分裂，以他感到惭愧的欺瞒折磨人已有一年多时间了，但是——不能消除它。

有一次，星期六，他带回来的钱很少，这惹怒了妻子。她把钱扔在地板上，冲着他大喊大叫。他感到愤怒，坚定严厉地说："住嘴！"——她把他推向门口，疯狂地叫嚷：

——滚，叫花子！房屋是爸爸的，我的房屋！而你——骗子，你的位置在监狱，——滚蛋！

他知道这次爆发的原因，——砍白菜的时候到了，而买白菜的钱不够。他受了很大委屈，不能自持，跑到了街上，在谁的菜园里坐了很久，竭力隐藏自己的委屈和痛苦。然后，他去了城里，在一家脏兮兮的小馆喝了伏特加酒，随后不知不觉地来到了"教堂小公园"——矮小的五圆顶教堂附近的不起眼的小公园。

刮起了风，是什么绳索碰到了钟，铜钟发出了轻轻的叹息。教堂周围是一圈路灯，灯光在颤悠。灰色的云团在圆顶十字架上空飘散，露出冷淡的、蓝色的、深邃的天穹，风流似乎从那里呼啸着流向荒漠。

惊慌的月亮像是乌云之间的小孔，乌云像一群争夺扔给它们十戈比银币的乞丐扑向月亮，在空中用自己的重力把月亮揉成难看的、暗淡的斑点。风儿摇晃着大地，就像恶狠狠的保姆摇晃不受宠爱的婴儿的摇篮。

马科夫坐在板凳上，双手支撑着醉醺醺的头，不相连贯地想着生活的恶毒的戏谑：人越多地渴望好东西，生活越多地给予他坏东西。

有人和他并排地坐着，他抬起头，——当然，这是一位小姐，他觉得好像是也应该是：除了小偷或妓女外，究竟还有谁会走近在这阴雨之夜孤独坐在这僻静之处的人呢？

他们闲聊，然后长时间地漫步在城市的街道上，帕维尔一路上带着醉意讲述自己不成功的婚姻，讲述他在妻子身上未发现他亲近的、能让他舒心的心灵。

小姐说：

——这是常有的事情……

——常有？——帕维尔问。——你为什么知道？

——人们经常发牢骚……

帕维尔瞥了一下她的脸——毫无特别之处，一张普通的放荡女郎的脸。

他想起了妻子，狠心地想：

"去你的吧！我就随这位而去……"

他在她的住宅里重又谈了生活，谈了自己的思想，然后，在她来到他身边前，他已躺下入睡。

清晨，难为情的他和她一起喝茶，竭力不直视小姐，离开时，他给她三十五戈比——这是他身上的所有钱。

但是，她平静地推开了他的手，很清晰地说：

——为了什么？不需要。

他不喜欢她装出的样子，她的话也令人感到不愉快。

——没有更多的了，请收下吧！

——好吧！——她同意了，接收了两枚银币。但是，她耸了一下肩膀，重复地说：

——只是——本来就用不着……

"现在她将请他常到她这里来，——帕维尔心想，同时穿上外衣。——她将告知他叫什么名字，她什么时候在家里……"

可是，她望着地板，望着他脚下，若有所思地说：

——您昨天说得很好……关于我们姐妹和关于女人的话……

这些话使他感到快意，使对她的嫌恶之感瞬间熄灭了。他抱歉地微笑着说道：

——既然这样，很高兴……我昨天喝醉了，——其实我一般不喝酒……再见！

她默默地伸出一只手。

他在街上心想：

"不约请！不想收钱——为什么？"

他想不起来自己说过的话，甚至她的面貌在他眼前浮现也已模糊不清。

他怀着愉快和遗憾的复杂心情走进家门，心想：

"见面时我会不认识她了……"

天下着蒙蒙细雨，他的外衣湿透了，压在肩上，头痛，压抑睡觉的欲望。

妻子无言相对，甚至未瞅他一眼。他久久地坐在一角，瞧着她强劲的双手揉面，瞧着她胳膊肘上美得迷人的小窝忽现忽隐。她身量如此高大，体魄如此健壮。

为了找话题开始交谈，他问道：

——奥丽娅在哪儿？

——在哪儿！大概，今天是善良的人的节日，——她随外祖父去教堂了……

帕维尔和平地说：

——这我就不懂：干吗在这闷热的雨天带去一个三岁的孩子。

他想起了为回应妻子这句话已不止一次地正是如此地重复说了，于是止住了。

面团在她手下吱吱的响声更大了，桌子也咯吱咯吱地响。

"对她说：瞧你把我引向何处——看见了吗？瞧你把我推往何方，——说吗？"

他内心燃起了某种激情，走近她，把一只手搭在她浑圆的肩膀上。

——别讨厌！——她摆脱他的手叫喊起来。她满脸通红，甚至脖子也充血了，——滚蛋，——否则，我用力折断你的手！

她直腰挺胸，用沾满面粉的双手整理一下头发，以致变成了白发女人。

华列克手牵着奥丽娅进了门，摘下眼镜，一只眼睛发亮，宣告：

——上帝送来了仁慈……

——爸爸，爸爸！——小女孩叫喊。

帕维尔想抓住她，但想起在别处过夜的事也就抑郁地弯着腰去洗手了。

妻子整天唠叨，而岳父不知疲倦地说风凉话：

——怎么样，社会政治家，不吃大馅饼吗？您——吃吧，在工人阶级胜利之前，当所有的叫花子都将有大馅饼吃的时候，——还极其遥远呀！

——您最好不要逗弄我！——帕维尔不乐意地回答说。——要知道这不会有什么结果……

——是的，说得对！——华列克表示赞同。——不会有什么结果……

几分钟以后，华列克又开始说：

——我修好了您的靴子，您看见了吗？

——看见了。

——满意吗？

——谢谢。

——达丽娅，——谢谢食盐，当没有什么可吃的时候，我将吃它……

雨点沙沙地落在玻璃窗上，风儿在顶间飞旋，什么东西发出咚咚的响声。松树在屋顶上空吱吱地摇晃，什么地方未关好的小门砰砰地喧闹，门闩鼻哗啦啦地响，水呜咽着流入木桶中。房间里一片昏暗，散发出烤葱、皮草和焦油的气味。

马科夫看到女儿感觉不安：她用畏惧渴求的目光看着大家，皱起眉头，准备哭。

"她将怎么样呢？"——他一边想，一边注视着小孩，感到自己愧对他们。

——到我这里来吧，小姑娘！——他伸出双手召唤她。但当奥丽娅跑向他时，母亲抓住她喊道：

——不许去！

奥丽娅哭起来，小脸扎在母亲双膝间，但是母亲霍地跳起来，把她推到墙角：

——去，躺下，睡懒觉去！好让我看不见你……

帕维尔也站了起来。他的脸发热，一股强烈的冷气在他背上涌流。

——如果你，——他走近妻子说，——无论什么时候再敢……

妻子把脸伸给他，用饱含痛苦和憎恨的低声说：

——嗯——你打呀！嗯——你揍呀！

岳父抓起一只鞋楦，跳起来大声喊叫：

——你看，它！看它是什么东——东——西！

帕维尔推开妻子，抓起帽子跑出去了。

他冒着雨跑，绝望地想：

"他若不喊叫，我本想揍她……"

迎面涌来肮脏的水流，浇湿了他的双脚，风儿把凉飕飕的毛毛细雨吹拂到他的脸上。

瞧，他又在这位女郎那里——他把淋湿的上衣扔在地板上，一只手来回摆动，另一只手揉搓脖子，坐在桌子旁边匆匆地说：

——我——不是野兽！我知道——她没有过错……

女郎像被无形的抽打所驱动的陀螺一样在房间里担心地转来转去。她放置好茶炊，在膝盖上折断小劈柴，煤沙沙地响，披在裸露双肩上的围巾两端宛如灰色的羽翼随她到处飘扬。

——瞧，我来到了您这里，——我有同志，但对他们谈这事——害羞，尽管他们或许也知道在这里大家相互折磨的日子，——为什么？您说——为什么？

——我可是不知道，——他听到了轻微的回答。

——这种糟糕的生活渗透到骨骼和心脏中，而且——不定什么时候内心会突然酸痛起来，会变得非常恶劣……

女郎走近他，仔细地抚摸他的衬衫，使眼色地说：

——您淋湿啦，——而我什么都没有……怎么办？

——不要！——他抓住她一只手说。

她悄悄地脱开手指，关切地继续说：

——您会感冒，会生病的！这对工人来说是灾难！……

她抽身去了外屋，但顷刻就转回来了，带来了一件破旧的花衣服，放在茶炊管上方烘烤，平静地劝客人说：

——您——换上吧……尽管这是女人的衣服，但是干的……

她把妇女衣服放到桌子上，再次去了外屋，而马科夫望着她的背影，梦幻似的揣想：

"命运啊！多么愚蠢——命运吗？真是的——往何处去？而她——反正都一样"。

从某一个方向蜿蜒曲折地飘来严厉的责备，仿佛是岳父细语低声地说：

"什么——逼迫？同志们，啊！你为什么在此困难的时刻没有跑去找同志们，——你本该去找他们！啊哈——哈，——可耻吗？"

他用力抚平剪短的头发，委屈地冷笑起来。

——您怎么啦？——女主人望着房门认真地问。

湿衣服贴在身上引起不舒服的冷噤。帕维尔很快脱下湿衣服，围上女人的长衣服。

——这就好啦，——女郎进来说道。

——可笑吗？——他问。

——可笑，——女郎表示同意，但她脸上未露出笑影。

帕维尔第一次聚精会神地和毫不客气地打量着她：健壮的体魄、小巧的身材、颧骨突出的脸、细小的眼睛。

——可笑，而您又没有笑！——他环顾四周说道。

房间里摆满了东西：一张床、一张桌子、两把椅子、一个柜子，靠门边是一个大炉子。前面的房角挂着一幅小圣像，其上方是一条插着小纸花的柳树枝。后墙上挂的是一些彩画，蟑螂在彩画上穿梭，并发出沙沙的响声。墙缝中露出一团团麻絮。窗户——小，方形，窗玻璃因老旧而发浑。

女郎俯身到茶炊上方，没有回答帕维尔。他自我感到尴尬，不怀好感地暗自思忖：

"大概是个蠢婆"。

但他大声地问：

——这是——炊具？

——是的。

——还有什么人住在这房屋里吗？

她把沸腾的茶炊放到桌子上，切下一大块赤褐色面包，斟上茶，用像窗外雨声哗哗般单调的低嗓音开始讲：

——住在这座房屋里的还有两位老太婆——老处女。只是她们几乎任何时候都不在家里烧茶煮饭，而总在富有的熟人那里走动和吃喝。她们也不常在这儿过夜。除了面包——我什么都没有，——请原谅！

——我不想吃，——帕维尔说，他越来越感到尴尬：嗨，我为什么到这里来？

他突然严厉大声地问她：

——您——登记了吗？

——向哪儿？

——在警察局吧？

她平静地回答：

——可不是，——我登记了！我在他们那里既注册了女厨师，又注册了女服务员。可是白天无事可做……

帕维尔感到有点儿不对劲，不可理解……

——我不是问那个……

她——猜到了。她的颧骨突出的脸发黑，眼睛完全闭上了。

——哎嗨，——她说，——是——是的……这是我昨天在小公园的事。不，我不从事这个行当……

他不相信。他从桌子旁边挪动一下，微笑着，看着她。他觉得好笑的是她隐瞒自己的职业。她可笑和可怜。

女郎斜视的眼睛突然张开了，这是一双浅蓝色的热情的眼睛，使她颧骨突出的脸熠熠生辉，使这张脸稍微美化了一点。

——昨天嘛，我的情况是这样，——她说，同时掐下几块小面包，把它们卷成小面包团，——当时我也深感痛苦，于是就去了。或许，——甚至想过投河，而在这个时候——你在那里坐着。啊，我想，一个男人，他也感到痛苦呀！于是——我就走过去。而您很快就说了起来，我看到——您完全失去常态。看来，您也想起了不幸的事……这几乎是每天发生的事，——开枪自杀，上吊自缢……

他听着，不知道——是否相信，心里暗想：

"于是就去了。于是就走过去。说得可怜。苦闷的人。"

女郎依然用那平静的声音和平淡的语言接着讲：她——是莫尔多瓦女人，出身于一个富裕的家庭，识字，曾在教区学校学习。一场火灾毁灭了一个家庭，父亲去了西伯利亚找土地，杳无音信，而把她送到了车站做女工，她在那里也生活了三年。车站站长有个兄弟，是个报务员。

——当您说话的时候，十分像他。

浅色的睫毛掩住了眼睛，她坚信地重复说：

——十分，十分……

——他在哪里啊？——帕维尔问。

女郎停了一会儿回答说：

——被捕了。

在她的话里听不出悲伤，但她有点儿奇怪地动了一动脖子，她的颧骨凸起，脸突然变得像准备汪汪叫的狗的嘴脸。

帕维尔已不想是否需要相信她，他不愿去想这个问题了。

她突然大声地说：

——我曾有一个婴儿……

——报务员的吗？

——是的。死了……

——报务员——是个好青年人吗？

她满脸堆笑地说：

——是——是的。是这样一个人：他说——而大家就笑。这样就被带去了——一个人。而我——被赶走了。

风像丧家之老犬在管道中怒号。

生活成了彻头彻尾的虚伪，而虚伪仿佛铁锈一样腐蚀马科夫心中的自尊。

他爱妻子——爱拥抱她高大、健壮和温暖的身体，她乌黑的眼睛放射的渴求的引诱的目光对他具有不可抗拒的控制力。

有时，在幸运的时候，她用低沉的声音、不知何故有点儿带鼻音地说：

——也许，你走近来吧，又拥抱又吻吻你的妻子吧，顽皮的家伙！

有过这样的日子，即他几乎忘记了位于城郊陷入地下的这昏暗的小屋。这座房屋像窑洞，两扇半封闭的窗户，长满苔藓的屋顶，黑暗的房间像洞穴，而它的居民乃是沉默的、温顺的夜间动物——这一切在他的记忆中渐渐消失了，变得无关紧要了，即使有时瞬间像梦魇般出现在他面前，——帕维尔心满意足地想道："俱往矣！"

起初他坚定地想这样对妻子谈谈这一切，以便她感到自己对他的过错，以便她了解精神上的不和谐对他和对她带来了什么样的危险。

但是，他怕一开始就谈这一切。她温情脉脉、和蔼可亲的时刻瞬息即逝。当他不直入房屋这个话题而从离题远的事儿开始谈起时，饱受他抚爱的她却疲惫地不断地打呵欠，用蒙眬欲睡的嗓音阻止他的话说：

——嗯——嗯，你再次开始谈这啰唆事儿……

她还请求、命令说：

——不要说你的这些话，你爱抚我吧……

如果他继续说，在妻子的两道眉毛之间就显出忧郁的皱纹，她的眼睛就显得更明亮，更冷淡，她就开始气愤地说：

——你住嘴，我说，你——想一想，你有孩子！将有一架子小书本……又是小书本，又是同志——一个结了婚的男人对这一切都不需要……你瞧一瞧，所有成了家的人都离开了你们，都为自己工作，非常温顺地为妻子和为孩子工作。只有谢尔文科夫和自己的玛什卡在你们中间浪费时间，是啊，他——难道和你是一对吗？就是他——上月一共不过带回三十六卢布，却被罚了两次……

她嫉妒地和细心地收集街区的所有流言蜚语，她知道许多关于人们的坏话，她从不讲关于任何人的好话，并总是乐滋滋地、气喘吁吁地把一麻袋一麻袋的幸灾乐祸且往往是虚假的污言秽语撒在丈夫头上。

——这不是真情，达丽娅！——他试图阻止她。

她哭诉着辩驳说：

——嗯，当然！我知道，你相信同志们，而对妻子——不相信……

在她的话的重压下，从帕维尔善良的意愿中似乎流出了鲜血，软弱的、压抑的意愿在他那面临妻子日益习惯于保持沉默的内心中消失了。

他听着她说话，没回答她，只是轻轻地打着口哨，愁眉苦脸地想：

"她不明白。难道将来也如此不明白吗？……"

他想要女人的某种特别深情的和充分的抚爱，这种抚爱能使身心激奋，能有助于心灵燃烧得更明亮和更耀眼。但是，这种对心灵的抚爱，必须去城郊到不漂亮的莫尔多瓦女郎丽莎那里去寻找，她能，显然，也爱听他关于生活的叙述和他关于未来的理想。见到这样一个人是令人愉快的，此人坐在你对面，仿佛深度昏厥之后恢复知觉一样，像呼吸空气般贪婪地听取每一句话。

在她干涸的胸中也藏着某种异样的、帕维尔不太理解的东西——就像一只灰色的小鸟有时在那里啼叫。

——你去教堂吗？——有一次她紧贴着他问道。

——不。你看见吗……

帕维尔长时间地和热烈地向她解释，他为什么不去教堂，但当他说完后，莫尔多瓦女郎轻声地指出：

——那么可见：你说的是大地的和平，而在教堂祈祷的是"全世纪的和平"……

——不，你等一等！我说的是斗争……

——本来斗争是为了使大家和解……

他再次反对她，激昂地挥舞双手，一拳打在桌子上，觉察到他能更好地和更容易地表达自己的思想，对此他感到高兴，于是他更加心向神往。

而莫尔多瓦女郎以平静的固执态度反对说：

——不，我喜欢助祭用深厚的低音说："赐予你和平吧"。这对我而言谁说都一样，只要人们听到，需要——和平！

她紧靠他站着，看着他的眼睛，轻轻地小心地说：

——你瞧瞧吧：大家——都是恶人，到处都在搏斗！在小饭馆，在市场——在一切地方！在教堂也是那样——发脾气，争位置。打小孩。逮捕和绞死人。多少人被屠杀！在警察局是怎样殴打人的啊！还有自我残害，——这也是由于愤恨而自我加害的啊！我那时就因为愤恨而自己生闷气：下贱货，干吗活着？善良的人——完全没有，所以可怕。是的，善良的人有那么几个，这里一个，那里一个，完全不引人注目……

他笑她，但她的话说得简朴，没有啰唆烦人的影子，没有强人接受的愿望。她的话在帕维尔心中引起了对她宽厚的感情，仿佛在她朴素的信念和他严格的认知之间拉伸了一根使他们接近的细线。

他多次开玩笑地或严肃认真地回到这个话题，但总是遇到软钉子：莫尔多瓦女郎既不反对他，也不为他的道理所折服。

——你望望远处，想要许多东西！——他笑着说。——我们看不到和平，我们生活在斗争中……

她想了想回答说：

——既然你知道明天将会美好，那么今天坏的东西就不太可怕，而且显得并不强大……

帕维尔有时坐在丽莎旁边回想起妻子，他的双手就变得迟钝，心中就充满苦涩的、辛辣的液流；他就全身发冷；他就惭愧地、怀恨地自责：

"有见识之类的人。暴露出资产阶级的腐化，而自己——就是如此……"

但是，从这个令人不快的思想向生活的广度和深度引出许多其他的思想，它们模糊不清，想和人唠叨唠叨。于是，他又在丽莎面前敞开了自己痛苦的心扉。他谈妻子，谈爱妻子，但又谈如果没有她，没有丽莎，——他会感到难受。

——我不能像和你一样也和其他任何人去谈。显然，男人总有这种情况，即他只能对女人说，——而对妻子——这不能。对同志们也……羞于谈自己的私生活，而保持沉默——它又搅得人心烦！

她用粗糙的手掌和瘦长的手指抚摩他的头，听他说话。

——我试图说，但得到的是按书本的回答。我自己也读书！人们羞于直爽地谈论自己……许多人的毛病，也许，就是我的毛病。他们担心的是任何地方都没有书写，只是在心中写着——羞于启齿，然而，心事必须说出来，因为它——折磨人！

浅蓝色的眼睛在他面前炯炯发光，他忘记了这是一双细小的斜视眼。丽莎的一只手在他头上或肩上颤动，仿佛是回应他的激动。

他让她坐在自己的双膝上，心中荡漾着愁绪和激情，突然情欲勃发，亲吻她粗糙的热乎乎的脸颊和嘴唇。

——没关系，亲爱的，——她低声细语地说，眼睛睁得越来越大。——你会渡过难关，你会好起来的……

有时他躺在她膝盖上熟睡了，女郎直到必须叫醒他为止一动不动地坐着，——像保姆似的坐着，轻轻地抚摩他剪短发的头。

……帕维尔带来一张报纸，把它展开在桌子上，报纸内容令人眼花缭乱，他略带严肃的神情俯身阅读关于欧洲和全世界同志们的消息，关于他们孜孜不倦地斗争和工作的消息，谈论党的领袖们，谈论日常斗争的不屈不挠的战士。

她一动不动地坐着，低声地和偶然地问他什么问题，但帕维尔相信莫尔多瓦女郎全都明白。

他发现：如果言谈涉及英雄和导师，她就像听神奇童话的小孩那样脸色紧张起来，浅蓝色的眼睛闪烁起来。这种呆板的目光有时令人不快，使人想起灵敏的、忠诚的狗的目光，狗深思着只有它不会说话的兽性的心才懂得的什么东西。在这样的时刻他觉得这个平和的、小巧的女郎静静地能做一切事情……

她经常问：

——你是怎样称呼圣人的呢？

她沉默一会儿再次清楚地重提圣人的问题：

——按俄罗斯的方式将怎样呢？

——不知道。我们没有这样的圣人。

——难道我们没有这样的圣徒吗？——她怀疑地和不愉快地问。

帕维尔——哈哈大笑。

——圣徒嘛——这，朋友，不是我们方面的！我们生活在地狱，我们没有圣徒……

——将会有的！——有一次丽莎说。

这简短的话奇怪地响亮，就像午夜之后敲响的第一缕钟声，在夜间的黑暗中宣告新一天的诞生。帕维尔望了望这位女朋友的脸，但未发现这张脸上有任何特别的东西。他想了想问道：

——你这是干吗问圣人的问题啊？

她低下头没有回答。于是，他温情地稍稍抬起她的脸，笑着再次问道：

——也许——你准备为他们祈祷？啊？

——也没有什么，——她说，——我也祈祷。只是我——没有圣人，不过是一般地祈祷：上帝啊，帮助那些为人行善的人吧！你笑啊，对我反正一样。

——这是徒劳无益的，丽莎！

——谁，可能也好，应当也好，要去帮助善良的人们。

——得啦，丽莎！不，你应该学习用另外的方式去帮助……

——我将学会用另外的方式……

她紧靠着他说道：

——这本来没有关系：这不会委屈他们的……

帕维尔拥抱着她，沉默无言，思考着某种不清晰的和重大的事情。

同志们发现，他对他们和对妻子隐瞒了他的部分时间，把这部分时间用到别的什么地方去了，但是，他们保持沉默，假装相信他的解释。

只有铸工米哈伊洛·谢尔久科夫有一次问道：

——怎么，帕夏，你也养情妇了？

帕维尔被问得措手不及，不好意思地反问：

——还有谁啊？

有麻子的、头发蓬乱竖立的米哈伊洛挥舞激动的双手，哈哈大笑起来。

——我巧妙地抓住了你的话柄！怎样，兄弟，啊？嗯，我现在向你妻子告发你……

——不，你别说！——帕维尔严肃地请求。

——给什么？给涅克拉索夫，嗯？

——不给。我告诉她——自己说……

谢尔文科夫惊讶地看了他一眼。

——你说？对妻子？

——嗯，是的。

——为什么？

——应该啊！

米哈伊洛蹙起坑坑注注的前额，眼睛斜视一旁，叹了一口气。

——也就是说，你是认真的啰？好啊——这很好！大家都清楚——她与你不相配。她出生于小市民阶层，这就是她的出身。黑狗洗不成洁白——不值得白白浪费时间……

"他不理解"，——帕维尔心想。

——你不爱她，——他轻轻地说。

——对！——谢尔久科夫嘲笑地表示同意。——这是真的：我——爱另一个人，不是她……

于是，帕维尔问：

——那么你——也是？

——什么——也是？哎嗨，是的……

铸工愁眉苦脸地冷笑一下，简单地说：

——是的，兄弟，我也是。

帕维尔惊讶地看着他，小心地问：

——这是怎么一回事？你们可是生活得很好……你的妻子是同志……

——问题就在于是同志！——谢尔久科夫闷闷不乐地扬声说道。——任务也在这里——她死劲儿咳嗽，憔悴，同志啊……

他们在工厂院子里靠近粘满烟黑的墙壁交谈，头顶上的什么地方排气管不断愤怒地发出排气的声音：

——扑哧，扑哧。

烟黑浸透的空气弥漫着呻吟声、尖叫声、咯吱声、火的呼唤声、铁的轰隆声。

——三年两次怀孕，——谢尔久科夫一边卷纸烟一边忧郁地发怨言，——而这对我们这个阶层来说原本是不适当的。医生说：节制吧。嗯，我开始逃避，我觉得她可怜！带泪的滑稽剧，我的兄弟啊。逃避，逃避，结果逃进了本不该去的地方……也许，我将有一场闹剧。而后退——此路不通……那意味着什么——后退？妻子必须去农村，而不是生小孩。孩子——显然，兄弟，这不是为我们的。而且，总而言之，这里什么是为我们的呢？

他望了望周围一堆堆废铁、煤染黑的土地、冒烟冒气的车间的屋顶。

他们净赢了我们的兄弟！一把牌中没有一张王牌，——不好啊，帕夏！

他把烟头扔在肩后，走进了自己的车间。走得不为帕维尔所知——低头、环顾，仿佛害怕突然有谁扑向他。当他消失在铸造车间的黑暗中时，帕维尔想起他是乐天的冒失鬼、快活的饶舌人、戏剧爱好者和歌手。他回想和沉思。他觉得，现在和他说话的是另外的比原先的谢尔文科更亲近的什么人。他第一次听到了同志关于折磨他的简朴的话，他站在机床旁边想道：

"现在他会谅解我了，我和他相处得会更近，够了！我生活得不好……"

事情并非如他所想：谢尔久科夫在砖厂附近的联合组织中被推举出来不到一个星期，他就被人毒打负伤而长期住进了医院。

——这就是生活！——帕维尔在家里来回扫视着房间说道。——哎嗨，可怜他，如此之可怜——你都不能想象，达霞！他是那样优秀的男子汉……

他和她并排坐着，降低嗓音继续说：

——你知道，不久前他对我说起了妻子……

——他，坏蛋，最好免谈妻子！——达霞回应说。——我可是知道，他为什么挨揍……

——等一等，达霞！

——你，当然，准备谅解任何一个下流东西，只要他是你们同志中的人……

他严厉地说：

——达丽娅！我们同志中间没有下流人！

——别嚷！

尽管她胳膊推挡，他还是拥抱了妻子，并对她说了关于谢尔久科夫的事儿。起初这使她很动情，但后来她愤怒地推开丈夫并开始骂人：

——唉咳，死鬼！难道玛丽娅知道他这些勾当吗？

——你别想告诉她！——帕维尔惊慌地提高声音说。

——啊，我去说！真的——我去说！——达霞兴致勃勃地冷笑着大声叫喊起来。——他们想到了什么，读到了什么，淫棍们！娜佳，可怜做妻子的，频繁地生孩子。听着！呸！

她发怒时总是挺胸抬头，发出鼻音呼吸，鼻孔就像马那样鼓胀颤动。这一切使她更有诱惑力，但也使帕维尔产生反感，并唤起他对她强烈的恶意。他想把她看作病人、可怜的人、因某种恐惧而失声的人，或者——乞丐：她在街头游荡，穿着脏兮兮的破衣烂衫，卑躬屈节地点头哈腰，向谢尔久科夫的妻子——清秀的、伶俐的聪明女人，向那些有如铸铁球那样与她那沉重的、忧郁的和圆润的心格格不入的人们乞求施舍。

一个星期六的夜晚，帕维尔坐在丽莎身边轻轻地说：

——他们把人们引到了这样的地步，甚至人的善美，在他们看来，也是肮脏的。绞索缠绕在我心灵周围，我不知道——怎样去解开它！我爱这个女人和女儿，当然，我爱，但是，她能给女儿什么呢！我也不能没有你，丽莎。哎嗨，莫尔多瓦女郎，你有善良的心肠，你是我的朋友……

她低头听他说，严肃地、小声地插上几句菲薄的话：

——我不知道你将会怎么样。我想不出来怎样帮助你……

然而，她想出来了。

有一次，帕维尔同岳父和妻子发生了新的争吵，心中感到压抑，拖着疲惫的脚步在靠近围墙的静悄悄的街上徘徊，围墙的门紧闭，窗户昏暗，春夜避开冷清清的月光躲藏在窗户后面。

"一方面和另一方面！——他想，时而走向亮处，时而隐没在树和房屋的阴影中。——不，两方面都需要——见鬼去吧！如我所想的生活，或者——如她所想的爱情。我——为了生活……足够啦！"

他艰难地走着，双脚仿佛陷入流沙或污泥中那样陷在阴影里。他转向了洒满月亮清辉的街道的另一头。

城市不情愿地沉入春夜的惴惴不安的睡梦之中，但街上依然有模糊不清的人影在游荡，他们仿佛在寻找什么，但并不在意是否能找到。一个黑衣骑马人在马鞍上晃晃悠悠地驶过去了，——马蹄铁在石头上摩擦出两点蓝色的火花。

一位肥胖的警察领着一个头扎皮带的长发工人。工人摇晃着，挥舞一只手吓唬什么人，嘴里发出大熊蜂似的嗡嗡声：

——等——等着，——我将证——证明……

一位邮政官挽着一位纤柔小姐的胳膊走过去了，撂下一句稀奇古怪的话：

——稍微打开一点，但是——一点点，谁也不可能通过……

狗从大门底下探出嘴脸懒洋洋地发出汪汪的叫声。教堂守卫不急于敲钟，敲一下就等待着钟声不在蔚蓝色的空中扩散为止，就像眼泪在巨大的冰冷的水杯中一样。

——十下，——帕维尔数着。

在他面前浮现出小巧的莫尔多瓦女郎，她穿着灰色的裙子和黄色的胸前镶花边的短上衣。她有三件女短上衣，全都是黄色的，只是颜色深浅程度各异。这三件女短上衣全都比她的身材短些，当她举起双手时，下摆就从腰带中抻出来，而当她俯身时，腰部就露出乡村手工麻布衬衫。裙子穿在她身上也不合身。

"她的头发优美，——他暗自回忆，心想在丽莎身上找到和他妻子同样美丽的东西。——秀丽柔软的头发。眼睛也是。非常可爱……"

但是，有人提出过异议。

"可是，双膝不直，双肩也不平"。

……从丽莎房间的窗户中面对他的是一片漆黑。他把脸贴在玻璃上，像往常所做的那样开始用手指频频敲小通风窗的洋铁管，其中的风标已被折断。好久没有人回应，最终一位陌生人对着管子用微弱的声音问道：

——找谁？

——丽莎——在家吗？

闷声闷气地回答：

——她不住在这里。

——这是怎么一回事儿？

——她走了。

——什么时候？

——四天了。您走吧。

——对不起！——帕维尔胸脯紧贴房屋墙壁大声说。——也许，她吩咐对我说点什么吧？

——您是谁？

——马科夫，帕维尔·德米特利奇……

——有给您的一张字条，我这就把它从小通风窗里送出去给您……

灯光亮了，旋即又熄灭了。

灯光再次亮了起来，窗户变得像一张留有伤疤的黄色的大脸。

从小通风窗中塞出一片白色的纸，帕维尔抓住它，展开来，贴近玻璃读着字母大小不一的留言：

> 帕维尔·米特利奇，我尊敬的人，我很爱您，
>
> 这对您和妻子全都不好，因为我已开始由于你
>
> 对妻子好而嫉妒，我不痛恨她，这对你也是如
>
> 此，因此我离去了，但不知去哪里。
>
> 丽莎维塔。

他把字条攥紧在拳头里，但顷刻又展开，再一次看了看纸面上跳动的词句之后，即把纸撕成了碎片，恼怒地冷笑着说：

——她想出来了，狗嘴脸……

他把碎纸片撒在地上，望着地面，——那里是一片死寂和荒凉，就像突然被恐惧压缩的心灵一样。

——傻丫头……

然后，他肩膀挨着围墙悄悄走进街区，走着，忧郁地抱怨着：

——唉咳，丽莎，——嗯，你到哪儿去了？……

女 人

风在原野飞扬，撞击在高加索山脉屏障上。山脉，好像宽大的风帆。地球——带着啸声——在蔚蓝色无底深渊中奔驰，把被风撕碎的云彩留在自己身后，而云的阴影沿着大地轻轻地浮动，悬挂在大地上空，因无以支撑，于是哭泣、呻吟……

树木弯腰曲背，仿佛在奔跑；灌木蔓生在黑油油的大地上，就像狗抖动着毛发一样抖动着枝条。整个大地在尘埃中腾起烟雾，扬起干巴巴的沙沙声、哨声和吼声。鹳鸟啼啭，饮食的乌鸦呀呀叫，草原蟋蟀喋喋不休地啾啾唧唧。传来了威风凛凛的、身量魁梧的哥萨克人的喊叫声。从荒凉的原野扬起脱粒机打碎的金色的麦秸。在整洁的哥萨克村镇的广场上，晦暗的风在旋舞，禽鸟的羽毛和太阳烤黄的叶子在飞扬。

太阳匆匆地浮现，又匆匆地消失，仿佛追逐着奔驰的地球，已经疲倦了，落在后面，悄悄地从天际降落到西方的蒙眬混沌之中。西方的山峰也是白雪皑皑，鲜艳的浓密的云朵像翻耕的泥土泛起红颜。

厄尔布鲁山口有时在云块之间耀眼地闪光，其他晶莹的山峰抓住云彩，试图把它们支撑起来。你可如此清晰地感到地球在浩瀚的空间奔驰，因而心中紧张和欣喜得呼吸急促，感到你在和美丽的、可爱的地球一起飞翔。看着这些因永恒的积雪而光耀的山，会令人想起在这些山的那边是无限宽阔的蓝色的海，其中傲然伸展着另外一片奇异的天地，或者简直就是一片蔚蓝色的空间，而在遥远的、隐约可见的某地转动着五颜六色的、神秘莫测的行星——我们地球的亲姊妹星球……

从原野驶来装载脱粒谷物的大车，犄角陡直的犍牛睁着圆溜溜的眼睛，用忍耐的目光瞪着地面，迈着沉重的脚步，在油烟一般的又黑又油腻的灰尘中走着。一个哥萨克人躺在大车上，他穿着沾满尘埃的灰色衬衫，毛茸茸的羊皮高帽歪戴在后脑勺上，脸晒得黝黑，眼睛被风吹得发红，胡须沾满汗水和灰尘，好像石雕一般僵硬。哥萨克人有时走到大车前面的牛轭旁边。风吹拂他的脊背，掀起他的衬衫。他像犍牛一样朴素稳重，他的眼睛也是那样沉着和充满智慧。他走起路来不慌不忙，仿佛他知道往后等待的一切。

——嘎……嘎……

他们今年有个好收成，全都身体健康，过着温饱的日子，但看起来神情郁闷，说起话来嘴边露不出快意，也许他们在劳动中累了……

在镇子的中央，一座红砖五圆顶教堂直插云天，教堂门前的阶台上方有一个钟楼，窗框粉刷成浅黄色。教堂好像是用肥肉粘成的，它的影子肥胖和沉重。这是饱食终日的人们建造给伟大的、宁静的上帝的教堂。

矮小的白色农舍成环舞形排列，它们像胖乎乎的女人站立着，围着像捻成的腰带似的篱笆，别致地掩映在丝绸一般的花园之中，芦苇顶盖像褪色的锦缎，银色的白杨在顶盖上方摇摆，花边似的合欢树叶在震颤，干果荚像儿童的铃铛轧轧地响，板栗的黑色手掌一般的枝叶在空中摆动，似乎想抓住快速飘浮的云彩。哥萨克女人把衣衫和裙子的下摆高高地掖在腰间，露出到膝盖的健壮的大腿，从一个院落跑到另一个院落，忙着赶在节日前收拾妥当。她们时而相互关心地叫喊，时而叱骂顽皮的孩子们，这些小家伙像麻雀一样在尘土中嬉戏，挖起一把一把的尘土高高地撒向空间。

在教堂围墙旁边，在红黄色干草上面，一些"找工作的游荡者"伸开手脚懒洋洋地背风坐着，他们有二十人左右，都是所谓"不中用的人"、期待幸福和好运降临的幻想者，或者是醉心于在富饶土地上自由生活的懒汉、迷恋俄罗斯人游荡激情的追随者。他们三三两两地从一个村镇走到另一个村镇，正是"为了工作"，惊喜地发现工作多得很，但是只有在极度需要的情况下，即当用其他方法——乞讨或者盗窃——已不可能消除饥饿的时候才去工作。

明天是圣母升天节的日子，在富裕的村镇——是节日，他们从四面八方聚集起来，盼望节日不需要劳动而让他们酒足饭饱。

这都是些"俄罗斯人"——来自中部各省。他们不习惯南方的太阳，皮肤晒黑了，头发褪色了，破衣烂衫被风吹起，发出呼啦啦的响声。他们都装成温和的、笃信宗教的人，劳动累了，因生活受到挫折而感到疲倦了，于是聚集到这里来了。

当一辆沉甸甸的装粮大车喘息着、轧轧响着驶过他们身边时，当哥萨克人嚼着麦秆从他们身边走过时，他们就卑贱地、不顾尊严地和令人厌恶地向他鞠躬致意，而他却斜眼看着他们，不脱帽，露出蔑视的神情，甚至常常压根儿不看这些灰不溜秋的、披头散发的外来人员怎样在他面前低头弯腰的。

土拉人科尼奥夫比其他人向哥萨克人低头哈腰得更加厉害，更加奇特。他是一个干巴巴的、像烧焦的木头一样的男人，黑色的胡须散乱在他消瘦的脸上，黑眼珠深深陷入眼窝之中，露出温和的微微的笑容。

我只是今天才接触这些人，但科尼奥夫却是我的老熟人，在从库尔斯克到捷列克州的路上，我不止一次地遇到过他。他是一个"容易接近的"人，总爱待在人们中间，但看来只是因为他很胆小。他的乡村有些地方紧靠阿列克辛县的沙地，他在自己乡村之外的任何地方总是坚定不移地说着同样的话：

——的确，这小地方富裕，但人不怎么样……无论如何不怎么样！我们家乡的人要真诚可爱得多，真正的俄罗斯人，此地人无与伦比！这里——是顽石，这里连一戈比银币的灵魂都没有！

他喜欢平静地、沉思地讲述想象力丰富的奇异事件：

——噢——你不相信马蹄铁，而我要对你说——一个叶夫列莫夫男人找到了一块马蹄铁，两三个星期以后，他的叔叔——叶夫列莫夫的一个小铺老板——连同全家也就丧命了，——看到吗？所有遗产落入了这个男人手里，——是的！不，你别说，为什么你不知道：命运怜悯人，常常善意地守护人……

他那黝黑的、剧烈弯曲的眉毛高高地翘起到前额上，而眼珠奇异地在眼眶中滴溜溜地滚动，仿佛科尼奥夫本人也不能相信自己所讲述的事儿。

当哥萨克人对别人的鞠躬致意毫无反应而走过去的时候，科尼奥夫望着他的脊背怒声地说道：

——吃刁了嘴，目中无人……不，我要直截了当地说：心灵干瘪的人！……

他有两个女人同行，其中之一：二十岁左右，又矮又胖，玻璃眼睛，半张开的嘴，小傻瓜的脸，露齿，仿佛在笑，但当你瞧一瞧她低低的前额下的一动不动的眼睛时，又感到她现在想哭，惊慌，尖叫，像是患歇斯底里狂叫病的女人。

——他让我和别的人到这里来，——这位村妇一边用低音抱怨说，一边用粗短的手指把干枯的头发塞到绿黄色的头巾底下。

一位大脸盘、高颧骨、长着蒙古人小眼睛的小伙子用胳膊肘捅了一下村妇的腰部，声音嘶哑地、懒洋洋地说：

——他抛弃了你。尽管你刚见到他……

——是——是的，——科尼奥夫一边整理自己的背包，一边若有所思地拉长声音说道。——现在人们离弃村妇很简单，今年不需要她们了，就离弃，满不在乎……

这位村妇皱起眉头，吃惊地眨巴眼睛，张开嘴巴，——她的女友敏捷而清晰地说：

——你别听他们那些人胡说八道的……

村妇的女友大四五岁，生成一张不一般的脸，乌黑的大眼睛总在转动，几乎每分钟都在变换表情：忽儿聚精会神地、严肃认真地顺着村镇街道眺望风儿疾驰的草原的某处，忽而突然匆匆忙忙地开始在人们脸上寻找着什么，之后又忐忑不安地微微眯缝起眼睛，美丽的嘴唇含着微笑。这个女人有时垂着头，捂着脸，而当她重新抬头露脸时，她的眼睛又是另一个模样：气鼓鼓地睁得又大又圆，两道细眉之间横着一条刺眼的皱纹。她有一张端正的嘴，干裂的嘴唇固执地紧闭着。她有一个笔直的鼻子，像马那样用狭小的鼻孔呼哧呼哧地吸气。

她身上透露出一种非农民的气质：从她的蓝裙子底下露出皲裂的脚掌——这不是乡村走路磨破的脚底，脚背高，显然，是习惯穿鞋的脚。她在修补浅蓝底白圆点女短上衣，看来她习惯于从事针线活，纤细的黝黑的手偶然灵巧地、敏捷地露出在揉皱的布料上。风儿想从她手里夺走缝制品，但心有余而力不足。她俯身坐着，从她的粗麻布衬衣的开口中我看见的是不大而坚挺的乳房——少女的乳房，但撅起的乳头表明，在我面前的是喂过孩子的妇女。在这些人当中，她宛如锈蚀的废铁堆中的一块铜片，有如鹤立鸡群。

我沿途同行的大多数人不知是往东还是往西去什么地方，一路风尘仆仆，无谓地奔波，疲惫不堪。无须抓住某人去解剖他，去看看内心深处藏着的我还陌生的思想和我前所未闻的语言。想要看到一生美妙和自豪，想要使一生安然度过，但它却总是艰险曲折、崎岖坎坷、卑微渺小、压抑无聊和谎话连连。想要把自己光亮的微弱的火花投入别人心灵的黑暗之中，火花却在沉寂的空虚之中湮灭得无影无踪……

可是，这个女人激发幻想，令人猜想她的过去，我情不自禁地创造某种复杂的人生经历，用自己的愿望和希望的色彩来修饰这种人生。我知道，这是虚构；我还知道，我将随着时间的推移而为这种虚构觉得难过，但是，看到如此荒诞无稽的人生的真实会使人感到凄凉的。

一个红黄头发的大块头男人闪避目光，艰难地选择词汇，用焦油般浓重的声音说：

——好啰——啰。走吧。亲爱的，我对他说——不论愿意不愿意，古宾，小偷——你，别无他人……

说话的人对"啰"的发音生硬而圆滑，就像满载的大车轮子在乡间小路的热土中滚动。

高颧骨小伙子瞪着铅一般颜色的、瞳孔像盲人般混浊的眼睛，目不转睛地盯着戴绿头巾的年轻村妇。他摘下草茎咀嚼着，像嚼牛犊肉一样。他把衬衫的一只袖子卷起到肩上，弯起胳膊肘，斜视隆起的肌肉。

他突然问科尼奥夫：

——愿意我揍你一下吗？

科尼奥夫沉思地看了看他的拳头——大得像一普特重的仿佛

锈迹斑斑的哑铃。他喘了一口气说：

——你击打一下自己的前额吧，也许你会更聪明一些……

小伙子露出鹰一般的目光看着他问道：

——我为什么要做傻瓜？

——你这样子证明……

——不，且慢，——小伙子吹毛求疵，笨重地站起来说。——你从哪里知道：我是怎样的？

——您的州长对我说了……

小伙子沉默了片刻，吃惊地看着科尼奥夫问道：

——那么，我是哪个州的？

——别再纠缠，已经忘了。

——不，你等着！我还是要揍你一下……

女人停止缝补，好像开始感到冷而耸了耸肩膀，温柔地问道：

——那么，你究竟是哪个州的？

——我？奔萨州的，——小伙子答道，并匆匆翻身蹲下去。——奔萨州的，怎么样？

——没什么……

女人显得更年轻了，她压低声音神秘地笑了起来。

——我也是……

——什么县的？

——就县而言，我也是奔萨州人，——少妇不无骄傲地说。

小伙子坐到少妇跟前，就像坐在篝火前一样。他向少妇伸出双手，用诱导的口吻说：

——我们的城市——好呀！小饭馆、教堂、石头房屋……在一家小饭馆还有游戏机……有你想要的一切……一片歌舞升平！

——还可玩纸牌"耍傻瓜"——科尼奥夫小声地嘟哝着，但小伙子已醉心于关于城市美景的谈话之中，完全没有听见别人说什么，而是吧嗒着湿润的大嘴唇，似乎在搜索枯肠地斟酌词汇唠叨着：

——石头房屋……

女人再次放下针线问道：

——有寺院吗？

——寺院？

小伙子狠狠地挠了一下脖子，沉默一会儿之后气冲冲地答道：

——寺院！我确实不知道……有一次我倒是在城里，当我们这些挨饿的人被驱赶去修铁路的时候……

——唉咳——咳，——科尼奥夫叹了一口气站起身来走开了。

人们像被原野的风吹来的一堆垃圾紧靠着教堂的篱笆，并准备任其重新卷向原野。三个人在睡觉，若干人在补衣服，掐死寄生虫，啃从哥萨克农舍窗户底下捡来的又干又硬的面包。看着他们将感到枯燥无味，听小伙子平庸的废话又将觉得令人不快。年长的女人的目光经常离开手中的活计，向着小伙子隐隐约约地微笑，虽然这是微微的笑意，但它刺激着我，于是我跟随科尼奥夫而去。

在教堂篱笆的入口处，像哨兵似的矗立着四棵杨树。它们被风吹得俯首弯腰，向着干燥的烟尘弥漫的大地鞠躬致意，向着银装素裹的山峰耸入云端的朦胧的远处鞠躬致意。金色的阳光洒遍荒凉的原野，荒原也发出轻微的风声和悦耳的干草的沙沙声来呼唤阳光。

——这位活泼的小村妇？——科尼奥夫靠在杨树干上，一只手抱着它，沉入幻想地问道。

——她来自何处？

——她说是梁赞人，名叫塔齐雅娜……

——早就和你同行了吗？

——不——不……要是早就同行该多好！今天早晨，在离这里大约三十俄里远的地方，她遇见了这位女友。是的，我从前在收割期在拉贝河畔迈科普附近也见过她。那时有一位渐近老境的刮过脸的男人，不知是她的情人还是叔叔，和她在一起。那是个醉鬼、好斗的公鸡。在那儿人们三天揍他两次。瞧，她现在和这位女友同行。那个男人被送进了哥萨克的监狱，好像是喝酒花掉了皮马套和缰绳……

科尼奥夫津津乐道，但是，他仿佛在深思熟虑着某种不愉快的事情。他看着地面。风儿吹拂他散乱的小胡须，抖动他破烂的上衣，掀下他头上的便帽，那简直是一块揉皱的、既无帽檐又掉了衬里的抹布，又像是女人的包发帽，这使科尼奥夫滑稽的头成了可笑的农妇的样子。

——是——是的，——他啐了一口唾沫，透过牙缝拖长声音说，——出色的小村妇，简直是一匹大走马！什么风儿把这个肥头大耳的家伙吹来了……我若是和她，大概，事情安排妥当了，而他……你瞧！公狗……

——你说过——你有妻子……

科尼奥夫用愤怒的目光直视着我，然后转过脸去，抱怨说：

——难道我把妻子带在背包里吗？

广场上走着一位腰部扭曲的、胡子拉碴的哥萨克人，他一只手捏着一串大钥匙，另一只手拿着一顶揉皱的带前檐的大檐帽。一个七岁左右的鬈发小孩跟在他后面懒洋洋地走着，呜咽哭泣，用拳头擦拭眼睛。跟在他后面的还有一只毛茸茸的狗——嘴脸沮丧，尾巴下垂，大概是也感到委屈。当小孩大声哭起来时，哥萨克人停止脚步静静地等着他，用大檐帽的前檐磕了他一下之后又继续走，摇摇晃晃，像醉汉一样。小孩和狗在原地待了几秒钟，小孩尖声叫喊，狗用黑鼻子淡漠地闻着空气，在刺实植物中甩动着尾巴。它有追逐一切的企图，类似科尼奥夫，只是企图更大一些。

——是的，你说——妻子，——科尼奥夫一边深深地叹气，一边说，——当然……看来，不是任何病都要命的！……让我十九岁结了婚……

其余的情况我知道，因为我不止一次地听过这些故事，但我懒得止住科尼奥夫，于是熟悉的诉说令人厌烦地钻入耳中。

——农妇吃得胖胖的，沉迷于爱情。孩子纷纷接踵而至，仿佛从高板床上爬出的蟑螂。

风儿渐微，凄凉地低声诉说着什么……

——一眨眼，七个孩子，都活着，——突如其来呀！总共怀胎十三次——这预示着什么？现在你看：她四十二，而我四十三，她成了老太婆，而我——就这模样！我的大女孩子这个冬天去讨饭了——有什么办法呢？而我——在城里漂泊流浪，咳——在城里我们只有一件事：观望和垂涎欲滴！真是的——看来，我的能力不够，——管他的，——走了……

这位体态消瘦匀称的人不去想：他做了许多工作，也热爱工作。他说来说去，但不抱怨。他说得随随便便，好像在回忆其他的什么人。

哥萨克人赶上与我们走齐了，捋了捋胡须，用沉厚的嗓音问道：

——从哪里来的？

——从俄罗斯来的。

——你们大家都是从那里来的，——他挥动一只手轰开我们，向着教堂门前的台阶走去。他的鼻子宽得难看，圆溜溜的小眼睛有些浮肿，光秃秃的脑袋好似鲇鱼头。小孩擦着鼻子跟着他走，狗嗅着我们的脚，大叫了一声，躺到篱笆下。

——看到吗？——科尼奥夫埋怨地说。——不，在俄罗斯人有礼貌些，去你的！等着吧！

在篱笆拐角处，传出村妇的尖叫声、闷沉沉的打击声，我们奔向那里，但见：红黄色头发的男人骑在奔萨小伙子身上，挥动粗大的巴掌扇他耳光，嘴里还哼哧着津津有味地数着打击的次数。梁赞女人推搡红黄头发男人的脊背，但白费力气，她的女友尖声叫喊，其他人跃起身来，扎成堆，嬉笑，喧嚷……

——就这样！

——五！——红黄头发男人数着。

——这怎么回事？

——六！

——得啦！咳，——科尼奥夫待在一个地方跳了起来，激动不已地喊道。

有力的、清脆的打击声声响起。小伙子挥手踹腿，脸贴在地上，吹得尘土飞扬。一位戴草帽、抑郁不平、个子高高的男人不慌不忙，卷起衬衫袖子，挥动胳膊长长的手。灰头土脸的小伙子像麻雀似的扑腾着面向大家低声央求道：

——住手吧！你们会因为胡闹而被捕的……

高个子男人逼近到红黄头发男人跟前，一拳打在他太阳穴上，把他从小伙子脊背上打翻在地，面向大家用教训的口吻说：

——这是——按照坦波夫人的方式！

——无耻的坏蛋，恶棍，——梁赞女人一边骂，一边俯在小伙子身上，她用裙子的下摆擦拭挨揍的小伙子血迹斑斑的脸，她的双颊绯红，乌黑的眼睛放射出凶猛愤怒的目光，嘴唇病态似的颤动，露出整齐的细牙。

科尼奥夫在她身边转动，提醒她：

——你——水，给他水……

红黄头发男人站立起来，拽住坦波夫人的拳头喊道：

——他为什么炫耀武力？

——就为这个——打人？

——你是何许人？

——我？

——是的，你？！

——瞧，我要再打你一次……

其他人热烈地争吵谁该是打架的罪魁祸首，而轻佻的小伙子双手一举一拍地恳求大家：

——别再吵啦！这是异乡，严格一些就得了……我的天——天哪！

他的耳朵肿胀得厉害，看来，如果他愿意的话，那么他可以用耳朵把眼睛掩盖起来。

蓦地在明朗的天空响起了悠扬的钟声，压倒了一切喧嚣，此时在人群中悄然出现了一位年轻的哥萨克人，圆脸，长着密密麻麻的雀斑，头发蓬乱竖立，一只手拿着木棍。

——干吗吵闹，该死的畜生？——他温和地问道。

——打人了，——怒气冲冲的美丽的梁赞女人说道。

哥萨克人瞥了她一眼，微笑了一下。

——睡什么地方？

有人犹豫地说：

——这里。

——不可以。你们会把教堂偷光的……赶快去军营，在那里安排你们住农舍。

——就这样——没关系！——科尼奥夫说，和我列队走。

——这毕竟……

——把我们当小偷，——我说。

——这样——到处如此！在我们那里也是这样。小心谨慎：对外人想他是小偷总会好些……

梁赞女人在我们前面和粗嘴巴小伙子并排走着。他精神萎靡不振，嘴里嘟哝着什么；而她，高昂着头，用母亲般的口吻清晰地说：

——你——年纪轻轻，你不要和暴徒们厮混……

钟声缓缓地敲响，衣着整洁的老头儿和老太婆慢腾腾地从院落中走出来迎接我们，荒凉的街头活跃起来，坚固的农舍看来比较和蔼可亲……

传来了少女响亮的喊声：

——妈——妈？妈！绿色箱子的钥匙——在哪儿？拿带子……

犍牛哞哞叫，沉闷闷的回声和钟声交响在一起。

风停息了。在村镇的上空开始缓缓地飘浮着红云，山峰也染上了鲜红的颜色。似乎——红云正在消融，以金色的光流缓慢地流向原野，那里有一只活像石雕的鹳单足独立，倾听一天中已经疲惫的野草的低微的沙沙声。

在军营农舍的院落，收走了我们的护照，有两个人没有护照，他们被带到院落的一角，进入到一个昏暗的棚子里。一切都像通常的、令人厌烦的事情那样平静地进行。科尼奥夫沮丧地望着变得黑暗起来的天空抱怨道：

——简直令人惊讶……

——什么？

——比方说，护照。安分守己的人即使没有护照也可以遍地通行无阻……既然我——不损人利己……

——你——害群之马，——梁赞女人气冲冲肯定地说。

——为什么这样？

——我知道为什么……

科尼奥夫紧闭双眼，冷冷一笑，沉默无语。

我们几乎通宵达旦地像屠宰场的羊群那样圈在院落中。后来，我、科尼奥夫、两个女人和愁眉苦脸的小伙子被送进村镇边缘一个空荡荡的、断壁残垣和玻璃窗户百孔千疮的农舍。

——不要到街上去，否则，我们会拘留的，——护送我们的哥萨克人警告说。

——来点面包才好呢，哪怕是一小块，——科尼奥夫结结巴巴地说。

哥萨克人平静地问：

——工作了吗？

——没少工作！

——为我吗？

——没有机会……

——当你有机会的时候，我会给你面包的……

又矮又胖像只大圆桶的哥萨克人从院落中滚出去了。

——他怎——怎样对待我，啊？——科尼奥夫紧锁眉头嘟哝着，——这，简而言之，是狡猾的骗子……真浑！

两个女人去了农舍最昏暗的角落，顷刻之间就睡着了。小伙子呼哧呼哧地摸着墙壁和地板消失在黑暗之中，回来时双手搂着一抱干草放在泥草地板上，两手搁在被打伤的脑后，舒舒服服地静躺着。

——瞧，看这个奔萨人有何表现！——科尼奥夫感叹地说。——娘儿们，哎呀！这里有干草……

从角落里怒声回答：

——去抱来……

——给你们？

——给我们。

——必须抱来。

他坐在窗台上讲了一些关于穷人的事，说穷人想进教堂祈祷上帝，但被赶进了畜棚。

——对。你说，——老百姓——一副心肠！不，小兄弟，在我们俄罗斯人们十分腼腆地称自己是遵守教规的人……

突然，他移步街头，无声无息地不见了身影。

小伙子熟睡了，沉入不安的梦乡，他张开粗大的四肢歪躺在地板上，哼哼声和鼾声大作，干草沙沙作响。村妇叽叽喳喳地窃窃私语。农舍屋顶上的干芦苇发出簌簌的声音——风儿依然在唉声叹气。某种板条在墙上咔嚓咔嚓地响动。一切都仿佛在梦中。

窗外，夜深沉，星星隐没，人声嘈杂，如怨如诉，似悲似忧。俄而，声音渐渐衰减微弱。当警钟敲响十下，铜钟的鸣响消散时，周围显得更加寂静，似乎许多生灵受到黑夜钟声的恐吓而隐藏了起来——去了目所不及的地里，去了目所不及的天空。

我依窗而坐，望着大地披上夜色，而黑夜飘散热气压抑着灰色的岗亭般的农舍。教堂也不见了，好像被抹掉了。风儿，这位连续三天驱赶地球的多翼天使，把地球送入了黑暗的深渊，地球则因疲劳而气喘吁吁，勉为其难地在黑暗中转动，并准备在这深沉的黑暗中无能为力地永远停息下来。风儿，也已疲惫，束手无策地垂下了成千上万扇翅膀——我感到，其蔚蓝色的、白色的和金色的羽毛被折断了，染上了斑斑血迹，沾满了厚厚的尘土。

想起了渺小的和忧郁的人生，有如想起了醉汉不连贯地弹奏劣质的手风琴，有如想起了嗓音不佳、歌喉嘶哑的歌手唱砸了的优美的歌曲。心灵在呻吟，不禁想对谁说说为所有人满怀委屈的话；说说对大地上一切满怀炽热之爱的话；说说太阳之美，它在放射光芒拥抱地球之后，带着地球飞驰，同时在蓝空中丰富着和抚爱着可爱的地球。还想给人们讲些能让他们挺胸昂头的话，于是，自然而然地，形成了青年人的诗句：

我们亲爱的故乡，让
我们生来把福享！

为让故乡更美，我们
把太阳献给故乡！
我们、神、祭司都在这
光辉太阳的殿堂。
我们创造生活，我们！……

穿透黑暗，从两个女人藏身的角落隐隐约约、断断续续地传来了悄悄话，——我聚精会神地侧耳倾听，力图听清词语，分辨嗓音。

但听见梁赞女人断然说道：

——你可是未表现出痛苦……

她的女友擤着鼻涕拖长声音说：

——是——是的，只要能忍受……

——你假装呀，我说。他——揍你，而你觉得这对你似乎没有什么，甚至只是开玩笑……

——他照样会往死里揍。

——你对他笑一笑呀，微笑得那么温柔……

——看来，你没有挨过揍，你不知道……

——我知道！我也挨过揍，亲爱的。我感同身受。可是，你别害怕，他就不会把你往死里揍……

远处传来一只狗低沉的吠声，继而狂叫，顷刻之间其他狗回应着它也叫了起来。在一两分钟内我没有听见村妇的交谈。后来狗吠声停息了下来，又听到了低声的谈话。

——亲爱的，别忘啦，男人生活也艰难。所有我们这些普通人都艰难，于是，需要有人表现出他似乎无所谓……他似乎完全轻松……

——啊，圣洁的圣母……

——女人的抚爱，是伟大的爱。不是母亲，而是老婆，既服侍丈夫，又服侍情人。你就试试看：当他开始羡慕你的性格，他就会在别的男人们面前吹牛皮说，我有一个好妻子，随便和她做什么，她都是愉快的、温柔的，俨如五月的阳光！……他任何事情也不会屈服，哪怕你砍下他的头颅……

——不——不……

——你想——怎么？这，小姑娘呀，生活就是这样……

街上遗憾地响起谁的令人讨厌的沙沙脚步声，妨碍听她们的谈话。

——圣母的梦——你知道吗？

——不……

——你去问问老太婆。这——要了解。你是文盲？

——不是。到底是什么梦？

——那么——你听着……

窗户旁响起了科尼奥夫小心的问话：

——我们的人，都在这里吗？啊，谢天谢地！我迷了路，兄弟，狗狂叫，差点没被咬住……拿着吧！

他给了我一个大西瓜，然后自己躺在窗户上，嚷嚷着抖掉身上的尘土。

——还得到了够多的小面包。你想——偷到一切吗？绝对不行！如果能以请求的方式得到的话，那何必要偷呢？对此我是随机应变的，我能巴结人。走着——看着：农舍亮着灯光，人们围桌吃晚饭，——哪里人多，哪里总有一位善良的人！瞧——我又吃又喝，还给你们带来了……嗨，少妇呢！

她们没有回答。

——贪睡，娼妇的女儿。村妇呢？

——干什么？——梁赞女人没精打采地问道。

——想要西瓜吗？

——谢谢。

科尼奥夫向声音的方向小心地蹭过去。

——面包呢？小麦软面包……只是你怎样……

梁赞女人的女友用乞丐的声调说：

——给我一点儿小面包吧……

——这就是！你们在哪儿？

——也给我一个西瓜……

——你——哪一位？

——哎呀！——梁赞女人痛苦地叫了一声。——你往哪里去啊，淘气鬼？

——别叫唤……黑咕隆咚的……

——划根火柴吧，真见鬼。

——只有四根火柴。我的火柴少之又少。我能找到你，困难不大。丈夫打人——会更痛苦些。——你丈夫打人吗？

——那你怎么样啊？

——好奇。这么好的少妇……

——你，听着……你——别动手动脚……否则……

——否则如何？

他们唇枪舌战了许久，相互挑选某些简短的和越来越辛辣尖刻的言辞吐向对方，最终梁赞女人低沉地喊了一声：

——咳，讨厌鬼……也来这一套……

胡闹开始了，传来了温柔的碰撞声，科尼奥夫轻浮下贱地嘿嘿笑，而奔萨女人懒洋洋地说：

——不要胡作非为，不知羞耻的东西……

我划着了一根火柴，走近他们，默默地将科尼奥夫拖到一边，这不是欺侮他，而好像只不过让他冷静一下。他坐在我脚旁的地板上，气喘吁吁，唾沫横飞，用教训的口吻说：

——人家同你玩玩，蠢货，而你——嗨，发狠要横！你倒霉去吧……

——得到了吗？——角落里有人在平静地问。

——嘿，因此吗？一片嘴唇破了……傲慢！

——再滚过来吧，我还要砸碎你的脑袋……

——一匹野马！乡下人愚昧……你也是，——他转向我说，——拖走到手的东西……衣服被你撕破了……

——不要欺负人。

——怪人，——不要欺负！难道这样是欺负村妇吗？

他开始脏话连连，低声笑着讲：村妇怎样能机灵地破戒，怎样喜欢欺骗男人。

——下流人，——奔萨女人睡眼惺忪地埋怨说。

小伙子一阵切齿作声之后，跃起身来坐着，双手抱头，忧郁地说：

——我明天走……回家去……上帝，哪里都一样……

他又重新躺下去，像死人一般，而科尼奥夫说：

——碰钉子回去。

黑暗中一个黑色的身影站立起来，像水中的鱼儿无声无息地游向门口，消失得无影无踪了。

——她走了，——科尼奥夫揣想着。——好一个健——健壮的粗野的村妇！咳，毕竟，如果你不干扰，我会征服她的。

——跟她去吧，试试看……

——不，——他想了想之后说，——那里，她会找到棍子、砖头或其他什么东西。没关系，我会追上她的！你白费力气干扰我……忌妒我……

他又开始无聊地夸奖自己的胜利，却突然沉默下来，不吭声了。

万籁俱寂。一切都停息了，紧偎着静止的大地，入睡了。我也陷入了微睡之中，想起了逝去的一天经历的所有事情，这些事在发展，在膨胀，变得越来越沉重，像一座荒野的坟墓压在我身上。传来了颤颤悠悠的钟声，铜钟的鸣响时断时续，声声间歇或长或短，不情愿沉浸在黑暗之中。

午夜。

稀疏的沉甸甸的雨滴淅淅沥沥地洒落在干芦苇屋顶上和灰尘弥漫的街道上。一只蟋蟀喋喋不休地唧唧鸣叫，匆匆忙忙地诉说着什么。在黑暗的农舍中重又浮现热烈的、压抑的和哽咽的低声絮语：

——你想想，小鸽子，就这样，游手好闲，替别人干活……

传来挨打的小伙子低沉的回答：

——我不了解你……

——小声点……

——你需要什么？

——什么都不需要。我可怜你——你，年纪轻轻，身强力壮，生活却不遂意，我这就说：你跟我走吧！

——去哪儿？

——去海边，那里——我知道——有好地方。你瞧着——这个地方多么温暖宜人，可是那里更好……

——撒谎，得了吧……

——小点声音，你呀！——我可是个好女人，我什么都会，能干任何工作，我和你将在自己的安乐窝里生活得称心如意，和谐安详……我给你生儿育女……你瞧，我多么能干，你摸摸我的乳房吧……

小伙子喘着粗气，高声地哼哼着。我感到不自在，想让他们知道：我没有入睡，但好奇心不让我这样做，于是我默不作声，倾听那奇异的、令人热血沸腾的谈话。

——不，等一等，——女人呼吸急促，喃喃地说，——别胡闹……我并非为此……放开我……

小伙子粗声粗气，提高嗓门抱怨说：

——那么——别挑逗！自己撩拨引诱人，自己又扭扭捏捏……

——你小声点，大家都听见了——我将无地自容……

——可是你偎依着我——就不害臊？

沉默。小伙子气鼓鼓地发出呼哧呼哧的喘息声，急匆匆乱腾腾地动起手脚来。雨滴依然不由自主地、懒洋洋地滴落，透过雨滴的喧闹飘来女人的声音：

——你以为，我是在找男人吗？我需要的是诚实可靠的丈夫，一个响当当的好人……

——我对你还不好呀。

——瞧你是怎样的人……

——给她做丈夫！——小伙子唠叨着。——您真机灵……丈夫！你找吧……

——你——听着：我已厌恶游荡闲逛……

——到家里去吧。

女人沉默片刻之后很小声地回答：

——我没有家，也没有亲戚……

——瞎说，去吧，——小伙子重复地说。

——当着上帝说！让圣母忘记我，如果我瞎说……

我感到，在她的这话中闪着泪花。我——忐忑不安，十分难过，想站起来拳脚相加地把小伙子从农舍中撵出去，然后对这个女人长时间地谈些热诚的话。能双手抱住她，像抱住被遗弃的儿童那样才好呢……

可是，他们又开始了胡闹。

——啊——啊，不要扭扭捏捏，——小伙子哼哼哈哈地说。

——不，不要……我不愿强迫地……

她突然痛苦地、惊异地大叫一声：

——哎哟……为什么？到底为什么？

我感觉变得像野兽一般，跳起身，也叫喊起来。

又开始静了下来，有一个人小心在地板上爬行，碰着了被损坏的、只挂着一个铰链的门。

——这不是我，——小伙子唠叨着，——那是下流鬼要来纠缠我。这里都是骗子，没有安宁……

在他旁边的人们抱怨地叹息着。

——你这个傻瓜，笨蛋……

——住嘴……骚货！

雨停了，室内闷热难当，万籁俱寂，心胸压抑，宛如蛛网蒙脸遮眼。我走到院落中，这里俨如夏天的冰窖，当冰已融化，暗空中弥漫着温和的浓密的湿气。

不远处，一个女人在喘息、呜咽。我侧耳倾听，走到她身边，但见她坐在院子的一角，双手捂头，摇摇晃晃，仿佛在向我鞠躬点头。

我久久地站在她跟前，为某种事情生她的气，不知道说什么好，然后问道：

——你是疯人，还是怎样啊？

——去你的，——她慢悠悠地回答。

——我听见了你对他说的话……

——嗯，那又怎么样？这对你有什么关系？你是我兄弟还是谁啊？

她面无怒色，似乎在睡梦中呓语。墙的暗影像一张张没有眼睛的脸在监视我们，旁边一头犍牛在喘着粗气。

我坐到女人身边。

——你这样会很快招致灭顶之灾……

她没有回答。

——我打搅你吗？

——不，没什么。坐吧，——她放开双手，端详着我，同时说道。

——你——从哪里来的？

——尼热戈罗德斯克。

——遥——遥远……

——你喜欢这位小伙子吗？

她慢慢吞吞地像念白似的说：

——还行。健壮……可是——意气消沉。看来，还傻乎乎的。可惜，好地方若有好男人才好呀。

教堂的钟敲了两次，她一边画两次十字一边不停地说：

——可惜看到年轻人的年华白白地消逝，可惜我势孤力单，假如力所能及的话，我会抓住所有的年轻人放到好地方去。

——那么自己——不可惜？

——怎么——不可惜？自己也……

——那么，你躺在这样的糊涂虫面前吗？

——我会改正他的。你想——不行吗？你不了解我……

她深深地喘了一口气。

——难道他打你不成？

——不。你可别同情他……

——那你叫喊干吗？

忽然她靠在我肩上悄悄地说：

——他捏我的乳房……他想强迫我……而我不愿意，不想这样，没有心肝，如同母猫似的……你们全都是如此……怪模怪样的……

交谈猝然中断了。农舍门口有谁站着轻轻地打口哨，仿佛是在呼唤狗。

——这是他，——女人喁喁私语。

——走吧，怎么样？

她抓住我的膝盖，匆匆地说：

——不，不要走，不要走。

突然，她用抑低的呻吟声说道：

——上——上帝啊——怜惜大家吧……怜惜一切生命吧，怜惜所有人吧……上帝——老天爷啊……

她的肩在战栗，她在哭泣，在唠叨，在悲戚地呜咽。

——夜晚……当你想起看到过的一切事情和所有的人，——会感到恶心，恶心……我想向着整个大地呐喊……可是——那又怎么样呢？我不知道……没有什么可说的……

我对此十分熟悉和理解——这种无言的呐喊也压抑过我的心灵。

——你是怎样的人？——我问她，抚摸着她摇晃的头和颤动的肩。

于是，她在平静下来之后对我轻声细语地讲述了自己生活的童话般的经历：她——细木工和养蜂人的女儿。母亲逝世之后，父亲再娶了一位年轻的女孩。继母说服父亲把女儿送进了修道院。塔齐雅娜在那里从九岁生活到结婚的年龄。她学会了识字、针线活，后来父亲把她嫁给了自己的朋友，一个士兵、渐近老境的人，修道院森林中的护林员。

我感到遗憾的是，我没有看清她的脸，在我面前显现的只是一个晦暗的大圆点，也许，她闭上了眼睛。如此可怕的寂静，以致女人总是用勉强能听得见的絮语声说话。我们俩仿佛深深地堕入了没有生命的黑洞之中，而我们的命运——就是要开始生活。

——此人不是好人，是个酒鬼。每个夜晚在他的护林室女修道士们同彻夜不眠的男人们鬼混，他开始怂恿我参加，我本不想屈从，他就打我，于是，我让步了，而且在那个时候我喜欢上了一个男人……同他在一起，而不是同丈夫在一起，才感知了真正女人的事。我那情人已婚，他老婆打听出了我，就这样我丈夫被解除了职务。这个女人是个富婆，不堪忍受把自己的位置让给任何人。她漂亮，只是很胖。很快我丈夫死了——在弗罗拉修道院纪念日喝多了酒，而父亲更早就去世了。我去找继母，而她说："你为什么找我？想一想吧。"我想了想——也是，用不着找她！我再次去了修道院，啊——我感到，这不适合我，而且师太丹尼西娅——老太婆、我的女教师对我说："塔齐雅娜，你去闯世界吧，说不定能为自己找到幸福。"瞧，我就走了……于是游荡……

——你寻找幸福并不顺遂……

——尽我所能吧……

现在黑暗已不像拉紧的沉甸甸的帷幔，而是渐渐消散，开始透亮，有些地方凝结成稠密的皱褶和团块侵入农舍的窗户，看似失明的黑色的眼睛。

在住处的高空浮现一座钟楼，矗立着杨树，农舍墙壁上布满的缝隙和剥落的石灰浆的痕迹描绘出某个神秘国度的地图。

我瞧着女人黑色的眼睛，她的目光冷淡、忧伤，在我看来，恰似少女般的天真纯朴。

——你是一个古怪的女人……

——怎么个怪法，——她回答，伸出猫儿一般纤细的舌头舔着嘴唇。

——你寻找什么呀？

——这是我考虑周到的，是我所知道的！你等着瞧吧——我将会遇到一个好男人，我和他一起将给自己找个好地方。我们将在新阿丰附近找到这个地方，我在那里待过，我知道那里的山山水水。是的，我们将开始把这个地方安排得好好的：花园、菜园、耕地，就像成家立业所需要的那样。

她的话越来越充满自信，越来越坚定。

——我们将安排得妥妥帖帖，还将会有人走向我们，而我们已经是老住户了，他们将尊重我们！这样——还有，还有，——

那时给你们一个新的村庄，一个美好的地方。丈夫，很可能，将被选为村长。我会让他过着老爷般的生活。花园里——孩子们嬉戏，凉亭掩映其间……生活好得不得了！

的确——她的未来完全是构想的，她把新村庄描绘得细致入微，似乎她在其中常住过。

——想要优美的居住地……上帝啊！假若如愿以偿的话……第一件事，当然，是要有个男人……

她的脸亲切可爱，眼睛看着渐渐消散的夜晚，凝望着一切，温情地爱抚着一切。我怜惜她，怜惜得几乎热泪盈眶，为了掩饰此情此景，我开玩笑说：

——我适合你吗？

——不……你——不适合……

——为什么？

——你是另一种信念……

——咳，你从哪儿知道我的信念？

她离开了我一些，干巴巴地说：

——从你的眼神我看见……不，应该说我不同意……

我们坐在一段多斑节的受了潮的橡树木头上，女人用手掌啪啪响地拍打着木头。

——哥萨克人生活得丰衣足食，过着富裕的日子，可是我不喜欢……

——怎么——不喜欢？

——好像无聊。只是——富足，但——无聊……

我抵制不住怜惜她的心情，轻轻地说：

——你将感到无聊，如果你没有找到你想找的人，我想……

她否定地摇着头。

——村妇没有时间感到无聊。她的生活周期是：时而想要婴儿，时而喂养婴儿……一个小孩抚养大了，另一个小孩接踵而至。春去秋来，冬随夏至。

看着她沉思的脸，心头顿生快意，当然，很想紧紧地拥抱她，但是——最好还是尽快离开，带着对这个女人的记忆到静静的荒原中去，沿着崎岖的道路走向淹没在空中的银色的山崖峭壁，走向朝着荒原张开深邃冷漠大嘴的黑暗的隘口峡谷。可是，走不得，护照被哥萨克人收走了。

——你自己在寻觅什么？——她突然又重新靠近我问道。

——没什么。只是看看人们怎样生活。

——单身一人？

——是的。

——横竖和我一样。世间有多少打单身的人呀……上帝啊！

犍牛醒来了，发出轻轻的哞哞叫声，像是失明的老头在远处演奏的风笛声。懒洋洋的守夜人用颤悠悠的手敲了四下铜钟：两下——低沉，一下——嘹亮，仿佛铜钟怒吼了一声，最后一下——再次低沉，好像金属舌头几乎碰到了铜器。

——人们倒是怎样生活的呢？

——不好。

——是——是的。我也看到是这样——不好。

我们沉默了许久。然后她轻轻地说：

——瞧——天已破晓，而我——没有合过眼，我经常如此……思索一切，思索……似乎我在地球上孤单一人，一切都需要我单枪匹马去按全新的方式做好安排。

——人们生活得有失体面，生活得无声无息，渺小卑微，穷困潦倒，稀里糊涂，——我说，并禁不住淋漓尽致地列举我所看到的一切黑暗的、无耻的、令人痛苦的事情。——瞧——你友善地走向一个人，准备为了友谊把自己的自由和力量奉献给他，而他对此不理解，无动于衷，你如何去责备他呢？谁对他表示过友善呢？

——啊，——我知道，——这是真的！可爱的人——不错：友善是无价之宝！

我们相互紧紧地偎依着，好像在飘飞，夜色消退，晨曦吐露，迎面展现的是：白色的农舍，银色的树木，红色的教堂，洒满露水的大地。

太阳升起。我们头顶上仿佛飞翔着成千上万只飞禽——那是晶莹的云团在飘浮。

——上帝啊，——塔齐雅娜推搡着我低声地说，——独自行走，哎呀，想什么呢？好啦，你真是个可爱的人……这一切都是真的！谁也不怜惜什么……咳，多么正确！

她突然跳了起来，拉着我欠起身，如此紧紧地偎依着我，以致我不得不推开她，而她却哭了，靠近我，用干燥的近乎尖锐的嘴唇吻我——这是透彻心扉的吻。

——真的，你是我友善的人儿，——她啜泣着说，大地就从我脚底下伸展。

她离开了，看了一眼院落，走向它的一角——在那里，在篱笆底下，丛生着我不认识的杂草。

——走，走吧……

然后，她坐在蓬茸的杂草中，就像坐在窝棚里一样，腼腆地微笑着，整理整理头发，轻轻地嘟哝着：

——真是的，这是怎么回事……咳——没关系……上帝会原谅我的……

我感到犹如惊梦一场，怀着激动的心情看着她。我感到特别轻快，胸怀豁然开朗，像燕子在天空飞翔，闪现某种莫名其妙的喜悦的念头和心情。

——在悲痛之中，微小的欢乐也是伟大的，——我听到这样一句话。

我瞥了一眼这个女人的乳房，就像大地洒满了露水一样，胸前挂满了液滴，在阳光的反射下泛红，宛如血液透过皮肤渗出。我的喜悦顿时烟消云散——眼泪几乎夺眶而出，忧郁油然而生，可惜这乳房呀——不知何故，我知道这新鲜的乳汁将白白地浪费掉。

她仿佛是对我表示歉意似的略带悲情地说道：

——你将如何安排自己？有时事情就是这样——突然心血来潮，胸中苦闷，于是一切就会表露出来，有如在月亮照耀之下……或者——在河岸热情奔放之时……真的，实实在在如此！然后，当然，有点羞愧……别这样看着我！干吗目不转睛地凝视着，像小孩一样？

我不能从她身上移开自己的目光，心里想着她将在坎坷不平的道路上迷失方向。

——看这张脸——像是新生婴儿的脸……

——傻样，还是怎样啊？

——像是傻样。

她扣上短上衣之后说：

——礼拜的钟声也许即将敲响……我要去，必须祷告圣母。你今天走吗？

——只要拿到护照我就走……

——去哪里？

——去阿拉吉尔市。你呢？

她站立起来，整理好裙子，显得外貌庄严，体态匀称。

——我吗？还不知道……我想去纳尔奇克……也许，我不走。不知道。

她向我伸出有力的灵巧的双手，脸上泛起红云，建议说：

——好啦，让我们再次吻别吧。

她一只手拥抱我，另一只手画着十字说道：

——再见，亲爱的朋友！为了你的吉言，为了你的放纵，上帝保佑你……

——让我们一起走好吗？

她挣脱我的双手，斩钉截铁地说：

——这对我不合适……不般配！你若是农民自当别论，可是这样——有什么意思呢？生活不是以一个小时而是以岁岁年年来计算的……

她向农舍走去，朝我嫣然一笑告别。我坐在一块又粗又短的木头上，想着这个女人：她将能找到什么？……我还会有一天能再见到她吗？

晨祷的钟声响起来了。村镇早已苏醒，喧闹之声四起。

当我进入农舍取背包的时候，农舍已空无一人，想必大家是从残垣断壁中直接去了街上。

我走进军营小木屋，拿到护照，走到广场上，看有没有同路人？

像昨天一样，在篱笆旁边懒洋洋地待着一些从俄罗斯来的人，嘴巴肥大的奔萨人肩靠着一根圆木坐着，他那挨了打的脸显得更大、更难看了，眼睛红肿得十分厉害。

走来一位新的头发花白胡须光光的小老头儿。他头戴尖顶绒帽，体态消瘦干瘪，长着一张拳头般大小的脸、一个歪斜的酒糟鼻子和一双气冲冲贼溜溜的眼睛。

一位火红头发的放鹰人和一个性格浮躁的年轻人冲着他嚷道：

——你干吗在这儿溜达闲逛？

——啊——你呢？——老头儿轻声地问道，同时用金属丝把熏黑的铁壶折断了的把手捆紧，他目不转睛，旁若无人。

——我们来找工作！

——我们听从生活的吩咐……

——谁的吩咐？

——哎呀——上帝！你忘了？

老头儿冷漠地、清晰地说：

——你们好逸恶劳，在上帝的土地上游荡，上帝会唾弃你们，把你们自己扬起的沙尘撒向你们……

——且慢！——肥头大耳的年轻人喊道。——怎么？难道耶稣和他的弟子不在大地上行走吗？

——那是耶稣！——老头儿抬起犀利的眼睛望着好抬杠的人意味深长地说。——你说什么啦，同谁相提并论呀？我这就叫哥萨克人……

我多次听见过这样的争论，这种好似谈论灵魂一样的争论令我感到厌恶。

是该走的时候了。

科尼奥夫出现了，他披头散发，大汗淋漓，东张西望，眨巴着眼睛问道：

——看到了梁赞女人塔尼卡？①

——————————

① 塔尼卡：塔齐雅娜的爱称。——译者

没有？咳，这个妖妇，那么，她在夜间走了！昨天给我喝了什么，药酒，还是怎么啦？我像一只冬眠的熊睡了整个晚上……而她，看来，同这个奔萨男人……

——那就是奔萨男人，——我指出。

——嗨，你在这里呀！哼，怎么把人弄成这个样子，啊？简直是神像画匠……

他再次惴惴不安地环顾四周。

——她们俩到底去了哪儿？

——对呀！当然！老弟，这个村妇伤我的心啊——咳，怎么这样！

但是，就在清晨的弥撒过后，当盛装的哥萨克人在欢快的钟声下鱼贯走出教堂的时候，缕缕阳光洒满了村镇，——可是我们没有找到塔齐雅娜。

——她走了，——科尼奥夫忧郁地嘟哝着，——唉，可是我要找到她……我——要追上她……

我不相信能这样，也不想这样。

五六年之后，我徘徊在梯弗里斯梅节赫斯克城堡院子中，白费心思地企图猜想到：因为什么罪过把我关进了这所监狱？

监狱外观画面阴森可怕，里面都关满了乐观的和悲观的幽默家——我感到，监狱中所有的人"在长官的许可下"排练了业余演出的戏剧，像少年一样排练得称心如意和尽心竭力，但是——不善于表演囚犯、狱吏、宪兵的不好理解的角色。

譬如，今天有一位狱吏和一位宪兵来到了我的囚室，要带我出去放风，我对他们说：

——我可否不去放风？我不舒服，不想出去……

蓄着淡褐色胡须的漂亮的大个子宪兵严厉地竖起一个指头说：

——你不想听命令……

像烟囱清洁工人一般黝黑的、眼白又大又蓝的狱吏用走调的语音肯定地说：

——这里没有人想听命令——知道吗？

就这样，我出来散散步。

院子里铺砌着石头，热得像在火炉中一样。天空灰尘飞扬，平缓混浊的云层悬挂在院子上空。灰色的高墙从三面把院子封锁起来，第四面是大门，大门上方砌着某种形状可怕的上层建筑物。

从屋顶上面传来红褐色库拉河汹涌沉闷的涛声，城市亚洲部分——阿弗拉巴尔市场上商人们的叫骂声，混杂在各种声音中的唢呐如诉如怨和鸽子的咕咕声……我感到自己置身于鼓中，许多鼓槌在敲打鼓的皮面。

从二、三层的两排窗户中，透过窗栅能看见本地人的黝黑的脸和鬈发的头，其中一人固执地向院子中吐唾沫，明目张胆地企图啐到我身上，只是白费力气。

另一人气愤地责难似的喊道：

——听着！为什么像鸡群一样？高高在上的人！

人们唱着古怪的歌——整支歌曲混乱得恰似一卷猫儿玩耍抓乱的毛线。一个高音符越来越高，令人烦恼地、缓缓地、颤悠悠地直入灰蒙蒙的晦暗的云天，突然，尖啸一声，戛然而止，像受惊的野兽轻轻吼着躲藏到某处。然后，又重新像蛇一样蜿蜒而起，从窗栅中爬出到炎热的自由空间。

这是我早已熟悉的歌，其声音向心灵诉说某种通俗易懂的、触发心灵悲痛的东西。我一面听着这歌声，一面在牢房的阴暗处踱来踱去，不时看看窗户。我看见——在一个正方形的铁窗框中映入谁的一张忧愁惊异的脸，脸上显露出蔚蓝色的眼睛，蓄着蓬乱的黑胡须。

——科尼奥夫？——我揣想着喊出声来。

他目不转睛地凝视着我，眼睛微微眯缝起来，这是我永远不会忘记的眼睛。

我环顾四周——我的一位狱吏坐在牢房入口处的台阶上打盹儿，其他两位在玩跳棋，第四位微笑着看两个刑事犯人汲水，他俩合着杠杆运动的节拍吆喝着：

——加油，——使劲，——使劲，——加油……

我向墙壁走得更近一些。

——科尼奥夫——你呀？

——我不能相认，——他把头塞入窗栅嘟哝着，——唉，——是的，我——科尼奥夫！

——为什么？

——因为伪造的货币……我完全只是偶然的，简而言之——此事与我没有任何关系……

狱吏醒来了，钥匙像镣铐一样哗啦啦地响，他睡眼蒙眬地发出警告：

——别站着不动……走开些，不准靠近墙。

——院子中间——热，大叔。

——到处都热，——他不无道理地说，说着说着又重新垂头欲睡。从上面传来科尼奥夫轻声的问话：

——你——是谁？

——你还记得梁赞女人塔齐雅娜吗？

——嗨！——他似乎受到委屈而轻轻感叹地说。——不记得！大概，我们一起受到了审讯……

——还有她？因为伪币？

——可不是吗？只是她——也是偶然碰上了，和我的情况完全一样……

我顺着墙在阴暗中踱步。从地下室的窗户中溢出烂皮酸面包的气味，散发出潮气。我想起了塔齐雅娜的话：

"在悲痛之中，一丝欢乐也是伟大的……"

……她想在大地上建成新农村，她想创造某种新的优裕的生活……

我回忆起她的面容，她那轻信的、渴求的乳房。从上面匆匆飘来轻微的、灰暗的话音在我头顶上响起：

——那个主谋者——她的情夫——是牧师的儿子，他在这件事上是个司机……人们折磨他达十年之久。

——那么她呢？

——塔齐雅娜·弗拉西耶芙娜——被折磨了六年，我也如此。后天我将出发去西伯利亚……耗子落到了镐头上！在库泰伊斯审判，若是在我们俄罗斯会轻微些……此地人们粗野，恶毒的人，凶猛的人……

——她有过孩子吗？

——在浪荡生活中吗？不，哪来的什么孩子……况且牧师儿子是个肺结核患者，他怎能……

——可怜她呀……

——可不是吗！——科尼奥夫用细微嘶哑的声音绘声绘色地说。——这个女人，当然，傻乎乎的，但是——非常美丽……简而言之——出类拔萃……如此对人富有怜悯心……

——那时你就找到了她？

——这是什么时候？

——圣母升天节日之后？

——冬天我赶上了她，日历翻过了圣母节日，她在巴统附近一位带有孩子的老军官那里——老军官的妻子出走了，嗯……

好像左轮手枪的扳机在我身后咔嚓咔嚓地响——这是狱吏把大银钟盖碰得噼啪响。他把银钟藏好，张开大嘴，伸着懒腰，打着呵欠。

——她，老兄，有钱，她能很好地生活，假若她不是浪荡地生活的话，可是她总过着浪荡的生活——真可惜……

狱吏说：

——放风结束了，喂……

——啊，你是谁？相貌我记得，是在什么地方见过……

我向着囚室走去，刚才所闻使我怨恨到了极点。我停下脚步站在台阶上喊道：

——再见，老兄！向她致意……

——你喊什么？——狱吏怒气冲冲地说。

走廊上一片昏暗，散发出浓烈的马桶气味。狱吏晃动着钥匙，发出枯燥的微弱的响声。我模仿着他的样子，以便消除心中的悲痛，但这是徒劳无助的。狱吏打开囚室门，怒冲冲地对我说：

——蹲上十年吧！……

……我站在窗户旁边。通过灰墙垛口，我看见库拉河的汹涌澎湃、山坡民房和坐落在河岸的房屋、皮革厂屋顶上工人的身影。一个把制帽歪戴到后脑勺的哨兵在窗户下走来走去。

　　……记忆中凄凉地留下成千上万徒劳无功挣扎在死亡中的俄罗斯人，这巨大无比的、不堪忍受的、无穷无尽的苦闷抑郁地压在心头。

航　行

　　一阵阵强劲的风从希瓦吹来，撞击达格斯坦的荒野山峰，回头风转向吹拂在里海冰冷的水面上，在岸边激起汹涌的波浪。

　　一片片白色的云堆高耸在海上，旋转，舞动，——俨如熔化的玻璃在大锅中沸腾。渔夫们把海和风的这种游戏称为"三角浪"。

　　白色的雾像薄纱般飘荡在海的上空，覆盖着老旧的二桅纵帆船，它从波斯萨菲德河驶向阿斯特拉罕，装载着干果——葡萄干、杏干、桃干；搭载着许多来自所谓"上帝作业场"的渔夫、伏尔加河上游的林业工人、经过热风燎烤和苦涩海水浸渍而铸就的健康的平民、胡子拉碴的善良的狂放之徒。他们挣了很多钱，高高兴兴地回家，在甲板上像熊一样折腾喧闹。

　　绿色的海披上白浪帷幔；帆船锋利的船头像犁地似的劈海破浪，船舷淹没在卷起的浪花之中，在秋天的冷水中浇湿外斜船头三角帆。

　　船帆吹得鼓鼓的，上面的补丁发出嗖嗖的响声，横桁吱吱作响，紧绷的索具奏出和弦的音乐，——周围的一切都处在疾行中的紧张状态，云彩也在天空飞驰，泛银光的太阳沐浴在云彩之间，海和天惊人地相似——天也在沸腾。

　　风在怒吼，海上传遍人声、频密的笑声、歌词，——人们早就在唱歌，但还未形成应有的和谐的音调，咸水雾随风吹拂歌手，只是间或听到断断续续的女人的声音，又慢又长、如怨如诉地高唱着：

火蛇……

　　醇厚的杏干散发出香甜浓郁的气味，甚至强烈的海的气味也未能使这种气味消失。

已过了乌契—科萨，即将到达切琴岛，这是俄罗斯人自古以来就熟悉的地方，——还有基辅人从这里去掠夺塔巴里斯坦。左船舷边，在秋高气爽的蓝空中，是正在从眼帘中消失的黑压压的高加索山脉。

在主桅旁，坐着一位身材魁梧的小伙子。他宽阔的背紧靠在主桅上，双腿岔开在甲板上。他身着白色粗麻布衬衫和蓝色波斯裤。他没有胡须，有着红润的厚嘴唇，有着孩子般的、明亮的、陶醉于新欢的蓝眼睛。在他的膝盖上，躺着一位像他一样高大肥胖的年轻女人——切削女工。她有着一张风吹日晒而变红粗糙的脸，一双又黑又浓密的宛如燕翼的眉毛，眼睛蒙眬欲睡地闭合着，头越过小伙子的一条腿疲倦地往后仰着，从敞开的红色女短上衣的皱褶中凸起丰满坚挺的骨雕似的乳房，少女的乳头周围布满浅蓝色的脉络花纹。

小伙子伸出一只长长的、骨节粗大的、胳膊裸露的手，把这只宽大而粗黑如铸铁般的手掌放在女人的左乳房上，使劲地抚摩着女人结实的身体。他的另一只手捏着一个带把的洋铁皮杯子，淡紫色的葡萄酒滴落在他的白色衣襟上。

在这对男女身旁围着一群心怀嫉妒的人，他们扶着被风吹动的帽子，扯住衣襟，用贪婪的目光扫视这个四肢伸开躺着的女人。人们穿过船舷——或左或右——欣赏着向下翻滚的绿色波浪，云彩在五光十色的天空飘飞，贪吃的海鸥在啼叫，秋天的太阳仿佛在泛起泡沫的水中浮动——忽而披上浅蓝色的阴影，忽而在水面上燃起宝石般的光亮。

人们在帆船上叫喊、歌唱、喧笑。在桃干麻袋堆上放着一大皮囊卡赫齐亚葡萄酒，一群蓄着大胡须的男人靠近它绕来绕去：一切都具有古代的、神话般的样子，——令人想起斯捷潘·拉辛[①]从波斯远征中归来。

波斯人——海员穿着蓝色制服，像骆驼一样消瘦，友善地露出珍珠般的牙齿，望着欢乐的露西人，——在东方人蒙眬的眼睛

---

　① 斯捷潘·拉辛（约 1630—1671）：顿河哥萨克统领。——译者

中燃起莫名其妙的微笑。

一位长着巫师般毛茸茸的脸、鼻子歪斜、头发被风吹得凌乱不堪、闷闷不乐的老头儿，从小伙子和女人身旁走过时绊了一下女人的脚，于是停下来，不照老年人的样子把头扬起来，并且喊叫着：

——哎呀，真该死！怎么躺在路上？好不要脸，脱光了如何，——呸！

女人一动不动，甚至没有睁开眼睛，只是嘴唇微微颤动了一下；而小伙子向上挪动了一下身子，把带把的杯子搁在甲板上，将另一只手放到女人的乳房上，生硬地说道：

——怎么啦，雅吉姆·彼特罗夫，忌妒吗？唉，不幸呀，从旁边过去吧！别眼馋，不要白白地难受！不是给你吃的糖……

他稍稍抬了一下手掌，又重新放到了女人的乳房上，带着胜利的神情补充说：

——我们喂养整个俄罗斯！

女人舒缓地微笑。周围的一切仿佛深深地喘了一口气，像整个海面连同帆船和所有人一起稍稍升高了一点儿，然后波浪喧嚣着撞击船舷，咸水喷洒在所有人的身上，也包括喷洒在女人身上。于是她稍稍眯缝起乌黑的眼睛，看了看老头、小伙子和一切——露出善良的目光，匆匆掩盖自己的身体。

——不必要！——小伙子说，同时挪开了她的手，——让人们看吧！不要吝惜……

在船尾，男男女女奏着舞曲，一个年轻人的醉醺醺的嗓音清晰地、快速地响起：

> 我不需要你的万贯家财，
> 它不比我的爱人更加可爱……

甲板上响起靴子后跟的嚓嚓声，有人就像大雕鸮在啸叫，三角铁敲打出高亢的金属铿锵声，加尔梅克扎列卡管吹奏出悦耳的乐声，一个女人的歌喉越来越高地、充满激情地唱出高难度的音调：

> 狼群在原野嚎叫，
> 因为饥饿难熬，
> 吃掉老翁才好，
> 他值得被吃掉！

　　人们哈哈大笑，有人震耳欲聋地大声喊叫：

　　——好吗，扒灰老汉？！

　　节日般的笑声随风在海上荡漾。

　　高大的小伙子把厚呢大衣的下摆搭在女人的胸脯上，若有所思地瞪着圆溜溜的孩子般的眼睛望着前方说：

　　——就到家了，我们将展宏图！啊，玛丽娅，将大显身手！

　　光芒四射的太阳飞快地落向西方；云彩追逐着太阳，可是没有来得及赶上就被雪山挡落在山梁上。

浅灰色和淡蓝色

这是一个干燥、寒冷的秋日。庭院里令人厌烦地扬起了风沙，大片大片的羽毛在旋飞，一团白纸在滚动；空中一片喧嚣。一个乞丐站在我房间的窗下，冷漠地拉长声音叫喊：

——上帝，耶稣，上帝之子，宽恕我们吧……

他满脸斑迹和溃疡，光溜溜的颧骨留下污垢的斑痕；他完全可以与脏兮兮的院子和病态的秋日相提并论。

风儿掀动他的破衣烂衫，侵入他的胸怀，尘土袭击他的脸颊和耳朵。乞丐摇晃着脑袋，用难听的鼻音苦苦哀求地哼着悲戚的调子：

——恩人们，行善的大爷大妈们，看在耶稣的面上，给点施舍吧……

——滚你的！——我的女邻居从窗户中喊叫。她是一位天真活泼的少女，身材苗条，眼睛明媚，脸颊红润。

乞丐嘟哝着什么，他的话随风飘去，而我听到了一枚大铜币落在院子石头上的叮当声和少女的怒斥声：

——给你，你去噎死吧，下流东西！……

奇怪，——尽管她自己委屈了别人，可是她的话音中也充满了委屈。我和她做邻居这是第三个昼夜，已有两次听见：这位活泼的女孩白天唱着动人的歌，但每逢晚上就哭泣，流洒着醉后的泪。

今天她在黎明时回家，喧闹和嘶哑的哭声立刻就把我吵醒了。

——喂，女士！——我从她和我之间隔墙缝隙中叫喊了一声。——您打搅我睡觉……

沉默了片刻之后，她又开始偷声饮泣，擤鼻涕，用胳膊肘和脚后跟撞击隔墙，接着开始精心挑选最不堪入耳的词辱骂我。

——为什么？——我问。

她深信不疑地回答：

——你们大家都是——狗！

但是，她这样心满意足之后却呼唤我：

——到我这里来吧！

我没有来得及感谢她的盛情，因为她马上又补充说：

——不，别来，不需要，否则一清早米什卡一来，那他会对你和我……

——这是谁——米什卡？

——我的债主。也是个密探。

——为什么也是？

——那你——是谁？

——记者，作家……

——文牍员？也是警察局的……

此后，她睡着了，早晨醒来后不断地唉声叹气，不成调地学吹口哨，啃着什么——糖或面包干，——最终敲着隔墙喊道：

——邻居！

——早安……

——你说什——什么？

——早晨好，我说……

她扑哧一声笑着说：

——请问，文质彬彬的人……您没有……黑鞋油吗？

——没有。

——嗯。不需要……唉，上帝啊！

——您怎么啦？

——枯燥无味。怎么称呼您？

——耶古吉伊尔。

——难道您是犹太人？

——不，俄罗斯人……

——嗯，也就是说，您撒谎……

这样又交谈了几分钟之后，她再次打起鼾来，仿佛有人掐住了她的咽喉。在乞丐出现之前不久她才醒来……她醒来，从床上跳起来，开始用悦耳的声音唱起来：

> 萨马拉，你是富裕的城，
> 然而，我却孤苦伶仃。
> 萨马拉，你这万恶的城，
> 使幸福理想化泡影……

有趣的是：为什么她在给了施舍之后还要咒骂乞丐？我透过隔墙问她这个问题，她想了想回答说：

——我想骂，这就骂了！还有什么？

风在窗外怒吼，愈来愈狂暴，院子里瓶子的草套在滚动，线袜在飘落，信封在飞舞，灰尘扬起撒在窗玻璃上。一只鸽子在窗户飞檐上悲怆凄凉地发出咕咕声，一块木片在战战兢兢地吱吱作响。冷风呼啸，微尘飞扬，心灵似乎濒临死亡。

窗户对面的墙壁抹灰简陋，有些地方的石灰已脱落，露出了红砖。屋顶上的天空也草草地抹上了浅灰色云彩，在云朵和云朵之间是蓝色的深渊，忧愁从那里流入心头。

——邻居，——从隔墙那边传来了呼唤声，——来喝茶吧！

——谢谢您，我去……

这个房间比我的小，房间的女主人比我小一半，但她比客人伶俐活泼。她落落大方地看着客人。她有一双浅蓝色的明媚的眼睛，有一张细嫩的脸蛋儿。她洗净了脸上的胭脂和其他色彩，脸色显得很苍白。

——您有一个多么可爱的鼻子！——她端详着我说。

我默默地微笑，未及回答，却发现她自己是翘鼻子，想必她嫉妒我。

她衣着光耀夺目：红色短上衣，绿领带，别着马蹄铁形的夹子，深红色裙子，一条银色高加索腰带平添几分华丽，光亮的头发上插着橙黄色的蝴蝶结。

——请坐。——她客客气气地说。——您是加糖喝还是不放糖喝？

——都行。

她以训示的口吻指出：

——要是都行，人们恨不得不结婚！

尘土敲击窗户。

我们交谈着。

——您——爱发脾气吗？

——我吗？看是什么事。怎么了？

——啊，您看——乞丐！……我感兴趣的是：为了什么过错您要骂他？您施舍了，却又骂他了……

她稚嫩纯朴的脸变成了愤怒的、表示厌恶的鬼脸。少女死死地瞪着我，——她的眉毛在颤动，她用高亢的声音说：

——该用砖头砸他的脑袋才好呢，——就是这样！

——为什么？

——为那事！

——到底为什么？

她用手拍了一下桌子，怒气冲冲地说：

——别令人讨厌！这可是不礼貌的——来做客，却烦人！我完全不了解您，您都刨根问底——不需要为什么……

她沉默片刻，我很尴尬，想离开这间贮藏室式的小房子，但它的女主人察觉我的窘态后和善地微笑着说：

——啊哈，您受惊了……不，当着上帝说……您问来问去，而我对此却完全不感兴趣。我不想见到他，骗子！他就是那位把我介绍给这里一位法官的下流东西，那时我还不满十五岁……差四个月才十五岁，而他已经……难道这合适吗？还有爸爸的一位同事，他们一起在一家旅馆听差。好在爸爸已去世，什么都不知道，否则他会打死我。妈妈为旅馆洗衣服，我搬运……嗯，当然，——一个小丫头！他们把我叫到房间，把我灌醉，——我什么都不记得！醒来时——上帝啊！——全毁啦！这一切都是这个人的罪过，是他安排的……"他说，要是给你二十五个卢布，你将生活得很快活的。"我不愿见他，——这是实话！而他——满不在乎！找我，要钱，似乎他做了善事，我应该永远感谢他。甚至令人惊讶的是；一个人是那样的恬不知耻！从前，当我由法官养为姘妇时，这个人几乎每天闲逛着来找我，我或者给他一卢布，或者半卢布。他赌牌，倒霉的骗子，蹲过监狱，坐牢时生了病，卑鄙的小人。有时我对他说："唉，你呀，无耻的坏蛋，你来找我干吗？要知道，你使我招致了灾难，甚至完全使我毁灭了！"而他认为——没什么？"得了吧，他说，丹妮娅，别生气，不必管谁有什么罪过，不要惩罚所有的人！"我想，倒也对：难道要惩罚有罪过的所有人吗？咳，我不再伤感了……

她露出愧色地微笑着，直视着我，然后不知怎么的突然从她明亮的眼眶中滚落出串串泪珠，但在继续微笑。她不好意思地说道：

——啊，您瞧！使我流泪了……最好让我们谈点别的什么……

我们开始谈论别的事情。风在呼啸，把灰尘撒在窗玻璃上。我双手插入口袋里，紧握拳头，我想："不要惩罚所有的人，见你的鬼吧！狡猾的安排——不要惩罚……"

少女充满幻想地说：

——红色不适合我，我知道，只能是浅灰色或淡蓝色……

一首歌是怎样编成的

瞧，两个女人是怎样在夏日修道院忧郁的钟声中编成了一首歌的。这事发生在静悄悄的阿尔扎马斯街晚祷前我住的房屋大门旁的长凳上。城市在六月天炎热的寂静中微睡。我双手捧着一本书坐在窗户旁边，听着我的厨娘粗壮麻脸的乌斯季妮娅和我邻居地方行政长官的女仆交谈。

——他们还写什么？——她用男性的然而是很柔软的声调问。

——没什么，——女仆沉思地和轻声地回答。她是个清瘦的少女，有着一张忧郁的脸和一对惊惶呆板的小眼睛。

——就是说，收到问候和送来钱，是这样吗？

——正是……

——谁怎么生活，自己去悟到……唉——嗨——嗨……

在我们街道花园后面的池塘里，青蛙在呱呱地叫出特别呆板的声音。在炎热的寂静中，传出惹人厌烦的铿铿的钟声。在房后的什么地方，发出了打响鼻的声音，好像是邻居的老房子在打鼾，在酣睡，在热得喘不过气来。

——亲人，——乌斯季妮娅忧郁地和生气地说，——离开他们三俄里远，就会没有你，就会像折断的树枝那样掉下来！我也是，在城里生活的第一年就产生极其深切的思念之情。仿佛不是完整的生活，不是完整的自己，而是一半留在了农村，总是日思夜想：那里怎么样，那里发生了什么？……

她的话仿佛在给钟声配第二声部，似乎在故意用和钟相同的声调说话。女仆抓住自己的膝盖，不时微微摇晃着戴白头巾的脑袋，咬紧嘴唇，阴郁地倾听着什么。乌斯季妮娅低沉的嗓音含有讥笑和生气的意味，含有温柔和忧郁的神情。

——在自己的幽思中，有时候，变聋，失明。而我在那里也没有任何人：父亲醉醺醺地在火灾中遇难了，叔叔死于霍乱，有两个兄弟，一个留在了军队，当了士官，另一个是泥瓦匠，住在博依戈罗德。所有人都像是被春汛从地上冲走了……

红彤彤的太阳西坠，金光闪闪，悬挂在雾蒙蒙的天空。女人轻柔的嗓音、钟铛铛的响声、青蛙呱呱的叫声——此刻城市沉浸在所有这些声音之中。这些声音在大地上方低低地飘飞，好像雨前的燕子。在她们上空，在她们周围——万籁俱寂。

有一个荒谬的比喻：城市仿佛被置于歪歪斜斜放着的大玻璃瓶里，瓶子用塞子塞住瓶口，有人从外面慢慢地、轻轻地击打炽热的玻璃。

乌斯季妮娅忽然活跃地然而是认真地说：

——喂，玛舒特卡，你说……

——说什么？

——我们来编首歌吧……

乌斯季妮娅大声地叹了一口气，快言快语地开始唱：

> 唉嗨，阳光普照，朗朗艳阳天，
> 月牙高悬，明亮的夜晚……

女仆踌躇地探索曲调，羞怯地低声唱：

> 我，青春少女，神情忐忑不安……

而乌斯季妮娅坚定地和很令人感动地完成了曲调：

> 心儿总感苦闷和厌烦……

她唱完之后立即愉快地、有点儿夸口地说：

——瞧，一首歌也就开始了！亲爱的，我教会你编歌，就像搓线一样……嗨——嗨……

沉默了一会儿，好像倾听青蛙凄凉的呱呱声、钟懒洋洋的撞击声之后，她重新机灵地唱出了歌词和曲调：

> 啊，无论凛凛寒冬暴雪飞旋，
> 或融融春日河水潺潺……

女仆挪动身子靠紧她，把白头搁在她圆润的肩膀上，闭上眼睛，已经是勇敢一些了，用又低又颤的嗓音接下去：

> 都未带来亲人的好消息，
> 令人的心儿展现欢颜……

——就是这样！——乌斯季妮娅用手掌拍着自己的膝盖说。——在我年轻的时候，我编的歌更好！有时，女朋友们纠缠不休地要求："乌斯秋霞，教会我们编歌吧！"唉嗨，我就唱起嘹亮的歌！嗨，接下去怎么样啊？

——我不知道，——女仆睁开眼睛微笑着说。

我透过窗户中的花看着她们。歌唱者没有发现我，而我清清楚楚地看见了乌斯季妮娅因天花弄得满是麻子的粗糙的脸颊、黄色头巾未能遮盖的小耳朵、喜鹊一样的笔直的鼻子、男人一样的圆下巴颏儿。这是个灵巧的多嘴多舌的女人。她很爱喝酒和很爱听圣徒传的朗读。她是整条街上好散布流言蜚语的女人，此外，看来她的口袋里装着全城的所有秘密。和她这个强壮肥胖的女人在一起的，却是骨瘦如柴的、笨手笨脚的女仆——少女。女仆的嘴是孩子般的嘴，丰满的嘴唇鼓起来，好像她受了委屈，并害怕现在还会受更大的委屈，于是眼看就要哭起来。

燕子在路面上方掠过，弯起来的翅膀几乎要接触地面，就是说，小蚊子在低飞，这是入夜前要下雨的征兆。在我的窗户对面的围墙上落着一只乌鸦，它一动不动，好像是木雕的，乌黑的眼睛注视着燕子的闪飞。钟声停止了，而蛙声却更加响亮，寂静更加深沉，更加酷热。

> 云雀在田野上空唱得欢，

矢车菊花儿开放在平原。

乌斯季妮娅双手放在胸前，眺望着天空，沉思地歌唱；而女仆流畅地和大胆地配第二声部：

看看故乡的田野该多美呀！

乌斯季妮娅巧妙地用颤动的高音，用出自内心的歌词做铺垫，温柔地接着唱：

携密友在林中漫步该多甜！

她们结束歌唱之后，长时间地沉默，相互紧紧地偎依着。然后，厨娘沉思地小声说：

——难道我们编的歌不好吗？本来是非常好的……

——你看，——女仆轻轻地打断了她的话。

她们在我斜对过向右方张望，那里洒满阳光。一位穿浅紫色长袍的神父神气十足地迈着均匀的步伐，同时匀整地摆动着长长的权杖，权杖上端的银质镶头闪闪发亮，镀金的十字架在宽阔的胸脯上放射出金色的光芒。

一只乌鸦瞪着黑眼珠斜眼看着他，随即懒洋洋地扇动沉重的翅膀，飞上了花楸树枝上，又从那里像一团灰色的东西落到了花园里。

两位女人站起来，默默地弯腰向神父鞠躬。他没有发现她们。她们未坐下，目送他，直到他拐弯走入了小巷。

——哎呀——呀，姑娘，——乌斯季妮娅整理了一下头巾说，——我年轻一些并有另一张脸才好呢……

有人在用无精打采的嗓音生气地呼唤：

——玛丽娅！……玛什卡！……

——啊，在呼唤……

女仆胆怯地跑了，而乌斯季妮娅重新坐到长凳上，沉思，在膝盖上弄平印花布连衣裙。

　　青蛙呱呱叫。闷热的空气凝固得像林中的湖水。白天正在五彩缤纷地消失。在田野上，在被污染的乔沙河那边，发出气冲冲的轰隆声——那是远处的雷像熊一般地发威吼叫。

幸　福

……有一次幸福离我如此之近，以至我差一点儿投入到幸福的柔软的怀抱里。

这事发生在一次旅游之中。那是一个炎热的夏夜，大队青年同伴聚焦在伏尔加河彼岸鲟鱼场渔夫们那儿游玩。大家围坐在篝火旁，吃着渔夫们烹调的鱼汤，喝着伏特加酒和啤酒，争论着如何又快又好地改造世界，在精疲力竭之后，在已修剪的草地上各自散去自由活动。

我和一个少女离开篝火同行，我感到她聪明伶俐。她有一双美丽乌黑的眼睛，她的谈吐不俗，总是表达出通俗易懂的真理。这个少女看所有人都流露出温情脉脉的目光。

我们肩并肩，轻声漫步。割下的草茎在我们的脚底下碎裂，沙沙作响。天空像水晶玻璃杯覆盖在大地上空，倾泻着醉人的琼浆玉液般的月光。

少女深情感叹地说：

——多好呀！简直是非洲沙漠，干草垛就是金字塔。还是那么炎热……

后来她提议到干草垛下像白天那样选择阴凉的地方坐下来。虫声唧唧。远处有谁在凄凉地问道：

唉咳，你为什么背叛我？

我开始向少女热烈地讲述我熟悉的生活，讲述我不理解的事情。但是，她突然轻轻地喊叫了一声，接着便向后仰倒下去。这像是我看到的初现的昏厥，霎时我有点惊慌失措，想叫喊，但顷刻间我记起了我读过的小说中文绉绉的主人公在这种情况下所做的事，——我解开了她裙子的腰带、短上衣和胸罩的松紧带。

于是，我看到了她的乳房，宛如两只精细的斟满了浓郁月光的银杯扣在她胸脯上，——我贪心勃发，欲火燃烧，想要吻吻她。但是，我打断了这个念头，拼命地奔向河边取水，因为——据描写——主人公在类似情况下总是跑去取水的，除非事发地点没有机灵小说作家预设的河流。

当我手捧盛满水的帽子，像脱缰烈马在草场上飞奔，回到原地的时候，——病人已整理好被我解开的衣裳，穿得整整齐齐地靠上干草垛站立着。

——不需要，——她疲惫地、轻声地说，一手推开了我那湿淋淋的帽子……

接着她向着篝火的光亮处离我而去，那里有两位大学生和一位统计员在悲惨地呼号着依然是那句令人厌烦的歌词：

唉咳，你为什么背叛我？

——我没有使您难过吧？——少女的沉默无语使我感到尴尬，于是我问道。

她简短地回答说：

—— 没 有。您 —— 不 那 么 机 灵。我，当 然，还 是 要 感谢您……

我觉得，她并非真诚地感谢。

我不曾经常遇见她，但在这次相遇之后，我们见面就更少了，——她很快就完全从城市中消失了，可是在过了四年左右的时间之后，我在轮船上遇见了她。

她是从沿伏尔加河一带的一个农村来的。她住在那里的别墅里，现在进城去丈夫那儿。她身怀六甲，衣着整洁宽松。她脖子上挂着长长的金表链条和硕大的酷似勋章的胸饰。她比以前漂亮多了，但体态发胖了，肚子像装满一皮囊高加索烈酒，快乐的格鲁吉亚人在梯弗里斯①炎热的广场上出售的那种酒。

——你瞧，——当我们友好交谈，回忆往事的时候，她说，——你瞧，我已经嫁人，一切都……

傍晚，河面上闪烁着晚霞的倒影，轮船驶过的泡沫泛起的痕迹像一条艳丽的花边的宽带，漂浮到北方的蓝色的远方。

——我已经有两个小孩，正期盼着第三个，——她用热爱自己事业的巧妇的骄傲口吻说道。

在她的膝盖上放着黄色纸袋装好的橙子。

——啊——要对您说吗？——她问，乌黑的眼睛露出温柔的微笑。——如果当初在干草垛旁，——还记得吗？——您要是……勇敢一点……嗯——亲吻我……我本该是您的妻子……难道您——不喜欢我吗？怪人，飞跑着去取水……唉，您呀！

我对她说，书中是怎么规定的，我就怎么做，按照我当时认为神圣不可侵犯的书中的描述，必须先让昏厥中的少女喝水，至于吻她嘛，那只能是当她睁开眼睛说了下面这句话之后才行：

——唉，我在哪儿？

她绽放出一丝笑容，接着若有所思地说：

——瞧，我们的不幸就在于：我们总想按书中的描述去生活……生活——比书本更宽泛，更聪敏，我的老先生呀……生活完全不像书本，两者相差十万八千里……真的……

她从纸袋里掏出一只橙子，仔细地检查了一下，皱了皱眉头说：

——坏的，放着终究还是腐烂了……

她用笨拙的姿势把橙子扔到船舷上，——我看到橙子转动着滚落下去，消失在艳丽的泡沫中。

——噢，那么现在——怎么样？还按书中的描述生活，是吗？

我默不作声，欣赏着岸上被落日的余晖渲染的河沙，再往后——我看着空荡荡的淡红黄色、金色的草地。在黄金一般的河

---

① 梯弗里斯：是格鲁吉亚首都第比利斯的旧名。——译者

沙上映现出神情忧郁的柳树的阴影。在草地的远处排列着一堆堆小丘一般的干草垛，于是我想起了她的比喻：

"简直是非洲沙漠，干草垛就是金字塔……"

她擦干净另一只橙子，用那种仿佛是训示我的大姐一般的口吻重复地说道：

——是的，我本该是您的妻子……

——感谢您，——我说，——感谢。

我感谢她——真诚地。

在昌古河上

……草原被太阳晒得赤热，像一口巨大的煎锅，我——不幸的鲈鱼——在这口热锅中间煎烤。

黄鼠从穴洞中蹿出来，用后爪站立着，用前爪擦净自己狡猾的小脸，发出细微的尖叫声相互打招呼。在它们中间有着某种和修道院见习修道士共同的东西。

忙忙碌碌的瓢虫在盐土上爬行，蟊斯在吱吱地鸣叫，灰毛小狗在我面前跳跃。

在辽阔的蓝天，在离太阳偏右稍低的空中，一只老鹰在翱翔，它是那样孤单，就像我在这大地上一样。无论是在酷热的高空，还是在我目及的红褐色的热土范围内，没有任何更多的生物。这是一片干涸的不毛之地，好像老处女，一般人称之为"荒原"，学者称之为"小地狱"。

凄凉的土地……

我裸露着胸膛紧贴在清凉的降了霜似的盐土上。土地径直往我心中散发出强烈的难以忍受的忧伤，但这不是以锈蚀的模糊病态的愿望刺伤摧残心灵的忧伤，而是我对生命力量的信心的老女友和婚生的女儿。

我是个二十二岁的人，但已经从生活的大碗中尝尽了许多辛酸苦辣，这使我习惯于更多地议论，而不是下结论。

我的忧伤大概正是人们所谓的人的感情，这是我胸中经久不衰的活的东西，它以孜孜不倦的力量始终推动我向某处前进，走得愈来愈远，用对美的希望之光永不熄灭地点亮心灵，以对从战斗中得来的神话般的幸福的希望折磨人。

除了这种忧伤之外，还有我贪婪的青春时代和我在一起，它处在饥饿和孤独的死亡线上，准备接收一切，准备爱所有的人。它喜欢嘲笑一切，嘲笑我不成熟的智慧。我的青春时代一半是最可爱的，另一半是危险的，因为它过于贪得无厌，它不够挑剔，像小山羊一样，不善于识别辛辣的荨麻和美味芳香的草。

这种表现不明显的个性的二重化使我经受了极大的折磨，常常迫使我在本可限于轻喜剧中愉快表演的地方去演悲剧。

可是，这一切少有兴趣，也未必与我想对您讲述的故事有关。您是我唯一能与之如此轻松坦率地背后说话的人，就像我在忧愁的时刻自我交谈一样。

就这样，我躺在"荒原"里，下巴支撑在双拳上，眺望南方的远处，那里热气腾腾，在热气的晶莹的银光中苦难的草在摇晃，我感到自己在这蓝天下炎热的荒漠中，在这草原阳光照射下燥热的氛围中，就是这样一棵苦难的草。在那里，在南方，银色薄纱似的热气在空荡荡的大地上空飘动。在离我约五俄里处，昌古河懒洋洋地流动，沿河岸排列整齐地展现出瓦拉几亚人的农舍。在农舍下方约二俄里处，在急转的河湾处，荫蔽着只是在童话中常有的磨坊。

我在这磨坊待了几个小时，就被从那里赶了出来。我在磨坊周围转来转去已是第四个昼夜了，同时回忆起过去的遭遇，就像吝啬鬼想起从他那里夺去的金袋子一样。

我是在晚间意外发现这个磨坊的，那时太阳已坠入草原的边沿，从东方很快降临了南方闷热的夜晚，但在昏暗的昌古河水面上依然反射着晚霞的光焰，磨坊的芦苇屋顶像锦缎一样闪光。两扇窗户的红色眼睛气呼呼地望着草原，迎接着我。

从日出到日落我徘徊在约四十俄里的"荒原"上，没有看见任何生物，除了无数的黄鼠、一群逃离我的长颈鸹、一轮惨淡的明月以外。长颈鸹蹲在露出地面的石头上啄食一只黄鼠。

整天天空照耀着太阳，而大地上只有我。在晒到几乎白热程度的苍穹下，笼罩着旷野中抑制不住的寂静。当你歌唱时，歌声像露水般蒸发而没有回声。

旷野具有从人体中吸出思想和情感的能力，使之类似于旷野，毫无疑问，正是旷野的这个特性总是吸引过并正在吸引着这样的一些人，即他们力求使自己的内心、自己的智慧空虚，并利用绞杀自己心灵的办法达到圣洁。

当看到磨坊时，我也像苦行修士一样愚蠢，像冬天的狼一样饥饿。磨坊位于比微带浅紫色的河水略高的上方的三块大石头上，晚霞把磨坊打扮得温柔艳丽。磨坊没有运转，在闷热的夜晚入睡了，但传出低沉水滴细微的声音，昌古河水在水轮下热情地发出潺潺声，仿佛在讲述童话。

两只牧羊犬从院子中冲出来，扑到我脚下。一个高高的背有点驼的人紧挨着门柱挠背，冷漠地看着我用棍子驱赶像熊一样的狗。我呼唤，让他把狗叫回去，那人用两根手指塞入嘴中吹出刺耳的口哨声。

两只狗跑回到他身边，摇晃着挨了打的脑袋。他严厉地问：

——干吗打狗？

——如果它们撕碎了我呢？

——嗯……莫大的悲哀！

——您是主人？

——为什么？我是雇员。

——可以在您这里过夜吗？

——好人可以。

我有若干理由认为自己是好人。我贫穷，不笨，能工作。

我卸下肩上的背包。但那人严厉地警告我：

——等一等，我问一下……

他离去了，把我留在狗的附近，它们重新开始威胁性地狂吠，龇出狼一般的牙齿，让浓厚的愤恨呛得喘不过气来。科勃札琴忧郁的弦音给它们配第二声部。磨坊一角的后面一个嘶哑的声音用不知道的语言嘟哝着什么。我想看一看角后，但狗挡住了我。

浅红色的河水浓得像血液，在草原的热身中流动。河对岸仿佛是苏醒的大地，大羊群在移动，霞光把它们的毛染成了棕红色。在它们上方，有两个黑色的身影骑在马背上摇晃。

牧羊人叫喊，其一是阴沉的男低音，其二像是妇女响亮悦耳的声音。夜晚紧紧地拥抱着空旷的大地，金色的光亮在蓝蓝的暮色中开放出红色的花朵。轻微的马蹄的嘚嘚声、疲倦的绵羊的咩咩声、牧羊人野兽般的叫喊声和周围的一切引起了这样的印象，即我似乎走向某处深入到了生活的过去，接近了古老童话的发源地。

贫乏荒漠闷热的沉默像无词的歌流入心中，屋角后面依然不断地发出令人不快的吱吱呀呀的声音，这些枯燥无味的弦音徒然地和寂静争论。这种古怪的声音就像有人无意中撕裂各种强度的丝绸。

这是久经日晒雨淋的老磨坊，令人想起彩画雕饰的童话小屋，从昏暗的敞开的窗户中散发出热面包的气味，激起人的饥饿感。

从院子里走出来一位瘦小的老太婆，她有着拳头般大小的脸，穿着古怪的服装。她把手掌贴在前额上，点了两下头，低声说：

——可以，可以……

两只狗温顺地走向她，按照应当做的那样。那个人站在她旁边，祈祷似的躬身，她向他用瓦拉几亚语说着什么，一只手抚摸狗的毛茸茸的嘴脸。她的眼睛没有眼白，有如樱桃般乌黑，松弛的脸颊消瘦了，小鼻子弯得像鸟嘴。一切都完整，是个真正的妖婆。

——这样，——她一边说，一边走向磨坊屋角后面，两只像用无形的链条拴着的狗走在她身旁，侧身蹭着她的脚。

——嘿，嘿，——她嘟哝着，同时把狗推开。

雇员打了个哈欠，问道：

——想吃东西吗？

他向院子里喊道：

——甘娜，给点面包、牛奶……

从院子里气呼呼地回答说：

——你自己拿，我躺下了……

——嗨，嗨……

——这是给谁？

——过路的人。

——鬼支使他来的！……

——那是你妻子吗？——我问。

——那还用说？

雇员不慌不忙，从口袋里掏出烟斗、烟荷包，坐到台阶旁的板凳上。

——坐吧。从远处来的？

——来自俄罗斯。你——是俄罗斯人吗？

——不，我是切尔尼戈夫人……

——早就在这里了？

——第五个夏天了。

——寂寞无聊吗？

——还好吧？

——主人是自由农民吗？

——嗯，是的！

——是富人吗？

雇员点燃烟斗，啐了一口唾沫，看了看烟斗的火苗，用手指按压住火苗，也问道：

——你想盗窃吗？……

南方的夜像温暖的黑帽子紧紧地覆盖在大地上，在阴郁的天空闪烁着蓝色的星星，满天星斗呈现出海市蜃楼的景观。

深沉的寂静突然被打破了，似乎从什么明亮的缝隙中涌出密集的音流——科勃扎琴弦音悦耳地奏起了古怪的曲调，然后，所有的声音汇合成了单一的低沉忧郁的音调，在它终止之前，一个清脆的女声附和着它，并拥抱着它，清晰而紧张地唱起了不熟悉的歌词：

啊，玛娜，里亚布拉，玛娜……

乐器十分准确地重复着歌词的曲调，女人重新唱了起来，她的声音再次随和着琴声，又一次汇合成一个像草原之路一样无止境的音调。

　　这样，女人和科勃扎琴给这夜晚的万籁俱寂交替着传送歌声，有如月光洒遍海洋一样。在这歌声中，有着压抑心灵的凄凉的绝望，有着草原之夜贫乏的和丰富的一切。

　　一位穿着白色衣服的高个子赤脚女人不声不响地走到我身旁，把一个高水罐放到板凳的边缘上，再放下一大片面包，问了我什么事情，轻轻地笑了笑，又静悄悄地走到大门后面去了。

　　——吃吧，——雇员说。

　　——这是谁在歌唱？

　　——女主人。

　　——年轻吗？

　　——嗯，是的。那还用说？孙女……

　　他用烟斗在指甲上敲了几下，用脚踩灭掉在我脚边的火星，问道：

　　——她弹得很好吗？

　　——是的。

　　——她精神不正常。受了打击的人。

　　我急忙喝完牛奶，把面包塞到怀里，提议说：

　　——我们去大门那边吧！

　　——不——不……

　　——请吧！

　　我久久地恳求他，而他总是微微地笑笑，否定地点头，但最终不情愿地同意了：

　　——嗨，好吧……

　　一个不高的窝棚紧挨着屋角的农舍墙上，它的顶盖铺着芦苇，两边编织着芦苇篱笆，第三面朝向河流和草原。在窝棚中间的小车上坐着一位衣着花哨的女人。她脸上显现出白斑，胸间和头上扎着带子，帽状蓬乱的头发下面长着浓密的眉毛。在她的膝盖上放着形状像科勃扎琴的乐器，更多地像被砍断的带着细脖子的头颅。在它的上音板上方，在共鸣孔的地方，凸起一个嵌入琴体一半处的木制圆盘，圆盘上方拉紧六根细琴弦，两根低音弦从两侧接触乐器。在椭圆形琴身的一侧竖立着一个拉手。弦枕木位于指板上方。女人一只手转动拉手，另一只手的手指按住弦枕木，琴弦接触旋转的圆盘，发出带鼻音的不明亮的单簧管的声音。

女人一动不动地、直挺挺地坐着，她闭着眼睛，按在圆盘上发出的四度音颤动着，产生拖长的、低沉的呻吟声。女人咬紧嘴唇，用鼻音附和着琴声。这不美观、令人生气。

小车的前轮很小，后轮相当高，好像一把沙发椅。女人裹着杂色破布，花条被子遮住她的双脚，被头奋拉到地上，她的背后垫着鼓鼓的红色枕头。

又小又黑的老太婆坐在前轮旁边横切面的大圆桶上。她坐着，把胳膊肘放到自己尖形的膝盖上，用手掌托着小孩般的脑袋，望着草原，仿佛在等待某个人。在她的脚旁躺着两只狗。在小车后面闷闷不乐地站着魁梧的苍白的甘娜。

当我进到窝棚顶盖下面时，老太婆从脸上放下左手，用一个指头威吓我。

——站在这里，——雇员用肩膀把我推到农舍墙边后说。

我蹲下来，他在我旁边靠在墙上，一边轻轻地搔胸，一边嘟哝着：

——通宵就这个样子。像满月那样，她也不睡、不喝、不吃……

女人在小车里摇晃了一下，仿佛有人推了她一下。她睁开眼睛，微微眯缝上眼睛，把目光投向我。然后，她轻轻地笑起来，用瓦拉几亚语说了几句话，剧烈地转动乐器的拉手。

——啊，妈呀！——甘娜叹息了一声。

老太婆不安起来，开始快言快语地和雇员说话，不时轻轻挥动几下手。他两次简短地回答她，然后严厉地对我说：

——她不满意你来，他们不喜欢俄罗斯人，害怕，于是我说你是鞑靼人……

在草原上蓝色的天空，依然映照着一抹尚未燃尽的红霞，在它的左边，一轮硕大的暗铜色的月亮冉冉升起在大地上。螽斯在吱吱地鸣，狗在汪汪地叫。在昌古河昏暗的水面上，闪烁着针一般的金色的星光。从远处传来了铸铁板十下打击声。

——瞎闹，——雇员望着月亮说。——还不到十点……他想睡觉了，于是乱打点……

女人向我这边看，不眨眼，仿佛是盲人。突然她一只手指着我说什么，声音之大，使所有人颤抖了一下……

——她在赶人？

——走近她，——雇员用膝盖推了一下我的肩膀命令说。

我走过去。她依然是那样不眨眼，用仿佛是老太婆那样的没有光泽和表情的昏暗的大眼睛打量我的脸。她的脸像是用下面各种互不相连的部件拼装起来的：小孩般丰满的嘴，胡子一样的浓眉，干巴的鹰钩鼻和细嫩的大下巴。没有梳理的波纹头发像一顶沉重的帽子奔拉在后脑勺上，勒紧着高前额的皮肤。看上去她约三十岁，但闭上眼睛显得更年轻些。

她看着我，仿佛在梦幻中。她那双没有弹琴的小手抚摸着科勃扎琴的指板和琴身，而在左脸颊耳朵旁某块肌肉在痉挛性地收缩，抽动着鼻孔。

当她垂下眼睛轻轻地说着什么的时候，雇员抓住我的袖子说：

——坐吧，可以……

女人调整一下乐器，忽然用低嗓音忧郁重重地唱了起来，摇头晃脑，缓慢地低声伴奏。歌曲的旋律像莺歌燕舞，捉摸不定，它神经质地和盲目地在寂静中回响，骤然变成为轻轻的呻吟，顷刻之间又高扬发出响亮的绝望、惊恐或激情的呼唤。弦音令人想起风笛和单簧管，有感染力地给歌配第二声部，仿佛安慰受苦的人，以另一种平静流动的忧伤领悟他的诉怨。有时看来，弦音模仿着歌的忧伤。

这不美，令我感到陌生，但依然强烈地动人心弦，激起人们向草原逃跑的愿望……

我没有发现甘娜是什么时候离去的，她丈夫是怎样直挺挺地躺在地上睡熟了。老太婆像一根干草那样微微摇晃着，狗在睡梦中低沉地嗯嗯叫，而不熟悉的温柔的词仍然在相互追逐着不绝于耳，看来它们将无终期。

在河那边，有人走在河岸上。瞧，他用自己乌黑的头挡住了低垂的月亮。他的影子印在河水上，印在铜色的月亮的反光上。他瞬间停了下来，也回应地唱了起来，又突然消失了。

女人停止了弹琴，仿佛是她的双手立刻不能动弹了。她俯身向前，伸直脖子，用歇斯底里病患女人粗野的嗓音狂叫起来。老太婆跳起来，用哭诉的声音叫喊，拥抱着病人，抓住她向空中来回舞动的双手。狗嗅着空气咆哮起来。雇员醒来了，跑进窝棚的屋角，从那里拿来水桶、长柄勺，呼喊：

——甘娜，鬼把你支使到哪儿去了……

他震耳欲聋地打了一声口哨，骤然忙乱、忧伤、喊叫——一切都停止了，被口哨声镇住了。女人双手捂脸，轻轻地哭或笑。老太婆帮她整理短上衣、头带和头发，嘟哝着，仿佛在祈祷。雇员对我说：

——没关系，睡吧，要知道……

我觉得好像我早已入睡了，经历着一场奇怪的、惊慌不安的梦……

——瞧，总是这样，——雇员坐在地上，轻轻地说。——她听见了声音，于是抽搐起来，号叫起来，显然，她产生了幻觉，似乎他在呼唤……

——谁？

——未婚夫。

——他在哪儿？

——死了。被打死了。

老太婆匆忙地说了什么，他挠了一阵未剃的颧骨。

——她说：别折磨人！显然，她害怕你。你徒然待在这里……

他想了一想，向窝棚一角点了点头，说道：

——走，到那里去躺着，我将眼看着您。您这样焦急不安地走来走去……是谁追赶您吗？

他走出窝棚，立刻手里拿一根粗棍子回来了，和我并排躺着。

他把棍子这样放在自己脚下，即让我在任何一秒钟之内就能拿着它。

女人像受了委屈的小孩那样啜泣。老太婆还在唠叨着不熟悉的语言。夜晚蓝色的水浇灌草原。老太婆黑色的身影在朦胧的暮色中微微动弹，活像海底的一条大鱼。

——这矿里到底发生了什么事？——我问。

——不是这里，而是在二十俄里的地方……——雇员不乐意地纠正我。——他们，即她和未婚夫，乘车离开集市，但迟误了一些。这里周围都是矿工，他被"打死"了，而她则被强暴了，她的脊椎骨还被折断了，因此她的双腿完全瘫痪。精神上受到极大折磨的人……

他装满烟斗，关于强暴和残杀，他讲得如此轻松简单，好像谈论从瓜园偷西瓜一样。

火柴的光亮照耀着他那满是硬毛的脸、惺忪迟钝的眼睛和扁平的鼻子。

——她们现在害怕人，特别是俄罗斯人，就像老鼠怕猫一样。这个收买矿工杀人的人也是俄罗斯人。他自己想娶她，于是想出了这个主意。一个残酷无情的人。判处他流放西伯利亚，和他在一起的还有两个人。老太婆一直预料他将从西伯利亚逃回来杀死她们。她正在出售这个磨坊，想回到多瑙河那边罗马尼亚人中间去……

听到他这些半睡半醒的话，令人不愉快。科勃扎琴的弦音重新弹起，附和它的是女人的声音掺着短促的叹息声。

——她唱什么？

——各种各样的。在此事件之前她自己编写诗歌。这里所有自由农民读过她的诗歌，而且现在也读……尽管有狗崽子，像以前遇到的那个人一样，来到河那边引诱和骚动她亲爱的人，嗯，而她不能忍受，她就产生幻觉，以为是未婚夫在呼唤。现在，她还大喊大叫，颤抖。对他们来说，这是解闷，也就是说，嬉戏……

——您明白她的诗歌吗?

他笑。

——是的!任何一首诗歌我都听过上百次。显然,一个少女,嗯,唱的就是关于自己的事。她精神失常,但记得自己的东西……

需要多费唇舌请求他,好让他把歌词翻译出来。只是当我答应把衬衣送给他时,他才同意了。

——嗯,好的。——他皱起眉头,倾听着静静流动的忧伤曲调,——嗯,她这样唱:

——我的天啦,天啦!草原夜色深沉,道路恐怖阴森。我是个孤儿,像空中月亮般孤零。听其自然吧,我已疲于等待幸福来临。我的天啦,上帝呀!闪光将燃尽月亮,而忧伤将把我燃尽。我的天啦,我是狡猾的少女!我在你的土地上播种鲜花,我将是幸福之人……

显然,他已心向神往。他从嘴中拔出烟斗,伸直脖子,紧张地眨巴眼睛,倾听……

> 谁在骑着白马驰骋,我的幸福是否随我
> 来临?

草原上空的月亮像金色的蜂巢,蓝天中的星星像金色的蜜蜂在悄悄地飞旋。琴弦音响起,轻微的、温柔的嗓子在叹息,雇员翻译的词语自然形成奇异的诗:

> 草原夜色深沉,道路恐怖阴森。
> 我的天啦,啊,我的天啦!
> 我是个孤儿,草原和太阳知情:
> 我在人世间孤苦伶仃!
>
> 红色的闪电燃烧夜晚的天庭,

小小的月亮在蓝空打着寒噤！
上帝！我的心也在火光中燃烧，
这为了幸福还是不幸？

将会出现什么，我已无力再等……
我的天，花草呼吸好甜润！
但看那夜幕快把霞光掩隐！
天啦，我的思维呀，叛道离经……

我培育鲜花，我将是幸福之人，
我将把鲜花种遍田园山林！
我的天啦，原谅我吧！我不敢说
所希望的事情……我默不作声……

我把炽热的身躯紧贴在地上，
夜空中星星也难把我找寻。
是谁骑着白马在草原上驰骋？
我的天啦，这是他，随我行进？

假如他勒住白马停止往前行，
我将说什么，怎样回答他提问？
上帝，请给我勇气去问候致意，

请教会我说话饱含温情！

他疾驰而过，迎着可恶的闪电。
我的天，天啦！什么原因？
上帝啊，请快些派遣六翼天使
作为不祥鸟随他飞行！

安东张开毛烘烘的嘴巴睡着了。在万籁俱寂中，在贫瘠的草原上空，在粗钢一般的河流上空，一只夜鹰在飞来飞去。像丝绸般轻盈的翅膀在风儿的吹拂下发出轻轻的口哨声。夜晚的忧愁折磨着心灵，激发对各种愿望的焦急：想歌唱、说话、去什么地方、接触动物，哪怕是抚摸小狗，或是捉只老鼠并把它热乎乎哆嗦的身体温柔地捏在掌窝中。

我没有动弹，害怕惊吓老太婆。她坐在病人脚旁，不断轻轻地摇晃，但忽然深深地躬身曲背，开始一动不动，仿佛什么部位被折断了。低音琴弦不断发出拖长的低沉的声音，姑娘偶尔附和琴声吟诵令人不解的歌词。像海一样无穷尽的孤寂拥抱着草原，笼罩着草原。对大地和对一切的强烈的怜悯在心中油然而生。一颗泛银光的星在蓝色苍穹像划根火柴那么耀眼。

少女用紧张得颤抖的声音呐喊出熟悉的词：

——啊，玛娜……

这种剧烈的忧伤冲击我的心灵，以致我跳了起来，走近病人站在旁边，注视着她的脸。她没有吃惊，而只是向我点头，也未停止歌唱。她的眼睛在眉毛下的眼窝中闪光。在这闪烁的亮光中有着我从未见过的和从未经历过的力量，仿佛是磁铁吸引着我的心。假如草原是有视力的人，那么它或许也是这样看人，即慢慢地、以轻微的和几乎是甜蜜的痛吸取他的心。

歌词变得愈来愈恳切，饱含着惆怅，轻微地冲击心灵。她雪白的右手转动，像一根无形的牢固的线联系着我。我软弱无力，一直俯在姑娘的肩上。当她停止弹琴、整理耷拉在她眼睛上的头发时，我抓住她的手吻了一吻。

这并未使她吃惊，她甚至睡眼惺忪地笑了一下，仿佛是从远处看着我，然后她双眉低垂，直视着我的脸深深地叹息一声说：

——啊，玛娜……

——啊——啊，——琴弦忧郁地响起了低于嗓音的三度音。

听着这首歌令人痛苦，姑娘目不转睛地看着我的脸，眼睛中有着某种带命令意味的东西。我注视着这双眼睛，不敢眨巴一下眼，这双眼睛的昏暗的狂妄好像注入了我的心灵。

我记得，我想坐到病人脚旁的地上，眯缝上眼睛坐一整夜、一整天、年复一年。莫名其妙的沉痛向我袭来，弯曲到地面。心脏缓慢地剧烈地跳动，好像整个粗糙的地球滚到了我的脊背上。我因柔和的心跳而合着歌曲的拍子微微摇晃，和姑娘肩并肩地紧紧地依偎着，视线不离开她的脸庞，我好像也在唱、在说，而她的嗓音愈来愈强烈，在夜晚敏感的寂静中蔓延扩散开来。歌曲异常的单调和贫瘠土地的空虚可怕地融合成一片呻吟。

瞧，我也悄悄地失去了理智，并永远变成这个样子，我将是一个无声息的流浪者，听着她忧伤的歌，并因这些歌而苦恼，不能以自己的歌回应她的呻吟，也没有力量说出自己的话。

最终姑娘深深地叹了一口气，沉默下来了。某种暖意在我双颊上流过，这是她像盲人似的用手掌抚摸着我的脸。

我顺从地听命于她的抚爱。我觉得好像病人想起了什么，我希望她恢复记忆，并再等待一会儿，看她恢复理智。

小车嘎吱嘎吱地响起来，向后挪动了一下，老太婆顷刻跳了起来，喊叫了一声，向我扑过来，像驱赶鸟那样挥舞着双手。

姑娘笑了起来。

——嗨，您别怕，——我对老太婆说。她又喊叫了一声，像鸟那样跳到我跟前，开始呼唤：

——安东莱，安东莱……

我自己叫醒了雇员。他站了起来，对老太婆粗暴地说了什么，平息了她愤怒的嘟哝声，然后委屈似的问我：

——我怎么办，为了你不睡觉吗？

他一只手指向草原，补充说：

——滚，去吧……

我试图使他的愤怒平静下来，但他抓起一根棍子指向我脚下的地面，断然向我冲过来，迫使我在他面前向后退。很想打他的圆脑袋，而他已两次用棍子扎痛了我的脚掌，迫使我跳动。

——你听着，——当他把我挤出窝棚时，我对他说，——好吧，我走。只是你告诉我她唱的是什么。

最初我粗暴地要求，后来像乞丐一样卑躬屈节地请求，他哼哼哈哈，骂骂咧咧，做鬼脸，竭力使脸显得威严可怕，但最终不知是什么使他笑了起来，并说：

——你也是个疯子！

姑娘再次轻轻地唱：

——啊，玛娜……

在她幽暗的脸上浮现一抹铜色的月光……

安东肉搏似的站在我对面，笑着解释说：

——一个暴徒来到少女的窗户底下，说道："啊，玛娜，——就是说，玛丽娜，——我快要死啦，你爱我吧！"再也没有别的了！劳驾，你走吧！惊扰人是不好的。还有什么？我已说过；他给她带来了浩劫，并要求爱，我尽管是个老头儿……瞧，她们在呼唤我！你走吧……

我沿河岸逆流漫步。坝上流水潺潺，讲述着银光闪闪的童话。弦音非常吃力地响起，阴沉的和悲戚的歌声在万籁俱寂的夜空中飘浮。

啊，玛娜！
我今天并不是
白白来到你的窗户下，
我的太阳，你看看我吧，
我将给你上帝的欢乐、

项链和一些银币，玛娜！
啊，玛娜！
让我这张老脸
刺上几道红色的伤疤，
请相信，老人固执的爱，
也知道爱抚女人的办法，
请相信老年的心，玛娜！
啊，玛娜！
你可知道，也许，
上帝给我是最后一夜，

> 而明天我将被消灭啦，
> 让我在日祷时刻，为你
> 神圣的美丽祈祷，玛娜！……
> 啊，玛娜！

两个昼夜我在草原上环绕着磨坊游荡，难耐地想再次听到姑娘的歌声。我走到近处，遥望因雨淋而变得灰白的芦苇房顶、干巴的水轮和冲刷石头的河流，磨坊的白天和黑夜都是一片死寂！

我走进约十俄里和更远的草原，然后又返回来，看见安东嘴里叼着烟斗在院子里徘徊，两只狗躺在大门旁的阴影里。

我既未再见到老太婆，也未再见到姑娘，仿佛是她们去了黄泉之下。

——啊，玛娜！……

大概，姑娘早已死了……

传奇故事

一

传说：

——哈基姆·本·赫基姆的绰号叫莫卡伊马，当这个命运和权势之子位于荣誉巅峰时，当全世界——从巴格达到撒马尔罕，从坎大哈到梅尔夫——高歌他宝剑的功绩并轻轻诉说他的暴行时，哈基姆·莫卡伊马就在整个突厥斯坦派出信使，他们在各城市的集市上宣告：

——我，哈基姆·本·赫基姆，是所有主宰们的主宰、真理的主宰。我知道一切——世界上的一切事情和思想。百姓们，你们集合在我周围，要知道：全世界的统治权、财富和荣誉都属于我。谁跟随我，他将进入天堂；谁背离我，他将坠入黑暗的地狱！

当这些狂妄之言传到上帝那里时，上帝微微一笑，说道：

——臆想的人未感受过善事的欣喜，他是微不足道的！

上帝想惩罚此人的狂妄自大，于是派了一个女人到他身边。

传说：

——她在日出时出现在狂人帐篷前，卫兵误认为她是从天上降临的。

——你是谁？——哈基姆问她，而她直视着他回答说：

——你知道一切，人们这样说，那你就应当知道我是谁和为什么来的！

他心中无数，说道：

——我想知道，你在回答我时是否撒谎。但我知道你来自霍罗山，那里盛开艳丽的花儿，你想成为我的姘妇。

——我来自汉达加尔，——女人谦逊地说，——我将是你需要的那种人……

——你的名字叶巴鲁基，——莫卡伊马断言，并领她进到自己的帐篷，帐篷的地板随着他们降下去了，热烈地和女人在一起，在僻静的地方。

传说：

——夸夸其谈的狂人享受了七个昼夜的爱情。瞧，有五万个相信过莫卡伊马的强大的人集合在他的帐篷前，人们开始请求：

——主宰，向我们展示一下你的荣誉和辉煌吧！

他吩咐人对他们说：

——摩西想见我，不能忍受我的光线，我看一眼生活在地上的人，就会杀死他们！

但是，他们叫喊：

——我们准备死，只是见你一面才好呢！

于是，哈基姆·本·赫基姆感到害怕，自己问自己：

"我该怎么办？"

但是，上帝向女人揭开了他的思想，她即温顺地向自己的主人建议：

——你把你所有的妻子和姘妇集合起来，给她们每个人手里放一面镜子，在帐篷后面的小丘上正对着太阳摆着！

他也就照办了。当冉冉升起的太阳的光线在成百上千面镜子中反射出来时，惊讶的人们跌倒在尘土里，悲哀地恳求：

——饶恕吧，统治者！你的荣誉别使我们目眩！

于是，不幸的哈基姆·莫卡伊马更加骄傲起来，而巴鲁基走到百姓之间，展示出镜子，对大家说：

——瞧，你们的主宰的荣誉是什么铸成的，就只靠这个！

但是，人们不相信她，于是巴鲁基回到帐篷里，对莫卡伊马说：

——他们明白了，你欺骗了他们，因悲痛而跌入到尘土里。瞧，他们将起来，要杀死你，要洗劫你的珍宝，要把你的荣誉和垃圾混为一谈……

莫卡伊马感到害怕了：

——我该怎么办？

——你知道一切，——巴鲁基说，——你知道，上帝为了你都不会提供吞没你生命的火，吩咐在山上点燃篝火并跳到火焰中去，那时谁还敢接触你？谁不相信你的魔力？

惊慌失措的狂人也就照办了。

传说：

——篝火燃烧了三天三夜，当它的琥珀炭布满了冷灰盐的时候，人们来了，巴鲁基对他们说：

——他跳入火中，为了洗刷自己的欺骗。我一直在守候他从火焰中出来，但他没有出来……

在撒马尔罕这样传说大骗子的死亡。

<h1 style="text-align:center">二</h1>

没有人不想控制撒马尔罕！

希尔—阿里是个独眼乞丐，也这样想，特别是在夜晚，当草原的轻风散发出草香，令人陶醉，激发疯狂幻想的时候。

但是，白天乞丐也常常对自己的穷朋友们说：

——唉，我若能成为撒马尔罕的主宰才好呢！

整个城市都得知希尔—阿里的幻想，人们在遇见他时嘲笑着相互说：

——瞧，这个一只眼睛的人也想控制撒马尔罕！

伟大的跛子帖木儿—汗本人也得知乞丐的幻想，不禁万分惊讶。

——这是不公正的，——他说，——如果微不足道的乞丐的心中也有英雄的幻想，那是不公正的！

于是在他内心深处记住了希尔—阿里这个名字。

时间过去了很久，当撒马尔罕城墙在帖木儿铁拳打击下坍塌时，当这个大人物恢复了城市富丽堂皇之美时，帖木儿—汗吩咐说：

——去找来那个名叫希尔—阿里的乞丐！

把一只眼睛的人带来了，帖木儿用雪豹似的眼睛望着他说：

——阿里！我知道，上天和星星喜欢你，于是我决定，你将成为世间幸福的人，你的幻想也将得以实现！

帖木儿命令：

——给乞丐洗澡换衣，向他行鞠躬礼，从今往后他是撒马尔罕的主宰，就像我的智慧所希望的那样，就像我的心所决定的那样！

于是，希尔－阿里坐在地毯上，高于一切，丝绸加身，穿金戴银。他坐着，张开嘴，他单独的一只眼睛在宝石光耀下看不见了。

在他面前毕恭毕敬地站着鞑靼贵族、军人、贤人和九万九千惊异的民众。

无敌的帖木儿本人也站在他面前，倾听这位洗得一干二净、吃得齐喉的乞丐怎样打响嗝。

帖木儿－汗对他说：

——对我们说点儿什么吧，幸福的人希尔－阿里，说说你和任何一位英雄熟悉的内心深藏的美好的事情吧……

一只眼睛的人想了一想，说道：

——善良的人们，给独眼乞丐一点儿施舍吧，给点儿施舍吧……

贵族、军人、贤人。九万九千惊异的民众和帖木儿本人，久久哑然失声。

然后，帖木儿叹息了一声，吩咐说：

——把他绞死在城门上！

. . . .

有人想：独眼乞丐在自己生命的最后时刻，也只有在此刻，比世界的征服者更加英明。

三

瞧，关于帖木儿，还有传说。

当他像霍罗山充满太阳热度一样满载荣誉的时候，他开始沉默寡言，类似于来自恒河岸的贤人。

有一次他把世上最伟大的贤人们召集到自己的帐篷里，简短地问他们：

——我要见上帝，我怎么能够到达他那里？

贤人们给帖木儿指出了各种途径，但他一言不发，用蔑视的目光瞅着贤明的人们。

地中海遥远国度的年轻贤人给帖木儿指出：

——只有理性的劳动才能使人体验到上帝的智慧！

——这是奴隶的途径，——跛子叫喊了一声，——给我指一条统治者的途径！

——上帝欣赏自我剖析，——来自白沙瓦的白发老人说。

帖木儿笑了一笑。

——自我剖析，这是心灵的梦幻和心灵的呓语，滚开，老头儿！

拜占庭人说：通往上帝的途径要经历爱情，要穿过人类之爱的荆棘。但是，帖木儿不理解拜占庭人的话，讥笑地反对他：

——众人所爱的那些人，我们称之为淫乱放荡的人，他们只配蔑视。

就这样，他否定了贤人们的所有建议，许多个日日夜夜郁郁寡欢，仿佛一只无精打采的乌鸦。

但是，有一次，打猎晚了，他留在山中狭谷过夜，就在黎明时分，峡谷中暴风雨袭来，像火箭似的散落在岩壁上，山峡笼罩在草原尘土和黑暗之中。

在雷雨中，在黑暗中，帖木儿听到了平静的呼啸声：

——我为什么要见你这个人？

跛子明白是谁在和他说话，但他没有畏惧，并且问道：

——我正在毁坏的这个世界是你创造的吗？

——我为什么要见你这个人？——暴风雨的呼啸声重复说。

帖木儿望着一片黑暗，想了一想，说道：

——在我心中产生了我不需要的、要求回答的思想，这是你引起的不需要的思想吧？

呼啸声没有回答，或者是在岩石间恶意的隆隆雷声中帖木儿没有听到回答。

于是，帖木儿挺直身子，开始说：

——瞧，我在毁坏世界，整个世界在我的宝剑面前胆战心惊，而我甚至在你面前也不知道害怕。几百万人看着我，而我甚至在梦境中也未遇见过你。你开辟了大地，在大地上培养了无数的部族，而我用所有部族的血浇灌大地，我消灭你最美的东西，整个大地变白了，即铺满了被我消灭的人的白骨。我做我能做的一切，你只能杀了我，你不能对我干别的任何事情，别的任何事情！啊，我问：这一切——我、你和我们所有的事情——都是为了什么？

呼啸声平静地说：

——我惩罚你的时刻即将来临……

大杀人犯笑了一笑。

——处死吗？

呼啸声回答说：

——比处死更可怕，我罚你吃得过饱！

——过饱是什么？——帖木儿问。

但是暴风雨登上了山巅，任何人也没有回答帖木儿。

此后，帖木儿又活了七十七年，杀戮无数的人，毁坏许多的城市，有如大象踩死蚂蚁。

有时在酒宴上，当歌颂他的功绩时，他就回忆起在山间的夜宿和暴风雨的呼啸声，在回忆的同时，他问自己优秀的贤人：

——过饱是什么？

他们对他说了许多，但却不能向他解释他心中没有的东西，就像不能迫使井底之蛙理解天穹之美一样。

伟大的帖木儿，世界的破坏者，在一次大战后死了，他死的时候，眼睛中饱含着悲情，只是看着自己心爱的宝剑。

小姐和傻瓜

人行道上磨损的石头沾满了冰凉的黏液。街道上空飘浮着潮湿的轻纱一般的薄雾，雨雪参半的水滴穿过雾层懒洋洋地滴落，好像是脏兮兮的灰尘在飘洒。浅蓝色的球状路灯照耀着淡淡的轻柔的雪花、房屋的湿漉漉的墙壁、窗户浑浊玻璃上泪涟涟似的水流。灯柱淹没在薄雾中，圆圆的火球无聊地、朦胧地悬挂在空中，空气中弥漫着烟雾和马粪的气味。

小姐满腹忧愁，几乎到了欲哭和绝望的地步。她徘徊街头，在从桥到广场的整条街上蹒跚了三个来回，可是没有任何一个男人眷顾她。今天大家都跑进雾中，仿佛希望尽快地躲藏起来，或者害怕耽误去别的什么地方。时间已经快到午夜，该是回家的时候了。她的兄弟，一个爱发脾气的酒鬼和懒汉，在家里等她。他自己经常嫖妓，却看不起姐妹的职业。

小姐慢腾腾地拖着脚步，担心宽松的胶皮套鞋会脱落下来。她走着，望着空中的灯光而眯缝起眼睛。浅蓝色灯球泛起银色光芒，人们望之而眯眼，如果睫毛上凝结着雾珠，则映入眼帘的光芒显得更加绚丽。

从一条胡同走出一个男人，直冲着她而来。他停在路灯下，环顾四周，仿佛迷路人。他头戴带檐的帽子，湿润的小胡子下垂掩盖着嘴。他像是一位军人。小姐朝他微笑，他稍稍掀起帽子也报之以微笑。

——去吗？——小姐问。

——如果您允许的话，——他闷声闷气地回答。

——干吗不呀？

他低斜着瘦骨棱棱的脸小声地问：

——去哪里啊？

——去您想去的地方。

——您住得远吗？

——是的，很远。去我那儿——不行！

——那么，怎么办？

——离这里不远有这样的房间，——小姐说着迈开步子往前走，突然滑倒了。

——小心，——他轻轻地感叹了一声，轻轻地、不自然地抓住她一只手把她扶了起来。

小姐从潮湿的帽子底下小心翼翼地看了他一眼。她了解男人，在这位男人身上感觉得到有某种不祥的、她所不习惯的东西：他说起话来彬彬有礼，甚至温柔体贴；他看她的脸也有点儿特别，仿佛是钟情的男人。他有一双灰色的、疲惫的家犬一般温顺的眼睛。他流露出滑稽可笑的神态。

"四十开外啦"，——小姐心想，并认真地说：

——我不得少于三卢布！

——哦！——他感叹了一声，吹动着小胡子。——你要多少，就给多少。

这引起了小姐的警觉。

"想必是个贪淫好色之徒"，——小姐心想，厌恶之感甚至使她战栗了一下。

雾气弥漫的街道无止境地延伸到远处。走过了广场，一辆汽车疾驰而去，一辆出租马车也驶过去了，一位警察像黑柱子那样站立在街头。

一片寂静。在这充满湿气的寂静中，传来似乎是下水管道中水的流淌声，响起了有点儿嘶哑的哀号。

"如泣如诉，怎么回事？——小姐思忖，她倾听语音，但听不出连贯意思。——瞎闹，大概……"

他们在一座灰色房屋的高高的大门前停了下来，房屋的窗户内没有光亮；小姐伸手推开一扇便门，在大门底下的黑洞里出现了一个人，他开始咳嗽，用沙哑的嗓音说：

——鬼叫你们来的……

——贫民窟，——男人低声含含糊糊地说，他放下小姐的手，扶着小姐往前走，但蓦地绊了一下，于是抓住了小姐的肩膀。

——不要摔跤了，——小姐气哼哼地提醒他。她甩脱他的手，打开了墙上的门，脚下亮起了一条晦暗的光带。她迟疑地踏着光带走着，说了一声"啊？"——接着走进一条狭窄的走廊，走廊左右两边是一扇扇的房门，好像在监狱一样。

从灰色的墙内跳出来一个谢顶的、戴眼镜的小老头儿，他穿过脏兮兮的胡须叼着一支烟卷，迟钝的目光盯着他们，手掌在大腿上擦拭。

——有一个卢布的吗？——小姐问道。

——什么？

——房间。

——好一点的，——男人轻轻地说。

于是老头儿一脚踹开身后的门，用儿童一般的声音说道：

——三卢布。上什么——柠檬汽水，茶？

——茶，——小姐吩咐着。

点亮了小房间的灯，发出冷淡的光焰。房间里有一个长沙发，两把安乐椅，一张桌子，靠墙摆着一张宽大的床和带水龙头的洗脸池。

——有点儿脏，——男人脱下帽子后说道。

——再贵的——没有，——小姐回应说。她不想同这个人说话，倒是这个人使她想要对他说点什么抱怨的话。

瞧，他正在脱下沾满了银色雾霜的、毛茸茸的大衣，嘟哝着生气地说：

——这里散发出旧被子的臭味和羊肉的膻味……

他用长长的手指整理着垂在帽子底下的头发。他——骨瘦如柴，颧骨突出，满脸晦气。但是，他衣着整洁——一套昂贵的呢子西服、一双精良的高勒皮鞋、一条镶玉石佩针的领带。

"不过是位电工"，——小姐揣想着，坐到安乐椅上，打量着这个男人。

——您是搞电业的吗？

他陡然转向小姐。

——您为什么这样想？

——我在猜。

——不，我是其他行业的……

小老头儿送来了两杯茶，把房门的钥匙放到桌子上。

——还要点别的什么吗？

小姐没有回答老头儿的问话，把茶杯捧到手上。

——冷呀！

——是啊，冷，——男人赶紧重复说，坐到另一张已被压坏了的安乐椅上，揉搓着膝盖。——主要的是，里面冷，内心感到冷和空虚，甚至完全没有心灵，——您有这种感觉吗？

——有，为什么没有？——小姐庄重地回应。

——您对此害怕吗？

小姐皱着眉头看了看他，没有答话。男人在微笑，笑得令人生厌：说起话来愁眉苦脸，自己却在微笑。一切都意外，反常。若是别的男人，他会坐到身旁，拥抱，高高兴兴地说着乌七八糟的混账话。而这位却坐得远远的，并不关注女人。他说话慢慢吞吞，前言不搭后语，像是半睡不醒的样子。时间过得慢而无味。他笑得有点儿像醉鬼的笑，完全不是准备调情的愉快人的微笑，不是常见的、调戏女人的淫荡人的微笑。

小姐喝完了热茶，打断他的话问道：

——噢，怎么样，我们脱衣服吗？

他抬起头，滑稽可笑，十分惊讶地看了一下小姐，突然抽搐起来，摸索着口袋，急促地说：

——不，……请原谅我！我只不过想交谈交谈。有时，您可知道，特别想同陌生人聊聊天。因为熟人……您知道吗，怎么对您说呢？一切都是空落落的。莫非——一切就是如此，啊？所有人内心都感到空虚吗？可怕的生活！

——可怕，可怕，——小姐紧锁眉头低声附和。——您为什么感到如此无聊？

——是的，我，大概是，特别无聊。

她开始有点怜惜这个怪人。

——您结婚了吗？

——没有……

——是吗？当然，也有开心的人。但任何人都有自己的性格，——对吧？

——有时——不堪忍受地想要……

——小公猫，想要什么？

——想要某种从未有过的、特别的东西。——小姐多疑地挪开了一步，而他则把手指窝得咔吧咔吧地响，接着说：

——一切都是如此熟悉……

他低下了头。

他会掏出手枪，于是……——小姐战栗了一下之后这样想，顷刻之间她露出了温存的脸，娇媚地微微眯缝着眼睛说道：

——难道您不喜欢我吗？

——啊，不，——他小声地说，没有抬起头来。——问题不在于此！

他走近她一步，紧握拳头，致使指关节的皮肤都发白了，抱歉地说：

——您要明白，——请理解我！——我不过想说说话……和一个人……

他微微一笑，松开了拳头。小姐问道：

——和我吗？

她用两个手指掏出了红色的身份证。

——劳驾！您原谅我吧！我——要走啦。

小姐展示身份证，拉扯他到房角，落落大方地建议：

——要不然——您就留下来吧？

但是，他已穿好衣服，伸给她一只手说：

——告辞了！

小姐温柔地向他点点头：

——再见，小公猫！

他穿上套鞋，咯吱一声打开了房门，转身看了看房间，说道：

——您——请不用担心，我自己给老头儿付钱……

——唉，——小姐听到外面的门砰的一声响之后叹了一口气。

然后，她在灯光下看了一眼身份证，低声说：

——好一个傻瓜！……

她开始不慌不忙地穿好衣服，唱着：

> 他为何随我行，
> 到处把我追寻？

轻佻的人

　　清晨，六点钟左右，一个活生生的、沉甸甸的什么东西压在我床上，拉扯着我，对着我耳朵大声喊叫：

　　——起来！

　　这是萨什卡，排字工人，我有趣的同事，十九岁上下的小伙子，火红色头发蓬乱竖立，蜥蜴般的绿眼睛，铅粉沾污的脸。

　　——去逛街吧！——他喊叫，把我从床上拉起来。——今天让我们去狂饮烂醉，我有钱，六卢布二十戈比，还有过命名日的女人斯捷帕哈！你的肥皂在哪儿？

　　他走向房角的洗脸盆，猛劲儿洗脸，发出呼哧呼哧的声音，还不停地说话，他说：

　　——听我说，——星——在德语中——叫作"阿斯特拉"①吗？

　　——这，好像是在希腊语中。

　　——在希腊语中？在我们报刊中，新校对员打印诗，签名"阿斯特拉"。她的姓是：特鲁舍尼科娃，而人们称呼她：阿芙多齐娅·华西里耶芙娜。漂亮的太太，——美丽，只是很胖……给我一把梳子吧……

　　他用梳子梳掉火红色浓密头发上的飞絮，皱眉，骂街，突然说半句话，仔细端详自己的脸在混浊的窗玻璃中反映出来的影像。

　　窗外，阳光荡漾在夜雨打湿的砖墙上，使之添色生辉。一只寒鸦落在排水管的漏斗上梳理着羽毛。

　　——我这张脸长得很丑，——萨什卡说。——瞧，寒鸦打扮得多么漂亮！给我针和线吧，我要缝一粒纽扣……

　　他仿佛激动得旋转起来，动作如此之大，招致平地风起，吹掉了桌上的纸片。

　　然后，他站在窗户旁边，不熟练地使用针线，——同时问道：

　　————————————

　　① 阿斯特拉——是原文 acтpa 的音译，意译为"翠菊"。——译者

——曾经有这样一位国王——懒汉吗？

——懒汉。他和你有什么关系？

——可笑！我想——国王是懒汉，跟他走的也会都是懒汉！开始——我们去小饭馆，喝茶，然后——晚祷前去修道院，看看女修道士——我爱女修道士！啊——远景——这是什么？

他有许多问题，就像铃铛不断发出爆豆似的响声。我向他解释，远景是什么，而他没有听完就说：

——夜晚，这个——小品文作家闯入印刷厂，——红色多米诺①，当然，酒喝得像个醉鬼，他靠近我问：你有什么样的远景？

他缝完上衣的纽扣，用雪白的牙齿咬断线，红润的厚嘴唇垂涎欲滴，然而，纽扣缝得偏高，没有对准位置。他抱怨似的嘟哝着：

——丽卓契卡说得对，——需要读书，否则——作为一个男人，什么都不懂就这样死去了。可是——什么时候读？瞧，没有时间！

你少花些时间去追求少女……

——难道我是死人？我毕竟也不是老头儿！你等着吧，我要结婚，将不再追逐！

他伸着懒腰，甜丝丝地想望：

——我要娶丽卓契卡为妻。唉咳，她是个摩登女郎！老兄，她的连衣裙是这样的——透亮印花轻纱的，怎么样，——咳！她穿着它如此之美，以致我的双脚甚至打战，恨不得一口全吃下去！

我扮演老实人的角色指出：

——你看着，你不要被吃掉才好呢！

他抖动一下鬈发，过于自信地、得意地微笑。

——不久前，大学生们在我们的报刊上争论：一个说——爱情是危险的事，而另一个说——不，是安全的事！滑头！少女反

---

① 多米诺：是原文 домино 的音译，本意为化装跳舞所穿的带风帽和袖子的斗篷，转意为穿着多米诺式斗篷的人。——译者，

正像爱军人那样爱大学生。

我们走上街头，马路上被雨水冲的鹅卵石像官员们的秃顶那样放亮。天空布满雪白的云团，太阳在云堆之间浮动。强劲的秋风像扫落叶那样驱赶着沿街的行人，袭击着我们，在我们耳边呼啸。萨什卡瑟缩着，双手深深地插入油浸透的裤子的口袋里，身上穿一件单薄的夏季短上衣和一件蓝色的衬衫，脚上穿一双破旧的棕黄色皮靴。

> 天使在午夜的天空中飞翔，

——他合着步伐的节拍吟诵着。——我喜欢这首诗！是谁写的？

——莱蒙托夫。

——我总是把他和涅克拉索夫混淆起来。

> 她久久地受苦在这个世上，
> 满怀着美好的希望。

他稍微眯缝上绿色的眼睛，深思地低声重复说：

> 满怀着美好的希望……

——唉咳，你呀，上帝啊！对此我了解得很好！甚至自己能飞翔才好呢……"满怀美好的希望"……

从阴森的教堂的大门走出来一位少女，她身穿节日的衣裳："波尔多酒"颜色的红裙子、镶嵌玻璃珠串的黑色短上衣，头戴金色丝绸头巾。

萨什卡摘下头上揉皱的便帽，恭恭敬敬地向她鞠躬致意：

——天使好，小姐！

少女可爱的圆脸露出了温柔的微笑，但顷刻之间细眉紧皱，带着生气的口吻半吃惊地说：

——我完全不认识您！

——是这样——没有关系！——萨什卡愉快地回答。——事情总是这样：开始不认识，然后——就会相知和相爱……

——如果您想胡闹……——少女环顾着四周说道。街上空荡荡的，只有街尽头的远处有一辆装白菜的大车在运行。

——我们是友善的！——萨什卡走在少女身旁，瞪着她的脸肯定地说。——我看，您是过命名日的女人。

——请走开！

少女加快脚步走，鞋后跟在行人道的砖上有节奏地发出咔嚓咔嚓的响声。萨什卡停下了脚步嘟哝着：

——可以，走开。好一个高傲的女人！唉咳，我没有合体的服装！若是有另外的服装，那么，你大概是会感兴趣的。

——你为什么知道她是过命名日的女人？

——啊，可不是吗？她凸显出自己最美好的线条，而且上教堂。我是个穷光蛋！咳，假如有万贯钱财的话，我会买一座小农庄，过着安逸的生活……看着吧！

四个胡子拉碴的男人从一条胡同中抬出一具未上油漆的棺材，一个小孩头顶盖子走在他们前面，而走在后面的是一位高个子乞丐，他手持拐杖，脸色严肃呆板，他走着，并不断地张开红色的眼睛看着死者从棺材中伸出的灰鼻子。

——木工死了，——萨什卡脱下便帽肯定地说。——上帝保佑死亡离亲友远些！

萨什卡满脸堆笑，眼睛愉快地闪烁着不熄的光芒。他解释说：

——遇见死者——预示着成功。拐弯！

我们走进"莫斯科"小饭馆的一间小房间，房间摆满了椅子和桌子，桌子上铺着玫瑰色的桌布，窗户上挂着褪了色的天蓝色窗帘，窗台上摆着许多盆花，盆花上方挂着金丝雀鸟笼。华丽、温馨、舒适。

点了烤香肠、茶、小瓶伏特加酒、十支"别尔西昌"牌纸烟，——萨什卡作为主人坐在靠窗户的桌旁议论说：

——我喜欢谦恭地、有尊重地生活。可你总是这样论断：

那——不是这样，这——不是那样，那么——为什么？一切——都是该怎样就怎样。你的本性是非人的、不和谐的。老兄，你是某种硬音符，——一个词没有硬音符也是可以认识的，可是——为了规范，为了美，还是怎么样，——在末尾打上硬音符。

在他痛斥我的时候，我望着他想道：

"这个小伙子身经多少生活阅历！一个见多识广的人不会过默默无闻的生活。"

他已腻味了说教，拿起刀子在碟子上敲出当当的响声，惊起了笼中的鸟儿。房间充满金丝雀的尖叫声。

——啼叫起来了！——萨什卡满意地说，扔掉刀子，手指插入自己火红色的头发，想着想着发出声来：

——岂能不和丽卓契卡结婚！也许，事情不定怎么样将是这个结果，——她爱我吗？我可是神魂颠倒地爱她！

——那么，济娜究竟怎么样呢？

——嗯，济尼卡——是个朴实的女人，而丽卓契卡——是个摩登女郎。——萨什卡解释说。

他——是个孤儿、弃婴。他在熟皮匠那里已劳动了七年，后来跟着自来水管道工干活，在修道士的磨坊当帮工待了两年，做排字工人已是第二年了。他很喜欢为报刊工作。他在事务中不知不觉学会了认字，认字把他有力地引向了自己的秘密。他特别喜欢读诗，甚至自己写诗，——他有时给我带来铅笔涂改的纸片，其上凸显出铅笔潦草改正的诗行。诗总是同一内容和大约是这样的形式：

> 我在黑湖刚见了你第一眼
> 就一见钟情给了你深深的爱
> 而今我总想起你美丽的容颜
> 我的欢乐和我的悲哀！

当我对他说，这还不是诗，——他惊讶地说：

——为什么？你瞧——y，这里也是——y，这里是——E，那里也是——E^{①}！

——那你就想一想，莱蒙托夫的诗是多么铿锵悦耳……

——咳，他学习了多久，而我——还只是开始！等着瞧，我也会融会贯通的。

他的过于自信是很可笑的，但是——在这种自信中，没有任何令人讨厌的意味。他只是相信，生活像洗衣女工斯捷帕哈那样钟情于他，他能做自己想做的一切，而且成功处处等待着他。

修道院的钟犹犹豫豫地召唤人们去参加晚弥撒。金丝雀停止了啼叫，倾听着钟声，钟声使窗框的玻璃颤动作响。

萨什卡嘟哝着：

——去参加弥撒还是不去？

他下决心说：

——我们去吧！

一路上他抱怨似的激动起来：

——请告诉我，什么叫怪事？我在修道院总感到枯燥无味，但我仍然喜欢到那里去！这些修女，非常年轻，——她们令人怜惜！

在教堂他停留在门廊旁边，那里站着乞丐和各种税吏。他惊异地张大微绿色的眼睛，望着唱诗班席位，那里站着一群脸色白白的、缠着头巾的唱诗班见习女修士。她们全都亭亭玉立，宛如黑色的石雕。她们唱得和谐悦耳，在银铃般的嗓音中，响彻着某种令人惊讶的纯洁的东西。圣像壁的黄金在闪耀，神龛的玻璃反射着金色苍蝇般的点点烛光。

税吏长吁短叹，举目望着教堂的圆屋顶，低声读着谦恭温雅的祈祷文。平日人不多，来的只是那些无事可做和无处可去的人。

站在萨什卡前面的是一位高大的女修道士，她头戴高筒僧帽，手里拨弄着念珠。萨什卡——平她肩高，欠身踮脚，以便看着她的圆脸和神秘的眼睛，——他欠身，用无赖的目光看了又看，微

---

① 这首诗的原文第一行和第三行最后一个词分别是 p азу 和 красу，词尾均为字母 y，押韵；第二行和第四行最后一个词分别是 озере 和 гоpe，词尾均为字母 e，也押韵；萨什卡这句辩驳的话的意思是：诗作符合韵律呀！——译者！

启双唇，好像要接吻似的。

女修道士略微低下头，扭动脖子，像肥猫瞪着耗子般地看着他。他立刻缩身落脚，抓住我的袖子走到了教堂门前的石阶上。

——嗬，她那样看着我！——他惊慌失措地闭上眼睛说。然后，他从上衣口袋里掏出便帽，用它擦了擦汗脸，又做了一个鬼脸。

——咦，她怎么……似乎我是——魔鬼！我的心里直发毛！

接下去他笑着说：

——想必，我们的弟兄成了她的冤家！

他——萨什卡，善良，但他对人没有恻隐心。他能比富人给乞丐更多的钱，给得更加心甘情愿，但他之所以施舍，是因为他不喜欢贫困。平常的小悲剧不会引起他的同情，他谈论小悲剧——笑着说：

——你知道，——米什卡·西卓夫进了监狱！——他兴奋地说。——米什卡游荡——游荡，寻找——寻找工作，于是偷了一把伞，——他被抓了，——他不善于偷窃！送到了调解法官处。我前去，——瞧，岗警像抓公羊似的押送他。脸色苍白，嘴巴噘起来。我喊："米什卡！"而他默不作声，似乎不认识我。

我们走进一家小食品店，萨什卡在这里买了一俄磅果冻，他解释说：

——本该给斯捷帕哈买个糖馅大饼，而我不喜欢这类饼，果冻——好一些！

还买了一些蜜糖饼干和坚果，他又走进了小酒窖买了两瓶果子露酒：一瓶铅丹色，另一瓶浓硫酸色。然后，他腋下夹着纸袋徜徉在街上，一路上编造一位女修道士的故事：

——这是一位体魄健壮的女人！大概——曾是小铺主人的妻子，食品杂货店员的外表。是的，想必她欺骗了自己的丈夫！而他也许是个软弱无力的人……这些娘儿们是何等的机灵！比方说——斯捷帕哈……

但是，我们已经走到了带绿色百叶窗的褐色小屋的大门口。萨什卡像主人那样一脚踹开了围墙门，豪放地把便帽推到一边，神气活现地大摇大摆地走在院子里。院子里撒满了白桦、椴树和接骨木的黄叶。在院子深处靠花园围墙随便砌着一个浴室，浴室用桦木包起来，高达窗户。浴室顶盖上长满了黄绿色苔藓。树枝在浴室上方摇晃，不乐意地撒落树叶。浴室像只癞蛤蟆，两个窗眼忧郁地、疑惑地看着我们。

一个又高又胖的四十岁左右的女人给我们开门，她有着长雀斑的大脸和明亮快活的眼睛，她那红润的大嘴唇露出温柔的微笑。

——什么样的贵客，——她说，而萨什卡抓住她厚实的双肩直面她说：

——命名日好，斯捷帕尼达·雅基莫芙娜，领取圣礼！

——啊，我没有领圣餐！

——嗯，全都一样！

他亲了她三次嘴，然后他俩擦掉吻痕，她——用手掌，而萨什卡——用便帽的盔头。

在昏暗的浴室脱衣间摆满了罐、筐和盆，斯捷帕哈的女儿、小姑娘帕莎在脱衣间的茶炊旁边张罗，她有一双佝偻病患者的迟钝的眼睛和一条神奇的淡金色的大辫子。

——过命名日的人好，帕妮娅！

——可以，——小姑娘回答说。

——非常好！——斯捷帕哈提示她说。——应该说——谢谢！

——是的——可以！——小姑娘生气地重复说。

一个大炉子占着洗衣女工住房三分之一的面积。在曾是浴床的地方，现在是一张宽大的床，在房角圣像下方是一张茶桌，靠墙是一条宽板凳，板凳上放着一只洗衣盆。一只毛茸茸的狗把受损的强劲的爪子扒在窗台上，用乞丐般的目光看着敞开的窗户。窗户上摆着天竺葵和倒挂金钟花盆。

——她善于生活，——萨什卡环顾简陋的房间说，同时向我使眼色说：我这是开玩笑！

女主人小心地从炉子中取出烤馅饼，用指甲弹一弹烤红的饼皮。帕莎拿进来像太阳般发亮的茶炊，忧郁地斜视着萨什卡这一边，而萨什卡馋涎欲滴地说：

——真见鬼！我应该讨老婆——我爱烤馅饼！

——男人讨老婆不是为了烤馅饼，——斯捷帕哈有道理地指出。

——我知道！

乳房丰满的洗衣女工愉快地笑了起来，但她的眼睛放射出严肃的目光，并且说：

——你来得及讨老婆，也来得及把我忘掉。

——那么你忘掉了多少人？——萨什卡得意地微笑着问。

斯捷帕哈也露出了微笑。她穿得花里胡哨的，不符合她的年龄。她不像洗衣女工，而像个媒婆，像个算命的女人。

她的女儿好像是忧郁童话的安静的小地精，是我们中间多余的人，而且看来，根本就是地球上多余的人。她吃起来小心翼翼，仿佛这不是烤馅饼，而是多刺的鱼。她的大眼睛几乎每分钟都在缓慢地向着萨什卡这边移动，小姑娘像盲人似的奇怪地看着他机灵活泼的脸。

狗在窗户下发出乞求的轻微的叫声。从街上传来了铜管军乐声、数百人整齐雄壮的脚步声，大鼓震耳欲聋地敲击进行曲的节拍。

斯捷帕哈对女儿说：

——你干吗不跑去看看士兵？

——我不想去。

——很好！——萨什卡提高声音说，同时给狗扔了一块馅饼皮。——仿佛我什么都不再需要了。

斯捷帕哈整理好高耸的胸脯前的短上衣，用母亲般的目光看着他。

——嗯，你——撒谎，——她叹口气说。——你需要很多……

——我——不撒谎，我是说现在——我现在什么都不需要了，只是帕妮卡不用眼睛瞅我才好呢。

——我太需要啦，——小姑娘低声地和鄙视地指出，她母亲愤怒地皱起眉头，但把嘴唇一撇，没有吭声。

萨什卡不安地抽搐一下，斜视着小姑娘，急切地说：

——我的内心有某种空洞，当着上帝说！我想让内心充实和宁静，但我无以填满它！你知道，马克西梅奇，——当我不好的时候，我想好起来，而当我达到了好的时刻，——我却感到烦闷！这是为什么？

他已"感到烦闷"，我看到这样的情况：他那机灵的眼睛在房间里不安地东张西望，观察它的细枝末节，眼睛中燃起苛刻的批判的光焰。显然，他感到自己是一个落到了并非自己称心如意的地方的人，但只是现在才领悟到这一点。

他激昂地谈论生活的混乱，谈论人们的盲目无知，他们没有看到这种令人难堪的混乱，而且习惯于这种混乱。他的思想就像受惊的老鼠那样乱窜，很难领会他快速变化的乱七八糟的思想。

——一切都安排得不对，——这就是我所见的！这里是教堂，而旁边——狗才知道是什么！伊诺肯济·华西里耶维奇·捷姆斯科夫写作和发表诗作：

> 我感谢那短暂的时机，
> 让照亮内心的黑暗；
> 为接触你神圣的肉体，
> 感谢那甜蜜的瞬间。

——而自己却错误地依法院判决得到了姐妹的房屋，不久前还揪着自己的女工纳斯嘉的辫子揍她……

——为什么？——斯捷帕哈问，她看了又看自己磨破的、红得像鹅掌一样的双手，她的脸发呆，她掩饰自己的眼神。

——不知道为什么……那个女工甚至想向调解法官提起申诉，咳——他给了她三卢布，她就放弃了。傻瓜！

萨什卡突然从椅子上跃起身来。

——啊，我们该走啦！

——去哪儿？——女主人问。

——事情有的是，——萨什卡撒谎说。——我晚上来……

他向帕莎伸出一只手，她望着他的手指，一时间犹豫不决，后来握了握萨什卡的手，其姿势好像是推开他的手。

我们走出来。在院子里萨什卡死劲儿地戴上便帽，嘟哝着：

——真见鬼……小姑娘不喜欢我……我在她面前也感到不好意思。晚上我将不去……

不愉快的思想好像洒在他脸上，他脸红了。

——必须放弃斯捷帕哈，——这是不好的嬉戏！况且她比我年长一倍，完全是……

然而，走到街的拐角处之后，他已得意地微笑，吹牛的大话已烟消云散，亲切地寻思：

——她就像爱护一朵小花那样爱着我，当着上帝说，正当！甚至——惭愧。而且同她在一起有时感觉良好，比新娘还好！非常好。唉咳，女人，——你知道，老兄，同她们相处艰难啊！善良的人们，顺便说说……应该爱她们，人数很多……可是——难道你能满足所有人的愿望吗？

——这样，你哪怕深爱一个人也好呀，——我建议说。

——一个，一个，——他沉思地唠叨。——试试爱一个人吧……

他遥望着蓝色的河流、红褐色的草地、秋风摧残下蓬乱的金黄色叶片稀疏的灌木林。萨什卡露出和颜悦色沉思的脸，显然，他满怀愉快的回忆，这些回忆在心中荡漾，就像阳光洒在河水上。

——让我们坐一坐，——他在修道院墙外的土堆旁停下来提议说。

风儿驱赶着云团，阴影在草原上浮动。渔夫在河上填塞小船的缝隙，发出咚咚的响声。

——听着，——萨什卡说，——让我们去阿斯特拉罕吧？

——为什么？

——这样。否则——去莫斯科？

可不是——丽莎呢？

——丽莎……是——是的……

他凝视着我问道：

——我爱上了她或者还没有？

——这个问题，你还是去问警察分局长吧。

他哈哈大笑，笑得轻松，像个孩子。他望了望太阳和阴影，跃起身来。

——现在糖果女工就要出来了，——走吧！

他快步走到街上，满怀焦虑，双手插入口袋，便帽拉低到眼睛上边。头戴围巾、身系灰色围裙的少女一个接一个地喧哗着从营房式建筑的一层楼的大门中跑出来。瞧，这是济娜，一位身材匀称的黑发女人，长着一张蒙古人的脸和一对分开性斜视眼，穿一件紧箍着胸部的红色短上衣。

——我们去喝咖啡吧，——萨什卡抓住她的手说，并马上匆匆忙忙地开始唠叨：

——莫非你仍然想嫁给这位无毛狗吗？要知道，他将吃你的醋……

——任何丈夫都应该吃醋，——济娜严肃地说。——怎么样——嫁给你吗？

——嫁给我——也不需要！

——得啦，——少女皱起眉头说道。——你干吗不工作？

——闲游。

——唉，你……我不想喝咖啡。

——还有这样的事啊！——萨什卡把她引到面包店门口感叹地说。他坐到面包店窗户边的小桌旁问济娜：

——你相信我吗？

——我相信任何一只野兽、狐狸、刺猬，而你——等一等！——糖果女工慢悠悠地回答。

——唉，那么我因为你而完蛋了！

萨什卡相信，此刻他遭遇着内心的悲剧，——嘴唇在颤动，眼睛湿润了，他由衷地激动起来。

——嗯，我完蛋了，淹没在自己的眼泪之中，得啦，既然我不能得到幸福，那么我的路在何方？只是你也将不会感到甜美幸福！我真的将不让你安静。去他的——房东和他的马，嗯，而你——忘了我之后，一点东西都吃不着：要知道……

——是时候啦，别再让我玩洋娃娃了，——糖果女工低声地、生气地说。

——我对你——是个洋娃娃，对吗？

——没有说你。

——瞧，马克西梅奇，看看他们！蛇形岩，任何感觉都没有。刺痛了心，你——感到痛苦，而她说：唉咳，你呀，洋娃娃！

萨什卡气愤，他的手甚至颤抖，眼睛愤怒得发黑。

——怎样同这类人生活？——他问。

"好演员"，——我想，几乎是用惊叹的目光观察着他。

他的表演显然博得了糖果女工的好感，引起了她的同情。她用围巾的一角擦了擦嘴唇，温情地问：

——星期日你有时间吗？

——为——什么？为你吗？

——别胡闹……到这里来吧……

他们走到一边，萨什卡眼睛炯炯发光，小声地、激昂地、长时间地说着什么，而少女激动地、忧心地提高嗓门说：

——上帝啊！你倒是怎样的丈夫？

——我？——萨什卡喊叫起来。——就是这样的！

他不顾忌邻近的面包店女主人，迅速地、紧紧地拥抱着少女，和她亲嘴。

——你怎么这样？——她胆怯地、难为情地跳起来，挣脱出来。——疯子……

她像鸟一般飞出门外，而萨什卡疲惫地坐在桌子旁边，不以为然地摇头晃脑地说：

——嗯——有个性！野兽，而不是少女。

——你需要她什么？

——我不想让她嫁给秃头马车夫！多么丑陋……我不能，也不喜欢这样！

喝完了已经凉了的咖啡，显然，他已忘记了遭遇过的悲剧，抒情地谈论：

——你知道，——节日呢还是平日，当少女们成群地出行时，——闲游或是下班、放学，——我的心甚至发颤！我想，上帝啊，她们多少呀！要知道，她们每个人都爱着，嗯——或者今天还未爱而明天照样会爱着某个人，一个月之后——全都一个样！这样，我的理解是：这就是生活！难道还有什么比爱情更美的吗？你只要想一想——夜是怎么一回事？所有人都在拥抱，都在接吻，——唉咳，你呀，老兄！这是一种这样的事，你知道吧……你甚至无论如何也说不出这样的事！的确——上帝送给了我们欢乐……

他从椅子上跃起身来说：

——走，我们去城里逛逛吧！

天空布满阴沉的乌云，下着蒙蒙细雨。寒冷、潮湿、忧郁。但是，萨什卡什么也不顾，裹紧他夏季轻薄的上衣，滔滔不绝地说，说商店窗户里贪婪的眼睛盯着他，说领带、左轮手枪、儿童玩具和妇女连衣裙，说机器、糖果和教堂用具。剧场海报大黑体字母映入他的眼帘。

——《乌利埃尔·阿考斯塔》①——这个我看过！啊——你呢？犹太人说话机灵——你记得吗？只是——这全是谎话：在剧场他们是一种人，而在街上、在市场上却是另一种人。我喜欢快乐的人们、在市场上却是另一种人。我喜欢快乐的人们——犹太人、鞑靼人，你瞧，鞑靼人笑起来多好看……好呀，有时在剧场表演的不是现实，而是遥远的什么贵族、外国人。而为了现实——我真诚地感谢，我们自己有许多现实的东西。嗯，既然是现实，那就在一切真理之中，没有惋惜！剧院里该由孩子们表演，若是他们，就会按现实的方法去表演！

——是啊，你不喜欢现实吗？

——为什么？如果有趣，那我就喜欢……

太阳重新露出来了，不情愿地照耀着潮湿的城市。我们在街上游荡到晚祷时分，而当修道院的钟召唤人们去祈祷时，——萨什卡把我拉到花园围墙旁的空地上，这座花园属于美丽少女丽莎

---

① 乌利埃尔·阿考斯塔（Uriet Acosta, da Costa, 约 1585—1640）：荷兰自由思想家，因反对犹太教教条，不相信灵魂不死而受到迫害，自杀身亡。——译者

的父亲、一位严厉的官吏连金的。

——等着我——好吗？——他请求说，同时像猫一样跳上围墙，坐到一根柱子上，轻轻地打着口哨，然后，高兴地和客气地从头上取下便帽，同我看不见的少女交谈，道歉，冒着摔倒的危险。

——您好，丽莎薇塔·雅科夫列芙娜！

我听不清围墙那边的回答，但我从木板之间的缝隙中看见淡紫色的裙子和纤细的、雪白的手，手里拿着一把修枝大剪刀。

——没有，——萨什卡忧郁地撒谎说，——没有来得及，没有读完，要知道，我的工作是苦役般的夜班，而白天要有足够的睡眠时间，同事们还使我烦恼。一个字母一个字母地排版，还老想着您……是的，当然。只是——我不太喜欢连续不断的铅字，是的——诗读起来容易得多……可以向您跳下去吗？为什么——不行？涅克拉索夫？对，很喜欢，只是他很少谈爱情……您干吗生气呀？等一等，——难道这难堪吗？您问过——我喜欢什么，而我说过，最喜欢的是爱情，——所有人都喜欢爱情……丽莎薇塔·雅科夫列芙娜，——您等一等……

他沉默了下来，像条空麻袋晾在花园围墙上，然后，伸直腰，像只沮丧的乌鸦在围墙上坐了几分钟，用帽檐拍拍膝盖。落日绚丽地照耀他火红色的几绺竖立的头发，风儿温柔地拂动他的头发。

——她离去了，——他跳到地上生气地说。——她抱怨我没有把书读完，——该死的书！她给了怎样的一块烙铁，——书！一俄寸半厚（一俄寸等于44厘米。——译者）……我们走吧！

——去哪里？

——全都一样。

萨什卡拖着脚步慢慢地走，他的脸色显得疲倦，眼睛饱含委屈地看着斜阳照耀的窗户。

——是啊——她到底将爱上什么人，——他抱怨说。——就让她爱上我吧。可是她需要我读书，她找到了一个傻瓜！她的眼睛累得难受，而她还叫我——读书吧！甚至——愚蠢。当然，——我配不上她……嗯，怎么这样——上帝啊！并非总是自己人爱自己人！

沉默了一分钟之后，他低声地嘟哝着：

她久久地受苦在这个世上，
满怀着美好的希望。

……于是变成了老处女，糊涂女人！

我发笑，而他惊异地看了看我问道：

——我在胡说八道吗？唉咳，老兄，马克西梅奇，——我的心在增大，在无限地增大，仿佛我整个人就只是一颗心啦！

我们重新到了城市的边缘，但已处在相反的另一边。在我们面前的是旷野，远处，在高高的石柱砖栅栏后面是贵族女子学院，白色的大楼。乌木树环绕着大楼。

——书我将给她读，这不会要我的命，——远景，去他的吧！就这样，老兄，——我到斯捷帕哈那里去……我去，向她下跪磕个头，然后睡觉。睡醒后喝酒，接着再睡。就在她那里过夜。这一天咱们俩过得不错吧？

他紧握我的手，温和地直视着我。

——我喜欢和你一起闲逛，你在我身边，又仿佛没有你。你一点也不碍事。这就是——真正的朋友！

萨什卡说完了如此语义双关的恭维话之后转向快步往回走向城市。他双手插入口袋，便帽勉强地戴在后脑勺上，轻声打着口哨。如此尖细，宛如戴金色帽子的钉子。

我舍不得他去找斯捷帕哈，但我知道，萨什卡终究需要把自己献给不管什么人，终究需要舒缓自己丰富的心灵！

绚丽的阳光照射着他的脊背，仿佛在推动着小伙子前进。

地上有点儿冷，旷野空荡，城市轻轻地发出唔呶唔呶的声音。萨什卡弯身捡起一块石头，挥动手，把石头抛到远处。

然后，向着我叫喊一声：

——再见！

农场的故事①

当此人得知在离他的住宿地三天路程远的地方，外来人在草原上用机器开垦大片荒地播种庄稼的时候，他就想，这是一些像他自己一样的古代人，但比他更加愚蠢。

在他年迈的身体里跳动着一颗千年的心，他知道：草原上的人们的悲欢都在于开垦、播种和收获粮食，而人们所做的其他一切都可以不做。土地诞生人，是为了让人在土地上劳动，而当人耗尽了自己的力量时，土地就吞食人的肉体和骨骼。

夏天，酷热的太阳在大地上空缓慢地浮动，而热风跟随它从东方袭来，毁灭了庄稼和草，使人陷入忧愁和饥饿的恐慌之中。风从远方向草原驱赶着乌云，乌云给土地浇灌雨水，于是心情欢畅，因为粮食将丰收。冬天，太阳在苍穹迅速滑过，刺骨寒风在草原上飞驰，在土地上怒号、呼啸，雪花偶尔飘洒，每逢夜晚总是唱着同一支歌：

> "太阳升起又降落，而土地永远存在着；
> 一代人来了又离去，而土地永远留住。"

他之所以没有想这支歌沉重的、毁灭性的意义，那是因为他熟知它的意义。他想自己的家畜，想自己的住宅和面包，有时想自己的妻子，但总是只想属于自己的而几乎任何时候也不想想自己。

他曾确信：没有能胜过酷热和严寒威力的机器，机器也不能改变狂风的线路。

这种人自古以来习惯于生活在来自上帝、来自术士和巫医的

---

① 原文标题为《рассказ》(《故事》)，意思比较宽泛，中译文权且根据本文具体内容改名为《农场的故事》。——译者

外部援助的希望之中，生活得不相信自己的理智的力量，抱着对超人的神秘力量的昏暗的希望。

在收获庄稼的季节降临时，他这个不大开化的草原居民在收割了自己微薄的收获之后，前去看看外来人是怎样用机器收获粮食了。也许将可以嘲笑他们一番。

他宽肩短腿，穿着沉甸甸的靴子和大道上尘土颜色的长衣，站在草原中间，像石雕似的，灰色胡子拉碴的脸也像是石雕的。乌黑的眼睛——"心灵的镜子"——在歪斜到眉毛上的帽子和胡子之间闪烁着疑惑的和忧郁的目光。他那多毛的鼻孔均匀地呼吸，胡子随着掀动。

他看着外来人在设备周围忙手忙脚，这台设备不太像机器，倒更像有时在梦中见到的奇怪的野兽。野兽的长脖子没有脑袋，而它的尾巴整个是皮革做的，从侧面看是巨大的笨拙的躯干。这躯干如此不匀称，似乎已经老旧，已被草原的风摧毁。难以理解，这种用木头和铁制成的躯干怎么工作，人们怎样控制它的力量。外来人普普通通，但他们年轻。他们动作迅速，但不像匆匆忙忙地工作。如果这台机器歪斜着翻倒下去，它能压着不少于五个人。

——这东西叫作什么？——他问。

——请让开一点，——人们回答他，但他没有从原地走开。

这头装着轮子的铁熊从躯干侧面或前面震动起来，噗噗地放气，一个嘴上无毛的小伙子跨在它的粗脖子上，这个小伙子几乎还是个小孩子，他的上衣沾满了油污，好像是用房盖铁缝制的。小伙子用脚踹自己的机器，转动轮子，宽的铁轮圈也转动了起来，巨大的机器摇晃了一下，发出了碰撞声，在干燥的土地上开动起来了，机尾把麦穗扔出来，几十个像钉子一样细的铁的手指把麦穗托起，麦穗在机尾上方扬起到机侧的什么地方，机器颤动，贪婪地吼叫，吞食着麦穗，从机器折断的脖子中吐出麦秸、麦壳和灰尘。

他站着，在机器后面望着。他的嘴张开又闭上，胡须在抖动，看来，他在叫喊，麦秸撒到了他的头上和肩上，飞到了他的脸上和胡须上，他晃动身子，用拐杖戳地，耸动肩膀，整理背包。然后，他仿佛从地里被拉了出来，可是他吃力地但却是麻利地跑在联合收割机后面，不时轻轻挥动几下拐杖，背包在背后跳动，仿佛在赶他跑快些。跑的不止他一个人，还有其他男人，但他看来想围绕着机器跑，他超过了所有人，但未能跟上机器，他磕磕绊绊地跑，总觉得他在叫喊。

当联合收割机开动得慢一点的时候，他还是赶上了它，冒险凑近机器割刀，跳跃在它旁边。有一位高个子的人推了他一下。

——真见鬼，——他用嘶哑的嗓音说，同时用宽大的铸铁般的手擦掉脸上的汗水。

联合收割机停了下来，他跑近套管，谷物涌流似的从套管中撒入安在下面的袋子里。他把手插到金黄色的谷流下面，用手抓起谷物。他抬起手凑近脸前，弯着满是灰尘的绷紧的脖子，看了谷物好几秒钟。然后，把谷物捧给周围的人看，嘶哑地和喘吁吁地说：

——真正的……真见鬼！啊？

站在他旁边的是和他自己一样的人们，但比他年轻。他们也入了魔似的看着机器，但似乎表现出吃惊和羡慕的神情。老头儿把谷物扔到袋子里，并瞬即把一只手插到谷流下，抓了一把谷物，小心谨慎地把谷物藏到长衣口袋里。还有两三个人也这样做了。其中之一叹了一口气说：

——发明出来的啊！

——你追赶不上它，——另一个人说，而第三人则皱起眉头拖长声音说：

——那里是什——什么地方……

还说了一些不确定的话，但其中没有一句话流露出欢乐。只有在讲述机器内部装置及其作业的人们的话里才充满着自豪和欢乐。

——我们的庄稼人依然在机器旁边，——有谁沉思地说。

——是谁啊？土地需要经验……

人们相互安慰了一番之后离开了"巨人"国营谷物农场，而短腿的那位老人却留了下来。

他从地上举起拐扙，好像举起长剑一样，用长衣前下摆擦干净拐扙的终端，然后，用手指抖落掉胡须上的麦秸，缓慢地绕着机器走。他用手触摸着机器，用目光扫视着机器，不时用拐扙轻轻地敲打几下机器，停下来思考，又接着走，同时轻轻地抖动胡须，整理一下帽子。他那呆板的脸似乎宽了一些，也许，他咬紧了牙关。

然后，他站在人群中，在集会上，听着讲演者的发言，双手支撑在拐扙上，望着地面。他偶尔用拐杖在自己的脚旁探索，好像是在试探这土地是不是往常曾有过的土地。

给在新垦的大片田野上劳动最优秀的工人们分发了奖赏。当受奖人得到礼品时，他从抬到眉毛上的手掌下聚精会神地看着他们。那位在拖拉机上工作的少女得到了奖赏。

——还给少女，——老头儿对身旁的人说，然后笑着补充一句：诱人啊。

他很快就走开了，步伐均匀，每隔三步就用拐扙戳一下地，也不环顾。有可能，他那颗千年的、顺从自然力的心沉浸于深深的激动之中。

也许，他怀着嫉妒的心理在想：新人既有能力战胜毁灭庄稼的风灾，又有能力战胜冻死地里谷物的严寒。

英雄的故事

"任何事都是人做成的，也以人而出名。"

一

伏尔加河朝海越远就越宽阔和越平静。草原的左岸消融在月色迷雾之中，右岸黏土质悬崖稠密的阴影倒映在河上，浮标的红色的、白色的火光特别明亮地照耀在一幅幅黑色的油画似的阴影上。一条宽阔的道路稍微斜着横向河流伸展着，起伏波动，闪闪发光，仿佛一群银鱼阻挡内燃机船的航道。昏暗的右岸迅速浮动远去，有时显现出河岸上有稀稀落落的小丘似的房屋，它们像草原上的坟墓。内燃机船的船尾后面比前面更加迷蒙昏暗，因此造成神奇的印象：河流入山中。内燃机船把自己的火光洒在水面上，反射出锦缎般的光芒，它滑行得几乎悄然无声，船尾后的声音轻微柔和，空气也温柔，轻风拂面，仿佛手抚摸婴儿。

十来个不眠的人在船尾沉着地交谈。特别清晰地听到坚定的高嗓音：

——我要说：人因恐惧而死——死亡……

在"死亡"这个词中，他按科斯特罗马方言拖长了"死"字的发音。人们轻慢地、嘲笑地和激昂地反驳他说：

——您说得荒谬可笑，公民！

——在战斗中没有恐惧！

人们回忆起伤寒、饥饿、使人短命的繁重的劳动。一位留着小胡子、围着帆布的人和一位胖女人肩并肩地坐着，气愤地问：

——那么老年人呢？

科斯特罗马人不作声，等待着反驳的话说完。这是一位最显眼的乘客。他在下游搭上船，航行了四个昼夜。多数乘客是坐船度假，这都是苏维埃职员，他们衣着整洁，而其中的他却很不注重外表，衣衫褴褛，整个皱巴巴的。他左腿瘸得厉害，一般地说，是折断了。他大概五十岁，甚至还多一点儿。他中等身材，干瘦，棕色的脖子青筋嶙嶙，红润的脸，淡红褐色的胡须已经花白，向上翘起的眉毛底下露出一对浅蓝色的眼睛，放射出那样审视的似乎在责备的目光。很难猜到他靠什么生活。像是一位曾为"主人"的工人师傅。他的双手惴惴不安，双唇微微颤动，似乎回想起了或计算出了什么。他胆子很大，但不快活。

当他出现在内燃机船甲板上之后过了一两个小时，他就跑遍了整个甲板，毫无顾忌地观察上游的乘客，同时问水手：

——从上游到阿斯特拉罕多少钱？

若干时间之后，他那像歌唱似的嗓音在下层甲板上清晰地响起。

——当然，——上浮、上升轻松，而贴近地面生活难呀。嗯，现在的情况——是的：为轻松的生活——付出四倍的钱。

不能说，此人是信口开河，或者是心地善良，但显而易见的是：他因关心向人们讲述和解释他见过和正见到、听过和正听到的一切而不安。他有自己的话，看来，这些话对他不是毫无价值，他急于向人们说，也许，是为了更坚定地确信自己的话的正确性。他一拐一拐地走近交谈的人们，静听了一两分钟，突然响亮地说着不完全是普通的话：

——现在，公民，情况是这样：你——为我，我——为你，我们的事业是共同的，我的连着你的，你的连着我的。我和你——就像两条裤腿。你对我——不是老爷，我对你——不是仆人。是这样吗？

那位公民因这个怪人的意外插话而感到惊讶，以十分反感的目光看着他。戴红头巾的已过中年的妇女感叹说：

——这话是不错的，不过这难以理解！

——不理解此话——往后退的人今后就靠屁股生活，——瘸子向昏暗的河岸挥挥手回答说，看到内燃机船船尾向着河岸拐弯了。

——没错，——妇女表示同意，并建议：——和我们坐在一起吧，同志！

他依然站着，两三分钟过后，他用高嗓音清晰地说：

——任何事都是人做成的，也以人而出名。

这听起来像是俗语，但这个俗语是他刚才想出来的，对他来说是突然出现的想法。

他就这样第四个昼夜挑起议论，力求得到什么结果。现在，当他认真地听完了对他关于"人因恐惧而死亡"的话的所有反驳意见之后，他带有警告意味地举起一只手说道：

——老年人，当然，是因为人体系统遭到破坏而死亡，而一部分年轻人——是因为自己冲动。要知道，我说的不是所有人，而是那些老爷们。老爷们怕死，就像，比方说，小孩怕夜晚的黑暗。我熟知老爷们：他们生活得不愉快，寻欢作乐也感到无聊……

——你倒是从何得知这种情况？——有小胡子的人用讥讽的口吻问。——你不像走狗……

穿制服大衣和戴盔形帽的青年人厉声问：

——对不起，公民！——侮辱人的词"走狗"在这里有什么关系？

——有一个谚语：走狗目中——无……人。

——把您的谚言留给自己吧。

又一个声音附和说：

——您的谚语在不把走狗当人看的时候用吧……

——够啦，公民们！

瘸子耐心等待，从烟盒中取出一支烟卷，然后说道：

——公民，你想要多少谚语，我就可以扔给你多少谚语，嗯——我们之间由此得出的道理不会很多。说什么"谚语永远不会失去生命力"，要知道，这是不正确的……

红军战士打断他：

——关于恐惧——也是不正确的。现在资产阶级害怕死亡，而从前……

——从前也是，——瘸子吸了一口纸烟之后坚定地说。——

我从内部知道生活情况，在彼得我曾是地板打蜡工人……

——嗯，如果这样，——有小胡子的人埋怨说，并微笑了一下。

——情况是这样！十三岁以前，我孤苦伶仃，当过牧童，后来教父来到村庄，并抢走了我，就像离群的公狼抓小绵羊那样。四年时间，我拿着小刷子在住宅、饭馆还有妓院干活。那时彼得有特别豪华的酒吧别墅，真正的女贵族背着丈夫暗地到这里来，嗯，男人也背着妻子来到这里。我在这样的别墅殿堂里度过了整整四年，所以，在地下室我能见到某些现象……

瘸子匆忙地吸着烟，把烟深深地吞入口中，又从他散乱的黄色胡须下面腾出烟雾，仿佛人体内燃烧起来了，现在开始要呼出来的已不是烟，而是火……

——我参加过各种战斗，——他转向红军战士说。——我，老弟，那样艰难地打过仗，也许，你用不着那样，我也不希望你那样。那是在辽阳附近①，从那里跑得靴子都湿透了……

有人笑了起来，而胖女人问道：

——您怎么样——为此感到骄傲吗？

——不，为什么？——讲故事的人响亮地回答说。——值得。

我骄傲的有其他的战功，我是乔治十字勋章②的获得者，我获得过两枚十字勋章，那时在从切尔诺维策市甚至到里加的战线上作战。在那里我两次负伤，在自己的军队里，为苏维埃，作为骄傲，两枚勋章够啦！

——为什么您获得了十字勋章？——有小胡子的人问。

——一次——为侦察和缴获了一挺机枪，另一次——是连队授予的，——瘸子很快回答，但似乎回答得很勉强；他在手掌中唾了一口唾沫，用唾沫熄灭了烟头，把烟头扔到了船舷外，沉默

---

① 1904—1905 年，俄国和日本为争夺中国东三省在中国东北发生了一场战争，在辽阳城附近的交战中，俄军败退。——译者

② 乔治十字勋章: 1769 年俄国颁布授予英勇作战者的勋章，1913 年前正式名称为军功章，1913 年后称乔治十字勋章。——译者

了下来。

两位少女相互搂抱着轻轻地哼着歌曲走近来。一位少女说：

——瞧———条小船，好像一只蟑螂……

——岸上亮着火光，——另一位少女若有所思地说，而红军战士询问关于机枪的什么问题。

——是的，这是偶然的，——瘸腿战士不乐意地说。——我们三个人被派去侦察，我是组长……夜晚，当然，奥地利人在不太远的地方，他们有点儿动静……这还是战争最初的时候。我们爬行。在前面的灌木丛后，有人咳嗽了一声，看来——有一个类似掩体的机枪巢。那里有五个人。我们抓到了一个，他能懂俄语，发现他原来是个兽医。我们也有一个人牺牲在那里了，因为追逐开始了，而他——负伤了，我们则缴获了一挺机枪。这次过错被认为是勇敢，甚至在团里宣读了命令。

——你那条腿是那时打断的吗？——红军战士问。

——这已经是我们追击邓尼金①先生时的事了，——瘸子非常活跃地开始说。——这条腿是我固执地挽救下来的，医生决定截肢，我设法说服他：留下吧，它会愈合的！他，当然，着急，他周围的数百人哭泣，他自己也要哭。我，若是处在他的位置，出于怜悯而用斧子砍掉手脚才好呢。嗯，他相信了我，这条腿——就这样！

——就是说，您是英雄，——少女之一说。

——在为苏维埃而战的国内战争中，所有人都是英雄……

有小胡子的人提醒说：

——嗯，并非所有人都是，像在辽阳城附近，有人逃跑，有人被俘……

——什么时候逃跑——没看见，但我自己就被俘了，——讲故事的人很快回答。——当了俘虏，后来有二三十人转到了自己阵营。转来的甚至还多些。

---

① 邓尼金（Антон Иванович Деникин，1872-1947）：国内战争中反革命的组织者之一，1918年起为反革命"志愿军"总司令，1920年被红军击败而逃亡国外。——译者

——您是农民吗？——妇女问。

——所有人都出身于农民，就像科学所证——证明的那样……

——是党员吗？

——党要我这样的有什么用？党内人人都要是识字的，而我受文化水平的限制，我几乎在四十岁以前都不识字。当我负伤卧床的时候才闲着学会了读书写字。同志们讥笑："你这是怎么啦，扎乌萨伊洛夫？赶快学习啊，首长！"咳，大家教会了我，使我略知皮毛。后来人们惋惜地说："假如你，首长，在革命前就识字，也许，你本可成为合格的司令。"可是，我怎么知道将有革命呢？在那革命的年代，在对日战争之后，我只想一件事：回到农村去放牧，结果却进了纪律处分连队，去了鄂木斯克。

红军战士笑了起来，还有人附和着他笑，而有小胡子的人用教训的口吻说：

——你，老兄，识字的能力确实不太强，你说的"过错"应是"行为"①……

——就这样也过得去，——士兵避开他，重又取烟卷，而红军战士移近他问：

——为什么进了纪律处分连队？

——四个人，为了没有看管好因犯，我因为没有开枪。他从车厢中跳出去，沿线路奔跑，我在机车旁站岗，咳，我看见：有人在匆匆忙忙地走，要知道，那时所有的人都在匆忙地走来走去，所有的车站都曾是慌乱得一塌糊涂。在法庭上少尉伊兹马伊洛夫证明说："我对他叫喊——开枪啊！"审判员问："叫喊了吗？"——"是的！"——"你究竟为什么不开枪？"——"没看见，应该朝谁开枪"。"你，怎么，不认识因犯吗？"——"是的，不认识。"——"你怎么，他说，作为押解者和他一个车厢行驶了三个车站，还不认识？你，他说，枉然假装傻瓜。"咳，后来要求枪毙。然而，谁也没有被枪毙……

---

① 前面讲到夜战奥地利人缴获一挺机枪时，有一句话是"这次过错被认为是勇敢"，这里指出他用错了词，"过错"（原文是 проступок）应为"行为"（原文是 пос—тупок），这两个俄文词的词冠不同，词义也不同。——译者。

他放声大笑，露出年轻人一般的笑容，并摆头晃脑地说：

——曾是慌乱的年代！

——你，大叔，不错，——红军战士用手掌拍拍他的膝盖夸奖地说。——你现在做什么事？

——养蜂。在养蜂实验站。知道吧，很有趣的事业。在坦波夫一个老头儿教我从事这项事业，他是个小人物，顺便说说，嗯，在自己的事业中，他是所罗门聪明绝顶的人①！

扎乌萨伊洛夫说得越来越兴奋，越来越欢快，似乎红军战士的夸奖使他精神振奋。

胖女人走了，她身边有小胡子的人说：

——我现在就来。

他立刻站起来也走了，把小船看得像蟑螂的那位少女坐到了一束缆索上他的位置上。

——他摆弄蜜蜂这种把戏——在马戏院你是看不到这种把戏的！——扎乌萨伊洛夫继续说，并吧嗒了一下嘴巴。他自己就是害虫——走到了自己合理的终点——他在二一年由于为匪徒服务而被打死了。我在这件事中第五次挨揍——头被打破了。咳，这个我已经不在意了，因为——那是和平时期，不是战争。是的，我自己也有过错：我好奇，爱侦察；我在我们的军队里为此也被认为是机灵的人。

——在我们的军队——是在红军吗？——少女轻声地问。

——嗯，是的。我们没有其他的军队。即使在那个军队里——也是。在那里，当然，按需要，按命令，而在我们这里，按自己的爱好。

他不作声了，陷入了沉思。走出来一位带着男孩的妇女，男孩七八岁，消瘦，苍白，看来，有病。

——没睡觉吗？——少女问。

——好像！

---

① 所罗门（Соломон）：公元前965—前928年以色列—犹太王国国王，大卫之子。据圣经记载，他智慧异常，传说是圣经某些篇章（包括《雅歌》）的作者。——译者

——我想跟你，——小男孩紧靠着少女猛然宣称；她说：

——坐下吧，听讲，——这个人讲得可有意思啦。

——这个人吗？——男孩指着红军战士问道。

——另外一个人。

男孩看了看扎乌萨伊洛夫，扫兴地拖长声音说：

——咳——咳……他是老人……

红军战士把小男孩拉到自己身边。

——老人，也是好人，你想去哪儿，——扎乌萨伊洛夫回应说，而红军战士让男孩坐在自己膝盖上之后问道：

——你，同志，究竟是怎样撞上了匪帮的？

——啊，我揭发了他们；后来，他们袭击了我。事情的原委是这样的：我看见一帮豺狼习性一样的、脸无喜色的人在养蜂场溜溜达达。我就对城里的同志们说：形迹可疑，小伙子们！咳，他们就给我布置任务说：你去证明，你是支持他们的。要证明支持他们倒是轻而易举的事，装成阴险愚昧、凶狠粗鲁的人就行。有一位比其他人更聪明的兽医，是个比我年长十五到二十岁的炮兵手。他被禁止练习骑马，嗯，于是他就感到委屈，加之又是个酒鬼。在这伙匪徒中，他像是个参谋人员。除他之外，还有一个罗斯托夫兵团的丘八，是个掷弹兵、优秀的风琴手。

小男孩脸颊偎依在红军战士的肩膀上微微入睡了，而少女把臂肘支在双膝上，手掌托着脸，高高扬起眉头，看着船舷外。内燃机船从凸起的丘陵旁边驶近右岸，丘陵脚下散落一片大村庄，一排房屋像括号中的一行字夹在两座教堂之间。从左船舷望去，那是一片蓬松的浅滩，浅滩上丛生着黑灌木林，这一切都在迅速地往后移动，仿佛想躲藏起来。

——这是一伙人数不多的匪帮，大约有五十人吧。发号施令的是一个像林区管理主任一样的官员，平平常常，看似狗崽子。然而，他是一个疑心很重的人。就这样，他们三个人命令我：去探听那个，去探听这个。同志们则对我说：我什么可以了解，什么不能了解。他们分散行动：十个人在那里，十个人在另外的地方，杀害我们的人，烧毁学校，总之，以抢劫为生。我的任务是让他们收缩成一小团，好让我们的人迅速把他们一网打尽，就像张网罗雀那样。我为他们设了一个套……记得好像是在鲍里索格列布斯克县的一个榨油坊吧。他们相信我，开始集结起来。鬼才知道为什么，那个老头儿醒悟过来，在他们完全集合之前，突然像恶魔那样出现了，不过已聚集三十四个人。他开始引起纷扰，他说，必须检查，等一等，看一看。眼见他将破坏整个计划，我就对我们的人说："抓捕吧，有多少算多少！"他们有几个人在我的背后，用左轮手枪把击打我的脑袋。瞧，这就是整个经历！

——啊，上帝啊！——妇女叹了一口气。——什么时候这一切才结束呢？

——当我们让它结束时，那时它就结束了，——讲故事的人激昂地回应说。妇女向他挥了一下手就走了。

——是的，您真是一位英雄，——红军战士愉快地和赞许地说。男孩抖动了一下，顽皮地问：

——你叫喊什么？

——对不起，不喊了，——红军战士回答说。——多么机警的人呀！……您觉得陌生吗？——他问少女。

——侄儿，——她回答说。——去睡觉吧，沙夏。

——不想去。——那里有人打呼噜。

他重又偎依着红军战士的肩膀，而扎乌萨伊洛夫低声重复说：

——沙夏……

他叹了一口气，摇晃着身子，手掌擦着膝盖，开始轻轻地、缓慢地说：

——同志，你说，——英雄。这个词似乎不适合于我们的兄弟，——我们维——维护自己的东西，要知道，匪徒、富家也维护自己的东西。对吗？

男孩再次抖动了一下身子，高声地、仿佛怀着激动的心情说：

——我爸爸就是被富农打死的。我看见事情是怎样发生的。我们从城里回来了，爸爸出来开大门，他们两个醉汉，袭击了他。我已经醒来，就叫喊。他们用棍子打他。

——事情原来如此，——扎乌萨伊洛夫说。

——嗯——是的，——红军战士忧郁地回应说。少女则说：

——第三个年头啦，他还记得。

——我记得，——男孩晃一晃头肯定地说。

——从那以后他就停止长个了，——少女叹息着继续说，——他快满十二岁了。

——我会长高的，——小男孩皱起眉头充满希望地说。扎乌萨伊洛夫拍拍他的膝盖，宽慰地说：

——正是这样，记住吧！

——事情竟然是这样，——红军战士低声含糊地说。——您是教师吗？

——是的。我们俩，和他的母亲。

——是您的姐姐？

——是我哥哥的妻子。

——是被打死的人吗？

——是的。

大家都沉默了下来。红军战士解开军大衣盖上男孩，更紧紧地把他搂在自己身上。

——瞧，这就是英雄气概，——扎乌萨伊洛夫又开始说。——我们的英雄气概比比皆是，同志。

他伸出手指摸索烟盒中的烟卷，同时小声地、不慌不忙地开始讲：

——我可以夸一夸——我知道一位英雄。在我们部队里有一位小伙子，也名叫沙厦。人们称呼他沙绍克。他是图拉人，坚毅的性格。他乐观，无论到哪里，他处处称职。他的个性有点像你，也是体魄健壮，口齿锋利，像黄鼠狼一样。你——是骑兵吗？

——是的。

——这就对啦，军大衣比较长。你穿着显得很整齐。

他吸了一口烟，又活跃地继续说：

——他是特等中学学生，沙绍克，没有学完，据说他因淘气而被开除了。然而，他很有学问。他使我和许多人变成了无神论者，关于宗教，他是内行，是令人信服的人。他认为上帝是富人的邻居，并加以证明：上帝妨碍生活，你不愿意，却去相信。唉，你看……

——事情是这样：我们部队奋起行进到相当远的地方。这是在库尔斯克附近，追击邓尼金。总之，情况一片混乱，不知道哪里是他们，哪里是我们的人。同志们说："喂，扎乌萨伊洛夫，你去，去搞清楚，我们的左边是谁？有多少人？你随意挑选一两个小伙子。"当然，也应该按照我的认知去挑选。我选了沙绍克和华西里·克里莫夫，后者是高大的男子汉，类似管院子的工长。在彼得，在沙皇年代，有这样的院子管理员，他本是打扫院子的狗崽子，却有一副教堂长老的气派。

——嗯，前进。地方——不熟悉。沿着铁路线行进，沙绍克和克里莫夫在路基的一边，我在另一边，靠前约一百步。月夜，微风轻拂，云彩飘飞，阴影浮动，那里是阴影，这里也是阴影，突然听到喤的一声响！"站住！"——有人喊。我看见有五个人。虽然是白匪帮，但和土地一个颜色，在灌木丛中，在路基旁边，难以觉察。指挥官是一位年轻人，嘴上还没有长毛，手里拿着左轮手枪，腰里别着军刀，肩上扛着短步枪，——武装得像是为了留影。他一只眼瞄准我，盘问，叫喊。我，当然，好像受惊了，也放声叫喊，好让沙绍克和克里莫夫听见，我说，我正逃避红色党人，我害怕，他们正在动员。他似乎开始相信我，而一位士兵提醒他："长官，他的军容可疑，也许是他们的侦察兵！"唉咳，我想，你这狗崽子！嗯，他们打了我一会儿，他派了两个人带着我去应该去的地方。我们悄悄地走，下着毛毛细雨。我开始和押送人员说说笑话，但我发现：这不会有任何效果，他们在生气，看来是走累了。于是，我决定不作声了，否则，也许会要我的命，真见鬼。

——时间长吗，路途短吗——来到了一个村庄，这个村庄很大，遭到了破坏，有两处在燃烧，一些房屋被炮火摧毁了。教堂围墙旁边，树底下是拴马桩，有十七匹马——一切都糟透了。在远一点的地方，一棵树上已经吊着两个人。"嗯，我想，假若不跑，——我将在这里完蛋。"夜色昏沉，窗户中几乎没有光亮，时间已到后半夜，白军已睡觉。在教堂门前的台阶上有四五个人在躲雨。他们把我带到学校，学校对面是一座完好的房屋，两层，只是屋顶遭到了破坏。那里——人声嘈杂，也有灯光。一个押送人员去了那里，另一个坐在学校的小台阶上，我，当然，站在雨中，在这里——别想跑。

——那位押送人员出来说："命令到早晨的时候留下。"也就是说，这是要把我留下。他们商谈了一阵，要把我关到什么地方去，结果带我到离学校不远处，把我推进了一间小木房，房内一片漆黑，窗户是钉死的。士兵划着了一根火柴，我看到：地板被拆毁，一个房角被破坏，圆木向内坍塌，房角一堆破烂，似乎是躺着一位被杀害的人。雨渗漏到房内。士兵环视了这一切，走到外屋去了，门没有关闭。"门未关，这——不好，而要从这里爬出去却是荒诞的念头。"——我想。我坐着。寂静，只有马不时打着响鼻和细雨发出的沙沙声。听不到人们的动静。士兵在外屋折腾了一阵也开始发出鼻息声，然后，听到他呼呼地熟睡了。

——我，当然，没有计算时间，也不可能记得是几点了，我坐着，没有合眼，仿佛经历一场噩梦。内心感到烦闷，羞于落到如此地步！我小心翼翼地划着一根火柴，看到圆木那样悬着，也许可以从外面爬到小木房中来，可是未必能从小木房中爬出去。我站起来，试了一试，圆木摇摇晃晃。

此时我仿佛被开水烫了似的猛然听到低声呼唤："扎乌萨伊洛夫！"这是——沙绍克，这是——他！"爬出来。"——他小声说。我回答："无论如何也不行，在外屋有一位士兵。"他沉默了下来，然后我听见他在搬移圆木，圆木不时发出吱呀的声音，幸好有一根圆木移到了炉子旁边，可是咯吱一响，所有圆木倒塌到小木房中。嗨，现在两个人都完了！

——士兵，当然，醒来了，他喊道："你在那干吗？"我回答："不是我的过错，房角坍塌了！"嗯，他当然满不在乎，即使囚犯活到了死期。他惋惜我没有被压死。又是一片寂静，我听到在离我不远处有呼吸的气息，有一只手在摸索，有轻轻的呼唤：长官。"沙绍克，"我低声地说，"怎么是你，为什么？"他解释说:"我们,他说,全都听见了,我已派克里莫夫退回去了,而我自己紧跟着你走……他说,他们的主力不在这里,而在约四俄里处。"——他已详细探明了全部情况。"他们想,"他说,"他们后方右边是我们的人"……他讲着,不时切齿作声,仿佛喘不上气来。"我,他说,腰划破了,血流不止,还有一条腿被压住了。"我一摸,真的一条腿被压坏了。我开始翻动圆木,而他低声地说:"别动,我会喊出声的,你白费力气!你走,他说,我对你说的全都记住了吗?快点走!""不,我想,我怎能把你留下呢?"于是,我再次移动圆木,他却对我发出嘘声:"住手,真见鬼,傻瓜!我会喊出声的!"怎么办?我还是坚持要试一试,也许,我能解救他那条腿……嗯,你怎么想——相信吗?同志,你怎么想——不相信吗?——我听到腿骨咯吱一响,真的的,知道吗?咯吱一响!是的……我折断了他的腿,就是说……他轻轻地呻吟了一会儿就呆然不动了。他失去了知觉。"嗯,我想,现在——请原谅,再见吧,沙绍克!……"

扎乌萨伊洛夫低下头,用手指摸索烟盒中的烟卷,大概,是寻求烟盒装得满些。他没有抬起头,继续低声地、不太乐意地说:

——过了一夜,同志们靠近了我们,傍晚我们把白匪帮压缩到了沟壑,在那里也就结束了战斗。我和克里莫夫,还有十个我们的人,首先进入了这个不幸的村庄。咳,再次看到那里烈火熊熊。沙绍克吊在一棵树上,在这棵树上在他之前曾吊着另一位也是年轻人,现已被解下抛到了水洼处的泥泞中。而沙绍克——全身裸露,身上只剩衬裤的一条裤腿,被打得遍体鳞伤,面目全非,腰被扎破了,挺身垂手,头歪着低垂。他仿佛抱歉似的……而抱歉的是我……

——这是无可奈何的事儿,——红军战士低声含糊地说。——同志,你们两人履行了应尽的职责。

扎乌萨伊洛夫用手掌遮挡住火柴吸了一会儿烟,火柴的火苗在它燃近到手指前都未被熄灭。他吹灭火苗后,用手指掐掉发红的火柴头,说道:

——他就是英雄!

——是——是的，——女老师轻轻地回应说，并转向红军战士问：

——小男孩睡熟了吗？

——在睡呢，——红军战士看了一眼小男孩的脸回答道，他沉默了一会儿庄严地说：

——我们的英雄辈出。比如说，在中亚小伙子们的表现"好极"啦！情况是这样的：两位战士离开哨所去草原。夜色昏暗。他们向不同的方向分开行动。一个人碰上了巴斯马奇分子①，他们抓住了他，他没有来得及自卫。于是他对自己的同志叫喊："朝我声音的方向开枪！"那位同志瞬间打出一梭子子弹，打伤了一位巴斯马奇分子，其他人四散逃跑了，甚至把抢去的步枪也扔掉了。就在此时，巴斯马奇分子抓住了我们的那位同志，他也叫喊："照我所做的那样射击！"他还没有来得及给步枪上了子弹就被枪托击倒了。于是，第一位同志开始连发子弹拼命地朝传来声音的方向射击，也击毙了一个巴斯马奇分子。他们回到哨所讲述这次经历，人们还不相信他们。清晨打扫战场，发现这是事实！要知道，朝声音的方向射击，这意味着朝自己的同志射击。知道吗？

——怎么能不知道，——扎乌萨伊洛夫说。——没有什么，我们慢慢地都了解自己的任务。同志，你是休假回来的吗？

——出差回来的。

女老师站了起来。

——谢谢您。应当叫醒沙尼卡了。

——为什么？我就这样背着他，——红军战士说。

他们走了。扎乌萨伊洛夫也站起身来，走近船舷，把纸烟扔到河里。

一轮泛银光的月亮冉冉升上高空，右岸的阴影开始变短，仿佛更迅速地飘浮到朦胧的远处……

———————————

① 1917年十月革命后，1918年开始在中亚发生了反革命武装叛乱，史称"巴斯马奇叛乱"，旨在推翻苏维埃政权，离间中亚和俄罗斯的关系，后被苏联红军镇压和消灭。——译者

二

一个温暖的夏夜，我们——我和我的一位老朋友——坐在陡沙岸的松树底下。陡沙岸脚下是一片不大的草地，雨后显得绿油油的，散发出刺鼻的气味。一条小溪的红褐色的水缓缓地漫流在草地绿茵上。小溪对岸是黑压压的树林。在我们的右边，在云堆之上的火红的夕阳把斜晖洒在小溪中，洒在草地上，洒在金色的陡沙岸上。

我交谈的同伴望着小溪吸起烟来，开始不慌不忙、若有所思地讲述故事。

——大约两年以前，在卡马河上游地带的一个小城市中。我坐在县党委会同主席和书记"倾心交谈"。

——

那是星期日，午后，街上像浴室一样地热、安静。屋顶后面是密林覆盖的山，一股焦油味和一缕浓烟从山上飘入敞开的窗户，大概是不远的什么地方在烧炭。

——我们交谈，已开始有点儿感到寂寞。忽然一张妇女的热得通红的大脸昂扬着从街上映入敞开的窗户，在这张脸上闪烁着一双淡蓝——灰色的、浸在汗水中的眼睛，放射出冷淡的、嘲笑的目光，响起了她那沉厚的嗓音：

——"你们好啊！茶和糖……"

——"又是什么风吹来了不速之客"，——主席挠挠腋窝埋怨说，而妇女的责难声响彻了房间：

——"咳，谢苗诺夫同志，你怎么欺骗我？你想：我同她推心置腹地谈一谈，她就将满足了，是吗？我于是再次长途跋涉了六十俄里，简直没有办法！你接待客人吧"。

——她的脸从客户中消失了。我问，这是谁？主席挥了挥手说："这样，一个任性的女人。"

——而书记有点儿难为情地解释说：

——"算是预备党员。"

——"任性女人"稍微艰难地挤入了门内。一般地说，她作为一个女人略嫌笨重一点，体重约六普特，只多不少，宽肩膀，宽胯股，身高二俄尺十俄寸。她把一根粗棍子放到房角，健壮的肩膀一抖从背上卸下背包，也把它小心地放到房角，然后挺直身，放声地叹了一口气，用女短上衣袖子擦掉脸上的汗，走到我们跟前。

——"再问一声你们好！是公民还是同志？"——她坐到椅子上问我。椅子在她下面噶咯吱地响了起来。在得知我是同志之后，她又问："你不是来自莫斯科吧！"当我做了肯定的回答时，她不再注意自己的领导，从宽大的怀中掏出一块手套般大小的士兵背包的皮革，用它在桌子上拍打出啪啪的响声，然而还未就此罢休，而用肩膀死劲儿靠在我身上，认真地、坚定地、滔滔不绝地说了起来：

——"喂，弄清楚我们的事吧！瞧：省党委会的文件副本——对吗？这是给他的指示，——她点头指向主席。——而这就是他写给那里的信。就是说，我有说话的权利吧？"

——她连续十来分钟利用了这个权利，讲"故意不会做生意"的合作社工作人员；讲土地共同耕耘合作社，富农阻碍合作社改组为集体农庄；讲隐秘地和不受追究地破坏分离器；讲打妻子的丈夫；讲村苏维埃主席的妻子和托儿所组织女教师——牧师的女儿的反抗行为；讲农村通讯员——共青团员的逃跑，有人想打死他；讲在我国所有偏僻的角落，在为新生活和新世界而斗争的土地上，发生的一系列日常生活的纠纷和凄惨的事情。

我的交谈者在讲述的同时，逐渐醉心于活灵活现地描绘女人的神态和姿势，指出她爱惜手帕的态度：她有一两次从裙子的口袋里掏出手帕准备擦掉脸上的汗水，但又把手帕收了起来，还是用女短上衣的袖子擦掉了汗水。

——她像马一样有一股汗味，——他说。——书记给她倒了一杯茶："喝吧，安菲莎！"但她急切地喝了一口淡黄色茶水，却忘了放糖，后来她拿起一块糖，开始合着自己激愤的话音的节拍用糖敲桌子，接着把糖塞入了口袋，继而又拿了一块，并难为情地说：

——"哎哟,我这是做什么呀!"但她把另一块糖也不自觉地藏到了口袋里,而把变凉了的茶一口气喝了下去,仿佛喝清凉饮料一样。

——"再来一杯,雅科夫同志!"

我的交谈者匆匆吸了一会儿烟,继续说:

——她向我头脑中灌输了那么多凄惨的事情和日常生活的纠纷,以致我在这一片混乱中甚至不再理解"事件的联系"。我只感到六普特体重的安菲莎对我来说是一位新的、完全不一般的人,我应该认识和理解她经历了什么样的道路而"走到了这样的生活的地步"。简而言之,我邀请她到我这里来,——我待在我的老朋友农艺师那里。我邀请她喝茶,直到深夜,试图最详细地向她问长问短,不言而喻,我不能传达她的故事的色彩,但有些话几乎逐字地深刻在我的记忆中。她父亲是裘皮裁缝,走村串巷,缝制短皮大衣和皮袄。当安菲莎满九岁时,她母亲去世了。父亲允许她读完教会小学,然后把她给了一位富足的农民当"保姆",两三年以后又带她到了卡马河畔的一个村镇。父亲在这里娶了一位有两个小孩的寡妇为妻。在这样的条件下,当然,安菲莎重新成了继母孩子的"保姆"和继母的用人,而继母成了"纵酒作乐的女人",父亲也不逊色于继母——爱恋、酗酒、过节。他常唠叨:"没有必要着忙,——用不着替所有的男人缝制皮袄。"

——当父亲感染炭疽病去世时,安菲莎已经十六岁。父亲去世后,继母的家务更加沉重地压在了她的脊背上。

——"我们有位邻居、小老头儿尼古拉·乌拉诺夫,他以狩猎为生,而以前从事采矿工长的工作。他在矿井被岩石砸伤了,跛行,人们认为他精神不完全正常:愁眉苦脸,不好说话,看人冷淡。他过着孤苦伶仃的生活。咳,我有时帮他洗衣服,缝缝补补,这样,他对我温和一些。"

——"少女,他说,你白白浪费精力在没有意义的地方,在你的醉鬼身上。人身仰仗别人的力量,富人把他们惯坏了。人们以富人为榜样去干一切坏事,全世界都向富人学习坏的东西。"

——我很欣赏他这些话的意思,我觉得他说得对:村镇是富裕的，而人们是粗鲁的和贪婪的，大家都生活在钩心斗角之中。我问尼古拉："我该怎么办？"——"给自己，他说，找个丈夫。你是一个健康的少女、优秀的工作者，人们将娶你到一个殷实的家庭。"

——"嗯，我那时并非完全是个傻瓜，我看到小老头儿自己是哪里召唤就奔哪里去。我仍然把他最先的话隐藏在心中。"

——她对自己的这段生活讲得不很遂心，眼睛中露出漫不经心的讪笑，表情有点儿冷淡，似乎不在说自己，而在说她感到乏味的甚至讨厌的一位老女朋友。然后，不知怎么的她突然精神一振，用拳头捶打膝盖，眼睛微微眯缝起来，仿佛眺望着远处。

——"真是的，一位兄弟来到了母亲这里，他是伏尔加河轮船的水手，年约四十——残暴的男人！他随心所欲地占有了一位女护士，把她和孩子们迁入浴室，重新翻修了小木房，靠着小木房添建了一个小铺，并开始了做生意。他既做买卖又放债，并养了三头母牛，还有绵羊，而把土地租给一股实的富农安托诺夫。我在他那里既是厨娘，又是洗衣女工，还是牛倌；我又纺纱，又织布，又照看一切。我的血管梗塞，骨头断裂。哎哟，我曾是多么艰难呀，瞧，好一个粗笨的女人，直累到昏厥的地步。"

——她笑了起来，发出低沉洪亮的笑声——这是一种古怪的、不那么温柔的笑。然后她用手帕擦了擦脸和嘴，深深地叹了一口气：

——当他偶然伤害我并使我精神变得萎靡不振时，情况也就变得更加艰难。尽管我和他打架，但我赢不了——我当时有点妇女的小病。我感到十分委屈。我和一位小伙子涅斯捷罗夫有交往，这是一个好家庭，家人不富裕，家里有平和的两兄弟，伊凡和叶戈尔。他们一起过日子，没有分家。叶戈尔是小伙子的叔叔，丧偶，以后当了游击队员，被白匪吊死了。小伙子在帝国主义战争的第一年被杀了。他父亲遭到了富农的迫害，也流落他乡。全家只有丽莎留了下来，她现在是我的女朋友，成为党员已有四年了。她是一个聪明女孩，一六年去了彼尔姆市的一家工厂，在那里学习得很好。咳，我这已经离题太远了，太超前了。嗯，当这个白痴强奸了我的时候，我就想走，我准备好了，而他却说："你去哪里？你没有身份证。我不给你身份证，我有足够的能力做到这一点。和我一起生活，愚蠢的女人，我不会委屈你的。我不能和你在教堂举行婚礼，因为我在奇斯托波尔有妻子，尽管她和别人同居，但法律仍然不允许我再举行婚礼！当她死亡时，我再结婚，就让上帝做证人吧！"

——"他令人憎恨，我却由于愚蠢而怜惜家务：把我很多的精力放在家务上了。涅斯捷罗夫的家人像亲人一样对我。可惜我待着未动。我和他的关系很冷淡，他是一个令人厌恶的人，而且不健康，怎么办：同居，同居，但没有孩子。妇女们嘲笑我，而对他更坏——戏弄他，他当然生气，并把他的委屈迁怒于我。他打人。有一次他用缰绳套住我的脖子，差点儿没勒死我。或者用劈柴击打我的后脑勺，好在我的头发厚实，但仍然昏迷躺了很久。我左乳房的乳头几乎被咬掉，它至今仍未复原。咳，干吗回忆这个？得了吧，你自己知道，同志，在农民的生活习惯中人们常说：'妻子死了不是灾难，马儿活着才好呢。'这场非常不幸的战争开始了……"

——她说完了这番话之后，沉默了下来，不时用手帕挥挥自己绯红的脸，深思着。

——"非常不幸的，这是我按习惯的说法，可是我想，似乎并非如此：当然，劳动人民遭了一阵罪，然而，战争的好处也不少！例如：赶走了粗野的男人，揭露了村里的矛盾，我看到妇女开始生活得好些了，生活得和睦些了。最初有些懊丧，但很快看到——自己当家做了主人，不管愿意不愿意，她们有了更多的社会活动，必须相互帮助。可是我们的富豪还在逞凶，哎呀，像以前那样凶恶！他们一共八个人，包括我的当家人，当然，牧师和他们在一起，我们有两座教堂。警察是村里首富安托诺夫的女婿。他们对村妇和军嫂不怎么样，只是要榨尽她们的血汗！他们克扣定量的口粮，分别驱使俘虏给自己做家务。这一切说起来甚至无聊。我尝试对较年轻的妇女说：'控诉吧！'咳，她们不相信我。我生活在瓦盆和盘子、挤奶桶和瓦罐之中，看着掠夺敲诈的行为和淫乱放荡的生活，常常想起小老头儿乌拉诺夫的话：'富人是一切坏事的榜样。'好令人烦恼啊！远走高飞才好呢，可是我觉得无处可去。丽莎薇塔·涅斯捷罗娃来到了这里，她的一条腿烧伤了，拄着拐杖。她问我：'你知道吗，工人在想什么？'她讲着。听来有趣，但不信以为真。工人我见得少，但关于他们的传闻并不好。我想：'工人怎样呢？若是一些老粗的话！'丽莎给我讲了这五六年的许多事情，嗯，我大概理解了某些东西。她走了，治好了伤。我再次像野外树墩一样傻待着，有话不知向谁倾诉。村妇不喜欢我，常常在河边或在井旁当面叫喊一切侮辱人的话。我沉默。能说什么呢？她们叫喊得对！悲伤。偶尔也躲在什么角落轻轻地哭几声。一七年来临了，打倒了沙皇，男人们从战争中归来，就像从前一样，荷枪实弹走来。我们锻工的儿子尼基塔·乌斯丘戈夫来了，和他一起来的还有机智的小伙子伊格纳季，我忘记了他的姓，好像是个茨冈人，大家叫他彼得。就在第二天，他们召集大会并宣布：'我们是布尔什维克！他们高呼，打倒一切富豪！'看来他们这并不是太当真的，富豪们发笑，到底谁更胜一筹——人们没有信心。我这样的女人不相信他们。然而我发现：我的当家人和朋友们在低声细语交谈着什么，他们全都郁郁寡欢。他们几乎每天晚上都聚集在小铺里，可见他们感觉不好！嗯，那么，有人感觉好，也有人感觉不好！忽然我听说把沙皇带到托波尔斯克去了。我在一个温柔的时刻问当家人：'这是为什么？'——'现在限制了他的权力，他将在西伯利亚当沙皇。他的叔叔，也叫尼古拉，在莫斯科坐牢。'我也不信他的话，好像是丽莎说得对。在小铺我听见他们怒吼：'走狗露出饥饿的嘴巴垂涎别人的东西。'不知怎么的一天夜晚我悄悄地去找尼基塔，我问发生了什么事情。他喊道：'我几乎每天都向你们这些木头脑袋的怪物解释，你们怎么就不明白呢？你是谁？女雇农吗？你为恶棍效力吗？'"

——"他是那样一个干瘦黝黑、头发散乱的男子汉，但牙齿白白的。他嗓音洪亮，大喊大叫，像和聋子说话一样。他倒不是恶毒的人，而是这样一个暴躁的人。我离开他走了出来，说实话，我不认识自己，仿佛穿着了一件新连衣裙，感觉紧瘦，不敢动弹。

问题总在脑海中盘旋。我从那天起就开始生活在虚无缥缈之中，仿佛烟雾缭绕。当家人对我变得温和了。'你，他说，只相信我，再不要相信其他任何人。我不会委屈你了，我们将在教堂举行结婚仪式，妻子已经死了。你，他说，去参加尼基塔的集会，听听他想干什么。了解一下他们这些逃兵来自何方，都是些什么人'。"

——"好吧，我想。你机警，可不要太狡猾。"

——"十月不知不觉地在纷乱中来临了。我们组成了苏维埃，选举老头儿安托诺夫为主席，久科夫为书记，他在战前曾是国营酒铺的掌柜的，不太引人注意的人。他弹吉他，留长头发，头发梳理得油光闪亮。在苏维埃里是清一色的富豪。乌斯丘戈夫和伊格纳特造反了。乌斯丘戈夫自己把矛头对准苏维埃，嘿，人们不支持他，跟他走的人寥寥无几，大家怕他的胆大妄为。这位彼得，他的朋友，也倒戈投向了富人，替富人说话。过了一些时间，伊格纳特被杀了，后来另一位逃兵也完蛋了。小铺的门没有关，我就偷听到安托诺夫说：'打掉了两颗牙，现在应该打掉第三颗。'——'原来这样！'——我想，并在晚上去找尼基塔。他对我说：'这种情况你不来说我也知道，而你如果拿定主意和我们走在一起，那就注视他们，不要跑到我这里来。假如你了解了什么情况，那就告诉斯捷帕尼达——赤贫的农妇。我暂时隐藏起来'。"

——"于是，你，我亲爱的同志，我就派上了用场。我假装似乎什么都不明白，对当家人变得更温柔一点。他那时开始酗酒，走起路来昂首阔步，扬扬得意。他们所有人那时都沉浸在节日之中。我问我那位：'这究竟发生了什么事情？'他当然解释得很简单：掠夺，应当像对待豺狼那样痛打掠夺者。他还夸耀说：'杀死了两个，其他的人也将被处死。'我问：'难道逃兵祖耶夫也被杀了吗？'——'也许，他说，被淹死了。'他还龇牙咧嘴威胁说：'瞧，还有厄运正在等待着坏女人斯捷帕尼达。'我去找她，找斯捷帕哈，而她不在乎，微微地笑了笑：'谢谢，她说，我自己已经感到，他们不再喜欢我了！'从她那里我又去找涅斯捷罗夫一家，我对叶戈尔叔叔说：'这都是些什么事啊！'他劝我：'你最好不要管这些事！'而我已经欲罢不能！那里有莫凯耶夫一家，老头儿和两房妻子的两个女儿，大女儿是士兵的妻子，而小女儿还是少女；他们是穷苦人，老头儿好祈祷，士兵的妻子是有名的纺织女工，能织出三色花纹，而且自己染线；老太太凶狠，但她较少伤害我。她组织过两次晚会——类似妇女俱乐部，她两次叫我也参加。我由于隐忍的烦闷而去了她那里。我在那里见到的妇女全都是贫农的妻子和寡妇。我突然心血来潮：'妇女们，我说，要知道布尔什维克渴望真正的真理！伊格纳特为真理而牺牲了，还有逃兵祖耶夫也被杀了。难道，我说，战争没有教会我们任何东西？难道你们没有看到是谁因为战争而变得更富了吗？'"

——"要知道，同志，我不是吹牛，不是自我表扬，之后，我听人们说：我成功地向妇女们讲述了她们的全部生活，以至她们都哭了。我现在还总能这样做，因为我熟知一切而实话实说。老头儿莫凯耶夫游手好闲，听了我的讲话，并在早晨把我的全部讲话一五一十地传达给了安托诺夫。傍晚我的当家人关闭了小铺，把我叫到房间，在那里的人还有安托诺夫和他的女婿，还有两个他们的人，莫凯耶夫也在座。他和盘托出地揭发我，直截了当地指出：她，他说，不只是诬蔑你们，还诬蔑上帝！他这是撒谎，我当时没有想说上帝，我如同大家一样上教堂，还在家里祈祷。胡说八道，老鬼！他们开始审讯、恐吓和质问我，我的当家人劝说他们：'她——是个笨蛋，不管你对她说什么，她全部信以为真。你们别招惹她，我自己教育她。'他教育了。罚我五个昼夜躺在地板上，不仅不能起来，而且压根儿无力反抗。我想我将站不起来了。然而——你瞧——我站起来了！过了三昼夜，大主教和我的教导员去州里了，夜晚我就听见有人在敲窗户。我断定：你们来杀我了？可是来人却是叶戈尔·涅斯捷罗夫。'赶快，他说，准备跑！'我跑到街上，双套马雪橇已经套好，坐在雪橇里的是斯捷帕尼达。她问：'你还活着吗？'我却高兴得说不出话来，高兴有人还在关心着我！"

——她大声吸了一口气，频繁地眨巴着眼睛，眼睛里奇怪地闪着光，我料想她要哭，但她却低声像孩子般地笑了起来。

——"他们把我带到了城里，开始问长问短，给我治病，给我饮食，——我一生都永远不会忘记，他们是那样地关爱我，简直把我当作了最亲密的人！所有人都严肃认真，这里有乌斯丘戈夫，有丽莎，还有一位滑稽的工人华西里·彼特罗维奇。咳……一言难尽，总之，我遇上了亲人！叶戈尔叔叔感到惊讶：'我，他说，曾经不相信她，认为她是来自他们的奸细。'我在城里住了三四个月，已成了拥护苏维埃的女公民。富农对我们宣战，在我们一些地方这曾像神话一般：可怕，但愉快！一片混乱，以致难以区分：谁拥护谁？尼基塔教导我：'保持谨慎的态度，安菲莎同志，要十分警惕。'"

——"他教会了我某些东西，头脑变得清醒些了，我穿梭于全县，在集会上向妇女们发表演说，随处进行调研。我在这里已难以讲述过去的一切的一切，眼前就像河水奔流。我工作了，谢天谢地！"

——赞美上帝使她难为情，她不会因此脸红，因为她的脸本来就像红砖似的通红，但是她两手举起轻轻一拍并笑了起来，惭愧地高声感叹说：

——"哎呀呀，我的老天爷啊！我失言啦！习惯，同志！这些话是故步自封！不要自我吹嘘，他们以事业本身为荣。嗯，得啦！……是的，亲爱的，我乐意工作。叶戈尔·涅斯捷罗夫集合队员约三十人去村镇执法。在那里，你瞧，他们摧毁了别人的事业，迫害伊凡，大概是死了，烧毁了斯捷帕尼达的小木屋，杀死了阿莫多季娅·莫凯耶娃，强奸了她的妹妹塔纽霞，使她至今仍然呆傻。叶戈尔在广场上设立法庭，尼基塔·乌斯丘戈夫发表讲话，人民同声谴责安托诺夫、我的当家人以及其他两人：磨坊主祖托夫和牧师。把他们枪毙了。久科夫隐藏起来了，警察在相互射击中被枪杀了，老头儿莫凯耶夫的胡须和头发剃得溜光——游行！一切都恐惧，当把剃得光溜溜的莫凯耶夫带上街的时候，你简直不相信！他变得那样滑稽可笑，以至让大家哈哈大笑，直笑得前仰后合，眼泪横流，一切恐惧都淹没在笑声里了！这是尼基塔搞出来的闹剧。哎哟，机灵的男子汉！他被推举为村苏维埃主席，丽莎为书记，我也入选了，负责妇女工作。在这里他们

全都已经信任我了：'你不是平白无故从富人家庭转而支持穷人
的'，——他们说。'哎呀，我说，女伴们，反正你们自己知道，
我在富人家里是当狗使唤！''别当啦！'大家笑了起来。咳，得
啦！大约过了两个月，我们不得不逃跑，因为白匪来了，来者人
数众多！叶戈尔带领自己的人去了森林之中，他有五十人左右，
本可集合更多的人，但枪支不够多。他们把我和斯捷帕尼达留在
了村镇，要求我们注意观察，但不要抛头露面！斯捷帕哈悲观失
望，在那里躲藏了起来，而我则凑合着待在约三俄里远的养蜂场。
我们活着。每逢晚上斯捷帕哈都来，有一次她偷了一支步枪给我
带走，她说：'知道吗，久科夫和白匪在一起，我的情人，我想给
他一点颜色看看，浑蛋！他在那里恐吓人们，索贿，由于他饶舌
已有两个人遭难，被捕了。''徒劳无益，'——我说。——'或许
过得去！'"

——"是啊，还行！有一件事也很可笑。某天晚上我坐在养
蜂场缝东西，透过树林不时看看通往村镇的道路，我看见：仿佛
是斯捷帕尼达走来，和她一起的还有一位戴白便帽，穿白衬衫的
男人，他们不走大路，而从侧面在灌木丛中穿行，那里有一条通
往医疗温泉的小道。我不喜欢这种闲游。尽管斯捷帕尼达是有觉
悟的人，但太贪求娇纵了。她愈来愈近，我不禁想：'我是否要跑
到树林里去？'我突然看到：那白衣男人俯下身去，而她跨在他
背上，双腿夹在他腋下，把他的头按向地面，呼唤：'安菲莎！'
她是一个健壮的和机灵的女人！我跑向她，自己惊恐得喘不过气
来。白衣男人手抓脚踹，眼看就要把她从自己身上摔开！我跑过
去，掐住他的后脑勺，斯捷帕尼达从他口袋里掏出左轮手枪。'把
他带到叶戈尔那里去，她说，让他在那里躬身反省。'他就是久
科夫！嗯，我们把他拉到了养蜂场，他在那里神志清醒过来。斯
捷帕尼达说：'你知道怎样射击吗？不要放弃左轮手枪，带着吧。
我，她说，留在这里，你就不要回来了，告诉他们给我另外派人
来，我有事要做。'"

——"得啦，我带上久科夫，到叶戈尔处路途遥远，约二十
俄里，在五俄里处有一个守旧的农庄，也有我们的人待在那里。

久科夫在我前面走，双肩发抖，哭泣，央求道：'放了我吧！'他许诺送礼物。当然，他感到耻辱，被女人抓了俘虏，还害怕！'走吧，我命令，别废话，否则我开枪了！'我们的人瞪着他开怀大笑，也笑我。他坐在树墩上，全身哆嗦，脸面丢失，又小又瘦，甚至看着可怜。两昼夜过后，斯捷帕尼达还把一位白党分子引诱到养蜂场。派到她那里去的两人把他带到了我们这里，并且说：'咳，这个非常胆大的女人可以说是失踪了'。"

——"结果竟是这样：养蜂场遭到了破坏而斯捷帕尼达既未留下尸骨，也未留下头发，也不知道对她怎么样了。她的俘虏对我们说了有用的话：三昼夜以后，白军将夺取城市，其军力很大。他没有撒谎。我们向城市运动。在卡马河上，在河岸上，进行了一场小规模的、似乎也不是必要的会战，叶戈尔叔叔大发雷霆。我们有七个人被杀。当然，白匪夺取了城市。他们大概有一百五十人，而守卫者只有约四十人。双方相互远射，我们的人退到了树林中。就这样，亲爱的同志，大约有一年半的时间我们就像网中的鲫鱼一般转来转去。到处都是白匪。有这样的情况，就是红色党人变白了；也有那样的情况，就是白匪投奔到我们这边来了。是的。山那边进行着大规模的国内战争，和高尔察克①作战；而我们——开展自己的战斗，但看不到战斗的尽头。就像森林的火灾一样，在一个地方熄灭了，而在另一个地方却又燃烧起来。我们甚至转战到了奥辛斯基县，那里贫民很多，全都编织蒲席和搓绳子。叶戈尔叔叔开始感到不舒服——马踢伤了他，一条腿受了伤。在奥萨市附近他被白匪抓住了。他们四个人在一起，偶然碰上了骑兵，两个人被杀了，他又负了一点伤，第四个人是彼尔姆市中学生，逃到了丽莎和我所在的城市里。丽莎薇塔派我去看看，看能否救出大叔。白匪站在约三俄里远码头附近的河里。我来到此地，发现叶戈尔吊在一棵树上，他半裸露，从头到脚遍

① 高尔察克（Колчак А.В., 1873-1920）：苏联国内战争中反革命主要头目之一，海军上将。1918年11月至1920年1月高尔察克在西伯利亚、乌拉尔、远东建立反革命政权，红军在游击队配合下消灭了这个反动政权，高尔察克被执行枪决。——译者

体鲜血，仿佛他的皮肤被剥成碎块，——太可怕啦！右手前臂被砍掉了。我问一个编蒲席的人：'为什么处死的？'——'布尔什维克，他说，真正的布尔什维克，他们在这里折磨又折磨他，而他斥责他们。他们直把他折磨得失去知觉甚至到死亡，又把他吊了起来。'"

——"咳，我在这里发了一会儿呆。好怜惜这位同志啊！码头旁边有人，我说：'你们这些狗东西，怎么就不害臊？我说，应该把你们吊死才好呢，你们这些冷酷无情的人！'"

——"我叫喊了没多久，就把我带到了长官那里。有那么一个头发斑白、性情狂热的人，怎么着，全身颤抖，发出号令：'揍她！'我挨了二十下抽打，约一周既不能坐又不能卧。好在我的身体是越痛打越丰满。像体育。是的，同志，我体会到战斗的滋味不比有恶习的马少。我是体无完肤，而我自己也感到惊讶，这怎么就没有流尽我全部热血？没什么，我活着，我不谩骂！"

——"咳，往后怎么样啊？我们胜利之后的第一时间开始轻松了一些，而又似乎更加寂寞了。亲近的同志们——有的被屠杀了，有的各奔东西、各干事业去了。丽莎去了叶卡捷琳堡[①]学习，那时还不是斯维尔德洛夫斯克。我好像是孤单一人留下来。在我们村苏维埃里的人都是一些谨慎的新人，对我们生活中的事儿知之不多，他们知道的都是道听途说。关于他们，有一位约两年前已去世的小伙子写了一首四行诗：

> 当局高坐在楼台，
> 凭传闻牛皮吹起来：
> 这里是村苏维埃，
> 我们藐视全世界。

——"那时是地方政权。后来新经济政策开始了。我被安排到国营农场，可是国营农场不成功，产生了新富农，新富农洗

---

① 叶卡捷琳堡：是斯维尔德洛夫斯克市的旧称（1924年以前）。——译者

劫了国营农场。冬天我成了学校的守卫者，咳，什么样的守卫者啊？教员是个年老体弱的好惹事的人，他不喜欢孩子们。我开始按日当雇农，我看到：一切都似乎在倒退，退回到山下，退回到沼地。妇女们撒野，除了自己的小天地，什么都不想知道。我的不幸就是理论知识贫乏。这使我感到惭愧，可是学习又没有时间！我已是一个非常实际的人，不知道如何描写当前的现实和我们的日常生活，我没有那么机灵。然而，我知道：来自这些各自小天地的是——我们所有的纷争、不和、胡闹和生活的徒劳无益。我知道：首要的事是——必须重建生活，这是从下面、从妇女开始，因为生活是靠妇女的力量、靠妇女的血汗支撑起来的。可是，当每一位妇女都拴在自己的家务上，识字的人少而又无暇学习的时候，怎么重建呢？盆罐碗碟、养儿育女、缝缝洗洗占据了妇女的生活。我开始说服妇女们建立公共洗衣房，以便不是每个人都洗衣服，而是两三个人轮流为大家洗衣服。可是毫无结果。羞愧心理起了妨碍作用：内衣破旧肮脏，自己给自己洗时，谁也不在意窟窿和脏东西，而在公共洗衣房每个人都将知道所有人的情况。当然，她们不明说这种心理，而我自己却猜想得到。他们在肥皂的问题上为难我，他们说，肥皂到底怎么计算？这个人十件内衣，而另一个人四件，肥皂如何？后来有人承认：肥皂微不足道，只是羞愧难当！让我们将来富裕一些了，我们将既建立洗衣房，又建立公共浴室，还建立面包房。她们安慰说：我们会富起来的！'唉咳，妇女们，我说，我们将因富裕而死亡……'嗯，不管怎么说，我们的事业有点儿进展，我们在扫除文盲；我们一起读《农妇》月刊①，《农民报》②也给我们提供了很多帮助。这就是《农民报》——是的！它是朋友！我们，亲爱的同志，需要妇产科诊所，需要托儿所，需要可用作妇女俱乐部的安东诺夫式的仓库——优质圆木仓库。"

①《农妇》月刊：为农村妇女办的社会政治和文学艺术刊物，1922年创刊，在莫斯科出版。——译者

②《农民报》：联共（布）中央报纸，1923年11月25日—1939年2月28日在莫斯科出版，每月出15期。——译者

——她开始弯起双手指头计算需要哪些东西，可是手指不够用。于是她用拳头敲着桌子重新数了起来：

——"一，二……"

——她列数了十三项所需的东西之后生气了，甚至两三次拦腰推开我说：

——"你们，同志们，对妇女的关心少了一点，你们要知道：没有妇女建不成社会主义。你们忘了倍倍尔①吗？列宁是怎么说的？斯大林是怎么指示你们的？不把妇女从琐事中解放出来，就教不会她们管理国家！我们有县委会，有区委会，就像待在熊窝中的熊，即使鞭打它们，它们也不动！他们只有一句话：'你们不是世上唯一的人！'同志，问题可是明显不过的：假若每一位妇女都将只是围绕着自己的锅台转，那么我们将得到什么？正是如此！必须解除我们马一样的劳作。必须给我们自由时间。瞧，我这是第三次来到这里，算一算吧：往返一百二十俄里，三次共三百六十俄里。开玩笑呀！这意味着半个月时间浪费在旅途中了。咳，得了，该说的我说完了。我去睡觉了。你帮我痛打那些县委会的人，不然，我将去省委会。唉咳，早日吸收我入党吧，这样让我狠揍他们才好呢！"

三

在浅水小溪的两岸，在混浊的、懒洋洋的溪流上空，风在嬉戏，在篝火上飞旋，仿佛急于熄灭篝火，而实际上却把篝火吹得越来越旺，越来越亮。从河底取来的粗大树墩和多节枝大木块在篝火中燃烧成灰。它们在河底的泥潭中埋藏了许多年，避暑的人把它们挖出来拖到岸上，太阳晒干了它们，火焰露出金色的獠牙不乐意地啃噬着它们。浅蓝色的呛人的烟雾沿河流往下弥漫，烧焦的木头发出吱吱的声音，老白柳的叶丛温顺地簌簌作响，合着

---

① 倍倍尔（August Bebel, 1840—1913）：德国社会民主党和第二国际创始人之一和领导人，反军国主义和反战的热忱战士，支持妇女解放。——译者

风儿的喧哗声、火焰的噼啪声，传来了一个人的有点儿嘶哑的嗓音：

——我们感受拘束：我们的拘束来自外部，即来自法规；也来自内部，即来自内心。他们按照自己的意思；为了自己的方便而制定法规……

说话的是一个矮壮的男人，他身穿家庭手工织的粗麻布衬衫和铜扣坎肩，脚穿沉甸甸的靴子，这双靴子早就没有擦鞋油了，看上去像是用房盖铁铆合的。他的头又大又圆，满头浓密的灰色头发，微红的宽厚的脸也是胡子拉碴的，显然不久前他蓄过浓厚的宽而密的大胡子。凸起的前额下隐藏着浅蓝色的冷淡的眼睛，根据他看火、看太阳的样子，似乎觉得他是个盲人。他说起话来不慌不忙、若有所思、斟酌词句：

——他说，没有上帝。当然，在我们的劳动生活中，我们从前有个时候曾对上帝感兴趣。有，没有——这甚至不关我们的事，而当小孩子呼唤上帝时，似乎仍然是荒唐的。上帝不是昨天臆想出来的，他是古代习以为常的。取消了假日，那又怎样呢？人们平日也喝酒。你往往在假日前夕去澡堂，洗洗蒸汽浴。

——是啊，这在平日也是可以的，去澡堂吗？

——谁说——不行吗？可以，可是兴趣已不是去澡堂。假日你会去教堂……

——要知道，现在也去……

——兴趣，我说，不是去澡堂，公民！现在牧师服务也胆怯，没有教堂唱诗班歌手，神像前的蜡烛也少了。一切都是寒酸相。牧师曾是雄鸡，显得华美；少女和妇女打扮得漂漂亮亮的——优雅端庄！如今即使用棍棒驱赶，少女和少年也不去教堂。你看，他们在弥撒时间玩球，否则就玩击木游戏。年轻一些的妇女自由散漫。妇女正逐渐成为侧身向着丈夫，她说，我不是马……

他那有点儿嘶哑的嗓音更热烈了，他把几块湿木头扔到篝火中，用手指抚弄了一下斧子的刃口。他搭起从河岸到河里的跳板，这是一项简单的工作：只需把两根一头修尖的粗棍打进河底，把另外两根一头修尖的粗棍打在河岸上，再用两块板子把它们连接起来，并在这两块板子上用钉子加钉上四块板子。一个人完成这全部工作两个小时就够了，但他不慌不忙，一直干到第二天，尽管显而易见，他能十分灵巧地使用斧头，并且是不喜欢白白浪费时间的人。

在河对岸放牧着国营农场的家畜——母牛和马。从小树林中走出一位年轻人，他手拿马笼头，走向一匹火红色的马，马儿离开他跑走了并重新啃吃青草。爱说话的老头儿停止削尖粗棍，开始注视年轻人怎样逮住马儿，一面看一面用讽刺的口吻嘟哝着：

——好一个笨拙的家伙！……再一次没有抓住……嗯——嗯……唉咳，怎样的蠢东西！抓鬃毛呀！唉！

年轻人也不着急。年轻的女共青团员抓住了马鬃，于是小伙子给马戴上嚼环，肚子紧贴着马背跑了起来，下臂挥动得几乎碰到了自己的耳朵。

——瞧，他们怎样工作——花了半小时抓住了一匹马，——老头儿说，同时吸起烟来。——如果给雇主干活，——那就会快一点的，笨手笨脚的人啊！

他重新开始慢腾腾地削尖粗棍，透过浓厚的剪好的胡须吐出一些话来：

——我不同意和你们争论关于青年的问题，当然，青年在行动……自愿地，比方说……然而我们不能理解青年。青年似乎是想一下子把所有的事都做完。青年也许有这样的打算，即在五十年代之前大家都过贵族的生活。青年也许在这种打算中就那个……发狂。

——嗯，是的，当然，"发狂"这个词出于我们没有学问。不发狂，总之，就是说……在行动！咳——青年有学问，这是显而易见的。青年参加高级职务的考试，男青年瞄准高位。有些人达到了目的：离此地不远处，一个年轻人任意指挥村苏维埃，我认识他的时候他曾是牧人的助手，后来，也就是说，他到了红军服役，而现在那就——请吧！老头儿们就必须听他的！英雄啊！

——过去的情况往往是，一个年轻人当兵三四年，来到农村依然是自己人！即使他表现出城市的、军人的高傲，那也时间不长，一年半载摆一摆架子，又重新成为完整的男人。而现在一个年轻人两年后从红军中回来，成了虚无主义者，马上开始推翻全部现状，在他身上除了装腔作势外见不到真正士兵的影子，然而，他却反对所有男公民，他没有丝毫度量。他嘴上无毛，却自认为是老师……

——他教得不好吗？

老头儿把烟头扔到水里，随即又扔了一块木片。他皱起胡子拉碴的脸回答说：

——我对您，公民，直说吧：糟糕的事不在于——教，而在于正确地教，娼妇的儿子！

——这不可理解！

——不，可以理解！糟糕的事在于心里难受：我一生都明白事理，却竟然是——不那么明白，活得像个傻瓜！问题就在这里！假如他撒谎，我会嘲笑他，而现在的问题是，——他对我争辩，而我却不知所措。按照他的年龄，他还来不及体验农业。可是，他嗅到了什么……假如土地像折磨我那样折磨着他，他就不会对集体农庄那样大喊大叫，而会叫喊：不要危害它！是——是的！他推动集体农庄——为什么？因为，你瞧，他学会了当拖拉机手，坐在拖拉机上，转动着轮子，对他有利。

——是啊，我们知道：当然，机器减轻劳动。它本来也应该这样，可是在小块地里它就没有用处！如果机器小型化，让每一个农户都能使用机器，把机器开进自己的小块土地，而现在这种大型的机器是不辨认田界的。机器的命令很简单：坏蛋，要么就共同耕种，要么就从农村滚到你想去的地方去。可是，去哪里啊？

——嗯，是的，当然，我不争辩。领导了解自己的事业，关心怎样做更好些。我们不是傻瓜，我们明白。我们只是关心不要太轻信。共青团员、红军战士、拖拉机手——清一色的年轻人，他们还没有时间去思考生活。嗯，慌乱的现象正在发生。

他向手掌啐了一口唾沫，用发红的、仿佛是烧伤的手紧握斧头那样用心地削起一头尖的粗棍来，好像相信惩罚是最好教育方法的人们敲打孩子那样用心。他沉默了一下之后，用斧背把一头尖的粗棍砸入潮湿松软的沙土中，从牙缝中挤出话来：

——比如，就拿我的侄儿来说吧！……即使他是堂侄，但依然是亲人。然而，他对我就仿佛是敌人，是的！……他当然知道：任何野兽都想吃饱，更何况人呢。不允许耕邻居的地，需要马和机器——这一点他知道。他们学会了说，甚至用话顶撞牧师；牧师嘴唇发出吧嗒吧嗒的声音，噗噗气喘吁吁地说，可是他们不只是没有听见他的话，甚至是没有兴趣听他的话，而且还指着他的额头问道："你们教会了男人们什么样的东西，什么样的智谋？"牧师回答说："我们的智谋不是来自这个世界。"他们反问："那么你们的饮食来自哪个世界？"真的……和他们这些英雄争论连牧师也感到困难……

——您，公民，是从远处来的，生活一阵子就又将走了，而我们要在这里生活到死。我在劳动中已生活了五十年，应该得到安静了还是不应该？而他像疯子或醉鬼似的抓住我的胸脯，摇晃，叫喊。您会问，这是为什么？似乎我在法庭上做了伪证，——那时我们这里审判合作社工作人员，难道因为盗用公款不成？我不明白这个案件。纵火焚烧小铺的企图的确有过，这是大家都知道的。法庭追查原因：为什么要纵火？有人说是为了掩盖盗窃，另外的人说只不过是因为酒醉滋事。我的侄子谢尔盖，还有他的两个同志和一个少女——他们揭发了这件事。在他来到以前大家生活得好像是相安无事，可是他滚来了，于是就开始了狗打架一般的纠纷不断。左不是，右不是，他说，你们生活得还不如落后粗野的人，总之……他们还要求审判我，似乎我替合作社工作人员做了伪证……

他说得越来越不清晰和不高兴，看来，他对自己开始讲的话很不满意。他用简短的词句形容侄子，塑造一个傲慢的、不安静的、专权的和孜孜不倦地追求达到自己目的的人的形象。

——他昼夜奔波。白天也好，黑夜也好，对他来说全都一样。他跑着跑着就想出件麻烦事来。他建立消防队；强迫清洗烟囱，以便不留油烟。他教孩子们收集骨头；对妇女们说三道四，而妇女，也许你们自己知道，——容易受骗。他投书报刊写关于教师的事，因此派人来撤销了教师的职务，而这位教师在我们这里待了十九年，在一切事情上都是我们自己人。他曾是顾问，不通过任何法规而能找到生活道路。派来了一个什么样的乐呵呵的人接替了教师的职位，他很快就要求给学校划拨土地做菜园，做花园，据说需要进行实验……

可以看出，他在谈侄子时通过他侄子谈了其他许多人，把侄子的同志们的特性和行为硬加在侄子身上，不知不觉地为自己塑造一个不安静的、敌对的人物典型。最终他到了把侄子作为女人来说了的地步：

——她集合妇女、少女……

——您这是说谁呢？

——是的，全都是关于他的花架子。那个华尔华娜·科马利亨娜在他来到以前生活得很平静，而现在也活跃了起来。她驱赶妇女们加入集体农庄，嗯，众所周知，妇女们喜欢生活变样。他们发牢骚、诉苦，她说，在集体农庄——轻松一些……

他啐了一口唾沫，做了一个鬼脸，沉默了下来，用指甲抠斧头刃口上的铁锈。多节枝的粗木块在篝火中央燃尽了，留下脏兮兮的灰烬，而其周围剩余的弯根还在冒烟，火焰不乐意吞没它们。

——我们在年轻的时候也曾有机会胡闹过，——老头儿沉思地说。——嗯，我们曾有另外一种胡闹法，另外的！我们不曾冲撞所有的人，他们为数不多，甚至非常之少，然而他们支配着生活。他们，这些侄子，面对的是——和平，而保卫和平——没有办法！农村有点儿转向他们方面。这一点——不得不承认。

他站起身来，把一段鳟鱼抓在手里，掂了一掂它的重量之后又把它放到了沙地上，接着说：

——我知道，这一切，也就是说，都已经确定了……傻瓜还在挥舞拳头。总的来说，我们这些老头子能够理解：既然我们的财产减少了，甚至完全失掉了，那么就是国家有这个需要。国家——是人的保护者，将不会使人白白地受委屈的。

他两手一摊，微微抬起双肩，胡子拉碴的脸上和冷漠的目光中明显露出困惑莫解的神情，最后说：

——自愿把财产交到集体农庄——这是我们不能理解的。任何人也不会自愿做任何事情，所有人都是按需要生活的，自古以来就是这样。就是耶稣也不是自愿走向十字架的，那是他父亲命令他的。

他开始沉默，然后在一头修尖的粗棍上比试板子，打了一下喷嚏，深深悲戚似的说：

——但愿能让我们活到我们如何习惯的那天才好呢！

他离开篝火而去，灰色的烟尘随地浮动。他发出一声咯咯的声音之后，从地上捡起板子，嘟哝着：

——老头儿们活着不值一提。我们年轻的时候不曾妨碍任何人……是的……随心所欲地活着，像公猫似的胖起来……

烧焦的木头在冒烟，蓝色的旋舞的轻烟在河流上空飘飞……